HEYNE‹

ZUM BUCH

Die vier Freunde Alain, Rudi, Markus und Thomas sind sich einig: Wenn man die fünfzig überschritten hat, lässt man es ruhiger angehen. Leider haben sie die Rechnung ohne das Leben gemacht. Das kocht auch den härtesten Kerl weich! Seine halbwüchsigen Zwillinge treiben Alain zur Verzweiflung. Da kommt es wie gerufen, dass Freund Rudi in der Toskana eine alte Scheune renoviert. Ab ins »Bootcamp« mit den beiden, damit Rudi sie mal ordentlich erdet! Das geht so lange gut, bis Rudis Freundin Grazia aus heiterem Himmel zusammenklappt und er um das Leben seiner großen Liebe bangt. Klarer Fall, der Mann braucht Hilfe. Die Toskanamänner sind wieder unterwegs – und das Chaos reist mit.

ZUM AUTOR

Michael Frey Dodillet, geboren 1961 in Singen am Hohentwiel, ist seit Abschluss seines Studiums der Betriebswirtschaftslehre für diverse Agenturen in Düsseldorf, Hamburg, München und in der Schweiz als Werbetexter tätig. Mit seiner Frau, drei Kindern, Schäferhundrottweilerin Luna und Terriermünstigemisch Wiki lebt er in Erkrath bei Düsseldorf. Zum Haushalt gehören noch zwei Schafe, Wühlmäuse in den Rabatten und ein nicht erwünschter Steinmarder unterm Dach. 2011 erschien sein Bestseller *Herrchenjahre,* 2012 *Herrchen will nur spielen* und danach der SPIEGEL-Bestseller *Herrchenglück. Männer al dente* ist sein zweiter Roman.

LIEFERBARE TITEL
Die Toskanamänner

MICHAEL FREY DODILLET

MÄNNER AL DENTE

ROMAN

WILHELM HEYNE VERLAG
MÜNCHEN

Für den Abdruck von Passagen aus Edward Albee, »Wer hat Angst vor Virginia Woolf?« Aus dem Englischen von Pinkas Braun, Fischer Taschenbuch Verlag, Frankfurt a. M. 2009, S. 13 und 139 und aus Rainer Maria Rilke, »Der Panther«, aus: *Werke* Band 1–2, Insel Verlag, Frankfurt a. M. 1984, S. 261 danken Autor und Verlag den oben genannten Rechtegebern.

Verlagsgruppe Random House FSC® N001967
Das für dieses Buch verwendete
FSC®-zertifizierte Papier *Holmen Book Cream*
liefert Holmen Paper, Hallstavik, Schweden.

2. Auflage
Originalausgabe 06/2015
Copyright © 2015 Michael Frey Dodillet
Copyright © 2015 dieser Ausgabe
by Wilhelm Heyne Verlag, München,
in der Verlagsgruppe Random House GmbH
Printed in Germany
Redaktion: Judith Schwaab
Umschlaggestaltung: Eisele Grafik Design, München,
unter Verwendung von bigstock und E⁺/GettyImages
Satz: Leingärtner, Nabburg
Druck und Bindung: GGP Media GmbH, Pößneck
ISBN 978-3-453-41128-9

www.heyne.de

*»Wenn dir das Leben in die Fresse haut,
mach Blutwurst draus!«*

RUDI

INGREDIENTI

106 996 Wörter

8 253 Reisekilometer (Flieger, Bahn, Bulli)

456 Quadratmeter Scheunenwand

179 Flaschen *Rosso* (Ladeneröffnung eingerechnet)

32 Songs

9 Kapitel

8 Tortellinis

5 Portionen *Lasagne al porno*

4 Männer

3 blaue Daumen

2 Zwillinge (zweieiig)

1 Stalker

~~Frauen~~ Chaos

INHALT

MOOOF IST KEINE FARBE

Eine satte Sommersonne lag über dem Chianti und tauchte die toskanischen Hügel in flimmernde Hitze. Eine Schmeißfliege brummte
in Windschutzscheibenhöhe die holprige Landstraße entlang, die
von Fioraie nach Castellina führte. Als die Fliege den würzigen Zy-
pressenduft wahrnahm, bog sie zuversichtlich nach links ab.

Die Zypressenallee beschattete einen staubigen Feldweg, der
nach wenigen hundert Metern auf dem Hof eines bescheidenen
Landguts endete. Links das verwinkelte Haupthaus, rechts die
große Scheune, geradeaus die alten umgebauten Stallungen, in denen es schwach nach dem Öl gepresster Oliven roch. Dahinter zogen sich Olivenbäume den Hügel hinunter bis zum Bauernhof des
Nachbarn.

Die fette Fliege wich geschickt einem Sperling aus, der mit offenem Schnabel Löcher in die Luft hackte. Mit grenzdebilem Geflügel wie diesem wurde sie locker fertig. Immerhin hatte sie auf ihrem
Flug bereits die Kühler dreier klappriger Lieferwagen überlebt,
außerdem die Stoßstange eines schlingernden Fiat Cinquecento
und zwei krakeelende Piaggio-Dreiräder. *Ape* hießen diese Dinger
hier – Biene! Ausgerechnet. Dieser infernalische Krach hatte doch
mit Summen nichts zu tun. Wenigstens hörte man sie schon von
Weitem.

Der Duft des herben Zypressenharzes verband sich mit einem
feuchten Olivenölgeruch. Klatschmohn und Kornblumen mischten

sich ein, kräftiger, süßer Ginster, wilder Thymian und Rosmarin. Aber da war noch etwas anderes, Animalisches, außerordentlich Leckeres. Als ob altes Fleisch in der Sonne briete. Das war zu schön, um wahr zu sein.

Gierig schwirrte die Fliege zum Haupthaus hinüber. Das Aroma wurde immer intensiver. Etwas Blechernes blitzte in der Sonne. Tatsächlich, Fleischbrocken! Der schwere Hautgout traumhaft großer, verwesender Fleischbrocken. Sie wurde beinahe ohnmächtig vor Glück.

Das Letzte, was sie in ihrem Leben hörte, war das martialische Klacken von zweiundvierzig schneeweißen Zähnen. Dann wurde es schwarz.

Otto schluckte den knusprigen Minibissen hinunter und leckte sich genießerisch die Lefzen. Das fehlte noch, dass sich so eine blauschillernde, dicke Sau in seinen Futternapf setzte und ihm die Hühnerleber vor der Gärung wegfraß.

Mehr Bewegung war in der Hitze nicht möglich. Otto bettete seinen Quadratschädel wieder auf die Vorderpfoten und blinzelte unbeeindruckt zur Scheune hinüber, aus deren geöffnetem Tor laute Stimmen drangen.

»Wie jetzt – Mooof?«

»Ja, Mauve halt.«

»Mooof ist keine Farbe!«

»Doch, Rudi, Mauve ist ein angenehmes, malvenfarbenes Lila.«

»In der Provence vielleicht. Aber nicht hier. Ich verputze die Wand eines toskanischen Hofladens mitten im Chianti jedenfalls nicht lila.«

»Ich will ja auch keinen lila Putz von dir, sondern mauvefarbenen Tadelakt.«

»Claudia! Claudia, hör mir zu! Du bist die älteste Freundin meines Freundes Alain. Ich bin sehr froh, dass er letztes Jahr die Nerven verloren hat und zu dir geflüchtet ist. Denn auf der Suche nach ihm bin ich hier in dieser wunderbaren Gegend gelandet und Grazia begegnet. Ich bin verliebt wie noch nie in meinem Leben. Im zarten Alter von zweiundfünfzig Jahren! Ich danke also jeden Tag dem Schicksal auf Knien, dass es das Chianti und dich und deine Ölmühle gibt. Aber Mooof in der Toskana …? NIE … MALS!«

»Das ist mein Hofladen, Rudi!«

»Das mag ja sein, aber …«

»Mein Hof! Mein Mauve!«

»Mein Kalk! Meine Farbpigmente!«

»Ah, wie kann man nur so stur sein!«

Claudia stürmte in die heiße Mittagssonne hinaus. Sie blies sich ein paarmal vergeblich die Haare aus der verschwitzten Stirn. Als das nichts half, wischte sie die Strähne energisch beiseite. Diese Hitze war einfach nicht das ideale Wetter für eine Debatte. Schon gar nicht, wenn es um die Farben ihres neuen Hofladens ging. Claudia zupfte an ihrem Kleid, das mittlerweile an Bauch und Brüsten klebte wie eine zweite Haut.

»Ihr seid still!«, fauchte sie den verblüfften Otto an. Dabei hatte der keinen Mucks von sich gegeben. Der kleine Tortellini Acht, der neben Otto döste, zuckte erschrocken zusammen. »Und fresst verdammt noch mal endlich euer Zeugs auf. Es stinkt zum Himmel.«

In der Küche war es angenehm kühl. Claudia goss sich ein Glas eiskalten Wassers ein und hielt es an ihre Schläfe. So langsam wurde es besser. Sie musste lachen. Rudi und sie, ausgerechnet. Zwei Choleriker auf einer Baustelle. Seit Claudia im letzten Sommer beschlossen hatte, direkt neben ihrer kleinen Ölmühle wieder einen Hofladen zu betreiben und dafür die große Scheune umzubauen, hatte Rudi einen traumhaft guten Job gemacht. Unter seinen Zauberhänden waren terrakottarote, mittelmeerblaue und olivgrüne Wände aus schimmerndem Tadelakt entstanden, jenem marokkanischen Kalkputz, auf den Rudi sich spezialisiert hatte. Wenn er die frisch verputzten Mauern mit flüssiger Olivenölseife bestrich und behutsam mit dem Rauchquarz glatt polierte, konnte man zusehen, wie die Farben von Minute zu Minute leuchtender und die Oberflächen seidiger wurden. So merkwürdig es auch klang, aber es hatte etwas ungemein Beruhigendes, dem rastlosen Rudi beim Arbeiten zuzusehen. Ganz oft hatte sie einfach nur still danebengesessen, einen der kleinen Tortellinis auf dem Schoß gehalten und Rudi beobachtet. Oder sie hatten über Gott und die Welt gesprochen, über Himmel und Hölle gestritten oder über Claudias versalzene Antipasti vom Vorabend.

Im September würde sie ihren kleinen Laden eröffnen. Claudia freute sich unbändig darauf. Das Beste daran war: Rudi hielt tatsächlich den Termin ein! Pünktlichkeit war ein Phänomen, das sie von Handwerkern nicht kannte. Weder von italienischen Meistern, denen grundsätzlich etwas Dramatisches dazwischenkam, das mit großen Gefühlen oder dem drohenden Weltuntergang zu tun hatte, noch von deutschen, die ihre Disziplinlosigkeit erst gar nicht begründeten, weil Claudia eine Frau war und in ihren Augen Frauen vom Bauen sowieso nichts verstanden. Rudi hatte sich damals alles ganz genau angesehen und gesagt, nein, bis August könne er das nicht schaffen, aber bis Ende September sei es machbar. Wenn Rudi einem etwas in die Hand versprach, hielt er es auch. Dann konnte ihn nur noch das eigene Ableben daran hindern.

Claudia hob den Deckel des großen Topfes und schnupperte. In der aromatischen Brühe brodelten neben Zwiebeln, weißen Bohnen, Kohl und Kartoffeln alle Gemüsereste, die sie noch im Haus gehabt hatte. *Ribollita* hieß dieser toskanische Eintopf. Sie brockte das harte Weißbrot vom Vortag hinein, um die Suppe sämiger zu machen.

Vielleicht bin ich doch zu hart zu Rudi gewesen, dachte sie. Ich hätte ihn mit umgänglicheren Worten bestimmt ganz schnell von meinen eigenen Farbvorstellungen überzeugen können. Rudi wurde nur bockiger, je mehr man ihn anraunzte. Es störte ihn nicht im

Geringsten, dass sie die Kundin war und er der Handwerker. König Kunde sei Blödsinn, hatte er dieses Frühjahr einmal erklärt, sie lebten schließlich nicht mehr in einer Monarchie. Hier auf dieser Baustelle treffe demzufolge nicht Königin auf Hofnarr, sondern Amateurin auf Profi. Damit sei ja wohl klar wie Kloßbrühe, wer das Sagen hatte. Daraufhin hatte Claudia ihm kurzerhand einen Scheck ausgestellt und ihn mitsamt seinen Pigmenten und dem zeternden Otto vom Hof geschmissen. Nur um drei Wochen später kleinlaut in Düsseldorf anzurufen und Rudi inständig zu bitten, an ihrer Scheune weiterzuarbeiten.

»Die Farben überlässt du mir?«, hatte er gefragt.

»Ja«, hatte sie gesagt. »Bis auf ...«

»Alle Farben!«

»Ja ... nein ... also gut.«

»Ich bin der König?«

»Du bist ein Arsch.«

»Passt es ab übernächster Woche?«

»Danke dir.«

»Du weißt, dass es sehr schön werden wird.«

»Ich weiß es, Rudi.«

Ich bin einfach keine Gesellschaft mehr auf dem Hof gewöhnt, das ist das eigentliche Problem, dachte sie. Wer so allein lebte wie sie, störte zwar keinen mit seinen Spleens, aber es fehlte eben auch das direkte Gegenüber, das ein bisschen aufpasste, dass man die Erdung nicht verlor. Ein Mensch, der gelegentlich den Kopf schüttelte und den Zeigefinger in die Stirn bohrte. Enzo, ihr Mann, hatte diese Rolle vorbildlich gespielt.

»Höre mal, gehtese noch oder hacktese?«, hatte er sie immer in seinem lustigen Deutsch gefragt, wenn sie wieder einen ihrer egozentrischen Anfälle hatte und partout mit dem Kopf durch die Wand wollte. Aber Enzo war nicht da. Seit neun Jahren nicht mehr. Eben noch hatte er Claudias Hand auf sein Herz gelegt und geschworen, dass darin nichts, nichts, nichts sei außer ihr. Keine zwölf Stunden später hatte sich die Lenksäule seines Lieferwagens mitten hindurch gebohrt. Nur weil der Fahrer des dreißig Tonnen schweren Kieslasters auf die falsche Straßenseite geraten war. Nur weil der Fahrer die SMS seiner kleinen Tochter lesen musste. Nur weil das Mädchen wissen wollte, wann er nach Hause käme. Eine kurze Abfolge von Nurweils, an deren Ende Enzo tot war und Claudias Leben zerrissen.

»Mein Hof, mein Mauve«, murmelte Claudia und rührte vorsichtig die *Ribollita* um. »Das ist doch ein Knallerargument, Rudi! Da kann man doch nicht Nein sagen, wenn man noch einigermaßen klar bei Verstand ist.«

»Mein Hof, mein Mauve«, summte sie. »Mein Hof, mein Mauve.«

Sie drehte die Pfeffermühle im Takt ihrer Worte. Die gemahlenen Körner fielen in die blubbernde Suppe. Claudia drückte sie mit dem Kochlöffel energisch unter die Oberfläche.

Rudi macht mir im Leben kein Lila, dachte sie. Dieser alte Sturkopf!

Im Grunde ist jede Farbe toll, die unter seinen kundigen Händen entsteht.

Trotzdem!!

Claudia öffnete das Küchenfenster und schrie über den Hof: »MOOOOOOOOOF, DU DICKSCHÄDEL! Oder du kannst deine *Ribollita* heute Abend vergessen!«

»MOOOOOOOOOF, DU DICKSCHÄDEL!«

Rudi grinste. Mauve! Ausgerechnet die Wand hinter der Kasse! Die Wand, die Claudias Kundschaft als Allererstes sah, wenn sie den Laden betrat. Die Frau hatte vielleicht Nerven.

Er schnappte sich den Kanister mit der Olivenseife und verzog sich in den hinteren Teil des Ladens. Dort, wo später die Rotweine lagern sollten, schimmerte der Tadelakt in einem satten, tiefen Rot. Das war eine Farbe, die in die Toskana gehörte. Rudi bestrich einen Teil der Wand mit Seife und begann, den Putz mit einem Stein zu verdichten. Er atmete tief durch. Das war seine Welt. Dass er hier stand, mitten in der Toskana, und tun durfte, was er am liebsten tat und am besten konnte, kam ihm wie ein Geschenk vor. Daran hätte er im Traum nicht gedacht, als er letztes Jahr mit seinen Freunden zum ersten Mal in diese Gegend gekommen war.

Was für ein Durcheinander war das gewesen! In einem Anfall von *Das kann doch nicht alles gewesen sein* hatte Alain seine Familie und den mittwöchlichen Schnitzelstammtisch im Stich gelassen und war Hals über Kopf zu seiner alten Jugendliebe Claudia in die Toskana gefahren. Mit fünfzig hatte sich der Mann aufgeführt, als wäre er gerade fünfzehn geworden! Zu dritt waren sie hinterher gereist, um ihren verwirrten Freund rauszuhauen. Sie hatten nicht den Hauch einer Ahnung gehabt, wo genau er sich herumtrieb.

»Wir sind im typischen Midlife-Crisis-Alter«, hatte der unverheiratete Rudi damals zu seinen Freunden gesagt. »Da kann es durchaus vorkommen, dass wir neben Blondinen in Lamborghinis sitzen und alberne Mützen aufhaben. Aber doch nicht neben fünfzigjährigen Frauen im … im … was weiß denn ich …? Im Opel Astra!? Was soll denn das für eine Krise sein? Das ist doch ein Witz.«

Irgendwann nach drei Wochen hatten sie Alain endlich gefunden und ihre alte Klassenkameradin Claudia mit dazu. Da wurde ihnen allen schlagartig klar, warum es Alain so aus der Bahn geworfen hatte. Wegen so einer Frau ließ man junges Gemüse locker links liegen. Und Lamborghinis erst recht.

Irgendwann im Laufe dieses chaotischen Sommers hatte Claudia Rudi gebeten, die alte Scheune ihrer toskanischen Ölmühle in einen schmucken Hofladen zu verwandeln. Wie üblich konnte Rudi nicht Nein sagen. Genau genommen hätte Rudi schon gekonnt, aber sein

Konto nicht. So pendelte er seit September in regelmäßigen Abständen zwischen Düsseldorf und Castellina hin und her, um in aller Seelenruhe eine italienische Bruchbude zu restaurieren. In seinem klapprigen Sprinter hatte er alles, was er zum Leben brauchte: Werkzeug, Material, Schlafsack, Musik – und Otto.

Otto war eine struppige Mischung aus mindestens drei Terriersorten, die Rudi vor ein paar Jahren an einer Autobahnraststätte in der Nähe von Karlsruhe zugelaufen war. Otto war dort an ein Picknicktischchen geknotet und seinem Schicksal überlassen worden. So gesehen war eigentlich Rudi Otto zugelaufen. Aufgrund seiner schweren Kindheit hatte Otto so viele Macken, dass zwei Hände nicht ausreichten, um sie alle aufzuzählen. Allerdings wusste er diese anfangs sehr geschickt zu verbergen. Zumindest so lange, bis er sich in Rudis Herz gemogelt und dort nach Terrierart festgebissen hatte. Als es Rudi schließlich dämmerte, was für ein Früchtchen er sich angelacht hatte, war es zu spät, um Otto wieder an den Picknicktisch zu binden.

In Castellina fühlten sich die beiden mehr und mehr zu Hause. Otto griff leidenschaftlich alle Männer und Frauen an, die schwarze Hosen trugen, Rudi versah Woche für Woche Wand für Wand mit marokkanischem Marmorputz, und jedes Mal, wenn Grazia den Hof von Claudias Ölmühle betrat und *Rrrudi* rief, schlug ihm das Herz bis zum Hals.

Er fand, es war die beste Zeit seines Lebens.

Rudi legte den Polierstein beiseite und trat in die heiße Julisonne hinaus. Im Schatten der alten Olivenbäume balgten sich Otto und Tortellini Acht um eine alte, ausgetrocknete Wurzel. Die scharfen Zähnchen raspelten an den entgegengesetzten Enden um die Wette, Holzspäne flogen nach allen Seiten. Beide Hunde knurrten und fauchten, als gälte es, das gesamte römische Reich von germanischen Invasoren zu befreien.

Terrier können einfach nicht leise spielen, dachte Rudi. Immer sofort auf hundertachtzig, immer die ganz große Fresse. Er mochte das. Als einigermaßen sozialisierter Mensch hatte man ja immer auf die Befindlichkeiten seiner Mitbürger Rücksicht zu nehmen. Diplomatisch musste man sein, möglichst höflich sollte man bleiben. Am schlimmsten war es, wenn man einem Arschloch gegenübersaß und verpflichtet war, gute Miene zum bösen Spiel zu machen. Otto hielt sich mit solchen Konventionen gar nicht erst auf. Wen er mochte, dem sprang er auf den Schoß. Alle anderen, egal ob Vierbeiner oder Zweibeiner, bekamen ungefragt eine aufs Maul. Das war nichts Persönliches. Otto schätzte klare Verhältnisse. Sollten diese nicht vorhanden sein, so schuf er sie. Aus nichtigstem Anlass ging Otto in die Luft wie ein zwanzigpfündiger Chinakracher. Danach wussten die anderen, woran sie waren, und Otto hatte für alle Zeiten seine Ruhe.

Rudi ging zum Brunnen und pumpte sich kaltes Wasser über den Kopf. Er füllte die Wassernäpfe der Hunde. Wenigstens hatten sie die Hühnerleber gefressen, die schon seit gestern Abend in der großen Blechschüssel gammelte, aus der die beiden einträchtig fraßen. Dem Gestank nach zu urteilen, hätte es nicht mehr lange gedauert, und die Innereien hätten sich von selbst in Bewegung gesetzt.

»Macht mal Platz, ihr Ottos!«

Rudi ließ sich bei den Hunden im Schatten nieder und lehnte seinen müden Rücken an den Olivenbaum. Tortellini Acht stupste schwanzwedelnd die feuchte Nase in Rudis Halsbeuge und kroch beinahe in ihn hinein. Rudi hievte den kleinen Hund auf den Schoß und kraulte ihn hinter den Ohren. Wenn Otto nicht gerade zubiss, war er Weltmeister im Einschleimen. Es sah ganz danach aus, als hätte er Tortellini Acht perfekt in dieser Disziplin unterwiesen.

Rrrudi.

Noch nie war sein Name so gegurrt worden. Er wusste noch genau, wann er es zum ersten Mal gehört hatte. Vor einem Jahr in der Birreria in dem kleinen Dorf unterhalb des Monte Amiata. Die drei Freunde waren gerade angekommen und wollten den ganz großen

Schlachtplan schmieden, um Alain zu finden. Die Stühle standen direkt an der Dorfstraße. Die Sonne schien auf die Tische. Die Luft war warm, das Bier eiskalt. Die Bedienung hieß Grazia und servierte ihnen Runde um Runde. Jedes Mal war ein kleiner Gruß aus der Küche dabei. Grazias Papa stand in seiner Birreria hinter dem Herd und zauberte singend vor sich hin. Schwarze Oliven, scharfe Salami, klitzekleine Margheritas, knuspriges Rosmaringebäck, gesalzene Macademianüsse, mit Parmesan bestreute Blätterteigstangen.

Irgendwann wollte Grazia ihre Namen wissen.

»Rudi«, sagte Rudi.

»Rrrudi«, nickte Grazia.

Seine Freunde zogen die Augenbrauen hoch und begannen augenblicklich zu philosophieren, ob drei R's ein Leben verändern konnten oder nicht. Als sie richtig in Fahrt waren, schlugen sie alle Warrrnungen in den Wind und nahmen sich vor, so lange eine Rrrunde nach der anderen zu bestellen, bis die Snacks, die Grazia mit den Getränken brachte, sich wiederholten.

Die wiederholten sich aber nicht!

Der Heimweg war als eines der denkwürdigsten Ereignisse des Jahrzehnts in die Annalen des Schnitzelstammtisches eingegangen. Mit letzter Kraft schleppte Rudi, der halbwegs nüchtern geblieben war, seine Freunde die steile Dorfstraße zu dem Turmhäuschen hinauf, das oberhalb des Dorfes am Berg lag und ihnen drei Wochen lang als Hauptquartier gedient hatte. Alle Straßenlaternen waren ausgefallen. Die Schlaglöcher lagen im Dunkeln und warteten tückisch auf Knöchel, die sie knicken, und Bänder, die sie anreißen konnten. Nachdem sie die Hälfte des Weges zurückgelegt hatten, ergab sich einer der torkelnden Herren der Schwerkraft, stolperte den Hügel wieder hinunter und musste von Rudi eingefangen werden. Derweil hatte der andere, den Rudi umsichtig an den Mater-Dolorosa-Schaukasten gelehnt hatte, plötzlich Marienerscheinungen und wollte unbedingt *Unserer lieben Frau von den sieben Schmerrrzen* ein Ständchen bringen. Es grenzte an ein Wunder, dass irgendwann alle gemeinsam beim Haus ankamen und unversehrt in die Betten fielen.

Einige Tage danach hatte Grazia ihnen geholfen, eine Werkstatt für Markus' kaputten roten VW-Bulli zu organisieren. Bei dieser Gelegenheit hatte sie ein zweites Mal *Rrrudi* gesagt – und wenig später beim Salatschnippeln in der Turmhäuschenküche ein drittes Mal. Seither gehörte *Rrrudi* zu Rudis Leben wie Otto und der Marmorputz.

Rudi schubste Tortellini Acht von seinem Schoß und erhob sich. Mindestens fünfzig musste man also werden, um die Liebe seines Lebens zu treffen, dachte er. Unvorstellbar, dass es jemals eine Zeit ohne Grazia gegeben hatte. Ohne ihr *Rrrudi*. Ohne ihr helles Lachen und die kleine, geballte Faust, die ihn immer auf den Oberarm boxte. Ohne ihr glückliches Flüstern, wenn der Mond auf das Kissen schien, und ohne diese blitzenden Augen, wenn sie Rudi die Leviten las. Als Tochter eines italienischen Wirts und einer deutschen Mama war Grazia in der Lage, fulminante Wutausbrüche in ganz ausgezeichnetem Deutsch hinzulegen.

Grazia müsste jeden Moment mit den Zwillingen im Schlepptau auftauchen, dachte Rudi. Er ging in die Scheune zurück und arbeitete weiter an der roten Wand. Bis zum Abend würde er damit fertig werden. Dann wären alle Arbeiten bis auf den Eingangsbereich erledigt. Den hatte er sich für die gemeinsame Arbeit mit den Zwillingen aufgehoben. Jetzt, wo ihre Ankunft so kurz bevorstand, wurde es Rudi doch mulmig. Bootcamp bei Rudi in der Toskana! Welcher Teufel hatte ihn da bloß geritten? Vielleicht hätte er sich vor sechs Wochen im *Fass* doch nicht so weit aus dem Fenster lehnen sollen.

Er entdeckte einen kleinen Fleck im roten Tadelakt, der nicht in Ordnung war, und griff zu Olivenseife und Polierstein. Rudi vergaß die Zeit. Er tauchte erst wieder aus seiner Versenkung auf, als er Reifen im Kies knirschen hörte. Eine Autotür wurde ins Schloss geworfen. Schritte näherten sich der Scheune. Grazia bog um die Ecke. Sie strahlte ihn an.

»So, Rrrudi. Bin ich wieder da.«

»Alleine?« Rudi zog die Augenbrauen hoch.

»Aber nein. Wie kommst du darauf?«

»Dann hast du sie also gefunden?«

»Ja. An der Bushaltestelle in Castellina haben sie schon gewartet. Sie waren pünktlich, wie sie gesagt haben.«

»Pünktlich ist gut. Die Torfnasen sollten vorgestern schon da sein.«

»Torf …?«

»Armleuchter. Hirnis. Spinner. Verrückte. Torfnasen halt.«

»Sei nicht so streng, Rrrudi. Es ist den beiden halt etwas dazwischengekommen in Firenze.«

»Ja, das hatten sie geschrieben. Aber sauer bin ich trotzdem.«

»Ich weiß, du hast dir Sorgen gemacht. Aber jetzt sind sie da, und es ist erst einmal alles gut.«

Sie küsste Rudi und strich ihm die Haare aus der Stirn.

Rudi atmete tief durch.

»Und?«, fragte er.

»Was und?«

»Wie sind sie so?«

»Wie sollen sie sein? Es sind junge Leute.«

»Ja schon. Aber wie sehen sie aus?«

»Weiß nicht. Normal?«

»Piercing vielleicht? Lederklamotten. Doc Martens.«

»Geh gucken, Rrrudi. Sie stehen im Hof.«

Die Kneipentür des *Fass* stand weit offen. Lärm und Musik drangen nach draußen in die Stadthitze Düsseldorfs. Am Rauchertischchen lehnten drei Trinker, denen nicht nur die hohen Temperaturen zu schaffen machten. Vermutlich lag es an zahlreichen zum Alt gereichten Kurzen, dass sich zwei von ihnen an der Tischkante festhalten mussten, um nicht rückwärts in den Rinnstein zu kippen.

Alain kam wie üblich eine halbe Stunde zu spät. In dieser Stadt einen Parkplatz zu finden war ähnlich unmöglich wie einen Sechser im Lotto zu tippen. Vor allem abends um halb neun, wenn alle Anwohner zu Hause waren und jeden Winkel ihrer Straßen mit Autos und Motorrädern zugestellt hatten. Der Grund für seine Verspätung war dieses Mal allerdings nicht die Parkplatzsuche oder seine völlig beamtenuntypische, notorische Trödelei, sondern die Kinder. Mal wieder!

Die Zwillinge Jana und Jakob hatten heute in der Schule den Bogen mächtig überspannt und ihnen gleich drei Elterngespräche auf einmal eingebrockt. Der mit einem Meter neunundfünfzig nicht gerade sehr stattliche Musikpädagoge wünschte umgehend einen Austausch zum Thema: Darf Jakob *Was willst du von mir, kleiner Mann* zu seinem Lehrer sagen? Jana hatte ihrer erschütterten Handarbeitslehrerin die Wolle vor die Nase geknallt und hinzugefügt, sie wüsste von Schafen, die sie locker austricksen würden, sie habe schon Pullover mit einem höheren IQ gehabt. Hinterher hatte sie behauptet, sie hätte überhaupt nicht die Lehrerin gemeint, sondern mit ihrer Freundin über den Film *Ein Fisch namens Wanda* gesprochen und daraus einen ihrer Lieblingssätze zitiert, den mit den Schafen eben, den Jamie Lee Curtis Kevin Kline an den Kopf wirft.

Während Alain und Heike am frühen Abend zwischen Tür und Angel in ihren Kalendern geblättert hatten, um zwei Termine für die empörten Lehrkräfte zu finden, klingelte das Telefon, und Frau Stender, die Klassenbetreuerin der Zehnten, meldete dringenden Gesprächsbedarf an. Sechzehnjährige liefen ja öfter mal neben der

Spur, schnatterte sie, aber bei Jana und Jakob sei es derzeit extrem. Ob denn zu Hause alles in Ordnung sei, sie würde derlei Verhalten eigentlich nur von frischgebackenen Scheidungskindern kennen? Jedenfalls müsse man noch in dieser Woche wirklich miteinander sprechen, es drohe eine Klassenkonferenz. Kurz bevor Heike der Frau durchs Telefon ins Gesicht sprang, hatte Alain ihr den Hörer aus der Hand genommen und Frau Stender mit aller Geschmeidigkeit, zu der er noch fähig war, auf einen späteren Zeitpunkt vertröstet. Er hätte ihr alles versprochen, damit sie nur endlich die Klappe hielt und er seinen Schnitzelmittwoch im *Fass* nicht verpasste.

»Langsam kann ich nicht mehr«, sagte Heike, als Alain aufgelegt hatte.

»Es ist nicht schlimmer als sonst.«

»Doch, ist es.«

»Jakob konnte mit Musik noch nie etwas anfangen, und Jana ging die Strickliesel schon in der ersten Klasse auf den Zeiger.«

»Ja, aber mittlerweile sind sie beinahe sechzehn, und ich stelle fest, dass keiner meine Kinder mag. Das tut weh.«

Alain nahm Heike in den Arm und drückte sie lange. Wenn es ganz dick kam, so wie in diesen Tagen, hatte seine schöne, kleine, aufstampfende Löwenfrau Augenringe wie eine Eule. Was konnte sie für ihre Kinder kämpfen! So lange und so heftig, bis auch ihr allerletztes Quäntchen Energie verschwunden war und sie sich nach eigenem Bekunden fühlte wie ein nasser Lappen.

»Du lieber Himmel«, hatte Heike geseufzt, als sie Alain zum Auto begleitet hatte. »Seit die zwei letztes Jahr aus dem Landwirtschaftspraktikum geflogen sind, wachsen unsere Sorgen mit exponentieller Geschwindigkeit. Überall ecken Jana und Jakob an. Die sind doch in Ordnung, wie sie sind. Anstrengend schon, aber sie sollen so bleiben. Leider bin ich bloß die doofe Mutter, und offensichtlich teilt keiner außer dir meine Einschätzung. So ein blöder Arsch, dieser Musikheini!! Ich bin auch nicht wesentlich länger als der. Aber man hat doch irgendwann mal eine innere Größe und lässt diese dämlichen Kindersprüche abperlen. Mein Gott, Alain, mir hängt diese Schule kilometerweit zum Hals heraus! Grüß die Schnitzeljungs von mir. Vielleicht fällt denen ja was Schlaues ein. Markus hat vier Kinder, Thomas ist Kreativ-Irgendwas und Rudi selber ein Chaot. Da muss doch beim Biertrinken irgendeine gute Idee rumkommen.« Sie hatte ihm einen Kuss auf die Wange gedrückt und war wieder ins Haus gegangen.

Alain schaute mehrmals in alle Richtungen und sprintete über die viel befahrene Straße. Auf der anderen Seite blieb er stehen und tastete seine Hosentaschen ab, weil er das Gefühl hatte, er hätte den Autoschlüssel verloren.

»Kohle vergessn?«, lallte einer der betrunkenen Raucher besorgt. »Machnix. Schdammkundschfff kann anschreim lassn. Pri-prima Wirtin da-da drin!«

»Nein, alles in Ordnung, alles dabei«, lachte Alain und betrat das *Fass*.

Von wegen gute Idee, dachte er. Wo soll die herkommen? Die Freunde sahen sich doch kaum noch. Und wenn, hatte jeder genug mit sich selbst zu tun. Thomas durchlebte keine einfache Zeit. Seit er und Ulrike sich auf Probe getrennt hatten und er seinen Kreativdirektorenjob los war, war er gedanklich überall, nur nicht bei seinen Freunden. Rudi fuhr in regelmäßigen Abständen nach Italien. Wenn er mal im Lande war, stöhnte er über Claudias merkwürdigen Farbgeschmack in Scheunenangelegenheiten oder über die Schadenhöhe von Ottos allerneuesten Eskapaden. Markus war wie immer in den letzten zwanzig Jahren in die Aufzucht und Hege seiner vier Kinder eingebunden, von denen zwei noch bei ihnen zu Hause lebten. Seit seine Frau Sabine, die Seniorpartnerin in einer großen Unternehmensberatung war, sich ein zeitraubendes, internationales Projekt ans Bein gebunden hatte, hielt sie sich mehr in der New Yorker Zentrale auf als in ihrem alten Fachwerkhaus am

Stadtrand von Erkrath. Seine Abende verbrachte Markus mit Kochen, Mathenachhilfe, Elternabenden oder Bewusstlosaufdemsofaliegen.

Alain konnte sich kaum noch an den letzten gemeinsamen Mittwoch erinnern, an dem sie alle vier im *Fass* gesessen hatten und sich von der Wirtin dicke Schnitzel servieren ließen. Ausgelassen wie in den guten Zeiten vor zwanzig Jahren, als sie mit dieser Tradition begonnen hatten.

Aber heute war es mal wieder so weit.

Heute würden sie vollständig sein.

Alle vier an einem Tisch!

Alain freute sich schon.

An der Theke im *Fass* war wie immer Hochbetrieb. Der kantige Bierzapfer, der bei allen nur SCHÄTZKENMACHMADREIPILS hieß, weil seine Chefin die Bestellungen immer quer durch den Saal johlte, war gerade in eine Auseinandersetzung mit einem Rudel krawattiger Herren in Businessanzügen verwickelt. Sie waren offenbar nicht damit einverstanden, dass sich auf der Außenseite ihrer Biergläser eingetrocknete Wassertropfen befanden. Da kamen sie an den Richtigen. SCHÄTZKENMACHMADREIPILS setzte sie sie darüber in Kenntnis, dass sie sich gefälligst in den überkandidelten Düsseldorfer Medienhafen verpissen sollten, wenn sie auf blitzende Gläser stünden. Angesichts der mächtigen Pranken des Zapfers, auf dessen Knöcheln die Worte HASS und FASS tätowiert waren, beschlossen sie, der Empfehlung zu folgen, und zogen ab. Das Bier gehe aber garantiert nicht aufs Haus, rief der Zapfer ihnen hinterher, er kriege noch achtundzwanzigsiebzig, und zwar dalli!

»Gut gemacht, mein Junge«, lobte die Wirtin, die mit vier dampfenden Schnitzeltellern aus der Küche kam. »Die kommen von auswärts und sowieso nur einmal. Also Einlauf!«

Sie rannte an Alain vorbei und rief über die Schulter: »Du bist wieder zu spät, Alain. Du bist immer zu spät. Thomas ist heute auch zu spät.« Und dann aus der Tiefe des Raumes: »Schätzken, machma' drei Pils für Tisch elf!«

Alain entdeckte Markus und Rudi an einem der Tische am Fenster. Rudi fuchtelte mit seinem Zeigefinger vor Markus' Nase herum. Offensichtlich prangerte er wieder eine Ungerechtigkeit an, die ihm zugestoßen war. Rudi konnte bei solchen Gelegenheiten fuchsteufelswild werden.

»Die Brille war ganz neu!«, hörte Alain Rudi sagen. »Es ist nicht zu fassen, was für einen Dreck mir der Optiker da angedreht hat. Ganz dünne Kunststoffgläser und ein superleichtes Titaniumgestell, hat er gesagt, das ergäbe einen hervorragenden Tragekomfort. Wahrscheinlich meinte er damit meinen Geldbeutel. Der war hinterher so leicht wie noch nie. Ich habe ihn kaum noch gespürt in der Hosentasche, so komfortabel war der. Die Brille hat dreimal so viel gekostet wie eine normale. Und weißt du was? Nach zwei Wochen war das Ding im Eimer. Die Beschichtung der Gläser blätterte an den Ecken ab. Als ich im Laden stand, um mit dem Chef persönlich unter vier Augen das Thema Gewährleistung zu besprechen, sagte er, meine aggressiven Augenbrauen seien schuld. Die würden am Glas scheuern. In Verbindung mit salzigen Schweißtropfen hielte das keine Beschichtung der Welt aus. Aggressiv? Ich?? Keine Sau ist hier aggressiv!!! Meine Augenbrauen schon mal gar nicht. Dem hätte ich beinahe den Laden zerlegt. Im letzten Moment kam … Otto? … Otto!! Lass den Scheiß!«

Otto schoss wie eine Rakete unter dem Tisch hervor und verbiss sich todesmutig in den Aufschlägen von Alains schwarzen Jeans. Aufgrund eines frühkindlichen Traumas, das sich Rudi und diversen Hundefachleuten bis heute nicht erschlossen hatte, fühlte sich Otto von dunklen Beinkleidern in seiner Existenz bedroht. Da in ihm die Gene von drei rabiaten Terriersorten schlummerten, von denen mindestens eine dafür bekannt war, in Kevlarweste auf Wildsauenjagd zu gehen, kam ein Rückzug für ihn nicht in Frage. Otto griff gnadenlos an und pflegte dabei keinen Unterschied zwischen Freund und Feind zu machen. Rudi hatte einmal gesagt, Otto sei in diesen Situationen einfach nicht mehr er selber.

Alain stellte das Atmen ein und verharrte regungslos wie ein Kriegerdenkmal, während Otto zu seinen Füßen an den Jeans herumzuckte. Ruhe war das einzige Mittel, das gegen Ottos Attacken half. Rudi pflückte Otto kommentarlos von Alains Hose, nahm ihn auf seinen Schoß und wetterte weiter.

»Optiker und Augenärzte, eine einzige Mafia. Die ziehen dich …«

»Rudi!«, mahnte Markus.

»Wenn ich es doch sage. Die ziehen dich über den Tisch, wo sie können. Du musst denen nur verraten, dass du eine Brillenzusatzversicherung hast, und schon treiben sie die Kosten auf die Spitze.«

»Rudi, es sind nicht alle so.«

»Aggressive Augenbrauen! Ja, geht's denn noch!«

»Rudi, geh das nächste Mal zu meinem Optiker. Der gehört zu den Guten.«

»Mafia! Ich sag's euch.«

»Warum regt er sich so auf«, fragte Alain, schüttelte sich die Hosenbeine aus und setzte sich zu seinen Freunden an den Tisch.

»Er hat seine Brille vergessen, konnte die Speisekarte nicht lesen und dann kam eins zum anderen«, erklärte Markus. »Du weißt ja, wie er ist.«

»Er kennt die Karte doch seit Jahren auswendig. Warum will er sie lesen?«

»Es gibt scheinbar etwas Neues«, sagte Rudi und schob Alain die Karte hin. »Da oben rechts beim Bild.« Er tippte mit dem Zeigefinger auf ein verschwommenes Schnitzelfoto. »Außerdem bin ich anwesend, Merkwürden. Sie können mich direkt ansprechen.«

»Schnitzel Alhambra«, las Alain mit zusammengekniffenen Augen. »Mit einer Kruste aus Knoblauch, Koriander, Kreuzkümmel und Cayennepfeffer. Aha! Scheint irgendwas Maurisches zu sein.«

»Das ideale Gericht für Rudi«, sagte Markus. »Rudi verputzt Mauern und …«

Weiter kam er nicht.

»Aua!«, röhrten Rudi und Alain gleichzeitig. »Fünf Euro ins Kalauerkässchen.«

»Ja, ist ja gut«, beschwichtigte Markus. »Wir waren neulich beim Indonesier. Da stand Bambi Goreng auf der Karte. Zwischen den Nudeln war aber weit und breit kein Rehlein zu sehen. Nur Huhn, Rind und Schwein.«

»Vielleicht ist Alhambra ja auch ein Druckfehler«, sagte Rudi.

»Ja, ja«, sagte Alain. »In Wirklichkeit heißt es Caramba und wird mit Motorradkettenöl flambiert.«

»Was wird mit Kettenöl flambiert?«, wollte die Wirtin wissen, die unbemerkt an ihren Tisch getreten war und schon eine ganze Weile zugehört hatte. »Unser Schnitzel Alhambra? Nein, das mariniert der Koch immer drei Tage in Brennspiritus, damit die Kakerlakenkruste besser hält. Wer möchte probieren?«

Sie zückte den Block und den Kugelschreiber.

»Ich«, sagte Rudi. »Das klingt wieder lecker.«

»Also einmal Alhambra statt Jäger und ansonsten wie immer. Wiener für Markus, Zigeuner für Alain und einmal Mailänder für Thomas, der nicht da ist. Ruft den doch mal an. Vielleicht ist ihm etwas passiert. Otto kalte Krakauer oder lieber warme Blutwurst?«

»Otto kalte Krakauer«, bestätigte Rudi.

Die Wirtin nickte zufrieden, klemmte sich den Bleistift hinter das Ohr und verschwand. Rudi schob Otto, der sich mittlerweile wieder beruhigt hatte, sanft von seinem Schoß unter den Tisch. Nach dem Zuschnappen waren dem Terrier die schwarzen Hosen von Alain ein bisschen vertrauter geworden. Otto spürte noch ein paar Fussel zwischen den Zähnen. Von diesen Jeans ging offensichtlich keine Gefahr aus. Sicherheitshalber behielt Otto sie misstrauisch im Blick. Man konnte nie wissen.

»Und? Gibt's was Neues?«, fragte Alain.

»Ich habe mir überlegt, dass es vielleicht nicht schlecht wäre, wieder in den alten Beruf zurückzukehren«, sagte Markus. »Es gibt bei der Volkshochschule so eine Art Wiedereingliederungskurs für Leute, die schon länger nicht mehr am Wirtschaftsleben teilgenommen haben.«

»Ich dachte, du bist komplett mit Haus und Hof ausgelastet«, sagte Alain. »Wir sehen uns ja kaum noch.«

»Schon«, sagte Markus. »Aber ich spüre, wie so langsam wieder ein bisschen Luft und Energie für das andere wichtige Zeug im Leben übrig ist. Sabine schwenkt ihr schlaues Beraterköfferchen derzeit zwar mehr in Manhattan als in Erkrath, aber ein Ende ist absehbar. Unser Sohn wohnt seit drei Jahren schon in Düsseldorf. Die Älteste absolviert ein Auslandsjahr in Frankreich. Bleiben mir noch zwei Mädchen, die unentwegt bei Freundinnen übernachten, ihren Schulkrempel alleine auf die Reihe kriegen und sich peu à peu selbst in die Freiheit entlassen. Dabei boxt die Sechzehnjährige alles für ihre dreizehnjährige Schwester mit durch. Die zwei werden immer selbstständiger. Ich werde einen Teufel tun und ihnen alberne Grenzen ziehen. Wenn ich mir nicht bald anständige neue Aufgaben suche, fange ich noch an, Goldhamster zu züchten. Oder Rosen.«

»Unvorstellbar«, sagte Rudi.

»Du müsstest einen Strohhut tragen und würdest richtig scheiße aussehen«, sagte Alain.

»Eben«, nickte Markus und trank sein Bier aus. »Das geht gar nicht.«

»Aber du bist seit zwanzig Jahren raus aus dem Büro«, sagte Rudi. »Es hat sich viel verändert. Außerdem kann ich nicht glauben, dass die Volkshochschule extra Kurse für Väter wie dich eingerichtet hat. Das lohnt sich doch nicht. So einen wie dich gibt's nicht zwei Mal in Düsseldorf.«

»Na ja, die Maßnahme war ursprünglich auch nicht für Väter gedacht«, gab Markus zu.

»Für wen denn?«, wollte Alain wissen.

»Genau genommen heißt der Kurs *Mütter fit für den Beruf*. Ich sitze da jeden Mittwoch mit lauter Frauen im Kurs und lerne die Basics des neuen Bürolebens.«

»Du hast einen Kurs gebucht, der *Mütter fit für den Beruf* heißt???« Rudi konnte es nicht fassen.

»Ich war jetzt ein Mal da«, sagte Markus. »Aber so richtig hilfreich war das irgendwie auch nicht. Ich muss mir immer auf die Knöchel beißen. Da sagen Frauen so Sachen wie …« Er wuchtete seine Stimme ins Falsett. »… Ja hallo, ich bin die Heidrun und wollte mal fragen, ob es denn auch noch Schreibmaschinen im Büro gibt oder ob man sich jetzt ganz auf diese neumodischen Compi-, Cumpo- …«

»Grundgütiger!«, stöhnte Alain.

»Das war nur Spaß«, lachte Markus. »Aber Heidrun heißt sie wirklich und die hellste Kerze auf der Torte ist sie auch nicht.«

»Was hast du früher noch mal gemacht?«, fragte Rudi, der sich an einen berufstätigen, kinderlosen Markus überhaupt nicht erinnern konnte.

»Personalwesen und Organisation. Markus ist ein ganz trockener BWL-Sack«, sagte Alain, der Markus noch aus einer Zeit kannte, wo sie gemeinsam im Sandkasten des Singener Elisabethenkindergartens gesessen und sich mit Schäufelchen beworfen hatten. Sie waren Freunde, seit sie vier Jahre alt waren.

»Das würde ich heute nicht mehr machen«, sagte Markus zu Alain. »Aber Projektmanagement wäre was. Organisieren kann ich immer noch wie eine Eins. Denk nur mal an unsere Tour letztes Jahr, als wir dich in Italien gesucht und schließlich bei Claudia gefunden haben. Das war doch wohl von Anfang bis Ende generalstabsmäßig durchgeplant, oder?« Markus kratzte sich am Kopf.

»Detektiv käme womöglich auch in Frage«, überlegte er laut. »Ich sehe da Talente.«

»Und wovon träumst du nachts?«, grinste Rudi. »Detektiv? Wir sind drei Wochen wie die Blöden in der Toskana herumgeirrt und dann zufällig über Claudias Schwelle gestolpert. Wir waren ja noch nicht einmal in der Lage, uns mit Alain in Siena unter der richtigen Romulus-Säule zu treffen.«

»Aber nur, weil Thomas die falsche Säule im Auge hatte.«

»Ja, aber du hattest gar keine im Auge, Philip Marlowe.«

»Na gut, ich überleg's mir noch mal.«

»Was hatte ich im Auge?«

Thomas war endlich da und setzte sich zu ihnen.

Er sah übernächtigt aus, fand Rudi. Das war kein Wunder. Thomas hatte es im vergangenen Jahr am meisten von allen gebeutelt. Seine Werbeagentur hatte ihn gefeuert, nachdem er mehreren lukrativen Kunden beschieden hatte, dass sie blöd wie Toastbrot seien. Das stimme zwar, bestätigte selbst sein Chef, sei aber nicht sonderlich diplomatisch formuliert gewesen. Die erbosten Kunden hatten Knall auf Fall gekündigt und ihren Etat ein paar Straßen weiter zur Konkurrenzagentur getragen. Folge: Thomas war hochkant geflogen. Seither plante er kreuz und quer in seinem neuen Leben herum, kam damit aber nicht richtig weiter. Er konnte sich nicht entscheiden, ob er sich jetzt schon als freier Kreativer am Markt positionieren sollte oder erst in einem halben Jahr. Mit der dicken Abfindung im Rücken konnte er sich ein bisschen Relaxen in der Karibik sehr gut vorstellen oder – etwas weniger egoistisch gedacht – ein paar intensive Monate mit dem kleinen Paul, den seine Frau Ulrike für die Zeit ihrer Probetrennung zu sich genommen hatte. Nach zwanzig Jahren aufreibenden Agenturlebens, dem er Haare, Nerven und Familienleben geopfert hatte, in genau dieser Reihenfolge, würde ihm eine Pause bestimmt gut bekommen. Andererseits war Thomas schon immer ein Workaholic gewesen, der bereits am ersten e-Maillosen Urlaubstag nervös auf dem Liegestuhl hin und her rutschte und lamentierte, im Büro würde alles den Bach runter gehen, wenn er nicht fünfmal pro Tag bei den Entscheidungen ins Boot geholt wurde. Thomas hatte nicht den Hauch einer Ahnung, was er tun sollte. Gerade eben, auf dem Weg ins *Fass*, hatte er sich noch gewundert, wie er eigentlich all die Jahre eine Kreativabteilung mit fünfundzwanzig Leuten erfolgreich hatte führen können, wo ihm doch in eigener Sache keine einzige vernünftige Entscheidung gelang.

Mit Thomas kamen die Schnitzel.

»Jetzt aber!«, sagte die Wirtin zufrieden und verteilte die vier Teller auf dem Tisch. »Wiener, Zigeuner, Mailänder, Alhambra. Ihr müsst pünktlicher sein, Kinder. So spätabends soll man nicht mehr schwer essen. Und eine ganz dicke Krakauer für den Otto, gell, Otto!«

Unter dem Tisch knurrte es wohlig.

Markus schielte auf Rudis Teller.

»Rudi hat schon wieder das größte Schnitzel«, maulte er.

»Das ist schon recht so«, sagte die Wirtin. »Der Rudi ist auch der Ärmste von euch. Den muss man päppeln.«

»Du päppelst ihn seit mindestens zehn Jahren«, sagte Thomas. »Er wird und wird nicht dicker.«

»Außerdem hat er jetzt einen guten Job in Italien, der Rudi«, sagte Rudi. »Wir kommen zurecht, Otto und ich.«

»Trotzdem«, sagte die Wirtin. »Im Vergleich zu dir sind die anderen drei reich, Rudi, und du lebst von der Hand in den Mund.«

»Er will es doch nicht anders«, sagte Alain.

»Außerdem lebt Rudi nicht von der Hand in den Mund«, sagte Markus, während er unter dem Salatblatt nach den Zitronenscheiben suchte. »Sondern von der Wand in den Mu...«

»Aua!«, grölten die anderen gleichzeitig. »Fünf Euro ins Kalauerkässchen!«

Rudi grinste. Sie waren in Hochform, dachte er. Als hätte es das letzte halbe Jahr nicht gegeben, wo sie sich kaum begegnet waren; wo jeder seiner eigenen Wege gegangen war, kaum Zeit für den anderen gehabt und Rudi insgeheim befürchtet hatte, dass sie sich fremd geworden waren. Doch weit gefehlt: Heute waren er und Markus gleichzeitig ins *Fass* gekommen, eine Weile später Alain und jetzt Thomas, und kaum war der letzte von ihnen eingetroffen, fühlte es sich an wie früher, als sie sich Mittwoch für Mittwoch hier getroffen hatten, dachte Rudi. Damals hatte jeder der Freunde noch gewusst, was den anderen gerade bewegte, wie gut es ihm ging oder wie schlecht, was ihm Freude bereitete und was Ärger.

Rudi beobachtete Markus, wie er mit ungebremster Begeisterung lange Streifen von seinem Schnitzel heruntersäbelte und in den Mund schob. Der alte Genießer! Wie oft schon hatte Markus zur Attacke auf seinen Hüftspeck geblasen und kläglich versagt? Rudi wusste es nicht mehr. Meist blieb es bei einem unbefriedigenden Salattag, der abends in einer kleinen Rotweinorgie endete, um den rasenden Hunger zu betäuben. Wenn er so weitermachte, bekäme er seinen Ehering nie wieder vom Finger, hatte Markus einmal angesichts einer extragroßen Schnitzelplatte gestöhnt. Daraufhin hatte die Wirtin ihm noch eine Schale mit *Gemüse der Saison* dazugestellt und trocken gemeint, das wolle er doch auch gar nicht, dafür liebe er seine Frau viel zu sehr. *Gemüse der Saison* war im *Fass* die hochoffizielle Bezeichnung für einen Berg Pommes Frites von den Ausmaßen des Matterhorns. Ächzend hatte sich Markus in sein elendes Schicksal gefügt und dabei so glücklich ausgesehen, dass seine Freunde insgeheim geschworen hatten, ihn notfalls mit Waffengewalt von irgendwelchen zukünftigen Diätvorhaben abzubringen. Für Askese war dieser Mann einfach nicht geschaffen.

»Vielleicht sollte ich das mit der Werbung auch ganz lassen«, sagte Thomas gerade, als Rudi aus seiner Versunkenheit auftauchte. »Ich kriege mittlerweile Pickel beim Fernsehen. In einem einzigen

Werbeblock habe ich gestern Abend so viel unbeschreiblichen Schrott gesehen, dafür hättest du locker zehn Kreativdirektoren kündigen können. Eine Familie traf sich auf der Couch, um *Toffifee* zu essen. Alle rasteten vor Begeisterung völlig aus. Sogar ein Sechzehnjähriger war dabei. Das ist das wahre Leben, oder? Alain sitzt mit Heike und seinen chaotischen Zwillingen doch bestimmt jeden Abend auf dem Sofa und drückt klebrige Karamellhäufchen aus der Folie. Oder?«

Alain nickte mit vollem Mund.

»Auf jeden Fall«, sagte er. »Ein Familienritual. Ohne unsere *Toffifee*-Sitzungen könnten die Kinder gar nicht mehr leben.«

»Eben«, sagte Thomas. »Direkt nach dem *Toffifee*-Spot durfte ich glücklichen Menschen beim Fahrradfahren zusehen. Die hatten alle riesige *Persil*-Pakete auf dem Gepäckträger, und zu Hause freute sich die ganze Familie über ein weißes Hemd. Danach kam ein Kloreiniger mit integrierter Spurenbremse, was immer das auch sein mag, ich will es nicht wissen, schon gar nicht beim Essen, ein Professor, der mit einer Sprühflasche *Bref* ein versautes Sofa bearbeitete …«

»*Toffifee*-Flecken vielleicht«, mutmaßte Rudi.

»… und danach *Rama,* die neuerdings ein eingebautes Bratstartsignal bewirbt. Ein Bratstartsignal! Wisst ihr, was das ist? Das sind einfach nur bescheuerte Bläschen, wenn das Fett heiß wird. Erst wenn diese Bläschen verschwinden, darfst du das Schnitzel in die Pfanne werfen. Bratstartsignal!!! Es gibt Klapsmühlen, da stellen sie dich wegen weit harmloserer Hirngespinste ruhig.«

»Handvoll *Haldol* ins Birchermüsli, und gut ist«, sagte Alain.

»Bratstartsignal«, murmelte Markus in sein Saisongemüse. »Sag das dreimal ganz schnell hintereinander, Thomas.«

»Brtstrtsignl …«

Alain heulte auf vor Lachen und verschluckte sich an einer Paprika. Markus schlug ihm auf die Schulter.

Alain, dachte Rudi, der war auch nicht umzubringen. Da war diese staubtrockene Beamtenseele mit einer Frau verheiratet, die die Sprengkraft einer Zehntonnenbombe hatte, und mit Zwillingen geschlagen, die ihn an den Rand des Wahnsinns trieben, seit sie den Kindergarten verlassen hatten, aber seine gute Laune verlor Alain nie. Okay, im Gesicht war er in letzter Zeit ein bisschen hagerer geworden. Rudi wusste nicht genau, warum. In Alains Leben hatte es immer Zeiten gegeben, wo er von der Substanz zehrte. Zum Leidwesen von Markus, bei dem gar nichts zehrte. Er brauchte nur eine Tafel Schokolade schräg anzusehen, schon nahm er zu. Die beiden waren in Singen am Hohentwiel aufgewachsen, hatten gemeinsam Sechser in Latein geschrieben, Mädchen geküsst, Lehrer beleidigt, mit Ach und Krach das Abi geschafft. Danach hatte sie das Leben in alle Windrichtungen verstreut.

Bis sie sich zehn Jahre später aus Zufall im Rheinland wieder begegnet waren. In einer Badmintonhalle! Markus hatte vor Schreck einen Matchball versemmelt, als er Alain auf einem der benachbarten Plätze entdeckte. Kurz darauf waren Thomas und Rudi dazugestoßen. Zu viert hatten sie so lange den Badmintonschläger geschwungen, bis Markus irgendwann *Rücken* hatte, Thomas *Ellenbogen* und Alain *Knie*. Daraufhin hatten sie ganz pragmatisch den sportlichen Teil ihrer mittwöchlichen Zusammenkünfte gestrichen und gingen seither um acht ohne Sporthallenumwege direkt ins *Fass*.

»Rudi?«

Seit zwanzig Jahren kenne ich die drei jetzt, dachte Rudi. Alain und Markus kennen sich schon seit über vierzig. Meine Güte, dachte er, zusammen sind wir ganz schön alt geworden. Über zweihundert. Aber in der Birne ist jeder von uns nicht älter als zwanzig. Alberne Vögel sind wir.

»Ruuudi!«

»Was?« Rudi schreckte aus seinen Gedanken.

»Sprechstartsignal«, grinste Markus.

»Wie?«

»Sprchstrtsigl! Thomas hatte dich gerade gefragt, wie es in der Toskana läuft.«

»Entschuldigung, ich war gerade …«

»Wir wissen, wo du gerade warst«, sagte Alain. »Ausgeklinkt hast du dich, weil wir wieder alle durcheinanderreden. Geht es denn vorwärts bei euch?«

»Claudias Laden ist fast fertig«, sagte Rudi. »Im September will sie ganz groß eröffnen. Morgen oder übermorgen fahre ich wieder für zwei Monate runter. Das ist dann quasi meine allerletzte Schicht.«

»Die anderen Handwerker haben ihre Arbeiten tatsächlich pünktlich erledigt?«, wollte Thomas wissen.

»Kann nicht sein«, sagte Markus. »Ich meine, das sind doch Italiener.«

»Hört mir bloß auf«, winkte Rudi ab. »Die sind da unten alle entweder wahnsinnig oder tiefenentspannt. Termine? Fehlanzeige. Du verabredest dich für diesen Mittwoch um elf. Mittwoch um elf kann in deren Augen aber jeder Mittwoch sein. Oder ein Donnerstag um eins. Oder ein Freitag um gar nicht. Baupläne sind nur zum Butterbroteinwickeln da. Gebaut wird mit viel Fantasie und Daumengepeile. Der Elektriker hat das falsche Kabel dabei? Egal, rein damit. Wenn die Sicherungen knallen, ist er längst vom Hof. Wir mit unseren deutschen Ansprüchen würden uns schon längst in den Arsch beißen. Aber Claudia lebt ja schon lange genug in Italien. Die sitzt das mit einer Seelenruhe aus. Außerdem war sie so schlau und hat mich als Allerletzten gebucht. Die waren alle bereits fertig, als ich meine erste Wand verputzt habe. Wenn ich mich nicht täusche, muss nur der Dachdecker noch eine Handvoll Dachpfannen austauschen. Das war's dann.«

»Prima«, sagte Alain. »Und Otto?«

»Dem geht es Bombe in Castellina«, sagte Rudi. »Der streunt den ganzen Tag in der Gegend herum und hat immer schlechte Gesellschaft.«

Otto hatte sich im Jahr davor in die Hofhündin von Claudias Nachbarn Renzo verknallt, einen widerspenstigen, pechschwarzen Drachen mit einem furchteinflößenden Gebiss. Claudia nannte sie nur Frau Mahlzahn. In Wirklichkeit hieß sie Pasta. Aus Ottos und Pastas Techtelmechtel, das eines Nachts neben Renzos Schinkenräucherkammer stattgefunden hatte, waren acht Welpen hervorgegangen, die der Einfachheit halber alle auf den Namen Tortellini getauft und durchnummeriert wurden.

»Von dem Wurf sind nur zwei Tortellinis übrig geblieben«, sagte Rudi. »Nummer Zwei und Nummer Acht. Alle anderen hat Renzo unter Nachbarn und Freunden verteilt. Den Achter hat mir Claudia aufs Auge gedrückt. Ein Chaot wie sein Vater. Der Zweier wohnt auch in der Ölmühle, ist aber noch besitzerlos. Otto unterrichtet beide in seiner Lieblingsdisziplin: Marathonscheißebauen. Das beherrscht er aus dem Effeff. Das mit deinen Jeans tut mir leid, Alain. Die kann ich dir ersetzen. Eine Haftpflicht hat Otto ja nicht mehr. Aber er kann das später bei mir abarbeiten. Ich brauche immer einen, der die Farbeimer sauberleckt.«

»Braucht er nicht«, sagte Alain. »Ein Loch im Hosenaufschlag ist derzeit mein geringstes Problem.«

»Was ist bei euch denn wieder los?«, fragte Markus.

»Lass Schätzken noch mal zapfen«, sagte Alain. »Dann erzähle ich euch alles.«

Es war schon spät. Im Schankraum wurde es langsam ruhiger. Die unbekannten Trinker, die zu Messezeiten in Scharen auftauchten, waren bierselig in die umliegenden Hotels gewankt oder ermattet auf Taxirücksitze gefallen. Das *Fass* gehörte wieder seinen Stammgästen, seiner Wirtin und SCHÄTZKENMACHMADREIPILS. Der hatte mittlerweile sogar genug Freizeit, um draußen am Raucher- tischchen eine zu paffen. Dazu kam er während der Arbeit norma- lerweise nicht. Stattdessen kaute er im Feierabendzapfverkehr eine ganz besonders fiese Sorte Tabak. Wie er die braune Brühe in seinen Backentaschen loswurde, blieb allen Kneipenbesuchern ein Rätsel. Markus jedenfalls hatte schon früh geschworen, sich niemals mit SCHÄTZKENMACHMADREIPILS anzulegen. Wegen nichts und nie- mandem! Nicht, dass der einem noch ins Bier spuckte!

Die Wirtin hatte sich den schwanzwedelnden Otto geschnappt und war mit ihm hinter der Theke verschwunden. Dort verfütterte sie alle Fritten, die lahm und lau auf den Tellern übrig geblieben waren, an das begeisterte Raubein. Man dürfe nichts umkommen lassen, hatte sie in einer stillen Stunde einmal zu Alain gesagt. Nach- dem der sofort misstrauisch auf sein Zigeunerschnitzel gestarrt hatte, hatte sie schnell hinzugefügt, dass sich selbstverständlich – gerade was die Beseitigung von Speiseabfällen anbelangte – alles im Rah- men des Lebensmittelrechts zu bewegen habe. Alain staunte, hatte er doch bis zu diesem Zeitpunkt gar nicht gewusst, dass die Wirtin so komplizierte Sätze formulieren konnte.

Otto jedenfalls hatte überhaupt nichts gegen eine derart groß- zügige Auslegung der geltenden Gesetzeslage und schnappte eine kalte Fritte nach der anderen aus der spendablen Wirtinnenhand. Jedes Mal, wenn man sein Gebiss hinter dem Tresen klackern hörte, sprach die Wirtin die beruhigenden Worte *Langsam Otto,* worauf das Schnappgeräusch noch lauter wurde. Manchmal sagte sie auch *Otto sitz,* weil sie der Auffassung war, anständige Zeitgenossen hätten für ihr tägliches Brot zu arbeiten. In diesem Fall senkte Otto für eine Hundertstelsekunde seinen Hintern in Richtung Fußboden- fliesen und stand gleich darauf wieder wie eine Eins neben ihr. Rudi hatte der Wirtin einmal erklärt, dass Otto sie mit diesem Sekunden- schwebesitz nach allen Regeln der Kunst verlade, aber das hatte sie nicht hören wollen. *Sitz* sei *Sitz,* hatte sie ihm erklärt, und er, Rudi, solle ihr erst mal das Fachbuch zeigen, wo eine vernünftige Sitzdauer festgelegt sei, und selbst wenn er das vorlege, wäre es ihr auch wurscht und dem braven Otto ebenfalls, gell du, Otto!

SCHÄTZKENMACHMADREIPILS kam hustend wieder ins *Fass.* Fragend hielt er vier Finger in ihre Richtung. Markus nickte ihm zu.

»So sieht's jedenfalls aus«, seufzte Alain und zuckte ratlos mit den Achseln. »Einmal zu viel die Sau rausgelassen, sage ich nur. Als Nächstes droht den Kindern eine Klassenkonferenz, und die zieht zu neunzig Prozent einen Schulverweis nach sich.«

»Habt ihr den Termin schon?«, fragte Markus.

»Nächste Woche wahrscheinlich«, sagte Alain.

»Wie muss man sich das vorstellen, so eine Klassenkonferenz?«, fragte Thomas. »Sitzen da Schüler zu Gericht über andere?«

»Nein«, sagte Alain. »Mit den Jugendlichen hat das nichts zu tun. Alle Lehrer einer Klasse treffen sich und beraten über die Klasse. Normalerweise sprechen sie über die gesamte Klasse, im ungünstigsten Fall nur über einen einzigen Schüler. In der Regel wird der Knabe einbestellt und sieht sich allen seinen Paukern gegenüber. Die sitzen dann in so einem U und gucken dramatisch.«

»Es erwischt halt immer die Jungs«, sagte Markus. »Die Mädchen kommen nicht vor den Kadi. Weil alle glauben, dass sie so brav sind. Dabei sind sie einfach nur schlauer und mobben so leise und geschickt, dass es keiner merkt.«

»Jana ist die Erste an unserer Schule, die so eine Konferenz kriegt«, sagte Alain.

»Ein bisschen stolz kannst du da schon sein«, sagte Thomas.

»Bin ich auch«, sagte Alain. »Sie stellt nämlich selbst kaum etwas an, ergreift aber gnadenlos Partei für ihren Bruder, der überall aneckt. Dabei entschlüpfen ihr Wörter, die dem Lehrkörper nicht behagen.«

»Müssen deine Kinder sich selbst verteidigen, oder dürfen sie einen Anwalt engagieren?«, fragte Rudi. »War nur ein Witz«, lachte er.

»Das ist gar nicht so weit hergeholt, Rudi«, sagte Alain. »Damit auch der Letzte begreift, wie ernst die Situation ist, dürfen die Angeklagten eine Person ihres Vertrauens zur Verhandlung mitbringen und natürlich ihre Eltern.«

»Wenn die Alten nach dem ganzen Desaster überhaupt noch mit ihnen sprechen«, sagte Thomas.

»Momentan tun sie das noch«, grinste Alain. »Allerdings eher laut als leise. Heike flippt jedes Mal aus, wenn die Zwillinge patzig werden. An die Wand klatschen könne sie die beiden, sagt sie immer. Andererseits, wenn du Heike richtig zum Detonieren bringen willst, dann musst du nur etwas gegen ihre Kinder sagen.«

»Was man ja durchaus auch mit Berechtigung tun könnte«, sagte Markus vorsichtig. »Die zwei bauen manchmal echte Scheiße. Da beißt die Maus keinen Faden ab. Die Nummer, die sie sich letztes Jahr geleistet haben, als sie aus dem Praktikum flogen, war wirklich nicht ohne. Die hätten da oben in Schweden ohne Weiteres eingebuchtet werden können.«

»Wenn die lieben Kleinen mit Drogen handeln, darf man auch mal schimpfen«, sagte Thomas und wackelte mit dem Zeigefinger. »Und ihnen zur Strafe die Bobbycars wegnehmen.«

Alain war gar nicht zum Lachen zumute.

»Momentan sind wir alle vier ziemlich dünnhäutig«, sagte er. »Jeden Tag geht eine andere Rakete hoch. Ich komme mir vor, als wohnten wir in Cape Canaveral.«

»Hört sich ganz so an, als wärt ihr mit eurem Latein am Ende«, sagte Rudi.

Rudi hatte Jana und Jakob schon länger nicht mehr gesehen. Er mochte die beiden sehr. Jakob mit seinem Talent für das Theaterspiel, der mit seinen Clownerien in Nullkommanichts langweilige Unterrichtseinheiten sprengen konnte; Jana, die mit ihrem feinen

Gespür für Stimmungen so gut wie jeden Menschen lesen konnte wie ein Buch und schon nach kürzester Zeit wusste, welche Knöpfchen sie drücken musste. Früher waren es übermütige, quirlige Kinder gewesen, die immer für eine Überraschung gut waren. Mittlerweile waren sie sechzehn und ließen nichts anbrennen. In ihrer Waldorfschule schon gar nicht. Trotzdem war Drogenhandel ein viel zu dramatisches Wort, dachte Rudi. Die zwei hatten den Schweden nur ein bisschen von ihrem Dope abgegeben. Gegen Gebühr natürlich, um ihre Urlaubskasse aufzubessern. Für einen Rausschmiss aus dem Landwirtschaftspraktikum hatte es gereicht. Aber Einbuchten wäre nie und nimmer drin gewesen. Markus übertrieb mal wieder schamlos. Tatsache war aber, dass sich seither ihre Schulsituation von Monat zu Monat verschlimmert hatte. Stillsitzen, Maul halten und frontal unterrichtet werden war einfach nicht ihr Ding.

Rudi hatte dafür vollstes Verständnis. Was hatten seine Pauker ihn früher zum Wahnsinn getrieben! In der Fünften hatte der kleine Rudi die erste Todesliste seines Lebens erstellt und an oberster Stelle Frau Gschwendtner eingetragen. Daneben – in der Spalte *Was man ihr antun müsste* – hatte er vorgeschlagen, Frau Gschwendtner in einer Gummizelle so lange mit ihrer eigenen schnarrenden Unterrichtsstimme zu beschallen, bis ihr das Blut aus den Ohren lief. Leider hatte Frau Gschwendtner dieses monumentale Werk beschlagnahmt. Rudis Mama war am selben Tag noch in das Büro des Direktors beordert worden und hatte dort wertvolle pädagogische Ratschläge aus der Abteilung *Mal ordentlich den Arsch versohlen* entgegengenommen.

Geholfen hatte es nicht allzu viel. Rudi schrieb heute noch Todeslisten. Allerdings nicht mehr auf Papier, sondern nur noch im Geiste. Auf den ersten drei Plätzen lagen derzeit ein irrsinniger Diktator, der sein eigenes Volk massakrieren ließ, Banker, die darauf wetteten, dass die Drecksau durch diese Aktion an der Macht blieb, sowie eine Handvoll Transplantationsärzte, die reiche Patienten gegen Bestechungsgeld auf der Organspendeliste nach oben mogelten. Diese Schweinepriester würde Rudi allerdings nicht gleich umbringen, sondern zum langsamen Ausschlachten freigeben. Das alles konnte sich aber morgen schon ändern. Rudi war sehr flexibel.

Vielleicht müssten die Zwillinge einfach nur mal eine Weile raus aus ihrem Umfeld, dachte Rudi. Momentan steckte doch überall der Wurm drin. Schule, Eltern, Freunde, wo man hinsah: Wurm! Die zwei hatten im Moment nur noch sich selber. Wenn er an Claudias toskanische Olivenölmühle dachte, an seine Baustelle, an die fast fertige Scheune, die von Tag zu Tag immer besser aussah, an die Sommersonne, die einem da unten auf den Pelz brannte, an die beiden kernigen Frauen, mit denen er es täglich zu tun hatte, an diese unglaublich widerspenstige Claudia mit ihrem wunderlichen Farbverständnis und an Grazia mit ihrem großen Herz für alles und jeden, dann wäre das doch genau das richtige Umfeld, um renitente Zwillinge mal wieder ordentlich zu erden!

»Wollt ihr die Kinder nicht von der Schule nehmen, um die Situation erst mal zu entkrampfen?«, fragte Markus in diesem Moment. »Besprich das doch mal mit Heike. Die paar Wochen bis zu den Sommerferien bringen es auch nicht mehr. Der Stoff ist durch, sie verpassen bestimmt nicht viel. Und im nächsten Schuljahr macht ihr dann einen Neustart an einer anderen Schule.«

»Kompletter Reboot quasi«, sagte Thomas.

»Bootcamp«, murmelte Rudi.

»Was?« Alain beugte sich über den Tisch.

»Bootcamp«, wiederholte Rudi laut. »Ich weiß nicht, ob das jetzt eine Schnapsidee ist. Aber schick die beiden doch einfach zu mir in die Toskana.«

»Du meinst …?«

»Wir haben da unten wirklich noch einen Arsch voll Arbeit. Ich muss bis September alle Wände fertig haben. Claudia will noch ein paar Regale selbst schreinern. Der Dachdecker ist bestimmt auch schneller fertig, wenn ihm einer die Dachpfannen nach oben wirft. Außerdem muss der Laden komplett eingerichtet und eingeräumt werden. Grazia organisiert das Eröffnungsfest. Die rödelt im Moment wie eine Wilde. Außerdem muss sie ihre Verwandtschaft in Schach halten. Die sind zwar herzensgut und wollen mächtig mit anpacken, bringen aber alles durcheinander. Na ja, und wenn man sie wirklich braucht, haben sie keine Zeit. In dem ganzen Trubel geht schon mal das ein oder andere unter. Ich meine, jeder von uns könnte Hilfe gebrauchen. Vor allem Hilfe, die auf dem Hof wohnt und ständig verfügbar ist. Und was das Schreinern und Verputzen angeht – deine Zwillinge haben ja keine vier linken Hände, soweit ich weiß.«

»Es geht. Im Fach Holzhandwerk sind sie immer rausgeflogen, weil sie ihre freche Klappe nicht halten konnten.«

»Damit werde ich fertig.«

Alain und Markus traten aus dem *Fass* in die warme Sommernacht und machten sich gemeinsam auf den Heimweg. Sie hatten ihre Autos in derselben Nebenstraße geparkt. Die Wirtin winkte ihnen nach. Sie hatte die Männer vor die Tür begleitet. In der Ferne klingelte die letzte Straßenbahn. SCHÄTZKENMACHMADREIPILS drückte seine Kippe aus.

»Feierabend, Chefin«, sagte er und wischte das Rauchertischchen mit einem Lappen, der seine saubersten Zeiten schon lange hinter sich hatte. Man sah trotzdem keine Putzstreifen. Die Nacht war mondlos. Auf der anderen Straßenseite lief ein Blinder mit einem Blindenhund frontal gegen einen Ampelmast.

»Aua«, sagte Thomas erschrocken.

Der Blinde rappelte sich auf.

»Sollten wir dem Mann nicht helfen?«, fragte Rudi besorgt.

»Lass mal«, sagte die Wirtin. »Das ist nur der Bert. Alles gut bei dir, Bert!?«, rief sie so laut über die Straße, dass es zwischen den Hauswänden hallte.

Der Blinde winkte wütend ab und schlurfte weiter.

»Dem Bert passiert das öfter«, erklärte die Wirtin. »Er ist eigensinnig und bildet seinen Blindenhund selber aus.«

»Funktioniert das denn?«, fragte Rudi interessiert und hielt vorsichtshalber Otto fest, damit der nicht über die Straße rennen und den Blindenhundazubi auf blöde Ideen bringen konnte.

»Du siehst es ja, Rudi«, seufzte die Wirtin. »Aber der Bert ist halt überzeugt, dass es keiner so gut hinkriegt wie er. Mein Opa hat immer gesagt, man soll die Leute nicht von ihrem Glauben abbringen, auch wenn es wehtut. Und was macht ihr noch so heute?«

»Ich habe Umzugskisten von Thomas im Auto«, sagte Rudi. »Die müssen in seine Wohnung, bevor ich nach Italien fahre.«

»Ich weiß gar nicht mehr, was da drin ist«, sagte Thomas.

»Dann vermisst du es auch nicht«, sagte die Wirtin. »Fahr den Kram zur Deponie, Rudi. Ballast abwerfen ist immer gut.«

Sie gab den beiden die Hand und ging zurück ins *Fass,* um die Abrechnung zu machen.

»Eigentlich hat unsere Wirtin immer ganz ausgezeichnete Ideen«, ächzte Rudi wenig später zwischen zusammengebissenen Zähnen, als er den letzten von Thomas' Kartons in den sechsten Stock schleppte. »Verdammte Scheiße! Was ist da drin? Deine Amboss-Sammlung?«

»Ist mir unerklärlich«, gab Thomas zurück, der vorausging und mit einem nicht minder schweren Karton beladen war. Verzweifelt versuchte er, nicht auf Otto zu treten, der auf jeder Treppenstufe stehen blieb und darauf zu warten schien, dass die Männer ins Stolpern gerieten. »Es könnten vielleicht die ADC-Jahrbücher sein. Da ist jede Ausgabe ein echter Ziegel.«

»Dann habe ich die Jahrgänge von 1900 bis 2010 hier drin.«

»Das kann nicht sein«, sagte Thomas, während er seinen Karton auf dem Knie balancierte und die Wohnungstür aufschloss. »Den ADC gibt's erst seit 1964.«

»Quatsch«, sagte Rudi. »Die waren schon zwischen den Weltkriegen mit Motorrädern unterwegs. Wo kommt das hin?«

»ADC! Nicht ADAC, du Pfosten!«, keuchte Thomas.

»WO? KOMMT?? DAS??? HIN???? Ich stehe kurz vor einem Leistenbruch.«

»Stell es einfach in den Flur!«, sagte Thomas. »ADC heißt Art Directors Club. Von denen fährt keiner Motorrad. Und wenn, dann höchstens nach der Scheidung. Nach einer Scheidung hört der gemeine Werber in der Regel ein bisschen zu viel *Steppenwolf* und kauft sich eine Harley mit allem Furz und Feuerstein, weil ihm plötzlich einfällt, dass er die letzten zehn Jahre so gut wie gar nicht gelebt hat.«

»Wahrscheinlich so ein Loser-Modell mit genietetem Ledersatteltäschchen.«

»Sowieso. Dazu kommt das gesamte Merchandisingprogramm vom Zippo bis zur Unterhose.«

»Du jetzt aber nicht, oder?«

»Ich bin ja noch nicht mal geschieden, Rudi«, sagte Thomas. »Trinkst du ein Bier mit?«

»Ein Kleines«, sagte Rudi und sah sich in der winzigen Küche um. Die typische Notküche einer Notwohnung, die man schnell finden und beziehen musste, wenn zu Hause plötzlich alles zusammenbrach. Rudi war nicht verheiratet. Er hatte keine Ahnung, wieso Ehen *plötzlich* scheitern konnten, wenn keine Seitensprünge mit im Spiel waren. Man sah doch alles lange vorher kommen, hatte er immer gedacht.

»Wie geht's dir denn so mit all dem hier?«, fragte Rudi.

»Nicht so gut«, sagte Thomas. »Schau dich um. So sehen Niederlagen aus. Ulrike weg, Paul weg, Wohnung weg, Job weg.«

»Paul ist nicht weg«, sagte Rudi. »Paul ist dein Sohn. Der ist immer da. Und weil er erst vier Jahre auf dem Buckel hat und du schon mehr als fünfzig, stehen die Chancen gut, dass er dein ganzes restliches Leben lang noch da sein wird. Vorausgesetzt, du vergeigst es nicht.«

»Wie vergeigt man so was?«

»Da gibt es mehrere Möglichkeiten. Die vielversprechendste ist, schlecht über seine Mutter zu reden. In dem Fall haken die meisten Söhne ihre Väter für immer und ewig ab. Das habe ich damals so gemacht. Und Markus irgendwie auch.«

»Ich spreche nicht schlecht über Ulrike. Dafür verstehen wir uns noch zu gut.«

»Das hört man gern.«

»Im Grunde sind Ulrike und die Wohnung ja auch nicht ganz weg. Sie hat mich nur ein bisschen rausgeworfen, weil wir uns im letzten Jahr so auf die Nerven gegangen sind. Womöglich finden wir wieder einen Weg zueinander. Die Zeit, um all das wieder geradezubiegen, was ich durch meine Ignoranz und Blödheit verbockt habe, habe ich ja jetzt zur Genüge. Ich war im letzten Jahr nur noch im Büro. Wenn nicht körperlich, dann gedanklich. Selbst nach Feierabend habe ich den ganzen Mist nicht aus dem Kopf bekommen. Tick, tack, tock! Es hörte gar nicht mehr auf.«

Thomas zupfte kleine Fetzen vom Etikett seiner Bierflasche und rollte sie gedankenverloren zu kleinen Kügelchen.

»Das Gefühl, nicht mehr abschalten zu können, hatte ich in den ganzen fünfundzwanzig Jahren meiner Karriere nicht. Ich hätte schwören können, dass mir das nie passieren wird. So kann man sich irren.«

Thomas trank sein Bier aus und holte zwei neue.

»Werbung, der ewige Jungbrunnen«, fuhr er fort. »Du musst als alter Sack ständig beweisen, dass du es noch drauf hast. Sprühen musst du vor Ideen, als wärst du der junge Spinner von damals. Du hast es gut, Rudi. Hinter dir lauern nicht ständig zwei halb so alte Wilde, die deinen Job übernehmen wollen, sobald du den Farbton deiner Wand nicht mehr so perfekt hinkriegst.«

»Nein«, sagte Rudi trocken. »Hinter mir lauert Claudia. Die ist noch viel wilder als zwei halb so alte Wilde.«

Thomas lachte nicht. Er sah wirklich nicht gut aus, dachte Rudi. Aber sonderlich viel Trost konnte er Thomas auch nicht bieten. Das Leben war halt, wie es nun einmal war. Manchmal überschüttete es einen mit Glück, und im Moment war es eben fies.

»Eigentlich ist doch erst mal nur dein Job weg«, sagte Rudi. »Und wenn du mich fragst, kannst du froh sein. Das war doch nur noch ein Gegurke in letzter Zeit. Wenn ich an die TellyBelly-Scheiße vom letzten Jahr denke.«

»Damit hat alles angefangen«, nickte Thomas. »Damit haben sie meine Nerven kleingekriegt. Die TellyBelly-Typen waren aber auch zu dämlich. Ich weiß gar nicht, wie man so unstrukturiert so erfolgreich sein kann. Die sind immerhin im Telekommunikationsmarkt tätig. Da wirst du mit Haut und Haaren gefressen, wenn du zu blöde bist, um ein Loch in den Schnee zu pinkeln. Und dann quatschen dir diese Flachpfeifen dauernd in deine Ideen hinein und wissen alles besser. Schulterblick nennen die das. Ich meine, die haben uns beauftragt! Ich sage denen doch auch nicht, welche Schalter sie umlegen müssen, damit mein Handy funktioniert!«

In einem dieser grauenhaften, designerkeksverseuchten Schulterblickmeetings war Thomas der Kragen endgültig geplatzt. Er hatte der versammelten Marketingmannschaft ein paar Nettigkeiten an den Kopf geworfen, die als TellyBelly-Massaker in die Agenturannalen eingegangen waren. Prompt hatte der beleidigte Kunde bei der obersten Agenturleitung gepetzt. Am nächsten Tag wurde Thomas von seinem Oberboss in Frankfurt final verwarnt. Thomas hatte ihm fest versprochen, Ruhe zu geben und sich auf die Zunge zu beißen.

Diesen Vorsatz hatte er tapfer zwei Wochen eingehalten. Dann hatte er erneut die Contenance verloren und sich den nächsten Kunden vorgeknöpft.

»Es war dieser Saftarsch von Marketingleiter. Herr Doktor Marquardt, habe ich gesagt, wenn ich etwas auf den Tod nicht leiden kann, dann ist das dieser strunzdumme Satz: *Wir hier in der Runde verstehen diese Spotidee ja, aber der einfache Verbraucher da draußen nicht.* Ja, so ein arrogantes Geschwätz! Sie sind doch selber Verbraucher, habe ich gesagt! Sie fahren doch BMW, habe ich gesagt. Wie gefällt Ihnen der Gedanke, dass jetzt gerade in München ein BMW-Meeting stattfindet, wo man Sie für zu blöde hält, einen BMW-Spot zu verstehen? Der hat vielleicht dämlich aus der Wäsche geguckt. Ob ich überhaupt wüsste, wen ich vor mir habe, wollte er wissen. Ja natürlich weiß ich, wer Sie sind, habe ich gesagt. Der King of Kotelett sind Sie! Aber muss ich es deshalb toll finden, wenn ein Hirnzwerg wie Sie in meinen besten Ideen herumstümpert?«

Thomas lehnte sich zurück und hob die Hände.

»Danach war ich meinen Job endgültig los.«

Rudi war begeistert.

»Kerzengerade Haltung«, beschied er seinem Freund. »In unserem Alter verbiegt man sich nicht mehr. Das Schleimen überlässt man anderen. Du kannst stolz auf dich sein.«

»Davon werde ich aber nicht satt.«

»Mit deinen Kontakten und deinem Ruf kannst du dich doch jederzeit selbstständig machen. Als Kreativer meine ich, nicht als Kundenhinrichter.«

»Ich weiß ja nicht mal, ob ich noch weiter Werbung machen will. Das ist alles so dermaßen bescheuert.«

»Bratstartsignal, was? Logisch ist das bescheuert. Aber es gibt bestimmt auch seriösere Reklamekunden. Also solche, die Produkte haben, die man ernsthaft bewerben kann. Was weiß ich, Mähdrescher, Sarg, Unternehmensberatung?«

»Vergiss es! Mähdrescher hatte ich schon, für den Tod bin ich noch zu jung, und Unternehmensberater sind die Schlimmsten. Neulich stand in unserem Werbefachblättchen, die Wirtschaftsprüfer von *PricewaterhouseCoopers* hätten ein Magazin zum Thema Nachhaltigkeit drucken lassen, um den schonenden Umgang mit Ressourcen anzumahnen. Der Clou war ein solarbetriebenes Display auf dem Titel, das über Tiefseeschwämme und Windräder informierte. Deswegen durfte man das Umweltschutzheft nicht ins Altpapier schmeißen, sondern musste es aufwendig über den Elektroniksondermüll entsorgen. Es kann mir keiner erzählen, dass die betreuende Agentur nicht auf genau dieses Problem hingewiesen hätte. Wenn ich eines in der ganzen Zeit gelernt habe, dann das: Unternehmensberater sind zu hundert Prozent beratungsresistent. Die sind alle bekloppt. Bis auf Sabine natürlich. Die nicht. Aber alle anderen schon. Mit denen will ich nichts zu tun haben, Rudi. Freiberuflich schon gar nicht.«

Thomas steckte den Kopf in den Kühlschrank und suchte im Gemüsefach nach zwei weiteren Bierflaschen. Sie waren nicht schwer zu finden. Thomas besaß kein Gemüse. Als er wieder auftauchte, war Rudi im Wohnzimmer verschwunden. Thomas hörte, wie Rudis Finger durch die CD-Sammlung klapperten.

»Suchst du was Bestimmtes?«, rief Thomas.

»Hab's schon«, kam es zurück.

Von nebenan drangen die Riffs einer schmutzigen, elektrischen Gitarre in die kleine Küche. Thomas erkannte den Titel sofort. Offensichtlich hatte Rudi sein altes Chicken Shack-Album gefunden.

»›Poor boy‹«, sagte Thomas, als Rudi grinsend in die Küche zurückkam. »Du bist ein Arsch. So schlimm ist es nun auch wieder nicht mit mir.«

»Doch, ist es«, sagte Rudi. »Mit dir ist momentan nichts anzufangen. Null! Du bist kurz davor, in Selbstmitleid zu ersaufen. Lass das mit dem Job und werde dir erst mal darüber klar, was für dich,

Paul und Ulrike das Beste ist. Fahr weg! Hüpf in der Karibik von Insel zu Insel. Mach meinetwegen Lachyoga auf Hawaii. Oder besuch uns in der Toskana und vertausch wieder so gnadenlos die Gewürze, dass uns allen das Chili zu den Ohren rausflammt. Unternimm auf jeden Fall etwas! Egal was. Hauptsache, es baut dich auf.«

Eine Weile lauschten sie schweigend dem Wummern von Stan Webbs Gitarre. Rudi sah auf seine Armbanduhr. Viertel nach eins. Wenn er morgen Abend in die Toskana aufbrechen wollte, musste er so langsam mal ins Bett. Otto hatte sich vor geraumer Zeit schon auf dem Sessel im Wohnzimmer eingeringelt und schlief den Schlaf der Gerechten.

»Wie geht es dir und Grazia?«, fragte Thomas nach einer Weile.

»Das ist jetzt irgendwie ein doofes Thema«, sagte Rudi.

»Wieso? Stimmt was nicht bei euch?«

»Nein, uns geht es blendend. Aber es passt gerade nicht in unser Gespräch. Was soll ich sagen? Du denkst über Scheidung nach, und ich habe die beste Zeit meines Lebens.«

»Hast du dir schon mal überlegt, warum es dich bei Grazia so erwischt hat und bei allen anderen davor nicht?«

»Nein, noch nie. Ich habe immer Angst, dass etwas kaputtgeht, wenn ich zu viel nachdenke. Andere zerreden Beziehungen, ich zerdenke sie. Grazia ist ein Geschenk für mich. Ich meine das genauso kitschig, wie es klingt. Ist mir egal. Ich nehme es einfach hin und bin dankbar. Meine Güte, es hat bei mir noch nie so lichterloh gebrannt wie im Moment. Und dafür musste ich fünfzig werden.«

»Besser spät als nie«, sagte Thomas. »Trinkst du noch was?«

»Mach mir lieber einen Kaffee. Ich muss noch nach Hause fahren.«

Thomas holte zwei Tassen aus dem Schrank und drückte auf den Knopf der Espressomaschine. Während sie ratterte, klackte und dampfte, stellte er eine Flasche Grappa Riserva auf den Tisch.

»Kennst du den noch?«

»Das ist doch …! Das Teufelszeug vom letzten Jahr?«

Thomas nickte. »Der Grappa aus der *Fattoria dei Barbi*.«

»Wenn ich mich recht entsinne, sind Markus und du nach dem Verkosten nicht mal mehr vom Hof gekommen.«

»Vom Hof schon. Aber in der ersten Kurve ist Markus stumpf geradeaus in den Graben gefahren.«

»Gott sei Dank ist den Flaschen nichts passiert«, sagte Rudi und betrachtete andächtig das rote Etikett mit dem blauen Wappen der Colombini. »Nicht auszudenken! Achtzehn Monate im Eichenfass.«

»Ein bisschen Pink Floyd zum Espresso?«, fragte Thomas.

»Welches Album?«

»*Meddle.*«

»Dir scheint es wirklich nicht gut zu gehen.«

Thomas zog den Korken aus dem Riserva und wackelte fragend mit der Flasche. Rudi überlegte kurz.

»Kann ich auf deinem Sofa schlafen?«

»Klar.«

»Gut. Dann mach voll und erzähl!«

Als Markus nach Hause kam, brannte in der Küche noch Licht. Sabine saß am Küchentisch. Sie hatte ein Glas Rotwein und einen Stapel Dossiers vor sich, von denen eines wichtiger aussah als das andere. Für Markus war das ein gewohnter Anblick, wenn man einmal davon absah, dass Sabine an diesem Abend nicht zielstrebig in ihren Papieren blätterte und in rasender Geschwindigkeit Notizen dazu anfertigte, sondern gedankenverloren in die Kerzenflamme sah.

Markus drückte ihr einen Kuss auf die Stirn.

»Das sieht nach einem total entladenen Akku aus«, sagte er. »Und ich meine nicht dein Handy.«

»Ja«, gab Sabine zu. »Für heute reicht es.«

»Wieso bist du überhaupt noch wach?«, fragte er.

»Weil im Moment alles durcheinander ist und ich gar nicht weiß, wie ich es dir erklären soll.«

»Das klingt nicht gut«, sagte Markus. »Soll ich mich zu dir setzen oder kann ich währenddessen für das Frühstück decken?«

»Mach du mal«, sagte Sabine und nahm einen Schluck Wein. »Ich quatsche dir einfach ein bisschen dazwischen.«

Markus hatte es sich zur Angewohnheit gemacht, den Frühstückstisch immer schon am Vorabend zu decken. Morgens um halb sieben war er nicht bei Kräften. Da fiel ihm leicht mal das Geschirr aus den Händen. Außerdem musste er sich in der Frühe mit allen Sinnen darauf konzentrieren, die komplizierten Schulbrote seiner Kinder fehlerfrei zuzubereiten. In dieser Situation konnte man von ihm wirklich nicht verlangen, dass er zwischendurch im Vorratsschrank nach Müslipackungen kramte. Erst recht hatte er keine Lust, sich wegen knallharter Kühlschranknutella anmeckern zu lassen oder zwischen Tür und Angel eingeworfene Suchanfragen nach Zucker, Milch und Kakao zu bearbeiten.

Sabine hatte ihm einmal vorgeworfen, er würde seine Töchter zu sehr verwöhnen, wenn er auf ihre merkwürdigen Stullenwünsche einging. Markus hatte sich gar nicht in eine Diskussion verwickeln lassen. Er war der Überzeugung, seine Kinder müssten in der Schule etwas Anständiges im Bauch haben, sonst könnten sie dem Unterricht nicht folgen. Es nütze also gar nichts, hatte er Sabine unbeirrt zu verstehen gegeben, wenn er sich ihren Stullenwünschen widersetze und Brote produziere, die am Ende nicht gegessen wurden.

Tochter Nummer Eins mochte derzeit Gurke nur mit Emmentaler, Nummer Zwei Emmentaler nur mit Senf und die dritte Senf nur mit Gouda. Was die Goudaabhängige anging, war Markus momentan fein raus. Sie nervte gerade ihre Gastfamilie in Frankreich mit ihren merkwürdigen Essgewohnheiten und ächzte in jeder E-Mail über das inflationäre Auftreten von Camembert und Brie. Die Sache mit den Accessoires war auch nicht ganz einfach. An Biogurken durfte die Schale bleiben, an Essiggurken nicht. Wenn Gurken nicht vorrätig waren, war es ausnahmsweise gestattet, Tomaten aufzulegen, aber *bitte ohne das glibbrige Innere, pfwoäh!* Waren auch die Tomaten vergriffen, musste das Brot gemüsefrei bleiben und der Senf durch kalorienreduzierte Mayonnaise ersetzt werden. Zum Ausgleich durfte Markus Rohkost reichen. Möhren bitte nur gestiftelt, Kohlrabi gewürfelt, Äpfel geviertelt. Als sein Sohn noch zur Schule ging und zu Hause wohnte, hatte Markus den gleichen Hickhack noch ein viertes Mal an der Backe gehabt. Allerdings ging es dabei nicht um Käse, sondern um den Komplex *Dauerwurst & Aufschnitt*. Halleluja!

Sabine schaute Markus gerührt dabei zu, wie er mit Schälchen, Tellern, Löffeln und Messern in der Küche herumklapperte. Das machte dieser Mann seit zwanzig Jahren mit stoischer Ruhe und wachsender Begeisterung. Sie wusste, dass er ihr damit für alle Pläne, die sie hatte und jemals haben würde, den Rücken freihielt. Und ausgerechnet jetzt, wo die Kinder so groß waren, dass sie nicht mehr all seine Zeit und Kraft beanspruchten und er sich offenbar zum ersten Mal überlegte, ob er nicht wieder eigenes Geld verdienen sollte, ausgerechnet jetzt kam sie daher und sagte, Schatz, vergiss das mal, du wirst hier in nächster Zukunft noch mehr gebraucht, weil deine Sabine noch weniger zu Hause sein wird als sonst. Wie sollte sie ihm das nur beibringen? Am besten auf Seniorpartnerart. Direkt und geradeheraus.

Sabine holte tief Luft.

»Es ist folgendermaßen«, begann sie. »Also … ich …! Wie war denn dein Abend heute so? Geht's allen gut? Rudi auch?«

»Rudi demoliert jetzt Autos und kommt straflos damit durch«, sagte Markus, während er Honig und Marmelade auf dem Tisch verteilte und einen Schluck von Sabines Wein stibitzte. »Er regt sich doch immer tierisch darüber auf, dass die Autos nicht im Schritt an

ihm und Otto vorbeifahren, wenn sie auf dem schmalen Schotter-
sträßchen im Düsseltal spazieren gehen. Manchmal sind den beiden
die Steine schon mächtig um die Ohren geflogen. Also um Ottos
Ohren. Bei Rudi war's eher das Knie.«

»Das kann gefährlich werden«, sagte Sabine, dankbar für die
Ablenkung.

»Ja«, sagte Markus. »Deshalb hat der Rudi letzte Woche auch
komplett die Nerven verloren. Als ein Typ mit seinem Mercedes zu
schnell angerauscht kam, hat Rudi einen dicken Steinbrocken in
die Hand genommen und ihn volle Lotte in die Beifahrertür geschmissen. Riesendelle! Als das Auto bremste, ist Rudi ganz schnell
zusammengebrochen und hat sich über sein scheinbar schwer ver-
letztes Knie gekrümmt. Rudi sagte heute, er wäre total begeistert,
der Trick hätte hundertprozentig funktioniert. Erboste Autofahrer
macht er jetzt einfach zur Schnecke, indem er behauptet, durch das
schnelle Fahren seien Steine ans Auto und von da nach allen Seiten
gespritzt und hätten ihn, Rudi, am Knie verletzt, und wenn der andere nicht schleunigst abzöge mit seinem lächerlichen Blechscha-
den, würde er die Polizei rufen und ihn wegen Körperverletzung
anzeigen.«

»Der Rudi ändert sich nie«, sagte Sabine. »Und die anderen?«

»Thomas geht es so lala. Alain hat Ärger mit den Zwillingen.
Und bei Mutter Markus in der Wiedereingliederungsmaßnahme
gab es heute den ersten Computerskandal, weil in den Büros keine
Schreibmaschinen mehr verwendet werden. Und das, obwohl eine
gewisse Heidrun damals pro Minute fast hundertachtzig Anschläge
auf ihrer Triumph Gabriele 2002 geschafft hat. Hundertachtzig
Anschläge, wissen Sie, hat sie zu mir gesagt. Nein, weiß ich nicht,
habe ich geantwortet. Die haben alle einen Vogel da.«

Sabine lachte.

Markus setzte sich zu ihr an den Küchentisch und goss sich ein
Glas Wein ein.

»So«, sagte er. »Jetzt haben wir aber genug um den heißen Brei geredet.«

»Also gut.« Sabine holte ein zweites Mal Luft. »Das Projekt, von dem wir gedacht haben, dass es zeitlich befristet ist, wurde ausgeweitet. Wir holen noch die Londoner dazu. Ich kriege die Leitung. Ich wäre im kommenden Jahr noch mehr unterwegs.«

»Eigentlich wolltest du kürzertreten.«

»Eigentlich, ja.«

»Die haben dir die Projektleitung angeboten, obwohl du ihnen gesagt hast, dass du reduzieren möchtest?«

»Na ja, nicht ganz.« Sabine zuckte verlegen mit den Achseln.

»Du hast es ihnen gar nicht gesagt«, stellte Markus fest.

»Nein«, seufzte Sabine. »Habe ich nicht. Noch nicht.«

Markus drehte den Stiel seines Rotweinglases zwischen Daumen und Zeigefinger hin und her, bis der Wein in Bewegung geriet und sanft an der Glaswand entlangschwappte.

»Hat das auch Vorteile?«, wollte Markus wissen.

»Ja«, sagte Sabine. »Die New Yorker haben durchblicken lassen, dass ich die deutsche Niederlassung kriege, wenn ich das Ding wuppe.«

»Du wirst der Chef vom Ganzen?«

»Die Chefin, ja.«

»Nach der Kohle muss ich gar nicht fragen, oder?«

»Nein, aber darum geht's mir auch nicht.«

»Ich weiß.«

Die Kinder waren alt genug, dachte Markus. Außerdem waren nur noch zwei von vieren im Haus. Sie würden Sabines Vorhaben mittragen, da war er ganz sicher. Aber würde er das auch können? Wieder einen Schritt zurücktreten? Sabine zum wievielten Mal den Vortritt lassen? Er hatte irgendwann nicht mehr mitgezählt. Immerhin waren auf diese Weise aus seiner kurzen Elternpause zwanzig Jahre geworden. Andererseits war da die berechtigte Frage, ob er so einen Projektmanagementjob überhaupt noch beherrschte. Es war heute ja nicht das erste Mal gewesen, dass er in seinem Volkshochschulkurs vor Verzweiflung in die Tischkante gebissen hatte. Allein bei dem Gedanken, dass er es womöglich täglich mit Idioten und Idiotinnen zu tun haben könnte, wurde ihm schwindlig.

Wenn er ehrlich zu sich selber war, hatte ihm doch gar nichts Besseres passieren können als Hausmann zu sein. Kümmern, kochen, trösten, anfeuern. Da war er in seinem Element. Und jetzt hatte er das Gröbste hinter sich. Das war doch wunderbar. Die Kinder waren so selbstständig, dass er immer mehr von seiner Unabhängigkeit zurückgewann. Das setzte Energie frei für so vieles, was er schon immer mal machen wollte.

Herrgott, klang das blöd, dachte er. Nach Männergruppe klang das! Hallo Gruppe, ich bin der Markus, und ich bin jetzt zweiundfünfzig und wollte schon immer mal in einem Fass den Rheinfall runterfahren und dabei laut *Hänschen im Blaubeerenwald* rezitieren.

Auf jeden Fall musste er mit dieser Energie dringend etwas Sinnvolles anfangen, dachte Markus. Er war kein Rumsitzer. Aber vielleicht war er ja auch kein Projektmanager? Vielleicht sollte er sich einfach zu dem bekennen, was er gut konnte, und daraus einen Beruf machen. Markus grinste in sich hinein. Väterzeitconsultant. So etwas gab es noch nicht. Papacoach. Das war doch mal ein Gedanke, über den man in aller Ruhe eine Nacht schlafen sollte.

»Geht es dir eigentlich gut mit uns?«, fragte Sabine, als sie später am Abend in ihrem kleinen Badezimmer standen und die Zähne putzten.

»Esch geht scho«, nuschelte Markus und spuckte die Zahnpasta ins Becken.

Sabine sah ihn mit großen Augen an.

»Es gibt Momente, da könnte ich alles hinwerfen und mich auf der Stelle von euch scheiden lassen«, fuhr er ernst fort. »Zum Beispiel, wenn Müslischälchen erst nach einer Woche den Weg vom Kinderzimmer in die Spülmaschine finden und dort mit der Öffnung nach oben in den Geschirrkorb gelegt werden, während die Löffel mit den betonharten Haferflockenresten so blöde im Besteckkorb stecken, dass sie den Sprüharm blockieren. Oder wenn ich morgens unsere fast leere Zahnpasta auf den Kopf stelle, damit abends der Rest leichter rausgeht. Was passiert? Meine Göttergattin kriegt die Zahnpasta prima raus, freut sich und stellt sie wie noch mal zurück?«

Sabine guckte neben das Waschbecken.

Tatsächlich! Das Theramedfläschchen stand wieder auf den Füßen.

»Ich, ähm …«, sagte sie.

»Siehst du«, sagte Markus anklagend. »Der nächste Scheidungsgrund. Der umsichtige Markus muss jetzt nämlich wie ein Bekloppter die Zahnpasta in der Flasche nach unten wedeln, sonst kriegt er Karies und muss übermorgen zur Wurzelbehandlung.«

»Noch was?«, fragte Sabine. »Wenn noch mehr kommt, muss ich mir Notizen machen und ein Sanierungskonzept entwickeln.«

»Der Schlüssel von unserem kleinen Auto ist doof.«

»Was hat er angestellt?«

»Er hat nicht nur eine Taste für Auf und Zu, er hat noch eine völlig überflüssige für den Kofferraum«, beschwerte sich Markus. »Ich hasse das. Man dreht den Schlüssel im Zündschloss, berührt dabei versehentlich die Taste und bums, ist der Kofferraum offen. Man muss sich abschnallen, aussteigen, den Kofferraum zudrücken, wieder einsteigen, anschnallen, den Zündschlüssel drehen – und bums, ist der Kofferraum wieder offen.«

»Dann hast du wenigstens Bewegung.« Sabine kniff ihm in die Seite.

»Lass das!« Markus wand sich. »Hüftspeck kriegt man automatisch, wenn man eine Familie ernährt. Weil man immer probieren muss, was man kocht. Und um deine Frage von gerade eben zu beantworten: Ja, es geht mir gut mit euch. Es ist mir nie besser gegangen.«

Markus fiel wie ein Stein ins Bett.

Sabine löschte das Licht und kroch zu ihm unter die Decke.

»Ich fliege morgen wieder und bin dann für eine ganze Woche weg«, murmelte sie. »Eine Woche ist lang. Wenn wir im Hollywoodfilm wären, müssten wir jetzt noch schnell Sex haben.«

»Das klingt nach einem sehr interessanten Angebot.«

»Ich bin leider viel zu müde.«

»Und ich zu satt.«

»Wiener Schnitzel.«

»Ja, mit extragroßem Salatblatt.«

»Und Obst.«

»Genau, Zitrone.«

»Wie lange ist es her seit dem letzten Mal?«

»Ewig.«

»Ewig?«

»Hmhm.«

Sie schwiegen. Der Mond schickte sein silbernes Licht durch das geöffnete Schlafzimmerfenster. Draußen im Garten kreischte eine rollige Katze. Es hörte sich an, als würde ein kleines Kind schreien.

»Dreimal die Woche Sex, das kann jeder«, sagte Markus nach einer Weile.

»Das würde dann so langweilig werden wie dreimal die Woche Pommes.«

»Oder Spinat mit Spiegelei!«

»Aber einmal im Quartal, das ist wie ein Drei-Sterne-Menü!«

»Du sagst es.«

»Nachti!«

»Nachti.«

Der dunkle Wagen parkte bereits den ganzen Abend am Straßenrand. Leise surrte die Scheibe auf der Fahrerseite nach unten. Der Rest eines Apfels flog heraus. Das Fenster schloss sich wieder.

Er könnte die beiden einfach über den Haufen fahren, dachte er. Irgendwann würde er das auch tun. Einfacher ging es nicht. Er musste nur die ganze Vorderfront mit Folie abkleben. Schön sauber. Stoßstange, Motorhaube, Kennzeichen, alles. Und dann wumm! Merkte doch keiner. Es war Nacht, keine Sau war unterwegs. Heerdt war schon immer die toteste Ecke von Düsseldorf gewesen. Und selbst wenn es einer mitbekam. Scheißegal! Es wohnten doch eh nur Türken hier in der Gegend. Die halfen keinem Deutschen.

Sarrazin hatte recht, dachte er. Dieses Land schaffte sich ab. Ausländerpack überall! Da war ihm ja der Penner mit seinem vollbepackten Fahrrad da drüben noch lieber, dachte er. Obwohl das bloß eine von den faulen Ratten war, die nicht arbeiten wollte. Da sah man wieder, wo das endete. Wer in Deutschland arbeiten wollte, der würde auch was finden. Er hatte sich doch damals auch den Arsch aufgerissen. Jurastudium mit allem Schnickschnack. Das war Einsatz. Den brachten die Jungen heute gar nicht mehr. Aber gleich nach dem Praktikum fünfzigtausend verdienen wollen und einen Dreier-BMW obendrauf. Ja von wegen! Die sollten erst mal seine Marathonzeiten laufen, seine Fälle gewinnen, seine Schuhe putzen. Danach würde man weitersehen.

Die Straßenlaternen waren viel zu hell, dachte er. Vielleicht schrieb ja doch einer das Kennzeichen auf oder merkte sich den Autotyp und meldete es. Immerhin stand er schon den ganzen Abend da. Das fiel auf. Aber er konnte ja schlecht das Nummernschild abkleben, das wäre noch verdächtiger.

Morgen war auch noch ein Tag.

Überfahren war schon gut. Das tat weh. Und es musste wehtun.

Er selber hatte schließlich auch einstecken müssen. Und seit letzter Woche war alles den Bach runter. Alles!

Diese Drecksau war an allem schuld, dachte er.

Dafür würde er zahlen, dachte er.

Aber wo blieb der bloß? Der hat doch immer Stammtisch am Mittwoch und kommt vor Mitternacht nach Hause.

Er und sein dämlicher Köter.

DIE MUTTER ALLER MÜTTER

Als Alain am frühen Morgen die Küche betrat, war Heike schon wach. Sie stand mit einer Tasse Kaffee am Fenster und sah in den Garten hinaus. Dort war der Teufel los. Im Giebel des nachbarlichen Geräteschuppens hatte ein Spatzenpärchen ein Nest gebaut. Offensichtlich waren ihre Bekannten nicht damit einverstanden. In den Büschen um das Nest herum zeterten die anderen Spatzen, was die Schnäbel hergaben. Ab und zu musste sich der Spatzenvater mit einem Kollegen prügeln, dass die Federn stoben. Jedenfalls glaubte Heike, dass es der Vater war. Sie war schon froh, dass sie das unverschämt laute Geflügel als Spatzen identifiziert hatte. Normalerweise konnte sie einen Sperling nicht von einer Giraffe unterscheiden, geschweige denn Männchen von Weibchen. *Naturkundelegasthenikerin* hatten die Zwillinge sie neulich genannt, als sie mit ihnen wegen einer versemmelten Biologiearbeit aneinandergeraten war. Von einer Mutter, die einen Rhododendron für einen Dinosaurier hielt, bräuchten sie sich ja wohl nicht anpflaumen zu lassen. Da kamen sie bei Heike genau an die Richtige. Sie hatte ihre aufsässige Nachkommenschaft nach allen Regeln der Kunst zur Schnecke gemacht. Für Ahnungslose und Begriffsstutzige hatte Heike schon immer ein großes Herz gehabt. Aber bei Faulheit kannte sie kein Pardon.

»Morgen, Frau.«

Alain nahm Heike in den Arm und küsste ihre Schläfe.

»Morgen, Mann«, sagte sie und drückte seinen Arm, der um ihren Bauch lag. »Sieh dir das Spatzenvolk da draußen an! Wo man hinschaut, kämpfen Eltern für ihre Brut.«

»Überleben in Meerbusch«, brummte Alain. »Hat ja keiner gesagt, dass es einfach wird.« Er inspizierte hungrig den Kühlschrank. »Hier kämpft jedenfalls nix. Wo sind unsere Lebensmittel hin? Verreist? Die Butter gibt auch keinen Mucks mehr von sich. Sie ist heute Nacht offensichtlich umgebracht worden. Das Messer steckt noch in ihrem Rücken.«

»Wenn daneben Blutspuren zu sehen sind, war es dein Sohn«, sagte Heike ungerührt. Sie bewegte sich keinen Millimeter vom Fenster weg.

Alain inspizierte die klebrigen roten Flecken auf dem Butterschälchen.

»Erdbeermarmelade«, stellte er fest.

»Dann lebt das Toastbrot auch nicht mehr«, sagte Heike. »Du kannst zum Frühstück das Becherchen Sour Cream auslöffeln und dir vorstellen, es wäre Mangojoghurt am Rande des Verfallsdatums.«

Sie musste dringend einkaufen und sich um dieses vermaledeite Haus kümmern. Der Kühlschrank war gähnend leer. Die Betten mussten frisch bezogen werden. Geputzt hatte sie schon seit einer Woche nicht. Von dem Wildwuchs in ihrem Garten gar nicht zu reden. Dem kam man derzeit nur noch mit einem Brandbombenabwurf bei.

Seit dieser nervenaufreibenden Schulgeschichte waren Heikes Tage ein einziges Durcheinander. Nicht dass sie keine Zeit gehabt hätte, um zu unternehmen, was unternommen werden musste. Sie hatte einfach keine Kraft mehr. Sie ging grübelnd zu Bett und stand grübelnd wieder auf. Meistens gegen vier Uhr morgens, nachdem sie eine Stunde wachgelegen hatte. Ihre Gedanken drehten sich nur noch um die Kinder. Die hatten zwar schon immer kolossalen Mist gebaut, aber jetzt wurde es zum ersten Mal richtig eng für die beiden. Was sollte sie bloß tun, wenn die Zwillinge von der Schule flogen? So leicht war ein Schulwechsel nicht. Die beiden waren wirklich nicht einfach! Im Grunde waren sie schon kompliziert auf die Welt gekommen. Immerhin hatte es die Waldorfschule zehn Jahre lang mit den beiden ausgehalten. Trotz der Wut, die Heike auf einige Lehrer hatte, war sie noch klar genug im Kopf, um sich einzugestehen, dass es dem pädagogischen Geschick des Kollegiums zu verdanken war, dass die Situation erst jetzt eskalierte. An einer anderen Schule hätte der Lehrkörper sie wahrscheinlich schon nach dem ersten halben Jahr in den Sack gehauen.

»Soll ich die zwei wecken?«, fragte Alain. »Es ist halb sieben.«

»Sie sind beurlaubt bis zur Klassenkonferenz«, sagte Heike. »Die Klassenbetreuerin hat gestern Abend noch angerufen.«

»Frau Stender?«

»Ja«, grinste Heike. »Ich kann diesen Namen immer noch nicht ohne Hintergedanken aussprechen. Nach zehn Jahren!«

»Da bist du nicht die Einzige«, sagte Alain. »Markus und Sabine geht's genauso. Markus kriegt auf den Elternabenden jedes Mal Krämpfe, weil er sich das Lachen so verkneifen muss. Seit wann gehst du wieder ans Telefon?«

»Es war ein Versehen. Ich war im Tran. Plötzlich hatte ich den Hörer in der Hand und sagte auch noch *Hallo,* ich blöde Kuh. Danach konnte ich die Frau ja schlecht wieder auf die Gabel zurückwerfen. Die ratterte sofort los wie ein Maschinengewehr.«

Heike hatte bereits in der dritten Klasse das komplette Beschwerdemanagement an Alain abgegeben. Sie hatte einfach nicht mehr gekonnt. Sie sei total mürbe, hatte sie ihm damals gestanden. Jedes Mal, wenn das Telefon klingelte, zuckte sie zusammen, weil sie dachte, dass sich gleich wieder einer über das furchtbar unsoziale Verhalten ihrer Kinder beschwerte. Tagsüber schielte sie erst vorsichtig auf das Display, bevor sie den Hörer in die Hand nahm.

Kannte sie die Nummer nicht, ließ sie ihn liegen. Abends nahm sie gar nicht mehr ab.

Bereits das allererste Telefonat, das Alain in seiner neuen Funktion führte, war denkwürdig gewesen. An jenem Tag war Jakob mit einer blutigen Schramme am Schienbein nach Hause gekommen. Die Klassenzicke hatte ihn mit ihrem spitzen Stiefel getreten, weil er ihr im Weg stand. Da Jakob grundsätzlich keine Mädchen schlug, hatte er sich nur umgedreht und ihren Rucksack einmal quer durch den Flur gekickt. Die junge Dame war vollständig unversehrt geblieben. Alain war stolz auf seinen Sohn. So viel Selbstbeherrschung hätte er Jakob nicht abverlangt und schon gar nicht zugetraut. In der Dritten!

Trotzdem hatte Alain sich am selben Abend noch mit einer empörten Mutter auseinandersetzen müssen, die lauthals zeternd Schadenersatz für die Thermohülle der töchterlichen Trinkflasche einforderte. Die habe bei Jakobs brutalem, unbeherrschtem Tritt einen Riss abbekommen. Styropormäntelchen hatte sie das Ding genannt. STYROPORMÄNTELCHEN! Alain war so verblüfft über diese Dreistigkeit, dass ihm absolut nichts einfiel, was er hätte antworten können. Schon gar nichts Sinnvolles. Es war grotesk. Seinem Filius tropfte das Blut vom Schienbein, und er musste sich dieses blödsinnige Gegreine über einen Riss im Plastik anhören. Irgendwann verkündete er, dass er diesen immensen Schaden selbstverständlich ersetzen werde, und nein, er glaube ihr auch so, er brauche das beschädigte Styrodingsbums nicht zur Ansicht, das könne sie ruhig behalten und sich METERTIEF IN IHREN FETTEN, BREITEN QUADRATARSCH SCHIEBEN! Als er wütend das Telefon auf den Tisch knallte, hatte Heike nur trocken gefragt, was denn mit seiner diplomatischen Ader los sei, so einen analen Gesprächsabschluss hätte sie auch selber hingekriegt. Seit jenem Abend war *Styropormäntelchenmutter* in ihrer kleinen Familie das Synonym für albtraumhafte Telefonkonferenzen.

»Die Stender geht ja noch«, sagte Alain und trank seinen Kaffee aus. »Sei froh, dass die Styropormäntelchenmutter nicht dran war.«

»Mal den Teufel nicht an die Wand!«, sagte Heike. Sie sah ihn kummervoll an und zuckte ratlos mit den Schultern. »Was machen wir denn, wenn Jana und Jakob wirklich von der Schule müssen? Auf die Schnelle eine neue zu finden, wird nicht leicht. Und wenn, was für eine käme überhaupt in Frage? Die Waldis haben ja trotz allem einen guten Job gemacht.«

»Es sind meistens nicht die Konzepte, die eine bestimmte Qualität ausmachen, sondern die Menschen, die sie umsetzen«, sagte Alain.

»Das macht es noch schwerer!«, seufzte Heike. »Du kannst den Leuten ja nur vor den Kopf gucken.«

Alain sah auf die Uhr. Er musste sich auf den Weg machen. Sein Eingangskörbchen quoll zurzeit mal wieder über, und das war schlecht. Ganz schlecht! Als Steueroberinspektor hatte er es sich im Innendienst bequem gemacht. Wer vor acht kam, konnte vor vier gehen. Da hatte man noch etwas vom Tag. Ein ruhiger Feierabend setzte aber voraus, dass Alains Schreibtisch leer war. Das war seine ganz persönliche Macke. Er hasste nichts mehr, als einen frischen Arbeitstag mit einer halb bearbeiteten Akte vom Vortag beginnen zu müssen. Das war schlimmer als ein zähes Brötchen zum Frühstück.

»Im Augenblick habe ich keine Ahnung, was zu tun ist, Heike«, sagte er. »Ich kann mir darüber auch erst Gedanken machen, wenn es so weit ist. Also nach dieser komischen Verhandlung.«

»Klassenkonferenz heißt das«, sagte Heike. »Wir sind ja nicht vor Gericht. Hoffentlich flippe ich nicht aus und schade den Kindern.«

»Du wirst friedfertig wie Mutter Teresa sein.«

»Deine Seelenruhe möchte ich haben.«

»Seelenphlegma nennst du es sonst.«

»Ja, normalerweise ärgert mich das ja auch. Aber im Moment

kann ich es gut gebrauchen. Auch wenn du nicht denken willst …
reden wir trotzdem heute Abend, wenn du aus dem Amt kommst?«

»Versprochen«, sagte Alain, der im Flur seine Siebensachen zusammensuchte. »Wir machen einen Schlachtplan. Mir ist jede Schule recht. Hauptsache, die Kröten machen Abi.«

Alain bemerkte aus dem Augenwinkel, dass Heike schon wieder leicht bebte. Soweit er wusste, war seine Frau der einzige Vulkan auf der Welt, der beim Feuerspucken die Hände in die Seiten stemmte.

»Abi, Abi über alles!« Sie verdrehte die Augen. »Du immer mit deinem blöden Abi. Eben nicht *Hauptsache Abi*. Hauptsache glücklich. Lieber ein glücklicher Bäcker als ein trauriger Zahnarzt.«

»Das wird heute Abend nicht einfach mit uns beiden«, stellte Alain fest.

»Ich merke es auch gerade«, sagte Heike und küsste ihn auf den Mund.

Unter der Haustür drehte sich Alain um. »Markus meinte gestern, wir sollten die Zwillinge einfach rigoros von der Schule nehmen und nach den Ferien irgendwo anders ganz neu starten. Wenn er an unserer Stelle wäre, hat er gesagt, würde er sogar ein Attest vom irgendeinem Psychologen ausstellen lassen, falls die Schule sich querstellt.«

Alain fischte die Autoschlüssel mit der Fernbedienung aus der Hosentasche und klickte über die Schulter. Der BMW entriegelte die Türen mit einem lauten Knarren. Er war alt und so gut wie reif für den Schrottplatz. »Unser cholerischer Rudi hat übrigens angeboten, dass Jakob und Jana die Ferien bei ihm in der Toskana verbringen können. Raus aus dem ganzen Scheiß und sechs Wochen auf seiner Baustelle die Ärmel hochkrempeln. Oder wie lange auch immer sie wollen.«

Heike machte große Augen.

»Hat er das ernst gemeint oder nur so dahergeredet?«, fragte sie.

»Rudi sagte, er schafft das. Außerdem rennen drei betreuungsintensive Hunde auf der Ölmühle herum, und die beiden Frauen sind ja auch noch da. Claudia und Grazia lassen sich nicht so leicht verladen. Es gebe genug zu tun, hat er gemeint. Ich weiß nicht, was ich davon halten soll. Aber Jana und Jakob wären mal eine Zeit lang weit weg von allem, was sie bedrückt. Auch wenn sie es sich nicht anmerken lassen, das alles hier tut ihnen nicht gut. Für die Sommerferien haben wir doch sowieso keine Pläne gemacht. Wenn wir dieses Jahr die Ferien zu viert verbringen würden, würde es richtig knallen. Das wissen wir beide.«

»Ich mag Rudis Idee«, sagte Heike.

Es klackte erneut. Die Zentralverriegelung schloss das Auto wieder ab, nachdem dreißig Sekunden lang keiner die Fahrertür geöffnet hatte. Eigentlich ein Zeichen des Herrn, heute blauzumachen, dachte Alain.

Er nahm Heike in den Arm.

»Das alles schlaucht ganz schön, was?«

»Und wie!«, gab sie zu. »Vor allem, wenn wir beide nicht einer Meinung sind. Aber wenigstens haben wir einander noch. An solchen Scheißthemen sind schon einige Ehen zerbrochen. Seit Monaten kreisen unsere Gedanken immer nur um die Kinder. Andere Stimmungen haben überhaupt keine Chance mehr. Das geht mir auf die Nerven.«

»Du denkst an etwas Bestimmtes?«

»Na klar. An unsere verkorksten Liebesnächte zum Beispiel.«

Heike sah sich um. Keine Nachbarn da.

Sie griff ihm zwischen die Beine.

Alain zuckte zusammen und sog die Luft ein. »Du hast ja recht. Aber wie soll ich nach einem Elternabend, auf dem die Schreckschraube Stender und die Übermutter Meier-Stigwitz zwei Stunden lang herumquietschen wie rostige Fahrradketten, noch einen hochkriegen?«

»Denk halt an was Schönes!«, sagte Heike und drückte sanft zu.

»An ein Kettensägenmassaker?«

»Ist das schön?«

»Im Vergleich zur Meier-Stigwitz schon.«

»Gib mir einen Kuss. Du musst ins Büro.«

Dann schubste sie Alain Richtung Gartentürchen.

Die Spatzen hatten sich beruhigt. Heike setzte sich mit ihrem Kaffee auf die Terrasse und klappte den Laptop auf. Sie musste vor der Konferenz unbedingt zum Thema *Rudolf Steiner und Fußball* recherchieren. An dogmatischen Waldorfschulen durfte nicht gekickt werden, weil Steiner vor ewigen Zeiten geschrieben haben soll, dass ein Ball die Sonne symbolisiere und man eine Sonne nicht mit dem Fuß trete. Auch wenn Jakob bereits sechzehn war und auf dem Schulhof seit Jahren keinen Ball mehr berührt hatte, wollte Heike vorbereitet sein. Einer dieser Wahnsinnigen auf der Klassenkonferenz würde mit Sicherheit eine Liste mit den Verfehlungen der ersten zehn Schuljahre auspacken. Darauf standen garantiert die beiden Fensterscheiben im Erdgeschoss, der Schaukasten im Naturkunderaum und die Staudenbeete vor dem Unterstufengebäude. Danach würden die Lehrer den erschöpften Eltern alle respektlosen Zwischenrufe ihrer Kinder um die Ohren hauen, sämtliche Unterrichtsstörungen vorhalten und genau aufzählen, wie oft Jakob und Jana den Unterricht verlassen hätten, weil sie nach eigenem Bekunden etwas Wichtigeres zu tun hatten.

Einmal hatten die Zwillinge im Unterricht die Auffassung vertreten, das ganze Leben sei ein einziges Lernen und könne somit als Schule gelten. Sie könnten also genauso gut draußen im Hof dem Hausmeister helfen, als in diesem stickigen Raum fünffüßige Jamben zu pauken. Außerdem habe Jakob jetzt Durst und Jana müsse ganz schnell ihr Vollkornbrot essen, damit sie nicht – wo auch immer sie diesen Schmarren gegoogelt hatte – in Unterzucker geriet. Frau Stender, die in jenem Jahr für die Poesie-Epoche zuständig war, litt eine Minute unter dem klassischen inneren Konflikt einer Waldorflehrerin: loben oder toben. Steiner hatte immer dafür plädiert, die Kinder zu eigenständigem Denken zu erziehen, aber leider nirgendwo aufgeschrieben, wo eigenständiges Denken aufhörte und Anarchie begann. Schlussendlich entschied sich Frau Stender für pädagogisch weniger wertvolles Ausflippen. Wo man denn hinkäme, wenn das jeder täte, hatte sie mit roten Hektikflecken auf beiden Wangen gezetert. In den Schulhof unter die große Linde, hatte Jana trocken geantwortet und war ihrem Bruder gefolgt.

Jana hatte das große Glück, dass sie gut in der Schule war. Noten gab es bei den Waldis erst ab der achten Klasse, und seit zwei Jahren sammelte sie Einsen. Sie flogen ihr zu. Egal, um welches Fach es ging, Jana las einen Text ein einziges Mal durch und hatte ihn im Kopf. Mathematik liebte sie. Sie verstand nicht, wie man Mathe nicht verstehen konnte. Ungeduldig war sie obendrein. Deshalb konnte sie auch ihrem Bruder nicht helfen, der diesbezüglich total vernagelt war. Sein Brett vor dem Kopf machte sie nur wild.

»Ich verstehe nicht, was ich mit diesen kackbinomischen Formeln anfangen soll. Erklär mir das mal!«

»Ich verstehe dein Problem nicht.«

»Ich verstehe nicht, was ich mit diesen kackbinomischen …«

»Dich habe ich schon verstanden. Aber dein Problem nicht.«

»Erklär mir, was …«

»Erklären! Erklären! Lern das Zeug doch einfach!«

»Warum? Was soll ich damit anfangen?«

»Du machst mich wahnsinnig.«

»Und du klingst schon wie die dämliche Stender.«

»Bei der haben wir Poesie, du Arsch. Du weißt ja noch nicht mal, wie dein Mathelehrer heißt.«

Heike lachte im Stillen, als sie an den Streit der beiden dachte. Danach hatten die Türen so heftig geknallt, dass im gesamten Haus die Weberknechte von den Balken rutschten.

Wer aufmüpfig war und schlecht in der Schule, geriet grundsätzlich ins Schussfeld der Lehrer. Gute Noten hingegen stimmten die Pädagogen bis zu einem gewissen Grad versöhnlich. Frech sei das Mädchen und Widerworte gebe es, hieß es immer über Jana, aber die Leistungen seien halt hervorragend, jetzt müsse man sich nur noch überlegen, wie das Kind zu motivieren sei, damit es endlich einmal sinnstiftend am Unterricht mitwirke.

Jakob hatte diesen Bonus nicht. Er schrieb eine Fünf nach der anderen und profitierte von Steiners weisen Worten, dass es entwicklungsmäßig überhaupt keinen Sinn mache, wenn Kinder sitzen blieben. Bei den Waldis wurde man auch mit zehn Fünfen versetzt. Jakob konnte sich nur Dinge merken, die ihn zutiefst berührten. Die binomischen Formeln gehörten nicht dazu. Aber Rilkes *Panther*. Den hatte er für die Theater AG an einem Abend auswendig gelernt und seither kein einziges Wort mehr vergessen. Genauso wenig wie die anderen Worte der vielen kleinen und großen Rollen, die er seit der ersten Klasse gespielt hatte. Leider brachte ihn das im Unterricht nicht weiter. Nicht einmal mithilfe des angesehenen und wertgeschätzten Goethe konnte Jakob punkten.

»Mich ergeben! Auf Gnad und Ungnad!«, hatte er lauthals deklamiert, als er seine Hausaufgaben wieder einmal nicht dabeihatte. »Mit wem redet Ihr! Bin ich ein Räuber! Sag der Stender: Vor Ihro Kaiserliche Majestät hab ich, wie immer, schuldigen Respekt. Sie aber, sag's ihr, sie kann mich mal!«

So etwas war vielleicht beim ersten Mal originell und beim zweiten Mal noch ein bisschen witzig. Beim dritten Mal aber nervte es, und alle weiteren Male zogen Konsequenzen nach sich, die vom Abschreiben der Hausordnung bis zum Nachsitzen am Samstag reichten. Dagegen hatte Heike ja gar nichts. Am schlimmsten an der Situation fand Heike nicht die ausgesprochenen Bestrafungen, sondern das Unausgesprochene. Jakob war nicht gut gelitten. Ein Clown, ein Unaufmerksamer, ein Unwillkommener. Dafür gab es eine Schublade. *Störenfried* stand da drauf. Wann immer in der Klasse etwas nicht rundlief, zog man diese Schublade auf. So wurde Jakob auch die Verantwortung für Unfug zugeschoben, an dem er gar nicht beteiligt war. Wer war bei dem Mist dabei? Jakob wieder? War ja klar! Leugnen half nichts, denn geleugnet hatte er schon zu oft. Man glaubte ihm kein Wort mehr. Woraufhin Jakob sich fragte, warum er sich eigentlich zusammennehmen sollte, wenn ihm doch keiner abnahm, wie es in Wahrheit gewesen war.

Was für ein beschissener Kreislauf, dachte Heike. Sie streifte die Schuhe ab und legte ihre nackten Füße in den Sonnenfleck auf dem Tisch. Letztes Jahr um diese Zeit hatten Alain und sie ein bisschen Hoffnung geschöpft. Die Zwillinge waren für vier Wochen ins Landwirtschaftspraktikum nach Schweden gefahren. Ganz weit weg! Genau die richtige Zeit für Ruhe und Seelenfrieden. In der stillen Hoffnung, endlich wieder zu sich finden zu können, hatte Heike im Kloster Rumpsbachtal ein Schweigeseminar gebucht. *Geführtes Schweigen mit Bruder Bruno.* Ausgerechnet! Es war ein totaler Reinfall gewesen. Wie war sie bloß darauf gekommen, dass Schweigen nach dem ganzen Schulhickhack das richtige Rezept war. Im Gegenteil! Sie hatte das dringende Bedürfnis gehabt, sich vierundzwanzig Stunden am Tag auszutauschen. Heike wäre fast geplatzt. Zu allem Übel war sie nach zehn Tagen beinahe mit einem unbekannten Mitschweiger im Bett gelandet und hatte erst in allerletzter Sekunde die Reißleine gezogen. Wie von der Tarantel gestochen war sie an jenem Abend aus dem Bergkloster geschossen und mit ihrem Rollkoffer ins Tal hinuntergerumpelt. Sie hatte ein Hotelzimmer gebucht, sich an die Bar gesetzt, Caipirinha bestellt und ohne Punkt und Komma auf den Barkeeper eingeredet.

Meine Güte, kann diese kleine Person quatschen, hatte der Barkeeper gedacht, als er zum vierten Mal einen großzügigen Schuss Cachaça über die Limetten und das Eis goss. In Windeseile hatte sie drei Caipirinhas hinuntergestürzt und mit leichter Schlagseite einen weiteren bestellt. Das war der Letzte, hatte der Barkeeper im Stillen beschlossen. Wenigstens musste sie nicht mehr aus dem Haus, dachte er. Ihr Hotelschlüssel mit der Nummer einhundertelf lag vor ihr. Wenn sie ihm hier wegkippte, würde er einfach Resi von der Rezeption Bescheid sagen. Die würde die Frau auf ihr Zimmer bringen und vorsorglich ein paar Alka Seltzer auf den Nachttisch legen.

Aber Heike war an diesem Abend alles egal gewesen. Sie war raus aus dem Kloster und in Sicherheit. Das war das Wichtigste. Keiner konnte ihr etwas tun. Keiner würde in sie eindringen. Bruder Bruno nicht mit seinen bohrenden Worten während des täglichen, fünfzehnminütigen Gesprächsfensters, und der schöne Schweiger mit seinem Dings schon zweimal nicht. Irgendwann war sie die Letzte in der Bar gewesen. Der arme Barmann, hatte sie noch gedacht. »Da mussu durch«, hatte sie zu ihm gesagt und mit dem Cocktailstäbchen in seine Richtung gepunktet. »Dasis dein Beruf. Un ich, ich fah' nach Hause. Mornschon, nee, ü-über-mor-genschon. Bruder Bruno kammich mal. Ich kannich schweign, auch wenns geführt is. Ich brech das ab. Ich liebe Alain. Seit swanzich Jahren habe ich soviel Schbass mit ihm. Wir können noch miteinander reden. Kannste dir das vorschtelln? Stundenlang! Stuhundenlang, und esis keine Minute langweilich. Schöner Schweiger, so'n Schwachsinn!!! Un mein Ladegerät habch auch lienlassen im Kloster da oben. Kriech noch einen?!«

Der Barkeeper hatte freundlich verneint. Dann war eine gewisse Rosi – Resi? Hasi? – gekommen, und der Rest war bis heute ein schwarzes Loch.

Alain hatte von alldem nichts mitgekriegt. Er war zu einem

Abitreffen nach Singen gefahren und hatte dort nach dreißig Jahren Claudia wiedergetroffen. Seine erste Liebe. Heike kannte die Frau gar nicht. Nur aus Legenden.

Was für ein Ausbruch, dachte Heike. Wir alle beide. Statt froh zu sein, dass sie noch zusammen waren und diese Zeit Schulter an Schulter durchstanden, wurschtelte sich jeder auf eigene Faust durch und riskierte alles, was er hatte. Alain hatte hinterher gesagt, dass in Italien nichts passiert sei, worüber sie sich Sorgen machen müsste. Heike hatte dasselbe von Rumpsbachtal behauptet. Sie hatten einander geglaubt. Vielleicht war das ja das Geheimnis einer guten Ehe, dachte Heike. Dass man sich glauben konnte.

Heike tippte *Steiner* und *Fußball* in die Suchmaske. Bereits beim dritten Link, der ihr angeboten wurde, wurde sie fündig. Na bitte, dachte sie. Da haben wir es ja schon. Steiner hatte gar nichts gegen Fußball. Man darf die Kinder nicht weltfremd machen, hat er damals wortwörtlich in England gesagt. Wenn die Engländer Sport lieben, sollen sie ihn auch ihren Kindern beibringen.

Heike scrollte weiter und machte sich eifrig Notizen. In Wirklichkeit war ein gewisser Kischnick der Übeltäter. Ein Waldorfsportlehrer, der Mitte der Fünfzigerjahre unterrichtete und Fußball nicht leiden konnte. *Totenkopfspiel* hatte er es genannt, ein Spiel, bei dem der Ball zum Erwecker egoistischer Empfindungen werde. In die Begehrungssphäre werde er gedrückt, der Ball, hatte Kischnick damals vor sich hin deliriert. Ein Symbol der Erde, wenn nicht gar des gesamten Kosmos werde mit Füßen getreten. Kein Wunder also, dass im Fußball unerlöste Sympathiekräfte – Heiliger Strohsack, dachte Heike – und ungestillte Geistessehnsucht ihren dämonischen Niederschlag fänden. Außerdem habe man es beim Kicken, so Kischnick, mit einer unnatürlichen Benutzung der Beine und einer Degradierung der Hände zu tun.

Schlagball hingegen sei eine fabelhafte Sache, las Heike und wunderte sich. Ausgerechnet Schlagball? Wurde da nicht mit harten

Holzknüppeln auf einen ganz kleinen Planeten eingedroschen? »Mit kleinen Planeten kann man's ja machen«, murmelte Heike. »Die können sich nicht wehren.«

Sie klappte den Laptop zu und lehnte sich zufrieden zurück. Komm du mir übermorgen blöd, Elvira Stender, dachte sie. Dann ziehe ich dir dein veganes Fell über die Ohren.

Nicht schon wieder eine Vorstellungsrunde für die Neuen, stöhnte Markus innerlich und rutschte tiefer in seinen Stuhl. Er musste nicht noch einmal in epischer Breite erzählt bekommen, warum und wie lange und weshalb die Gudrun, die Sigrun, die Heidrun und weiß der Geier welche Run sich um ihre Blagen gekümmert hatten. Das war grotesk. Dieser Emo-Quatsch machte ihn völlig fertig. Er hatte geglaubt, in der zweiten Stunde ginge es ans Eingemachte, und man erführe etwas über Erfolg versprechende Bewerbungsstrategien für Arbeitnehmer, die die fünfzig überschritten haben. Aber von wegen! Da saß er nun mit seinem Block und seinem Blei und kritzelte Strichmännchen mit Babybäuchen.

»Na ja, und da hat mein Mann halt gedacht, ich müsste so langsam wieder einsteigen in meinen alten Beruf. Also nicht den ganz alten. Ich war ja ursprünglich Visagistin und habe dann umgeschult auf Büro. Aber eher die kleineren Sachen. Schreibmaschine, Ablage, Telefondienst und so. Dann kamen die Kinder, und jetzt ist halt noch die Hypothek, wo er sagt, ich …«

»Ja, das sagt er. Aber was möchtest du denn? Als Mutter, meine ich jetzt. Und als Frau so. Wie fühlt sich das an?«

»Also, wir …«

»Ach, das geht schon! Ich habe damals pro Minute fast hundertachtzig Anschläge auf meiner Triumph Gabriele 2002 geschafft, wissen Sie.«

»Danke, Heidrun. Das erwähnten Sie bereits. Aber gerade wollten wir von der Sigrun wissen, ob …«

»Bisschen Mut muss …«

»Sagt sich so leicht.«

»Günter meint auch, dass …«

»Bitte! Eine nach der anderen.«

»Alles so durcheinander hier.«

»Auf unseren Elternabenden ist das besser geregelt. Da darf nur sprechen, wer den Redestein in der Hand hat.«

Markus besaß die wundersame Gabe, quäkende Stimmen einfach ausblenden zu können. Er musste dazu nicht einmal konzentriert die Augen schließen oder räucherstäbchengestützt in einen hinterindischen Meditationsmodus gleiten. Er träumte sich einfach weg.

»Es könnten auch nur hundertsiebzig gewesen sein.«

»Wie auch immer.«

»Sigrun, bitte sprechen Sie weiter.«

»Danke, ich …«

Diese Technik hatte sich Markus in den letzten zwanzig Jahren angeeignet und bis zur Perfektion ausgebaut. Wenn man seine kostbare Zeit von morgens früh bis abends spät mit vier krakeelenden Kleinkindern in einem Haus verbrachte, war das der einzige Schutz vor einem Hörsturz. Als die Kinder größer waren, kamen zum naturgegebenen Geschrei noch Spiderbait und Xavier Naidoo hinzu, spärlich gedämpft durch nachlässig isolierte Zimmerdecken, wobei Markus heute noch schwankte, wer von den beiden der schlimmere Albtraum war.

»… bin mir auch nicht so sicher, ob ich das wirklich …«

»Dafür sind wir ja da, wobei du schon selbst …«

Jedes Mal wenn »How do you like me now« von The Heavy durchs Gemäuer krachte, konterte Markus mit »Maggot Brain« von Funkadelic. Beide Titel waren laut, aber nicht sonderlich kompatibel. Irgendwann kreischten aufgebrachte Töchter dazwischen und wollten wissen, ob denn alle Männer hier im Haus ein Rad ab hätten. Worauf Markus vergnügt zurückjohlte, er verbitte sich diesen Ton, Eddie Hazels Gitarrensolo und sein exorbitanter LSD-Konsum seien Legende, das Stück sei 1971 in einem einzigen Take aufgenommen worden, nachdem George Clinton Eddie Hazel aufgetragen hatte, er solle so spielen, als wäre gerade seine Mutter gestorben, und außerdem könnten hier alle aber so was von froh sein, dass Sabine in New York und ihr Plattenspieler kaputt sei, sonst wären hier nämlich über kurz oder lang Mamas alte Singles am Start, und wenn es eines gäbe, weswegen man heulend vor Ohrenschmerz aus einem Haus laufen müsse, dann seien das ja wohl die Bay City Rollers und ihr unerträgliches Geschmalze. Anschließend schob Markus eine gigantische Auflaufform mit Schinkenkäsenudeln nach Omas Rezept in den Ofen, und alle hatten sich wieder lieb.

»Müsste man … könnte man … sind jetzt lauter so komische bunte Kacheln auf dem PC … Windows ix peh, sagt mein Mann … Doppelkinn auf dem Bewerbungsfoto … Mütter … Multitaskinggenies … aber hallo …«

Als Sabine heute Morgen in die Küche gekommen war, hatte sie wissen wollen, ob sie ihn gestern Abend mit ihren Karriereplänen sehr erschreckt hatte. Markus war so versunken in seine Arbeit gewesen, dass er ihre Frage überhörte. Er versuchte gerade, Geschmack in eine Rettichstulle zu bringen, die bis jetzt nur dünn mit fahlgelber Sojamargarine bestrichen war. Vielleicht half ja ein bisschen Kresse. Er schnitt mit der Schere eine Handvoll der dünnen Stängelchen ab und drückte sie in die Margarine. Es gab deutliche Anzeichen für eine demnächst eintretende vegane Schulbrotphase. Seine Jüngste hatte ein Video über Milchviehwirtschaft gesehen und schien von Tag zu Tag mehr ihren Käseappetit zu verlieren. Markus wollte vorbereitet sein, wenn der Tag X bevorstand.

»Buh!«, machte Sabine.

»Was?«, fuhr Markus zusammen.

»Ob ich dich sehr erschreckt habe mit meinen Plänen.«

»Ach so. Nein, eigentlich nicht. Aber ich bin schon mächtig ins Grübeln gekommen. Hast du noch Zeit für einen Kaffee?«

»Nein, ich muss zum Flughafen. Ich bin am Samstagabend wieder da. Dann reden wir ausgiebig, ja?«

»Klar.« Er gab ihr einen Kuss. »Schreib kurz, wenn du gut gelandet bist.«

»Mach ich, Schatz.« Sie drückte ihn lange. »Ich liebe dich. Du weißt das.«

Markus nickte.

»Ich liebe dich auch«, sagte er. »Da fällt mir ein: Die Autokorrektur von deinem neuen iPhone hat sie nicht mehr alle. Wenn du eine SMS an mich mit *Geliebter Markus* beginnst und einen Buchstabendreher drin hast, macht die Autokorrektur *Beleibter Markus* daraus. Bitte in Zukunft die Nachrichten vor dem Absenden noch einmal sorgfältig durchlesen. Ich bin nicht beleibt. Ich bin nur ein bisschen ... wie nennt man das bei Männern?«

»Stattlich.«

»Quatsch. Stattlich ist fett.«

»Gazelle?«

»Verarschen kann ich mich selber.«

»Bullig?«

»Das war's. Bullig!«

Sabine hatte laut gelacht und war mit ihrem rumpelnden Köfferchen losgezogen. Oben an der Straße hatte das Taxi nach New York gewartet. Schon war er wieder Strohwitwer für drei Tage.

»Überall nur junge Hühner ... doof, aber sexy ... über vierzig nehmen die einen nicht mehr ... von sexy allein wird die Ablage auch nicht kleiner ... die hat sich wegen ihrem Abteilungleiter botoxen lassen ... so weit kommt's noch ...«

Väterzeitconsultant war gar nicht so doof, dachte Markus, während die Seminarleiterin einzelne Bewerbungsschritte auf einem Flipchart skizzierte und sie mit quietschenden Filzstiften bunt markierte. Unter den neuen Gegebenheiten musste es auf jeden Fall ein Job sein, den er von zu Hause aus erledigen konnte. Viel Telefon, ein bisschen E-Mail-Verkehr, abends mal ein Infoseminar im Nebenraum einer Szenekneipe. Ein sinnvoller Notdienst vielleicht noch. Warum auch nicht? Der Papacoach als Feuerwehr in allen Lebenslagen. Der Papacoach kennt alle Nachtapotheken. Der Papacoach kommt sofort angerast, wenn die Schnuller wieder im hausinternen Bermuda-Dreieck verschollen sind. Aber dann sollte er wohl besser ein Existenzgründerseminar besuchen anstelle dieses Kaffeekränzchens, wo alle Viertelstunde eine wiedereinzugliedernde Mittvierzigerin aus allen Wolken fiel, weil es heute in den Büros kein Tipp-Ex mehr gab.

Er musste dringend mit jemandem reden, der Ahnung von Selbstständigkeit hatte, dachte Markus. Rudi? Nein, lieber nicht. Bei dem musste man ja schon heilfroh sein, wenn es ihm einmal im Jahr gelang, unfallfrei einen Schuhkarton voller Rechnungsbelege zum Steuerberater zu transportieren. Außerdem waren er und sein Chaot von Hund seit heute Morgen unterwegs nach Castellina. In Rudis extramager ausgestatteter Rostlaube, die keine Freisprechanlage besaß. Nicht dass die zwei sich noch in den Graben legten, nur weil ein angehender Papacoach ihnen die Ohren vollquatschte.

Vielleicht konnte er Thomas fragen. Der hatte sich bestimmt schlaugemacht. Immerhin hatte er vor gar nicht so langer Zeit verkündet, als Freiberufler weitermachen zu wollen. Selbst wenn er von diesem Plan inzwischen wieder abgerückt sein sollte – mehr als die durcheinanderschnatternden Tanten hier würde Thomas auf jeden Fall wissen.

Gerade waren sie dabei, den Bewerbungsschritt zwölf – *Aussagekräftiges Foto, das authentisch Ihren Typ widerspiegelt* – zu diskutieren. Ob mit *aussagekräftig* etwa das gnadenlose Ablichten des Schildkrötenhalses gemeint sei, wollte eine der Damen überraschend selbstkritisch wissen. Markus warf einen hektischen Blick auf sein Handy, als wäre auf dem mausetoten Display die Alarm-SMS des Jahrhunderts erschienen, und schoss abrupt in die Höhe.

»Ich muss ganz dringend los«, murmelte er entschuldigend. »Ein Notfall, hrm, Masern wahrscheinlich. Sie kennen das ja.«

Natürlich kannten sie es. Aber bevor die besorgten Gudruns, Sigruns und Heidruns ausholen und ihn über die tödlichen Gefahren von Kinderkrankheiten im Allgemeinen und Masern im Besonderen aufklären konnten, sauste Markus schon aus dem Raum und rannte die Treppen hinunter.

Nur zehn Minuten später parkte er direkt neben der ungepflegten Litfaßsäule, die vor Thomas' neuer Wohnung stand. Glück gehabt! Sonst war in dieser Straße nie ein Parkplatz frei. Zu keiner Zeit! Nicht einmal für ein Fahrrad.

An der Säule klebte seit Wochen dasselbe zerzauste Plakat: *Ihr Kachelofen – so einzigartig wie Sie!* Thomas hatte beim Einzug nur trocken bemerkt, die Headline sei scheiße, weil es nun wirklich kein Kompliment war, wenn einem gesagt wurde, man hätte eine Fresse wie ein Kachelofen.

Markus drückte den Klingelknopf.

Hoffentlich war Thomas zu Hause.

Entsetzt starrte Markus in Thomas' kalkweißes Gesicht, aus dem zwei große blutunterlaufene Augen durch den Türspalt zurückstarrten. Sein Freund sah aus wie der Leibhaftige. Thomas fuhr sich durch sein über Nacht offensichtlich schneeweiß gewordenes Haar, dass es nur so staubte, und öffnete die Tür ganz.

»Komm rein«, sagte er. »Wir backen gerade Pfannkuchen.«

»PFANNKUCHEN! STAMMKUCHEN! BAMMKUCHEN!«, krähte es aus der Küche.

»Ich rieche nichts«, sagte Markus und schnupperte, während er sich im Flur die Schuhe abstreifte.

»Na ja, genau genommen backen wir ja auch noch nicht. Wir sind erst beim Teig. Eigentlich haben wir nur das Mehl in der Schüssel. Äh, hatten! Größtenteils ist es schon wieder raus. Paul wollte das Mehl unbedingt gut durchmischen, bevor die Milch dazukommt.«

»So wie du aussiehst, hat er euer Mehl auf Stufe fünf gemixt.«

»Unser Gerät geht bis sieben, und danach kommt der Turbo«, erklärte Thomas stolz. »Paul verwendet selbstverständlich den Turbo.«

»Der Apfel fällt nicht weit vom Stamm«, murmelte Markus.

Sie betraten die Küche, die von einer dezenten Mehlschicht überzogen war. Inmitten einer Wolke stand Paul auf einem Stuhl und hantierte vergnügt mit dem Mixer. Jedes Mal, wenn die beiden Rührbesen die Schüsselwand berührten, ratterte es infernalisch, und eine weitere Mehlwolke stieg über dem Gefäß auf.

»STAMMKUCHEN! BAMMKUCHEN! RATATATATATT«, sang Paul begeistert im Takt und bewegte den Mixer in lustigen Kreisen.

»Ich würde wahnsinnig werden«, stellte Markus nach einer Weile fest.

»Ich weiß«, sagte Thomas. »Spielkochen gab es in deiner Küche nie.«

»Dazu waren wir immer zu viele Leute und hatten viel zu viel Kohldampf«, nickte Markus.

Inzwischen war es ihnen gelungen, dem kleinen, lauten Paul in aller Ruhe klarzumachen, dass Milch, Zucker, Eier und Zimt durchaus sinnvolle Bestandteile eines Pfannkuchenteigs waren. Anfangs stemmte er sich mit der ganzen Vehemenz eines Vierjährigen gegen den flüssigen Teil der Zutaten. Erst als Markus andeutete, dass beim Pfannkuchenbacken nach dem Stauben ja das Kleckern käme und Kleckern ohne Milch und Eier gar nicht möglich wäre, lenkte er ein.

»Das Öl ist zu heiß«, sagte Markus und deutete auf die rauchende Pfanne.

»Das gehört dazu«, sagte Thomas und kippte eine Suppenkelle voller Pfannkuchenteig in das siedende Öl. »Nach dem Stauben kommt das Kleckern und nach dem Kleckern das Rauchen und Piepen.«

»Piepen?«

Thomas zeigte auf den Rauchmelder an der Decke.

»Gleich geht's los«, freute er sich.

»RAUCHKUCHEN! BAUCHKUCHEN! PIEP PIEP PIEP!«, jubelte Paul.

Irgendwann gegen Nachmittag, als sich der Nebel gelegt hatte, die Bäuche rund waren, der Rauchmelder schwieg und Paul selig im inneren Kreis seiner Holzeisenbahn eingeschlafen war, setzten sich Thomas und Markus mit einem Espresso auf den Balkon.

»Väterzeitconsultant«, sagte Thomas. »Nie gehört. Ich habe keine Ahnung, ob es dafür Bedarf gibt. Einfach wird das bestimmt nicht. Männer wollen ja immer alles aus eigener Kraft stemmen. Vielleicht müsstest du da noch irgendetwas total Wichtiges dazupacken. Was weiß ich, Effizienztraining oder so einen businessmäßigen Quark. Weißt du, was ich meine?«

»Damit es nicht so klingt, als passte man nur auf die Kinder auf?«

»Ja, genau. Männer sehen sich auf keinen Fall als Kindergartentanten. Die würden am liebsten aus allem einen Managementjob machen, selbst wenn sie nur vor der Wickelkommode stehen und Strampler falten. Du müsstest Workshopthemen wie Haushaltslogistik, Zeitoptimierung und Prozessorientierung anbieten. Für

Wäschewaschen und Windeln wechseln bräuchten wir natürlich auch ein paar prägnantere Formulierungen. Mit Pampers den Poppes relaunchen oder so ähnlich.«

»Blödmann!«

»Brems mich nicht durch Kritik. Wir sind in der Brainstormingphase. Wenn du nörgelst, versiegt sofort mein kreativer Quell.«

»Poppes-Relaunch«, ächzte Markus. »Ich glaub's ja nicht.«

»Markus, du bist so eine typische Projektmanagementgurke. Selbst nach zwanzig Jahren schimmert das noch bei dir durch. Hinten links in der Birne sitzt dein Bundesbedenkenträger und klopft jede Spinnerei auf Machbarkeit ab, kaum dass sie den Mund verlassen hat. Letztlich habe ich genau wegen solcher Pappnasen wie dir die Kündigung gekriegt. Alle Projektmanager am Tisch waren strunzblöd und dachten nur von zwölf bis Mittag. Da darf man ja wohl mal gepflegt ausrasten. Ich meine, mit so einer Angst vor allem Neuen und Innovativen gewinnt man in Cannes keine Löwen. Das haben die Chefs in Frankfurt nur leider nicht verstanden.«

»Okay, ich hab's kapiert.«

»Ist doch wahr«, ereiferte sich Thomas. Er verstellte seine Stimme und klang heiser wie ein Urmensch. »Guck mal, Oga Aga, ich habe den Stein rund geklopft! – Warum das denn, der rollt ja jetzt den Berg runter? – Genau das soll er doch, wir könnten sogar zwei nehmen und eine Holzstange dazwischenstecken. – Als er noch viereckig war, war die Bremswirkung viel besser.« Thomas fuhr mit normaler Stimme fort. »Siehst du, Markus, und deswegen wäre damals das Rad beinahe nicht erfunden worden. Und den Typen, der eines Tages mit dem Feuer dahergelatscht kam, hätten sie am liebsten gleich in die Klapse gesteckt.«

»Ich bekomme gerade eine ungefähre Vorstellung, was für ein zynischer Arsch du als Kreativchef gewesen sein musst«, sagte Markus und hob ergeben die Hände. »Aber doch ja, die Botschaft ist angekommen. Poppes-Relaunch ist ein ganz, ganz großer Ansatz.«

Thomas schlug Markus grinsend auf die Schulter.

»Egal ob Vaterberater oder sonst was, ich fände es jedenfalls gut, wenn du etwas Eigenes machst. Markus im Projektmanagement – undenkbar. Markus am Herd, über einer neuen Variante von Coq au Vin brütend –, passt!«

»Vaterberater«, murmelte Markus. »Auch ein guter Name. Reimt sich sogar.«

»Du kannst dich nach all der Zeit nicht in ein Büro setzen und den Hengst machen. Da gehst du ein. Wir werden alle nicht jünger, Markus. Mach, was dir Freude macht.«

Thomas stand auf und deckte Paul sorgsam mit einer Decke zu. Vorsichtig stellte er einen kleinen Eisenbahnwaggon beiseite, der sich unter Pauls Wange gemogelt und mit seinem Rad einen kreisrunden Abdruck hinterlassen hatte. Wie klein die alle am Anfang sind, dachte Markus, und wie groß und widerspenstig sie werden. Die Zeit geht so schnell vorbei. Eben noch liegen sie vor dir mit einem Briobahnkringel auf der Wange, und auf einmal bringst du sie zum Flughafen und schickst sie für ein ganzes Jahr nach Paris. Wie hieß das damals noch in der *Choco Crossies*-Reklame? Kaum sind sie da, schon sind sie weg.

»Ja, die Zeit ist das Kostbarste, was wir haben«, sagte Markus. »Willst du wirklich noch weiter in der Werbung arbeiten?«

»Keine Ahnung. Neulich habt ihr gesagt, ich soll Lachyoga machen.«

»Ach, mittlerweile haben Rudi und ich noch viel alberneres Zeug gefunden. *Wingwave Emotional Coaching* zum Beispiel. Da musst du Angst und Stress einfach wegwinken. Das lernst du aber nur bei *Original Wingwave Coaches*. Einfach unbegleitet hin und her winken funktioniert nicht. Oder TRE! Das klingt auch vielversprechend. Ausgesprochen heißt es *Tension Releasing Exercises*.«

»Ich habe keinen Burn-out«, brummte Thomas. »Tension was?«

»Stressabbau durch naturgegebenes Zittern. Da sisisitzt du dadadann auf den Rheinwiesen und bibibibberst wie ein Lämmerschwanz. So lange, bis es dir wieder gut geht.«

»Was es nicht alles gibt!«

»Fest steht jedenfalls, dass wir in unserem Alter dringend etwas tun müssen. Ich habe neulich einen sehr guten Artikel über uns arme Fünfzigplusschweine gelesen. Nicht nur, dass die Schwimmringe auf unseren Hüften nicht mehr wegzukriegen sind, jetzt werden auch noch unsere Gehirne weniger stark durchblutet. Die Zahl der Zellen schrumpft, die Impulse werden langsamer weitergegeben. Wir können uns kaum noch fünf Zahlen merken, und die Fähigkeit, gespeichertes Wissen abzurufen, sinkt ständig. Es ist ein Elend, Detlev.«

»Ich heiße nicht Detlev, Gerd«, sagte Thomas. »Ich bin der Günter.«

»Aber jetzt kommt's! Es gibt nämlich auch jede Menge Forschung, die belegt, dass wir Alten die absoluten Kracher sind. Kein Witz! Wir verknüpfen Informationen besser und können viel schneller Wichtiges von Unwichtigem trennen.«

»Du meinst volle Gläser von leeren?«

»Zum Beispiel! Und nicht zu vergessen unsere Erfahrung. Erfahrung ist in der Evolution überlebenswichtig gewesen.«

»Muss wohl so sein. Eine andere Erklärung gibt es wahrscheinlich nicht für die lange Lebensspanne zwischen dem Zeitpunkt, wo man sich nicht mehr fortpflanzen kann, und dem Tod. Zu irgendwas müssen die Alten nütze gewesen sein. Umsonst wären die nicht von der Sippe durchgeschleppt worden.«

»Richtig geraten, Heinz«, sagte Markus. »Bei den Neandertalern nahmen die erfahrenen Frauen und Männer eine Schlüsselrolle bei der Nahrungsbeschaffung ein. Die hatten einfach den totalen Durchblick, wo es die dicksten Pilze und Beeren gab. Das kann man auch heute noch bei Tieren beobachten, die ähnlich alt werden wie der Mensch. In Trockenzeiten findet wernochmal die wenig bekannten Wasserstellen? Genau. Die alten Elefanten!«

»Also ab fünfzig doch nicht stumpf, blöd und überflüssig.«

»Ausnahmen bestätigen die Regel.«

»Da haben wir zwei die besten Ausgangschancen für einen Neustart.«

»Aber hallo!«

»Wir lassen's noch mal richtig krachen.«

»Wie die Zwanzigjährigen.«

»Worauf du einen lassen kannst, Bro.«

Markus deutete auf die Postkarte, die an Thomas' Kühlschrank klebte. Ein klappriger Fiat Panda mit der Aufschrift *Abi '03* auf der Heckscheibe wurde von einem knallgelben Lamborghini abgehängt, auf dessen Scheibe *Hauptschule '72* zu lesen war.

»So einen hätte ich auch gern mal.«

»Einen Abi 03?«

»Arsch.«

Im Hildener Stadtwald war wieder zu viel los. Mountainbiker brummten mit ihren dicken Reifen über die Wege. Hunde schnürten zwischen Walkern, Joggern, Spaziergängern und Kinderwagen hin und her.

Er musste sich dringend andere Laufzeiten zulegen, dachte er, als er vom Restaurant am Kellertor kommend in den Wald hineinlief. Jetzt konnte er das ja. Sogar vormittags würde es gehen. Bis die Verhandlung beim Arbeitsgericht durch war, würde er genug Freizeit haben. Und danach genug Geld. Diese elende neue Drecksvorständin! Zehn Jahre hatte er für die Kanzlei einen ordentlichen Job gemacht und die wichtigsten Fälle in Serie gewonnen, und auf einmal passte es nicht mehr. Zu verbissen sei er, hatte sie gesagt. Zu unkonzentriert. Zu wenig profitorientiert. Er würde sich von seinem privaten Feldzug zu sehr beeinflussen und ablenken lassen. Ob er schon mal über Burn-out nachgedacht hätte oder über eine Kur. Sie hätte deutliche Anzeichen bei ihm erkannt. So nicht, Fotze! Feuere einen Anwalt, und er macht dir Feuer unterm Arsch. So einfach war das. Wenn er mit denen fertig war, würden sie bluten. Das war mal sicher.

Er kochte innerlich.

Wütend trat er nach einem Dackel, der vor ihm den Waldweg kreuzte. Die Besitzerin schrie ihm etwas Unverständliches hinterher. Halt deine Fresse, dachte er. Das nächste Mal würde er die Fußhupe richtig treffen. Dann würde sie blöde glotzen.

In der Mittagspause hatten die Kollegen ihm einmal vorgeworfen, er würde sich klammheimlich über die Terroranschläge von Al Qaida und IS freuen, weil jeder Tote ein Beweis für sein islamophobes Weltbild sei. Damit sei er nicht besser als jeder dahergelaufene Terrorist. Das stimmte nicht. Er war in Gedanken immer bei den Opfern. Aber man musste doch sagen dürfen, wie es wirklich um Deutschland stand. Hier lebten zehnköpfige Familien seit dreißig Jahren auf Steuerzahlers Kosten, sprachen kaum ein Wort Deutsch und produzierten immer mehr Sonderschulkinder, die die deutschen Schulhöfe terrorisierten. Multikulturell, er könnte kotzen bei dem Scheißwort!

Wo trieb sich dieser Kerl bloß herum? Seit zwei Tagen hatte er ihn und seinen dämlichen Hund nicht mehr gesehen. Vor ein paar Wochen, da wäre es günstig gewesen. Als er sich beim Waldbad in dem kleinen Seitenweg versteckt hatte und der Hund immer näher gekommen war. Hätte er Rasierklingenfrikadellen in der Tasche gehabt, hätte er das Vieh damals schon umbringen können, ohne dass auch nur der kleinste Verdacht auf ihn gefallen wäre. Rasierklingen wirkten schön langsam. Erst nach ein paar Kilometern Laufen schlitzten sie im Magen alles auf.

Er wusste, wo der Typ wohnte. Er wusste, wo seine Freunde wohnten. Er wusste, wo seine Düsseldorfer Baustellen waren. Gipser war der. Nicht mal Polier oder Bauleiter. Einfach nur ein simpler, unterbelichteter Gipser. Zu mehr hatte es wohl nicht gereicht. Blöd. Stur. Hauptschule. War doch klar. Das hatte damals alles in den Gerichtsakten gestanden, als er den Gipser wegen seinem blöden Köter verklagt hatte. Sogar seine Lieblingskneipe hatte im Protokoll gestanden.

Die Deppen hatten ihn überhaupt nicht erkannt, als er sich einmal ins *Fass* geschlichen und zugehört hatte, wie sie sich über die Rechten und über Sarrazin lustig gemacht hatten. Wie dieser Gipser sich in der Wirtschaft gerühmt hatte, dass er auf Amazon unerkannt als *Lana Vegana* unterwegs sei und nächtelang gegen die Nazis schreibe. Diese rote Sau! Als ob es in Deutschland noch Nazis gäbe. Man war doch nicht gleich Nazi, nur weil man mit Ausländern nichts anfangen konnte. Die gehörten einfach nicht hierher. So einfach war das. Aber die Nazikeule wurde ja immer rausgeholt, wenn hier einer die Wahrheit sagte. Eine verdammte Kuscheljustiz war das hier. Verbrechen überall, und die Polizei guckte zu. Und wer erwischt wurde, wurde wieder laufen gelassen, weil er eine schlimme Kindheit gehabt hatte. Er könnte kotzen. Das deutsche Rechtssystem reichte nicht aus, um diese linken Zecken auszumerzen, diese Verbrecher. Es kam immer zu wenig dabei rum. Hatte man ja gesehen, als der Drecksgipser wegen der gewalttätigen Attacke gegen ihn vor Gericht gestanden hatte. Seine verlogenen Freunde hatten für ihn ausgesagt. Und ihre Frauen auch. Gelogen, ohne mit der Wimper zu zucken. Alle! Eine Handvoll Sozialstunden hatte der gekriegt, die blöde Sau. Aber mit dem Kerl war er noch lange nicht fertig. Das würde jetzt erst richtig losgehen.

Schwer atmend lief er um den Teich herum und rannte in Richtung der Pferdekoppeln. Heute würde er die extragroße Runde laufen. Genug Wut dafür hatte er allemal im Bauch!

»Ein Ball wird an unserer Schule nicht mit Füßen getreten!«

»Das wäre ja noch schöner.«

»Gefährdung der Erstklässler ...«

»Es sind ja auch schon Beschädigungen des Werkstattgebäudes ...«

»Bitte! Kolleginnen und Kollegen! Nicht alle durcheinander. Wir hatten im Vorfeld beschlossen, uns in dieser Klassenkonferenz, bei der es um den weiteren Verbleib von Jana und Jakob auf unserer Schule geht, auf die wesentlichsten Aspekte unseres anthroposophischen Menschenbildes zu konzentrieren. Und dazu gehört nun mal, dass ein Ball nicht getreten wird, weil er gemäß Rudolf Steiner die Sonne symbolisiert, wenn nicht gar den ganzen Kosmos, Frau ... äh.«

»Das stammt nicht von Rudolf Steiner, Herr ... ÄH ..., sondern von einem hirntoten Waldisportlehrer aus den Fünfzigerjahren. Rudolf Kischnick hieß der Kasperkopf. Vielleicht bringen Sie die Namen deshalb durcheinander. Und selbst wenn – soll ich Ihnen mal sagen, was Ihre Rudolfs mich können?!«

»Heike, bitte!«

»Guck sie dir doch an, wie sie dahocken, Alain! Eigentlich dachte ich, wir könnten uns auf Augenhöhe unterhalten. Stattdessen thronen sie zu fünfzehnt wie die heilige römische Inquisition an ihrer langen Tafel und wir vier an diesem lächerlichen Armesündertischchen quer davor. Ich glaub, es hackt!« Heike wandte sich wieder an Janas und Jakobs Deutschlehrer, der den Vorsitz der Konferenz führte. »Und außerdem sind meine Kinder sechzehn. Verstehen Sie? Nicht drei, nicht neun, sondern sechzehn! Die rauchen vielleicht oder werden frech oder hören zu laute Musik, aber sie kicken nicht mehr. Das ist Kinderkram.«

Der Vorsitzende blätterte suchend in einem Ordner.

»Es handelte sich ja auch nicht um einen handelsüblichen Lederfußball«, sagte er gedehnt. »Jakob hat im Gartenbauunterricht einen frisch geernteten Weißkohl getreten. Ungefähr anderthalb Kilo schwer. Wir hatten eine gute Ernte dieses Jahr. Jedenfalls hat der Kohl den Kollegen am Kopf gestreift, also am Ohr vielmehr.« Er deutete ernst auf den Gartenbaulehrer, dessen zerbrochener Brillenbügel immer noch provisorisch mit einem Pflaster geflickt war. »Danach ist er durch die offene Tür des Geräteschuppens geflogen. Im Schuppen hat der Kohlkopf noch folgende Schäden angerichtet ... Moment, ich hab's gleich.« Er zog ein eng beschriebenes rotes Blatt aus dem Ordner. »Zwei selbst getöpferte Blumentöpfe der dritten Klasse wurden zerstört, das Regal mit den Glaswindspielen fiel durch die Wucht des Schusses um, und dann ist der Ball ... nein, der Kopf ... also der Kohl hinten zur Scheibe wieder raus.«

»Das ... war mir unbekannt.«

Heike warf ihren Zwillingen einen Blick zu, der in etwa dem Strahl glich, welcher in Science-Fiction-Filmen bei feindlichen Raumschiffen unten herauskam und bewohnte Planeten verdampfen ließ.

»Mir nicht«, sagte der Vorsitzende trocken und las mit geschäftsmäßiger Stimme weiter vom Blatt ab. »Im Anschluss an den Tritt und die Verletzung der Brille des Gartenbaulehrers rutschte Jakob auf den Knien ins Radieschenbeet und schrie – ich zitiere wörtlich – TOOOR! TOOOR! KLOSE MACHT IN DER HUNDERTNEUNZEHNTEN MINUTE DAS EINS NULL. DAS IST DIE ENTSCHEIDUNG! DEUTSCHLAND IST WELTMEISTER!!!«

Alain wandte sich verblüfft seinem Sohn zu.

»Klose?«, flüsterte er. »Das war doch Götze.«

»Hab ich ja auch gesagt«, flüsterte Jakob zurück. »Außerdem war es die hundertdreizehnte.«

Heike trat Alain unter dem Tisch ans Schienbein.

Der Vorsitzende war noch nicht fertig.

»Über Sachbeschädigung kann man ja reden«, sagte er und

klappte den Ordner wieder zu. »Im Übermut passiert schon mal was. Das ist nicht so sehr das Problem. Aber als der Gartenbaukollege hinterher eine Entschuldigung von Jakob verlangte, reagierte Jakob überhaupt nicht. Stattdessen hat seine Schwester Jana den Kollegen angefahren, wie er in einem solch dramatischen Moment bloß an eine Entschuldigung denken könne. Deutschland sei Weltmeister und Müller mit sechzehn Toren der erfolgreichste WM-Torschütze aller Zeiten, das müsse gefeiert werden.«

»Müller?«, rutschte es Heike heraus. »Das war doch Klose.«

»Wie? Was?« Der Vorsitzende klappte den Ordner wieder auf und blätterte irritiert in seinen Unterlagen. »Ja, Klose. Steht hier ja auch. Wie auch immer, Frau, äh, Mutscheler und Herr Mutscheler, wir wissen alle, dass Jakob beim Theaterspielen so vollständig in seine Rollen schlüpft, dass er sich schon mal darin verliert. Das schätzen wir ja auch an ihm. Auf der Bühne! Aber in diesem Fall war es eben nicht die Bühne in der Aula, sondern der Schulgarten.«

Heike musterte kämpferisch die Phalanx der ernst blickenden Pädagogen, die vor ihr saßen und den Eindruck machten, als hätten sie sich schon längst entschieden und das Gespräch wäre nur noch Formsache.

»Ich fasse zusammen«, sagte sie. »Sie wollen also meine Kinder von der Schule schmeißen, weil sie die Sonne getreten haben.«

»Davon redet doch keiner«, beschwichtigte der Vorsitzende. »Noch nicht.«

Am rechten Rand des Lehrertisches steckten der Musik- und der Kunstlehrer die Köpfe zusammen.

»Was wird denn da getuschelt?«, fuhr Heike dazwischen. »Ich denke, das ist ein offenes Gespräch?! Da hinten in der Musenabteilung heißt es jetzt doch garantiert wieder, dass es bei der schwierigen Mutter kein Wunder ist, wenn die Kinder so frech und ungezogen sind. Dabei sollten die lieber mal einen Unterricht gestalten, der auch Kinder mitreißt, die älter als sieben Jahre alt sind. Nicht immer nur Goethe und Vivaldi. Auch mal den Arsch hochkriegen und Krautrock unterrichten. Oder Rap oder ...«

»Heike, lass mal gut sein jetzt.«

Alain legte seiner fauchenden Frau den Arm um die Schulter. Mein Rumpelstilzchen dreht mir hier gleich durch, dachte er. Er musste dringend eingreifen. Bloß wie? Heike hatte ja recht. Kaum zu glauben, dass sie vor einer Dreiviertelstunde noch verzweifelt auf dem Schulhof gestanden und gegen die Tränen angekämpft hatte. Alle nörgelten nur an ihren Kindern herum, hatte sie geschluchzt, Jana und Jakob seien von Anfang an in Schubladen gesteckt worden, keiner sehe mehr das Gute in ihnen. Danach hatte sie sich die Nase geputzt, einmal tief Luft geholt und war mit ihrer Familie direkt in die Höhle des Löwen marschiert.

Jetzt, nur eine halbe Stunde später, war sie gerade dabei, alles was zu einem halbwegs vernünftigen Abitur ihrer Kinder führen könnte, kurz und klein zu schlagen.

Dabei hatten sie sich beide geschworen, Contenance zu wahren!

Diese vermaledeite Klassenkonferenz war wirklich die Krönung eines völlig verkorksten Schuljahres. Ein Tribunal! Sämtliche Lehrer von Jana und Jakob saßen ihnen gegenüber. Sogar die Gartenbau- und die Eurythmie-Abteilung waren anwesend. Das hieß, es ging um die Wurst. Bevor ein Waldorfschüler von der Schule flog, berieten sich alle Lehrer, die er jemals gehabt hatte. Bei einem strengen Verweis mit Bewährung kämen die beiden mit einem blauen Auge davon. Ein direkter Schulverweis wäre eine Katastrophe, dachte Alain. Wer als Waldi auf eine andere Schule wechselte, wurde grundsätzlich ein Jahr zurückgestuft. Die beiden würden die zehnte Klasse wiederholen müssen. Dabei waren sie jetzt schon in ihrer Entwicklung viel zu weit, um mit zwei Dutzend albernen, fünfzehnjährigen Hormongestörten in einem Raum zu sitzen und Schulzeit zu verplempern.

»Okay, gut«, sagte Alain. »Große Klappe, Fußballspielen und

im Winter vielleicht der ein oder andere Schneeball. Wie kommen wir denn jetzt zu einer vernünftigen Übereinkunft?«

»Der Kohltritt war ja nicht das einzige Vergehen«, sagte der Vorsitzende und fischte fahrig einen neuen Zettel aus seinem Stapel. »Er war ja nur der Tropfen, der das Fass zum Überlaufen brachte.«

Damit kam er bei Heike genau an die Richtige.

»So ist's recht«, schäumte sie. »Jetzt bloß nichts vergessen. Immer schön nachtragen. So ein Fass habe ich aber auch dabei, das glaubt mir mal. Ich habe mir nämlich eine Liste gemacht mit den Vorfällen der letzten Jahre.«

Sie zog einen Zettel aus der Tasche. Alain seufzte gottergeben und sank in seinem hölzernen Stuhl zusammen. Er kannte das. Wenn Heike zur Generalabrechnung schritt, konnte es dauern. Sie war in diesen Dingen extrem gründlich.

»Ich fange mal mit den Elternabenden an«, hörte er seine Frau loslegen. »Stundenlang haben wir auf diesen kleinen, unbequemen Kinderstühlchen gesessen und uns mit schnappatmenden Müttern herumgeschlagen, die völlig außer sich waren, weil die Jungs an Jakobs zehntem Geburtstag heimlich *Herr der Ringe* geguckt haben. Dass wir überhaupt einen Fernseher besaßen, war ja schon ein Skandal. Wenn er wenigstens schön unterm Jahreszeitentisch versteckt gewesen und mit Strom aus regenerativen Energien angetrieben worden wäre. Aber so! Mitten im Wohnzimmer! Was haben die gezetert, diese scheinheiligen Schlampen! Am schlimmsten von allen war diese Meier-Stigwitz, diese alleinerziehende, spätgebärende Übermutter, die immer behauptet, dass man mit Sanftmut und Milde die Welt aus den Angeln heben kann, aber in Wahrheit link und hinterfotzig sofort nach einem Antimobbingtraining schreit, wenn ihr kleiner Moritz mal wieder nicht in die Mannschaft gewählt wird und beim Volleyballspielen auf der Bank sitzen bleiben muss. Das ist aber kein Mobbing. Er kann es halt nicht und riecht immer ein bisschen ungewaschen, weil er nie aus seiner

Schafswolle rauskommt, der arme Junge. Was hat diese dämliche Kuh auf jenem Elternabend für Stimmung gegen mich gemacht, mein lieber Schwan! Oder dieser Aufstand, als es um die letzte Klassenfahrt ging, wo wir in Bad Wildkreutz, nein, Wildbanz, na egal, in Bad Wilddings klettern und auf der Bums ein bisschen Kajak fahren wollten.«

Heike äffte die leiernde Piepsstimme ihrer Widersacherin nach. Alain schaute seine Frau verblüfft an. Mein Gott, war das perfekt, dachte er. Vor seinem geistigen Auge erschien Frau Meier-Stigwitz, wie sie leibte, lebte und ohne Punkt und Komma die Elternabende beschallte.

»Mein Moritz hat eine Schwimmwestenallergie ich vermute dass es mit seiner Leserechtschreibschwäche zusammenhängt gerade im Hauptunterricht hat er immer Ängste vor den Deutsch-Epochen das merken wir abends wenn er kurz vor dem Einschlafen mit dem Finger Fragezeichen auf die Bettdecke malt ich meine gegen Ausrufungszeichen hätte ich ja nichts aber Fragezeichen?«, orgelte Heike Mutscheler-Meier-Stigwitz, ohne ein einziges Mal Luft zu holen.

Ihr Kopf hatte eine leichte Rötung angenommen.

»Nein, ich bin noch nicht fertig«, herrschte sie den Vorsitzenden an, der versuchte, sie mit einer verzweifelten Handbewegung zu unterbrechen. »Die Schnepfe hat ja erst Ruhe gegeben, als die gesamte Klassengemeinschaft nachgegeben und die Reise bei diesem völlig überteuerten Anbieter gebucht hat. *Sanfte Abenteuer* oder wie diese Truppe hieß. Weil sie Demeterpastinaken servieren und ihre Kletterseile selber filzen und all so'n Unfug. Da hätte ich mir schon das ein oder andere Mal eine Intervention der Klassenbetreuerin gewünscht. Dass die mal ordentlich auf den Tisch haut oder so. Aber nein, Frau, hrm, Stender hat ja immer nur milde gelächelt und alles abgenickt, was der Elternrat rausgehauen hat. Vermutlich war ihr Yogitee mit Obstler gedopt. Ich kann es ihr nicht mal übel nehmen. Anders ist so ein Abend ja auch nicht zu ertragen. Vor allem nicht, wenn am Schluss sage und schreibe einundvierzig erwachsene Leute ihre Terminkalender aus der Tasche ziehen und allen Ernstes glauben, sie könnten sich jetzt auf einen gemeinsamen Tag für den nächsten Elternabend einigen.«

»Ich glaube, wir haben verstanden, Frau Mutscheler.« Der Vorsitzende hob beschwichtigend die Hände. »Es gehört nur leider nicht hierher. Die Gestaltung von Elternabenden wäre vielleicht ein Punkt, den man im Elternratvorbereitungskreis diskutieren müsste. Heute geht es um ganz andere Dinge.«

»Kreis, ja, Kreis!« Heike winkte müde ab. »Festkreis, Jubiläumskreis, pädagogischer Beratungskreis, Bauinitiativkreis, Energiesparkreis, Rudolfsteinergesprächskreis, Eurythmieförderkreis, Vollwertschulfrühstückskreis, Neuemedienkreis. Ich glaube, die Meier-Stigwitz ist in allen.«

»Ich schätze Frau Meier-Stigwitz als bemühte, engagierte Mutter sehr«, mischte sich Frau Stender patzig ein. Anscheinend nahm sie Heike den obstlergedopten Yogitee mächtig übel. »Außerdem finde ich, dass das mit dem Mobbing gar nicht so weit hergeholt ist. Ihre zwei waren ja immer in vorderster Front dabei. Wenn ich ihrer Mutter heute so zuhöre, wird mir klar, dass ihnen zu Hause einfach nicht beigebracht worden ist, sich nicht dauernd über andere lustig zu machen. Und über Lehrer schon mal gar nicht. Woher hätten sie es lernen sollen? Von Ihnen bestimmt nicht.«

»Wie schön, dass Sie gerade diesen Punkt ansprechen, Frau Stender«, zischte Heike. »Was ich Ihnen immer schon mal sagen wollte, Frau Stender …«

Heike senkte ihre Stimme. Immer wenn sie das tat, wurde es gefährlich. Alain wusste, dass er seine Frau jetzt bremsen sollte. Aber es war zu spät.

»Frau Stender, mit einem solchen Namen wird man nicht Lehrerin. Und wenn man es nicht lassen kann und trotzdem Lehrerin wird, dann heiratet man wenigstens und nimmt den Namen seines

Mannes an. Es sei denn, der Herr heißt Harter und wünscht einen Doppelnamen. Dann macht man das natürlich nicht. Aber sonst schon. Oder man heißt weiterhin Stender und unterrichtet AUS! SCHLIESS! LICH! die Oberstufe, wo junge Erwachsene sitzen, die auf den ganzen Pimmelquatsch nicht mehr anspringen. Auf gar keinen Fall aber stellt man sich wie Sie acht Jahre lang als leibhaftige Steilvorlage vor die Unterstufe. Die kommen doch aus dem Giggeln gar nicht mehr heraus. Was ich damit sagen will, Frau Stender: Wer einen Namen wie den Ihren wie eine stolze Erektion vor sich herträgt, darf sich nicht beschweren, wenn er damit aufgezogen wird. Er sollte ein so breites Kreuz haben, dass er es mit Humor nehmen kann.«

Während Frau Stender empört nach Luft schnappte und der Vorsitzende wie ein Wilder mitschrieb, musterte Heike einen Lehrer nach dem anderen und ließ dann hilflos ihre Hände in den Schoß fallen.

»Warum habe ich bloß die ganze Zeit das Gefühl, dass es hier gar nicht um Ordnungswidrigkeiten geht, sondern ein paar von Ihnen stockbeleidigt sind, weil sie sich von Jakobs Respektlosigkeit und Janas widerspenstigem Denken persönlich angegriffen fühlen? Muss man deswegen Kindern die Zukunft versauen? Ich dachte, Lehrer hätten mehr Größe.«

Heike lehnte sich seufzend zurück. Sie konnte nicht mehr.

Jakobs Erdkundelehrer, ein groß gewachsener Endfünfziger mit dichter grauer Mähne, beugte sich vor und blickte sie freundlich an.

»Wir versuchen es ja«, sagte er. »Aber es gelingt uns nicht immer. Manchmal sind wir selber so klein mit Hut. Wir sind halt auch nur Menschen. Was mich interessieren würde: Warum haben Sie denn Ihre Kinder überhaupt noch hier an der Schule, wenn alles so schlimm ist?«

Heike sah auf ihre Hände, die immer noch tatenlos in ihrem Schoß lagen. Sie hob den Kopf nicht, als sie sprach.

»Das ist es doch gar nicht«, sagte sie leise. »Ihr macht so viele gute Sachen hier. Deshalb will ich doch auch nicht, dass es so endet.«

Eine Weile sagte niemand ein Wort. Alain bemerkte, dass die Zornesader an der Schläfe seiner temperamentvollen Frau aufgehört hatte zu pochen. War sie eben noch zwischen Verzweiflung und blanker Wut geschwankt, weil von diesen Vollidioten vor lauter Hausordnung und persönlicher Betroffenheit keiner mehr einen einzigen Funken Positives in ihren Kindern gesehen hatte, schienen sie nun alle Kräfte verlassen zu haben.

Das war ja auch ein veritabler Wutausbruch gewesen, du liebe Zeit, dachte Alain. Einen wahren Kracher von Frau hatte er da vor zwanzig Jahren geheiratet! Heike ging immer noch hoch wie eine Rakete im besten Jugendalter. Und ihre Landungen hatten nichts von ihrer Durchschlagskraft verloren. Würde Heike im nächsten Leben als Löwin in der Savanne wiedergeboren, könnte sie es mit dem härtesten Kaffernbüffel aufnehmen. Im Alleingang natürlich, was sonst. Wer brauchte schon Männchen, um die Brut satt zu kriegen?

Er liebte sie wie am ersten Tag. Auch wegen Momenten wie diesen.

Obwohl er gerade am liebsten im Erdboden versinken würde.

Heike holte tief Luft.

»Es ist nämlich so ...«, fing sie an.

Alain legte ihr beruhigend die Hand auf den Oberschenkel. Es war der ideale Zeitpunkt, um einzugreifen und Heike aus der Schusslinie zu ziehen. Das Kind war in den Brunnen gefallen. Mal sehen, ob er es wieder rausfischen konnte.

»Es ist nämlich so ...«, übernahm er den Ball, »... dass es an unserer Schule einfach viele gute Dinge gibt, die uns als Eltern aus dem Herzen und aus der Seele sprechen. Ich sehe, dass in diesen Klassenzimmern Kinder zu selbstständig denkenden Menschen heranwachsen. Sie werden von der ersten Klasse an ernst genommen.

Hier gibt es Schulfächer, die den Horizont ganz weit öffnen, weil sie einen spüren lassen, dass es im Leben mehr gibt als Mathe und Physik. An unserer Schule werden keine Fachidioten herangezogen, sondern Generalisten, denen die ganze Welt offensteht, weil sie selbst offen für die Welt sind. Das ist Ihr Verdienst, alle, wie Sie da sitzen. Und dafür sind wir Ihnen wirklich sehr dankbar. Dankbarer, als es heute den Anschein hat. Die Emotionen kochen halt auch bei uns hoch. Aber in einer ruhigen Minute wissen beide Seiten, Sie und wir, dass Sie hier trotz aller Höhen und Tiefen eine richtig gute Arbeit machen … Und es gibt noch einen weiteren wichtigen Grund, warum unsere Kinder an dieser Schule sind und an keiner anderen. Wir haben sie von klein auf dazu angehalten, den Mund aufzumachen und keine Ungerechtigkeiten hinzunehmen. Das setzt sich im Unterricht nahtlos fort. Deshalb sind sie hier, und dahinter stehen wir als Eltern wie ein Fels. Gerade weil wir damals völlig anders erzogen worden sind. Meine Kinder sagen, was sie denken. Entschuldigung, aber ich freue mir echt den Arsch ab, dass sie so sind, wie sie sind.«

Der Erdkundelehrer grinste breit.

»Gewiss müssen Kinder lernen, sich ein bisschen diplomatischer auszudrücken«, sagte Alain. »Alle Kinder meine ich. Nicht nur unsere. Das beherrscht man halt nicht von Anfang an. Natürlich ecken die Zwillinge an. Aber sie vertreten aufrichtig ihre Meinung. Das ist doch in unserer Welt der Jasager und der Bequemlichkeitsfanatiker das Allerwichtigste, oder? Deshalb frage ich Sie, warum wir jetzt hier sitzen? Nur weil Jana und Jakob gesagt haben, was sie denken? Aber das gehört doch zu Ihrem pädagogischen Konzept. Oder wollen Sie, dass die mit dem Mundaufmachen warten, bis sie aus der Schule sind? Damit es Sie nicht trifft und die Disziplin im Unterricht gewahrt bleibt? Kommen Sie, damit müssen Sie doch leben können. Natürlich können Sie das. Sehr gut sogar. Ich sehe hier mindestens eine Person, die das alles gar nicht so dramatisch findet.«

Der Vorsitzende wurde hellhörig.

»Wer?«, wollte er wissen. »Von wem sprechen Sie da?«

»Das ist jetzt nicht so wichtig«, sagte Alain.

»Ich finde schon.«

»Von mir ist die Rede«, sagte der Erdkundelehrer besonnen. »Ich bin derjenige, der das alles nicht so schlimm findet. Und Rita und Gabi …« Er deutete auf zwei Kolleginnen an seiner Seite. »… finden auch, dass es Übleres gibt als Jugendliche mit einer großen Klappe. Jugendliche mit einer kleinen Klappe zum Beispiel. Frustrierte, motivationslose, stumme Kinder, die sich aufgegeben haben. Um die sollten wir uns sorgen. Nicht um die Lauten, die uns gelegentlich ein paar Nerven kosten. Natürlich ist es herb, was wir im Laufe eines Tages so wegstecken müssen. Aber wovon reden wir hier eigentlich, Kollegen? Wir reden von einem versenkten Weißkohlelfmeter. Seien wir doch froh, dass wir keine Sicherheitsschleusen aufstellen und unsere Schüler nach Waffen durchsuchen müssen.«

»Man kann auch alles kleinreden«, platzte der Musiklehrer dazwischen. »Natürlich haben wir hier Luxusprobleme, wenn in Syrien Krieg ist und im Gazastreifen Schulen beschossen werden. Und das soll jetzt heißen, dass ich keine Missstände mehr benennen darf, die in meinem direkten Umfeld liegen, oder wie? Die bleiben dann halt bestehen, weil im Irak die IS-Terroristen ganze Völker auslöschen? So eine Idiotie! Es wird ja noch erlaubt sein, einen Rotzlöffel wie diesen Jakob darauf hinzuweisen, dass …«

Der zu klein geratene Musiklehrer hatte bereits zu Anfang der Konferenz, als es um Janas und Jakobs Verhalten in den musischen Fächern ging, nachgetreten wie ein wütender Fußballer. Offensichtlich fing er jetzt wieder damit an.

Heike sprang ihm fast ins Gesicht.

»Sie schreiben sich auf die Fahne, Kinder zur Freiheit und zur Selbstständigkeit zu erziehen, und wenn Sie es dann geschafft haben, beschweren Sie sich bei den Eltern, weil die Kinder Ihr Tun hinterfragen?«, rief sie aufgebracht. »Was sind Sie eigentlich für ein Pädagoge?«

»Na hören Sie mal!«, kreischte der Musiklehrer. »Ihr Sohn hat *Was willst du kleiner Mann* zu mir gesagt.«

»Na und? Sonderlich groß sind sie ja nicht. Innerlich schon mal gar nicht. Pfeifen wie Sie sollte man …«

»Heike!«

»Könnten wir jetzt vielleicht mal alle …«

»Was hat denn der Irak damit zu tun?«

»Man spielt nicht mit dem Essen.«

»*Hallo?!*«

»Gerade weil die Kinder in diesem speziellen Fall …«

»Ich lasse mir doch nicht vorschreiben, welchen Namen ich zu tragen habe.«

»Immerhin ging es auch um Drogenhandel in Schweden.«

»Richtig! Das hatten wir noch gar nicht.«

»… zu einer Entscheidung kommen.«

»Ich kann auch gern jeder Lehrkraft einzeln den Marsch blasen.«

»Sie können sich auch gern nach einer anderen Schule für Ihre verkorksten Zwillinge umsehen.«

»*Hallo!!*«

»Ich bin immerhin einsneunundfünfzig.«

»Vielleicht sollten wir an dieser Stelle …«

»Ich würde vorschlagen, dass …«

»*HALLO!!!*«

Janas scharfe Stimme unterbrach den Disput. Alle blickten auf. Mit einem Mal war es totenstill im Raum. Kein einziger Kugelschreiber klickerte mehr.

»Weiß überhaupt noch jemand, um wen es heute eigentlich geht?«, fragte Jana und sah die Erwachsenen mit hochgezogenen Augenbrauen an. »Ihr könnt uns gerne etwas fragen. Wir sind hier.«

»Lass stecken«, sagte Jakob und zog die Nase hoch. »Es geht doch eh nur wieder um die. Immer geht es um die. Sie reden und reden und reden. Über uns statt mit uns. Ich komme mir vor wie die Leiche im Krimi. Irgendwie ist man im Mittelpunkt und schuld an dem ganzen Auflauf, aber keiner spricht einen an. Ist eh egal, was ich sage. Der Kleine da hinten flippt sowieso bei allem aus.«

»Ha, da war's wieder!«, schrie der Musiklehrer.

»Ich habe die ganzen Jahre nicht begriffen, was Sie eigentlich von mir wollen«, sagte Jakob. »Ich verstehe Sie nicht. Wenn man einzeln mit Ihnen spricht, so zwischen den Stunden oder auf Klassenfahrten, privat halt, da sind Sie irgendwie in Ordnung. Kaum stehen Sie vor der Klasse, sind Sie ganz andere Menschen. Das ist nicht echt. Das ist Verwandlung. Den Sinn verstehe ich nicht. Ich kann damit nichts anfangen.«

»Ehrlich sind Sie auch nicht«, sagte Jana.

»Was meinen Sie damit?«, fragte der Vorsitzende scharf.

An dieses förmliche *Sie* hatte sich Jana noch immer nicht gewöhnt. In der zehnten Klasse der Waldorfschule wurden alle Schüler plötzlich mit *Sie* angesprochen. Auch von Lehrern, von denen sie zehn Jahre lang geduzt worden waren. Die Jugendlichen fanden das komisch. Aber die Lehrer zogen es durch. Es gehörte zum Leben in der Oberstufe, die so kompliziert und unüberschaubar war wie alles, was mit Erwachsenwerden zu tun hatte.

»Wir warten alle in der Mensa auf unser Essen«, erklärte Jana. »Aber die Lehrer drängeln sich vor, weil sie es eilig haben und noch mit Kollegen sprechen müssen. Aber das geht uns doch nicht anders! Wir wollen auch mehr von unserer Pause haben und müssen noch mit den Freunden sprechen. Wo ist der Unterschied? Weil Sie erwachsen sind? Müssen Sie Ihre Veggiesuppe deswegen früher kriegen? Frau Stender kam früher ganz oft zu spät und hatte den Unterricht schlecht vorbereitet. Jakob kam ganz oft zu spät und hatte die Hausaufgaben nicht gemacht. Wo ist da der Unterschied?

Weil Frau Stender erwachsen ist und Jakob nicht, musste er jedes Mal die Hausordnung abschreiben und sie nicht?«

»Sie sind keine Vorbilder«, sagte Jakob. »Alle nicht, wie Sie da sitzen.«

Jana sah ihre Eltern an.

»Würdet ihr mal kurz rausgehen?«, fragte sie.

»Wir?«, fragte Alain verblüfft. »Alle beide?«

»Ja.«

»Du meinst …«, sagte Heike.

»Ja, bitte«, sagte Jana.

»Okay.« Heike und Alain standen auf.

»Wir haben's verbockt«, sagte Jakob. »Jetzt biegen wir's auch wieder hin.«

Die dumpfen Stimmen hinter der Tür waren schlecht zu verstehen. Offensichtlich versuchten *Good Cop* und *Bad Cop* alias *Der Vorsitzende* und *Merkwürden Elvira Stender* die aufmüpfigen Jugendlichen in Widersprüche zu verwickeln.

»Immerhin sind Sie beide letztes Jahr wegen Drogenhandels aus dem Landwirtschaftspraktikum geflogen.«

»Und haben eine ernste Verwarnung erhalten.«

»Das waren keine Drogen. Wir haben bloß gekifft.«

»Was heißt hier bloß!«

»Verkauft haben wir auch nichts. Wir haben die anderen netterweise mitrauchen lassen. Dafür wollten wir aber ein bisschen Geld haben. Ist doch klar. So dick hatten wir es auch nicht. Daraufhin war dieser eine Typ, der geizige, der die ganze Zeit schon unsere Zigaretten geschnorrt hatte und den wir deswegen nicht mitrauchen ließen, total angepisst und hat uns bei dem Bauern angeschmiert.«

»Bitte in einem anderen Ton, Jana!«

»Boah, was denn! Daraufhin war der schwedische Landsmann, dessen finanzielle Situation besorgniserregend war, nicht sehr erfreut und hat bei dem Agrarwirt, der für unser Praktikum verantwortlich zeichnete, Anzeige erstattet. Besser so, Frau Doktor Stender?«

»Ich verbitte mir …«

Heike drückte ihr Ohr fester an die Tür, verstand aber nichts mehr. Der nun einsetzende Bass des Erdkundelehrers brummte in einer Frequenz, die nicht durch das Holz drang. Alain zog Heike von der Tür weg. Sie wollte ihn abschütteln, aber er blieb hartnäckig. Schließlich gab sie nach und folgte ihm widerwillig ins Foyer.

Die Sonne schien durch das offene Schulportal. Alles sah so freundlich aus.

»Die Kinder brauchen uns doch jetzt«, schniefte sie.

Alain nahm sie fest in den Arm.

»Die machen das schon, Frau Doktor Stender«, grinste er.

Heike musste zwischen zwei Schluchzern lachen.

»Ich hab's verbockt, oder?«, fragte sie.

»Ich weiß es nicht«, sagte Alain. »Kann sein. Aber wer will dir übel nehmen, dass du rotsiehst, wenn es deinen Kindern an den Kragen geht? Es war ein fantastischer Auftritt. Du bist die Mutter aller Mütter.«

Heike schnäuzte sich die Nase.

»Ich dachte immer, das wäre Markus«, murmelte sie.

»Nein, seit heute hast du diesen Titel.«

Eine Stunde später setzte der Vorsitzende eine brodelnde Heike, die ihre Erschöpfung mittlerweile überwunden hatte, und einen gähnenden Alain, dem der Magen in den Kniekehlen hing, davon in Kenntnis, dass von einem Schulverweis Abstand genommen werde.

Es stünden zwar genügend Indizien im Raum, die einen solchen mehr als rechtfertigten, aber das Gremium habe sich mit dreizehn zu zwei Stimmen dagegen entschieden. Wenn es bei dem Vortrag der Mutter geblieben wäre, wäre das Ergebnis wahrscheinlich umgekehrt ausgefallen. Aber dem Mut der beiden Jugendlichen, sich dem Gremium alleine zu stellen, hätten alle Kolleginnen und Kollegen ohne Ausnahme Respekt gezollt. Man sei sich allerdings auch im Klaren, dass die Zwillinge in ihrem aktuellen Zustand ...

An diesem Punkt der höchstrichterlichen Ausführungen gelang es Alain, sein erbostes Rumpelstilzchen, welches unbedingt wissen wollte, was verdammte Axt noch mal denn genau mit *Zustand* gemeint sei, besonnen aus der Luft zu pflücken und wieder neben sich zu stellen.

... in ihrem aktuellen Zustand nicht beschulbar seien, fuhr der Vorsitzende unbeirrt fort. Da beiße die Maus keinen Faden ab. Das Einverständnis der Eltern vorausgesetzt, sei man bereit, die Kinder bis zu den Sommerferien von der Schule freizustellen – mit der Option, im Anschluss an die Ferien ein von der Schule unterstütztes Pausenjahr einlegen zu können. Einzelheiten mit dem Schulamt seien gesondert zu regeln. Aber dazu komme es ja erst, wenn der Fall tatsächlich eintreten sollte.

Mit einem blauen Auge davongekommen, dachte Heike.

Scheiße, dachte Alain, dann machen die zwei das Abi ja erst mit zwanzig.

Beim allseitigen freundlichen Händeschütteln hätte Heike beinahe einen Herpesanfall bekommen. Sie wollte Leute, die ihre Kinder nicht mochten, nicht anfassen. Als sie endlich in den sonnenüberfluteten Schulhof hinaustraten, wischte sie sich eine Träne aus dem Auge und atmete tief durch.

»Ich wünschte, Otto wäre dabei gewesen«, sagte sie. »Der Musikzwerg hatte schwarze Hosen an. Kannst du Rudi fragen, ob das noch gilt, was er neulich im *Fass* zu dir gesagt hat?«

»Dass die zwei in die Toskana kommen und so lange bleiben können, bis sich die Aufregung wieder gelegt hat?«

»Ja. Die müssen hier weg.«

»Gib mir mal dein Handy. Ich rufe ihn an.«

LASAGNE AL PORNO

»Geh gucken, Rrrudi, sie stehen im Hof!«

Grazia schubste Rudi aus dem kühlen Schatten der Scheune in die Mittagshitze hinaus. Die Sonne blendete. Rudi kniff die Augen zusammen. Im Hof stand kein Mensch; schon gar kein zweieiiges Zwillingspärchen. Als er genauer hinsah, entdeckte er zwei Rucksäcke. Sie lehnten an dem kleinen Granitbrocken, den Claudia für ihren toten Mann neben dem Rosenstock aufgestellt hatte.

Ob Granit sein Lieblingsstein gewesen sei, hatte Rudi sie einmal gefragt, als er in einer Arbeitspause im Hof gesessen und Claudia beim Rosenschneiden beobachtet hatte. Nein, hatte Claudia gesagt, aber als ihre Ölmühle damals richtig in Schwung gekommen war und *Olio Enzo* eine Auszeichnung nach der anderen kassiert hatte, seien fast jede Woche ein paar schmierige Konzerntypen auf den Hof gekommen und hätten die Mühle und die Marke kaufen wollen. Egal, welche Summe sie nannten, Enzo habe immer nur auf den Granit gezeigt und gesagt, danke, er sei wirklich nicht interessiert und nein, er lasse sich für kein Geld der Welt umstimmen, seine Frau auch nicht, ob die Herren da vielleicht mal reinbeißen möchten, wie man in der deutschen Heimat seiner Frau sagte, damit sie merkten, wie ernst es ihm damit sei. Ursprünglich habe der Stein an der Einfahrt gelegen. Seit Enzos Tod sei sein Platz bei den Rosen.

Rudis Blick fiel auf den Olivenhain. Im Schatten der Bäume entdeckte er die Zwillinge. Otto hatte sich neben Jana auf den Rücken gelegt und ließ sich ausgiebig den Bauch kraulen. Tortellini Acht versuchte Jakobs Aufmerksamkeit zu erregen, die er aber nicht bekam. Jakob hatte ein Problem mit seinen Ohrhörern. Er hantierte vorsichtig an den Kabeln und konnte alles gebrauchen, nur keine nasse Hundeschnauze im Gesicht.

»Hallo«, sagte Rudi.

»Hi«, sagte Jana.

Jakob sagte nichts.

»Da seid ihr ja endlich«, meinte Rudi, dem in diesem Moment auffiel, dass er überhaupt nicht wusste, was er sagen sollte. Da hätte man sich ja auch ein bisschen vorbereiten können, ärgerte er sich im Stillen.

»Und sonst so?«, fragte er.

»Wie – und sonst so?«, wollte Jana wissen.

»Habt ihr gut hergefunden?«, sagte Rudi. Was für eine Schwachsinnsfrage, dachte er. Sonst wären sie ja wohl kaum hier.

Jana nickte.

»Wir haben euch eigentlich schon vorgestern erwartet.«

»Ja, da ist leider was schiefgelaufen«, brummte Jakob und schob sich einen Ohrhörer ins rechte Ohr. Etwas Undefinierbares plärrte etwas Unverständliches. Offensichtlich funktionierten sie wieder.

»Hm, hm«, nickte Rudi. »Habt ihr ja geschrieben.«

»Habt ihr euch Sorgen gemacht?«, fragte Jana.

»Nein«, sagte Rudi. »Eigentlich nicht.«

Dann sagte einige Zeit keiner etwas. Als ihm die Stille zu viel wurde, sprang Otto in die Höhe und schüttelte sich. Alle drei schwiegen in den aufsteigenden Staub hinein. Den Zwillingen schien die Pause überhaupt nicht peinlich zu sein. Im Gegensatz zu Rudi, der sich sichtlich unwohl fühlte und krampfhaft nach Gesprächsthemen suchte. Es war aber auch nicht normal, dachte er. Im Film würden jetzt sofort wildgewordene Mütter oder mindestens Schutz und Wärme verheißende, vollbusige Nachbarinnen aus ihren Häusern rennen, die armen Kinder umarmen und sie fragen, ob sie Hunger oder Durst hätten. Anschließend würde die ganze Bagage in die Küche ziehen und sich um den Küchentisch versammeln. Mit roten Backen würden die Kinder dann erzählen und erzählen und erzählen.

Aber hier? Auf Claudia und Grazia konnte er lange warten. Die wurschtelten in weiß der Geier welcher Ecke der Mühle herum und ließen ihn hier mutterseelenallein mit zwei taubstummen Jugendlichen ringen. Nur Otto und Tortellini Acht hielten tapfer die Stellung. Wenigstens auf die war Verlass.

»Wie heißt denn der?«, fragte Jana neugierig.

»Otto«, sagte Rudi.

»Wieso?«, fragte Jakob hinter ihrem Rücken.

Auf einen Schlag war Rudi alle Sorgen los. Hunde waren ein dankbares Gesprächsthema, wenn Leute beieinandersaßen, die nichts miteinander anfangen konnten.

»Weil er manchmal wie Otto Schily aussieht«, sagte er aufgeräumt.

»Der Politiker«, fügte er erklärend hinzu, als sich in den Gesichtern der Zwillinge nichts regte.

»Ich meinte eigentlich den anderen«, sagte Jana. »Otto kenne ich.«

»Ach so, der. Das ist Tortellini. Genauer gesagt: Tortellini Acht.«

»Gibt's davon noch mehr?«, kam es von Jakob. Er schaltete seinen iPod stumm und drehte sich zu Rudi und Jana um.

»Ursprünglich waren es mal acht«, erklärte Rudi und setzte sich zu den Zwillingen unter den Olivenbaum. »Wenn es nach mir gegangen wäre, hätten sie ruhig alle Otto heißen können. Otto Eins, Zwei, Drei, fertig ist der Lack. Aber Grazia fand das doof. Kinder können nicht Otto heißen, hat sie gesagt. Na ja, und weil die Mutter Pasta heißt, das ist so ein großes schwarzes Monster mit Zottelfell, also weil die Pasta heißt, haben wir …«

»Die heißt Pasta?«, unterbrach Jana.

»Ja«, sagte Rudi. »Aber Claudia nennt sie nur Frau Mahlzahn.«
»Warum?«

»Weil sie so ein rabiates Luder ist, darum! Jedenfalls, weil die Mutter Pasta heißt, haben wir die Brut dann eben Tortellini getauft und durchnummeriert.«

»Ganz schön albern für Erwachsene«, sagte Jakob.

»Klar ist das albern«, sagte Rudi und kratzte sich nachdenklich am Kopf. »Ist doch nicht verboten. Man muss ja nicht gleich still sterben gehen, nur weil man fünfzig geworden ist.«

»Und wo sind die alle?«, fragte Jana.

»Renzo, das ist Claudias Nachbar, der auf dem Hof wohnt, den ihr da unten seht, hat sechs Tortellinis bei befreundeten Bauern untergebracht. Denen geht's da prima. Die haben auf den umliegenden Höfen ein gutes Zuhause gefunden. Auf den beiden schlimmsten ist er blöderweise sitzen geblieben. Die hat er Claudia aufs Auge gedrückt. Die wollte aber keinen von denen und hat Tortellini Acht an mich weitergereicht. Wir haben nämlich festgestellt, dass Otto mit seinem missratenen Sohn ausgezeichnet klarkommt. Das ist jetzt ein knappes Jahr her. Seither wird Tortellini Acht von Otto persönlich unterrichtet. Gemeinsam haben sie schon verheerende Schäden angerichtet. Unter anderem in Renzos Schinkenlager. Wildschweinschinken …« Rudi wandte sich zu Jakob. »Pass auf, Mann!«

Er zeigte auf Tortellini Acht, der gerade Anstalten machte, Jakobs herunterhängenden Ohrstöpsel zu verschlucken. Jakob zog ihn in letzter Sekunde aus dem Hundemaul.

»Baaaah!«, machte er, als er den langen Sabberfaden entdeckte. »Den benutze ich nie wieder.«

»Damit kann man jetzt bestimmt prima Schmalzscheiße hören«, sagte Jana. »Rihanna und Adele und so.«

Nachdem Jakob vorsichtig am Ohrstöpsel gerochen hatte, wischte er ihn gründlich an seinem T-Shirt ab und legte ihn zum Trocknen auf einen Stein in die Sonne. Er blinzelte Rudi an.

»Eigentlich logisch, dass die acht Junge gekriegt haben«, sagte er.

»Was ist daran logisch?«, fragte Rudi verblüfft.

»Was heißt acht auf Italienisch?«

»Otto.«

»Und wie heißt der Vater?«

»Ot ... gut, danke, ich hab's kapiert.«

»Ihr könnt froh sein, dass die Mutter nicht Sette heißt, sonst hätten Sette und Otto womöglich fünfzehn Bälger gekriegt.«

»Du kannst Italienisch?«

»Nur die Zahlen.«

Das Küchenfenster öffnete sich, und Claudias Kopf kam zum Vorschein. Ihre Frisur hatte sich komplett aufgelöst, wie immer, wenn sie in der Küche stand. Sie blickte sich suchend um. Als sie Rudi und die Zwillinge bei den Olivenbäumen entdeckte, winkte sie hinüber.

»Kommst du mal bitte, Rudi!?«, rief sie. »Wir brauchen noch ein bisschen Hilfe in der Küche.«

Rudi stand auf und klopfte sich den Staub von den Hosen. Als er über den Hof zum Haus ging, hörte er Janas leise Stimme hinter sich.

»Und wo ist der andere, Rudi?«

»Tortellini Zwei?«, fragte Rudi und drehte sich zu Jana um. Er machte eine ausladende Handbewegung, die bis Florenz reichte. »Der streunt hier irgendwo in der Gegend herum. Er hat noch keinen gefunden, zu dem er möchte. Im Moment gehört er noch sich selber. Das soll aber kein Dauerzustand werden. Dazu ist er viel zu schräg drauf. Wir warten immer noch auf einen nervenstarken Wahnsinnigen, der sich seiner erbarmt.«

»Wieso braucht ihr Hilfe?«, wunderte sich Rudi, als er die Küche betrat. Er küsste Grazia auf die Wange. Sie saß am Küchentisch und schnitt Tomaten. Rudi klaute eine Scheibe, schob sie sich in den Mund und hob den Topfdeckel. »Die *Ribollita* kocht seit Ewigkeiten von selbst, und ich kriege sowieso nichts davon ab, weil ich deine Wand nie im Leben moooofen werde, Claudia.«

Claudia lachte und drückte ihm ein Glas mit eiskaltem Weißwein in die Hand.

»Lass die beiden da draußen mal allein«, sagte sie. »Die müssen erst ankommen. Außerdem sollst du Grazia bei der Lasagne helfen.«

»Otto macht das mit den Kindern schon«, sagte Grazia. »Und der Tortellini auch. Weißt du, warum? Weil sie nicht so viel reden. Man muss nicht immer gleich reden von Anfang an.« Sie schob Rudi die Zwiebeln zu. »Schneidest du die mir bitte. Ich muss sonst weinen. Ganz kleine Stücke brauche ich.«

»Die machen gar keinen so furchterregenden Eindruck«, sagte Claudia, während sie das Fenster wieder schloss. »Wahrscheinlich haben wir es nur mal wieder mit überforderten Lehrern zu tun.«

»So einfach ist es nun auch nicht«, sagte Rudi. »Soweit ich weiß, haben die Lehrer getan, was sie konnten. Bei dem ganzen Scheiß, den die zwei gebaut haben, gehört eine Menge Geduld und Leidensfähigkeit dazu. Woanders wären die schon längst geflogen. Es gibt Internate in Deutschland, da kriegen die Eltern schon einen blauen Brief, wenn beim Filius die Kappe schief sitzt oder der Hosenboden in Kniehöhe hängt.«

»Was haben sie denn alles angestellt?«, fragte Grazia. »Ich weiß nur von dem Drogenhandeln in … wo war das?«

»In Schweden«, sagte Rudi. »Das war letztes Jahr um diese Zeit, als wir alle hier in der Toskana waren und die Zwillinge im Landwirtschaftspraktikum. Deswegen sind sie ja geflogen. Ansonsten steht noch Beleidigung von Lehrern auf der Liste, Sachbeschädigung im

Klassenraum und die mehrfache Weigerung, zu Unterrichtseinheiten zu erscheinen, die ihnen zu blöde waren. Ach ja, und natürlich die politisch nicht korrekten Schmierereien an Außenwänden im Schulbereich.«

»Wie sahen die aus?«, fragte Claudia.

»Sie haben mit einer Schablone einen Hitlerkopf an die Wand gesprüht und daneben mit einer weiteren Schablone *jeder schultag ist blitzkrieg*.«

»Sind sie erwischt worden?«, fragte Grazia.

»Nicht direkt«, sagte Rudi. »Sie haben ein *Making of* von der Aktion gedreht und ins Internet gestellt. Mit ihren echten Namen. Dann haben sie einfach abgewartet, was passiert. Den anderen Kram habe ich vergessen. Es kommt jedenfalls eine Menge zusammen, wenn man jeden zweiten Mittwoch den geplagten Vater der beiden im *Fass* trifft.«

Rudi grinste. Er schob die geschnittenen Zwiebeln beiseite und machte sich daran, die Basilikumblätter und die Rosmarinzweige, die ihm Grazia gereicht hatte, klein zu hacken.

»Alain und Heike mussten das immer auf den Elternabenden ausbaden«, fuhr er fort. »Was haben die da manchmal Prügel bezogen. Die anderen Eltern wollten Jana und Jakob ja immer rauskegeln, weil sie angeblich ein schlechter Umgang für ihre braven Kinder seien.«

Claudia setzte sich mit ihrem Wein auf die Anrichte und sah Rudi und Grazia beim Lasagnemachen zu. Die passten schon gut zusammen, dachte sie. Der eigensinnige Gipser aus Düsseldorf und die seit ewigen Zeiten Germanistik und Kunstgeschichte studierende Kellnerin aus Campiglia. Wenn es tatsächlich einen Gott gab, der unser aller Leben hier arrangierte, dachte sie, dann musste das ein hochkreativer Spinner mit viel Sinn für Humor sein.

»Ein bisschen kann ich die Aufregung schon verstehen«, sagte Claudia. »Die Zwillinge meinen es offensichtlich ernst. Es geht ja nicht um so blöde Pennälerstreiche wie Klassenbuchseiten zusammenkleben oder Kreide verstecken. Ihr wisst, was ich meine? Dieses alberne Zeug, weswegen man vierzig Jahre später beim Klassentreffen immer noch *gnihihi* macht und sich gegenseitig versichert, was für ein Rebell man damals doch war.«

»So ist es«, stimmte Rudi ihr zu. »Das sind alles Vorfälle, die überhaupt nicht dazu gedacht sind, Lehrer zu ärgern. Die zwei ziehen einfach ihr Ding durch. Wenn Jakob etwas nicht passt oder er den Sinn dahinter nicht erkennt, dann macht er es nicht. Und Jana wird dir messerscharf begründen, warum Jakob es nicht machen wird und sie ebenfalls nicht. Das wirkt im Doppelpack natürlich weit weniger sympathisch als grinsende Teenager, die Papierkügelchen durchs Klassenzimmer pusten. Zu zweit sind die ein Bollwerk.«

»Ich finde das gut«, sagte Grazia.

»Ich auch«, sagte Rudi. »Aber dieses Verhalten ist halt nicht sonderlich kompatibel und passt nicht in die Schule.«

»Selbst denkende Kinder waren noch nie kompatibel«, sagte Claudia.

»Wir haben auch frrreche Kinder im Dorf«, sagte Grazia. »Warum, fragen sie immer. Immer warum! Wenn mein Papa denen sagt, dass dies und das so gemacht wird, weil man das immer schon so gemacht hat und basta, dann genügt das diesen Kindern nicht. Das ist keine Begründung für sie. Nicht so wie für uns früher. Wir hatten Respekt, weil jemand groß war oder alt. Das ist heute nicht mehr so. Du hast nicht automatisch das Sagen, nur weil du erwachsen bist. Die Kinder wollen von dir etwas sehen, was ihren Respekt verdient. Ein Respektmensch zu sein … Heißt das so? Respektmensch?«

»Respektsperson«, sagte Claudia.

»Person, ja. Eine Respektsperson zu sein hat nichts mit deiner Länge zu tun. Ich mag diese Gedanken. Die Kinder heute schauen durch uns. Sie lassen sich nicht anschwindeln.« Grazia stand resolut auf und trug ihre Zutaten zur Anrichte. Sie stupste Claudia in die Seite. »So, du musst jetzt mal weg da, Claudia. Die Lasagne braucht noch eine Soße.«

Claudia wandte sich an Rudi, der gerade Teller und Gläser auf ein Tablett stellte. »Das kann ja heiter werden«, sagte sie. »Wenn Jakob nicht einsieht, dass er die Wand so machen soll, wie du das willst, hast du ein Problem.«

Sie trugen das Geschirr in den Garten.

»Ich bin selber gespannt auf die Zeit, die kommt«, sagte Rudi, als sie zusammen den Tisch deckten. »Einer seiner Lehrer hat mal gesagt, Jakob sei für die Schule gar nicht geeignet. Das Wichtigste sei, den Jungen durch die zehn Pflichtschuljahre zu bringen, ohne ihn zu zerbrechen, und ihn dann in die Welt hinauszuschicken. Ich kann das gut verstehen. Für mich hätte es diese Zeit zwischen zwölf und siebzehn auch nicht geben müssen. Kindsein war okay, Erwachsensein ist okay, das Stück dazwischen war total überflüssig. Es war nur ein einziger Hormonscheiß. Man hatte Pickel am Arsch und im Gesicht und hat komisch gerochen. Ich bin damals ausgezogen und habe mein eigenes Leben gelebt. Wo ich mit siebzehn war, waren andere mit fünfundzwanzig noch nicht. Jakob wird es ähnlich gehen. Der macht das schon, Claudia. Da bin ich ganz sicher. Du hättest ihn mal bei einer seiner Theateraufführungen in der Schule erleben sollen. Neulich hat er wieder einen Wahnsinnsauftritt hingelegt. Den Titel des Stücks habe ich vergessen. Da streiten ein paar Erwachsene pausenlos. Wie hieß das denn noch gleich? Es gibt auch einen Film davon. Mit Elizabeth Taylor. Irgendwas mit Katzen. Der Kater auf dem Blechdings oder so.«

Claudia sah über die Hecke der Terrasse zu ihrem Olivenhain hinüber, wo Jana und Jakob immer noch mit den Hunden im Schatten saßen.

»Das ist doch verrückt«, sagte sie. »Der Junge sieht aus wie sein Vater damals mit sechzehn.«

»Findest du?«, fragte Rudi. »Aber wo hat er den Rebellen her?«
»Von der Mutter vielleicht?«

»Hast du noch ein Foto von Alain?«

»Selbstverständlich, Rudi«, sagte Claudia, ohne mit der Wimper zu zucken. »Wir haben doch alle noch Schuhkartons mit den Bildern unserer ersten Knutschbekanntschaften unter den Betten.«

»Immerhin habt ihr viermal was miteinander angefangen«, sagte Rudi, dem ihr spöttischer Unterton nicht entgangen war. »Und beim letzten Mal wart ihr zwanzig. Da kann man schon mal ein Foto aufbewahren.«

»Nein, Rudi, das kann man nicht.«

In der Küche stöberte Grazia in Claudias Regalen, um etwas zu finden, womit sie die Soße abschmecken konnte. Ihr Blick fiel auf zwei mit Gewürzen gefüllte Marmeladengläser. Die grüne *Caprese*-Kräutermischung war mit einem roten Deckel verschlossen, die roten *Arrabbiata*-Chiliflocken mit einem blauen. Sie nahm eine üppige Prise von den *Caprese*-Kräutern und stellte die Gläser wieder zurück. Dann nahm sie die Gläser noch einmal aus dem Regal und vertauschte die Deckel.

»Jetzt stimmt wieder«, murmelte sie. »*Caprese* hat den blauen Deckel und *Arrabbiata* den roten.«

Die getrockneten Kräuter stammten noch aus Markus' Bestand vom letzten Jahr und hatten auf unerklärliche Weise den Weg in Claudias Küche gefunden. Markus hatte sie ins Turmhäuschen mitgebracht, das sie damals gemietet hatten, als sie auf der Suche nach Alain waren. Markus hatte immer die merkwürdigsten Lebensmittel im Gepäck, wenn er verreiste. Ging es ums Kochen, verstand er keinen Spaß. Es konnte ja keiner wissen, ob das im Internet angepriesene Kräutergärtchen des Feriendomizils etwas taugte. In den drei Wochen, die sie gebraucht hatten, um Alain endlich bei Claudia aufzutreiben, hatte Thomas in seiner Gedankenlosigkeit mehrere Male die Deckel der beiden Gläser vertauscht. Auf diese Weise war es dem ahnungslosen Markus und seinen Küchenhelfern gelungen, Mahlzeiten, die eigentlich mit harmlosem *Caprese* hätten gewürzt werden sollen, mit einer Überdosis *Arrabbiata* zu versauen. Grazias Weißweinkaninchen war auch darunter gewesen. Sie hätte Thomas damals umbringen können.

Grazia schob die Lasagne in den Ofen.

»Eine halbe Stunde noch«, rief sie in den Garten. »Dann können wir essen.«

»Ist da Fleisch drin?«, fragte Jana, während sie misstrauisch die dampfende Lasagne musterte, die zwischen ihnen auf dem Tisch stand. Unter der Käseschicht brodelte es immer noch.

»Ja, ein bisschen«, sagte Grazia. Sie mischte den Salat noch einmal durch und ließ sich die Teller reichen. »Das gehört so. Aber ich habe dir eine Ecke gemacht mit Spinat statt Fleischsoße. Ist allerdings in derselben Auflaufform. Ich hoffe, das macht dir nichts aus.«

»Doch, eigentlich schon.«

»Jana isst kein Fleisch mehr wegen der Massentierhaltung«, erklärte Jakob, während er begeistert zusah, wie Grazia ein Riesenstück Lasagne neben den Salat auf seinem Teller platzierte. »Ich esse das aber. Ich esse nur noch Fleisch aus Massentierhaltung, seit ich auf Facebook gelesen habe, dass man kein Fleisch von glücklichen Tieren mehr essen soll.«

»Wieso das denn nicht?«, fragte Claudia verdutzt. »Das ist ja eine völlig bescheuerte Einstellung.«

»Überhaupt nicht«, sagte Jakob und schaufelte so viel Lasagne auf die Gabel, dass er Mühe hatte, den Bissen unfallfrei zum Mund zu führen. Irgendwie gelang es ihm. Er schluckte und strahlte Grazia an.

»Das ist ja wohl die beste Lasagne, die ich je gegessen habe.«

Grazia freute sich.

»Das heißt *Lasagne al forno*«, sagte sie. »Weil es im Ofen gebacken ist. *Forno,* der Ofen. Ganz einfach. Ist ein Rezept von meinem Papa. Der hat es von seiner Mama und die hat es von den anderen ganz alten Leuten in der Familie.«

Jakob zog sein Smartphone aus der Tasche.

»Das kommt in meine Sammlung«, schwärmte er. »Ich mache ein Foto. Der Wahnsinn! Das ist kein Essen. Das ist Food Porn.«

»Food was?«, fragte Rudi.

»Food Porn«, erklärte Jana. Sie zerlegte gerade behutsam ihre Lasagne, um sicherzugehen, dass sich kein Fleischkrümel unter die Nudelblätter verirrt hatte. »So heißt eines seiner Bilderalben auf Instagram. Da kommt alles rein, was richtig geil schmeckt.«

»Meine Lasagne war noch nie ein Food Porn auf Instagram«, sagte Grazia und lachte. »Ich mache Karriere.«

»*Lasagne al porno*«, nickte Rudi anerkennend. »Ein Traum.«

Er schob Otto beiseite, der es sich unter dem Tisch auf Rudis Füßen bequem gemacht hatte. Beim Essen suchte Otto immer engen Kontakt zum Gabelhalter. Es konnte ja das ein oder andere herunterfallen, und dann musste man präsent sein. Rudi bemerkte, dass Tortellini Zwei, der im selben Moment im Garten aufgetaucht war, als Grazia *Lasagne ist fertig!* gerufen hatte, dieselbe Technik bei Jana praktizierte. Kinder lernen durch Nachahmung, dachte Rudi und grinste im Stillen. Nur Tortellini Acht scherte aus. Er war noch nie ein Anhänger des Passivbettelns gewesen. Er legte seinen Bumskopf dreist auf Claudias Oberschenkel, klimperte todtraurig mit den Augen und seufzte in regelmäßigen Abständen in die milde Abendluft. Das hieß: Claudia, *amore mio,* ich bin ein kleiner deutsch-italienischer Hund im Wachstum und sollte ganz schnell mit Lasagne gefüttert werden, um Mangelerscheinungen zu vermeiden, die schon übermorgen zu Siechtum und frühem Tode führen können. Claudia mochte den warmen Hundekopf auf ihrem Schenkel. Es war angenehm. Solange er nicht sabberte.

»Um noch mal auf deine Bemerkung von vorhin zurückzukommen«, sagte sie zu Jakob. »Das mit dem Fleisch aus Massentierhaltung war ein Witz, oder?«

»Nein«, sagte Jakob. »Auf Facebook hat ein Mädchen geschrieben, dass es barbarisch ist, ein Tier so gut zu halten, dass es glücklich ist, nur um es dann plötzlich umzubringen. Dann solle man lieber gleich die unglücklichen fressen. Die sind wahrscheinlich froh darüber. Für die ist das eine Erlösung. Ich finde das gar nicht so falsch, wenn man das mal zu Ende denkt.«

»Als ob du jemals irgendwas zu Ende denkst«, sagte Jana.

»Doch, manchmal denke ich auch.«

»Du machst nur, was dir in der Sekunde durch den Kopf schießt, und ich kann dich dann wieder raushauen.«

»Jana würde gerne vegan sein«, erklärte Jakob den anderen. »Sie ist aber noch nicht so weit, weil sie Käse zu gerne mag.«

»Lenk nicht immer ab.«

»Dabei gibt's den ja heute schon lecker auf Sägemehlbasis.«

»Arsch.«

»Ich habe noch Nachtisch.«

»Was denn?«

»Tiramisu.«

»Ist da nicht Ei drin?«

»Ja, aber nur von unglückliche Huhn.«

»Boah, Grazia, du bist genauso doof wie mein Bruder.«

Irgendwann saßen sie alle dick und rund gefuttert um den Tisch und waren müde. Rudi mochte diese behaglichen Momente. Immer wenn in der Toskana die Sterne am Himmel erschienen, brachten sie die Schläfrigkeit mit. Rudi spürte den Arbeitstag in den Knochen. Es war eine wohlige Schwere. Die Grillen machten Feierabend. Die Hunde verzogen sich einer nach dem anderen ins Haus. Rudi lehnte sich zurück und schloss die Augen. Er lauschte den leisen Stimmen von Jana und Jakob, die den Frauen gerade zu erklären versuchten, warum sie zwei Tage Verspätung gehabt hatten. Natürlich war es eine total komplizierte Geschichte. Was war schon einfach im Leben?

»Wir sind vorgestern am frühen Abend in Florenz aus dem Zug gestiegen und haben einfach vergessen, uns um den Anschluss-zug nach Siena zu kümmern«, sagte Jana gerade. »Weil wir diese lebende Statue auf dem Bahnhofsvorplatz entdeckt haben, die-sen silbernen Florentiner, der sich ganz langsam um seine eigene Achse drehte. Der hat damit wirklich Geld verdient. Stand einfach nur still und starr da und zuckte einmal in der Minute. Wirklich wahr. Irgendwann hat Jakob seine rote Pappnase herausgeholt und die Statue nachgemacht. Jeden Zucker und jeden Wackler, ganz ex-akt. Die Statue war ziemlich sauer, aber die Leute haben gelacht. Da haben wir beschlossen, auf der anderen Seite des Platzes sel-ber ein bisschen Geld zu verdienen. Das hat leider etwas länger ge-dauert.«

Die Pappnasennummer war eine von Jakobs Leidenschaften. Er pickte sich Menschen mit einem auffallenden Gang heraus, lief hin-ter ihnen her wie ein Schatten und imitierte jede Bewegung ihres Körpers. An jenem Abend hatten die Italiener in Florenz ihren Spaß. Immer mehr blieben stehen und warteten gespannt darauf, ob die Verfolgten irgendwann bemerken würden, dass da etwas nicht stimmte. Aber wenn sie sich umdrehten, war da nichts Unge-wöhnliches außer einem jungen Mann, der auf dem Pflaster kniete und sich unschuldig den Schuh band oder ein junges Mädchen nach dem Weg fragte. Kaum liefen sie kopfschüttelnd weiter, klebte Jakob wieder an ihnen wie eine Klette. Er verfolgte einen steif da-herstaksenden Bankangestellten im grauen Anzug, bis ihnen eine Mutter mit einem Kinderwagen entgegenkam. Jakob wechselte so-fort die Richtung und lief ihr nach, eine tonnenschwere imaginäre Last vor sich her schiebend. Als die Mutter misstrauisch den Kopf drehte, weil ihr das Gelächter komisch vorkam, bog Jakob ab und schloss sich auf Zehenspitzen trippelnd einer chinesischen Reisegruppe an. So ging es weiter, bis es dunkel wurde.

»Irgendwann kam sogar die lebende Statue vorbei und schaute zu«, erzählte Jana weiter. »Und andere Straßenkünstler, die wir auf dem Platz gesehen haben. Wir haben uns mit Händen und Füßen unterhalten. Dann sind alle zu der Statue nach Hause und haben dort was getrunken und gegessen, und irgendwie fuhr danach kein Zug mehr. Wir haben einfach die Zeit vergessen.«

»Das kann einem in Firenze schon mal passieren«, nickte Grazia.

Erst am nächsten Tag hatten sich die beiden bei Rudi per SMS gemeldet. Es war eine von Janas berüchtigten Nachrichten, mit denen sie besorgte Erwachsene ruhigzustellen pflegte. Diese Disziplin beherrschte sie außerordentlich gut. Sie formulierte so besonnen und überlegt, dass kein Mensch auch nur auf den Gedanken kam, sie hätte die Situation nicht im Griff. Deshalb hatten die Frauen in Castellina auch keine einzige Sekunde geglaubt, dass mit den Zwillingen etwas nicht in Ordnung sein könnte, als Rudi ihnen Janas Nachricht vorgelesen hatte.

HI RUDI! MACHT EUCH KEINE SORGEN UNSER ZUG
HATTE VERSPÄTUNG. WIR SIND GUT UNTERGEKOMMEN.
IHR BRAUCHT UNS NICHT ABZUHOLEN. WIR SITZEN PRAKTISCH
SCHON IM ZUG NACH SIENA UND KOMMEN BALD
MIT DEM BUS ZU EUCH. FREUEN UNS! GLG JANA UND JAKOB

»Am nächsten Tag, also gestern, sind wir dann auf den Platz und haben noch einmal eine Vorstellung gegeben«, sagte Jana. »Deshalb sind wir auch erst heute hier. Aber es sind fast siebzig Euro zusammengekommen.«

»Nur durch Hinterherlaufen?«, fragte Rudi und kratzte sich nachdenklich hinter dem Ohr.

»Nur durch Hinterherlaufen?«, wiederholte Jakob in der gleichen

Tonlage und kratzte sich ebenfalls am Ohr. Er hatte sich unbemerkt seine rote Nase aufgesetzt.

Claudia lachte.

»Ich hole noch ein bisschen Wein aus der Küche«, sagte sie und stand auf.

»Firenze ist eine Stadt der Künstler«, sagte Grazia. »Wer gute Kunst macht, dem geben die Florentiner gerne Geld.«

Jakob stand leise auf und verbarg sich im Hauseingang. Als Claudia mit einer Flasche *Rosso* wieder auf den Rasen trat, folgte ihr Jakob. An seiner Imitation stimmte alles. Sogar ihren Hüftschwung hatte er drauf, und den Stolperer, als sie versehentlich in ein kleines Loch im Rasen trat. Als die anderen lachten, blieb Claudia stehen und drehte sich um.

»Geh bitte weiter, als wäre ich nicht da«, sagte Jakob. »Mach irgendeinen Quatsch, und ich mache den auch.«

So marschierten beide über den Rasen. Im Stechschritt, humpelnd wie Versehrte, gebeugt wie alte Frauen, breitbeinig strunzend wie Gigolos. Jakob verschmolz mit Claudia zu einer Einheit, ohne sie zu berühren. Es sah zum Schreien aus. Rudi, Grazia und Jana bogen sich vor Lachen. Erst als Claudia rief: »Die Ministerin für seltsames Gehen auf dem Weg ins Ministerium!« und damit begann, unkontrolliert zu zucken wie John Cleese in dem Monty-Python-Sketch, geriet Jakob aus dem Takt. Bevor es den Zuschauern richtig auffiel, brach er ab. Er ließ Claudia weiterlaufen und nahm Otto ins Visier, der in diesem Moment aus dem Haus trat. Jakob schloss sich ihm an. Er reckte sich wie Otto, gähnte wie Otto, kratzte sich wie Otto, trottete wie Otto zum Oleanderbusch und hob dort das Bein wie Otto. Dann verbeugte er sich tief und nahm den Applaus entgegen.

In dieser Nacht saßen sie noch lange zusammen. Irgendwann erzählte Grazia, dass sie seit gefühlten hundert Jahren Kunstgeschichte studiere und die Hälfte aller Seminare pure Zeitverschwendung sei.

Claudia räumte freimütig ein, damals eine der faulsten Socken des Gymnasiums gewesen zu sein. Prompt sei sie in der Untertertia sitzen geblieben. Rudi zierte sich erst ein bisschen, gab dann aber nach und berichtete von seiner berüchtigten Gerichtsverhandlung vor zwei Jahren. Weil er im Hildener Stadtwald die Nerven verloren und einem joggenden Anwalt Prügel angedroht hatte, war er zu Sozialstunden verknackt worden. Nach diesen Einblicken in Rudis räuberische Vergangenheit tauten die Zwillinge gänzlich auf und erzählten, was letztlich zu ihrem Rausschmiss aus dem Landwirtschaftspraktikum geführt hatte und wie ihre Mutter auf der Klassenkonferenz ausgeflippt war wie ein Rumpelstilzchen auf Ecstasy.

»Ich glaube, dass Waldorfschulen bei Drogenangelegenheiten sehr leicht die Nerven verlieren«, sagte Rudi. »Kann man irgendwie auch verstehen. Weil sie immer mit Sekten oder Sonderschulen verwechselt werden, sind sie verzweifelt um ein gutes öffentliches Ansehen bemüht.«

Stirnrunzelnd beobachtete er, wie Otto und die Tortellinis von der Dunkelheit verschluckt wurden, als sie den Weg zu Bauer Renzo hinuntertrabten. Die sahen alle drei wieder aus, als könnten sie kein Wässerchen trüben.

»Das stimmt«, sagte Jana. »Da kann die halbe Zehn völlig *stoned* im Matheunterricht sitzen und Bullshit rechnen, es heißt immer nur: An unserer Schule gibt es kein Drogenproblem.«

»Kopf in Sand«, nickte Grazia. »Wie Vogel Strauß.«

»Eure Pauker haben doch früher alle selber geraucht«, sagte Claudia. »Da verwette ich meinen ganzen Laden.«

»Ich glaube, manche kiffen heute noch«, sagte Jakob.

»Demeter-Gras?«, fragte Rudi.

»Haha, der ist gut«, grinste Jakob. Er zog sein Handy aus der Tasche und fing mit flinken Fingern zu tippen an. »Ich frage mal schnell unseren Gartenbaulehrer. Der müsste das wissen.«

»Untersteh dich!«

»Nein, mach ich wirklich!«

»Jakob!!!«

»Zu spät. Nachricht ist schon raus.«

Spätestens in diesem Moment wurde Rudi klar, dass die nächsten Wochen nicht so einfach werden würden, wie er und die Frauen sich das vorgestellt hatten. Von wegen Zwillinge ein bisschen erden mithilfe körperlicher Anstrengung und wertvoller Grenzerfahrungen. Ha, ha! Das würde im Leben nicht funktionieren; und die geplante Nummer mit Drill Sergeant Rudi und dem eiskalt wehenden Bootcampwind schon zwei Mal nicht. Warum hatte er nicht einfach mal seine Schnauze halten können? Warum musste er sich immer meterweit aus dem Fenster hängen? Heike und Alain waren fein raus, und er hatte den Salat.

»Rudi?« Jana stupste ihn an.

»Hm?« Rudi fuhr aus seinen Gedanken hoch.

»Das war nur ein Witz. Oder glaubst du wirklich, wir haben die Handynummer unseres Gartenbaulehrers?«

Grazia und Rudi lagen auf der Wiese und schauten in den Sternenhimmel. Im Haus war es totenstill. Alle schliefen. Es war nach Mitternacht. Eine nervöse Fledermaus flatterte zwischen den Bäumen hindurch. Eine zweite gesellte sich dazu.

»Nein, weiter rechts«, sagte Grazia. »Siehst du den hellen Stern da? Der über den drei kleinen?«

»Ja«, sagte Rudi. »Jetzt hab ich ihn.«

»*Bene*«, sagte Grazia. »Von dem musst du nun zwei Hände breit nach da drüben bis zu dem Schleier. Hast du's?«

»Deine Hände breit oder meine Hände breit?«, fragte Rudi.

»Meine zwei. Also eineinhalb von deinen.«

»Ja, ich bin da.«

»Über dem Schleier leuchtet einer besonders hell. Das ist mein Stern.«

»Ich habe ihn gefunden.«

»Gut«, sagte Grazia und gab Rudi einen Kuss. »Dann bist du jetzt dran mit Aussuchen.«

»Ich fange bei dem Stern an, der direkt über dem Dachfirst von Renzos Haus liegt«, sagte Rudi.

Er zeigte mit dem Zeigefinger nach unten auf den Hof von Claudias Nachbarn. Weiter kam er mit seiner Sternenreise nicht. Auf dem Hof ging plötzlich das Licht an. Ein infernalischer Lärm war zu hören. Blecheimer schepperten gegen eine Schuppenwand. Hunde bellten. Eine Männerstimme fluchte und schwor – so Grazias Blitzübersetzung – im Namen der Muttergottes und aller Heiligen, dass er jedem blöden Köter mit dem Besen das Kreuz brechen würde, der es noch einmal wagte, seine gottverdammte Schnauze auch nur in die Richtung seiner, Renzos, Räucherschinken zu recken, und es sei ihm verdammt noch mal scheißegal, ob der Drecksack auf seinem Hof wohnte oder auf der Mühle nebenan.

Im Mondlicht sahen Rudi und Grazia zu, wie Otto und Pasta den Weg zu Claudias Ölmühle hinaufgaloppierten, dicht gefolgt von ihrem missratenen Nachwuchs Tortellini Zwei und Tortellini Acht. Wie nett, dachte Rudi, ein Familienausflug.

Grazia drehte sich auf die Seite und runzelte die Stirn.

»Renzo hat bald Geburtstag«, stellte sie fest. »Was schenken wir ihm?«

»Ein Vorhängeschloss für seinen Wildschweinschinkenschuppen?«

»Ihr Deutschen mit euren Wörtern!«, lachte Grazia. »Wildschweinschinkenschuppen.« Sie blickte ihm tief in die Augen. »Dafür küsse ich dich jetzt ganz lange, und hinterher sagst du noch mal ein schönes Wort.«

Als sie ihn fertig geküsst hatte, sagte Rudi: »Bauchgrummeln.«

»Bauchgrummeln«, wiederholte Grazia. »Bauchgrummeln. Schön. Ist kurz, aber geht auch. Das heißt was?«

»Das ist so etwas Ähnliches wie Bauchkribbeln«, sagte Rudi. »Beides kriegt man zum Beispiel, wenn man zu lange geküsst wird.«

Nach einer Weile sagte Grazia: »Jetzt weiß ich, was du meinst.«

Und noch später: »Habt ihr nicht auch ein Sprichwort dafür? Liebe läuft durch den Magen oder so?«

»Liebe geht durch den Magen«, sagte Rudi. Grazias T-Shirt war nach oben gerutscht. Er streichelte sanft ihren schlanken, braungebrannten Bauch. »Das hat aber eher mit Essen zu tun und alten Männern, die gerne bekocht werden.«

»Ich finde nicht, dass Liebe durch den Magen geht«, sagte Grazia. »Liebe geht ganz woanders durch.«

»Wo denn?«

»Zwei Hände breit unter dem Magen«, flüsterte sie.

»Deine Hände breit oder meine Hände breit?«

»Musst du probieren.«

Langsam gingen sie den Weg zu Claudias Ölmühle hinauf. Von den Schinkenräubern war nichts zu sehen. Entweder sie lagen frustriert in ihren Hundebetten, weil Renzo wieder einmal schneller gewesen war als sie, oder sie hatten sich hinter den Hügel verzogen und widmeten sich ihrer Beute. Als sie vorher im Schweinsgalopp an ihnen vorbeigeprescht waren, hatte Rudi in der Dunkelheit nicht erkennen können, ob sie einen von Renzos Schinken dabeihatten oder nicht. Hoffentlich nicht, dachte Rudi. Das letzte Mal hatte ihn der Spaß über dreihundert Euro gekostet. Der Kilopreis von Renzos berühmtem Wildschweinschinken lag selbst unter Freunden bei einundsechzigfünfzig.

Grazia schmiegte sich an Rudi.

»Das war ein wundervoller Abend, mein Rrrudi«, seufzte sie

zufrieden. »Erst haben wir *Lasagne al porno* gegessen, und dann haben wir selber einen gemacht.«

Sie blieb stehen und atmete tief durch.

»Das ist ein steiler Weg von Renzo zu Claudia«, sagte sie.

»Wir haben's gleich«, sagte Rudi.

Langsam gingen sie weiter.

»Grazia, ich habe keine Ahnung, wie ich das mit den Zwillingen hinkriegen soll«, sagte Rudi plötzlich. »Ich habe mir da völlig falsche Vorstellungen gemacht. Wahrscheinlich weil ich die zwei im letzten Jahr kaum gesehen habe. Als ich Alain angeboten habe, dass Jana und Jakob in die Toskana kommen könnten, dachte ich, dass die zwei – wie soll ich sagen – dass sie noch die Kinder sind, die ich kenne. Ein bisschen größer zwar, aber halt irgendwie noch Kinder. Bei denen ich mit kernigem Auftreten Eindruck schinden kann. Man spielt ein bisschen den harten Knochen, tut ein paar körperliche Herausforderungen dazu, Muskelkater, Erfolgserlebnisse, fertig ist das Bootcamp. Aber das sind ja gar keine Kinder mehr, Grazia. Die sind so erwachsen. Alle beide! Und schlau noch dazu. Jana steckt mich mit ihren Argumenten glatt in die Tasche. Es ist unglaublich, wie die sich entwickelt haben, seit ich ihnen das letzte Mal begegnet bin.«

»Aber das ist doch das Gute, Rrrudi«, sagte Grazia.

»Was? Dass sie mich in den Sack stecken?«, fragte Rudi.

»Dass es keine Kinder mehr sind«, sagte Grazia. »Das macht doch alles viel einfacher. Du kannst der Rrrudi sein, der du bist. Du musst keinen Onkel spielen und niemanden erziehen. Du bist erwachsen und wirst sie behandeln wie Erwachsene. Das ist doch das, was diese Kinder brauchen. Nicht noch einen, der alles besser weiß und ihnen vom Leben erzählt und wie es gelebt werden muss.«

»Aber wir wollen die letzte Wand zusammen verputzen«, sagte Rudi. »Ich muss ihnen zeigen, wie das geht. Wenn sie nicht genau machen, was ich ihnen auftrage, wird es eine schlechte Arbeit.

Schlechte Arbeiten, die meinen Namen tragen, gibt es nicht. Ich werde wütend werden.«

»Sie werden auf dich hören«, beruhigte ihn Grazia. »Vielleicht nicht, wenn es um das Nachtleben in Castellina geht und um das Trinken und Rauchen. Aber beim Tadelakten sicherlich. Sie werden spüren, wie wichtig dir das ist und wie gut du darin bist. Das wird sie beeindrucken. Sie werden nichts kaputt machen.«

»Dein Wort in Gottes Ohr«, brummte Rudi. »Weißt du was? Wenn es nicht funktioniert, mache ich die Wand selber und drücke ihnen stattdessen einfach die Verantwortung für Tortellini Zwei aufs Auge. Soll sich der widerspenstige Jakob um den Hund kümmern. Der hatte heute Abend schon einen so guten Draht zu dem wie sonst keiner vor ihm.«

Grazia blieb erneut stehen.

»Muss ich mehr Sport machen«, sagte sie atemlos. »Meine Kondition ist wirklich *miserabile*.«

Dasselbe hatte sie schon einmal gesagt. Es war noch gar nicht so lange her. Nach einem üppigen Sonntagsbraten bei Grazias Papa in Campiglia d'Orcia waren sie auf den nahe gelegenen Monte Amiata gefahren. Auf dem steilen Weg vom Parkplatz zum Gipfel war Grazia ein paarmal stehen geblieben und hatte nach Luft gerungen. Sie habe wieder viel zu viel gegessen, hatte Grazia geächzt, wie immer bei diese dicke Brrraten von Papa. Wenig später war alles wieder vergessen. Sie hatten sich unter das eiserne Gipfelkreuz gesetzt, das wie ein kleiner Eiffelturm aussah, über die Weiten der südlichen Toskana geblickt und sich ausgemalt, wo in diesem wunderschönen Land ihr gemeinsamer Platz war. Kinder waren in ihren Träumen auch vorgekommen. Eins, zwei, drei. Und, laut Grazia, ein nicht mehr ganz so aufmupfiger Otto! Ich mache alles für dich, Grazia, hatte Rudi ihr damals auf dem Berg ins Ohr geflüstert, aber das mit dem nicht mehr ganz so aufmupfigen Otto kannst du knicken.

Der Kies von Claudias Hof knirschte unter ihren Schritten.

»Lass uns noch ein bisschen draußen im Garten sein«, sagte Grazia. »Ich bin noch nicht müde.«

»Aber ich«, gähnte Rudi und nahm einen Liegestuhl in Beschlag. »Wenn ich nichts mehr sage, bin ich eingeschlafen.«

»Morgen ist Sonntag«, sagte Grazia und kuschelte sich neben ihn. »Wir könnten mal wieder Papa besuchen.«

Von Rudi kam nichts.

»Sag was, Rrrudi! Du schläfst nicht. Ich weiß, wie du klingst, wenn du schläfst. Jetzt klingst du anders.«

»Ich fahre nur mit, wenn es Brrraten gibt.«

»Gibt es«, sagte Grazia. »Gibt es immer. Papa will bestimmt wissen, welche Fortschritte die Scheune gemacht hat.«

»Solange er und seine Sippe nicht wieder helfen wollen.«

Grazia lachte und kniff Rudi ins Ohr. »Die haben es nur gut gemeint, du undankbarer – wie sagt man?«

»Arschkeks.«

»Wirklich?«

»Nein.«

»Ihr mit euren komischen Wörtern.«

Es war ein chaotisches Frühjahr gewesen. Mit dem Scheunenumbau war Rudi gut vorangekommen. Zumindest unter der Woche, wenn er freie Hand gehabt hatte. An den Wochenenden sah es anders aus. Da tauchten skurrile Onkel und Tanten, Schwippschwäger und Großväter aus Grazias Familie auf und trugen ihr Scherflein zum Umbau bei. Sie waren handwerklich nicht sonderlich begabt, glichen dieses Defizit aber durch umfangreiches Palavern aus und teilten zu jeder Minute freimütig mit, was sie an Rudis Stelle im konkreten Fall machen würden, wie der Nachbar genau dieses Problem 1972 gelöst hatte, was ein befreundeter Gipser empfahl und warum Rudis Plan auf gar keinen Fall aufgehen konnte.

Als in Deutschland die Baumarktkette *Praktiker* Insolvenz anmelden musste, hatte eine Satirezeitung geschrieben, die verbliebenen Geschäfte würden jetzt in *Theoretiker* umbenannt: *Theoretiker – der erste Baumarkt für Leute, die anderen gerne bei der Arbeit zusehen.* Im Sortiment befänden sich, so die Zeitung, ergonomisch gestaltete Liegeschubkarren, Thermogummistiefel und Arbeitskleidung im Used-Look. Rudi hatte sich schlapp gelacht, als er das gelesen hatte. Jetzt hatte er die Zielgruppe leibhaftig kennengelernt. Auf seiner eigenen Baustelle!

Gott sei Dank hatte sich keiner verletzt. Bis auf einen Onkel, der mitsamt Leiter und Farbeimer filmreif von der Scheunenwand abgeschmiert war. Die meisten Verwandten jedoch standen mit einem Glas *Rosso* auf dem Hof und freuten sich auf ein weiteres geselliges Abendessen. Rudi war bei mehr als nur einer Gelegenheit fuchsteufelswild geworden.

»GRAZIA, SAG DEINEM ONKEL, WENN ER NOCH LÄNGER MIT DEN HÄNDEN IN DEN TASCHEN HERUMSTEHT UND SCHWATZT, BEWERFE ICH IHN MIT GIPS!«

»Liebst du mich, mein feuriger Rrrudi?«

»Jetzt? Guck mal, wie ich aussehe.«

Die Völkerwanderung zu Rudis Baustelle hatte erst aufgehört, als die gröberen Arbeiten wie Estrich legen und Trockenbauten erledigt waren. Jetzt musste der Tadelakt aufgetragen werden. Darin war Rudi der Meister. Das erkannten alle neidlos an. Keiner quatschte ihm mehr dazwischen. Die Besuche wurden seltener. Wenn einer kam, dann meistens, um einen ausgesuchten Wein oder eine selbst gemachte Leckerei vorbeizubringen.

Es war die Zeit von Rudi und Grazia. Sie arbeiteten Seite an Seite und wuchsen immer mehr zusammen. Einer verstand den anderen, keiner machte viele Worte. An den großen Wandflächen zeigte Rudi seine ganze Kunstfertigkeit. Grazia hatte ein unglaubliches Geschick für die harmonische Ausgestaltung kleiner, filigraner Ecken. Von

Tag zu Tag wurde das Innere der Scheune schöner und bunter und Rudi fröhlicher und ausgelassener.

Claudia hatte ihnen oft zugesehen und im Stillen gedacht, dass die zwei ihre beiden Leben – beruflich und privat – ohne Weiteres in einen Topf werfen könnten. Es war eine perfekte Mischung. Die Arbeiten, die sie zusammen schufen, konnten sie in jedem Teil der Welt anbieten. Sie hätten überall leben können. Alles stand ihnen offen. Als sie Grazia einmal darauf ansprach, sagte diese nur, ja, das Gefühl habe sie auch, und Rudi denke genauso, sie trauten sich nur nicht richtig. Dieser Schritt habe so etwas Ernstes, Endgültiges, dass er ihnen Angst machte.

Daraufhin hatte Claudia Grazia in den Arm genommen und leise gesagt, sie sollten bitte nicht zu lange damit warten, das Leben könne manchmal ein ziemlicher Arsch sein.

Alain war hochzufrieden. Seine Kino-App hatte nicht gelogen. Jason Statham hatte alles zu Klump gehauen, was nicht bei drei auf den Bäumen war. Anschließend hatten Stallone und Schwarzenegger alle Bäume in die Luft gesprengt, auf denen die saßen, die bei drei auf den Bäumen gewesen waren. Das war ein Film ganz nach Alains Geschmack. Im Laufe der Jahre hatte er festgestellt, dass in emotionalen Ausnahmesituationen – die Klassenkonferenz steckte ihm immer noch in den Knochen – nur noch Jason-Statham-Filme halfen. Heike ging es ähnlich. Bei Jason gab es immer blitzsauber auf die Fresse. Da konnte man nicht meckern. Man nahm seinen Popcorneimer fest in den Arm, lehnte sich zurück und stellte sich vor, dass das blonde Gift, das gerade mit dem Audi auf eine Sprengfalle fuhr und in einer anmutigen Spirale im Abgrund verschwand, Meier-Stigwitz hieß oder Elvira Stender. Fünf Minuten später wurde Alains cholerischer Chef umgelegt, danach der BMW-Schnösel, der sich an der Tankstelle an Heike vorbeigedrängelt hatte, und zum Schluss die patzige Supermarktkassiererin, bei der Alain mal wieder keine passende Antwort eingefallen war. Jason erledigte sie alle. Zuverlässig und schmerzhaft. Danach war man satt und zufrieden und konnte geläutert auf einen Absacker ins *Fass* einkehren.

»Nehmt ihr noch eins?«, fragte Markus und winkte der Wirtin.

»Eins geht noch«, sagten Heike und Sabine gleichzeitig.

Nachdem Thomas mit Paul ein paar Tage an die Nordsee gefahren war und Rudi mittlerweile wieder in der Toskana werkelte, hatte Markus kurzerhand den Schnitzelmittwoch zum Kinomittwoch umfunktioniert. Alain hatte sich sehr gefreut. Die Abende, an denen Sabine in Düsseldorf war und Zeit hatte, wurden immer seltener. Die Chance musste man nutzen. Wenn sie zu viert unterwegs waren, hatten sie immer viel Spaß.

»Pappnasenlaufen in Florenz«, stöhnte Heike und trank ihre Altbierpfütze in einem Zug aus. »Dass die auch immer solche Paukenschlagaktionen veranstalten müssen. Man könnte ja auch einfach wie verabredet irgendwo hinfahren und pünktlich ankommen. Aber nein, zwei Tage Verspätung.«

»Die zwei sind also heil angekommen«, stellte Sabine fest.

»Ja«, sagte Heike. »Rudi hat am Sonntag eine Nachricht geschickt.«

»Ich weiß auch nicht, wo die das herhaben«, sagte Alain. »Von mir nicht.«

»Jetzt bin's ich wieder«, sagte Heike.

»Dein Mann faselt«, sagte Markus. »Er und ich waren genauso alt wie Jana und Jakob jetzt, als wir damals mit Interrail in Portugal unterwegs waren. Und soweit ich mich entsinne, sind wir damals nirgendwo angekommen. Schon gar nicht pünktlich.«

»Weil ihr vor lauter Kiffen die Fahrpläne nicht mehr lesen konntet«, sagte Sabine trocken.

»Das stimmt ja gar nicht«, sagte Alain. »Wir praktizierten

Bewusstseinserweiterung, und dazu gehörte eben, dass man sich konsequent von Zeiten und anderen Zwängen befreite.«

»Zeitbefreites Zugfahren«, sagte Heike. »Das klingt irgendwie nach ganz schlechten Pilzen.«

»Dann schon lieber Pappnasenlaufen in Florenz«, sagte Sabine.

»Wenn es wenigstens Abiturfach wäre«, sagte Alain. »Aber von Pappnasenlaufen kannst du dir nichts kaufen.«

»Na prima«, sagte Heike. »Psychedelische Pilze fressen in Lissabon war natürlich die optimale Vorbereitung auf den Bioleistungskurs, den du zwei Jahre später sowieso nicht belegt hast, weil dir beim Sezieren von Rindernieren immer schlecht wurde.«

»Wer hat gepetzt?«, rief Alain.

»Keiner«, sagte Heike und gab ihm einen Kuss. »Du hast im Schlaf geredet.«

Das ist ja gerade noch mal gut gegangen, dachte Markus. Schulabschluss war derzeit das Reizthema bei Alain und Heike. Da konnte es schon mal zu handfesten Auseinandersetzungen zwischen den beiden kommen. Markus hatte noch nie verstanden, warum Alain so scharf darauf war, dass seine Kinder Abitur machten. Um ihn herum lebten doch lauter Menschen, die das beste Beispiel dafür waren, dass man auch ohne Abi glücklich wurde, oder? Gut, Thomas hatte mit seinem Abitur eine Mordskarriere hingelegt. Aber seine Frau Ulrike war mit ihrer Ausbildung zur Werbekauffrau in der Agenturhierarchie genauso weit gekommen wie er. Markus selber hatte Abi, und was war aus ihm geworden? Ein gut bezahlter Akademiker? Nein, ein Hausmann, der sich von Wäschebergen, Küchenchaos und Kindergeschrei seine gute Laune nicht versauen ließ. Heike besaß die Mittlere Reife und hatte sich zeit ihres Berufslebens pudelwohl damit gefühlt. Und würde man Rudi heute fragen, ob er seinen Hauptschulabschluss bereute, würde er nur ungläubig gucken und fragen, ob man sie noch alle hätte. Unter Umständen bekäme man von ihm auch noch einen längeren Vortrag darüber zu hören, dass es um das Handwerk besser bestellt wäre, wenn Eltern ihren Kindern nicht immer ihren eigenen Abiwahn aufdrücken und jeden Volldeppen in Prüfungen schicken würden, die fünf Nummern zu groß für ihn waren.

»Mir ist es egal, was die beiden später mal für einen Abschluss haben«, sagte Heike. »Sie sollen nur Gelegenheit haben, in Ruhe für sich herauszufinden, was sie beruflich machen möchten und was nicht. Das ist in der derzeitigen Situation einfach nicht möglich. Von allen Seiten ist viel zu viel Druck da. Ich meine nicht Notendruck. Den hat Jana mit ihren Einsen und Zweien nicht, und Jakob sind die Fünfen egal. Es ist ein anderer Druck, einer, der viel gemeiner ist: nämlich diese Erkenntnis, dass man nicht so angenommen wird, wie man ist. Nur wer sich selber umkrempelt und anpasst, wird geliebt und akzeptiert. Das ist doch eine ganz bittere Erfahrung für Sechzehnjährige, oder?«

Die Wirtin brachte eine neue Runde Altbier vorbei.

»Ihr seid so ernst heute Abend«, stellte sie fest.

»Muss auch mal sein«, sagte Sabine. »Was meinst du? Hat man ohne Abi noch eine Chance im Berufsleben?«

»Ich habe Hauptschule und das Herz auf dem rechten Fleck«, sagte die Wirtin, während sie die vollen Gläser auf den Tisch stellte und die leeren abräumte. »Damit kann man heute immer was werden. Und der Doktor Bernsteiner, der mir für seine Geburtstagsfeier immer noch zweihundertsechzig Mark schuldet – Mark wohlgemerkt! –, der hat studiert. Das sagt nicht alles, aber viel.«

Diese Bemerkung trug nicht gerade dazu bei, dass der Abend lockerer wurde. Vielleicht lag es aber auch daran, dass es weniger um den Austausch von Meinungen ging als vielmehr um Rechthaben um jeden Preis. Heike und Alain hatten die Diskussion in letzter Zeit viel zu oft geführt, um noch die innere Ruhe zu besitzen, dem anderen einfach nur unvoreingenommen zuzuhören. Es wurde auch nicht besser, als die Wirtin im Vorbeilaufen ein Gläschen mit schokoladeüberzogenen Mikado-Sticks auf den Tisch stellte. Das sei gut für die Nerven, sagte sie, es gehe aufs Haus.

»Vielleicht sollten wir das Thema wechseln«, sagte Sabine irgendwann.

»Einverstanden. Wer noch einmal Abi sagt, muss einen ausgeben.«

»Gilt das auch für Abisolierzange?«

»Keine Ausnahmen.«

»Weiß jemand, ob Thomas mit Paul alleine unterwegs ist? Oder ist Ulrike mitgekommen?«

»Keine Ahnung. Wollen wir nicht im September alle zusammen zu Claudias Ladeneröffnung fahren?«

»Von mir aus. Ich habe Zeit. Diese Woche habe ich endgültig mein Mütterseminar geschmissen. Das waren lauter Meier-Stigwitze in einem großen Stuhlkreis. Ich bin fast wahnsinnig geworden. Vielleicht sollte ich mir auf den Schreck noch ein Schnitzel bestellen.«

»Die Küche hat schon zu, Markus.«

»CHEFIN, HAT DIE KÜCHE SCHON ZU?!«

»FÜR DICH NICHT!!! EINMAL WIENER WIE IMMER?!«

»Na bitte, wer sagt's denn.«

»Du hast Abi gesagt.«

»Was?«

»Nabitte hast du gesagt.«

»Nabi ... Scheiße, stimmt.«

»UND NOCH MAL VIER ALT!«

Als sie lange nach Mitternacht das *Fass* verließen, liefen sie an einem dunklen Golf vorbei, der am Straßenrand parkte. Er stand im Dunkeln, genau in der Mitte zwischen zwei Straßenlaternen. Keinem fiel auf, dass der Fahrer im Wagen saß und ihnen finstere Blicke hinterherschickte.

Auf *Politically Incorrect* stand es neulich Schwarz auf Weiß im Blog: Deutschlands mohammedanische Kulturbereicherer stellten in Berlin hundert Prozent der Intensivtäter. In den anderen Bundesländern sah es genauso aus. *PI* hatte immer recht. Die waren eben nicht vom System gesteuert wie die Lügenpresse. Bei jeder Verbrechensmeldung verschleierten die linksgrünversifften Tageszeitungen die ethnische Identität. Datenschutz und Täterschutz gingen vor! Als ob nicht jeder vernünftige Mensch wüsste, was in Wirklichkeit in diesem Land los war.

Er öffnete die Seitenscheibe einen Spalt.

Da kamen sie.

Scheiße! Der Gipser war wieder nicht dabei. Es wäre so einfach gewesen heute Abend. Die Leberwurst mit dem Rattengift lag da vorne im Rinnstein, direkt neben der Kneipentür. Wo war die Sau bloß? Seit Tagen hatte er ihn nicht mehr gesehen. Und jetzt ging der nicht mal mehr mit in die Kneipe.

Nur weil er sich damals nicht bedankt hatte, als der Gipser seinen Hund aus dem Weg geräumt hatte. Bedanken! Wofür denn? Er hatte schließlich ein Recht auf einen freien Weg, wenn er im Wald joggte. Plötzlich war dieses Arschloch neben ihm hergelaufen und hatte gezischt, er solle jetzt am besten ganz schnell nach Hause rennen, sonst würde er ihm die Fresse einschlagen und die Visage über die nächste Baumrinde ziehen. Was für ein dreckiger, brutaler, hundsgemeiner Vollidiot! So was wie der musste weg. Ganz schnell! Der war doch nicht gesellschaftsfähig.

Natürlich war er gerannt damals. Was denn sonst! Der Gipser war doch krank im Kopf. Das wusste doch jeder, der ihn kannte. Aber in der Gerichtsverhandlung ein paar Wochen später hatten sie ihn alle gedeckt. Der Gipser hätte noch nie jemandem etwas getan, hatten seine Kumpels ausgesagt. Und ihre fetten Weiber hatten ins gleiche Horn geblasen.

Als ob das was zu sagen hätte. Jeder fing doch mal an. Terroristen waren ja auch die ganze Zeit harmlos, bis sie sich im Kindergarten in die Luft sprengten. Und dann kam dieser tollwütige Mensch auch noch mit Sozialstunden davon. Sozialstunden! Ausgerechnet in diesem Jugendheim, wo sie diese kriminellen Jungzecken aufbewahrten. Die, die schon mit vierzehn nichts mehr gebacken kriegten, weil sie Eltern hatten, die nur rumhartzten. Die fanden es wahrscheinlich auch noch supergeil, dass da plötzlich ein Typ in ihrer Werkstatt stand, der Anwälten in aller Öffentlichkeit Prügel androhte.

Er sollte wirklich nicht den Hund vergiften, dachte er, als er das Fenster wieder schloss und den Motor anließ. Warum nicht gleich den Typen über den Haufen fahren? Wenn er bloß wüsste, wo der abgeblieben war.

Toskanische Fliegen waren etwas ganz Besonderes. Sie lebten nach dem Motto *Ich kitzel dich nicht, dafür haust du mich nicht platt.* Sie beherrschten sogar den Umgang mit alkoholischen Getränken. Geschmeidig krabbelten sie im Weinglas herum, nippten vorsichtig am Getränk, fielen aber nicht hinein. Das war in Ordnung, fand Rudi. Beim *Rosso* zumindest. Beim edlen *Brunello* ging die Fliegensauferei natürlich entschieden zu weit.

Toskanische Fliegen landeten auch nicht auf Hundenasen, sondern immer etwas weiter hinten zwischen den Ohren, um Otto und die Tortellinis nicht über Gebühr zu belästigen. Oder sie saßen auf einem Grashalm und blickten gelassen ins Hundeauge. Vermutlich behauchten sie dabei ihre Fingernägel und polierten sie am Revers. Beim Essen waren sie ebenfalls gerne präsent, nervten aber nicht. Sie putzten sich auf einer ofenfrisch brutzelnden Lasagne die Flügel und ignorierten ihre zunehmend heißen Füßchen. Das will gelernt sein.

Diese Fliegen hier sind echt die Ruhe selbst, dachte Rudi. Er hielt den Zeigefinger rettend in sein Weinglas. Die Fliege kletterte auf seinen Fingernagel und legte eine kleine Rast ein. Rudi musste an *Bad Boys* denken. In dem Film hatten alle Polizisten denselben Therapeuten. Sie entspannten sich, indem sie tief einatmeten und *Whooooooosaaa* sagen. Wenn Rudi nicht gewusst hätte, dass dieser Psychiater dem verschrobenen Hirn eines Drehbuchautors entsprungen war oder – falls es ihn tatsächlich gab – weit weg in Hollywood praktizierte, dann würde er darauf wetten, dass der Typ in Castellina eine Praxis betrieb und alle Fliegen der Umgebung zur Entspannungstherapie hinflogen.

»*Whooooooosaaa!*«, machte Rudi in seinem Liegestuhl. Er lehnte sich zurück und schloss die Augen. Es war wunderbar kühl im Schatten.

Er hörte Jakob in der Scheune werkeln. Der Kerl war nicht totzukriegen.

Egal, dachte Rudi. Noch eine halbe Stunde Mittagspause, dann konnte es weitergehen. Ein alter Mann war kein D-Zug.

Rudi war sehr zufrieden mit sich. Alles in allem war es in dieser ersten Woche wirklich gut gelaufen. Wenn man einmal davon absah, dass Otto mitsamt seinem ungezogenen Nachwuchs den Baustofflieferanten angegriffen hatte. Es sah tatsächlich so aus, als würde er die beiden Tortellinis auf schwarze Hosen abrichten. Die waren alle drei wahnsinnig, da war sich Rudi sicher.

»Claudia, gibt es hier in der Gegend denn keinen Metzger, der eine ordentliche Hundesalami herstellt?«, hatte Rudi gebrüllt, während sich der Fahrer mit einem Hechtsprung auf die Ladefläche gerettet hatte und hinter den Kalksäcken in Deckung gegangen war.

»Willst du die Chaotentruppe für ihren Mist auch noch belohnen?«

»Ich meine Salami mit Hund drin statt mit Wildschwein.«

Überhaupt Claudia. Die rannte wie ein aufgescheuchtes Huhn von einer Ecke ihrer idyllischen Ölmühle zur anderen und hätte mit

Grazia zusammen am liebsten schon alle Regale in ihrem neuen Laden eingeräumt. Rudi konnte sie gerade noch bremsen. Er war nicht in der Lage, in Ruhe zu arbeiten, wenn Frauen hinter seinem Rücken werkelten und es um ihn herum ständig klapperte. Auf der anderen Seite konnte er Claudia gut verstehen. Es war das erste Mal seit einem Jahr, dass ein Ende der Bauarbeiten abzusehen war. Sie freute sich wie ein kleines Kind. Rudi ließ sich breitschlagen, dass die Waren auf jeden Fall schon einmal in die Scheune getragen werden durften. Aber noch nicht auspacken, hatte er gesagt. Nachdem Claudia lange genug mit den Wimpern geklimpert und Grazia in einer Endlosschleife *Ooooch Rrrudi* gegurrt hatte, hatte er schließlich aufgegeben. Macht doch einfach, was ihr wollt, hatte er gebrummt, aber jammert mir nicht die Ohren voll, wenn ich unkonzentriert arbeite und hinterher der Putz von der Wand bröselt.

Während Claudia sorgsam eine Flasche *Olio Enzo* nach der anderen mit einem weichen Tuch polierte und ins Regal stellte, sang sie lauthals die Songs mit, die außer ihr keiner hören konnte, weil sie riesengroße Kopfhörer trug. Sie sah aus wie Minnie Maus.

»Was singt sie da?«, hatte Jakob Rudi flüsternd gefragt.

»›After Midnight‹ von J.J. Cale«, hatte Rudi geantwortet. »Und gleich kommt ›Cocaine‹. Ich habe das Album auch.«

»Es klingt total scheiße, Rudi.«

»Ja, schon. Aber das Original ist okay.«

»Und was ist das für ein dicker Kasten an ihrem Kopfhörer?«

»Das nennt man DiscMan, Jakob. Ein Musikabspielgerät aus dem späten Mittelalter.«

Jana und Jakob hatten sich in den ersten Tagen etwas schwergetan. Das hatte weniger an ihrer Motivation gelegen als vielmehr an Rudi, der sich zum Einstieg etwas ganz Besonderes für sie ausgedacht hatte. Obwohl er damals im *Fass* so vollmundig von Bootcamp gesprochen hatte, hatte er in Wirklichkeit keine Ahnung von solchen Dingen. Bootcamps kannte er nur aus dem Film. Genau genommen nur aus einem einzigen: *Full Metal Jacket* von Stanley Kubrick.

Es kam natürlich nicht in Frage, dass Rudi bellend wie Gunnery Sergeant Hartman vor Jana und Jakob auf und ab stolzierte und bis zur Bewusstlosigkeit Liegestützen verordnete. Aber ein bisschen Arbeit für die Arme konnte bestimmt nicht schaden. So hatte er ihnen einen Job aufs Auge gedrückt, den er seit einem halben Jahr vor sich her schob. Die zehn kleinen Granitbrocken im Hof mussten versetzt werden, damit neben dem Scheuneneingang Platz für die beiden großen Blöcke war, die Claudia bestellt hatte. Da jeder von den »Kleinen« gute dreihundert Pfund wog und lediglich eine wackelige Sackkarre aus Nachbar Renzos Beständen bereitstand, war das gar nicht so einfach. Jakob jedenfalls fluchte wie ein Kutscher, und Jana war heilfroh, dass es zum Abendessen *Ribollita* und nicht *Scaloppine* gab. Da mussten ihre höllisch schmerzenden Arme kein Schnitzel säbeln, sondern nur einen leichten Suppenlöffel zum Mund führen. Abends fielen die beiden selber wie Steine ins Bett. Jana schaffte es kaum noch, Nachrichten an ihre Mutter abzusetzen, und wenn, dann fielen sie so knapp aus, dass Heike verwundert ihr Display anstarrte und Rudis Nummer wählte, um sich zu versichern, dass auch wirklich alles gut war.

HI MAMA ALLES GUT LIEB DICH J

Trotz Muskelkater herrschte eine ausgelassene Atmosphäre auf der Mühle. Alle genossen das geschäftige Treiben. Sie begegneten sich bei den unterschiedlichsten Tätigkeiten an allen möglichen Orten. Auf dem Hof, wo Jana zusammen mit Claudia die Regale abschliff. In der Scheune, wo Rudi und Jakob die letzten Vorbereitungen für die Wand hinter der Kasse trafen. Im Garten, wo man einfach nur mal faul bei den Hunden lag. In der Küche, wo Grazia den Zwillingen beibrachte, wie man *Lasagne al porno* zubereitete. Oder bei

Renzo unten auf dem Nachbarhof, wo Rudi einen sturzbetrunkenen Jakob abholen musste, der eigentlich nur die Sackkarre zurückbringen wollte und von Renzo auf einen Grappa eingeladen worden war. Dafür, dass Jakob – genau wie seine Schwester – die vor Muskelkaterschmerzen brennenden Arme nicht mehr in die Waagerechte brachte, hatte er erstaunlich viele Kurze gehoben.

Zu Rudis Freude erwiesen sich die Zwillinge zugänglicher, als er gedacht hatte. Sie reagierten nur bissig, wenn ihnen die Erwachsenen zu *ratschlagig* wurden, wie Jana es ausdrückte. Rudi, Claudia und Grazia bemühten sich zwar, so gut es ging, auf altkluges Gelaber zu verzichten. Manchmal rutschte ihnen aber doch die ein oder andere Bemerkung heraus, die unweigerlich fällt, wenn Lebenserfahrung auf junges Ungestüm trifft, als könnte man den Kindern die Bekanntschaft mit der heißen Herdplatte ersparen, wenn man viele dramatische Worte darum machte. Wie Claudia in einem lichten Moment beim Abendessen einmal zugab, hatte das in ihrer eigenen Jugend auch schon nicht funktioniert.

»Euer Großvater wollte immer, dass Alain seine Wertsachen im Brustbeutel trägt. In einem Brustbeutel! Es gab in den Siebzigern kaum etwas Uncooleres als einen Brustbeutel.«

»Das ist auch heute noch so.«

»Alain hat ihn jedenfalls erst benutzt, nachdem sie ihm in Lissabon den Geldbeutel aus der hinteren Hosentasche geschnitten haben.«

»Was hat er denn in seinen Brustbeutel reingetan, wenn sie ihm alles Wichtige geklaut haben?«

»Gute Frage.«

Beim Stichwort Lissabon war Rudi richtig warm geworden und hatte zum Entzücken von Jana und Jakob mächtig aus dem Nähkästchen geplaudert. Die zwei bekamen ganz spitze Ohren, als Rudi in schönster Plauderlaune die Kiffervergangenheit von Alain und seinem Schulfreund Markus – ja, genau der! Unser vierfacher, vorbildlicher Familienvater! – aufs Tapet brachte. Vor allem die Interrailtour kreuz und quer durch Europa lieferte viel Anekdotenstoff. In Portugal waren sie nach allen Regeln der Kunst übers Ohr gehauen worden. Für damals unvorstellbare fünfzig Mark hatten sie einen Kieselstein erworben, der einem Haschischpiece täuschend ähnlich sah, aber über dem Feuerzeug nicht weich wurde, sowie ein ähnlich teures Plastiktütchen mit getrocknetem, wildem Majoran, das ihnen als Mosambikgras verkauft worden war. Es war wie bei allen großen Drogendeals im Kino. Die Übergabe war selbstverständlich atemberaubend gefährlich und musste blitzschnell über die Bühne gehen, weshalb für eine ausgiebige Überprüfung der Ware keine Zeit blieb. Das wussten auch die Stein- und Oregano-Dealer auf der *Plaza Rossio* in Lissabon.

Nach all den Jahren schmiss sich Rudi immer noch weg vor Lachen, wenn er davon erzählte. Allein die Vorstellung, wie Alain und Markus mit ihren Fingernägeln an dem heißen Kiesel herumkratzten und kein einziges Krümelchen Haschisch in den Tabak fiel, trieb ihm die Lachtränen ins Gesicht. Und wenn er an die hoffnungsvoll mit Oregano gestopften Shillums dachte, war es ganz aus.

Später an diesem Abend hatte Jana trocken gefragt, warum Gras eigentlich immer noch nicht legalisiert worden war und ob der gesellschaftlich anerkannte Alkoholismus der Erwachsenen – Anwesende eingeschlossen – wirklich die bessere Alternative zu dem bisschen Kiffen der Jugendlichen wäre. Woraufhin Claudia, die gerade in der Küche stand, um den dritten *Rosso* an diesem Tag zu entkorken, den Korkenzieher still und leise wieder in der Schublade verschwinden ließ und zwei Flaschen *San Pellegrino* auf die Terrasse trug.

Die Krönung der ersten Arbeitswoche war allerdings der Umstand gewesen, dass Jana und Jakob es tatsächlich geschafft hatten, Claudia von ihrem albernen Mauve abzubringen. Rudi hatte schon aufgegeben und war bereit, diese vermaledeite Farbe halt in Gottes Namen anzusetzen. Da stöberte Jana eines Morgens in Rudis

Farbpigmenten und mischte in einem kleinen Becher probeweise einen Farbton, von dem alle hingerissen waren. Es war ein wunderbarer Brombeerton, der sogar noch intensiver wurde, als sie mit Claudias Zustimmung und Rudis Hilfe einen Eimer Beerentadelakt anrührte, der groß genug war, um die Wand hinter der Kasse zu verputzen.

Rudi hatte sich die ganze Zeit gefragt, wie Jana diese Farbe gelungen war, war aber nicht dahintergekommen. Jana hatte ihm die Zusammensetzung nicht verraten. Letztlich war es Rudi egal. Die Farbe war ein Traum. Sie schimmerte bereits während des Auftragens mit der Kelle wie feinster Marmor. Rudi musste sich beherrschen, die Wand nicht Stunde um Stunde alleine zu bearbeiten, so viel Spaß machte es. Es sollte doch Jakobs Wand werden, vom ersten bis zum letzten Quadratzentimeter. Das hatten sie so verabredet.

Jana sah zu, wie ihr Bruder mit Kelle und Polierstein hantierte und aus ihrer Farbe etwas Wunderbares entstand, das sie tief im Herzen berührte. Sie hatte Jakob noch nie so versunken erlebt.

Immer wenn ihre Zeit es zuließ, hatte sie sich in dieser ersten Woche zu Jakob in die Scheune gesetzt. Manchmal kam Otto zu ihr und ließ sich hinter den Ohren kraulen. Er war der eigentliche Schöpfer des Brombeertons. In einem unbeobachtet geglaubten Moment hatte er in den großen Mischtopf gestrullert.

Das hatten die Zwillinge keinem erzählt.

Handwerkliche Genies hatten eben ihre Geheimnisse.

»Rudi!! Kannst du mal kommen!«

Rudi fuhr senkrecht aus dem Liegestuhl. Er war doch tatsächlich eingeschlafen. Aus den geplanten zwanzig Minuten waren zwei Stunden geworden. Als er in die Scheune kam, saß Jakob vor der

Brombeerwand und deutete auf die linke untere Ecke. Dort hatten sie vor Tagen einen breiten Vorsprung hineingemauert. Offensichtlich hatte der Kalkputz an dieser Stelle nicht angezogen.

»Ich kann machen, was ich will«, sagte Jakob. »Zwei Stunden habe ich jetzt poliert. Ich kriege keinen Glanz rein.«

Rudi fuhr mit seiner Hand über den Putz.

»Er ist noch zu feucht«, stellte er fest. »Wahrscheinlich weil kaum Luft in diese Ecke kommt. Wir stellen über Nacht ein Trockengerät auf und versuchen es morgen oder übermorgen noch mal.«

»Schade«, sagte Jakob. »Ich dachte, ich würde heute fertig damit.«

»Ich weiß«, sagte Rudi. »Aber du hast hier eine traumhafte Wand geschaffen, Jakob. Die hat nur perfekte Ecken verdient. Wenn du jetzt pfuschst, wirst du dir in den Arsch beißen. Jedes Mal, wenn du diese Wand betrachtest, würde dir nicht ihre Schönheit ins Auge fallen, sondern nur diese kleine stumpfe Ecke da unten.«

Er legte Jakob die Hand auf die Schulter.

»Lass uns so lange da drüben weitermachen!«, sagte er und zeigte auf die Terrakottawand, mit deren Rot er noch nicht ganz zufrieden war. »Es gibt noch mehr zu tun.«

Während Jakob mit Seifeneimer und Polierstein zur nächsten Wand zog, durchsuchte Rudi die Kiste mit den CDs. *Allman Brothers Live at Fillmore East* war Rudis Lieblingsalbum bei schwierigen Tadelaktstellen. Die beiden Schlagzeuger legten einen so massiven Rhythmusteppich unter die Stücke, dass der Bassmann für den Groove nicht mehr gebraucht wurde und mit den Gitarristen Dicky Betts und Duane Allman die Melodie spielen konnte. Das verlieh Rudis Arm genau den richtigen Schwung. Er fing immer mit »In Memory of Elizabeth Reed« an.

Eine Weile arbeiteten sie einträchtig nebeneinander. Dann legte Jakob auf einmal den Stein beiseite und stöhnte.

»Muskelkater?«, wollte Rudi grinsend wissen.

»Nein, natürlich nicht«, sagte Jakob. Er reckte sich.

»Kann ich dir mal was sagen?«, fing er stirnrunzelnd an. »Das wollte ich schon die ganze Woche tun.«

»Klar«, sagte Rudi. »Worum geht's?«

»Deine Musik ist schlecht«, sagte Jakob.

»Äh«, machte Rudi.

»Also das meiste jedenfalls«, fuhr Jakob fort. »Ein paar Sachen waren ja okay bis jetzt. Aber dieses Siebzigerjahregitarrengedudel nervt echt.«

»Dann leg du mal auf«, sagte Rudi und runzelte die Stirn. »Genervte Tadelakter fabrizieren schlechte Wände. Das will ich nicht riskieren.«

Jakob stöpselte seinen iPod in Rudis Anlage.

»Aber eins sag ich dir, Jakob. Bei Metal mache ich die Fliege. Das halte ich nicht aus. Dann kannst du den Rest hier alleine machen.«

»Metal ist Scheiße«, sagte Jakob. »Da hörst du vor lauter Krach die Musik nicht. Ich fange mal zahm an.«

»Einverstanden. Ich höre so lange zu, wie es mir gefällt. Aber sobald du Bockmist spielst, bin ich wieder dran.«

»Deal«, sagte Jakob.

Der satte Sound von »Coming Down« von den Dum Dum Girls erfüllte die Scheune bis in den letzten Winkel. Die Akustik war phänomenal, stellte Rudi fest. Und der Song auch. Die Mädels hatten sogar Gitarren dabei. Gar nicht so schlecht. Die beiden arbeiteten Seite an Seite weiter.

»Musik ist ein brutales Geschäft«, sagte Rudi. »Wusstest du, dass Sony dreißig Minuten nach Whitney Houstons Tod die Preise für ihre CDs um sechzig Prozent erhöht hat?«

»Das ist eine Sauerei«, sagte Jakob. »Wer ist Whitney Houston?«

»Die Nichte von Dionne Warwick«, sagte Rudi. »Aber egal. Was ich eigentlich sagen will: Ich glaube an die Gerechtigkeit des Schicksals. Ich glaube, dass man für alles irgendwann bezahlen muss. Ich glaube, dass der Tod für solche Businessarschlöcher wie die von Sony ein Sonderprogramm auf Lager hat. Wenn die irgendwann auf ihren Sterbebetten um Erlösung flehen, wird Freund Hein mit spitzem Fingernagel in ihren Metastasen wühlen und sagen: Nein, nein, mein Lieber, wir warten noch ein Weilchen. Anschließend wird er ein kleines Stück Fleisch aus der lebendigen Leber zupfen und an seinen Hund verfüttern.«

»Du bist ja drauf«, staunte Jakob.

Die Musik in der Scheune wurde immer lauter. Claudia, die im Garten stand und Rosmarinzweige band, die sie später an das Regal mit den Kräuterölen hängen wollte, schüttelte lachend den Kopf. Offensichtlich bekam Rudi gerade eine Einweisung von Jakob, wie man richtig Party macht. Als Jakobs iPod »Little Black Submarines« von den Black Keys spielte, sang Jana leise mit.

»Das ist der letzte halbwegs ruhige Song auf dieser Playlist«, erklärte sie Claudia. »Danach kommen die ganzen Rapnummern. Ich wette, da geht Rudi richtig ab.«

Wie recht sie hatte. Aus der Scheune drang ein lang gezogener Schrei.

»STOOOOOOOOPPPPP!!!«, rief Rudi. »Scheiße! Rappen geht gar nicht. Da zuckt immer mein Arm, und der Polierstein haut Dellen in die Wand. Ugh, ugh, ugh, guck's dir an!«

»Aber der Refrain ist okay, oder?«

»Ja«, gab Rudi zu. »Aber jetzt bin ich wieder dran.«

Sie setzten sich zusammen vor Rudis Plattenkiste. Nach kurzem Suchen schob Rudi »Get Ready« von Rare Earth in den Player.

»Da haut's dir die Sicherung raus, Mann!«, behauptete er zufrieden.

Jakob hörte schweigend zu, während er mit den Fingern durch die Playlist seines iPods klickte. Irgendwann nickte er anerkennend.

»Doch, das ist nicht schlecht«, sagte er. »Rare Earth heißen die also.«

Und nach einer Weile: »Hört das denn nie auf?«

»Nein«, strahlte Rudi. »Das ist ja das Gute.«

»Meine Fresse«, stöhnte Jakob. »Muss denn jeder von den Typen unbedingt ein Solo spielen?«

»Mein Lieber, dein Meister hier stammt aus einer Zeit, da nannte man Playlists noch LPs«, sagte Rudi. »Bands, die etwas auf sich hielten, sagten sich: LPs haben zwei Seiten à fünfundzwanzig Minuten, also passen da auch nur zwei Stücke drauf. Vorne eins und hinten das zweite. ›Get Ready‹ dauert über zwanzig Minuten, und jede Minute ist ein Kracher.«

Als nach dem Organisten, dem Gitarristen und dem Bassisten auch noch der Schlagzeuger anfing, minutenlang einsam sein Instrument zu traktieren, drückte Jakob resolut die Stopptaste und konterte mit »Out of Time Man« von Mick Harvey und »Didn't I« von Darondo.

Das Arbeiten hatten sie mittlerweile vergessen.

»Die zwei waren klasse!«, sagte Rudi.

»Die sind aus dem Soundtrack von *Breaking Bad*«, sagte Jakob.

»Den Film kenne ich nicht«, sagte Rudi und hebelte mit dem Feuerzeug eine Bierflasche auf. »Magst du auch eins?«

»Ich will aber selber aufmachen«, sagte Jakob und versuchte sein Glück. »*Breaking Bad* war eine Fernsehserie über einen krebskranken Chemielehrer, der anfängt, Crystal Meth zu kochen, damit er seiner Familie nach seinem Tod genug Geld hinterlassen kann. Der Typ wird am Schluss ein total abgewichster Drogenboss, weil er nichts mehr zu verlieren hat.«

Nach dem ersten Bier stellten sie fest, dass sich in all den Jahren zwar die Musik total verändert hatte, aber nicht die Probleme, die man als Jugendlicher damit hat. Jakob lachte und meinte, wenn seine Kumpels wüssten, dass er so softes Zeug wie Mick Harvey oder Black Keys genauso gerne hörte wie den ganzen Rapkram, würden sie ihn für bescheuert erklären. Rudi kam das sehr bekannt vor. Nachdem er lang und breit ausgeführt hatte, welche Alben von Led Zeppelin zur Pflichtausstattung jedes Siebzigerjahrejugendzimmers gehörten und in welcher Reihenfolge man die Songs abzuspielen hatte, und zwar nicht in Zimmerlautstärke, sondern in Stadtlautstärke, schob er die nächste CD in den Player.

Rudi legte den Finger an die Lippen und forderte absolute Stille ein. Streicher ertönten, ein Tusch, ein Piano, eine sanfte Gitarre. Dann schmetterte ein Chor aus butterzarten Männerstimmen den Refrain.

»›Evil Woman‹ von Electric Light Orchestra«, grinste Rudi. »Dafür wurdest du damals auf dem Schulhof öffentlich gesteinigt.«

»Das kann ich mir denken«, sagte Jakob und wippte begeistert mit dem Fuß. »Geiler Song! Die haben wahrscheinlich alle gedacht, du bist schwul.«

Es war spät geworden. Jetzt noch an der Terrakottawand weiterzuarbeiten war Unfug, fand Rudi. Bestimmt gab es bald Abendessen. Während sie ihre Werkzeuge reinigten und den Trockner vor der Brombeerwand aufbauten, fischten sie das ganz harte Zeug aus Rudis Plattenkiste. Jakob kam aus dem Stöhnen nicht mehr heraus. Es war ein Elend mit Rudis Rockgedudel. Nur bei »Black Betty« waren sie sich einig. Obwohl Rudi natürlich auf das Original von Ram Jam schwor, das wieder mal viel zu lange war für die ungeduldige heutige Jugend.

»›Black Betty‹ kenne ich auch«, sagte Jakob. »Das ist krass. Ich habe die Version von Spiderbait mit dem Banjo, und die ist um Längen besser als deine.«

»›Black Betty‹ mit Banjo. Jetzt mach aber einen Punkt! Das funktioniert nie.«

Jakob drückte auf PLAY.

»Und? Was sagst du jetzt?«

»Da fliegt einem ja das Blech weg.«

»Siehste.«

Als die Sonne unterging, wurde es in der Scheune ruhiger. Während Jakob das gesäuberte Werkzeug in den dazugehörigen Kisten verstaute, stattete Rudi der Küche einen kurzen Besuch ab, um ein paar belegte Brote zu organisieren. Sie würden heute drüben essen, beschied er den drei Frauen, und ob es noch ein paar Essensreste von heute Nachmittag gebe, Otto und die Tortellinis seien zur Männerrunde gestoßen. Grazia packte Rudi die Brote und eine Dose mit kalter *Ribollita* vom Vortag in einen Korb und gab ihm einen Kuss. Es war das erste Mal, dass Jakob aufzutauen schien, seit er auf der Ölmühle war. So nahe war ihm Rudi noch nie gekommen. Es war alles so einfach, wenn man nicht den Vater, den Erzieher, den erwachsenen Besserwisser spielen musste, sondern einfach nur man selber sein konnte.

Rudi hatte eine ganze CD mit seinen Lieblingssongs von Patti Smith gebrannt. Als »Poppies« lief, sagte Jakob erstaunt: »Die spricht ja Gedichte?!«

»Wahnsinn, oder?«, sagte Rudi.

»Ja«, sagte Jakob.

»Magst du Gedichte?«

»Ich habe auch so etwas Ähnliches in meiner Sammlung.«

Die Stimme von Johnny Cash erklang.

»Du hörst Johnny Cash?«, rief Rudi verblüfft. »Scheiße, den höre ja nicht mal ich!! Das war eine Generation vor uns. Mein Vater hatte Platten von dem. Dein Großvater bestimmt auch.«

»Ich habe einen Film über Johnny Cash im Kino gesehen«, sagte Jakob. »Er singt dieses Stück, als er schon ganz alt ist. ›Hurt‹ – kennst du das?« Jakob sang leise mit: »*I hurt myself today, to see if I still feel. I focus on the pain, the only thing that's real …*«

»Ja, ich kenne es«, sagte Rudi und schüttelte nachdenklich den Kopf. »Da habe ich mein Leben lang gedacht, ›Hurt‹ wäre von Chicken Shack. So kann man sich irren.«

»Der Text ist ganz besonders. Er handelt von Dingen, die weh-tun.«

Sie hörten schweigend zu, bis der letzte Ton verklungen war. Es war ganz still in der Scheune. Man hörte nur die Hunde atmen.

Claudia saß in der Küche. Es war weit nach Mitternacht. Die an-deren waren schon längst im Bett. Sie goss den letzten Rest *Rosso* in ein Glas. Alleine trinken gehe gar nicht, hatte Thomas letztes Jahr doziert, als die Männer und sie draußen gesessen und den letzten gemeinsamen Abend auf der Ölmühle gefeiert hatten. In der Alkoholwerbung gelte das ungeschriebene Gesetz, keine ein-zelnen Trinker zu zeigen. Zwei Trinker würden von der Zielgruppe als gesellige Genießer wahrgenommen, ein Trinker als einsamer Alkoholiker. Diese Assoziation wollten die Hersteller keinesfalls zulassen. Deshalb staune die gesamte Werbebranche bis heute, wie es der zuständigen Agentur gelungen war, den Jeverbrauern einen Singlesäufer zu verkaufen, der am Schluss auch noch rückwärts in die Dünen kippte. Besoffener gehe es nicht mehr, hatte Thomas geschwärmt, trotzdem sei der Film über zehn Jahre im Fernsehen gelaufen und gelte bis heute als der erfolgreichste Bierspot aller Zeiten.

Claudia nippte nachdenklich an ihrem Weinglas. Die Kinder wa-ren seit zwei Wochen auf der Mühle. Es war schön mit ihnen, dachte sie. Ganz anders als befürchtet. Mal ganz abgesehen davon, dass es die Kinder von Alain waren. Hätten wir uns damals nicht getrennt, könnten das jetzt meine sein, dachte sie. Ein merkwür-diger Gedanke. Sie fegte ihn schnell beiseite. Das war über dreißig Jahre her. Weder sie noch Alain hatten die Trennung auch nur ein einziges Mal bereut. Ihre Zeit war abgelaufen gewesen.

Claudia hörte tapsende Schritte auf der Treppe. Jana kam barfuß in die Küche. Sie ging zum Kühlschrank, holte eine Dose Coke heraus, öffnete sie vorsichtig und trank einen Schluck. Erst jetzt bemerkte sie Claudia, die im Halbdunkel saß.

»Hab ich mich erschrocken«, sagte Jana und wischte sich die Cola vom Kinn, bevor sie auf ihr T-Shirt tropfte.

»Kannst du auch nicht schlafen?«, fragte Claudia.

»Nein«, sagte Jana. »Es ist wahnsinnig heiß heute Nacht.«

»Setz dich, wenn du magst«, sagte Claudia.

Jana blieb stehen und drehte die Dose in ihren Händen. »In Deutschland stehen jetzt statt dem Cola-Schriftzug immer Namen auf den Dosen. *Trink 'ne Cola mit Jakob* und so. Bei euch wohl auch. Was heißt das hier?«

Sie hielt Claudia die Dose hin.

»*Condividi questa Coca-Cola con il tuo AMORE*«, las Claudia. »Teile diese Coke mit deiner Liebe.«

»Die Italiener sind romantischer als wir, oder?«, meinte Jana. »Weißt du, wie die deutsche Waldorfversion lautet? *Trink 'ne Dinkelcola mit Birte!*«

Diesmal war es an Claudia, das Kinn abzuwischen, nachdem sie ihren *Rosso* über die Tischdecke geprustet hatte. Draußen bellte Otto. Oder einer der Tortellinis, das war nur schwer auszumachen. Je älter sie wurden, desto rauer wurden ihre Stimmen und glichen immer mehr der ihres Erzeugers. Claudia beobachtete Jana, wie sie am Fenster stand und in die Dunkelheit spähte. Sie war nicht groß. Vielleicht einen Kopf kleiner als ich, dachte Claudia. Das müssten ungefähr einsfünfundfünfzig sein. Aber dafür ist sie ganz schön … Claudia suchte nach Worten. Mollig war zu viel gesagt. Drall traf es am ehesten. Die Kleine hatte so viel Energie. Von Alains Bedächtigkeit war nicht viel zu sehen. Jana musste viel von ihrer Mutter geerbt haben. Claudia hätte Heike zu gerne kennengelernt. Schon allein wegen der Tatsache, dass Alain Claudia damals verlassen hatte, weil ihm das Leben mit ihr zu spontan, ungeplant und verrückt erschienen war. Er war ein Mensch, der die Dinge lieber gut durchdachte. So wie es jetzt aussah, hatte das Schicksal nicht gerade in Alains Sinne zugeschlagen. Seine explodierende Heike und die chaotischen Zwillinge waren alles andere als der Schlaftablettenjackpot.

»Darf ich dich mal etwas fragen?« Janas Stimme kam zögernd aus der Dunkelheit.

»Ja, klar«, sagte Claudia.

»Es ist aber, könnte aber … vielleicht … zu persönlich sein.«

»Fang einfach an.«

»Als Papa letztes Jahr hier war, also dich besucht hat, du weißt schon, als wir im Landwirtschaftspraktikum waren und Mama in ihrem komischen Schweigekloster, hat er da … also ist da etwas … habt ihr …?«

Da drückt also der Schuh, dachte Claudia.

»Nein, Jana«, sagte sie ernst. »Wir haben nicht.«

»Aber wieso ist er dann hierhergefahren?«

»Das hat sich halt einfach so ergeben«, sagte Claudia. »Wir abgeklärten Erwachsenen sind auch nicht immer so klar im Kopf, wie wir es gerne wären. Dein Vater und ich waren zusammen, als wir so alt waren wie du. Unvorstellbar, oder? Wir haben damals vier Jahre lang ein einziges Durcheinander veranstaltet, waren mal ein Paar und mal nicht, insgesamt viermal, und mit zwanzig war es dann genug. Alain ist weggegangen, ich bin nach Italien abgehauen, weil ich meine Familie nicht mehr ertragen konnte, und das war's dann.«

Jana setzte sich zu Claudia an den Tisch und sah ihr offen ins Gesicht. Sie hat viele Lachfältchen um ihre Augen, dachte Jana, und einen freundlichen Mund.

»Und jetzt stell dir vor, ich begegne diesem Mann nach dreißig Jahren wieder«, lachte Claudia. »Beim Abitreffen an unserer Schule. Ausgerechnet! Die Klassenzimmer rochen immer noch wie damals.

Die haben wohl noch das gleiche Bohnerwachs. Irgendwie waren wir einen ganzen Abend lang wieder sechzehn. Was für ein alberner Quatsch! Aber es hat so gut getan. Ich behaupte ja nicht, dass es schwierig ist, fünfzig zu werden. Aber man hat doch mächtig dran zu knabbern, wenn man ehrlich ist. Das ist ein Punkt, wo du dich fragst, ob du so weitermachen möchtest wie bisher oder ob nicht noch etwas Neues kommen sollte. Alain ging es genauso. Tja, und dann stand er halt ein paar Tage nach der Abifeier plötzlich hier vor der Tür. Er sah ziemlich verloren aus. Ich glaube, er brauchte einfach mal Ruhe zum Nachdenken.«

»Was hat er gemacht?«

»Er hat *Olio Enzo* für mich ausgefahren. Kreuz und quer durchs ganze Chianti. Jeden Tag eine andere Tour.«

»Komisch.«

»Wieso?«

»Na ja, jetzt haben wir auch Sommer, und du hast keine Touren, weil dein Öl alle ist.«

Schlaues Mädchen, dachte Claudia.

»So wie es jetzt ist, ist es eigentlich normal«, sagte sie zu Jana. »Wir ernten im Oktober, pressen im November das Öl und sind spätestens im Mai so gut wie ausverkauft. Dieses Jahr habe ich für den Laden noch einige Kisten zurückbehalten. Weißt du, *Olio Enzo* ist keine große Marke, aber eine sehr begehrte. Letztes Jahr hatten wir eine so gute Ernte wie seit Jahren nicht. Da reichten die Vorräte bis in den Juli. Alain hat mir praktisch die letzten Touren der Saison abgenommen. Mir war das ganz recht. Ich hatte so viel um die Ohren in jener Zeit. Und ihm hat es, denke ich, auch gut getan. Tag für Tag war er unterwegs, mit sich und seinen Gedanken beschäftigt, hat die Olivenölkisten in die Läden getragen und mit den Leuten palavert.«

»Papa kann doch gar kein Italienisch.«

»Nein«, lachte Claudia. »Aber er hat Hände und Füße und ist

nicht doof. Der hatte viel Spaß. Ich will ehrlich zu dir sein, Jana. Ich fand es schön, dass mal wieder jemand hier auf meiner Mühle war, mit dem ich reden konnte, und dass dieser Jemand Alain war. Ich habe es genossen, dass dein Vater aus heiterem Himmel hier aufgetaucht ist und mir die alten Zeiten zurückgebracht hat. Witwen, die sich eingraben, werden irgendwann ziemlich merkwürdig, glaub mir. Als dann noch seine bekloppten Freunde mit ihrem wahnsinnigen Otto hier aufschlugen, war endgültig der Bär los. Ein schöner Sommer war das.«

»Ihr hättet genug Gelegenheit gehabt«, stellte Jana fest.

»Das stimmt«, sagte Claudia. »Aber ich will dir mal was sagen. Seitensprünge werden total überbewertet, glaub mir das. Diese halbe Stunde aufgeregtes Hecheln im Bett ist es weiß Gott nicht wert, ein ganzes Familienleben kaputt zu machen. Ich klinge wie eine vertrocknete Oma, was? Recht hab ich trotzdem. Ein permanent schlechtes Gewissen ist einfach keine gute Basis für eine Beziehung. Schau dir Rudi und Grazia an. Die sind beide frei füreinander. Das ist doch wunderbar, oder? Da muss keiner betrogen und keiner belogen werden. Da passen zwei Leben zusammen wie die Zahnrädchen einer Uhr.«

»Studiert Grazia wirklich noch Kunstgeschichte?«

»Ja, in Florenz. Aber so richtig glücklich macht sie das auch nicht. Sie unterbricht immer wieder und geht zurück nach Campiglia, um in der Dorfkneipe ihres Vaters zu kellnern. Dazwischen schreibt sie mal einen Aufsatz oder ein Gutachten. Das zieht sich schon seit Jahren hin. Warum sie so lange braucht, weiß keiner hier.«

Es kratzte an der Haustür. Offensichtlich waren Otto und die Tortellinis übereingekommen, dass sie sich nicht die ganze Nacht draußen um die Ohren schlagen wollten. Jana erhob sich und öffnete die Tür. Die drei fegten ins Haus. Tortellini Zwei und Acht hopsten auf die Couch. Otto sprang hinterher und knurrte den Nachwuchs wieder runter. Die beiden trollten sich unter den Küchentisch.

»Es ist fast drei«, sagte Jana und gähnte. »Ich muss ins Bett.«

»Ich komm mit«, sagte Claudia.

»Ich glaube dir das alles«, sagte Jana wenig später, als sie die Zahnbürste in den Becher stellte und sich den Mund abtrocknete. »Jakob und ich haben wirklich gedacht, Papa hätte Mama betrogen. Sie haben ja auch ziemlich viel gezankt in der Zeit. Und irgendwas war auch mit Mama im Kloster, weswegen sie plötzlich das Schweigeseminar abgebrochen hat, auf das sie sich schon so lange gefreut hatte. Wenn wir sie gefragt haben, ob sie sich scheiden lassen, haben sie immer *Nein* gesagt oder *Natürlich nicht* und dabei gelacht. Aber wir haben einige Freunde, deren Eltern auch immer *Natürlich nicht* gesagt haben, bis sie eines Tages aus der Schule kamen und der Vater ausgezogen war.«

»Jana?« Claudia spuckte die Zahnpasta ins Waschbecken.

»Hm?«

»Das klang vorher so vernünftig«, sagte Claudia. »Ich meine, als ich gesagt habe, dass man wegen dem bisschen Sex eine Familie nicht zerstört und so. Das ist halt so das, was man sich im Kopf zurechtlegt. Aber der eigentliche Grund, warum zwischen deinem Vater und mir nichts passiert ist, hatte nichts mit dem Kopf zu tun.«

»Mit was denn?«

Janas Augen wurden ganz schmal. Schlagartig war sie auf der Hut. Verletzlich wirkte sie auf einmal, klein und ängstlich. Claudia nahm sie in den Arm und drückte sie. Dann sah sie ihr fest in die Augen und sagte: »Ich glaube, ich habe noch nie einen Mann getroffen, der nach so vielen Jahren noch so verliebt in seine eigene Frau ist wie dein Vater.«

Jakob strampelte die Zypressenallee hinauf. Er hatte sich einen Tag freigenommen und war mit Rudis Mountainbike durch die Hügel des Chianti gefahren. Nach der ganzen Ackerei hatte er sich diesen Miniurlaub redlich verdient. Die Brombeerwand war fertig verputzt, die Verkaufstheke sauber gehobelt und geölt. Jetzt mussten nur noch die zwei Granitblöcke geliefert werden.

Der Plan für die nächsten Wochen stand auch schon fest. Während Claudia ihren neuen Hofladen blitzblank schrubben und die Regale mit all den toskanischen Produkten bestücken würde, an denen ihr Herz so hing, würde für die anderen das Großreinemachen auf der Mühle beginnen. Es galt diverse Nebengebäude zu entrümpeln. Beim Haupthaus mussten Dachziegel ausgetauscht werden. Die kleine Scheune, in der die Olivenölpresse stand, hatte einen neuen Außenanstrich verdient. Die Remise daneben sah dermaßen wackelig aus, dass sie beschlossen hatten, mindestens die Hälfte aller Balken zu ersetzen. Es war noch eine Menge zu tun, um das Anwesen so in Schuss zu bringen, dass es bereit war für eine Fünf-sterne-Empfehlung in den angesagten Shopping-Guides. Und wenn nicht, sei es ihr auch egal, hatte Claudia gesagt. Zum Teufel mit diesen Shopping-Guides!

Claudia glaubte nicht, dass sie es bis September schaffen würden, und war dementsprechend nervös. Rudi sah wie üblich keine Probleme, die nicht über kurz oder lang lösbar gewesen wären. Außerdem waren sie zu fünft. Grazia und Jana konnten die Malerarbeiten übernehmen, Jakob, Claudia und Rudi das Dach und die Balken. Entrümpeln würden sie alle zusammen in den letzten beiden Wochen vor der Eröffnung.

»Mache du dir keine Sorgen, Signora Claudia, wenn isse Probleme, komme de Rodolfino un mache weg«, hatte Rudi mit schmalziger Stimme geschwurbelt.

»Dann hau mal rein, du Spinner!«, hatte sie gelacht.

Als Jakob in den Hof bog, war die Aufregung groß. Rudi raste mit einer Schaufel kommentarlos an ihm vorbei und rannte den Olivenhain zu Renzos Hof hinunter. Jakob blickte ihm verdutzt hinterher. Unten bei der letzten Baumreihe konnte er Claudia und Jana erkennen, die auf irgendetwas blickten, das sich im Boden befand, und wild gestikulierten. Jakob lehnte das Fahrrad an die Scheune.

Grazia schoss aus der Küche, warf Jakob ihre zusammengeknüllte Schürze an den Kopf und schlug ebenfalls den Weg nach unten ein.

»Jakob, gut, dass du da bist«, rief sie. »Kannst du auf dem Herd den Hähnchen umrühren, bitte?«

»Was ist denn los?«, fragte Jakob.

»Der Tortellini Zwei hat sich ein Loch gegraben, wahrscheinlich, um an den Fuchs zu kommen. Jetzt ist er darin stecken geblieben. Ist zu dick für das Loch. Wir müssen ihn ausgraben. Rudi hat die Schaufel.«

Grazia lief weiter. Sie war barfuß und hüpfte auf einem Bein, als sie auf einen spitzen Kiesel trat.

»Was war das mit dem Essen?«, rief Jakob ihr nach.

»Musst du umrühren«, rief sie über die Schulter und verschwand hopsend hinter den Bäumen. »Und noch gewürzen ... Caprese!!!«

»Mit was?«

»Capreeeseeee!« Ihre Stimme wurde immer schwächer, je weiter sie den Hügel hinablief. »Ist ... Glas mit ... bl ... Deckel!!!«

»Waaas?«, schrie Jakob, der nur *Deckel* verstanden hatte.

»Nimm bloß .... ni .... roten!!!!«

»Baaahhhh!«

Jana spuckte das Hähnchenrisotto einmal quer über den Tisch.

»Wahhher!«, keuchte sie.

Claudia, die genauso atemlos war, schenkte ihr ein großes Glas Wasser ein, während ihr die Tränen die Wangen hinunterliefen.

»Ich habe dir gesagt, du sollst *Caprese* nehmen, Jakob.« Grazias Stimme war ein fast unhörbares Hauchen. »Und jetzt hast du mit *Arrabbiata* gewürzen und nicht mal der arme ausgegrabene Tortellini kann zum Trost davon essen.«

»Ich hab doch dieses komische *Caprese* genommen«, sagte Jakob. »Das Glas mit dem roten Deckel.«

»Blauer Deckel, Jakob.«

»Du hast *roter Deckel* gerufen, Grazia.«

»*Nicht den roten* hab ich gesagt.«

»Ich hab *den roten* verstanden.«

»Regt euch nicht auf«, strahlte Rudi und klopfte Jakob beruhigend auf die Schulter. »Tortellini wird schon verkraften, dass wir ihn nicht mit Hähnchen päppeln. Es ist ihm ja nichts passiert. Und außerdem …« Er schob sich eine Gabel Hähnchenrisotto in den Mund und kaute begeistert, während sich sein Gesicht knallrot verfärbte. »… schmeckt das wie in alten Zeiten, Leute. Als hätte Markus gekocht und Thomas die Gewürze verwechselt.«

Der Lastwagen des Steinmetzen stand brummend im Hof. Sein hydraulischer Greifer hob den zweiten der tonnenschweren Granitbrocken von der Ladefläche und schwenkte nach der Seite aus.

»Langsam nach links«, kommandierte Rudi in ausgezeichnetem Deutschitalienischenglisch. »*Bene! Bene!* Ein kleines Stück noch. Dann kann er runter. *Down! Down! Slowly* jetzt. Direkt neben den ander – – – was ist … SCHEISSE! ALLE WEG DA!! LOS!!!«

Auf einmal ging alles ganz schnell. Eine der vier hydraulischen Stützen, die den Lastwagen in der Waagerechten hielten, brach unter dem Gewicht. Das Fahrzeug neigte sich stark nach links. Bevor der Granitbrocken den schweren Laster mit sich ziehen und umkippen konnte, löste der Steinmetz geistesgegenwärtig den Greifer.

Rudi und Jakob sprangen in letzter Sekunde beiseite. Der kugelige Granitbrocken knallte auf den mächtigen Fels, der bereits vor dem Scheuneneingang lag. Dort schien er eine Ewigkeit zu schweben. Rudi kam es vor, als würde der Brocken darüber nachdenken, ob er zur Hofseite fallen oder in die Scheune rollen sollte. In Wirklichkeit dauerte es nur eine Zehntelsekunde, bis sich der Granit gegen den Hof und für die Scheune entschieden hatte. Er rutschte von dem Felsen ab, der wie eine Rampe wirkte, und rollte mit einer solchen Wucht in den Hofladen, dass Rudi das Schlimmste befürchtete.

So kam es dann auch. Knirschend zerschmetterte die Granitkugel den rechten Flügel des Scheunentores, walzte die Theke nieder und knallte frontal in Jakobs frisch verputzte Brombeerwand.

Jakobs Augen weiteten sich vor Entsetzen.

»Es tut mir wirklich leid, Junge«, sagte Rudi später am Abend, als sie im Garten saßen und den ersten Schock überwunden hatten. »Aber es hilft alles nichts. Wir müssen noch mal ran.«

»Einen Scheiß muss ich«, sagte Jakob finster. Er war total frustriert und hob den Blick nicht vom Boden.

»Wir haben uns solche Mühe gegeben«, sagte Jana.

»Ich weiß«, sagte Rudi. »Aber wir kriegen das wieder hin, das verspreche ich euch. Wir geben die kaputte Theke zum Schreiner und lassen das Tor vom Zimmermann reparieren. Dann können wir uns um die Wand kümmern. Wir klopfen den Tadelakt einfach runter und machen neuen drauf.«

»Scheiße nein!«, rief Jakob. »Das wird doch nie was. Ich habe drei Wochen dafür geschuftet. Ich will das nicht mehr!«

»Ist eh für die Katz«, sagte Jana. »Es kommt doch sowieso wieder etwas dazwischen. Außerdem kann ich die Brombeerfarbe garantiert nicht mehr so mischen, wie sie jetzt ist.«

»Das weiß ich selber«, sagte Rudi. »Deshalb muss ja auch die gesamte Wand runter und nicht nur der zerstörte Teil.«

»Die ganze Wand?«, rief Jakob. »Wie bescheuert ist das denn? Ohne mich.«

»Lasst ihr euch immer so leicht den Wind aus den Segeln nehmen?«, fragte Rudi scharf. »Ich habe ja jetzt begriffen, dass es frustrierend ist. Aber davon wird der Laden verdammt noch mal nicht fertig.«

»Du hast keine Ahnung«, sagte Jakob und sprang auf.

»Dann habe ich halt keine«, sagte Rudi. »Zumindest aber weiß ich, was Durchhaltevermögen ist und was nicht.«

»Jetzt komm bloß nicht mit dem alten Zeug, wie es früher war«, sagte Jana.

»Doch!«, fauchte Rudi. »Genau damit komme ich jetzt. Mit dem ganzen alten Wertescheiß! Wo man Dinge noch zu Ende gebracht hat. Wo man vor denen, die etwas konnten, noch Respekt hatte. Und wo man auch mal in sich ging, wenn einem etwas nicht passte, bevor man das Maul aufgerissen hat.«

Jakob trat so heftig gegen einen Stuhl, dass er in die Hecke flog. Er rannte ins Haus und knallte die Tür zu. Jana stand wütend auf und lief ihm nach.

»Lass uns einfach in Ruhe!«, rief sie.

In diesem Moment platzte Claudia der Kragen.

»Ihr mit euren bescheuerten Familienproblemen!!!«, fauchte sie. »Guckt mal, wie es im Laden aussieht! Der muss fertig werden. Also reißt euch gefälligst am Riemen! Wir haben jetzt wirklich genug zu tun. Wir können nicht auch noch frustrierte Teenager päppeln!«

Janas Mittelfinger war das Letzte, was sie für lange Zeit von den Zwillingen zu sehen bekommen sollten.

»Die werden sich schon wieder einkriegen«, sagte Rudi und trank sein Glas leer. Er hatte genug von diesem Tag und wollte nur noch ins Bett.

»Diese verwöhnten Blagen!« Claudia hatte sich immer noch nicht beruhigt. »Ich glaube, ich spinne. Hast du den Mittelfinger von dem Gör gesehen?«

»Ja«, grinste Rudi. »Das macht die nicht zum ersten Mal. Alain und Heike werden diesen Finger auch schon ausgiebig bewundert haben.«

»Wo ist eigentlich Grazia geblieben?«, fragte Claudia. Sie stellte die Gläser und Flaschen zusammen, um sie in die Küche zu tragen.

»Sie wollte die Küche noch schnell aufräumen und dann schlafen gehen«, sagte Rudi. »Sie hat gesagt, wir sollen das mit den Zwillingen alleine klären. Sie sei dafür nicht böse genug. Den Frust der Kinder könne sie sehr gut verstehen. Nein, *Frust* hat sie nicht gesagt. Ich glaube, sie hat sogar *Trauer* gesagt.«

Claudia verschwand mit dem Tablett im Haus. Sekunden später hörte Rudi, wie Gläser und Flaschen auf den Boden prasselten und in tausend Scherben zersprangen.

»RUDI! KOMM SCHNELL! BITTE!«

Claudias Stimme war voller Angst.

Rudi sprang auf und hetzte ins Haus.

»Was sagt er? Sag schon, was hat er gesagt!?«

Claudia trat zu Rudi und nahm seine Hand. Er kämpfte mit den Tränen, während er hilflos zusah, wie die Sanitäter Grazia auf die Trage legten und vorsichtig aus der Küche transportierten. Der Notarzt rannte voraus und telefonierte hektisch.

Sie ist so blass, dachte Rudi.

»Was hat er gesagt?«, wiederholte er.

Die ersten Tränen liefen ihm über die Wangen.

»Er hat gesagt, dass es gut war, dass wir sie so schnell gefunden haben. Er hat sie zurückgeholt. Aber er glaubt nicht, dass sie einen Autotransport ins Krankenhaus nach Siena überlebt. Ihr Puls ist so schwach. Er kriegt ihn nicht stabil.«

»Was?« Rudi schluckte.

»Er wird den Hubschrauber anfordern, Rudi«, sagte Claudia und biss sich auf die Lippen.

Dann weinte sie auch.

Im ganzen Haus herrschte gespenstische Stille. Der Hubschrauber war weg. Der Krankenwagen war weg. Der Notarzt war weg. Es kam Claudia wie ein Albtraum vor. Eben noch war der Hof voller pulsierender Lichter gewesen. Jetzt war alles schwarz. Rudi hatte sich Claudias winzigen gelben Fiat ausgeliehen, der seit Ewigkeiten unbenutzt in der kleinen Scheune stand, und war nach Siena aufgebrochen. Das alte Auto war beim ersten Mal angesprungen. Als hätte es geahnt, dass es drauf ankam. Claudia hatte Rudi gar nicht erst gefragt, ob er noch fahren konnte. Sie hatte nur sein Gesicht gesehen und dieses riesengroße *Lieber Gott! Bitte nicht!* in seinen Augen.

Erschöpft sank Claudia in den Sessel.

Und fuhr wie von der Tarantel gestochen wieder hoch.

Wo waren die Zwillinge?

In der Aufregung um Grazia hatte sie die beiden völlig vergessen. Aber die hätten doch in all dem Durcheinander auftauchen müssen? Wo steckten die eigentlich?

Claudia rannte in das Zimmer der Kinder.

Jakob und Jana waren verschwunden. Ihre Rucksäcke auch.

Claudia hetzte über den Hof und rief ihre Namen.

Keine Antwort!

Dann fiel ihr Blick zufällig auf Rudis verbeulten Sprinter, der neben Enzos Rosenstock parkte. Die Heckklappe stand weit offen. Rudis kleines Zweimannzelt, das er für Notfälle immer dabeihatte, war nicht mehr da.

Claudia sank in den Kies und fing hemmungslos zu schluchzen an.

Was war denn bloß los?

Heute Morgen war doch noch alles gut gewesen.

KARMA IS A BITCH

»Du kannst jetzt nicht gehen«, flüsterte Rudi. »Ich habe fünfzig Jahre auf dich gewartet. Und außerdem hast du dem Otto immer noch nicht die Blutwurstlasagne gekocht, die du ihm zum Geburtstag versprochen hast.«

Rudis Augen brannten. Er starrte hilflos auf das Durcheinander an Kabeln, Elektroden und Infusionsschläuchen, die Grazias Körper gefangen hielten. Überall Monitore. Ein Flimmern, ein Blinken, ein Piepen. Jeder Ton grub sich in Rudis Ohr und hallte dort nach. *Sie lebt nochnoch. Wie lang nochnoch. Sie lebt nochnoch. Wie lang nochnoch.* Grazias zartes Gesicht war so weiß wie das Kissen, auf dem sie lag. Ihre Augenlider schimmerten fast durchsichtig. Was für eine spitze, kleine Nase sie hatte, dachte Rudi. Das war ihm noch nie aufgefallen. Kein Wunder, sein Blick war ja immer sofort in ihre warmen braunen Augen gerutscht, wenn sie sich angesehen hatten. Oder auf ihre vollen Lippen, die beinahe unmerklich zitterten, wenn sie *Rrrudi* sagte und ein R nach dem anderen ihre Kehle hinaufrollte.

Die Erinnerung an den Vorabend verdrängte Rudi so gut es ging. Die kreisenden blauen Lichter, die an den Wänden der Ölmühle entlangstrichen. Das Knallen des Defibrillators. Der Notarzt, der Grazias Bluse aufriss und mit dem Handballen ihr Herz massierte, bis eine Rippe brach. Das Heulen des Hubschraubers, die knatternden Luftstöße, die Claudias Haar in sein Gesicht wehten und Millionen von Staubkörnern in die offene Scheune.

Rudi wusste nicht mehr, wie er in der Nacht nach Siena gekommen war. Als hätte Claudias alter Fiat 500 den Weg von alleine gefunden. Claudia hatte Rudi die Adresse des Krankenhauses ins Navi getippt und ihn weggeschickt.

Grazias Papa war da gewesen. Er hatte Rudi in den Arm genommen. Dann hatten sie die halbe Nacht beieinandergesessen und gemeinsam geschwiegen, notgedrungen; Rudi, der mit einer Italienerin zusammen war und trotzdem nur Bruchstücke der Sprache verstand, und Grazias Vater, der vierzig Jahre mit einer Deutschen verheiratet gewesen war und außer *Ich liebe dich* und *Ratwurst* kein einziges Wort Deutsch beherrschte. Tröstend war es trotzdem. Irgendwann war ein Arzt gekommen und hatte ganz ruhig mit Grazias Vater gesprochen. Der war auch ruhig geblieben. Alle waren ruhig. Hoffnung macht ruhig. Hoffnungslosigkeit aber auch. Hoffnungslosigkeit war Schulterzucken. Schulterzucken ist nie laut. Was, wenn sie sie schon aufgegeben hatten? Rudi hatte sein halbes Leben lang die Liebe seines Lebens gesucht. Jetzt, wo er sie endlich gefunden hatte, kam dieses Arschloch mit der Sense und wollte sie ihm wieder wegnehmen? Das durfte doch nicht sein!

Irgendwann im Morgengrauen war Grazias Vater gegangen. Er konnte seine *Birreria* nicht im Stich lassen. Morgens von acht bis elf war Espressozeit in der kleinen Bar. Außerdem musste das Dorf doch wissen, was seiner Tochter zugestoßen war. Rudi war bei Grazia geblieben und hatte ihre Hand gehalten.

Das tat er jetzt ununterbrochen seit acht Stunden.

Diese schmale Hand. Ihre letzte gemeinsame Nacht auf der Wiese. Zwei Hände breit weiter unten geht die Liebe durch. Deine Hand oder meine? Musst du probieren! Was für ein liebenswertes, verrücktes Wesen sie war. Und er war so ein brummiger Patron. Wegen jeder Kleinigkeit regte er sich wahnsinnig auf. Grazia musste immer lachen, wenn Rudi über die Ungerechtigkeiten des Lebens schimpfte. Wie neulich beim Zähneputzen, als er wieder einmal eine große, international tätige Bank auf seine imaginäre Todesliste setzte, weil sie ihm für sein gespartes Geld nullkommafünf Prozent Zinsen gab und dasselbe Geld für vierzehnkommafünf Prozent an andere verlieh.

»Musst du nicht hier in der Küche sitzen und über Bankmänner schimpfen«, hatte Grazia gesagt und ihm die Haare verstrubbelt. »Musst du in die Bank gehen und mit Wut einen Tomatensaft an die Wand werfen. Sonst wissen die doch nicht, dass es einen Rrrudi gibt, der sauer ist.«

Sie gebe ihr übrig gebliebenes Geld nicht auf eine Bank, sondern lieber einem Geschäft, das schöne Sachen habe, hatte sie ihm erklärt. Außerdem sei sie eine rasend eifersüchtige Halbitalienerin und könne es nicht leiden, dass jemand anders Rrrudi aufgeregt mache. Eine Bank schon gar nicht.

»Wenn eine Rrrudi aufgeregt macht, dann bin ich das und meine Hand, die jetzt unter dein Hemd klebbert …« Sie hatte sich nicht zwischen *klettern* und *krabbeln* entscheiden können. »… und dann weiter um dich herum bis zu deinem Po …« Sie hatte ihm die Zahnbürste weggenommen und ihn langsam zum Bett gedrängt. »… und dann wieder nach vorne und ein bisschen runter, bis ich da bin, wo ich ganz gern bin und dann … siehst du, aufgerrregter Rrrudi, es funktioniert.«

Rudi liefen die Tränen über die Wangen. Er drückte Grazias Hand an seine Lippen. Er küsste die Spitzen ihrer Finger, die kleinen weißen Halbmonde auf den kurz geschnittenen Nägeln, die blauen Adern, die kaum zu sehen waren, obwohl die Haut so blass war. Mit seinem Daumen fuhr er zärtlich über die Sehnen auf ihrem Handrücken. Wie viel Kraft in diesen kleinen Händen steckte. Er sei ein kleiner Schwachkopf und solle ihr das geben, hatte sie neulich gesagt, als er das Marmeladeglas nicht aufkriegte, und es mit stählernem Griff geöffnet. Sie sei ein brutales Flintenweib, hatte Rudi lachend geantwortet, ob sie nicht lieber rohe Leber statt Marmelade frühstücken wolle, oder wenigstens ein Gelee aus Ed's Carolina Reaper, das sei mit einskommafünf Millionen Scoville das schärfste Chili der Welt, und außerdem heiße das nicht Schwachkopf, sondern Schwächling.

Draußen schien schon wieder die Sonne. Auf der Intensivstation war nichts davon zu sehen. Eine Krankenschwester betrat leise Grazias Zimmer. Sie nickte Rudi zu. Mit beruhigend professionellen Handgriffen kontrollierte sie die Infusionen, prüfte den Sitz der Elektroden und trug ein paar Zahlen in ein Formular ein, das sie auf einem Klemmbrett bei sich trug.

Rudis Handy vibrierte. Claudia. Die Krankenschwester schüttelte den Kopf und legte den Finger auf die Lippen. Rudi drückte den Anruf weg. Eine halbe Stunde später stand er mit einem heißen Kaffee im Krankenhausgarten zwischen den intensiv duftenden, rosafarbenen Blütentellern der Losbäume und wählte Claudias Nummer.

»Hallo?«

»Hier ist Rudi.«

»Gott sei Dank! Wie geht es Grazia?«

»Sie liegt noch im Koma.«

»Was haben die Ärzte gesagt?«

»Es ist irgendwas mit ihrem Herzen. Ich verstehe die Ärzte nicht, Claudia. Kannst du da nicht mal anrufen?«

»Ich kriege keine Auskunft, Rudi. Grazia und ich sind nicht verwandt. War ihr Vater schon da?«

»Ja. Aber ihn verstehe ich auch nicht.«

»Ich werde Grazias Papa anrufen und mit ihm sprechen. Dann melde ich mich wieder bei dir, ja?«

»Danke.«

Es entstand eine Pause. Claudia hörte Rudi atmen.

»Geht's dir einigermaßen gut?«, fragte sie.

»Nein«, sagte er.

»Sie wird wieder gesund.«

»Ja.«

Sie schwiegen wieder.

»Rudi, da ist noch was.«

»Was denn?«

»Die Zwillinge sind weg.«

»WAS???«

»Die sind gestern Abend mit Sack und Pack abgehauen. Noch bevor das mit Grazia passiert ist.«

»Scheiße! Was ist das denn für eine bescheuerte Nummer?«

»Keine Ahnung! Dein Zelt haben sie mitgenommen.«

»Nur wegen unserem blöden Streit gestern? Die ticken doch nicht richtig.«

Rudi ließ sich auf eine Bank sinken. Er nagte an seiner Lippe und dachte angestrengt nach. Zumindest versuchte er es. In seinem Kopf war gähnende Leere. Er konnte keinen klaren Gedanken fassen.

»Rudi«, hörte er wie aus weiter Ferne Claudias eindringliche Stimme. »Rudi, wir müssen Heike und Alain sagen, dass hier gerade alles ein bisschen aus dem Ruder läuft.«

»Ein bisschen ist gut.«

»Weißt du noch, wie Otto uns den ersten Kuss versaut hat?« Rudi wischte sich eine Träne von der Wange und lächelte, obwohl ihm gar nicht danach war. Er wusste nicht, ob Grazia ihn hören konnte. Ihre Augen waren geschlossen. Ihre Brust hob und senkte sich kaum wahrnehmbar. Aber er musste mit ihr sprechen. Er musste! Sie sollte wissen, dass er da war. »Als wir in Campiglia d'Orcia spätnachts noch draußen saßen und er dir plötzlich ein totes Kaninchen vor die Füße warf? Da hast gesagt, eh, der Otto schenkt mir ein Kaninchen. Und dass halt jeder eine andere Vorstellung von Romantik hat und du für uns alle ein Rrragout machen wirst. Danach konnten wir uns nicht mehr küssen, weil alles so makaber war mit der frischen Kaninchenleiche, und das Rrragout hat dir Thomas später mit einer Handvoll *Arrabbiata* versaut, weil er die Gewürzdeckel wieder nicht auseinanderhalten konnte. Was waren das für verrückte drei Wochen letztes Jahr! Glaubst du, dass es einen Gott gibt, Grazia? Wir haben nie darüber gesprochen. Ich glaube, dass es ihn gibt und dass er total irre sein muss. Überleg nur mal, wie er diesen Kuss eingefädelt hat. Er hat Alain zu einem Abitreffen an den Bodensee geschickt. Dann hat er dafür gesorgt, dass Claudia, die dreißig Jahre lang nicht in ihrer alten Heimat war, auch dahin fährt. Er hat eine alte Schulband zusammengestellt, die die Turnhalle gerockt hat, bis das Dach wegflog. Er hat die beiden tanzen lassen, bis sie schweißnass waren. Er hat Dope besorgt. Er hat Alain diesen kleinen, fiesen Gedanken eingepflanzt, diese Frage, ob das bisher schon alles gewesen war, was sein Leben ihm zu bieten hat, oder ob da vielleicht nicht noch mehr drin sein könnte. Damit war Alain reif. Gott musste ihn nur noch ein bisschen schubsen, schon ist Alain in die Toskana gefahren, um Claudia zu besuchen. Aber das eigentlich Wahnsinnige kommt jetzt, Grazia. Irgendwann vor langer Zeit hat Gott auf einem Badmintonplatz in Düsseldorf Alain mit einem Markus, einem Thomas und einem Rudi zusammengebracht und sie im Lauf der Jahre so gute Freunde werden lassen, dass sie gar nicht anders konnten, als Alain zwanzig Jahre später in die Toskana nachzufahren, um ihn vor irgendwelchen Dummheiten zu bewahren, die seine Frau einsam und seine Kinder traurig machen würden. Vielleicht hat Gott ja nicht alles alleine gemacht. Vielleicht ist ja der Heilige Geist für das Internet zuständig und hat darauf geachtet, dass Thomas ausgerechnet ein Ferienhaus in dem Ort bucht, in dem die *Birreria* deines Papas steht. Aber dass du ausgerechnet an dem Tag bedient hast, an dem wir zum ersten Mal dort einkehrten, das war nicht der Heilige Geist. Das war wieder

Gott. Und er war es auch, der dich an unseren Tisch schickte und dich anstupste, damit du nach unseren Namen fragtest. Er hat dich so rauchig *Rrrudi* sagen lassen, dass ich auf der Stelle Gänsehaut bekommen habe. Und was dann?! Zwanzig Jahre lang hat er dieses Treffen vorbereitet, dieser bekloppte Gott, und als diese zwei besonderen Menschen dann endlich zusammensitzen und ihre Lippen nur noch Millimeter voneinander entfernt sind, da schickt er ihnen ein totes Kaninchen???? Das ist doch völlig daneben, oder? Der ist doch reif für die Anstalt, dieser Gott! Aber was soll's, habe ich damals gedacht. Lass ihn doch machen. Er ist halt wie er ist. Vielleicht spielt er gern und hat Spaß an so einem Unfug. Nur … nur … was er jetzt gerade macht … jetzt in diesem Augenblick … seit gestern Nacht …« Rudi schluckte und vergrub den Kopf in seinen Händen. »Das verstehe ich nicht, Grazia. Ich verstehe es einfach nicht.«

Rudis Telefon vibrierte. Eine Nachricht von Claudia.

RUF MAL DURCH, WENN ES PASST.
ES GIBT NEUIGKEITEN. CIAO CLAUDIA

Eine Minute später rannte Rudi aus der Intensivstation, durchquerte das Foyer und lief durch den Seitenausgang, der in den Krankenhausgarten führte. Während er zwei Stufen auf einmal nahm, wählte er Claudias Nummer. Als er sich keuchend auf eine Bank fallen ließ, war sie schon dran.

»Das ging aber schnell«, sagte Claudia, die offensichtlich den Mund voll hatte. »Ich esse gerade die Reste aus dem Kühlschrank. Grazias *Spaghetti Carbonara* von vorgestern. Das schmeckt aber nicht. Alleine ist alles doof hier.«

»Was gibt's denn?«, fragte Rudi atemlos.

»Also pass auf«, sagte sie. »Ich habe heute mit Grazias Vater gesprochen. Du darfst jetzt aber nicht sauer auf Grazia werden.«

»Wieso sollte ich?« Rudi runzelte die Stirn.

»Grazia leidet seit Jahren unter einer chronischen Herzinsuffizienz.«

»Aber ich … das ist … ich wusste …«, stammelte Rudi.

»Klar hast du davon nichts mitbekommen. Ich doch auch nicht. Ihre ACE-Hemmer hat sie vor uns versteckt und immer heimlich genommen. Oder eben auch gar nicht, so wie in der letzten Zeit. Da hat sie wohl geschlampt. Sie hatte halt immer die Hoffnung, dass es besser wird, wenn sie alle Risikofaktoren meidet. Keine Zigaretten, kaum Alkohol, wenig Salz, moderater Sport, gesundes Essen. Ihre Mutter hatte dieselbe Krankheit und ist daran gestorben, als Grazia zwanzig war. Dieses Damoklesschwert schwebt seither immer über ihr. Es ist regelrecht ein Wunder, wie fröhlich und ausgelassen diese Frau immer ist.«

»Und was passiert jetzt mit ihr?«, fragte Rudi.

»Grazias Papa sagt, die Ärzte hätten gesagt, dass sie sie noch so lange schlafen lassen, bis sie stabil genug für eine Operation ist. Sie waren sehr ehrlich zu ihm, und ich bin es jetzt auch zu dir, Rudi. Sie haben gesagt, dass sie sich alle große Sorgen um sie machen. Die Chancen, dass sie das überlebt, liegen bei fünfzig zu fünfzig. Sie hätte schon viel früher kommen müssen. In Fällen wie ihrem pflanzt man den Patienten mittlerweile kleine Defibrillatoren unter die Haut. Das ist heutzutage gar keine große Sache mehr. Wenn Grazia wieder auf die Beine kommt, wollen sie ihr auch so ein Ding einsetzen. Das knallt ihr dann immer eine, wenn ihr Herz schlappmacht. Aber dazu muss sie erst mal wieder halbwegs gesund werden.«

Rudi starrte auf den Kies zu seinen Füßen. Seine Schuhe hatten tiefe Furchen in den Boden gezogen, und er hatte es noch nicht einmal mitbekommen. So war das also, wenn einem der Boden unter den Füßen weggezogen wurde. Bisher hatte er das immer für eine kitschige Metapher in schlechten Romanen gehalten. Er hatte sich nie vorstellen können, wie sich das anfühlte. Jetzt wusste er es. Es fühlte sich scheiße an.

»Geh mal wieder zu Grazia«, hörte er Claudia sagen. »Ich rufe dich nachher noch mal kurz an. Vielleicht erreiche ich Alain und Heike ja endlich. Bei denen zu Hause ist den ganzen Tag keiner ans Telefon gegangen.«

Rudi ließ das Handy sinken.

Ihm war schwindelig.

Rudi schlief im Auto. Sie hatten ihm kein Bett ins Zimmer gestellt. Das war auf der Intensivstation nicht erlaubt. Von frühmorgens bis spätnachts war er nicht von Grazias Seite gewichen. Dann hatte ihn die Krankenschwester hinausgescheucht. Er dürfe morgen ganz früh wiederkommen, hatte sie in gebrochenem Englisch gesagt und dabei mit der Hand gewedelt, als wäre Rudi ein lästiges Insekt. Aber jetzt solle er erst mal an die frische Luft. Ganz grau sei er im Gesicht. Er sehe ja noch schlechter aus als die Patientin. Die hätte wenigstens wieder einen rosigen Schimmer auf den Wangen. Einen ganz schwachen zwar, aber immerhin.

Claudia hatte Rudi um Mitternacht noch angerufen und ihm von ihrem langen Telefonat mit Heike erzählt. Sie hatte zugegeben, dass sie insgeheim gehofft hatte, Alain würde an den Apparat gehen. Aber dann war halt doch Heike am Telefon gewesen.

»Das war ganz schön komisch für uns beide«, hatte Claudia Rudi erzählt. »Wir sind uns noch nie begegnet und haben auch noch nie miteinander gesprochen. Wir kennen uns ja nur aus Erzählungen von Alain. Ich habe auch überhaupt keine Ahnung, wie sie zu seinem Ausflug vom letzten Sommer steht; ob sie mich hasst oder ob ich ihr gleichgültig bin. Auf jeden Fall war das ein ziemlich sprödes Gespräch am Anfang.« Claudia hatte einen tiefen Seufzer ausgestoßen. »Genau die richtige Stimmung, um einer ahnungslosen Mutter mitzuteilen, dass die Kinder, die sie einem anvertraut hat, abgehauen sind.«

»Wie hat sie denn reagiert?«, hatte Rudi gefragt, während er sich in dem ungemütlichen Fiat herumwälzte, um eine einigermaßen bequeme Liegeposition zu finden. Aber er war immer irgendwo gegen etwas Hartes gestoßen.

»Überraschend unaufgeregt. Heike ist überhaupt nicht ausgeflippt. Sonderlich besorgt klang sie auch nicht. Eher peinlich berührt, weil ihre Zwillinge es mal wieder vergeigt haben. Zwischendurch ist sie auch mal ganz schön wütend geworden. Jetzt bauen die schon wieder so einen Scheiß, hat sie gefaucht. Auf jeden Fall soll ich dir einen schönen Gruß ausrichten. Du sollst die Ruhe nicht verlieren und dich um Grazia kümmern. Die Zwillinge seien wirklich sehr selbstständig für ihr Alter. Vier Wochen ohne Eltern und Freunde auf einem schwedischen Bauernhof hätten sie auch ohne Probleme überstanden, und in Florenz seien sie ja auch schon zwei Tage auf eigene Faust herumgezogen. Das sei eben die Kehrseite der Medaille, hat Heike gesagt. Jana und Jakob wehrten sich vehement gegen Bevormundung und stünden total stabil auf eigenen Füßen, wie zum Beweis, dass sie uns Erwachsene nicht brauchen. So habe eben alles sein Gutes, hat sie zum Schluss noch gemeint. Eine sehr entspannte Sicht der Dinge, finde ich.«

»Hast du ihr gesagt, dass wir weder Jana noch Jakob erreichen können?«

»Ja. Von den blockierten Handys ihrer Zwillinge kann sie ein Lied singen. Das bedeutet erst mal nur, dass die zwei bockig sind, hat sie gesagt, und wer bockig ist, der ist noch gesund und am Leben. Die Frau hat vielleicht Humor. Kann aber auch sein, dass sie mich nur trösten wollte. Ich war so fertig am Telefon, weil wir uns so schlecht um ihre Kinder gekümmert haben. Ich habe ihr jedenfalls ganz ehrlich gesagt, dass wir hier mit unserem Latein am Ende sind. Du seist momentan zu nichts zu gebrauchen, weil du nur fix und fertig an Grazias Bett sitzt, habe ich gesagt. Ich selber sei mit den Nerven völlig runter und könne nur schreien, wenn ich meinen demolierten Laden sehe. Von Grazia gebe es immer noch keine guten Nachrichten, und der Schaden an der Scheune mache enorm viel zusätzliche Arbeit, die aber momentan komplett liegen bleibt, weil wir alle nicht mehr können. Im Lauf unseres Gesprächs ist Heike wohl klar geworden, dass wir uns nicht vernünftig um die Suche der Kinder kümmern können, oder wenn, dann nur mithilfe der Carabinieri. Aber den Anruf bei der Polizei hat sie mir ausgeredet. Wir sollen erst mal warten, bis Jana und Jakob sich melden. In der Zwischenzeit würden sie und Alain sich schon mal auf den Weg in die Toskana machen. Sie hat gemeint, auch wenn es noch längst nicht fünf vor zwölf ist und sie schon viel schlimmeres Zeug mit den Zwillingen erlebt hätte, könne sie jetzt trotzdem nicht tatenlos in Meerbusch rumsitzen und Däumchen drehen.«

»Also ist sie doch besorgt um die Kinder.«

»Ein bisschen schon«, hatte Claudia zu Rudi gesagt. »Heike hat gemeint, sie glaube, dass sie für ihre Kinder da sein muss, wenn sie zur Mühle zurückkehren.« Dann hatte sie eine nachdenkliche Pause gemacht. »Außerdem hatte ich den Eindruck, dass sie neugierig auf mich ist.«

»Noch so eine Nacht in diesem mickrigen Fiat überlebe ich nicht«, ächzte Rudi und streckte sich. »Mein Rücken fühlt sich an wie damals, als wir unter den Olivenbäumen miteinander geschlafen haben und du unbedingt diese Stellung ausprobieren wolltest, wo deine Beine so kobramäßig um meine Brust und meine Beine irgendwie so … ich weiß auch nicht …so Dings, jedenfalls sind wir von deiner Schmusedecke gerollt, und ich bin mit dem Steißbein auf diese fiese Wurzel geknallt. Ich konnte kaum noch laufen. Ja, lach du nur! Genau so geht's mir jetzt. Vielleicht magst du ja heute schon aufwachen? Dann könnte ich mir eine Wirbelsäulentransplantation ersparen … Ich gehe mal kurz runter in den Garten,

Schatz. Claudia hat vorher um Rückruf gebeten. Lauf nicht weg, ja? Ich bin gleich wieder da.«

Rudi rannte die Treppen hinunter in den Krankenhausgarten. Mittlerweile hatte er dort seine eigene Telefonbank. Er war abergläubisch. Er glaubte, wenn er auf einer anderen Bank telefonierte, bekäme er schlechte Nachrichten. Falls schon jemand auf seiner Bank saß, setzte sich Rudi einfach daneben und fing unverschämt laut zu sprechen an. Über kurz oder lang war er dann allein. Das funktionierte immer.

»Hast du was von den Zwillingen gehört? Hat Jana eine Nachricht geschickt?«, fragte er sofort, als er Claudia an die Strippe bekam. Er wünschte ihr nicht einmal einen guten Abend. Claudia nahm es ihm nicht übel. Rudi stand seit achtundvierzig Stunden unter Dauerstrom.

»Nichts, nein.«

»Kein Mucks?«

»Nein, bei dir?«

»Bei mir auch nicht. Aber ich glaube, mit mir würden die im Moment sowieso kein Wort wechseln.«

»Wieso das denn nicht?«

»So wie wir uns an dem Abend gefetzt haben?«

»Wenn man's genau nimmt, hast du angefangen, Rudi.«

»Ich habe nur gesagt, dass sie sich verdammtescheißenochmal endlich am Riemen reißen und die Dinge zu Ende bringen sollen.«

»Und sie haben nur gesagt, dass sie keinen Bock haben, *deine* Dinge zu Ende zu bringen. *Ihre* schon.«

»Meine Dinge und ihre Dinge sind in diesem Fall ein und dieselben, Claudia. Es ist Jakobs Wand, nicht meine. Und es ist Janas Farbe, nicht meine. Und außerdem haben sie *seniler alter Knacker* zu mir gesagt, diese kleinen, unverschämten, respektlosen Wanzen.«

»Stimmt ja auch.«

»Unverschämt und respektlos? Klar stimmt das.«

»Ich meinte das mit dem *alter Knacker*.«

»Hör mal, ich bin knapp über fünfzig. Ich stehe in der Blüte meiner Jugend.«

»Merkst du was, Rudi?«

»Was?«

»Dein Humor kommt wieder.«

»Weißt du, was heute Komisches passiert ist, Grazia? Otto hat seit Langem mal wieder einen Mann angegriffen. Wirklich! Ich schwör's dir. Der Typ stand plötzlich mitten in Claudias Hof und hatte schwarze Hosen an. Mehr braucht's ja nicht bei Otto. Das ist ganz blöd gelaufen. Wie eine Salzsäule ist er dagestanden, und Otto hat unten an seinem Hosenaufschlag herumgerissen. Du weißt ja, wie Otto ist. Wenn er rot sieht, kennt er weder Freund noch Feind. Wenigstens war der Typ nicht doof. Der hat ganz still gehalten und gewartet, bis Otto von selber aufhört … Als Claudia hingerannt ist, um sich zu entschuldigen, hat sie gedacht, sie sieht Gespenster. Rudi, der Typ hat ausgesehen wie mein Mann, hat sie vorher zu mir gesagt. Du spinnst ja, habe ich ihr geantwortet. Dein Enzo ist seit zehn Jahren tot. Der kann doch nicht auf einmal wieder da sein … Er war es ja auch nicht … Es war ein Winzer aus der Umgebung, ungefähr unser Alter. Vielleicht kennst du ihn sogar. Oder dein Papa. Ihr kennt ja fast jeden in der Gegend. Claudia hat ihn mit Kaffee und Grappa gegen den Schock behandelt, und er hat ihr erzählt, dass er vor ein paar Jahren den Betrieb seines Vaters übernommen hat. Er hat alles komplett auf Bio umgekrempelt. Jetzt keltert er gar nicht weit von Castellina ziemlich gute Weine und sucht nach neuen Vertriebsmöglichkeiten. Über sieben Ecken hat er von Claudias Hofladen gehört. *Olio Enzo* kannte er natürlich. Das kennt ja hier in der Gegend jeder. Die ersten Auszeichnungen für seinen *Rosso* hat er auch schon bekommen. Das muss ein unglaublich charmanter Typ gewesen sein. Zumindest klang Claudia am Telefon verwirrter, als ich es von einer fünfzigjährigen Witwe gedacht hätte ... Also bitte, bitte, bleib bei uns! Du willst doch auch mitkriegen, ob Claudia sich in ihrem Leben noch mal in jemanden verguckt, oder? Und ob der *Rosso* von dem Kerl etwas taugt. Das willst du doch wissen, Grazia. Das ist doch wichtig. Und wer weiß, vielleicht kriegen Otto und Pasta ja wieder einen Wurf von diesen wahnsinnigen Welpen?! Grazia, wir gründen einen Zwinger und züchten die. *Pitbullstaffjackparsons vom Mahlzahn* nennen wir den. Auf Italienisch natürlich. Ein kleiner Nebenverdienst kann nicht schaden. Dann müssen wir uns auch nicht krumm und buckelig schuften ... Stell dir vor, wir wären fünfundachtzig und müssten immer noch die Kalkeimer über die Baustellen schleppen. Das geht gar nicht. Das kann keiner von uns verlangen ... Schon wieder Telefon. Was ist bloß los? Ich bin gleich wieder da. Ich gehe nur kurz vor die Tür ... Drück die Daumen, dass mich die Schwester nicht erwischt. Heute hat der Drachen mit dem Oberlippenbart Dienst.«

Im Vorbeilaufen warf Rudi einen schnellen Blick ins Stationszimmer. Die beiden Krankenschwestern waren mit irgendwelchen wichtigen Aufzeichnungen am Computer beschäftigt. Rudi stellte sich in die Nische am Ende des Flurs und versuchte, so leise wie möglich zu sprechen.

»Doktor wer? ... Nein, das sagt mir jetzt spontan nichts ... Ich habe jetzt auch überhaupt keine ... Ich bin mitten in der Arbeit, ja. Wenn Sie vielleicht zu einem späteren Zeitpunkt noch mal anrufen könnten ... Tadelakt im Büro ist kein Problem, nein ... im Badezimmer auch nicht, überhaupt nicht, nein, im Gegenteil ... Der Kalk ist ja sauer und dadurch an sich schon schimmelresistent ... Das kann ich Ihnen gerne machen, nur jetzt passt es halt gerade nicht ... Treffen in Düsseldorf? Ist ganz schlecht im Moment, ich bin noch bis Oktober in der Toskana ... Nein, kein Urlaub ... Baustelle, ja, genau … Ich würde mich bei Ihnen melden, wenn ich das nächste Mal wieder in Deutschland bin, wie gesagt, voraussichtlich im Oktober … Ja, dann machen wir einen Termin aus und ich sehe mir das mal an … Prima, danke … ja, ja, … ja … sehr schöne Gegend … nein, etwas weiter südlich, … Castellina, hm, hm … eine Ölmühle … ja, sehr idyllisch, … Aber jetzt habe ich … ja, aber, … Hören Sie, ich habe im Moment alle Hände voll zu tun … Das wäre sehr freundlich von Ihnen. Im Oktober gern. Bis dahin … danke, tschüss.«

Grazia schlief. Rudi schlief. Er hatte sich im Sessel zusammengekauert. Der Vollmond schien ins Zimmer. Die Monitore flackerten. Lautlos wie gute Geister flossen Medikamente durch die klaren Schläuche. Man sah Tropfen, aber man hörte sie nicht. Grazia atmete leise. Rudi atmete laut. Sein Handy vibrierte. Auf dem Display leuchtete eine Nachricht auf. Nach einigen Sekunden verlosch sie wieder.

KARMA IS A BITCH. ICH DENKE JEDE MINUTE AN GRAZIA. ICH LIEBE EUCH BEIDE. CLAUDIA

Otto und die beiden Tortellinis schossen über den Hof und bogen so scharf in die Zypressenallee ein, dass die Kiesel nach allen Seiten spritzten. Dort stürzten sie sich mit Donnergrollen auf zwei Rhodesian Ridgebacks und drei silbergraue Weimaraner und vermöbelten sie nach Strich und Faden. Vier Frauen in Outdoordesignerklamotten hüpften wie von Sinnen neben den sich im Staub wälzenden und wild um sich schnappenden Hundeleibern auf und ab. Eine fünfte stand abseits und kommandierte: »Bleiben Sie ruhig, bitte!

Konditionierte Entspannung! Alle! Wer kann, klickert. Bestätigen Sie Ihre Hunde. Nicht ohne Markerwort ins Geschirr greifen! Zeigen Sie ihnen körpersprachlich, dass Sie bei ihnen sind.« Wenn die Stimmlage der Dame nicht bei jedem Satzende ins Hysterische übergeschwappt wäre, hätte man tatsächlich glauben können, sie hätte die Situation im Griff.

Daraufhin schrien die Frauen alberne Namen wie *Amanda, Coordt* und *Ebony Kajembo* in die schwüle Sommerluft und stießen seltsame Laute dazu aus. Es klang wie *Eaasyyyyy* und *Liiiiiiiiiiiiiiiiiiiiieeeeb*. Eine kreischte in einem fort *Guuuud Boooi,* eine andere *Klick! Kommst Du ZU MIR? TickeTak TickeTak TickeTak!*

Unten am Fuße des Ölmühlenhügels standen ein Range Rover und zwei Porsche Cayenne. Claudia schloss später daraus, dass es sich wohl um eine geführte Toskanahundewanderung für unausgelastete Arztgattinnen gehandelt haben müsse. Aber was latschten die auch mit ihren teuren Rasseviechern unangemeldet auf den Hof? Das hätten die sich doch denken können, dass eine derart bescheuerte Nummer auf dem Land nicht gut ging. Die konnten froh sein, dass Pasta nicht dabei war; die hätte unter den Ridgebackweibern ein Blutbad angerichtet.

»Bleiben Sie sanft!«, rief die Trainerin ihren Elevinnen zu. »Bestärken Sie Ihre Hunde positiv. Keine aversiven Kommandos jetzt! Damit würden Sie die Bindung, die Sie zu Ihrem Hund hergestellt haben, zerstören. Rita, machen Sie weiter *Ticketacke.* Ebony Kajembo reagiert sehr, sehr gut auf die intermediäre Brücke. Heidemarie, nehmen Sie Coordt in den Geschirrgriff und sagen Sie das Geschirrgriffwort.«

Die Hunde prügelten sich völlig unbeeindruckt weiter. Augenscheinlich entdeckten die Edeltölen seit Langem mal wieder den Wolf in sich und kämpften, was das Zeug hielt. Gegen das Wachpersonal der Firma Otto & Söhne hatten sie allerdings keine Chance.

Die drei waren gewiefter, instinktiver und skrupelloser. Während die Weimaraner sich noch regelkonform verbeugten, bevor sie die Matte betraten, trat ihnen Otto schon in die Eier. Sein missratener Nachwuchs sprang den Ridgebacks direkt ins Gesicht und biss da hin, wo es richtig wehtat. Drei von zehn gegnerischen Ohren bluteten bereits in der ersten Sekunde.

»Ruhig bleiben, Riiiita!«, schrie die Trainerin und verlor selber die Nerven. »Wir haben genug Erfahrung im Markertraining, dass wir auch kritische Situationen wie diese gewaltfreiiiii lösen können. Sobald dein Hund dich ansieht – sofort *Click for Blick!* Und Heide, du gehst …«

»AUUUSSSSS! VERDAMMTNOCHMAL!«, unterbrach Claudia rüde die Idylle und schmiss ein Kantholz nach ihren drei Hunden. »Otto! Torte!! Sofort aufhören mit der Scheiße! Verpisst euch gefälligst!«

Otto und seine Schlägertruppe drehten ab und stellten sich hinter Claudia. Die todschicken SUV-Fahrerinnen bekamen nach und nach ihre Hunde ebenfalls zu fassen und atmeten schwer. Ebony Kajembo schien von der Wandertruppe noch derjenige mit den meisten Eiern zu sein. Jedes Mal, wenn er Otto sah, röhrte er wie eine Planierraupe im Leerlauf und wäre ihm am liebsten erneut an die Gurgel gegangen. Für jede dieser Aktionen bekam er eine Faust voller Leckerchen in den Rachen gestopft, während die dazugehörige Arztgattin *Look Doggie Look* hauchte.

Zeigen und Benennen heiße diese Technik, wandte sich die Trainerin an Claudia, sie funktioniere – wie man sehe – in innerartlich aggressiven Extremsituationen ganz ausgezeichnet, aber da nun sie, die Trainerin, als die einzig anwesende kompetente Kynologin, den dramatischen Konflikt gelöst und die Hunde getrennt habe, müsse man sich einmal wegen Schadenersatz unterhalten, die blutenden Ohren seien noch das geringste Übel, die Traumatisierungen viel schlimmer, so ein Auftreten, wie es Claudias ganz offensichtlich asoziale Tiere an den Tag gelegt hätten, gehe ja nun mal gar nicht, sie hätte jetzt gerne Namen und Adresse …

Da geriet sie genau an die Richtige!

Otto und die beiden Tortellinis sahen interessiert zu, wie ihr Frauchen wie eine ferngelenkte Atombombe in die Gruppe der Edelköterweiber schoss, dortselbst aufsehenerregend detonierte und die Designerdamen mit ohrenbetäubendem Gebell vom Hof vertrieb. Einige Laute, die Claudia dabei ausstieß, kamen den Hunden sehr bekannt vor. *Wohldenarschoffen* beispielsweise und *Ganzschnellerabgangjetzt*. Otto und die Tortellinis klemmten vorsichtshalber die Ruten ein. Diese Worte hörten sie jeden Sonntagmorgen, wenn sie als Erste beim Frühstückstisch eintrafen und sich mit Hingabe der Wurstplatte widmeten.

»Kannst du nicht zwischendurch mal zur Mühle zurückkommen?«, fragte Claudia vorsichtig, nachdem sie Rudi die monumentale Hundeschlägerei haarklein am Telefon geschildert hatte. »Bitte, Rudi! Nur für einen Tag. Deine Hunde drehen total am Rad, wenn du so lange fortbleibst.«

Rudi hatte Grazias Smartphone in der Hand und blätterte in ihren gemeinsamen Fotoalben. Draußen war es dunkel. Der schwache Schimmer des Displays erleuchtete Rudis Gesicht. Er dürfe ihre Albums gerne auch benutzen, hatte Grazia ihm eines Tages erklärt, weil er ja so ein armer Wichtel sei, der noch mit alten Knochen telefonieren müsse. Rudi fand das arg übertrieben. Sein Handy sei zwar tatsächlich eine uralte Gurke, hatte er gesagt, aber kein Knochen. Die Zeit dieser unhandlichen riesigen Mobiltelefone sei schon lange vorbei gewesen, als er zum ersten Mal einen Düsseldorfer Handyladen betreten hatte. Da habe es bereits kleine Geräte zum Aufklappen gegeben. Und außerdem heiße das Wicht und nicht Wichtel. Daraufhin hatte Grazia Rudi gehauen.

»Guck mal hier«, sagte er. Grazia hatte die Augen geschlossen. Er hielt ihr das unscharfe Bild trotzdem hin. »Da hast du mich gehauen. Wegen einem Wichtel.«

Er betrachtete das nächste Foto.

»Oder hier. Da waren wir am Lago Trasimeno. Otto hat eine Arschbombe gemacht und kam dann nicht mehr von selber aus dem See, weil das Ufer an der Stelle zu steil war. Wie kann man so bekloppt sein? Es war heiß an diesem Tag. Abends gerieten wir in dieses Wahnsinnsgewitter. Wir haben auf der Anhöhe geparkt und die Blitze gezählt, die in den Lago geschossen sind. Auf zweiundvierzig sind wir gekommen. Du hast zum ersten Mal gesagt, dass du mich liebst und es total schön wäre, wenn jetzt ein Blitz käme und uns für alle Ewigkeiten zusammenbraten würde. Zusammenschweißen hast du gemeint, aber Deutsch ist einfach total schwierig ... Manchmal hast du seltsame Vorstellungen von Romantik, Grazia. Tote Kaninchen und geschmorte Leichen. Warum nicht gleich ein schöner Meteoriteneinschlag? So richtig bombig mit Feuerschweif und allem Drum und Dran? ... Ich möchte mein Leben ungebraten mit dir verbringen ... Deswegen wäre es ganz wichtig, dass du aufwachst und dass dein Herz klopft ... Für dich! Nicht für mich. Für mich kann es wieder mitklopfen, wenn du deinen Elektroschocker hast. Das wäre dann ja fast so etwas wie ein Blitz ... Siehst du, wir kommen deinem romantischen Ideal immer näher.«

Leise wurde die Zimmertür geöffnet. Jemand trat ins Zimmer. Rudi bemerkte es nicht. Er schrak erst hoch, als Claudia neben ihm stand. Sie stellte eine kleine Reisetasche neben Grazias Bett.

»Hallo du«, flüsterte sie und strich ihm übers Haar. »Ich habe das nicht mehr ausgehalten. Diese blöde Telefoniererei ging mir auf die Nerven.«

Sie zog einen Stuhl neben Grazias Bett und setzte sich.

»Du bist jetzt drei Tage hier«, sagte sie. »Geh nach Hause und schlaf dich aus! Danach legst du dich mal einen Tag in die Sonne. Ich bleibe so lange bei Grazia und passe auf sie auf. Darin bin ich genauso gut wie du.«

Rudi schlug vorsichtig mit dem Hammer gegen das rostige Türscharnier. Langsam löste sich das verzierte Klobenband aus dem Zapfen. Rudi hob die Tür an und trug sie in die Scheune. So schlimm sah es gar nicht aus. Der Granit hatte zwar den linken Flügel des großen Scheunentors massiv beschädigt. Bei genauem Hinsehen stellte sich allerdings heraus, dass er nur die Tür getroffen hatte, die in den Flügel eingelassen war. Dafür brauchte es keinen Zimmermann. Diesen Schaden konnte Rudi selbst beheben. Im Schuppen neben der Olivenölpresse lagen noch alte Planken. Wenn man die schliff und ölte, würde es später kaum auffallen, dass die Tür geflickt war.

Rudi freute sich, als er das warme Holz unter seinen Händen spürte. Es war eine gute Idee von Claudia gewesen, ihn für einen Tag oder zwei auf die Mühle zu schicken. Er war wie ein Stein ins Bett gefallen und hatte bis halb zehn ohne Unterbrechung geschlafen. Er fühlte sich erholt wie schon lange nicht mehr. Nur in die Sonne legen konnte er sich nicht. Wohin Rudi seinen Blick auch wandte, lachte ihn Arbeit an. Wer konnte da schon liegen bleiben?

Draußen im Hof knirschte der Kies. Rudi sah von seiner Arbeit auf. Ein Alfa Romeo stand vor Claudias Haus. Die Heckklappe war geöffnet. Ein Mann angelte zwei Weinkartons aus dem Kofferraum. Das musste dieses saumäßig sympathische Enzo-Gespenst sein, dachte Rudi und sah sich hektisch um. Gott sei Dank waren Otto und seine Sippe nicht da.

Das Gespenst, das auch heute wieder unverdrossen schwarze

Hosen trug, winkte freundlich zu Rudi hinüber. Er habe Claudia neulich zwei Kartons *Rosso* zur Probe versprochen, erklärte der Mann, nachdem er sich Rudi in nahezu akzentfreiem Englisch als Carlo vorgestellt hatte. Die habe er heute dabei.

Rudi half, den Wein in die Scheune zu tragen.

Er habe von Grazias Zusammenbruch gehört, sagte Carlo, bevor er wieder in sein Auto stieg. Falls sie irgendetwas bräuchten, sollten sie bitte nicht zögern und ihn ansprechen. Nachbarn seien dazu da, um zu helfen. Ansonsten würde er sich natürlich freuen, wenn man miteinander ins Geschäft käme. Er habe gute Weine im Keller. Ein Delikatessenladen, wie Claudia ihn plane, mit einer so erlesenen Produktauswahl, habe in der Gegend wirklich gefehlt.

Eine kleine Flasche Grappa hat mir das Gespenst auch dagelassen, stellte Rudi wenig später fest, als er wieder in die Scheune ging und sich über seine demolierte Tür beugte.

Draußen im Hof knirschte der Kies. Rudi seufzte. Was war denn jetzt noch? Hatte Carlo etwas vergessen? Er steckte den Kopf zur Scheune hinaus. Es war aber nicht das Gespenst, sondern der klapprige Panda von Nachbar Renzo, der eine filmreife Bremsspur hingelegt hatte. Die Tür schwang auf. In hohem Bogen flogen Otto und die Tortellinis aus dem Auto. Otto schüttelte sich kurz. Tortellini Acht bellte empört, sein Bruder kratzte sich hinter dem Ohr.

Von Renzos laut und engagiert geführtem Monolog verstand Rudi nur jedes zweite Wort. Aber was er mitbekam, genügte völlig. Er, Renzo, habe die drei – unverständliches Schimpfwort – mal wieder in seiner Räucherkammer erwischt. Renzos – noch unverständlicheres Schimpfwort – Gattin habe die Tür zu den Wildschweinschinken versehentlich offen gelassen. Nein, einen Schaden hätten die Hunde nicht verursacht. Er sei gerade rechtzeitig hinzugekommen.

Woran Rudi da gerade arbeite? Ob das eine Scheunentür sei? Er habe vor zwanzig Jahren auch schon mal so eine Tür reparieren müssen. Warum Rudi nicht einfach ein Brett auf die kaputte Stelle nagele, wieso er nicht ein längeres Scharnier verwende, eines, das über – hier erfolgte ein wildes Gestikulieren mit Händen und Füßen, um das notwendige Maß anzuzeigen – die gesamte Türbreite ging, und woher denn dieser – Schimpfwort – elegante Grappa Riserva komme, der da drüben so verloren auf der demolierten Ladentheke stehe.

Rudi holte schweigend zwei Gläser.

Meine Italienischkenntnisse werden immer besser, dachte er, als er sich selbst einen kleinen und Renzo einen großzügigen Grappa einschenkte. Ich verstehe jetzt sogar italienische Winke mit Zaunpfählen.

Draußen im Hof knirschte der Kies. Herrschaftszeiten, fluchte Rudi im Stillen. Man kam heute zu nichts. Der Holzlieferant war da. Mit zwanzig neuen Remisenbalken. Otto war auch da. Mit zweiundvierzig weißen Zähnen.

Scheiße, dachte Rudi und spurtete los.

Er pflückte seinen aufgebrachten Dreisortenterriermischling von der Lieferantenhose. Die war nicht schwarz, sondern dunkelgrau. Was war da los? Änderte Otto seine Farbvorlieben und attackierte jetzt Dunkelgrau statt Schwarz? Oder – um den Teufel vollends an die Wand zu malen – Dunkelgrau *und* Schwarz? Und wenn das tatsächlich der Fall sein sollte, würde er sich bald auch durch Blau und Grün und Weiß provozieren lassen?

Die Tortellinis saßen derweil selig im Blumenbeet und lernten fürs Leben.

Draußen im Hof knirschte der Kies.

»Ich schreie gleich!«, schrie Rudi.

Dann half er dem Flaschenlieferanten, die neuen, schlanken Öl-flaschen für die nächsten *Olio Enzo*-Pressung in die Ölmühle zu tragen.

Die Holzkisten waren schwer.

Rudi blieb höflich.

Draußen im Hof knirschte der Kies. Rudi konnte gerade noch ver-hindern, dass die Touristen ausstiegen. Die Tortellinis waren schon in Kampfstellung gegangen.

Nein, das sei hier nicht die *Fattoria dei Barbi,* flötete Rudi mit zusammengebissenen Zähnen, die liege bei Montalcino, das seien ungefähr sechzig Kilometer von hier, ihm sei völlig unverständlich, wie man sich derart dämlich verfahren könne, guten Tag!

Draußen im Hof knirschte der Kies.

Rudi sah nicht einmal auf. Er hatte genug.

»Ihr könnt mich alle mal kreuzweise am Arsch lecken!«, mur-melte er und hobelte die Planke glatt, die er in die Tür eingesetzt hatte. »Lasst euch halt von den Hyänen zerreißen. Oder brecht euch beim Aussteigen den Fuß! Stolpert in eine Erdspalte! Löst euch im Magma auf!«

Zwei schwere Autotüren fielen nacheinander satt ins Schloss.

»Otto, hau rein!«, sagte Rudi unbeeindruckt und hobelte weiter. »Ich will Blut und Eingeweide sehen. Ich will Schreie hören und das Wimmern von Gebeten.«

Stattdessen Schritte im Hof.

Rudi hörte Otto fiepen.

»Auf diesen Hund ist auch kein Verlass, wenn man ihn wirklich mal braucht«, brummte Rudi. »Jetzt kommen die Pappköpfe womöglich noch hier rein. Zwei Touristenfuhren an einem Tag verkrafte ich heute nicht. Entschuldigen Sie, kann man bei Ihnen übernachten und haben Sie diese schönen Florenzteller und wo gibt es hier Kaffee und Kuchen? Am Arsch gibt es Kaffee und Kuchen …«

Rudi legte den Hobel beiseite und fuhr prüfend über die Holzfläche. Da fehlte nicht mehr viel. Wenn er sich ranhielt, konnte er die Tür heute Abend noch einsetzen und ölen. Das wäre fabelhaft. Eine Baustelle weniger.

Die Schritte kamen immer näher.

Dann knirschte der Kies nicht mehr.

Werauchimmer und sein Begleiter hatten die Scheune erreicht.

»Tag, Rudi!«, erklang eine Stimme, die ihm seit zwei Jahrzehnten wohlvertraut war. »Wir haben dir vier linke Hände mitgebracht. Mach was draus!«

ROMYBOMY

Wie immer, wenn sie auf Reisen war, trug sie ihr Lieblingskleid von *Desigual*. Es war das quietschbunteste, das in ihrem Schrank gehangen hatte. Ihr blondes Haar stand nach allen Seiten ab. Es war sorgfältig wirr frisiert. Eine rote, eine gelbe und eine türkise Haarspange steckten darin. Sie glitzerten in der Sonne. Die Frisur erinnerte an ein Elsternnest. Sie stellte ihren Rollkoffer auf dem Treppenabsatz ab, setzte die Spitze ihres grün lackierten Zeigefingers auf die Klingel und nahm ihn eine lange Zeit nicht wieder weg. Während die Klingel schrillte und schrillte und schrillte, versuchte sie, in das Küchenfenster zu spähen. Ihr Hals wurde immer länger. Sie konnte niemanden entdecken.

Als sich nichts regte, nahm sie ihren grünen Zeigefinger von der Klingel und ballte ihn mit den anderen vier Fingern – schwarz, blau, mint, rosa – zu einer Faust. Sie hämmerte gegen die Tür.

»Huhu!«, rief sie. »Soll ich mich hier wund klingeln oder was?«

Das Haus schwieg.

»Ich bin's! Romy! Hallo!!!«

Abwechselnd auf einem Bein hüpfend zog sie ihre Highheels aus und warf sie neben ihren Koffer. Der hatte sich inzwischen selbstständig gemacht und war die zwei Eingangsstufen wieder hinuntergerollt. Sie spreizte wohlig ihre Zehen. Endlich frei! In diesen hirnverbrannt teuren, aber total geil aussehenden und superfies drückenden Stöckelschuhen von Hamburg nach Düsseldorf in einem saumäßig engen Flieger und anschließend im Taxi von Lohausen nach Meerbusch, das hielt selbst der geschmeidigste Fuß nicht aus.

Barfuß lief sie zur Rückseite des Hauses und drückte ihre Nase an die Terrassentür. Im Wohnzimmer war kein Mensch zu sehen. Sie patschte mit der flachen Hand dreimal auf die Glasscheibe.

»Alain?! Heike?! Kommt schon! Es ist Samstag! Ihr müsst zu Hause sein.«

Sie trat zurück in den Garten und nahm die Fenster im ersten Stock ins Visier.

»Jana, Jakob, huhu!«, säuselte sie. »Eure Patentante ist da und hat euch Drogen mitgebracht!«

Nicht einmal angesichts dieser Provokation regte sich etwas im Inneren des Hauses. Waren die alle ausgeflogen? Das konnte nicht sein. Vielleicht hätte sie ja doch vorher anrufen sollen. Romy ließ sich in einen Gartenstuhl fallen und zündete sich eine Zigarette an. Was jetzt? Normalerweise klappte das immer tadellos mit ihren berüchtigten, spontanen Stippvisiten. Die Sehnsucht nach ihren beiden Patenkindern überfiel sie eben ungeplant. Dagegen konnte sie gar nichts machen. Dann musste alles ganz schnell gehen. Romy hatte keine Lust auf lange Ankündigungen oder komplizierte Terminabstimmungen. Sie stand einfach vor der Tür. Heike und Alain hatten sich daran gewöhnt. Die Kinder sowieso. Die freuten sich jedes Mal riesig. Mit Romy kam die Anarchie ins Haus.

Romys Eltern hatten früher immer geschimpft, dass sie so sprunghaft und unzuverlässig sei. Was hatten sie denn erwartet? Wer in einem Anfall geistiger Umnachtung – genau genommen waren es zwei Anfälle, einer 1965 und einer 1969 – Kindern die Vornamen seiner Lieblingsschauspieler Alain Delon und Romy Schneider verpasste, musste damit rechnen, dass die Brut später ein bisschen neben der Spur lief. Romy sah man ihre Merkwürdigkeiten wenigstens von Weitem an. Da konnte man sich wappnen. Die Macken ihres Bruders hingegen schlummerten mehr im Verborgenen.

Romys Blick fiel auf die Außenwand des Gartenschuppens, wo Rechen, Schaufel und Besen blitzsauber aufgereiht waren. »Die Haken fürs Gartenwerkzeug hat er mit dem Millimetermaß in die Wand gedübelt«, murmelte sie. »Herrje, ich weiß wirklich nicht, wie Heike es mit diesem Kerl aushält.«

Seufzend fischte sie ihren iPod aus dem Durcheinander ihrer Handtasche. Eine Stunde würde sie der lieben Familie noch geben. Dann würde sie einen anklagenden Zettel in den Briefkasten werfen. Ihr doofen Tomaten, würde sie schreiben, es ist eure Pflicht, eine vereinsamte Tante nicht zu vernachlässigen, morgen schon könnte sie im hohen Alter von sechsundvierzig sterben, und dann ist großes Heulen und Zähneklappern, weil ihr nichts von ihrem immensen Reichtum erben werdet, den sie eh nicht besitzt, weil sie seit Jahren alles zum Fenster rauswirft, was sie einnimmt. Unterschrift: eine, die es gut mit euch meint.

Der iPod hatte schon ein paar Jahre auf dem Buckel. Es war Jakobs erster gewesen. Nachdem er einen neuen bekommen hatte, hatte er ihn großzügig an sie weitergereicht. Das kleine Ding war total verschrammt, aber unendlich praktisch. Ein Gottesgeschenk für jemanden wie Romy, die mit einem Walkman groß geworden war, so einem gelben Sony-Ungetüm, das immer die Kassetten verwurstelte, wenn sie zu viel hin und her spulte. Bei dem Zauberkästchen, das sie jetzt besaß, klickte sie sich einfach zu dem Titel durch, den sie hören wollte, und spielte ihn so oft hintereinander ab, wie sie wollte.

»Private Life« von den Pretenders ohne Bandsalat! Das war ein Traum. 1980 dudelte das Radio immer nur »Brass in Pocket«. Rauf und runter! »Private Life« wollte keiner hören. Dabei war es mit Abstand der coolste Song der Band. Romy hatte Chrissie Hynde noch live gesehen, in dem Jahr, als sie in London bei einer völlig unbekannten, aber dafür umso schrulligeren Kostümbildnerin ein Praktikum absolviert hatte.

Mode hatte Romy schon immer fasziniert. Allerdings waren Romy die Arbeiten der gängigen Modelabels viel zu langweilig gewesen. Sie hatte bereits während ihrer Schulzeit begonnen, Fantasiekostüme zu entwerfen und die Theateraufführungen ihres Gymnasiums mit textilen Schockeffekten auszustatten. Leider war ihr in diesem Bereich keine allzu lange Karriere beschieden. Nachdem sie bei ihrer Deutschlehrerin spontan als Outfitberaterin tätig geworden war – es musste Anfang der zwölften Klasse gewesen sein, Unterprima, wie es damals noch hieß, sie nahmen gerade den tödlich langweiligen *Prinz von Homburg* durch –, wurden ihre Eltern zum Rektor bestellt. Er und die erboste Deutschlehrerin leiteten das zweistündige Gespräch, in dem es um die schulische Zukunft der missratenen Tochter ging, mit Romys wortwörtlich protokolliertem Modetipp an die Lehrkraft ein: Frau Doktor Reck solle lieber ein zartes Lindgrün oder Apricot tragen, in diesem braunbeige gepunkteten Trevira sähe sie aus wie ein frisch geficktes Eichhörnchen. Romy hatte zu ihrer Verteidigung eingewandt, dass sie es nur gut gemeint hätte. Das nützte aber nicht viel. Da es nicht ihr einziger verbaler Ausfall in der Oberstufe gewesen war, sondern der letzte einer langen Reihe, schlug der Rektor vor, Romys gymnasiale Laufbahn in gegenseitigem Einvernehmen einem schnellen und schmerzlosen Ende zuzuführen.

Romy war das ganz recht. Sie begann eine Lehre als Schneiderin und tat in den kommenden drei Jahren den lieben langen Tag nichts anderes als das, wofür ihr Herz schlug. Danach ging sie nach London und landete anschließend als Kostümbildnerin beim Theater. Nach mehreren frustrierenden Stationen an kleinen, faden Stadtbühnen kam sie 1999 in Berlin ganz groß raus. Romys radikale Vorstellung von einer Adam-und-Eva-Version des *Hamlet* wurde vom damaligen Enfant terrible der deutschen Regieszene begeistert aufgenommen und mit viel Schweineblut umgesetzt.

Die drei großen Feuilletons schäumten. Die *FAZ* überschrieb den Verriss von Romys aufsehenerregendem Werk mit der Schlagzeile *»Die Nippelabkleberin«*. Romy war empört. Sie hatte keinen einzigen Nippel abgeklebt. Die waren alle zu sehen gewesen. Die Penisse auch. Sie machte doch keine halben Sachen. Die *Süddeutsche* vertrat die Ansicht, die Verantwortlichen für Kostüm und Regie müssten wohl in ihrer analen Phase stecken geblieben sein, anders sei der bedauerliche Wandel von *Hamlet* zu *Pimlet* nicht erklärbar. Die *ZEIT* wollte gar eine am Horizont heraufdräuende Kulturkatastrophe ausgemacht haben und stieß eine bundesweite Debatte an. An der nahm aber kaum einer teil, weil ein Orkan namens Lothar mit zweihundertsiebzig Sachen durch Deutschland fegte und alle Aufmerksamkeit auf sich zog.

Kurz danach wurden in München und Lübeck die *Vagina-Monologe* von Eve Ensler aufgeführt. Diese sogenannten genitalen Selbstgespräche waren der neue Aufreger der Saison. Alle waren in höchstem Maße entsetzt, rannten aber neugierig ins Theater. Der Boykott fiel ins Wasser.

Hinterher fanden alle namhaften Theaterkritiker Romys *Hamlet* plötzlich gar nicht mehr so schlimm, sondern eher, nun ja, gewagt, um nicht zu sagen kühn und formvollendet, wenn nicht sogar, ähmnähm, bahnbrechend, wegweisend und was der Synonymduden sonst noch an albernen Adjektiven hergab.

Danach konnte sich Romy die Jobs aussuchen.

Romy stand auf und sah sich im Garten um. In den Büschen prügelten sich ein paar Spatzen. Da musste irgendwo ein Nest sein. Sie hob probeweise einen der flachen Kiesel hoch, die das kleine Blumenbeet von der Terrasse abgrenzten. Schade, dachte sie. Hätte doch sein können? Wäre ja nicht der erste Ersatzschlüssel, der unter einem Gartenstein oder in einem Blumentopf deponiert wurde. Gleich halb zwei. Müssten die Kinder nicht bald aus der Schule kommen?

Eigentlich hatte Romy vorgehabt, die beiden am Abend noch ins Düsseldorfer Schauspielhaus zu entführen. Die hatten derzeit einen begnadeten *Sommernachtstraum* im Programm. Und Moritz Führmann spielte einen Puck, vor dem man nur ehrfürchtig in die Knie sinken konnte. Das musste Jakob einfach sehen. Alain und Heike wussten noch nichts davon. Heutzutage musste man ja immer erst die besorgten Eltern fragen und notariell beglaubigt schwören, dass man den Nachwuchs nicht ins Bahnhofskino entführte, um Splatterpornos zu gucken.

Manchmal machte sich Romy Sorgen um ihren Neffen und ihre Nichte. Nicht weil ihnen etwas zustoßen könnte, sondern weil ihnen *nichts* zustoßen könnte. Der Albtraum einer faden Jugend war in Romys Augen dieses unsägliche tägliche Einerlei aus Schule, Hausaufgaben, Musikinstrument oder Sport, danach ein bisschen Social Networking am Computer und ab halb zwölf Schnarchzibarch. Da passte doch kein einziger *Zustoß* dazwischen! Ein erfülltes Leben bestand aber aus einer Aneinanderreihung von *Zustößen*, fand Romy. Es gab sehr schöne, schöne und weniger schöne. *Zustöße* waren das Salz in der Suppe. Nur, wie sollte jemals Salz in Janas und Jakobs Brühe kommen, wenn Alain den Salzstreuer nicht herausrückte?

Alain neigte dazu, zu Hause eine Enge vorzugeben, in der jeder halbwegs normale Spinner einging wie eine Primel. Man musste doch seine Flügel entfalten können, fand Romy. Vor allem, wenn man jung war. Wie sollte man erfahren, was das Leben wert war, wenn einem die wichtigsten Erfahrungen durch Verbote abgenommen wurden? Der erste Rausch. Der erste Joint. Der erste Schulrauswurf. Der erste Totalschaden. Elementare *Zustöße!* Darum ging's im Leben. Wäre es nach Romy gegangen, hätte sich Alain sein Sicherheitsdenken gerne in die Haare schmieren und noch ein bisschen Dreiwettertaft darübersprühen können.

»Aber es geht ja nicht nach mir«, seufzte sie.

Wegen alldem hatte sie ihrem sturen Bruder schon mehr als einmal gründlich die Leviten gelesen. Viel erreicht hatte sie nie. Er war total dagegen, dass sie sich einmischte. Eine abgedrehte, nicht sesshafte Schneiderin, hatte er das letzte Mal geschimpft, als sie sich deswegen in die Haare geraten waren, ein Paradiesvogel, eine chronisch Irrsinnige, die von der Schule geflogen war und das Chaos schon anzog, wenn sie morgens nur die Augen aufschlug, das würde alles noch schlimmer machen. Daraufhin hatte Romy ihre Nase angehoben, so hoch es ging, mit königlich wedelnder Geste *Pfffff* gemacht und zu Heike gesagt, sie sollte ihrem furztrockenen Gatten ausrichten, er würde einen Käfig um seine Kinder herum bauen, einen Käfig voller Erwartungen, und wenn das fragile Gebilde irgendwann mal in die Luft flog, solle er bloß nicht auf dem Bauchspeck angerobbt kommen und Romy um Hilfe anflehen. Heike könne jederzeit gerne flehen, aber dieser beamtensturköpfige Granatendepp da drüben nicht.

»Och, Romybomy!«, ahmte sie Alains typischen Tonfall nach, während sie einen Stein nach dem anderen umdrehte. »Red du mal mit den Kindern, Romybomy! Du hast doch so einen guten Draht zu den beiden, Romybomy. Wir kommen einfach nicht dahinter, warum sie in der Freistunde immer diese bewaffneten Banküberfälle begehen.«

Sie lief um das Haus herum zu ihrem Koffer, der immer noch im Eingang stand. Einer Eingebung folgend hob sie die Fußmatte.

Na so was! Da lag der Hausschlüssel.

»Ganz alain-untypisch«, murmelte sie und lächelte. »Vielleicht besteht ja doch Hoffnung, dass aus dir mal was Vernünftiges wird, mein lieber Bruder Leichtfuß.«

Langsam drehte sich Rudi um und starrte ungläubig auf das weit geöffnete Scheunentor. Dort standen seine beiden Freunde und grinsten ihn an. Hinter ihnen im Hof tickte der heiße Motor von Markus' feuerwehrrotem Bulli.

»Wie ... hier ... ihr?«, stammelte Rudi. »Wie kommt ihr denn hierher?«

»Na ja«, sagte Thomas. »Es gibt ja jetzt diese neue Erfindung. So ein viereckiges Ding, in dem man auf einem Stuhl sitzt und an einem Rad dreht. Man nennt es, glaube ich, Auto.«

»Blödmann«, sagte Rudi und strahlte über das ganze Gesicht.

»Wir sind mit dem großen Auto hier«, sagte Markus. »Falls du noch Material transportieren musst oder so. Wir werden erst wieder verschwinden, wenn der Laden fix und fertig renoviert, eröffnet und das erste Mal leer gekauft ist.«

Thomas deutete begeistert auf ein Werkzeug in der Scheune.

»Kreissägen sind genau mein Ding. Wann legen wir los?«

»Das ist keine Kreissäge«, sagte Rudi. »Das ist eine Gehrungssäge.«

»Na prima«, seufzte Markus. »Das Ausbildungsprogramm *Deppen am Bau* ist bereits in vollem Gang.«

»Kommt erst mal rein!«, lachte Rudi. »Ich mache euch einen Kaffee.«

Während Rudi den Kolben der Espressomaschine mit Kaffeepulver füllte, spürte er, wie etwas von der Schwere der letzten Tage von ihm abfiel. Claudia hatte recht gehabt. Wieder einmal einen ganzen Tag auf der Mühle zu arbeiten war genau das Richtige gewesen. Er hatte seine Traurigkeit tatsächlich für einige Stunden vergessen. Und jetzt noch die Ankunft seiner Freunde aus heiterem Himmel! Dabei hatte er geglaubt, dass Thomas in der Karibik sei und Markus auf Jobsuche. Stattdessen saßen sie hier bei ihm im Garten. Was für eine Erleichterung! Auf einmal schien vieles wieder möglich und machbar zu sein. Während der tiefschwarze Espresso dampfend in die Tassen floss und Rudi den kümmerlichen Restbestand an Mandelkeksen zusammensuchte, hörte er die zwei draußen weiterkabbeln.

»Als ob du eine Gehrungssäge bedienen könntest.«

»Klar kann ich das. Ich weiß sogar, wie eine aussieht.«

»Na toll! Ich weiß, wie eine Boeing aussieht. Deshalb kann ich sie noch lange nicht fliegen.«

»Zwischen Gehrungssägen und Boeingfliegen könnte es unter Umständen ... vielleicht ... eventuell ... einen kleinen Unterschied geben?«

»Darüber sprechen wir zwei noch mal, wenn du die erste Gehrung versemmelt hast, mein Lieber.«

Rudi trat mit dem Tablett aus dem Haus.

»Gehrungen brauchen wir nicht mehr«, sagte er, während er seine Freunde bewirtete. »Wir müssen den Felsbrocken aus dem Laden räumen, die Wand neu verputzen, die Bude schrubben, drüben ein paar Dachziegel austauschen, die kleine Scheune streichen, den Lagerschuppen entrümpeln und zwanzig Remisenbalken austauschen. Grappa?«

»Unbedingt«, stöhnte Thomas und hielt Rudi sein Wasserglas hin. »Diese To-Do-Liste ist ohne Alkohol nicht auszuhalten.«

In Wirklichkeit freute sich Thomas auf die kommenden Tage. Das klang doch alles einigermaßen normal. Insgeheim hatte er befürchtet, einen total deprimierten Rudi vorzufinden.

Thomas hatte sich mächtig erschrocken, als Alain gestern Morgen angerufen und ihm von Grazias Zusammenbruch, dem Verschwinden der Zwillinge und der demolierten Scheune erzählt hatte. Thomas hatte keine Sekunde gezögert. Nur eine halbe Stunde später hatte er vor Markus' Tür gestanden und Sturm geklingelt. In dessen Küche tobte gerade der Mob. Seine beiden noch im Haushalt verbliebenen Mädchen waren dabei, ihre Schulbrote zu inspizieren. Seit dem letzten veganen Desaster – Rettich-Kresse-Stullen mit Sojakeimlingen – hatte Markus die hochoffizielle Erlaubnis erhalten, einmal pro Woche wieder Wurstbrote schmieren zu dürfen. Die Älteste klappte misstrauisch die Brötchenhälften auseinander und starrte naserümpfend auf den Belag.

»Is'n das unter dem Grünen da?«

»Selbst gemachte Leberterrine mit Nussbutter, Piment d'Espelette und einem Schuss Single Malt.«

»Ist das wieder so ein Kochzivilistenrezept?«

»Was dagegen?«

»Und das Grüne?«

»Rucola.«

»Baahhh!«

»Raus, verdammt! Der Bus kommt in zwei Minuten.«

Innerhalb eines Tages waren die beiden Freunde reisefertig gewesen. Markus hatte in Windeseile die Oma aktiviert und zwei Stunden lang DIN-A-4-Zettel mit Anweisungen fabriziert, die von der Herstellung tierfreier Brotaufstriche über die Auflistung nachmittäglicher Basketball- und Klaviertermine bis zu einem mit Rotstift fett unterstrichenen *Walking-Dead*-Serienverbot reichten. Während er mit Sabine in London telefonierte, um sie in die prekäre Lage einzuweihen, versuchte Thomas vergeblich, Alain an die Strippe zu kriegen. Eigentlich wollte er ihm und Heike vorschlagen, dass sie zusammen nach Italien fahren sollten. Aber es war nichts zu machen. Jedes Mal, wenn er die Nummer gewählt hatte, verkündete eine gurrende Automatenstimme, sein Freund Alain heiße neuerdings *the person you have called* und sei *temporarily not available*.

»Wieder mal komplett untergetaucht«, murrte er. »Vielleicht sind Heike und er ja schon unterwegs.«

»Denk nur mal an letzten Sommer!«, rief Markus, der mittlerweile kreuz und quer durchs Haus rannte und seine Klamotten zusammensuchte. »Da war auch kein einziges Mitglied dieser unzivilisierten Familie erreichbar, weil sie ständig ihre Handys verlegt hatten. Oder die Akkus waren leer, weil sie die Ladekabel über halb Europa verteilt und vergessen hatten. Aber probier's ruhig weiter. Ich suche derweil noch ein paar Werkzeuge zusammen. Es ist nie verkehrt, einen zweiten Akkuschrauber zur Hand zu haben.«

»Woher weißt du, dass wir Akkuschrauber brauchen?«, fragte Thomas verblüfft. »Hast du mit Rudi telefoniert?«

»Woher denn«, sagte Markus. »Den überraschen wir. Sonst lehnt er die Hilfe womöglich ab, stur wie er ist. Außerdem braucht man immer einen zweiten Akkuschrauber, egal was man macht.«

»Für Sauerbraten auch?«

»Auf jeden Fall!«

Markus schmiss sicherheitshalber noch zwei Schaufeln und eine Hacke in den Bulli. Kurz darauf hatten sie alles beisammen und waren losgebraust – in einem Rutsch in die Schweiz, durch den Gotthard, um Mailand herum, die gähnend langweilige Poebene hinunter, über die Berg-und-Tal-Autobahn des Appenin in das idyllische Chianti hinein …

»… und da wären wir jetzt also«, sagte Thomas.

»In einem Rutsch?«, staunte Rudi.

»Ja. Bis auf dreimal tanken«, sagte Markus. »Sein berühmter Bleifuß.« Er deutete erklärend auf Thomas' rechten Schuh.

»Ich habe überhaupt keinen Bleifuß«, wehrte sich der. »Deine krakeelende Feuerwehr hat einen cw-Wert wie ein Billyregal, daran liegt's.«

»Aber wolltest du nicht für einige Zeit in die Karibik?«, fragte Rudi.

»Du meinst sein angekündigtes Inselhopping zur Selbstfindung?«, fragte Markus und winkte ab. »Davor drückt er sich schon seit Wochen.«

»Ein bisschen schon«, gab Thomas zu. »Anfangs klang das ja alles gut. Aber mittlerweile weiß ich auch nicht mehr, ob mir das wirklich was bringt. Den ganzen Tag in der Sonne schmoren und mir ab und zu besoffen mit einem Cocktailschirmchen ins Auge pieken? Was soll mir dabei klar werden? Dass Alkohol keine Lösung ist? Milch ist auch keine. Jedenfalls kam mir Alains Anruf gerade recht. Flug und Hotel hatte ich eh noch nicht gebucht.« Thomas trank den Grappa aus und klatschte unternehmungslustig in die Hände. »Selber finden kann ich mich auch in einem deiner Mörteleimer, Rudi.«

Alain hatte genug von der verstopften Brennerautobahn. Hinter der Europabrücke bog er ab und fuhr auf die Raststätte. An einer Zapfsäule füllten zwei Kölner Zuhälter hektoliterweise Benzin in einen mächtigen schwarzen Mercedes. An dessen Heck klebte ein AMG-Schildchen, das so billig aussah, als wäre es selbst gedengelt. Alain parkte neben einem rostigen, alten Peugeot. Hinter den beschlagenen Scheiben knutschte ein Pärchen undefinierbaren Alters. Heike starrte neugierig in die französische Liebeslaube.

»Bei uns zu Hause gibt es auch einen Parkplatz, wo sich Liebespaare treffen, die eigentlich keine sein dürften«, sagte sie. »Gleich wenn man hinter der Fabrik in den Wald abbiegt. Weißt du, welchen ich meine? Die Pärchen findet man da aber nur im Sommer. Damit die in Wallung kommen, muss es wohl warm sein.«

»Woher weißt du, dass die keine sein dürfen?«

»Sie kommen in der Mittagspause mit zwei Autos.«

»Und was machst du da um diese Zeit?«

»Ich gehe spazieren und versuche herauszufinden, warum unsere Kinder so sind wie sie sind.«

Alain besorgte zwei riesige Becher brühheißen Kaffees und ein paar lahme Hörnchen, von denen jedes so viel kostete wie ein italienischer Sportwagen. Am Nebentisch erhob sich eine abgemagerte Mutter mit grünlicher Gesichtsfarbe und wankte in Richtung der Toiletten, höchstwahrscheinlich um sich zu erbrechen. Ein Ober schmiss versehentlich ein Tablett mit schmutzigem Geschirr in die Salatauslage. Vor dem Fenster röhrte der schwarze Mercedes auf, damit alle Bescheid wussten, dass er jetzt den Rastplatz verließ.

»Machst du dir Sorgen um die Kinder?«, fragte Alain.

»Eigentlich nicht, nein«, sagte Heike. »Nachdem Rudi mir heute Morgen Janas Nachricht geschickt hat, geht es mir ganz gut damit. Ich weiß jetzt, wo sie hingefahren sind – und man höre und staune, sie gehen sogar ins Theater. Freiwillig! Wir haben es Schwarz auf Weiß. Ich habe einen Screenshot davon gemacht und werde ihn für alle Ewigkeiten aufbewahren.«

Sie hielt Alain ihr Handy unter die Nase.

WIR SIND AUF EINEM ZELTPLATZ IN SIENA UND WOLLEN
HEUTE ABEND INS THEATER. KUSS JJ

»Siehst du, Schatz«, sagte Alain, als sie wenig später wieder im Auto saßen und mit fünfzig über die Autobahn schlichen. »Nicht alles, was übers Telefon kommt, ist eine Katastrophe. Dass wir das noch erleben dürfen.«

»Stimmt«, sagte Heike. Sie hielt ihren nackten Fuß aus dem Fenster und wackelte mit den Zehen. Der warme Sommerwind strich ihre Beine entlang und ließ ihren Rock flattern. Sie streichelte Alains Arm. Es könnte so eine wunderschöne Reise sein, wenn der Anlass mal wieder nicht so ein nervenzehrender Alarm wäre, dachte sie. Nur Alain und sie und ihre Sehnsüchte: die Sehnsucht nach Ruhe, die Sehnsucht nach Ausgelassenheit, die Sehnsucht nacheinander.

»Das ist nicht ungefährlich, was du da machst«, dozierte ihr Ehemann. »Wenn ich jetzt mit Vollgas auf den Laster da vorn krache, passiert Folgendes: Der Airbag öffnet sich, deine Beine schießen senkrecht nach oben, die Knie zertrümmern deinen Schädel, dein Becken bricht in tausend Stücke, die Hauptschlagader im Becken reißt, und du verblutest noch im Auto. Es sei denn, die stumpfe Fensterkante schneidet deinen Oberschenkel mittendurch. Dann verblutest du schon vorher.«

»Du bist ein alter Romantiker, Schatz.«

»Das habe ich in der ADAC-Zeitung gelesen.«

»Mein lieber Mann, ich denke gerade an vorgestern, als wir den ganzen Tag in Bensberg in der Sauna waren und ich dich schon nach der ersten Stunde hätte vernaschen können, und du quatschst irgendwas von zerrissenen Oberschenkelarterien. Vielleicht möchtest du ja lieber mit einem homosexuellen Notarzt verheiratet sein. Bitte sprich rechtzeitig mit mir darüber! Ich möchte euch nicht erst zusammen im Bett erwischen müssen.«

»Das kannst du deiner Parkuhr erzählen«, sagte Alain und grinste. »Du denkst nicht an einen nackten Alain in der Salzkristallsauna, sondern an Claudias Anruf. Wegen meiner Bemerkung mit dem Telefon gerade eben.«

»Ich hasse es«, seufzte Heike. »Du kennst mich zu gut.«

Claudias Anruf, der sie vom Verschwinden der Zwillinge in Kenntnis gesetzt hatte, hatte sie zu einem denkbar ungünstigen Zeitpunkt erwischt. Seit Langem hatten sie sich mal wieder einen Tag in der *Mediterana* gegönnt. Fünfzehn maurische und arabische Saunen, ein traumhaft warmer Whirlpool. Tiefer Schlaf im Beduinenzelt, zwischendurch ein bisschen lesen, ganz leise Musik hören, miteinander reden, zusammen schweigen. Irgendwann ein knackiger Salat für den knurrenden Magen und ein eiskalter Chablis. Die Stunden verrannen. Der Alltag war meilenweit weg. Jeder kümmerte sich um sich selbst und um den anderen. Schmusen war verboten. Überall hingen Schilder, die darum baten, mit dem Austausch von Zärtlichkeiten zu warten, bis man wieder zu Hause war. Einen ganzen Tag lang nackt beieinander zu sein, hatte eben Folgen. Alain wollte gar nicht wissen, was das Personal schon alles gesehen hatte. Manchmal allerdings halfen auch die Schilder nichts.

Dann griff das Management zu brachialen Maßnahmen. Eines Tages hatten sie die verschwiegene, dunkle Grotte am Rand des großen Pools zumauern lassen. Vermutlich hatten zu viel Pärchen beim Nacktschwimmen die Nerven verloren und einen kleinen Abstecher in die Höhle gemacht. Abstecher, dachte Alain und grinste in sich hinein. In diesem Zusammenhang bekam das Wort eine ganz neue Bedeutung.

Jedes Mal, wenn Alain und Heike gegen Mitternacht von Bensberg nach Hause fuhren, waren sie wie elektrisiert. Die Vorfreude begann am Autobahnkreuz Köln-Ost und verwandelte sich ab Köln-Nord in ein Bauchkribbeln, als wären sie dreizehn, und der erste Kuss stünde kurz bevor. In Meerbusch angekommen, landeten sie meistens umgehend im Bett.

Das war vorgestern nicht anders gewesen. Alain war Erster. Er lag unter seiner Decke und freute sich, dass Heike gleich zu ihm schlüpfen würde. Sonderlich viel Sex hatten sie nach zwanzig Jahren Ehe nicht mehr. Aber wenn, dann knallte es richtig. Allein bei dem Gedanken, dass Heikes Hand ihn gleich berühren würde, wurde ihm schwindelig. Als es dann endlich so weit war und ihre Hand seinen Bauch hinunterspazierte, klingelte das Telefon. Und zwar so penetrant lange, dass die Hand den Bauch schnell wieder hinaufrannte und zum Hörer griff.

Alain sah Heike hinterher, die ihm tonlos *Mit Jana und Jakob ist was!* zuflüsterte und hm-hm-machend das Schlafzimmer verließ. Er seufzte und knipste das Licht aus. Das war genau der Grund, warum Eltern keinen Sex mehr hatten, dachte er. Er starrte auf den Mondstrahl, der durchs Fenster schien und helle Flecken auf den Boden zauberte. Immer kamen die Kinder dazwischen. Immer! Das hatte die Natur als Verhütungstechnik so eingerichtet. Das Alter spielte offensichtlich keine Rolle dabei. Als die Kinder noch klein waren, standen sie wie Geister in der Schlafzimmertür, den Teddy unterm Arm, und ließen mit vor Entsetzen geweiteten Augen Geschichten vom Stapel, in denen schwarze Männer mit Beilen hinter ihnen her waren. Wenn sie dann ihre blutrünstigen Träume losgeworden waren und wieder in ihren Betten lagen, war bei Mama und Papa auch der letzte Funken Lust erloschen. Mittlerweile waren die Zwillinge aus dem Gröbsten heraus. Sie nahmen ihre Albträume hin wie Erwachsene. Aber was passierte? Sie stellten auf Reisen alles dermaßen auf den Kopf, dass mitten in der Nacht die Eltern verständigt werden mussten.

Hörte das denn nie auf? In vierzig Jahren würden die Blagen wahrscheinlich mitten in Alains und Heikes Altersheimsex hineinplatzen und lauthals verkünden, dass sie sich scheiden ließen und Oma und Opa jetzt mal ein paar Tage auf die Enkel aufpassen müssten, und überhaupt, was sie denn da trieben, ob sie sich nicht schämen würden in ihrem Alter! Sollte es jemals so weit kommen, hatte Alain beschlossen, dann würde er den schwersten Spalthammer erwerben, der im Baumarkt zu haben war, und damit hinter seinen midlifecrisisgebeutelten Zwillingen herjagen. Röchelnd wie Jack Nicholson in *Shining*! Die sollten ihre Albträume auch nicht umsonst gehabt haben! Mitten in diesen Gedanken war er erschöpft eingenickt, obwohl er es gar nicht wollte, nur um kurz darauf von Heike wieder wachgerüttelt und zu einer Toskanareise verdonnert zu werden.

Keine achtundvierzig Stunden später schlich er inmitten einer Urlauberblechlawine über die Brennerautobahn. Sex war entschieden die bessere Alternative, dachte Alain und schaltete in den zweiten Gang zurück. Die Wagenkolonne fuhr immer langsamer.

»Es war schon komisch, mit Claudia zu telefonieren«, sagte Heike und setzte ihren Fuß wieder ins Auto, bevor es ihre Hauptschlagader erwischte. »Wir haben doch noch nie miteinander gesprochen. Ich kenne sie ja nur aus deinen Erzählungen. Mannomann, wir haben wirklich ein paar Minuten gebraucht, bis wir halbwegs miteinander warmgeworden sind.«

»Das kann ich mir vorstellen«, sagte Alain.

»Eine Frau, die dich schon länger kennt als ich. Stell dir das mal vor!« Heike sah geistesabwesend aus dem Fenster. Die dreieinhalbtausend Meter hohen Gipfel des Stubaitals trugen immer noch Schneekappen. »Die war vielleicht fertig mit den Nerven. Na ja, das wäre ich an ihrer Stelle wahrscheinlich auch gewesen. Um fremde Kinder hat man sowieso immer mehr Angst als um die eigenen.«

»Die sie ja auch nicht hat«, sagte Alain.

»Warum nicht?«

»Es hat sich bei ihr halt nicht ergeben.«

»Dabei fand ich, dass die drei bei Jana und Jakob gar keinen so schlechten Job gemacht haben. Rudi ist ein total echter, ehrlicher Typ. Der verstellt sich nicht. Der ist einfach, wie er ist. Und die beiden Frauen haben nicht die Mutter raushängen lassen. Mit solchen Menschen kommen unsere Zwillinge eigentlich gut zurecht. Außerdem haben sie unseren Kindern ziemlich große Verantwortung übertragen, finde ich. Ohne großes Aufhebens darum zu machen, haben sie ihnen sehr viel zugetraut. Das muss die zwei total aufgebaut haben. Rudi konnte ja nicht ahnen, dass es um Jakobs Frustrationstoleranz nicht sonderlich gut bestellt ist. Wenn der sich mal in eine Sache verbissen hat und die dann plötzlich nicht klappt, ist es aus und vorbei. Du weißt, wie er in solchen Situationen ausflippen kann. Mir war das ganz schön peinlich am Telefon, das kann ich dir sagen. Rudi und Claudia greifen unserer Familie in einer echt beschissenen Situation unter die Arme, und unserer Brut fällt nichts Besseres ein, als wieder eine Mordswelle zu machen.«

»Rudis Bootcamp war eine gute Idee«, sagte Alain. »Das ist es noch. Lass Jana und Jakob in Siena ein bisschen auf eigenen Füßen stehen. Danach kommen sie nach Castellina zurück und machen ihre Arbeit zu Ende.«

»Vielleicht wäre es besser gewesen, wir hätten die Auszeit nicht mit Freunden organisiert«, sagte Heike nachdenklich. »Es gibt so viele andere Möglichkeiten für Kinder, denen die Schule zum Hals heraushängt. Ein Zirkusjahr, ein paar Monate auf einem Segelschiff, Wohnprojekte im Dschungel, ein soziales Jahr in Australien, was weiß ich.«

»Das sind alles Maßnahmen, die ewig dauern«, sagte Alain. »Da sind die Kinder über Monate aus der Schule. Das holen die nicht mehr auf.«

»Und wenn schon.«

»Während alle anderen G8 machen, machen unsere zwei G16, oder wie?«

»Du immer mit deiner Abileier«, sagte Heike kopfschüttelnd. »Hast du nicht genug Freunde um dich herum, die dir gezeigt haben, dass es auch anders geht? Außerdem prügle ich meine Kinder nicht in Rekordzeit durch die Schule, nur damit sie hinterher keine Ahnung haben, was sie im Leben anstellen sollen.«

»Jetzt übertreibst du aber.«

»In Düsseldorf gibt es ein Institut, da kannst du für deine orientierungslosen Sprösslinge einen Neigungstest buchen. Der Laden sitzt auf der Kö inmitten all der Nobelläden und verlangt zwölfhundert Euro. Zwölfhundert für einen Testtag, Alain! Was kostet die Welt? Hauptsache, die Kinder haben Abi. So eine gequirlte Scheiße!«

»Das sind doch Ausnahmen«, sagte Alain beschwichtigend.

»Ausnahmen?«, fuhr Heike auf. »Die sind total ausgebucht. Mittlerweile musst du sechs Monate warten, bis du einen Platz für dein Kind kriegst.«

»Du machst Witze.«

»Glaub mir, Starrkopf, beim Thema Abi mache ich keine Witze mehr.«

Mittlerweile fuhren die Autos erneut im Schritt. Der Brenner war brechend voll. Alain hätte nie gedacht, dass dichter Verkehr noch dichter werden konnte. Er seufzte. Heike strich ihm über das verschwitzte Haar. Er nahm ihre Hand und küsste sie. Sie waren total gegenteiliger Meinung und sich trotzdem nicht böse. Liebe hatte viele Seiten. Diese Form des Friedens hatte sich erst in den letzten paar Jahren zwischen ihnen entwickelt. Es hatte Zeiten gegeben, da hätte ihm Heike bei solchen Gelegenheiten mit Freuden das Gesicht zerkratzt.

Alain angelte nach der Straßenkarte. Navigationssysteme waren ohne Zweifel eine tolle Erfindung. Aber man begab sich vollständig in die Obhut eines kleinen Kästchens und hatte nicht den Hauch einer Ahnung, wo genau man eigentlich war. Alain faltete die Karte auf und legte sie auf das Lenkrad. Er wollte nur noch von dieser verstopften Autobahn runter. Das war im Moment viel wichtiger als jedes Abi. Wenn er bei Vipiteno abfuhr, konnte er die SS508 nach Bozen nehmen und hoffen, dass nicht tausend andere Deppen die gleiche Idee hatten.

Tausend andere Deppen hatten die gleiche Idee.

»Ihre Stimme war ziemlich sexy«, sagte Heike.

»Was?«, fragte Alain irritiert.

Die Landstraße war extrem kurvig. Er musste sich konzentrieren.

»Claudias Stimme«, wiederholte Heike. »Die ist wirklich sexy.«

»Aha?«

Heike drehte sich zu ihm. Er spürte ihren Blick und wusste, dass sie seine Schläfe musterte. Die rechte, die grauer war als die linke.

»Ist da wirklich nichts gelaufen letztes Jahr?«, fragte sie. »Ich weiß, dass du auf so was stehst.«

Alain antwortete nicht. Er kurbelte wie ein Wilder am Lenkrad, weil er die Enge einer Haarnadelkurve unterschätzt hatte. Wo kamen bloß all diese Autos her?

»Meine Stimme war einer der Gründe, warum du dich damals in mich verliebt hast«, sagte Heike. »Sie klänge so wunderbar verrucht, hast du immer gesagt.«

Heike musterte betont beiläufig ihre Fingernägel.

»Claudia hat auch so eine«, sagte sie.

Eine Gerade! Das war die Chance, an diesem schneckenlahmen Lastwagen vorbeizuziehen. Alain drückte das Gaspedal durch.

»Schatz, bist du noch da?« Heike gab nicht auf.

Alain scherte vor dem Lastwagen ein und bremste scharf, um die nächste Kurve unfallfrei zu bewältigen.

»Heike, verdammt! Ich würde dir jetzt gerne ganz tief in die Augen sehen und dir bei allem, was mir heilig ist, schwören, dass zwischen mir und Claudia nichts war. Aber ich kann nicht!! Wenn ich dir jetzt in die Augen sehe, fahren wir nämlich geradeaus, stürzen in irgendeine dämliche Schlucht, die keine Sau kennt, und sterben. Das kann es ja wohl nicht sein, oder?«

Alain spürte Heikes Hand auf seinem Oberschenkel.

Er hörte sie leise lachen.

Er wusste, dass es gut war.

Zwischen Campolasta und Sarentino ging gar nichts mehr. Zur Staubildung auf der engen Landstraße trug nicht unwesentlich eine blonde Frau mit rosa Strohhut und rosa Kleid bei. Sie radelte auf einem Damenfahrrad völlig entspannt den Hügel hinauf, umgeben von einem Peloton erschöpft strampelnder Radrennfahrer. Alain und Heike fuhren ein paar hundert Meter hinter der Gruppe her, weil die Straße zu unübersichtlich zum Überholen war. Die Rennradler waren ausnahmslos alte, faltige, ausgemergelte Männer mit Figuren wie bulimische Jockeys. Die Dame hielt mühelos mit. Ihr Kleid flatterte im Wind. Mit der linken Hand lenkte sie das Fahrrad, mit der rechten hielt sie ihren Hut fest. Sie transpirierte nicht einmal.

Es musste ein Elektrofahrrad sein. Anders ließ sich dieses surrealistische Bild nicht erklären. Gott sei Dank sang sie nicht. Hätte sie noch gesungen, eine Arie womöglich, hätte Heike an einen LSD-Trip geglaubt.

»Solltest du mich in zwanzig Jahren jemals mit dermaßen albernen Klamotten auf einem Rennrad vorfinden, darfst du mich runterschießen«, sagte Alain und deutete auf den schwitzenden Haufen alter Männer. »Mit einer Ladung Sauposten. Das ist doch unwürdig.«

»Siehst du auch dieses rosa Dings?«, fragte Heike. »Ich glaube, ich habe Halluzinationen. Lass uns in Bozen ein Hotel suchen.«

Markus räumte die schmutzigen Tassen und Teller in die Spülmaschine. Sein Blick schweifte durch Claudias Küche. Auf dem Gewürzregal entdeckte er zwei altbekannte Gläschen.

»Wie kommt denn mein *Arrabbiata* hierher? Und mein *Caprese?*«

»Frag nicht«, sagte Rudi, während er sich in den Kühlschrank beugte und drei eiskalte Flaschen Bier herausfischte. »Das Zeug verfolgt uns. Es hat hier schon wieder den allergrößten Schaden angerichtet.«

»Offensichtlich braucht ihr mich nicht mehr, um euer Essen zu versauen«, stellte Thomas fest.

»Nein«, sagte Rudi. »Wir vertauschen die Deckel jetzt selbst.«
Er drückte jedem ein Bier in die Hand.

»Kommt mit! Ich zeige euch den Laden.«

Sie gingen über den Hof. Otto kam bellend angelaufen und war außer sich vor Freude, als er Markus sah. Da Markus gerne kochte und zuverlässig kleckerte, roch er immer total verführerisch nach allen möglichen Lebensmitteln. Das brachte Otto jedes Mal fast um den Verstand. Heute duftete Markus nach mindestens zwei Sorten Tankstellenchips. Außerdem hatte er einen sehr interessanten Fleck auf seiner – leider nicht schwarzen – Hose. Eine Art Cocktailsauce, die sich auf einem mit Salat, Tomate und Ei belegten Truthahnsandwich befunden haben musste. Otto war hingerissen.

Die Tortellinis auch. Wenn der Vater so einen Freudentanz veranstaltete, konnte an den zwei Neuankömmlingen nichts Verkehrtes sein.

»Tortellini Zwei und Acht«, stellte Rudi vor. »Ottos und Pastas Söhne.«

»Die sehen aber gelungen aus«, sagte Thomas.

»Das täuscht«, sagte Rudi. »Das ist nur äußerlich.«

Ihr Rundgang über Claudias Ölmühle führte sie vom Haupthaus mit dem undichten Dach zur baufälligen Remise, wo schon die Balken lagen, die ausgetauscht werden mussten. Von dort ging es zum traurigen Ölpressenhäuschen, das sich auf neue Farbe freute. Schließlich standen sie vor der zerschmetterten Tadelaktwand im neuen Laden. Der Felsbrocken lag noch davor. Die Trümmer der Ladentheke hatte der Schreiner bereits abtransportiert. Er versuchte in seiner Werkstatt zu retten, was noch zu retten war.

»Was ist das für ein Farbe?«, fragte Thomas. »Dunkellila? Ich dachte, Claudia wollte Mauve?«

»Mach bloß dieses Fass nicht auf, wenn sie dabei ist«, stöhnte Rudi.

»Also an diese Wand da wage ich mich nicht ran«, sagte Markus. »Nicht wenn du nicht dabei bist, Rudi. Häuschen streichen und Dachziegel austauschen jederzeit gern. Die Remisenbalken kriegen wir irgendwie auch hin. Es sei denn, Thomas muss Gehrungen sägen.«

»Das ist doch toll«, sagte Rudi und strahlte. »Dann übernehmt ihr erst mal das Dach und die Presse. Vielleicht kriegt ihr ja auch den Felsen hier raus. Renzo hat einen kleinen Traktor. Damit müsste man ihn rausziehen können.«

»Danach ist aber der Boden hinüber«, sagte Thomas.

»Man müsste Decken drunterlegen«, überlegte Markus.

»Wenn der Estrich ein paar Kratzer abkriegt, ist das nicht schlimm«, sagte Rudi. »Wir haben noch etwas von dem Epoxidharz, mit dem wir den Boden beschichtet haben. Das kann man auftragen und polieren. Außerdem soll der Estrich ja ein bisschen ranzig aussehen. Das bildet einen Gegensatz zu den bunten Wänden und den hellen Regalen.«

»Dann sind wir uns ja einig«, grinste Markus. »Gleich morgen früh fängt Thomas mit dem Dach an. Ich lege mich mit einem Bier in den Garten und trage die Verantwortung.«

»Tu's nicht!«, sagte Thomas. »Du warst heute schon zu lange in der Sonne.«

»Habe ich auch gerade gedacht«, brummte Rudi.

Markus wackelte mit seinem Mittelfinger.

Dann wurde er wieder ernst.

»Wie geht es Grazia?«, fragte er.

»Sie liegt immer noch im Koma«, sagte Rudi. »Ich fahre nach dem Essen wieder ins Krankenhaus. Claudia hat mich gestern abgelöst. Solange es Grazia schlecht geht, kriege ich hier sowieso nichts gebacken.«

»Musst du auch nicht«, sagte Markus. »Wir sind ja jetzt da.«

»Und was nicht fertig wird, wird eben nicht fertig«, sagte Thomas. »Man kann einen Laden am Arsch der Welt auch eröffnen, wenn in der Remise noch ein paar Balken wackeln.«

Sie gingen in den Garten zurück. Markus machte den Vorschlag, eine schnelle Nudel zu kochen. Er hatte bei seiner ersten Küchenbesichtigung schon festgestellt, dass alle Zutaten dafür vorhanden waren. Thomas bekam bis zur Fertigstellung der Mahlzeit absolutes Küchenverbot und den Auftrag, eine Flasche *Rosso* zu öffnen. So war gewährleistet, dass nicht wieder drei Handvoll *Arrabbiata* in der Soße landeten und alle nach der Feuerwehr schrien.

Die Sonne versank hinter den Hügeln des Chianti. Thomas hielt ihr sein Glas entgegen und betrachtete sie durch die tiefrot funkelnde Flüssigkeit. Wie hatte er diese Gegend vermisst! Karibik, so ein Schwachsinn! Wie war er bloß darauf gekommen? Er hasste

Cocktails. Nicht nur wegen der Schirmchen, die einem das Augenlicht raubten. Cocktails waren immer so klebrig. So klebrig wie die verlebten Frauen, die sie an der Bar bestellten. Wenn die einen aufs Korn genommen hatten, pappten sie einem am Leib. In der *Meerbar* im Düsseldorfer Medienhafen, wo er mit Paul neulich auf der Terrasse ein Eis gegessen hatte, hatte Thomas die zweifelhafte Erfahrung machen müssen, dass in Trennung lebende Väter große Anziehungskraft auf Damen unterschiedlichsten Alters ausübten. Himmel hilf! Lieber würde er bewusstlos in Trottlikon-Idiotlikon über einem Zaun hängen, als mit einer dieser durchgestylten Werbeschnecken etwas anzufangen.

Bei dem Barbesuch hatte ihn eine Kollegin aus seiner alten Agentur entdeckt und mit Neuigkeiten über den desolaten Zustand seiner ehemaligen Kreativabteilung überschüttet. Thomas wollte das alles gar nicht hören, musste aber insgeheim zugeben, dass es guttat, wenn der Laden nach dem eigenen Ausscheiden den Bach runterging. Nach einer halben Stunde war das berufliche Blabla erschöpft gewesen und die Dame privat geworden. Sie hatte die Stimme verführerisch gesenkt. Vermutlich dachte sie, das würde ihn anmachen. Aber es klang halt nicht rauchig, sondern einfach nur klebrig. Wenn es schon in Düsseldorf klebrig klang, wie klang es dann erst in der Karibik, fragte sich Thomas. Extraklebrig? Da waren sie ja alle noch enthemmter. Nein, nein, dachte er. Dann schon lieber mit spröden Kumpels, Mörteleimer und blau gehauenem Daumen unter einer grellen Toskanasonne schuften.

Rudis Handy brummte.

HI! HABEN DOM UND PICCOLOMINI BIBLIOTHEK BESICHTIGT.
TOLL! WOLLEN NOCH DIE VIER PROBEN DES PALIO SEHEN
UND DAS ERSTE RENNEN AM 2. JULI. GELD FÜR CAMPING
KEIN PROBLEM. JAKOB LÄUFT SCHATTEN. LG JJ

»Piccolomini-Bibliothek? Die verarschen uns doch«, sagte Markus im Vorübergehen. Er hatte beim Tischdecken einen Blick auf das Display geworfen und verschwand wieder in der Küche.

»Ich kenne mich da nicht aus«, sagte Rudi. »Keine Ahnung, ob Sechzehnjährige freiwillig Kirchen von innen ansehen. Mich hätten damals keine zehn Gäule reingebracht. Vom Weihrauch wird mir heute noch schlecht.«

»Was für Proben überhaupt?«, fragte Thomas. »Theaterproben?«

»Der *Palio* ist das Pferderennen rund um den Campo. In den Tagen davor gibt es ein paar Probeläufe, damit sich Pferde und Reiter an den Platz gewöhnen«, erklärte Rudi.

»Wenigstens sind die Zwillinge in der Nähe«, rief Markus aus der Küche. »Und nicht werweißwo.«

»Dann schreib ihnen bloß nicht, dass ihre Eltern auf dem Weg in die Toskana sind«, sagte Thomas. »Sonst flüchten die womöglich nach Sizilien.«

»Ich schicke Janas Nachrichten immer gleich an Heike und Alain weiter«, sagte Rudi, während er ein paar Tasten an seinem Handy drückte. »Eine andere Möglichkeit habe ich momentan nicht. Ans Telefon kriege ich die beiden nicht. Wahrscheinlich wieder Akku leer und Kabel verloren. Kennt man ja. Und E-Mail haben wir seit Claudias letztem Hausputz auch nicht mehr. Da hat sie versehentlich einen von diesen drei geheimnisvollen Steckern hinter dem Schreibtisch zerstört. Buffz! Internet tot. Vielleicht trifft sie aber auch gar keine Schuld. DER STECKER WAR NÄMLICH VORHER SCHON ANGEKAUT, VERDAMMTE AXT!«

Den letzten Satz hatte Rudi laut und deutlich unter den Tisch gesprochen. Von dort war das Klopfen dreier Hunderuten zu hören.

»Aha«, sagte Thomas. »Deshalb findet mein Handy euer WLAN nicht mehr.«

»Du brauchst kein Internet!«, sagte Markus. »Du wolltest dich in Rudis Mörteleimer selbst finden.«

Er stellte den Nudeltopf auf den Tisch.

»Reinhauen, Männer!«, befahl er. »Spaghetti Eintopfo. Soße und Parmesan sind schon dran. Ich wollte euch nicht mit zu vielen Komponenten überfordern.«

Sie ließen es sich schmecken und freuten sich, dass sie wieder an einem Tisch beieinandersaßen. Wie immer gab ein Wort das andere. Sie waren fast so ausgelassen wie zuletzt im *Fass*. Nur dass Rudi zwischendurch viel zu oft auf die Uhr sah und Markus und Thomas später auch nicht mehr wussten, wie sie ihren bedrückten Freund aufheitern sollten.

»Du rasierst dich aber noch, bevor du zu Grazia fährst«, sagte Thomas.

»Mein Aftershave ist alle.«

»Creme tut es auch«, sagte Markus.

»Bloß nicht!«, sagte Thomas. »Die Marktforschung sagt, wir Männer dürfen auf keinen Fall das Gefühl haben, dass wir uns nur eincremen. Creme ist Weiberzeug. Männer schmieren sich viel innovativeres Zeug ins Gesicht. *Skin Booster* und *Overnight Renewal Serum* und so Sachen. Unterm Strich sind das zwar auch Cremes, aber sie klingen halt mordsmäßig abgespaced.«

»Wahrscheinlich sehen Elektrorasierer deshalb auch aus wie Raumschiffe«, sagte Markus. »Man erwartet jeden Moment, dass oben ein nackter, faltiger Finger herauskommt und jemand *Nach Hause telefonieren* sagt.«

»Wir sind eine lächerliche Zielgruppe«, stellte Thomas nüchtern fest. »Je älter, desto alberner. Schau dir unseren Markus an, Rudi. Seine Figur geht aus dem Leim. Er stellt sich seit Jahren nicht mehr seitlich vor den Spiegel, hat er gesagt. Seine Hormone spielen verrückt. Er gerät schon ins Schwitzen, wenn er nur ein Tässchen Suppe in die Mikrowelle stellt. Würde ein *Skin Booster* ihn kurieren?«

»Ich muss los«, sagte Rudi und stand auf. »Ihr haltet hier die

Stellung, ja? Wenn ich Claudia sehe, sage ich ihr Bescheid, dass ihr da seid.«

»Ich bitte darum«, sagte Thomas. »Nicht dass sie sich Renzos Flinte leiht, weil sie in ihrem Haus Licht sieht, wo kein Licht sein darf.«

»Fahr vorsichtig!«, sagte Markus.

Als Claudia zwei Stunden später erschöpft ihren Garten betrat, saßen die beiden immer noch bei Kerzenschein am Tisch.

»Bei uns gegenüber wurde ein altes Haus abgerissen«, erzählte Markus gerade. »Ich dachte immer, bei so einem Projekt rückt ein ganzer Trupp Männer mit einer Abrissbirne an. Von wegen! Es war nur ein einziger Typ mit einem Bagger. Unfassbar, wie filigran der Mann dieses Haus zerlegt hat. Wie ich damals, wenn ich meine Lego-häuschen wieder auseinandergenommen habe. Der nutzte den Grei-fer an seinem Bagger wie einen Zeigefinger. Mal stupste er hier ein bisschen, mal zog er da. Das muss ein toller Beruf sein. Was der mit behördlicher Genehmigung alles demolieren darf. Ein Traum …«

»He, ihr zwei!«, sagte Claudia.

Die Köpfe der beiden Männer fuhren erschrocken auseinander. Sie hatten sie gar nicht kommen hören.

»Es ist gut, dass ihr hier seid«, sagte Claudia und lächelte sie an. Im Haus klingelte das Telefon.

»Keiner rührt sich vom Fleck«, kommandierte sie. »Der *Rosso* bleibt offen. Ich komme gleich wieder.«

Sie hörten, wie Claudia den Hörer abnahm.

»*Pronto! … Yes,* ja … Deutsch auch … Der ist im Moment nicht da … Wer? … WER??? … Das ist doch jetzt nicht wahr, oder?!«

Romy hatte sich zwei dicke Marmeladenstullen geschmiert. Mit Himbeer in der linken und Aprikose in der rechten Hand schlenderte sie neugierig durch das Haus ihres Bruders und biss abwechselnd ab. Alles sah nach einem überstürzten Aufbruch aus. Die Zwillinge schienen auch nicht da zu sein. Ihre Zimmer, die gewöhnlich aussahen, als hätte eine Granate in einen Schmutzwäschebehälter eingeschlagen, waren akribisch aufgeräumt. Als hätte eine Mutter sehnsüchtig gewartet, bis die Kinder aus dem Haus waren, um die Zimmer dann blitzartig mit Sauger und Lappen zu attackieren. Aber wo war sie jetzt, die Mutter?

Mit schief gelegtem Kopf ging Romy am Bücherregal entlang und las die Titel auf den Buchrücken. Es waren die üblichen Schinken, die man in so gut wie allen Haushalten vorfand, deren Bewohner dem fünfzigsten Geburtstag entgegentaumelten. Als Jugendliche hatten sich Romy und Alain immer über die Bücherregale der Eltern ihrer Freunde lustig gemacht. In welches Haus man auch kam, es hatte überall gleich ausgesehen. Ein bis zwei Meter Karl May, dunkel mit goldener Schrift, daneben mindestens drei bunte Johannes Mario Simmel und natürlich die Quartalsempfehlungen des Bertelsmann-Clubs, die man aus Faulheit nicht zurückgeschickt hatte. Und heute bei ihnen selber? Das gleiche in Grün, nur die Cover waren abwechslungsreicher. »*Medicus, Wassermusik* von Boyle, Tom Wolfes *Fegefeuer*«, murmelte sie. »Die hab ich auch alle. Na guck, Mankell gleich drei Mal, *Liebe in Zeiten der Cholera*, Isabel Allende ... *Per Anhalter durch die Galaxis,* witzig. Oh, Fotoalbum ...«

Sie versuchte probeweise von ihren Broten abzubeißen, ohne den Kopf aufzurichten. Prompt kleckerte etwas Marmelade auf das Regal. Mit dem Zeigefinger wischte sie das Brett wieder sauber. Sie legte die Brote aus der Hand und klappte das Album auf. Du liebes Lieschen! Das war Alains altes Ferienalbum. Für jeden Urlaub hatte er – oder wer auch immer damit angefangen hatte – genau zwei Seiten reserviert. Mit Kinderbildern fing es an. Sie und Alain mit pudelnackten Hintern und roten Schäufelchen in einem Sandloch bei Jesolo. Im Käfer waren sie damals nach Italien gefahren. Ausgerechnet im Käfer. Dessen Plastiksitze stanken immer in der Sonne. Im Regen auch. Eigentlich rochen sie bei jedem Wetter. Damals hatten Papa und Mama noch geraucht. Den Rauch hatten sie immer sorgfältig vorne zu den kleinen Dreiecksfenstern hinausgeblasen. Trotzdem hatte man nach fünfzig Kilometern das Gefühl, man verreiste in einem Aschenbecher mit geschlossenem Deckel. Atemwegserkrankungen? Geschenkt! Damals hatten ja nicht einmal die Chlorbleicheflaschen einen kindersicheren Deckel.

Später hatte sich die Familie ein zweites Auto geleistet. Einen gebrauchten blauen Opel Kapitän mit weißem Dach. Danach gehörte der Stinkekäfer Mama und durfte nur noch im Stadtverkehr bewegt werden. Bis auf jenes eine Mal, als Mama Papa auf einer Geschäftsreise begleitete und Alain verbotenerweise den Käfer aus der Garage holte. Zweieinhalbtausend Kilometer hatte er mit Markus innerhalb von zwei Tagen runtergerissen – zur Formel Eins nach Monaco und zurück. Nur um an einem verregneten Donnerstag im Mai eine halbe Stunde lang durch ein Zaunloch auf Gilles Villeneuve und das Qualifying starren zu können! Siebzehn waren sie damals gewesen, diese Deppen! Und einen Führerschein hatte auch keiner gehabt. Von diesem Kurztrip gab es natürlich keine Fotos. Zumindest klebten sie nicht in diesem Album.

Romy blätterte weiter.

»O Gott!«, stöhnte sie. »Sieh dir diese Frisuren an! Es sollte gesetzliche Regelungen geben, dass sich Jugendfotos spätestens nach fünf Jahren von selbst vernichten müssen!«

Überhaupt hatten Markus und Alain jede Menge angestellt. Kaum zu glauben, dass aus ihrem Bruder und seinem besten Kumpel solche Langweiler geworden waren. Finanzbeamter der eine, treu sorgender Hausmann der andere. Romy lachte leise. Es hatte damals Vormittage gegeben, da hatten die beiden nicht in Mathe gesessen und bescheuerte Kurven diskutiert, sondern im Hohentwieler Weinberg hinter dem Singener Krankenhaus gelegen und LSD-Trips eingeschmissen. Das ging genau zwei Mal gut. Beim dritten Mal war die Sache völlig aus dem Ruder gelaufen. Da brannte nämlich Licht in der Pathologie, die in einem kleinen, separaten Häuschen untergebracht war. Ein violettes Licht! Die beiden tapferen Bewusstseinserweiterer hatten wie hypnotisiert auf dieses merkwürdige Licht gestarrt. Alain hatte Markus gefragt, ob da wohl gerade eine Leiche zerlegt wurde. Von diesem Moment an kroch ihnen die Furcht langsam den Nacken hinauf und sträubte ihnen die Haare. Da es beiden annähernd gleich schlecht ging, konnten sie sich nicht gegenseitig aus dem Trip helfen. Jeder Blick in die entsetzten Augen des anderen machte es nur noch schlimmer. Irgendwann standen sie auf, liefen den Hohentwiel hinunter und anschließend geschlagene fünf Stunden durch die Singener Nordstadt, um nüchtern zu werden und den Horror wieder aus den Knochen zu bekommen.

Für Romy war es seit Langem klar, von wem Jana und Jakob dieses Talent für haarsträubendes Chaos geerbt hatten. Das bisschen Aufmüpfigkeit und die freche Klappe kamen von Heike, logisch. Aber der Hauptteil stammte von ihrem Vater. Leider war Alains heutige Haltung Lichtjahre von seiner damaligen entfernt. Er musste die Eskapaden seiner eigenen Jugend komplett vergessen haben, sonst würde er in manchen Situationen anders reagieren. Im Weinberg Trips einwerfen und so lange auf violette Tote starren, bis der Verstand komplett aus den Fugen geriet – aber Jahrzehnte später wegen einem bisschen Kiffen in Schweden ausflippen. Das passte nicht zusammen.

»Alain, du olle Grützwurst!«, rief Romy durch das Haus.

Als sie das Album ins Regal zurückstellte, fiel ein Bild heraus. Romy hob es auf. Alain mit einer jungen Frau am Atlantik. Romy erkannte sie auf Anhieb wieder. Seine vierte Freundin. Und die erste, zweite und dritte war sie auch gewesen. Oben ohne, dachte Romy, klar, wir lagen damals alle so am Strand. Gegen uns sind die Mädels heute prüde wie Biedermeiertanten. Romy erinnerte sich noch, wie peinlich es Jana gewesen war, als Romy sich einmal im Freibad ohne Oberteil sonnte. Jana wäre fast im Boden versunken.

Romy studierte die feinen Gesichtszüge der Frau auf dem Bild.

»An dich habe ich ja seit Ewigkeiten nicht mehr gedacht, Claudi.«

Damals hatte jeder in der Clique geglaubt, dass Alain und Claudia in diesem Leben nicht mehr voneinander loskämen. Aber zum Heiraten hatte es eben doch nicht gereicht. Claudia war sehr nett gewesen, erinnerte sich Romy. Aber Heike passte besser zu dem Kerl.

Sie steckte das Bild zurück und ging in die Küche. Sie würde sich jetzt einen Kaffee kochen, vor lauter Langeweile ein bisschen die Blumen gießen, vielleicht noch ein paar strunzdoofe Serien im Fernsehen gucken und gegen später eine Pizza bestellen. Aber dann musste endlich einer auftauchen! Sonst würde sie sauer werden. Oder zumindest einen Zustand erreichen, der *sauer* irgendwie ähnlich war. Richtig sauer wurde Romy nie. Das war in ihrem Naturell nicht vorgesehen. Manchmal wünschte sie sich, ausrasten zu können wie jeder andere. Aber es ging nicht. Die Handvoll Männer, die es länger mit ihr ausgehalten hatten als ein paar Wochen, hatten sie letztlich genau deswegen verlassen. Ihr liege nichts an der Beziehung, hatte es immer geheißen, sonst würde sie auch mal richtig wütend werden, stattdessen sei sie so teilnahmslos wie … wie …

An dieser Stelle wollte Romy in der Regel gar nicht mehr wissen, wie der Satz zu Ende ging. Sie setzte die Kerle vor die Tür. Anschließend fuhr sie jedes Mal ein paar Tage zu Alain und Heike, um sich trösten zu lassen und mit ein paar alten Theaterkollegen durch die Düsseldorfer Altstadt zu ziehen.

Romy steckte eine schwarze Kaffeekapsel in den Automaten und sah gedankenverloren zu, wie der Kaffee brummend in die Tasse schäumte.

Romy liebte ihren Bruder. Aber ihre beiden Patenkinder liebte sie noch mehr. Um sie machte sich Romy ihre eigenen, ganz besonderen Sorgen. Im Gegensatz zu den Eltern beunruhigte sie nämlich nicht Janas und Jakobs Widerspenstigkeit. Im Gegenteil, sie fand das toll. Sie war ja selber so. Aber diese beiden temperamentvollen Überflieger in den Krallen einer Beamtenseele wie Alain, das musste einfach schiefgehen.

»Ging es ja auch, bisher!«, murmelte Romy. »Je mehr der Kerl sie mit seinen Erwartungen einmauert, desto mehr Steine reißen sie nieder.«

Der Kaffee war zu stark.

Die Blumen gaben keinen Ton von sich.

Die Serien waren doof.

Die Pizza ging so.

Irgendwann war es dunkel.

Romy knipste die kleine Lampe an, die auf Alains Schreibtisch stand. In ihrem Schein entdeckte sie einen Zettel mit ein paar hastig hingekritzelten Notizen und einer Telefonnummer in Italien. *Rudi, Toskana* stand dabei. Aber da konnten sie ja nicht sein. Die Kinder hatten ja noch Schule.

Die Nachrichten waren grausam.

Der Krimi war vorhersehbar.

Der Werbeblock quengelte.

Im Kühlschrank stand nur Altbier.

Romy sah unentschlossen zum Telefon hinüber. Halb zehn, da konnte man in Italien sicher noch anrufen. Wenn Rudis Nummer hier auf dem Schreibtisch lag, überlegte Romy, war es doch ziemlich wahrscheinlich, dass Alain irgendwann in letzter Zeit mit ihm gesprochen haben musste. Vielleicht wusste Rudi ja, wo sich Alain und Heike gerade herumtrieben.

Um zehn fasste sich Romy ein Herz und wählte die Nummer.

Es klingelte drei, vier, fünf Mal, dann wurde abgehoben.

»*Pronto!*«, sagte eine Frauenstimme am anderen Ende der Leitung.

»Oh«, sagte Romy. »Ähm, *do you speak English?* Zufällig?«

»*Yes*, ja«, sagte die Frau und musste lachen. »Deutsch auch.«

»Super«, sagte Romy erleichtert. »Ist Rudi da?«

»Der ist im Moment nicht da«, sagte die Frau. »Wer …?«

»Ach so, klar. Entschuldigung. Hier ist Romy, ich möchte …«

»WER???«

»Romy«, wiederholte Romy irritiert. »Die Schwest …«

»Das ist doch jetzt nicht wahr, oder!?«, rief Claudia.

»Was soll denn daran nicht wahr sein? Hallo? Ich leide noch nicht unter Persönlichkeitsspaltung.«

»Hier ist Claudia.«

»Ja, guten Abend noch mal. Romy hier. Wie gesagt, den Rudi hätte ich gerne gesprochen.«

»Romy! Hier ist Claudia. Die alte Flamme von deinem bekloppten Bruder.«

»Falls Rudi gerade Zeit hat, wäre es … Was???«

»Du stehst vielleicht auf dem Schlauch, Romy.«

»Ich bin gerade ein bisschen durcheinander.«

»Singen. Gymnasium. Vier Klassen über dir. Alain. Claudia. Du fandest meine Klamotten immer langweilig und hast mir immer heimlich die Zigaretten aus der Jacke geklaut, wenn ich in Alains Zimmer war.«

»Das mit den Zigaretten hatte ich vergessen«, sagte Romy langsam. Normalerweise fiel bei ihr der Groschen schneller. Die ganze Situation war unwirklich. »Natürlich weiß ich, wer du bist. Es ist nur so, dass ich gerade eben ein Bild von dir in der Hand hatte und zum ersten Mal seit ich-weiß-nicht-wievielen Jahren überhaupt an dich gedacht habe. Und jetzt rufe ich irgendwo in Italien Rudi an, und du bist am Telefon. Wenn das hier ein Film wäre, wäre das der Moment, wo ich aus dem Kino rennen würde, um den Drehbuchautor zu ermorden. Vielleicht bekäme ich auch erst einen Schreianfall wegen einer Kitschüberdosis und müsste noch vor Ort behandelt werden. So richtig mit Blaulicht und Spritze und *Aaarrrggghhh!* Aber danach wäre garantiert der Drehbuchschreiber dran.«

Claudia lachte.

»Du quatschst immer noch ohne Punkt und Komma, was?«

»Und du klingst noch genauso heiser wie damals, Claudia.«

Sie schwiegen. Ein kaum wahrnehmbares Rauschen knisterte in der Telefonleitung. Die Stimme aus der Vergangenheit berührte Romy sehr. Alain hatte ihr erzählt, wie es ihm auf der Abifeier letztes Jahr ergangen war, wo sich alle Jahrgänge der letzten vierzig Jahre wiedergetroffen hatten. Eine echte Zeitreise sei das gewesen, hatte er gesagt. Im Innenhof durfte nicht mehr geraucht werden und die Frisuren sahen nicht mehr so beknackt aus, aber ansonsten sei alles so gut wie beim Alten geblieben. Manche Gesichter hätten sich überhaupt nicht verändert, der Geruch im Flur sei immer noch derselbe, die Festansprachen immer noch zum Gähnen.

Romy wäre damals so gerne dabei gewesen.

»Weißt du, dass wir uns letztes Jahr fast getroffen hätten?«, sagte Romy. »Ich hatte schon das Zugticket an den Bodensee gekauft und konnte dann doch nicht fahren. In letzter Minute ist mir der Job dazwischengekommen. Wie so oft. Was habe ich mich geärgert! Hinterher habe ich die wildesten Sachen gehört, du liebe Güte. Die alte Schulband soll wieder zusammengefunden haben. Gloria hat gesungen. Nicht Brahms, sondern die ganz harten Sachen, der ganze Saal hat angeblich getobt. Sogar Fidel Che Bünzlesmair soll da gewesen sein.«

»Klar war der da«, sagte Claudia. »Ich habe mich sogar mit ihm unterhalten. Also, solange er sich noch klar und deutlich ausdrücken konnte.«

»Der hatte früher alle Singles von Baccara«, sagte Romy.

»Das hat sich bis in eure Klasse herumgesprochen?«

»Die ganze Schule wusste das.«

»Ha, ha, ich wäre gestorben an seiner Stelle.«

»Alain hat erzählt, er hätte sogar den alten Doktor Gelbschneider wiedergetroffen. Ich frage mich, ob der immer noch zum Fenster hinausmurmelt, während hinter ihm Lateinarbeiten geschrieben werden.«

»Der ist schon lange pensioniert«, sagte Claudia. »Aber stell dir vor, der jetzige Rektor ist der bärtige Französischreferendar, der zu unserer Zeit angefangen hat. Immer noch derselbe Langweiler. Du hättest seine Rede hören sollen. Ein geschichtlicher Rückblick auf unser altehrwürdiges Gymnasium. Dass der nicht im Pleistozän angefangen hat, war auch alles.«

»Unser alter Direx war doch auch so eine Stimmungskanone. Als wir damals die Abiturzeugnisse bekommen haben, hat der Guntram mitten in die Festrede hineingefurzt. Wir haben uns weggeschmissen vor Lachen.«

»Guntram mit der zerebralen Minderbelüftung?«

»Genau der.«

»So richtig witzig ist so ein Furz ja nicht.«

»Nein, überhaupt nicht.«

»Wir waren total bescheuert damals, oder?«

»Ja! Alle.«

»Ohne Ausnahme.«

»Guntram ist heute Vorstandsvorsitzender von so einem riesigen internationalen Mischkonzern.«

»Manchmal denke ich, ich habe einen Tinnitus im Auge«, sagte Claudia. »Ich sehe überall nur Pfeifen.«

Romy schnappte nach Luft. Dann lachte sie so laut, dass Claudia am anderen Ende der Leitung *Aua* sagen und kurz den Hörer vom Ohr nehmen musste.

Sie hätten endlos weitergackern können.

Irgendwann fiel Romy ein, weswegen sie überhaupt angerufen hatte.

»Claudia, kannst du mir vielleicht erzählen, was hier los ist?«

Eine halbe Stunde später legte Romy auf und buchte einen Flug nach Florenz.

Er schaltete sein Handy aus und warf es auf den Beifahrersitz. Zufrieden blickte er auf den Rhein. Im Wasser spiegelte sich der Düsseldorfer Fernsehturm. Für den Anruf war er auf die andere Rheinseite gefahren und hatte am Kaiser-Friedrich-Ring geparkt. Wahrscheinlich war das übertriebene Vorsicht. Aber er hatte kürzlich in einem Magazin gelesen, es seien schon Verbrecher festgenommen worden, nur weil die Kriminalpolizei die Mobilfunkwaben gefunden hatte, von denen aus sie telefoniert hatten.

Was war dieser Gipser bloß für ein naives Arschloch, dachte er. Das war ja noch einfacher gewesen, als er gedacht hatte. Ein kurzer Anruf im Büro. Wie erwartet schaltete sich der Anrufbeantworter ein und verriet die Handynummer: *Bin auf einer Baustelle in Italien und erst wieder im Oktober in Deutschland. Wenn Sie einen Auftrag für mich haben, rufen Sie mich bitte unter folgender Nummer an.* Der Rest war ein Kinderspiel gewesen. Geldgeil waren sie doch alle. Man musste so einem Typen wie diesem Rudi nur ein dickes Projekt mit einer irren Quadratmeterzahl unter die Nase reiben, zum Beispiel ein großes Büro, das durchgehend mit Tadelakt verputzt werden soll, schon plapperte er alles aus, was man wissen wollte. Auf einer Ölmühle in Castellina war der Drecksack also. Den Rest hatte Google innerhalb von drei Minuten erledigt. Gleich hier im Auto. In der Gegend gab es nur eine Olivenölmühle. *Olio Enzo, Castellina, Chianti.*

Jetzt wusste er, wo er ihn finden würde.

Und er würde nachts kommen!

Wenigstens arbeitete der Gipser mal richtig und lag nicht nur faul dem Steuerzahler auf der Tasche. Wie diese Punks an den Bahnhöfen, die nichts auf die Reihe kriegten, einen Euro schnorrten und auch noch ihre blöden Köter damit durchfütterten. Die Recherche war heute genauso leicht gewesen wie damals nach der Attacke im Wald. Da hatte er auch nur drei Tage gebraucht, um herauszufinden, wer ihn so massiv bedroht hatte. Eine fette Klage hatte er dem Gipser an den Hals gehängt. Eine Zeugin hatte er auch gehabt. Die hatte für ihn ausgesagt, weil sie gesehen hatte, wie der Gipser ihn bedroht hatte. Seine Drecksfreunde hatten in der Verhandlung gelogen, dass sich die Balken bogen. Was die für ein sanftes Bild von diesem Rudi gezeichnet haben! Als wäre dieser gewalttätige Irre in Wirklichkeit Mutter Teresa.

Mordsmäßig hatte er sich in den Prozess gehängt. Seine Chefs hatten gesagt, er sei da viel zu verbissen. Aber er wollte seine Rache. Der Typ sollte verurteilt werden. Vorher würde er keine Ruhe geben. Der Gipser war gefährlich. Der musste weggesperrt werden. Das hatte doch nichts Verbissenes, verdammt noch mal! Das war alles rechtens. Dieser Rudi war dann ja auch verurteilt worden! Aber mehr als dreißig Sozialstunden hatte dieses Richterrattenpack dem nicht aufgebrummt. In einem Jugendheim! Zum Totlachen! Nicht einmal vorbestraft war der jetzt. Ein Witz! Das Schlimmste war: Dem ging es auch noch gut dabei. Die Jungs aus dem Heim fanden dieses Arschloch total klasse! Der hatte immer fünf von ihnen auf seiner Baustelle. In den Knast hätte der Typ gemusst. Jahrelang!

Er wollte, dass diese Sau eine höhere Strafe bekam. Er wollte in Revision gehen. Er wollte mehr Schmerzensgeld von dieser Sau. Diese Sau! Diese Sau!

Seine Kollegen hatten ihn ausgelacht. Hättest du ihm halt einfach eine reingehauen damals im Wald, hatten sie gesagt. Aber so ging das doch nicht. Er war doch Anwalt. Er war doch kein Schläger. Außerdem hatte er Angst gehabt.

Natürlich waren ihm im Büro ein paar Fehler passiert. Das kam halt vor, wenn man sich auf einen so großen Fall wie diesen konzentrierte. Dafür hätten sie ihn nicht abmahnen müssen. Und rausschmeißen schon mal gar nicht. So teuer waren die Fehler nicht gewesen. Die verschissenen Kollegen hätten ihn ruhig decken können.

Sie hätte keinen Bock mehr auf so einen Sauertopf wie ihn, hatte sie gesagt und war ausgezogen. Warum würde er sich auch von so einem Hauptschüler wie diesem Handwerker unterkriegen lassen, hatte sie ihn ausgelacht.

Jetzt wo er das Haus endlich für sich alleine hatte, war Ruhe. Endlich! Im Moment wollte keiner mehr etwas mit ihm zu tun haben. Das würde schon wieder kommen. Das Vögeln auch. Was das Trinken anging, musste er sich ein bisschen zusammenreißen. Da durfte nichts passieren. Wenn er den Führerschein verlor, war alles aus. Er hatte noch so viel zu erledigen.

Er würde nach Italien fahren und den Typ dort fertigmachen. Da unten fiel das nicht auf. Da war es nur einer mehr, der im Straßengraben lag. Hier würden sie jeden Lacksplitter unters Mikroskop legen und seinen Autotyp ausfindig machen. Sterben sollte die Sau nicht. Es sollte nur richtig wehtun. Der dämliche Köter würde bei der Aktion hoffentlich draufgehen. Das war in Ordnung.

Er würde einfach den alten Mercedes nehmen, den ein Mandant von ihm in der Tiefgarage der Kanzlei geparkt hatte. Das war eine unauffällige Nullachtfünfzehnkarre in Keiner-bemerkt-mich-Grau. Der Mandant war mit hundert in der Stadt geblitzt worden. Jetzt war er seinen Führerschein für die nächsten drei Monate los. Wenn er das Auto zur Verfügung hätte, hatte er gelacht, würde er bestimmt damit fahren. Das Risiko sei ihm zu groß. Hier, zur Sicherheit, hatte der Mandant gesagt und seinen Anwälten den Schlüssel zur Aufbewahrung in die Hand gedrückt.

Er würde morgen seine restlichen Sachen aus dem Büro holen und bei dieser Gelegenheit den Mercedesschlüssel mitgehen lassen. Das war ein guter Plan.

Die Lichter des Fernsehturms erloschen.

Er ließ den Motor an und fuhr nach Hause.

Rudi hatte es im Park der *Azienda Ospedaliera Universitaria Senese* nicht mehr ausgehalten. Die Sorge um Grazia sog ihm alle Kraft aus den Knochen. Aber er musste sich bewegen, sonst verlor er völlig den Verstand. Er hatte sich mit Otto ins Auto gesetzt und war von der Uniklinik in die Stadt gefahren. Seit zwei Stunden rannten sie nun schon wie aufgezogen durch die Straßen.

Otto fand das wunderbar. Siena duftete fantastisch. Die Gerüche rund um die Ölmühle waren zwar auch nicht schlecht, aber es war halt Natur. Alles roch so sauber und rein. Bio halt. Im Großen und Ganzen fand Otto das in Ordnung. Aber manchmal hatte er eben Appetit auf Aromen aus konventioneller Herstellung. Der Duft von Restaurantmülleimern voller Gemüsematsch und Fleischabfälle, herrlich! Oder dieser dezente, verführerische Hauch der Kanalisation unter dem Pflaster.

Ottos Nase kam nicht zur Ruhe.

In der Via di Città wurde Rudi endlich langsamer. Otto hob schnüffelnd die Nase. Ganz in der Nähe musste der Lebensmittelladen sein, in dem er vor langer Zeit in einer waghalsigen Aktion einen Trüffel geklaut hatte. Der Laden hatte genau neben einem Restaurant gelegen, dessen Koch immer das Spaghettiwasser in den Rinnstein kippte. Hier roch es schwach nach Spaghettiwasser. Fünf Meter weiter roch es stärker nach Spaghettiwasser. Wenn sie weiter geradeaus liefen, musste zuerst das Restaurant auf der linken Seite und dann der Trüffelladen rechts kommen. Otto war sich ganz sicher. Er überlegte, ob er Rudi in einem schnellen Galopp abhängen und kurz in den Laden hineinschauen sollte. Dann ließ er es sein. Irgendwas stimmte in diesen Tagen mit Rudi nicht. Der fände das sicher nicht witzig. Heute zumindest nicht. Heute sah Rudi aus, als fände er *Fuß*gehen ganz prima. Otto teilte seinen Riechzellen mit, sie sollten gefälligst die Fresse halten und den Trüffel ignorieren, er habe Wichtigeres zu tun.

Geduldig trottete er neben Rudi her.

Der Campo war schon für den ersten *Palio* hergerichtet, der am zweiten Juli stattfand. Der zweite wurde immer am sechzehnten August ausgetragen. Die Rennstrecke für die Pferde war abgesteckt und mit feinem Sand bedeckt. In der Mitte des Campo war ein riesiges Feld für die Zuschauer, das mit Banden von der Sandbahn getrennt war. Man konnte nicht mehr über den Platz laufen. Von den Balkonen der Häuser, die den Campo säumten, hingen die Flaggen der Contraden. So nannten die Sieneser ihre Stadtteile.

Grazia hatte ihm erklärt, jedes Jahr nähmen zehn der siebzehn Contraden an dem Rennen teil. Sie mussten einen der ihren als Reiter bestimmen, die Pferde wurden später zugelost. Welche Contrade antreten durfte, wurde seit Jahrhunderten mit immer demselben, höchst komplizierten Rotationssystem ermittelt. Grazia sagte, sie habe nie verstanden, wie die Teilnehmer errechnet wurden, obwohl das jeder Sieneser in der Schule lernen musste. Beide Rennen seien der Heiligen Jungfrau Maria gewidmet. Als ob die das toll fände, wenn ihr zuliebe Pferde zuschanden geritten wurden, und eine Jungfrau sei sie schon mal gar nicht gewesen.

Letztes Jahr im August hatte Rudi seinen ersten *Palio* erlebt und festgestellt, dass die Sieneser nicht zimperlich waren. Beim *Palio* konnte es durchaus vorkommen, dass Pferde ohne ihren Reiter gewannen. Die Reiter durften sich gegenseitig vom Pferd stoßen und dem Gegner mit der Gerte eins überziehen. Das war alles erlaubt. Der Preis für die siegreichen Contraden der beiden Rennen waren Banner, die von einem sienesischen und einem internationalen Künstler gestaltet wurden. Die Enthüllung der Banner im Vorfeld der Rennen war Jahr für Jahr eine ganz heikle Angelegenheit. Sechs Tage vor dem ersten Rennen bekamen die sienesischen Bürger sie zum ersten Mal zu Gesicht. Zu Tausenden versammelten sie sich auf dem Platz, hatte Grazia ihm die Zeremonie beschrieben, und gnade Gott dem Künstler, wenn die Farben nicht ausgewogen waren. Schon ein Farbklecks in der Farbe einer Contrade zu viel, und die Menge flippte aus.

Irgendwo in dieser Gegend müssten sich eigentlich Jana und Jakob herumtreiben, dachte Rudi, als er am Rand des Campo entlanglief und in die Via Salicotto einbog. Sie hatten doch geschrieben, dass sie die Vorbereitungen zum ersten *Palio* sehen wollten. Wenigstens hatten sie sich gemeldet. Er würde die Augen nach ihnen offen halten. Vielleicht half ja der Zufall. Der Anschiss, den er ihnen verpassen würde, lag schon fix und fertig vorbereitet in seinem Kopf.

Ein Kaffee wäre jetzt nicht schlecht.

Rudi entdeckte eine Bar, in der die Kellner blaue Jeans trugen. Er setzte sich an einen der kleinen, runden Tische und band den missmutigen Otto am Stuhl fest. Die Kellner waren zwar aus dem Schneider, was ihre Beinbekleidung anbetraf, aber früher oder später lief bestimmt ein Tourist in schwarzen Hosen vorbei. Rudi fühlte sich schon schlecht genug. Einen randalierenden Otto konnte er heute so dringend gebrauchen wie ein Loch im Kopf.

Rudi hatte das Gefühl, dass er immer verbitterter klang, je älter er wurde. Natürlich war seine berühmt-berüchtigte Todesliste niemals ernst gemeint. Sie war einfach nur ein harmloses Ventil, damit die Wut, die er bei Ungerechtigkeiten in sich aufsteigen fühlte, nicht allzu sehr von ihm Besitz ergriff. Aber in letzter Zeit wurde diese

Wut nicht mehr weniger. Er wurde sie gar nicht mehr los. Das hatten auch seine Freunde gestern Abend bemerkt. Was denn seine Todesliste mache, hatte Thomas ihn spaßeshalber gefragt. Rudi hatte gegrinst und gesagt, auf Platz eins stehe jetzt der ewig besoffene Typ in der Wohnung unter ihm, der mit den Jogginghosen und dem versifften Feinrippunterhemd. Der regte sich ständig über Ottos Getrappel auf, rief jede Woche bei der Polizei an und beleidigte Rudi nachts um eins über die Sprechanlage. Auf Platz zwei rangiere dieser Regensburger Anwaltsheini, der Rudi wegen Pornostreaming abgemahnt hatte. Dabei sei das eine Gratisseite gewesen! Dem würde Rudi das Geld am liebsten persönlich vorbeibringen. Vielleicht könne er bis dahin Otto so weit kriegen, dass er auf schwarze Krawatten genauso reagierte wie auf schwarze Hosen. Zack, ran an den Hals!

Da hatten sie noch gelacht.

Dann hatte Rudi von diesem Antiausländermob in den Kommentarspalten der Zeitungen erzählt. Egal, welches Blatt man lese, bei jeder Messerstecherei witzelten irgendwelche Deppen in Großbuchstaben, dass der Täter garantiert ein *Kulturbereicherer* sei, selbst wenn die Nationalität gar nicht im Artikel stand. Die schoren alle Muslime einfach über einen Kamm. Alles Kameltreiber und Terroristen! Am Glauben liege das! Rudi versuchte immer eine Zeit lang dagegenzuhalten. Er schrieb dann gewöhnlich, dass ein kriminelles Arschloch in erster Linie ein kriminelles Arschloch sei und in den Knast gehöre. Die Nationalität sei dabei völlig irrelevant. Ob es denn angenehmer sei, von einem Deutschen erstochen zu werden als von einem Iraner? Irgendwann hatte er genug von diesem Muslim-raus-Gequatsche und verlinkte immer denselben Artikel: Eine geistesgestörte Irre aus Oberbayern war absichtlich in den Gegenverkehr gefahren und hatte sich und ihre beiden unangeschnallten Kinder umgebracht. Dazu schrieb er jedes Mal, das sei ja wohl der eindeutige Beweis, dass alle deutschen Mütter sich und ihre Kinder mit Geisterfahrten umbrächten. Von muslimischen Müttern hätte man derlei noch nie gehört.

Irgendwann an diesem Abend hatte nur noch Rudi geredet.

Bis das Gespräch völlig aus dem Ruder lief.

»Die Transplantationsärzte habe ich wieder rausgenommen«, hatte er gesagt. »Die benehmen sich gerade ganz ordentlich. Jedenfalls habe ich nichts mehr davon gelesen, dass sie gegen Bezahlung Akten fälschen, damit ihre reichen Patienten in der Organspendeliste auf dem ersten Platz stehen. Aber dafür sind jetzt ein paar radikale Flachbirnen von dieser neuen *Adolf-für-Deutschland*-Partei auf der Liste. *Alternative* kann man diese Brut ja nicht nennen. Und natürlich diese ganzen Hetzer aus dem Bildungsbürgertum, die diese widerlichen Bücher schreiben, die kein Mensch braucht. Allen voran der Hasenschartensenator aus Berlin mit seinem Tugendterror. Dem würde ich ein Rudel Rottweiler auf den Hals hetzen. Und wenn seine Gedärme auf den Boden tropfen und er langsam krepiert, würde ich mich über ihn beugen und sagen: Siehst du, nicht vor genetisch minderwertigen Muslimen musst du Angst haben, sondern vor kerngesunden, echten Biodeutschen und braven schwäbischen Metzgerhunden.«

»Hör auf, Rudi!«, bremste ihn Markus.

»Was denn!? Ich habe es jedenfalls satt, dass dieses schriftstellerische Kroppzeug meine Ideale mit Stiefeln tritt. Sarrazin, Pirinçci, Buschkowsky, wie sie alle heißen. Machen Stimmung gegen Ausländer und waren früher selber welche. Guck dir die Namen doch an! Und wo wir gerade dabei sind: Amerika hat unlängst *Standard & Poor's* auf fünf Milliarden Schadenersatz verklagt, weil sie ganz schlechte Bankprodukte mit Bestnoten versehen haben. Bestnote heißt Anlageempfehlung. Die ahnungslosen Leute haben den Scheißdreck gekauft, die Banker haben ganz dick abgesahnt. Danach ging alles den Bach runter. Dabei wussten die vorher schon, was für ein Kartenhaus sie gebaut haben! Sie wussten alles! Es sind E-Mails aufgetaucht, aus der Zeit kurz vor dem großen Hypothekencrash, da schrieben diese gewissenlosen Mistkerle wortwörtlich: *Hoffentlich sind wir reich und pensioniert, wenn alles zusammenbricht.* Wenn es nach mir ginge, sollte man einfach ein paar Sondereinsatzkommandos in diese beschissenen Bankentürme schicken, die Typen an den Ohren herausziehen und die Kohle beschlagnahmen.«

»Das ist nicht so einfach, Rudi«, sagte Thomas. »Das ist Weltökonomie, und die funktioniert nun mal anders.«

»Doch, Thomas, das ist so einfach!«, sagte Rudi scharf. »Auf Zecken tritt man mit dem Absatz und dreht ihn einmal herum. Sie hocken sich auf die Vermögen anderer Menschen und saugen daran, bis sie zweihundertmal größer sind als vorher. Soll ich euch was sagen? Vor denen habe ich richtig Angst! Nicht vor den paar Bulgaren, die vor unseren Toren stehen und rufen: *Helft uns, uns geht es dreckig!* Vor denen ist mir nicht bange. Das bisschen Hartz IV verkraften die deutschen Finanzen allemal. Lockerer jedenfalls als die fünfzig Milliarden, die unsere steuerhinterziehende Elite jedes Jahr klaut.«

An dieser Stelle hatte Markus nur noch den Kopf geschüttelt.

»Rudi«, hatte er gesagt. »So wie du über die Drecksbanker redest, so reden deine Neonazis über die Drecksmuslime. Erklär mir den Unterschied.«

»Ich gehöre zu den Guten.«

»Das denken die von sich auch.«

Daraufhin war Rudi verstummt. Wenig später waren sie ins Bett gegangen. Rudi solle auf sich achtgeben, hatte Markus noch gesagt, so unverblümt wie er denke, spreche und schreibe, würde ihm irgendwann noch mal etwas zustoßen.

Rudi trank seinen Espresso aus. Jetzt, wo er wieder zur Besinnung gekommen war, musste er Markus recht geben. Immerhin war er schon einmal verklagt worden. Der Typ hatte in der Verhandlung ausgesagt, er hätte richtig Angst vor Rudi gehabt. Das hatte sogar glaubhaft geklungen.

Rudi zahlte und stand auf.

»Komm Otto«, sagte er. »Fahren wir wieder zurück zu Grazia.«

Mittlerweile durfte er bis ein Uhr nachts bei ihr bleiben.

Es war kurz nach Mitternacht, als Grazia die Augen aufschlug und Rudi an ihrem Bett sitzen sah.

»Hey«, flüsterte sie.

»Hey«, flüsterte Rudi zurück. »Da bist du ja wieder.«

OTTO VS. BENZ

Auf der Piazza della Signoria in Florenz war der Teufel los. Wie immer bei traumhaftem Wetter. Die Touristen strömten in die Uffizien und wieder hinaus. Sie kamen aus allen Ländern. Die ganz Unermüdlichen rannten schnurstracks zum Dom hinüber. Ein paar saßen erschöpft auf einem Mäuerchen und rieben sich die Füße. Andere futterten Pizza im Stehen. Sie deuteten mit Tomatenfingern auf irgendwelche Besonderheiten an einer der beeindruckenden Hausfassaden oder bestaunten die Statuen vor dem Eingang des Palazzo Vecchio.

Michelangelos David starrte aufmüpfig in Richtung Rom. Fünfhundert Jahre stand er schon hier, die letzten hundert Jahre als Kopie. Die Florentiner hatten 1910 eine Replik aufgestellt, aus Angst, dass ihr Symbol des zivilen Ungehorsams durch Witterungseinflüsse Schaden nehmen könnte. Rechts neben ihm machte Hercules dem Cacus mit einer Keule den Garaus. Bei der Gelegenheit präsentierte er eine tadellos definierte Rückenmuskulatur und einen ganz ordentlichen Sixpack für sein Alter. Der Schöpfer des Hercules, Baccio Bandinelli, rotierte vermutlich seit Erfindung des Fotoapparates im Grab. Alle fünf Minuten zwickte ein albernes Mitglied einer Kunstklassenfahrt Hercules respektlos in den Knackarsch. Da die Statue fünf Meter hoch war, funktionierte dieser Übergriff nur auf perspektivischem Weg. Die Täter bildeten mit Zeigefinger und Daumen eine Zange und hielten sie auf Anweisung der johlenden

Kumpels so in die Luft, dass es hinterher auf dem Foto aussah, als ob er kniffe.

Jana und Jakob saßen auf den Stufen des Neptunbrunnens und blickten gespannt auf das bunte Treiben. Von dem Brunnen konnte man über den Hof der Uffizien bis zum Arno sehen, in der anderen Richtung bis zur Kuppel des Doms. Hinter ihnen stand Neptun, den die Florentiner seit Jahrhunderten nur den weißen Riesen nannten, auf seinem von Pferden gezogenen Wagen, umgeben von Tritonen, Nymphen und Flussgottheiten.

Jakob riss ein Stück aus dem weißen Brotlaib, den sie sich in der Bäckerei gegenüber gekauft hatten. Kauend betrachtete er die nackten Brunnenfiguren, die sich in allen möglichen akrobatischen Stellungen zu Neptuns Füßen wanden.

»Die hatten früher ganz schön viel Porno am Start«, sagte er und bot Jana ein Stück Brot an.

»In der Kirche waren auch lauter Nackte«, sagte sie und griff zu. »Das Zeug ist bestimmt fünfhundert Jahre alt. Die waren damals nicht so verklemmt wie wir. Heute würde der Pfarrer Herpes kriegen, wenn einer nackt durch seine Kirche rennt.«

»Wir müssen endlich mal gesalzenes Brot kaufen«, sagte Jakob. »Keine Ahnung, was man da im Geschäft sagen muss. Aber das fade Zeug hier hängt mir langsam zum Hals heraus.«

»Heute Abend fragen wir mal den Engländer«, sagte Jana.

Gleich am ersten Tag nach ihrer Flucht von der Ölmühle, die sie direkt nach Florenz geführt hatte, hatten sie die Statue wieder getroffen. Der silberne Florentiner, der immer noch bewegungslos auf dem Bahnhofsvorplatz stand und dreimal pro Stunde knarrend seine Haltung veränderte, war ein englischer Kunststudent aus London, der sich für sein Auslandssemester in Florenz ein paar Groschen dazuverdiente. Er hatte sich sehr gefreut, sie zu sehen. Leider sei in seinem Zimmer kein Platz mehr, hatte er bedauernd gesagt, er habe derzeit zu viele Freunde zu Besuch. Er hatte Jana und Jakob geraten, auf dem Campingplatz zu zelten, der direkt neben dem Piazzale Michelangelo lag. Der Tipp war Gold wert gewesen. Es gab viel Schatten, jede Menge Internet und sogar einen Pool. Außerdem liefen sie von dort nur eine Viertelstunde zu Fuß ins historische Stadtzentrum von Florenz.

Jeden Abend war der Piazzale Michelangelo voller junger Leute, die etwas tranken, rauchten, Musik hörten und zusahen, wie die Sonne im Arno versank. Dort trafen Jana und Jakob viele der Straßenkünstler wieder, denen sie tagsüber zugesehen hatten, wenn Jakob eine Pause vom Schattenlaufen machte und beide durch die Straßen schlenderten. Viele Pausen konnte sich Jakob allerdings nicht leisten. Der Campingplatz war für ihre Verhältnisse einfach sauteuer. Sie zahlten immer nur für einen Tag im Voraus und hofften, dass sie am Nachmittag das Geld für die nächste Übernachtung zusammenkratzen würden. Bisher war ihnen das noch jedes Mal gelungen. Die Piazza della Signoria war für Jakobs Vorstellungen perfekt, denn der Platz war selbst bei Regenwetter immer gerammelt voll.

Der Engländer und seine Freunde verbrachten jeden Abend oben auf dem Piazzale. Es waren dünne schlaksige Typen mit strubbeligen Frisuren, die viel lachten und noch mehr tranken. Alle fünf gehörten in die Kategorie Lauch, hatte Jana gleich am ersten Abend leise zu Jakob gesagt, bis auf den schlurfigen Nerd mit der schwarzen Brille, das sei ein Lurch. Ein Lauch sei eigentlich ganz in Ordnung, aber die meisten Lurche waren in Janas Augen bescheuert. Die fänden sich selber total geil und machten Listen von Mädchen, die sie aufreißen können. Der Lurch gab denn auch erst Ruhe, als Jana etwas lauter geworden war.

Jakob hatte sich schon so manches Mal gefragt, was für ein Übertyp seiner Schwester über den Weg laufen musste, damit Jana endlich einmal weich wurde. Irgendwann mit zwölf hatte sie aufgehört, mit Puppen und Matchboxlastwagen zu spielen, als sie bemerkte, dass die Jungs in ihrer Klasse sie anders anschauten als zuvor. In den kommenden vier Jahren hatte sie nur Körbe verteilt. Sie hatte auf Jüngelchen einfach keinen Bock.

Jakob betrachtete seine Schwester, die mit dem Rücken am Brunnen lehnte und etwas in ihr Smartphone tippte. Wahrscheinlich würde sie demnächst mit einem Fünfundzwanzigjährigen zu Hause aufschlagen. Jakob freute sich jetzt schon darauf. Mama würde so tun, als ob das total okay wäre, und Papa dazu zwingen, wegen dem alten Kerl nur heimlich auszurasten. Dazu hätte Papa aber keinen Bock. Wahrscheinlich würde er pausenlos rummaulen. Jana wäre das egal. Sie hatte schon immer ihr Ding durchgezogen. Von Claudias Ölmühle abzuhauen war auch ihre Idee gewesen. Sie war immer noch sauer auf die Alten, weil sie sich nicht verstanden fühlte. Jana konnte ganz schön nachtragend sein.

»Was machst du da?«, fragte Jakob und deutete auf Janas Handy.

»Ich schreibe Rudi eine SMS«, sagte Jana.

UNS GEHT'S GUT. HABEN GERADE PIZZA UND SALAT BESTELLT. JJ

»Du schreibst denen?«

»Klar.«

»Und dann auch noch so einen Schwachsinn? Pizza und Salat. Was ist los mit dir? Ich denke, du bist noch sauer auf sie.«

»Bin ich auch«, sagte Jana. »Ich finde nicht, dass Rudi fair zu uns war. Der hat an dem Abend ganz schön gewütet. Wir können doch nichts dafür, dass die zu blöd sind, um ein paar Steine abzuladen.«

Jakob kramte im Rucksack nach einem roten T-Shirt und seiner Pappnase.

»Trotzdem müssen wir denen ab und zu sagen, was wir machen, und dass mit uns alles in Ordnung ist«, fuhr Jana fort. »Die dürfen sich keine Sorgen machen. Sonst verständigen sie noch die Polizei. Das wäre echt scheiße.«

»Aber wenn du denen sagst, dass wir in Florenz sind, tauchen die demnächst hier auf und holen uns nach Hause.«

»Das wird nicht passieren.«

»So groß ist Florenz nicht. Die schicken einfach Grazia her. Sie kennt sich total gut aus und findet uns im Handumdrehen.«

»Das schon«, nickte Jana. »Aber sie wissen nicht, dass wir hier sind.«

»Wieso?«

»Die denken, wir sind in Siena und gucken Pferderennen.«

Jakob lachte. Er zog sich das T-Shirt über den Kopf und setzte seine rote Nase auf. Seine schlaue Schwester wieder, dachte er. Während er immer unüberlegt drauflospolterte, dachte sie um sieben Ecken und versorgte die Alten mit halb garen Infos, damit sie nicht auf blöde Gedanken kamen.

»Im Museum waren wir auch schon«, verkündete Jana. »Und morgen werden wir den Dom in Siena besichtigen. Das nennt man Strategie.«

Sie ließ ihren Blick über die Piazza della Signoria schweifen.

»Guck mal, der Lurch da drüben«, sagte sie. »Der mit den Glasbausteinen in der Brille. Der ist ideal. Vielleicht rennt er ja gegen eine Laterne. In dem Fall sammle ich garantiert zwanzig Euro für dich ein.«

»Dann fange ich mal an«, grinste Jakob.

Er stand auf und klopfte sich den Staub von den Hosen.

Der Kellner platzierte die Rotweinkaraffe genau zwischen Alain und Heike, stellte ein Körbchen mit knusprigem Brot und Butter daneben und wünschte allseits guten Appetit, der Birnensalat mit

Gorgonzola und das Schnittlauchschaumsüppchen kämen gleich. Alain schielte Heike durch die geschliffene Karaffe an und zog eine Grimasse, als liefe ihm das Gesicht auseinander.

»Macht es dir etwas aus, wenn ich die Karaffe beiseitestelle?«, fragte er. »Du siehst durch das Glas aus wie Ghostface aus *Scream*.«

»Hm?«, machte Heike und sah von ihrem Handy auf. »Ja, tu das.«

Sie las weiter ihre Nachrichten. Nach der Ankunft im Hotel hatte sie ihre gesamte Reisetasche auf das Bett gekippt und zu ihrer großen Überraschung das Ladekabel wiedergefunden. Es hatte also doch nicht zu Hause gelegen.

»Danke«, sagte Alain und schob den Rotwein aus seinem Blickfeld. »Du weißt ja, ich kann so schlecht mit einem Serienmörder zu Abend essen.«

Heike klappte das Handy zu.

»Jetzt bin ich beruhigt«, sagte sie und lehnte sich erleichtert zurück. »Rudis Nachrichten sind eingetroffen. Jana schreibt ihm regelmäßig aus Siena. Sie waren sogar schon im Dom, und die Piccolomini-Bibliothek haben sie besichtigt.«

»Eine Bibliothek?«, fragte Alain und grinste. »Ha, ha!«

»Ja, das war vielleicht ein bisschen zu dick aufgetragen«, sagte Heike. »Ich kenne meine Pappenheimerin auch. Aber das mit dem Dom könnte schon stimmen. Und sie essen Salat!«

»Jakob versteht unter Salat ein dürres grünes Blatt auf einem matschigen Burger«, sagte Alain und griff zu seinem Weinglas. »Es sieht wohl so aus, als wurschtelten sich unsere beiden ganz ordentlich durch.«

»Das denke ich auch«, sagte Heike. »In Schweden waren sie auch auf Draht. Die wollten vielleicht einfach nur mal ein paar Tage für sich haben. Ich traue ihnen zu, dass sie das gut machen.«

Sie stieß mit Alain an, nahm einen tiefen Schluck und sah sich um.

»Ein wunderschöner Garten«, sagte sie. »Und das Beste: Wir müssen nachher nur in den Aufzug fallen und uns in den zweiten Stock heben lassen. Ich liebe dich und habe einen Mordshunger. Wo bleibt mein Dingsschaumsüppchen?«

Das kam recht bald. Der Birnensalat auch. Als *Primi Piatti* kamen ein Hauch von Steinpilzrisotto sowie hausgemachte Chitarra-Spaghetti und als Hauptgerichte ein Dreiviertelstündchen später eine Ochsentagliata vom Holzkohleofen für Alain und das Zanderfilet auf Gemüse-Caponata für Heike und eine weitere Karaffe dieses traumhaften Roten. Schließlich kam auch noch der Vollmond.

Zwischen *Primi* und *Secondi Piatti* gestand Heike sich ein, dass sie trotz aller Höhen und Tiefen mit dem Mann ihres Lebens an diesem Tisch saß. Nicht auszudenken, dass sie letztes Jahr um ein Haar alles zerstört hätte, als sie im Schweigeseminar diesen George-Clooney-Verschnitt kennengelernt hatte. Was hieß kennengelernt, dachte sie. Sie durften ja kein Wort sprechen in diesem Kloster. Wahrscheinlich wäre sie schreiend weggelaufen, wenn er den Mund aufgemacht und breit geschwäbelt hätte. Stattdessen hatte sie den schönen Schweiger in einem Anfall von Stammhirnlähmung in ihr Zimmer gezogen und gefühlte Dreihundertstelsekunden, bevor sie endgültig mit ihm im Bett gelandet war, wieder hinausgeschmissen.

Alain wusste bis heute nichts davon. Aber sie hatte ja auch nichts Näheres über Alains Ausflug in die Toskana erfahren, der zur gleichen Zeit stattgefunden hatte. Sie glaubte nicht, dass zwischen Claudia und Alain etwas vorgefallen war. Dann wären sie jetzt nicht unterwegs zu ihr. Vermutlich hätte Alain alles daran gesetzt, alleine zu fahren. Andererseits, fern von allen Alltagssorgen konnte es einen schnell erwischen. Vielleicht war ja doch etwas gewesen, und er war im Moment nur saumäßig cool? Falls dem tatsächlich so war, erzählte er ihr hoffentlich niemals davon. Dann müsste sie ihm nämlich aus reiner Fairness auch die Episode mit dem stillschweigenden

Clooney gestehen, obwohl es nur eine ganz schwache Minute gewesen war und keinerlei Konsequenzen für ihr Leben haben würde. Diese Aufrichtigkeit würde mehr kaputt machen, als ihnen beiden lieb war.

Alain hielt ihr eine Gabel mit Ochsentagliata zum Probieren hin. Das war auch so eine Sache, dachte sie. Sie pickten selbst nach zwanzig Jahren nicht einfach ungefragt das Essen vom Teller des anderen. Das hatte Alain einmal bei ihr versucht. Da waren sie noch nicht verheiratet gewesen. Um ein Haar hätte sie ihm die Gabel in den Handrücken gerammt. Sie konnte Essengrabschen auf den Tod nicht ausstehen. Heike hatte die letzten fünf Jahre bis zum Abitur in einem Internat verbracht, in dessen Töpfen nie genug für alle war, und während dieser Zeit eine ausgewachsene Futteraggression entwickelt.

»Lecker«, sagte sie und leckte sich die Lippen. »Weißt du eigentlich, dass du mir seit zwanzig Jahren nichts mehr vom Teller geklaut hast? Ich kenne keinen, der die Macken seiner Ehefrau so respektiert wie du. Andere Ehen wären deswegen schon längst geschieden worden. Wenn die Liebe geht, dann geht sie meist wegen Kleinigkeiten.«

»Es sind einfach zu viele«, sagte Alain. »Wenn ich mich wegen jeder deiner Macken einzeln aufregen würde, würde ich schon längst die Radieschen von unten betrachten. Tinnitusblutdruckherzinfarktundsoweiter, du weißt schon.«

»Was heißt denn hier zu viele?« Heike runzelte misstrauisch die Stirn.

»Weißt du noch, wie du mich wegen eines weißen Fernsehers ins Elektrogeschäft geschickt hast?«, grinste Alain. »Der musste unbedingt weiß sein. Unbedingt weiß! Weil das Regal, in dem er stehen sollte, auch weiß war. Im Laden guckten mich alle an, als wäre ich total bescheuert, und wollten wissen, was Weiß denn bringe, wenn man den Kasten ausschalte, sei die Mattscheibe doch eh schwarz.

Oder nimm nur mal unsere Geldbeutel! In meinem ist immer etwas drin, in deinem nie.«

»Und ob in meinem was drin ist!«, begehrte Heike auf, die ihr Portemonnaie nur zweimal im Jahr aufräumte: vor dem Urlaub und nach Weihnachten. »Die Kassenzettel vom letzten halben Jahr.«

»Aber kein Geld«, sagte Alain. »Wozu auch. Ich habe ja immer was. Du nimmst dir einfach einen Schein von mir, weil du es nie zur Sparkasse schaffst. Das geht so lange, bis mein Geldbeutel leer ist und ich entnervt zur Bank renne, weil ich es nicht leiden kann, ohne ein bisschen Bargeld zu sein. Woraufhin du wieder Geld findest und wieder nicht zur Bank gehen musst. Jana fängt auch schon damit an. Papi, leihst du mir mal zehn Euro? Nur bis morgen. Du kriegst es auch bestimmt wieder, Papi. Ich bin heute nicht zur Sparkasse gekommen, Papi. Der Papi rennt dann wochenlang seiner Kohle hinterher. Und das Allerallerschlimmste: Du steckst die abgebrannten Streichhölzer wieder in die Schachtel.«

»Mein Held«, sagte Heike, nahm Alains Hand und küsste sie. »Mein Kämpfer! Das darfst du dir nicht bieten lassen. Hast du schon ein empörtes Schild gemalt?«

Alain sah sie liebevoll an.

»Dafür kann man mit dir zusammen schwierige Kinder großziehen, ohne dass man dauernd vor Verzweiflung heulen muss«, sagte er.

Heike strahlte ihn an.

»Die sind schon klasse, oder?«

»Ja. Das sind sie.«

»Ich meine nicht nur Jana.«

»Ich auch nicht.«

»Weißt du noch, wie Jakob beim Schuljubiläum diesen unglaublichen Bühnenauftritt hingelegt hat? Die waren hinterher im Saal völlig fertig.«

»Sogar Rudi war hin und weg. Den Namen des Stücks kann er sich heute noch nicht merken. *Der Kater auf dem Blechdings* sagt er immer.«

»Dabei war es *Virginia Woolf*.«

»Rudi verwechselt es mit der *Katze auf dem heißen Blechdach*, weil in beiden Filmen Elizabeth Taylor die Hauptrolle spielte. In der *Katze* spielt sie die Maggie, bei *Woolf* die Martha. Das kriegt Rudi nicht auf die Reihe.«

Jakob hatte sich letztes Jahr drei Szenen aus Edward Albees *Wer hat Angst vor Virginia Woolf* ausgesucht und zusammen mit seiner damaligen Freundin, die auch in der Theater AG war, in Eigenregie auf die Bühne gebracht. Jana hatte ihnen dabei geholfen. Es war das fünfundzwanzigjährige Jubiläum ihrer Waldorfschule. Jana hatte vorgeschlagen, sie sollten ein paar der härteren Stellen inszenieren. Es säßen genug Ehepaare im Saal, denen man mal den Spiegel vorhalten musste.

Beim Backenzahnstreit aus dem ersten Akt hatte sich das Publikum noch prächtig amüsiert. »Ich geb' dir immer Eis«, hatte Jakob seiner Bühnenmartha ins Gesicht geschrien. »Du frisst es eben … wie ein Cockerspaniel seinen Knochen. Eines Tages beißt du dir daran die Zähne aus.« Alle hatten herzlich gelacht. Beim zweiten Akt, der Walpurgisnacht, war ihnen die Jubiläumslaune gründlich vergangen, als Jakob mit beiläufigem Sarkasmus die Geschichte des Wichse-mit-Soda-Jungen erzählte, der versehentlich seine Mutter erschoss, seinen Vater totfuhr und die nächsten dreißig Jahre in der Irrenanstalt zubrachte. Im dritten Akt, als die durchsoffene Nacht endlich zu Ende ging und der Morgen graute, brachte George den gemeinsamen Sohn um, der seit Jahren nur in Marthas Fantasie existiert hatte. »Hör zu, Martha«, flüsterte Jakob. »Hör mir genau zu: wir haben ein Telegramm erhalten: Ein Autounfall, er ist tot. P e n g ! … einfach so.« Im Publikum saß vielleicht eine Handvoll Leute, denen dabei nicht das Blut in den Adern gefror.

Als das letzte Wort gefallen war, war es totenstill im Saal. Dann setzte verhaltenes Klatschen ein, das mit der Zeit immer heftiger wurde. Von dem Moment an, als sich der Bühnenvorhang zur ersten Szene gehoben hatte, war vom ursprünglichen Jakob nichts mehr zu sehen gewesen. Er war mit Haut und Haaren in die Rolle des George geschlüpft. Nicht einmal der Schlussapplaus konnte ihn davon befreien. Erst am nächsten Morgen war er wieder ganz er selber.

»Er war besser als Richard Burton im Film«, sagte Heike.

»Und besser als Paul Newman im warmen Blechkater«, grinste Alain.

»Ich meine das ernst.«

Sie hielt Alain ihr leeres Glas hin. Er schenkte ein.

»Du übertreibst«, sagte er.

»Nein! Mütter dürfen so etwas denken. Väter übrigens auch. Markus war damals auch total stolz auf seinen kleinen Pinguin.«

»Stimmt«, gab Alain zu. »Ich habe zwar bis heute nicht verstanden, warum bei *Was ihr wollt* von Shakespeare ein Pinguin vorkommt. Aber überzeugend war Markus' Jüngste allemal. Vor allem beim Watscheln.«

»Glaubst du eigentlich, dass wir ein gutes Verhältnis zu unseren Kindern haben?«, fragte Heike nachdenklich.

»Das weiß ich nicht«, räumte Alain freimütig ein. »Die Kinder würden vermutlich Nein sagen. Aber wir haben etwas ganz anderes geschafft, Heike. Etwas, das in meinen Augen noch viel wichtiger ist: Unsere Kinder sind sechzehn, und wir haben noch Kontakt zu ihnen! Wir erreichen sie. Wir sind immer noch ganz nah an ihnen dran, und sie lassen es zu. Das ist doch großartig, nicht? Außerdem sind sie uns gegenüber aufrichtig, ...«

»... im Rahmen ihrer Möglichkeiten ...«, ergänzte Heike.

»... zumindest bei den richtig wichtigen Dingen. Gibt es etwas Entscheidendes, was wir nicht wissen? Kein Ärger hat uns unvorbereitet getroffen, oder? Sie haben uns immer ins Boot geholt, bevor sich die dunklen Wolken über ihnen zusammengezogen haben. Sie haben nie etwas abgestritten, sich niemals faul rausgeredet, sind immer kerzengerade dagestanden, wenn sie etwas ausgefressen hatten. Nicht mal damals, als sie unserem Nazinachbarn ein Plastikfeuerzeug in den Auspufftopf seines klapprigen Opels geschoben haben und die Karre fast abgebrannt wäre. Ich finde, wir zwei sind meilenweit davon entfernt, perfekte Eltern zu sein. Aber wir haben bis jetzt einen guten Job gemacht. Einen wilden zwar, aber einen guten. Dafür dürfen wir uns ruhig mal feiern.«

»Das machen wir bereits seit drei Stunden.«

»Möchtest du noch einen Nachtisch, Rabenmutter?«

»Auf jeden Fall«, nickte Heike. »Um endgültig zu platzen, nehme ich das Millefeuille mit den krokanten Orangenhippen. Und du?«

»Den kleinen Pflaumenknödel mit weißem Schokoladeneis.«

»Küss mich mal kurz.«

Heike beugte sich über den Tisch. Alain kam ihr entgegen. Als ihre Lippen sich trafen, stupste er sie kurz mit seiner Zunge an.

»Eidechsenkuss«, stellte Heike fest. »Lecker.«

Es saßen nicht mehr viele Gäste im Garten. Der diskrete Ober hatte alle Zeit der Welt, um Heike und Alain die Wünsche von den Lippen abzulesen. Irgendwann mussten sie ihn bremsen, sonst hätte er ihnen sämtliche Variationen vom Marillenschnaps angeboten. Der Alltag war weg! Was für eine Wohltat. Dieser Kleinkram und all der Ärger, der so viel Kraft und Nerven kostete. Keine sorgenvollen Gespräche über die Kinder, kein Stöhnen über dramatische Lehreranrufe oder irrsinnige Elternabende, wo betroffene Mütter auf ignorante Väter trafen und am Rande des Wahnsinns entlangdiskutierten. Stattdessen ein sternenklarer Himmel, ein Südtiroler Garten und eine Handvoll übrig gebliebener Pärchen, von denen eines interessanter war als das andere. Da Heike und Alain von ihnen nichts wussten, blieb ihnen nur Spekulation. Dieses Spiel hatten sie schon immer gern gespielt.

»Guck nicht hin, aber ich wette, der da drüben mit dem albernen Oberlippenbärtchen ist frisch geschieden.«

»Kann nicht sein, Weib. Derrr Föhrrerr wirrrt nicht keschieten.«

»Du sollst nicht rüberstarren.«

»Außerdem hat er Frau und Kinder dabei.«

»Das denkst du.«

»Doch, ehrlich. Seine Frau hat die Kinder vorher ins Bett gebracht. Als mein Pflaumenknödel und deine hippen Hippen serviert wurden.«

»Das ist nicht seine Frau«, zischte Heike verschwörerisch. »Das ist die Nachbarin. Ihr Mann weiß nichts davon. Er denkt, sie besucht mit den Kindern ihre Mutter in Zell am Ziller.«

»Ich glaube eher, er hat die Dame über den Escortservice gebucht.«

»Mitsamt ihren zwei Kindern? Du redest wirr.«

»Überhaupt nicht! Ihr Babysitter hat spontan abgesagt, weil die Oma mit einer Überdosis in der Klinik liegt. Sie konnte aber auf dieses Date nicht verzichten, weil sie sonst das Schulgeld für die Montessorischule nicht bezahlen kann.«

»Du redest völligen Unfug, Schatz«, sagte Heike. »Vertraue dem Instinkt deiner Frau. Es ist die Nachbarin.«

»Welcher Klappspaten fährt denn mit seiner Nachbarin in die Ferien?«

»Keine Ahnung! Frag sie doch.«

»Hallo? Entschuldigen Sie, ich hätte da mal eine …«

»Bist du wohl still! Halt bloß die Klappe!!«

Heike schlug Alain auf die Finger. Er sah in ihre Augen. Sie blitzten wieder. Nach so langer Zeit. Albern war sie auch. Und sie lachte wie früher. So laut, dass sich die Köpfe nach ihr umdrehten. Die Männer vor allem. Glotzt nur, ihr Vollpfosten, dachte Alain. Und danach dürft ihr dreimal raten, in wessen Bett diese Wahnsinnsfrau heute Nacht landet. Kleiner Tipp: in eurem nicht.

Alain wischte Heike mit dem Daumen einen kleinen Schweißtropfen von der Oberlippe. Sie hob fragend die Augenbrauen. Ist noch mehr nicht in Ordnung mit meinem Gesicht, hieß das. Er schüttelte den Kopf. Auf ihre vollen Brüste, die sich unter dem T-Shirt hoben und senkten, starrte er jetzt lieber nicht. Sonst würde sich augenblicklich ein Sexskandal zutragen, gleich hier an diesem Tisch, zwischen einer halben Orangenhippe und einem winzigen Rest Pflaumenknödel. Aber vielleicht könnte er ja die Tischseite wechseln und ein bisschen …

Heikes Handy brummte rechtzeitig.

»Rudi wieder«, sagte Heike nach einem Blick auf das Display.

»Lass mich raten«, sagte Alain. »Jana und Jakob haben geschrieben, dass sie gleich morgen zum Katholizismus konvertieren werden und sich im Dom von Siena taufen lassen. Anschließend wird Jana in das Kloster zur Heiligen Maria Muttergottes von den Sieben Schmerzen eintreten und Jakob wird im Vatikan ein Studium der Ikonenmalerei beginnen.«

»Knapp vorbei, Schatz«, sagte Heike. »Grazia ist aufgewacht.«

Alain holte tief Luft und stieß sie erleichtert wieder aus.

»Das sind wunderbare Nachrichten«, sagte er.

»Und Markus und Thomas sind da. Gestern angekommen.«

»In Castellina? Wollte Thomas nicht in die Karibik?«

»Rudi schreibt, angesichts der Umstände hätte Thomas umdisponiert. Und Markus hätte zu Hause alles stehen und liegen lassen und für unbestimmte Zeit die Oma gebucht, damit die Kinder versorgt sind.«

»Die wollen Rudi bestimmt bei den Renovierungsarbeiten helfen«, überlegte Alain. »Dabei kann keiner von denen einen Nagel gerade in die Wand schlagen. Thomas kann ja noch nicht mal einen Handwerker telefonisch erreichen. Von der sachkundigen Bedienung schwerer Maschinen will ich gar nicht erst reden.«

»Die sind ja süß, die zwei.«

Die Glocken der Kapuzinerkirche schlugen Mitternacht.

Heike und Alain waren die letzten Gäste im Garten. Der gelangweilte Ober, der sich nicht anmerken lassen durfte, wie sehr er gelangweilt war, schickte ihnen sehnsüchtige Blicke und einen letzten Marillenschnaps aufs Haus. Es musste doch möglich sein, die beiden Piefkes endlich zum Aufstehen zu bewegen. Aber so einfach war das nicht. Heike stellte gerade fest, dass reife, begehrenswerte Frauen im zarten Alter von siebenundvierzig nach mehr als drei Stunden Sitzen und Trinken an der frischen Luft nicht mehr wie junge Elfen von dannen hüpften.

»O mein Gott«, ächzte sie und sah sich verstohlen um. »Kannst du mich unauffällig ins Bett bringen? Ich meine so, dass keiner merkt, dass ich lang hinschlagen würde, wenn ich deinen Arm losließe? Es muss irgendwie elegant aussehen, Schatz. Wir sind in Österreich.«

»Lass das bloß keinen Südtiroler hören.«

Es war schier unmöglich, mit der Schlüsselkarte den schmalen Schlitz in der Tür zu treffen. Alain startete mehrere Versuche, scheiterte aber immer um Millimeter.

»Scheißtechnik«, murmelte er.

»Schlüssel wären jetzt noch schlimmer«, sagte Heike, während sie Alain von hinten umschlang und an seinen Hemdknöpfen nestelte. »Das Loch würdest du nie treffen. Wir müssten hier in diesem kalten Flur …«

Die Tür öffnete sich urplötzlich und knallte gegen die Wand. Sie stolperten ins Zimmer und landeten beinahe im Wandschrank. Alain gab der Tür einen Tritt mit dem Absatz. Sie flog donnernd wieder ins Schloss.

»… miteinander schlafen«, vervollständigte Heike ihren Satz und zog Alains Kopf zu sich. Während sie sich gierig küssten, öffnete sie den Gürtel seiner Hose und streifte sie nach unten.

»Moment!« Alain löste sich von ihr. »Ich bin noch nicht so weit.«

Heike hatte mittlerweile sein Hemd vollständig aufgeknöpft und strich und kratzte über seine nackte Brust und seinen Bauch.

»Jetzt sag bitte nicht, dass du noch duschen musst«, murrte sie und vergrub ihre Nase in seiner Achsel. »Du riechst absolut scharf, Monsieur Delon. Versau das bloß nicht!«

»Nein, mach' ich nicht«, sagte Alain. Er hopste mit heruntergelassenen Hosen zum Nachttisch. Es sah nicht sonderlich verführerisch aus, dachte er, aber es musste sein. »Du kriegst mich im Originalzustand. Aber ich habe unten eine Kerze mitgehen lassen, und die zünde ich jetzt an, weil ich ein unverbesserlicher Romantiker bin. Außerdem …«

Er angelte einen kleinen Lautsprecher aus seiner Reisetasche.

»… habe ich eine Überraschung für dich dabei. Ich muss nur das Handy über Bluetooth … nimmst du wohl die Hand da weg, wie soll ich mich konzentrieren …«

Er wischte über sein iPhone. Offensichtlich war es komplizierter als gedacht.

»… mit der Box verbinden und … wieso ist die Box denn jetzt nicht sichtbar, die müsste doch jetzt sichtbar … hätte ich Blödmann das mal heute Nachmittag in Ruhe vorbereitet … Moment, ich hab's gleich … Geh jetzt bloß nicht weg.«

»Wohin soll ich gehen?«, sagte Heike und ließ sich rückwärts auf das weiche Bett fallen. »Also wenn du auch nur annähernd so betrunken bist wie ich, dann wird das heute nichts mehr. Ich mache schon mal alleine weiter.«

Sie wurstelte sich im Liegen aus ihrem Kleid, warf ihre Unterwäsche nach Alain und schlüpfte unter die Decke. Während oben Alains Finger mit dem Display kämpften, versuchten unten seine Füße, sich von der Hose zu befreien, die ihm noch um die Knöchel hing. Eine Zeit lang machte er einen beängstigend instabilen Eindruck. Heike sah interessiert zu, wie er auf einem Bein hin und her schwankte wie ein angeschossener Storch. Standen die nicht unter Naturschutz? Gleich würde er der Länge nach ins Bett schlagen, dachte sie. Er würde mit dem Kopf gegen den Rahmen knallen und bewusstlos und blutend quer über ihr zur Ruhe kommen. Wir brauchen keine Kinder, die uns die Liebesnächte vergeigen, dachte sie und gluckste, das machen wir ab jetzt alles selber.

Die akrobatische Einlage verlief glimpflich. Gefühlte zehn Stunden später war Alain endlich so nackt, wie sie ihn haben wollte. Er legte sich neben sie.

»Schon da?«, fragte sie. »Hast du aufgegeben?«

»Ich? Nein, wieso?«, sagte er und legte seine Hand auf ihre Hüfte. »Hör gut hin. Er kommt gleich.«

»Wer kommt? Du?«

»Ich komm später. Gib Ruhe jetzt!«

Die ersten Takte erklangen.

»Isaac Hayes!«, sagte Heike und kniff die Augen zusammen. »›Walk on by‹ auch noch. Du willst mich wohl ins Bett kriegen, du mieser Schuft! Das haben wir bei unserem ersten Mal gehört.«

Sie nahm Alains Hand von ihrer Hüfte und klemmte sie zwischen ihre Beine. Weich war es dort und warm. Sie kuschelten sich aneinander und lauschten der Musik. Nach zwölf Minuten fing Isaac Hayes wieder von vorne an. Alain hatte in seinem Zustand tatsächlich den Button für die Endlosschleife entdeckt. Das konnte eine lange Nacht werden.

Alain bewegte vorsichtig seinen Daumen.

Er hatte sie gefunden. Heike seufzte.

Er vergrub sein Gesicht zwischen ihren Brüsten und sog ihren Duft ein. Nach all den Jahren verlor er immer noch fast die Beherrschung, wenn er eine Nase voll Heike nahm. Sie roch betörend nach Gewürzen. Nach dunklen Gewürzen, die auf einer herben Insel wuchsen, die weit draußen im Ozean lag. An jeder Stelle duftete Heike so. Überhaupt diese Stellen. Wenn Alain brannte, bestand Heike für ihn nur aus Stellen – eine schöner als die andere. Wenn sie den Arm über den Kopf nahm, entstand dieser fein geschwungene Bogen, wo ihre Brust in die Achselhöhle überging. Oder diese kleine Mulde neben ihrem erhabenen Beckenknochen, von der aus ihr Bauch sich sanft anhob.

Sie kannte ihn auswendig. Und er sie auch. Jeden Zentimeter von ihr. Gelegentlich, wenn Heike danach eingeschlafen war und er ausnahmsweise nicht, schaute er sie einfach nur an. Im Sommer meistens, wenn sie ohne Decke beieinanderliegen konnten. Dann stützte er den Kopf in seine Hand und fuhr mit den Augen die Linien ihres nackten Körpers nach. Selbst nach fünfundzwanzig Jahren konnte er sich nicht daran sattsehen. Diese Linien waren so erotisch wie eh und je. Sie waren nicht verschwommener oder faltiger. Heike war schön. Sie war mit ihm zusammen älter geworden, ohne ihren Zauber zu verlieren. Wenn das so weiterging, würde sie irgendwann ein Engel sein.

»Sie nutzen die alkoholbedingte Hilflosigkeit Ihrer Frau schamlos aus, mein Herr«, gurrte der Engel nach einer Weile und kletterte entschlossen auf Alain.

»Das würde ich niemals wagen.«

»Ich weiß nicht, wie lange ich oben bleiben kann«, murmelte Heike. »Mir ist schwindelig. Küssen geht auch nicht. Aber was du da gerade machst, ist genau richtig. Nicht aufhören mit Bewegen. Und die drei Finger bitte da lassen, wo sie sind und … ich kann jetzt nicht mehr reden … mach einfach so weiter …«

Isaac Hayes wurde immer lauter.

Heike auch.

»Komm schon!«, keuchte sie kurz darauf. »Jetzt!«

»Bin schon längst da.«

Es war alles so unkompliziert.

Mit vereinten Kräften hatten sie den Granitbrocken aus der Scheune gezogen. Markus hätte beinahe seinen großen Zeh geopfert, als der Fels ein Stück zurückgerollt war. Er hatte großes Glück gehabt, dass das Seil gehalten und der Trecker rechtzeitig wieder angezogen hatte. Sein Zeh sei jetzt zwar blau und tue weh, hatte Markus gesagt, als er abends heldenhaft ächzend im Liegestuhl lag und sich mit kaltem Bier verwöhnen ließ, das sei aber nicht so schlimm, der ganze Fuß hätte platt sein können. Er habe gerne sein Leben für die Olivenölmühlengemeinschaft riskiert – er sagte tatsächlich Olivenölmühlengemeinschaft –, falls das Bein trotzdem amputiert werden müsse, gebe er rechtzeitig Bescheid, auf jeden Fall sei der Laden jetzt perfekt vorbereitet für die noch ausstehenden Renovierungsarbeiten.

Prompt tobte am nächsten Nachmittag um sechzehn Uhr zweiundzwanzig in der Scheune wieder der Kampf der Giganten.

»Pass doch auf, Rudi, verdammt!«, rief Claudia. »Wie das hier aussieht.«

»Pass selber auf!«

»Ich habe dir aber gesagt, dass ich die Regale einräumen möchte.«

»Und ich habe dir gesagt, dass ich diese Wand noch mal schleifen muss.«

Rudi, der wie ausgewechselt war, seit Grazia wieder bei Bewusstsein war und *Rrrudi* sagen konnte, hatte an der hinteren roten Tadelaktwand eine Ecke entdeckt, die nicht seinen hohen Ansprüchen genügte. Bei Ungenauigkeiten kannte er kein Pardon. Nicht einmal in Zeiten wie diesen, wo er nur halb bei der Sache war. Sie würden später alle diesen Laden betreten und sich zufrieden umschauen, hatte er lamentiert, nur er nicht. Er sehe immer nur diese eine Ecke, die nicht in Ordnung war. Automatisch werde sein Blick dahin gelenkt. Er habe neulich auch mit Jakob darüber gesprochen. Das sei eine alte Handwerkerkrankheit. Deshalb müsse er den Schaden umgehend beheben.

»Du hast gesagt, du wärst innerhalb eines Tages fertig damit.«

»Nerv mich jetzt nicht, Claudia! Es ist komplizierter, als ich dachte.«

»Dann hör doch wenigstens mit dem Schleifen auf, KACK-NOCHMAL!«

»Lass deine Wut nicht am Exzenterschleifer aus! Der kann nichts dafür. Wir arbeiten hier einfach in der falschen Reihenfolge, das ist das Problem. Ich Wand fertig, dann du Regal! *Capisce?!*«

»Du machst mich wahnsinnig!«, schrie Claudia. »Ich weiß nicht, wann mich ein Mann zum letzten Mal so auf die Palme gebracht hat wie du. Du bist ein … ein solcher … ein …« Sie brach mitten im Satz ab und lachte plötzlich schallend. »O Mann, Rudi! Es tut so gut, dass du wieder streiten kannst. Dir geht's besser, oder?«

»Ja, was glaubst du denn!«, strahlte Rudi sie an. »Seit Grazia aufgewacht ist, könnte ich Bäume ausreißen. Ich kann dir gar nicht sagen, wie dankbar ich bin. Es gibt nämlich nicht sonderlich viel im Leben, was wichtiger ist, als gesund zu sein. Vergiss unseren ganzen Kabbelkram! Wenn du heute darauf bestehen würdest, würde ich dir sogar, ohne mit der Wimper zu zucken, deinen kompletten Hof Mauve streichen.«

»Lass dich mal drücken, Knallkopf«, sagte Claudia und nahm Rudi in den Arm.

»Es sähe aber trotzdem scheiße aus«, rief Rudi an Claudias Kopf vorbei in die Scheune. »Doofhoofmoof!«

Sie lachte und schubste ihn von sich.

»Jedenfalls muss ich dringend mit dem Einräumen anfangen«, sagte sie und griff wieder zu ihrem Putzlappen. »Sonst findet wegen mir die Eröffnung nicht statt. Ich bin die Letzte in dem ganzen Arbeitsablauf. Mir ist schon klar, dass den Letzten immer die Hunde beißen. MICH ABER NICHT! Uns ist die Katastrophe mit dem Granit halt nun mal dazwischengekommen. Jetzt müssen wir ein bisschen flexibel sein und nicht stur an dem alten Plan festhalten. Du musst einfacher sauberer arbeiten, dann passt das schon.«

»Was hast du da gesagt?«

»Ja, guck dir deinen Dreck doch mal an!! Sogar den Honig hat's erwischt!!«

»VERDAMMTE HACKE! ICH BIN EINER DER SAUBERSTEN GIPSER DEUTSCHLANDS! Aber das staubfreie Wändeabschleifen ist halt noch nicht erfunden worden. Jetzt warte einfach noch einen Tag oder zwei!«

»Nein, ich habe auch meinen Zeitplan, Rudi.«

»Jetzt geht das wieder los!«

»Ja, das geht jetzt wieder los. Was dagegen?«

Rudi holte tief Luft.

»Ich glaube, dein Weinhändler ist gerade vorgefahren«, sagte er.

»Was? Carlo??«

Claudia schoss aus der Scheune. Sie fuhr sich mit den Fingern hastig durch das Gestrüpp, das am Morgen noch eine Frisur gewesen war, und blinzelte suchend in die Sonne. Tatsächlich, da stand er. Er trug weiße Leinenhosen und wurde gerade sehr freundlich von Otto und den Tortellinis empfangen. Mal sehen, was er heute auf Lager hat, dachte Claudia. Die Flaschen, die er neulich vorbeigebracht hatte, sahen gut aus. Sie hatte den Wein noch nicht probieren können. Vielleicht fand sich ja heute eine Gelegenheit dazu. Carlo entdeckte sie und winkte ihr zu. Claudia winkte lächelnd zurück. Mein Gott, dachte sie, ich bin ein halbes Jahrhundert alt und habe Herzklopfen wie ein Backfisch.

»Aaaaha!«, sagte Markus, der neben Thomas auf dem Hausdach saß und die Szene aus der Vogelperspektive beobachtete. »Ich glaube, Claudias Tage als alleinstehende Witwe sind gezählt. Mich hat sie so noch nie angelächelt.«

»Wieso hätte sie das tun sollen?«, sagte Thomas.

»Na ja, vielleicht weil …«

»Das war eine rhetorische Frage, du Hirsch.«

»Ist mir gar nicht aufgefallen«, grinste Markus und reichte ihm einen der schweren Ziegel. »Wie auch immer. Das ist der letzte. Wir sind fertig! Kurz vor dem Sonnenstich, wenn du mich fragst.«

»Mehr schafft mein lädierter Daumen auch nicht mehr«, stöhnte Thomas.

»Ich quetsche mir den Zeh, du den Daumen, und wir sind noch nicht mal zwei Tage hier«, sagte Markus. »Wir sind wirklich die Handwerker vor dem Herrn.«

Er kletterte vorsichtig die morsche Leiter hinunter.

»Ich hole uns eine Karaffe mit Limonade aus der Küche«, sagte er. »Dann machen wir erst mal eine ordentliche Pause.«

»Limo ist mir zu klebrig.«

»Meine nicht!«, rief Markus über die Schulter zurück. »Ich mache sie mittlerweile selber. Du wirst staunen.«

Thomas zuckte mit den Achseln und verlegte vorsichtig den letzten Ziegel. Dazu musste er zwei andere Dachpfannen gleichzeitig anheben. Das war gar nicht so einfach. Sein Daumen schmerzte höllisch, sobald er ihn belastete.

»Minzblätter, Limetten, Eis, etwas Honig und die Geheimzutat«, sagte Markus, als sie endlich im kühlen Schatten saßen und er die Gläser vollgoss. Sie hatten sich die beiden Liegestühle ausgesucht, die im unteren Teil von Claudias Garten unter einem großen Baum standen. Von dort hatte man einen herrlichen Blick über die westlichen Ausläufer des Chianti und das Val d'Elsa. An guten Tagen konnte man von hier die mittelalterlichen Geschlechtertürme von

San Gimignano sehen, an schlechten Tagen nicht einmal die Hand vor den Augen.

Thomas roch misstrauisch an seiner eiskalten Limonade. Sie sah grün aus.

»Da ist doch Sprit drin.«

»Geheimzutat, sag' ich doch. Ein Schuss Gordon's gehört einfach rein. Wir haben doch schon fünf, oder?«

Thomas sah auf die Uhr. »In fünf Stunden ungefähr.«

»Das passt.«

Schweigend saßen sie nebeneinander. Aus der Scheune drang das Brummen von Rudis Exzenterschleifer. Claudia und Carlo, der zwei Weinkartons unter dem Arm trug, gingen lachend und gestikulierend ins Haus. Tortellini Zwei grub wie ein Besessener in den Rabatten nach einer Maus. Der achte Tortellini sah interessiert zu, wurde aber jedes Mal angeknurrt, wenn er selber Hand anlegen wollte. Otto ließ den Nachwuchs seine Erfahrungen selber machen. In Tiefbauangelegenheiten mischte er sich grundsätzlich nicht ein. Terrier und Buddellöcher, das endete immer in Schlägereien, wenn man nicht vorsichtig war. Otto lag unter einem Olivenbaum, streckte alle viere von sich und schnappte im Halbstundentakt nach dicken Fliegen.

»Kann ich dich mal etwas sehr Privates fragen?«, fragte Thomas nach einer Weile. »Du musst auch nicht antworten, wenn du nicht willst.«

Markus nickte.

»Ab welcher Frequenz kann Sex als *nicht mehr stattfindend* bezeichnet werden?«, formulierte Thomas vorsichtig. »In der Ehe, meine ich. Also, ab wann das Sexualleben quasi noch existent ist irgendwie? Herrgott, was rede ich da. Ist das kompliziert. Also, ich will sagen …«

»Du willst wissen, ob Sabine und ich noch miteinander schlafen, und wenn ja, wie oft«, stellte Markus trocken fest.

»Genau«, nickte Thomas. »Und wie man damit umgeht, wenn von den Frauen so gar nichts kommt. An Initiative, meine ich.«

Markus guckte in seine grüne Limo und sagte erst einmal nichts. Über so etwas hatten sie in all den Jahren noch nie gesprochen, dachte er. Wann denn auch? Nach dem Badminton unter der Dusche? Oder später bei einem fetten Schnitzel im *Fass?* Dieses Thema passte einfach nicht in die Runde. Außerdem ging man automatisch davon aus, dass es bei den anderen besser lief als bei einem selber. Warum also darüber sprechen? Es hatte allerdings auch noch keine ihrer Ehen vor dem Aus gestanden wie bei Thomas jetzt.

»Es gab schon auch längere Pausen bei Sabine und mir«, begann Markus zögernd. »Gibt es noch. Fünf Wochen Enthaltsamkeit am Stück kommen da locker zusammen. Es waren auch schon mal zehn. Kommt alles vor. Es ist halt auch immer so viel zu tun. Familienkram, Berufsscheiß, Sabines Rumfliegerei, Müdigkeit, Sorgen, Kopfweh, Mathe, Pinguinkostüme nähen, weiß der Geier. Eine Zeit lang habe ich gedacht, ich wäre nach all der Zeit vielleicht nicht mehr sexy genug für sie. Das stimmte aber nicht. Diese Durststrecken hatten nie etwas mit meinem körperlichen Zustand zu tun. Es gab einfach keinen Sex, egal ob attraktiv oder unattraktiv. Keinen Sex, als ich hundertundfünf Kilo gewogen habe, und keinen, als ich fünfundsiebzig wog, keinen, als ich Raucher war, und als Nichtraucher wurde es auch nicht besser. Klosterzeit ist Klosterzeit. Da kannst du nichts machen.«

»Bei uns war es ein Jahr.«

»Was?«

»Na gut, elf Monate, um genau zu sein.«

»Du zählst mit?«

»Du doch auch.«

»Na ja schon. Aber nicht über einen so langen Zeitraum.«

»Wenn du im Jahr nur zweimal im Bett landest und dazwischen elf Monate liegen, fällt dir das Mitzählen nicht sonderlich schwer«, seufzte Thomas. »Ulrike hat nie Lust. Aber wenn wir miteinander schlafen, gefällt es ihr. Sie will immer warten, bis die Lust von selber kommt. Uns ist seit zehn Jahren klar, dass das niemals passieren wird. Ich glaube einfach, sie ist ein Mensch, dem Lust gemacht werden muss. Davon will sie aber nichts wissen. Sie wartet drauf, dass es von selbst kommt, aber es kommt nicht. Und weißt du, was richtig blöde ist? Je länger ich Verständnis zeige und Ruhe gebe und ihr Zeit lasse, desto weniger Sex haben wir.«

»War das einer eurer Trennungsgründe?«, fragte Markus.

»Ja. Ich hatte da einfach keinen Bock mehr auf diesen Krampf.«

»Ich würde mir an deiner Stelle überlegen, ob Sex so wichtig ist, dass du deine Ehe deswegen in den Sand setzen willst«, sagte Markus. »Ich meine, von was reden wir genau? Von zehn Sekunden Orgasmus? Danach kommt die Müdigkeit, und irgendwie ist alles ein bisschen grauer als vorher. Erst recht, wenn du in einem fremden Bett liegst und ein schlechtes Gewissen hast. Lohnt sich das?«

»Keine Ahnung«, sagte Thomas. »Darüber denkst du in einem solchen Moment doch nicht nach. Wenn dein Sexualleben dermaßen brachliegt, dann bekommt Sex auf einmal eine Wichtigkeit, die du ihm nie einräumen wolltest. Dann wird er so oberwichtig, dass du Dinge riskierst, die du sonst nicht riskiert hättest.«

»Mit anderen Frauen?«

Thomas nickte.

»Glaub ja nicht, dass ich dich nicht verstehen würde«, sagte Markus. »Man schwankt ohnmächtig zwischen Frustration und Wut, oder? Ich war manchmal wie vom anderen Stern. Na toll, habe ich einmal gedacht, Sabine verweigert sich konsequent den Dingen, die sie nicht mag. Warum schaffe ich das eigentlich nicht? Es gibt ja auch Sachen, die ich hasse wie die Pest. Gartenarbeit zum Beispiel. Aber nein, ich lasse mich immer wieder breitschlagen und rödel' blöd im Garten herum. Ich mach's halt einfach, auch wenn es mir gerade nicht so gelegen kommt. Warum haben wir nicht einfach Sex, auch wenn es ihr gerade nicht so gelegen kommt, habe ich gedacht. Aber das nächste Mal, habe ich gedacht, das nächste Mal werde ich mich in diesen dämlichen Garten stellen und mich verweigern. Durch das ganze Viertel werde ich schreien: ICH WILL NICHT DEINE GARTENHURE SEIN!«

Thomas starrte seinen Freund sprachlos an.

»Was guckst du? Nach zehn Wochen ohne Sex bin ich auch nicht mehr ich selbst«, grinste Markus. Er trank seine Limo aus und wischte sich mit dem Handrücken die Lippen ab. »Ich hab's natürlich nicht gemacht. Ich habe das Beet umgegraben. Ich bin ein Waschlappen.«

»Ich beneide dich um deinen kompromisslosen Familiensinn«, sagte Thomas. »Aber ich glaube, den kannst du dir nur leisten, weil du mit Sabine so großes Glück gehabt hast.«

»So ist das nicht.« Markus schüttelte den Kopf. »Wir kämpfen ganz schön um dieses Glück. Es ist jeden Tag Schwerstarbeit. Na gut, das war übertrieben. Aber jeden zweiten. Von alleine kommt dieses Glück nicht und bleibt auch nicht. Guck dir doch nur mal Heike und Alain an. Die ringen zurzeit auch wie die Irren mit sich und ihrer Ehe und ihren Kindern. Wir kriegen alle nichts geschenkt.«

»Ich bin ja auch für Familie«, sagte Thomas. »Nur halt nicht um jeden Preis. Es gibt nicht nur ein *Wir*. Es gibt auch ein *Ich*. Was soll ich machen? Für mich wird das Thema Sex eben wichtiger, je älter ich werde. Nur weil ich die letzten zehn Jahre nicht mehr begehrt wurde, heißt das doch nicht, dass ich das die nächsten zehn Jahre auch akzeptieren will. Wir sind fünfzig, Markus. Übermäßig lange läuft unser Film nicht mehr. Ich möchte für den Rest meines Lebens gerne angefasst, gerne gerochen und gerne berührt werden.«

»Und du glaubst, dass das mit Ulrike nicht mehr möglich sein wird?«

»Keine Ahnung.« Thomas zuckte ratlos mit den Schultern. »Ich würde es mir wünschen. Am allerliebsten möchte ich dieses Leben mit ihr.«

»Paartherapie?«

»Würde ich machen. Aber wenn das nicht klappt, haue ich endgültig ab.«

Die Abendsonne tauchte die Ölmühle in ein sanftes Licht. Im Garten war es angenehm kühl geworden. Die Hunde balgten auf dem Rasen. Markus betrachtete das Dach von Claudias Wohnhaus und war zufrieden. Alle kaputten Pfannen waren ausgetauscht und saßen sauber in Reih und Glied. Dafür, dass Thomas und er als Heimwerker die letzten Heuler waren, hatten sie das wirklich gut gemacht. Hoffentlich lief es bei der Remise genauso gut. Balken austauschen schien ungleich komplizierter zu sein als ein paar Dachpfannen zu wechseln. Aber mit Rudis Hilfe würde bestimmt nichts schiefgehen. Morgen würden sie damit beginnen. Rudi hatte sich bei Nachbar Renzo ein Gerät ausgeliehen, dessen Namen Markus schon wieder vergessen hatte. Hauptsache, die Daumen blieben heil.

»Faules Pack«, sagte Claudia, die unbemerkt hinter ihnen aufgetaucht war.

»Wir können uns das leisten«, murmelte Thomas mit geschlossenen Augen. »Wir haben den Wolkenkratzer neu eingedeckt und sind am Leben geblieben. Erstaunlicherweise!«

»Ich möchte Carlo gern zum Abendessen einladen«, sagte Claudia. »Geht das? Ich meine, haben wir genug zu essen? Beim ersten Mal wäre es mir nämlich außerordentlich peinlich, wenn fünf Personen an meinem Tisch sitzen und nur vier *Scaloppine* auf der Platte liegen.«

»Ich habe heute Morgen einen Riesentopf Thaicurry gekocht«, sagte Markus. »Der langt für alle. Ist aber ganz unitalienisch.«

»Das macht nix«, freute sich Claudia. »Ich sage ihm Bescheid.«

»Ich weiß halt nicht, ob Curry zu seinen Weinen passt«, sagte Markus.

»Wir essen einfach ein Pfund Weißbrot zum Dessert, warten eine Stunde ab und probieren die Weine dann«, sagte Claudia.

Sie lief zum Haus zurück. Auf halbem Weg drehte sie sich um.

»Thaicurry?«, fragte sie. »Ist das scharf?«

»Schon«, sagte Markus. »Aber nicht allzu sehr.«

»Ich meine, so feuerlöscherscharf wie eure vergeigten *Arrabbiata*-Gerichte?«

»Auf gar keinen Fall«, beruhigte Markus. »Thomas hatte den ganzen Vormittag Herdverbot. Er hat die Küche kein einziges Mal betreten.«

»Da bist du dir ganz sicher?«

»Vertrau mir, Claudia«, sagte Markus. »Das Curry wurde von Anfang bis Ende nur von mir zubereitet. Thomas trägt heute seine schwarzen Dachdeckerjeans.« Markus deutete auf seinen dösenden Kumpel, der ihnen mit immer noch geschlossenen Augen seinen Mittelfinger zeigte. »Der Mann hatte keine Chance. Otto und die Tortellinis saßen die ganze Zeit knurrend auf der Türschwelle.«

Die Tür fiel hinter dem letzten der unzähligen Verwandten zu. Grazias besorgter Papa hatte sich ihnen schweren Herzens angeschlossen. Man hörte sie draußen aufgeregt durcheinanderreden, alle auf einmal. Eine Stunde lang hatten sie sich beherrschen müssen. Die Schwester hatte gesagt, ausnahmsweise dürften einmal alle ins Zimmer, aber nur, wenn sie absolute Ruhe einhielten.

Jetzt waren Rudi und Grazia wieder allein.

»Sie sind ein wilder, wilder Haufen, meine Onkel, Tanten und Cousinen«, seufzte Grazia und reckte sich ganz vorsichtig. »Aber sie sorgen sich alle sehr um mich. Sie haben mir viel Glück gewünscht für die Operation. Die wird morgen sein, Rudi. Ich muss mal ein bisschen die Augen zumachen. Die Verwandten waren heute so viele Leute.«

Sie schloss erschöpft die Augen.

Er nahm ihre Hand.

»Ich bin so froh, dass du wieder da bist«, sagte er und streichelte sie sanft. »Blass bist du geworden. Du musst unbedingt wieder zu uns nach Castellina in die Sonne kommen. Ich liebe dich so sehr. So sehr. Der Garten dort ist jetzt wunderschön. Irgendwas, ich weiß nicht was, hat violett zu blühen begonnen, und irgendetwas anderes leuchtet in Purpur.«

Grazia atmete ganz ruhig. Mit jedem Atemzug bewegte sich die schneeweiße Bettdecke, die ihren Körper bedeckte, kaum wahrnehmbar auf und ab.

»Markus und Thomas sind auch da, stell dir vor! Plötzlich standen sie im Hof. Ich habe geglaubt, Thomas sei längst in der Karibik auf einer Insel. Ist er aber nicht. Er ist in Castellina. Die beiden helfen mir beim Dach und der Remise. Der blöde Granitfelsen, mit dem dieses ganze Unglück angefangen hat, ist auch wieder raus aus dem Laden. Wir werden bestimmt rechtzeitig fertig mit allem.«

Die flackernden Monitore warfen grüne und rote Lichtflecken an die Wand.

»Heute war der Winzer wieder da, weißt du. Carlo heißt er. Er hat noch einen neuen Wein gebracht, den Claudia probieren sollte. Ich glaube, Claudia ist ein bisschen verliebt in ihn. Er ist zum Abendessen geblieben. Du würdest dich bestimmt prima mit ihm verstehen. Er hat immer gute Laune und lacht. Ich würde es Claudia wünschen, dass sie endlich aus ihrer Einsamkeit herausfindet. Auf jeden Fall hatte sie irgendwann heute Abend ganz strahlende Augen und rote Wangen. Das lag bestimmt nicht nur an Carlos Rotweinen. Wir werden sehen.«

Je länger Rudi auf die Bettdecke starrte, die sich mit Grazias Brust hob und senkte, desto weniger Bewegung sah er. Seine Augen waren müde und brannten. Daran wird es liegen, hoffte er.

»Vielleicht kriege ich ja Jakob noch dazu, dass er seine kaputte Brombeerwand wieder repariert. Mit den Zwillingen ist alles in Ordnung. Denen geht es gut. Sie sind halt manchmal patzig. Das kennst du ja von ihnen. Sie melden … sie schreiben regelmä … nein, vergiss, was ich gesagt habe, es ist alles okay, alles … Schöner Blumenstrauß, der da steht. Ich kenne mich ja nicht so aus mit Blumen, aber der ist wirklich schön. Ich habe sogar wahrscheinlich einen Auftrag, wenn wir hier fertig sind. Da hat neulich einer angerufen. Der Mann wirkte ein bisschen komisch am Telefon, aber der Job, den er in Aussicht gestellt hat, ist nicht schlecht. Seine Anwaltspraxis möchte er mit Tadelakt verputzen. Anwälte sind bestimmt nicht kleinlich. Die zahlen gut.«

Das Fenster stand einen Spalt offen. Der Wind spielte sanft in den Vorhängen.

»Das mit der Operation kriegst du bestimmt gut hin, Schatz. Wenn ich heute Abend Markus' Thaicurry überlebt habe, dann schaffst du deine Operation auch. Wir sind ein ganz hartgesottenes Pärchen, du und ich. Dabei konnte Markus dieses Mal überhaupt nichts für das verkorkste Essen. Thomas auch nicht. Der durfte gar nicht in die Küche, als Markus gekocht hat. Ich bin ganz allein dran schuld. Weißt du, Markus hat zwei Gewürzmühlen mitgebracht. Die sehen völlig gleich aus. Aber sie haben durchsichtige Gläschen. Man kann sehen, was drin ist. In die eine Mühle hat Markus diesen leckeren schwarzen Kochzivilistenpfeffer gefüllt, den du auch kennst, und in die andere dunkelrote Chiliflocken. Auf die Chiliflocken ist er ganz stolz. Die sind wohl sehr selten. Er hat gesagt, es sei getrockneter Bird's Eye Chili aus Afrika. Der habe über hunderttausend Scoville und sei sehr schwer zu bekommen. Scoville ist so eine Maßeinheit für die Schärfe. Das wusste ich vorher auch nicht. Hunderttausend ist ganz schön viel, Grazia. Tabasco hat nur dreißigtausend, und der ist ja schon scharf wie sonst was. Beim Essen hat Markus dann die zwei Mühlen auf den Tisch gestellt. Falls einer das Curry noch nachwürzen möchte, hat er gesagt. Und er hat auch gesagt, mit dem roten sollten wir vorsichtig sein. Ich habe gesagt, ich würde nur ein bisschen von dem schwarzen nehmen, garantiert nichts von dem roten, ich bin ja nicht blöd. Das Curry war ja auch ohne Chili schon scharf genug. Aber dann hat ein Windstoß die Kerze ausgeblasen, und in der Dunkelheit habe ich zur falschen Mühle gegriffen. Ich habe mir Chiliflocken in das Curry gemahlen, als wäre es harmloser schwarzer Pfeffer. Das habe ich aber erst gemerkt, als ich den Löffel in den Mund geschoben habe. Schatz, du kannst dir nicht vorstellen, wie hunderttausend Scoville brennen. Hunderttausend! Es ist die Hölle. Und dabei ist das noch nicht einmal das schärfste Chili, das es auf der Welt gibt. Markus hat erzählt, im *Guinness Buch der Rekorde* stehe eines, das stammt aus Carolina in Amerika und hat über anderthalb Millionen Scoville. Wahrscheinlich brennt dir das den Unterkiefer zu Asche. Der rieselt beim Kauen einfach so in deinen Teller. Einfach so ...«

Dagegen anreden, dachte Rudi, einfach dagegen anreden, anreden, anreden. Man konnte gegen den Tod anreden.

Grazia schlug die Augen auf.

»Mein liebster Rrrudi«, flüsterte sie. »Er pluppert und pluppert.«

»Meinst du blubbern oder plapp ... he, du bist ja wach?«

»Die ganze Zeit«, sagte Grazia. »Das habe ich doch gesagt vorhin. Ich mache nur ein bisschen die Augen zu. Ich schlafe nicht. Kann ich auch nicht. Ich habe ein sehr schlechtes Gewissen.«

»Warum?«

»Ich habe dir nicht die Wahrheit gesagt.«

»Ich weiß, Grazia.«

»Ich hatte Angst, dass du nicht mehr zu mir nach Italien zurückkommst, wenn ich dir erzähle, wie alles wirklich ist. Aber jetzt sage ich dir die Wahrheit. Einverstanden? Und du kannst dann nachdenken.«

»Grazia, ich kenne die Wahrheit, und ich habe schon nachgedacht.«

»Jetzt musst du einmal still sein, Rrrudi. Ich muss dir das selber sagen. Ich will das. Du sollst es von mir hören und nicht immer nur über die vielen Ecken. Also über Claudia, die dir übersetzt, was mein Papa sagt, der ihr erzählt, was die Doktoren sagen. Dass ich neununddreißig bin und immer noch nicht mit meinem Studium fertig geworden bin, hat nicht daran gelegen, dass ich erst spät damit angefangen habe. Oder dass Kunstgeschichte in Firenze so schwer zu studieren ist, weil es so viel zu sehen und zu erforschen gibt. Und es lag auch nicht an Mamas Tod und nicht am traurigen Papa und seiner *Birreria,* in der die brave Tochter immer helfen muss. Das habe ich nur behauptet, um dir nicht zu sagen, dass ich nicht gesund bin. Ich habe das Herz von meiner Mama geerbt. Das ist zwar sehr, sehr groß, es kann aber leider nicht viel aushalten. Ich muss immer Pausen machen. Nicht nur auf bergigen Wegen. Im ganzen Leben. Immer Pausen. Zum Beispiel ein halbes Jahr weg aus Firenze und mich ausruhen in Campiglia. Daraus ist manchmal ein Jahr geworden. Es gibt einfach keine Aufregung in diesem Ort. Alles geht dort jeden Tag wie am vorigen. Am Sonntag läutet die Kirchenglocke. Morgens kräht der Huhn. Das ist alles gut für mich. Ich habe meine Tabletten vor dir versteckt, Rrrudi. Manchmal habe ich sie auch nicht genommen, weil ich glaubte, dass es besser wird, wenn ich einfach nur gut lebe. Vernünftig, weißt du. Wenig Alkohol trinken, nur Gutes essen, nicht so viel Salz und so. Ich kenne das deutsche Wort für all das nicht …«

»Claudia hat gesagt, der Arzt hat gesagt, es sei eine chronische Linksherzinsuffizienz«, sagte Rudi.

»Das klingt noch niedlich auf Deutsch«, sagte Grazia. Ihre

Stimme wurde leiser und klang müde. Sie versuchte zu lächeln. Es gelang ihr nicht sehr gut. »Sogar Aussetzer habe ich gehabt.«

»Kammerflimmern, ja.«

»Die Ärzte sind sehr besorgt um mich. Sie haben mit mir geschimpft. Ich bin sehr leichtsinnig gewesen, haben sie gesagt. Mein Herz würde ab jetzt immer öfter einmal aussetzen. Das wäre eine Bedrohung für mein Leben. Sie wollen mir einen *defibrillatore* einbauen. Morgen.«

»Einen Kardioverter-Defibrillator, ich weiß«, nickte Rudi. »Willst du wissen, wie es genau heißt? Implantation eines biventrikulären Herzschrittmachers in Kombination mit einem implantierbaren Kardioverter-Defibrillator.«

»Das ist jetzt ganz wichtig, Rrrudi!« Grazia setzte sich mühsam auf und sah ihm ernst in die Augen. »Bei vielen Kranken hilft das. Bei manchen nicht. Ich weiß nicht, wozu ich gehöre. Vielleicht zu denen, denen es nicht hilft?«

»Grazia, dein *defibrillatore* ist nichts Ungewöhnliches. Ich habe darüber gelesen. Das klingt alles furchtbar kompliziert, ist für deine Ärzte aber Routine. Das machen die jeden Tag. Du kriegst einfach einen kleinen Turbolader eingesetzt. Wie ein Porsche. Immer wenn dein Herz aufhören will, schubst unser Defibrillator es ordentlich an. Dann schlägt es weiter.«

»Gut«, sagte Grazia. »Dann weißt du ja, wie es funktioniert. Okay? Und jetzt musst du nach Hause fahren und sehr darüber nachdenken, ob du mit mir zusammen sein willst.«

»Ich bleibe hier.«

»Du fährst und denkst darüber nach. Versprochen?«

»Ich fahre nicht und habe schon nachgedacht!«

»Nicht richtig, Rrrudi.«

»Doch, Grrrazia! Ich bin im Vollbesitz meiner geistigen Kräfte.«

»Du sollst nicht einen Quatsch reden, sondern ganz ernst nachdenken.«

»Und du sollst jetzt einfach mal ganz ernst die Klappe halten, du sture Signora, du. Ich bleibe bei dir, egal was kommt. Erste-Hilfe-Maßnahmen bei Herzpatienten habe ich schon gegoogelt. Das Rote Kreuz in Düsseldorf bietet Kurse an. Ich habe mich für den Winter angemeldet. Wenn unsere Beziehung also in die Brüche geht, dann höchstens wegen deiner Dickköpfigkeit und meinem schlechten Italienisch, aber garantiert nicht wegen unserem *defibrillatore*.«

»Was kann so ein lebendiger Rrrudi denn mit einer kranken Frau anfangen? Gar nichts, oder?«

»Noch ein Wort, und ich hetze Otto auf dich.«

»Der Otto darf nicht in die Klinik kommen.«

»Der Otto kennt Mittel und Wege.«

Der graue Mercedes lief wie am Schnürchen. Es war ein zwanzig Jahre alter Fünfhunderter. Die Achtzylindermaschine hatte mit ihren dreihundertzwanzig PS keine Probleme mit dem ewigen Auf und Ab der holprigen Apennin-Autobahn. Bei Firenze-Impruneta setzte er den Blinker und verließ die A1. Er überquerte einen armseligen Fluss. *Greve* hieß die Brühe, es stand auf einem Schild. Dahinter lag die Mautstelle. Er bezahlte zähneknirschend siebenundzwanzig Euro und fuhr langsam weiter zu dem großen Kreisverkehr. Die Scheinwerfer des Mercedes tauchten die Wegweiser in gleißendes Licht. *Sp 69* stand auf dem obersten. Nur noch zweiundachtzig Kilometer bis Siena. Er bog nach rechts auf die Landstraße.

Wenigstens rannte der Schlitten ordentlich, dachte er. *Autostrada uno!* Autobahn eins! Zum Totlachen. Dass sie diese geteerten Vollkatastrophen auch noch Autobahn nennen durften. Bestimmt steckte wieder so eine kranke EU-Bestimmung aus Brüssel dahinter. Scheißitalien! Nicht mal einen Kaffee holen konnte man sich hier. Sobald er an der Raststätte ausstieg, klauten ihm diese Mafiosi die Karre unter dem Arsch weg und verscherbelten sie nach Kroatien.

Gott sei Dank war seine Frau endlich ausgezogen, die blöde Schlampe. Dieser letzte Streit war so überflüssig wie ein Kropf gewesen. Nur weil sie zu Hause die Akte von diesem Gipser auf seinem Schreibtisch gefunden hat. Natürlich hatte er die Ordner nach der Kündigung mitgehen lassen, was denn sonst? Da stand doch alles drin, was er wissen musste. Er fing doch nicht wieder von vorne an und googelte den ganzen Mist. Entweder er vergisst das alles oder sie geht, hatte sie gesagt. Was fiel der blöden Sau eigentlich ein? Er ließ sich doch nicht erpressen. Sollte er auf den Knien rumrutschen und *Bitte geh nicht* heulen? Dann hau doch ab, hatte er geschrien. Zieh halt zu deiner dämlichen Schwester. Auch so eine vertrocknete alte Lesbe, die unsere Kinder versaut. Grundschullehrerin! Was die alles anrichtete mit ihrem feministischen Gleichmacherscheiß! Diese Weiber hatten doch alle einen Arsch voller Minderwertigkeitskomplexe, weil sie unansehnliche Titten hatten. Von wegen, Feministinnen handelten zum Wohle von Frauen. Das Gegenteil war der Fall. Die wollten nur nicht, dass andere Frauen mit ihrem Leben klarkamen. Weil sie selber nix gebacken kriegten, sollten die anderen gefälligst auch so armselig dahinvegetieren wie sie. Die gehörten stillgelegt. Alle ohne Ausnahme.

Wenigstens hatte er jetzt freie Bahn. Keiner wusste, wo er war, und er musste es auch keinem sagen. Der Gipser war fällig. In Italien war das alles einfacher. Bevor die Mafiosi merkten, was los war, war er schon wieder über alle Berge.

Mein Gott, diese schäbigen Dörfer überall! Was die nur alle an der Toskana fanden? Vorher, der Arno, der hatte auch gestunken wie die Sau. Die Häuser waren Bruchbuden, die Dörfer tot. Kein Wunder, dass die Bauern hier nix aus der Erde holten mit ihren verrosteten Schrottgeräten. So einen Mähdrescher musste man schon ein bisschen pflegen. Der kostete locker sechshunderttausend Euro. Er wusste Bescheid. Er hatte lange genug die Mähdrescherfirma vertreten, nachdem sich dieser Blödmann von Bauer das Bein hatte abreißen lassen. Wenn der auch zu dämlich zum Dreschen war! Die romantischen Zeiten, wo der Bauer im Märzen die Rösslein anspannte, waren ein für alle Mal vorbei. Landwirtschaft war Hochtechnologie. Ein strategischer Krieg gegen das Wetter und den Boden, volldigitalisiert, GPS, Satellitenunterstützung. Aber doch nicht mit diesem Drecksschrott hier. Da drüben stand schon wieder so eine Gurke auf dem Hof. Auf der Gegenfahrbahn lief ein Igel. Das Tier hatte fast schon die sichere Böschung erreicht. Von vorne kam kein Auto. Er blickte in den Rückspiegel. Hinter ihm war auch nichts. Er zog nach links und fuhr das Tier tot.

Seit der Durchsage *Meine Damen und Herren, wir haben unsere Reiseflughöhe erreicht, und der Kapitän hat soeben die Anschnallzeichen ausgeschaltet* redete Romy ununterbrochen auf ihren Sitznachbarn ein. Der arme Mann, ein Arzt, der zu einem Leberkongress nach Florenz flog, hatte den strategischen Fehler begannen, sich höflich vorzustellen, als er neben Romy seinen Platz eingenommen hatte. Höfliche Namensnennungen waren für Romy schon immer das Startsignal für ungebremsten Gedankenaustausch gewesen. Bei diesen Gelegenheiten floss die Kommunikation hauptsächlich in eine Richtung. Nicht dass Romy an ihren Gesprächspartnern nicht interessiert gewesen wäre. Aber Romy fand, dass ihr eigenes Leben um so viel bunter war als das der anderen Menschen. Es gab einfach viel zu erzählen.

»Sie können mich ruhig Romy nennen«, sagte Romy. »Ich bin eine Patentante im Noteinsatz. Meine Patenkinder sind Zwillinge, wissen Sie. Jakob und Jana heißen sie. Sie werden bald siebzehn.

Tolle Kinder, nur die Eltern sind ein bisschen schwierig. Der Vater vor allem. Die Mutter ist ganz in Ordnung. Eigentlich sollten die Zwillinge bei Freunden in Castellina sein. Aber dort sind sie abgehauen. Sind Sie in Ihrer Jugend auch schon mal abgehauen, Herr Professor? Ich auch nicht. Ich habe mich nicht getraut … Ja, Orangensaft bitte, und vielleicht eines von den Ginfläschchen? Vielen Dank. Ich bin immer so aufgeregt beim Fliegen, wissen Sie. Ein kleiner Schnaps im Saft beruhigt mich immer … Im Moment sind die beiden in Florenz. Aber alle glauben, sie zelten in Siena. Die sind nicht doof, die zwei. Als ich erfahren habe, dass sie verschwunden sind, habe ich Jana sofort eine Nachricht geschickt. Jana und ich hatten schon immer einen ganz besonderen Draht zueinander. Ihr zweites Wort war *Romy*. Ist das nicht unglaublich? Ihr erstes Wort war *Mama,* ihr zweites *Romy*. Da hat der Papa ganz schön blöd geguckt, kann ich Ihnen sagen … Ich habe ihnen geschrieben, ich sei auf dem Weg nach Italien, sie sollten mal erzählen, was wirklich passiert ist, ohne Schnickschnack. Wollen Sie mal lesen, was sie geantwortet haben? Kommen Sie schon, werfen Sie einen Blick drauf. Es macht mir nichts aus, wirklich nicht. Meine Nichte und mein Neffe sind etwas Besonderes … Heiland, warum kriege ich denn jetzt diese Nachrichten nicht auf den Bildschirm? Dieses iPhone ist doch bescheuert. Von wegen intuitiver Bedienung. Die Bedienung ist nicht intuitiv, die ist scheiße. Oder ich bin doof. Oder beides. Smartphones sind ja mittlerweile dermaßen groß, das ist völlig albern. Viele Leute machen auch noch so rosa Hüllen drumherum, dass man denkt, die halten sich ein Coolpack an die Wange, weil sie Ohrenschmerzen haben oder Zahnweh. Auf den zweiten Blick stellt man dann fest: Oha, sie telefonieren! … Da, jetzt hab ich die Nachrichten gefunden. Schauen Sie, hier auf dieser Seite! Die grün gefärbten habe ich geschickt, die grauen sind von Jana und Jakob.«

WAS IST LOS MIT EUCH, SCHNUCKELS? ICH HABE MIT CLAUDIA
GESPROCHEN. IHR SEID AUSGERISSEN? VON MIR AUS. SCHREIBT
MIR MAL WARUM. ICH MACHE MIR KEINE SORGEN UM EUCH.
ABER ICH KOMM TROTZDEM IN DIE TOSKANA. GANZ LIEBE
GRÜSSE EURE PUTENTUNTE

HALLO ROMY. ES SIND EIN PAAR BLÖDE SACHEN PASSIERT.
RUDI KANN ZIEMLICH SCHEISSE SEIN. WIR HATTEN KEINEN
BOCK MEHR DRAUF. WIR KOMMEN BALD WIEDER ZURÜCK.
IM MOMENT SIND WIR IN FLORENZ UND VERDIENEN GANZ
SCHÖN VIEL GELD MIT JAKOBS SCHATTENLAUF. DIE ANDEREN
DENKEN WIR SIND IN SIENA. DAS HABEN WIR GESCHRIEBEN
DAMIT RUDIS FREUNDIN UNS NICHT IN FLORENZ SUCHT. SIE
HÄTTE UNS BESTIMMT GEFUNDEN. BEHÄLTST DU DAS BITTE FÜR
DICH!!!! GLG JJ

JANA, JAKOB, ICH WERDE SCHWEIGEN WIE EIN GRAB. UNTER
EINER BEDINGUNG: IHR SCHREIBT MIR ZWEIMAL AM TAG WIE
ES EUCH GEHT. ICH MUSS DAS WISSEN. DANN KANN ICH DIE
ANDEREN GUTEN GEWISSENS BERUHIGEN. UND BLOSS KEINE
SCHWINDELEIEN! ICH SPÜRE DAS. WENN ICH MERKE, DASS
IHR MICH ANLÜGT, GEHE ICH PETZEN. GLAUBT MIR, ICH KANN
DAS. ROMY WAR FRÜHER DIE FIESESTE PETZE DER GANZEN STADT.
FRAGT ALAIN! DER HATTE WEGEN MIR IMMER HAUSARREST.
PASST GANZ GUT AUF EUCH AUF. KNUTSCHIS, ROMY

DANKE DIR. DU BIST DIE BESTE. LIEB DICH. JJ

ICH WEISS, SCHATZ. SCHICKT MAL EIN SELFIE. HIER IST EIN SELFIE
VON MIR UND DEM DUTY-FREE-SHOP-MAN AM DÜSSELDORFER
AIRPORT. DAS BUNTE, DAS BIN ICH!!! LIEB EUCH AUCH. ROMY

»Wie finden Sie das, Herr Professor? Das ist doch ein faires Agreement, oder? Sie schreiben, ich schweige, sie schwindeln, ich petze. Manchmal sind meine Ideen gar nicht so schlecht ... Hat auch der Dingsbums gesagt, als ich ihm vor zehn Jahren die Kostüme für seinen umstrittenen *Peer Gynt* in Berlin geschneidert habe. Ich bin Kostümbildnerin, wissen Sie. Theater, Oper, was gerade so anliegt. Haben Sie sich jemals Gedanken über die Kostüme gemacht, wenn Sie im Theater waren? Mit Sicherheit nicht. Kostüme nimmt man einfach so als gegeben hin. Als wäre es das Einfachste der Welt! Mal eben ein paar Fummel an die Schauspieler hängen, bevor man sie auf die Bühne schubst. Jeder denkt doch, wenn einer den *Hamlet* spielt, dann zieht man ihm einfach ein paar Leggings an mit Eierwärmern drin, und fertig ist der Lack. Ganz großer Irrtum, mein Lieber, ganz großer Irrtum. Es ist viel, viel komplizierter. Das muss alles auf den Leib geschneidert werden! Alles! Das ist das große Geheimnis.

Wenn der Tukur unter Bogdanov den Hamlet spielt, braucht er ein völlig anderes Kostüm als sagen wir mal der Eidinger unter Ostermeier. Das liegt nicht am Bogdanov und am Ostermeier. Das liegt am Eidinger und am Tukur. Das muss man wissen. Man muss sich hineinfühlen können in diese Menschen, und zwar mit Leib und Seele ... Merkwürdig sind diese Schauspieler alle. Ich glaube, das muss man in diesem Beruf sein. Wenn du nicht merkwürdig bist, stellst du dich nicht auf die Bühne und kehrst dein Innerstes nach Außen. Dann verkaufst du vielleicht Schokoriegel oder wirst Finanzberater oder ein Professor Doktor für ... für was eigentlich? ... Egal, das mit dem Professor war jetzt ein Witz von mir. Aber süß, wie Sie gerade geguckt haben ...

Die schlimmsten Bühnenberserker waren bei der Anprobe die zahmsten. Dem Brandauer habe ich mal versehentlich eine Stecknadel in den Hintern gebohrt. Der war überhaupt nicht böse deswegen. Aber wehe, du sprichst den darauf an, dass er sich seinen

Text nie merken kann. Der hat nämlich schon seit Jahrzehnten Gedächtnisprobleme. Dann ist die Hölle los! … Oder der Ernst beispielsweise. Immer nur Kräutertee. Immer nur Kräutertee. Lindenblüten, Spitzwegerich, Minze, Malve. Fürchterliches Gebräu. Aber dann im *Sommernachtstraum* den Lysander spielen! Ich habe ihm gesagt, Ernst, habe ich gesagt, Ernst, sei mal locker, sei mal vergnügt. Kipp den Tee in den Gully, hau dir mal ein paar Caipirinhas in den Kopf. Du willst doch deine Hermia rumkriegen! Wie soll ich dir ein verführerisches Kostüm auf Maß nähen, wenn du dastehst wie ein Ladestock. *Sommernachtstraum,* kennen Sie? Beliebtes Stück, aber sehr, sehr schwierig zu kostümieren. Sehr, sehr schwierig …

Was für ein See ist das da unten? Das glänzende Dings da. Jetzt ist er schon wieder weg. Bleiben Sie ruhig sitzen … Mein Neffe ist auch beim Theater. Beim Schultheater noch, aber immerhin. Den hätten Sie mal in *Wer hat Angst vor Virginia Woolf* sehen sollen. Ein Hammer, wirklich! Aus dem wird mal was Großes, glauben Sie mir. Vorausgesetzt, er findet jemanden, der das irdische Leben für ihn organisiert. Die Frau muss ein bisschen so sein wie seine Schwester. Die bewahrt ihn bisher immer vor dem Schlimmsten. Er ist so ein Träumer. Rennt vor die Pumpe und weiß hinterher nicht, was genau passiert ist. Das glaubt ihm natürlich keiner, und schon steckt er wieder bis zum Hals in der Scheiße. Entschuldigung, das war jetzt kein akademisch wertvoller Ausdruck. Jakob ist einfach nicht von dieser Welt. Wenn man das weiß und sich darauf einstellt, kommt man prima mit ihm aus. Ich möchte nicht sein Lehrer sein. Ums Verrecken nicht. Entschuldigung, schon wieder geflucht.

Sehen Sie mal, da unten sind die Alpen. Sieht das nicht traumhaft aus? All die schneebedeckten Gipfel. Ich war da mal skifahren mit einem Kerl. In der Gegend von Ischgl. Ich komme gerade nicht auf den Namen des Ortes. Die Seilbahn hatte so einen komischen

Namen. Irgendwas mit Silber. Bestimmt fällt es mir wieder ein, wenn ich in Florenz am Zoll stehe. So geht es mir immer. Jedenfalls hatte der Typ so einen … nein, das wird jetzt zu intim … In Florenz wird mich Claudia abholen. Das ist eine ganz alte Freundin von meinem Bruder, ganz alt. Also die Freundschaft ist ganz alt, nicht die Frau. Die waren während der Schulzeit unzertrennlich. Mein Bruder, das ist der Vater von Jakob und Jana. Der Schwierige, Sie erinnern sich. Er ist aber seit Ewigkeiten schon mit einer anderen Frau verheiratet, der Mutter von meinen Patenkindern. Der Markus ist auch da. Der war auch auf unserer Schule damals, in der Klasse von meinem Bruder. Warum wir ausgerechnet jetzt auf einmal alle in der Toskana zusammentreffen, ist ein bisschen sehr kompliziert. Ich erkläre es Ihnen aber gern, ich bin ganz sicher, das interessiert Sie. Das Leben dreht ja manchmal richtiggehend am Rad. Im Grunde hat es damit angefangen, dass Jakob und Jana – ich weiß das von Claudia, aber fragen Sie mich bitte nicht, woher die das weiß, das würde jetzt zu weit führen, ist ja im Grunde auch egal –, also dass Jakob und Jana auf der Klassenkonferenz zu dem kleinen Musiklehrer gesagt haben …«

Romy war in ihrem Element. Zehntausend Meter über dem Erdboden ohne Punkt und Komma, von Düsseldorf bis Ravensburg, vom Bodensee bis zum Gardasee, von Verona bis Bologna und von Bologna bis Florenz. Beim Landeanflug rutschte sie aufgeregt in ihrem Sitz hin und her und war kaum noch zu halten.

»Da unten ist Florenz«, rief sie. »Wie die Zeit verfliegt! Claudia wartet bestimmt schon auf mich. Ich freue mich so. Ich bin ein wenig nervös, Herr Professor. Hoffentlich erkenne ich die Frau. Wir haben uns über dreißig Jahre nicht gesehen. Ich weiß gar nicht, was ich sagen soll. Wahrscheinlich fällt mir nachher kein einziges Wort ein, und ich glotze nur stumm vor mich hin. Was meinen Sie?«

Der erschöpfte Arzt, der zwischen Düsseldorf und Florenz nur vier Worte gesprochen hatte – kurz nach dem Start hatte er galant

Professor Doktor Berendt, angenehm gesagt –, seufzte mit matter Stimme das fünfte und das sechste Wort seiner endlos langen Reise:

»Sprachlos? Sie?«

»Hör mal, das ist so schön bei dir! Und der neue Laden und die Mühle, Mannomannomann! Claudia, aus dir ist ja eine richtige Unternehmerin geworden. Bunte Pariser wären noch schön im Sortiment. Guck dir diese Wände an. Der Rudi sollte mit Grazia ein gemeinsames Geschäft aufmachen, sobald sie wieder ganz gesund ist. Diese zwei Tortellinis sind ja zum Knutschen.«

»Ein Glas *Rosso*, Romy!«, befahl Markus und drückte ihr sanft, aber bestimmt den Wein in die Hand. »Du setzt dich jetzt in diesen Liegestuhl und hältst mal für fünf Minuten die Klappe. Wir ticken hier anders.«

»Wegen dem Sonnenuntergang, oder? Ja, der beruhigt wirklich. Die Sonne im Süden, Markus, also wenn du mich fragst ...«

»Mach ich aber nicht.«

»Du bist ein bisschen dicker als früher.«

»Psst!«

»Ja doch.«

Romy lachte schallend und stupste Markus ausgelassen in die Seite. Dann nippte sie an ihrem Weinglas, hob anerkennend die Augenbrauen ... und schwieg. Unglaublich! Markus konnte sogar wieder die Grillen zirpen hören.

Ihm taten noch alle Knochen weh. Heute Nachmittag hatten sie damit begonnen, die ersten Remisenbalken einzusetzen. Rudi war völlig übernächtigt aus Siena zurückgekommen und hatte sich wie ausgewechselt in die Arbeit gestürzt. Die Operation sei ausgezeichnet verlaufen, hatte er erzählt, Grazia habe jetzt ihren kleinen Turbo, und in einer Woche schon dürfe sie nach Hause. Markus freute sich für ihn. Zusammen mit Thomas wuchtete er die schweren Balken in die Höhe und hielt sie fest, während Rudi sie ordentlich verzapfte und anschließend sicher verschraubte.

Es gehöre nicht zu seinen Kernkompetenzen, zehn Minuten mit erhobenen Armen in der Hitze zu stehen und eine Tonne Holz festzuhalten, hatte Thomas gestöhnt, Rudi solle verfluchteaxtnochmal schneller arbeiten. Aber der war nicht aus der Ruhe zu bringen. Er hatte nur von seiner Leiter heruntergegrinst und gemeint, der Verein *Mürbchen aufm Bau e. V.* solle sich mal nicht so anstellen, er sei gleich so weit. Was natürlich nicht stimmte. Markus tropfte der Schweiß von der Stirn und brannte in den Augen. Er hatte keine Hand frei, um ihn abzuwischen. Thomas erging es nicht anders. Nach dem dritten Balken legten sie völlig erschöpft eine Pause ein, die Thomas dazu nutzte, mit einer Pinzette ein paar dünne Holzsplitter aus seiner Handfläche zu ziehen. Das kam davon, wenn man sich weigerte, Arbeitshandschuhe anzuziehen. Markus tat der Daumen weh. Gequetscht, was sonst. Damit erhöhte sich die Bilanz von *Mürbchen aufm Bau e. V.* auf einen blauen Zeh und zwei platte Daumen. Er biss die Zähne zusammen und sagte nichts. Man musste sich ja nicht noch lächerlicher machen, als man eh schon war.

Zu dritt hatten sie im Schatten der Remise gesessen und von Markus' eiskalter Limo getrunken. Allerdings die Variante ohne Geheimzutat. Dafür war es noch zu früh gewesen. Sie hatten Claudia in der Scheune singen hören. Nachdem das Ölregal komplett mit *Olio Enzo* gefüllt war, hatte sie sich dem Weinregal gewidmet. Sorgfältig hatte sie Carlos Flaschen poliert, in die jeweiligen Fächer gestellt und die Etiketten ausgerichtet. Das sah sehr ansprechend aus. Carlo hatte wirklich einen einfallsreichen Etikettendesigner. Einen ausnehmend guten Geschmack hatte er auch noch. Das war selten. Toskanische Weinetiketten sahen oft aus, als hätten sich angetrunkene Grafiker geschworen, jeden einzelnen Spezialeffekt ihres teuren Gestaltungsprogramms zur Anwendung zu bringen.

Jetzt musste Rudi nur noch die Brombeerwand neu verputzen, dachte Claudia zufrieden. Am besten zusammen mit Jakob, sobald der sich wieder beruhigt hatte und aus Siena zurückkam. Bis dahin wären alle Waren auf der Mühle eingetroffen und eingeräumt. Die Anzeige für die Eröffnung hatte Claudia schon fix und fertig im Computer. Sie musste nur das endgültige Datum einfügen und das Ding an die Zeitung schicken.

Irgendwann am frühen Abend war eine glückliche Claudia aus der Scheune gekommen, hatte die Schürze in die Ecke geschmissen und war losgefahren, um Romy vom Flughafen abzuholen. Anderthalb Stunden später war Alains Schwester wild schnatternd in Castellina aufgeschlagen und hatte mit ihrem sorglosen Frohsinn alles durcheinandergewirbelt.

Romy hat sich nicht geändert, dachte Markus, nicht für fünf Pfennig. Sie war immer noch so ein schräger Vogel wie früher. Er betrachtete sie, wie sie mit geschlossenen Augen in der Abendsonne lag und die Wärme genoss. Schön war Romy nie gewesen. Dafür war ihre Nase einfach zu groß, und ihre Augenbrauen waren zu dick. Aber wenn man eine Weile mit ihr zusammen war, sorgte ihr glockenhelles Lachen dafür, dass diese Nase nach und nach verschwand. Übrig blieben nur noch zwei dunkelblaue Augen, die auf ihr Gegenüber wie magnetisch wirkten. Man konnte sich ihnen nicht entziehen; und wer eben noch bedauernd festgestellt hatte, dass diese Frau beinahe hässlich war, fand sie auf einmal unglaublich attraktiv.

Markus hatte Romy bestimmt seit zehn Jahren nicht mehr gesehen. Mittlerweile waren endlich ein paar Fältchen hinzugekommen. Alain hatte einmal gesagt, seine Schwester habe nach einer *Faust*-Premiere wohl ihre Seele an Mephisto verkauft, sie würde einfach nicht altern. Anscheinend tat sie das aber doch. Es stand ihr gut, fand Markus. Wir sind alle ganz schön alt geworden, dachte er. Wo waren die Jahre geblieben?

Er kannte Romy schon so lange. Als sie auf die Welt kam, gingen er und sein kleiner Kumpel Alain noch in den Elisabethenkindergarten in Singen. Dort wurde Romy vier Jahre später auch »eingeliefert«, wie sie das heute nannte. Danach folgte sie ihnen in die Ekkehardschule – erste und zweite Klasse bei der Kressibuch, dritte und vierte bei der Roteigner, Schönschreiben beim Geistmann – und ins Gymnasium, dort allerdings nicht in Gelbschneiders Lateinklasse, sondern in den Intensivfranzösischzweig. Die freche, kleine Romy. Immer tapfer hinter ihnen her, immer mit vier Jahren Verspätung. Bis sie in der Obersekunda von der Schule geflogen war. Da hatten Markus und Alain ihr Abi schon ein Jahr in der Tasche. Damals kam es immer mal wieder vor, dass Markus ein bisschen verliebt in Romy gewesen war. Aber mit der Schwester seines besten Freundes wollte er einfach nichts anfangen. Das war Ehrensache. Wenn die Beziehung mit Romy in die Brüche ginge, könnte er sich womöglich nicht mehr bei Alain sehen lassen. Das Risiko war ihm zu groß. Außerdem war Romy schon immer wahnsinnig anstrengend gewesen. Da endete jede Affäre spätestens nach ein paar Monaten in einem gigantischen Atompilz. Markus hatte damals gefunden, dass sein Leben auch so schon aufregend genug war. Außerdem hatte er sich in der Untertertia hoffnungslos in Sabine verknallt.

Romy öffnete die Augen und räkelte sich auf der weichen Liege. Sie lächelte Markus an. Er musste dringend Carlo fragen, welche Zaubertrauben er für diesen *Rosso* kelterte. So tiefenentspannt hatte er Romy noch selten erlebt.

»Macht ihr euch Sorgen wegen der Zwillinge?«, fragte sie und nahm einen Schluck Wein. »Nicht, oder?«

»Ein bisschen vielleicht«, gab Markus zu. »Es sind ja nicht unsere Kinder. Das macht das Ganze etwas schwierig. Aber um ehrlich zu sein, haben Rudi und Claudia gerade andere Sorgen. Außerdem hat man bei Jana und Jakob nicht den Eindruck, sie wüssten sich nicht zu helfen.«

»War meine Schwägerin sauer?«

»Ziemlich«, nickte Markus. »Claudia hat erzählt, Heike hätte am Telefon ordentlich geschäumt, als sie die neuesten Eskapaden ihrer Sprösslinge erfahren hatte. Alain hat nur gemeint, sie würden sich, so schnell es geht, auf den Weg machen. Claudia solle sich keine Vorwürfe machen. Alles werde gut. Die Zwillinge kriegten das schon gebacken.«

»Das hat Alain tatsächlich gesagt?«

»Ja. Was ist daran bemerkenswert?«

»Dass er seiner Brut mal etwas zutraut und nicht immer nur die Defizite sieht«, sagte Romy und hielt Markus das Glas hin. »Hast du noch von diesem wunderbaren *Rosso?* Der fließt vom Mund direkt ins Hirn und legt dort den NOT-AUS-Hebel um. Für so etwas brauchst du bei uns in Hamburg ein Rezept, Markus.« Sie beobachtete Markus, wie er behutsam einschenkte und am Schluss die Flasche drehte, damit nur ja kein kostbarer Tropfen verloren ging. »Du bist ein glücklicher Genießer geworden, kann das sein? Dann muss ich mir ja keine Sorgen machen, dass du in den nächsten Tagen die Nerven verlierst. Ich tu allen Valium in den Kaffee, die sich wegen der Zwillinge zu sehr aufregen. Dafür bin ich hier. Nein, im Ernst. Ihr kriegt ja regelmäßig Nachrichten von Jana. Daran könnt ihr doch sehen, wie gut es ihnen geht. Ihr müsst euch wirklich keinen Kopf machen.«

Romys Handy vibrierte. Sie warf einen verstohlenen Blick auf das Display. Nachricht von Jana.

»Wenn es der Vater mit sechzehn unfallfrei bis in die Algarve geschafft hat, wird sein Nachwuchs ja ebenfalls so clever sein und nicht verloren gehen«, sagte Markus. »Außerdem hat Rudi den Zwillingen geschrieben, dass sie jederzeit anrufen und sich abholen lassen können. Jana hat sich dafür bedankt und versprochen, dass sie darauf zurückkommen wird, wenn es schwierig wird.«

Im Traum würde das Mädel nicht daran denken, das Angebot

anzunehmen, dachte Romy. Vorher schlug die sich auf eigene Faust mit der Machete durch den toskanischen Dschungel. Da kam sie ganz nach ihrer Tante.

Romy stellte ihr Glas beiseite und begann, eine Antwort an Jana zu tippen.

»Entschuldige bitte«, sagte sie zu Markus. »Ich muss das kurz beantworten. Die Theaterspinner wieder. Du kennst das ja. Kaum ist man im Urlaub, bricht in der Schneiderei alles zusammen.«

»Klar kenne ich das«, grinste Markus. »Schneidern ist quasi mein täglich Brot.«

»Du bist doof«, lachte Romy.

»Ohne Witz! Ich habe mal ein Pinguinkostüm genäht«, sagte Markus. »Das war gar nicht so schlecht. Hinterher haben zwar alle behauptet, der Schnabel hätte nach Albatros ausgesehen, aber die haben die Botschaft nicht verstanden. Das war kein Albatros, sondern Ausdruck meiner künstlerischen Hochbegabung. Du wärst sehr stolz auf mich gewesen, Romy.« Er stand auf und streckte sich. »Kommst du zu uns auf die Terrasse, wenn du fertig bist? In einer Viertelstunde gibt es Abendessen. Nichts Besonderes. Ein bisschen Brot mit Salami und Oliven. Vielleicht hat Claudia noch einen Salat gemacht. Wir hatten heute alle keine Lust zu kochen. Ich habe so einen irrsinnigen Muskelkater in den Armen, dass ich nicht mal einen Pfannenwender betätigen könnte.«

»Salat ist doch lecker«, sagte Romy. »Ich habe einen Bärenhunger. Es kommt mir vor, als hätte ich zur Zeit der Punischen Kriege zum letzten Mal etwas gegessen. Diese Pappbrötchen am Flughafen schmecken entsetzlich.«

»Dann bis gleich«, sagte Markus und machte sich auf den Weg zum Haus.

»Hm, hm«, machte Romy und beugte sich wieder über ihr Handy.

Sie suchte das Ü auf ihrer Tastatur.

DANKE DIR FÜR DEIN UPDATE, SÜSSE. AUCH FÜR DEINE
OFFENHEIT. MIR IST SCHON KLAR, DASS ES MANCHMAL NICHT
EINFACH IST MIT DEN ELTERN. ABER HEY, IHR HABT NOCH
WELCHE! UND SOGAR ALLE BEIDE. GRÜSS DEINEN BRUDER.
ROMY

MAMA UND PAPA SIND ZIEMLICH VERSPANNT. DU BIST
WENIGSTENS LOCKER. MIT DIR KANN MAN NOCH REDEN. MIT
PAPA IM MOMENT NICHT. JJ

SOLL ICH DIR WAS VERRATEN? ICH WÄRE AUCH LIEBER
VERSPANNT UND HÄTTE DAFÜR SOLCHE TOLLEN KINDER WIE
DICH UND JAKOB.

WARUM HAST DU KEINE?

WEIL *ICH ICH* BIN. IRGENDWANN RENNEN MEINE MÄNNER IMMER
WEG. :O) MACHT'S GUT IHR ZWEI! ICH KRIEGE JETZT EIN LECKERES
ABENDESSEN.

Nach dem Essen war Rudi wieder zu Grazia nach Siena gefahren.
Er durfte mittlerweile die Nächte in ihrem Zimmer verbringen. Die
Schwestern hatten ihm ein zweites Bett dazugestellt. Seine rührende
Sorge um Grazia hatte sich auf der ganzen Station herumgesprochen.

Thomas hatte seinem schmerzenden Rücken ein merkwürdig
riechendes, heißes Bad gegönnt und sich anschließend ins Bett gelegt. Er blätterte in einem blutrünstigen James-Ellroy-Krimi, den
er in Claudias Regal gefunden hatte, und duftete durchdringend
nach Vanille und Lakritz. Das war das kleinere Übel gewesen. Er
hätte auch eine naturbelassene Biorosmarinkampfermischung in
die Wanne kippen können, hatte allerdings Sorge, dass sich die
Rosmarinnadeln sonstwohin bohren könnten.

Markus, Claudia und Romy hatten es sich draußen im Garten gemütlich gemacht und schwelgten mit tatkräftiger Unterstützung von Kerzenlicht und Carlos *Rosso* in ganz alten Zeiten.

»Es ist wirklich schade, dass ihr letztes Jahr nicht zum Abitreffen gekommen seid«, sagte Claudia, während sie die Gläser vollschenkte. »Ihr habt etwas verpasst. Im Innenhof der Oberstufe durfte ausnahmsweise wieder geraucht werden, wie damals in den großen Pausen. Die Überdächer aus Wellblech stehen da immer noch. Damit bei Scheißwetter die Kippe nicht nass wird. Erinnert ihr euch noch? Mittlerweile ist der Lack von den weißen Stangen abgeblättert. Jedenfalls hatte Fidel Che Bünzlesmair gegen Mitternacht einen Joint rumgehen lassen, den Thomas aber überhaupt nicht vertragen hat. Der wollte auf einmal einen Stangentanz hinlegen und dabei strippen. Wir hatten alle Hände voll zu tun, dass der Mann seine Hosen oben lässt. Moment, das war nicht Thomas. Theo war das. Wisst ihr, der Theo, der später das Mercedesbenzautohaus von seinem Vater übernommen hatte.«

»Der hieß Thorsten, und es war eine Volkswagenniederlassung«, rief Markus aus dem offenen Wohnzimmerfenster. Er klapperte durch Claudias CDs und suchte den passenden Sound zu ihrer Unterhaltung.

»Sag' ich doch!«, lachte Claudia. »Wir hatten den groovenden Thorsten gerade so weit, dass er mit dem Quatsch aufhörte, als Ralles alte Schulband plötzlich ›Sex and Candy‹ spielte. Da war's natürlich vorbei mit der Beherrschung. Alle grölten *Ausziehen! Ausziehen!* Schließlich hat Gabi, nein, Gerdi … oder war's Gisela? Scheiße, ich hasse mein schlechtes Namensgedächtnis, … auf jeden Fall hat die ihm knallhart eingeschenkt. Er solle seinen kugelrunden One-Pack gefälligst im Hemd lassen. Sie hätte keinen Bock, hinterher widerliche Brusthaare aus ihrem Bier zu fischen. Oder Haare von noch schlimmerer Herkunft. Bah! War das eklig. Wir haben uns trotzdem weggeschmissen vor Lachen.«

»Gina hatte schon immer eine freche Schnauze«, sagte Romy. »Die ist im selben Jahr von der Schule geflogen wie ich. Die Gerüchteküche brodelte. Erst hieß es, sie sei vom Chemielehrer schwanger. Dann wollten alle gehört haben, dass sie dem Direx einen Blowjob angeboten habe, damit der nicht mehr so aggressiv die unschuldigen Sextaner anpflaumt. Ich glaube ja, sie ist einfach nur ein zweites Mal hängen geblieben, weil sie zu doof war, in Mathe richtig abzuschreiben.«

»Dafür hat sie es aber weit gebracht«, sagte Claudia. »Sie hat eine Steuerberaterkanzlei mit zwanzig Angestellten, und ihr Mann besitzt eine Regenschirmfabrik. Die beiden ersticken beinahe in ihrer Knete. Wir haben uns später auf der Tanzfläche wiedergetroffen, als die Band alles gegeben hat. Da hüpfte sie herum wie ein Knallfrosch. Die freute sich so ehrlich und unverblümt über ihren neuen Porsche, es war wirklich erstaunlich. Normalerweise habe ich bei reichen Leuten immer das Gefühl, dass sie im tiefsten Herzen unglücklich sind, weil ihnen ganz viel fehlt. Aber bei Gina nicht. Die strahlte aus allen Poren. Vielleicht bringt's ja so ein Neunelfer wirklich. Ich kann den hier nur leider nicht fahren. Den baut mir die Mafia innerhalb von zehn Minuten auseinander.«

Markus winkte mit einer goldfarbenen CD aus dem Fenster.

»Zu Ehren von Ralle und seiner Band hören wir jetzt mal eine ausgiebige Runde Deep Purple«, rief er begeistert. »Ich fange aber mit ›Lazy‹ an. Das habe ich damals schon so gemacht. Erst ›Lazy‹, dann der Rest.«

»Solange danach ›Child in Time‹ kommt, ist mir alles recht«, sagte Romy und hielt Claudia ihr Glas hin. »Ich habe Deep Purple neulich in Hamburg gesehen. Die Männer sind jetzt alle siebzig, haben aber immer noch den vollen Knall. Es ist fast dieselbe Besetzung wie damals. Allerdings singt Ian Gillan ›Child in Time‹ nicht mehr. Da kommt er nicht mehr hoch. Ächzkrächspächz! Irgendwann heute Abend will ich noch Kate Bush hören. Ich fühle mich so siebzigermäßig im Moment. Dieser Wein ist wirklich der Oberhammer. Markus hat mir erzählt, du beziehst ihn von einem gut gebauten Winzer, der ganz in der Nähe wohnt und jeden Tag zwanzigmal auf deiner Ölmühle vorbeischaut?«

»Der Markus erzählt viel, wenn der Tag lang ist«, sagte Claudia.

»Also stimmt's«, stellte Romy fest. »Du bist verknallt.«

»Mit fünfzig verknallt man sich nicht mehr, Romy«, sagte Markus, der sich wieder zu ihnen gesetzt und Claudias Bemerkung gerade noch mitbekommen hatte. »Da entdeckt man gemeinsame Interessen und geht miteinander ins Kino, um wichtige Filme zu sehen.«

»Ist doch egal, wie man es nennt«, sagte Romy und prostete Claudia augenzwinkernd zu. »Hauptsache, es läuft auf eine heiße Bettgeschichte hinaus, bei der es allen Beteiligten die Sicherungen raushaut.«

»Du bist unmöglich, Romy«, sagte Claudia und wurde rot.

Sie dachte an das Pärchen, das auf dem Abitreffen in einer der oberen Etagen verschwunden und nach einer Stunde reichlich zerzaust wieder aufgetaucht war. Die Namen der beiden hatte sie natürlich vergessen. Die zwei hatten schon während ihrer Schulzeit etwas miteinander gehabt, dann jahrelang nicht aneinander gedacht und waren sich an diesem Abend plötzlich wieder über den Weg gelaufen. Den Knall konnte man bis auf die Tanzfläche in der Turnhalle hören. So kann's gehen, dachte Claudia. Wenn sie ehrlich war, musste sie zugeben, dass Alains und ihre Begegnung an jenem Abend genauso aus dem Ruder hätte laufen können.

»Alain hat erzählt, es wären sogar ein paar von unseren damaligen Lehrern da gewesen«, sagte Romy. »Die sind mir vor fünfunddreißig Jahren schon uralt vorgekommen. Jetzt müssen sie mindestens hundert sein.«

»Das nicht«, lachte Claudia. »Der Gelbschneider ist mittlerweile in den Achtzigern. Aber immer noch blitzgescheit und mit einem großen Herzen für Schulversager. Der konnte sich sogar noch an Markus erinnern.«

»Das hat Alain nie erwähnt«, staunte Markus. »Wahrscheinlich habe ich aufgrund meiner überragenden Leistungen Eingang in Gelbschneiders ewige Erinnerungen gefunden.«

»Es lag eher daran, dass ihr in der Sexta eure allererste Lateinarbeit komplett versemmelt hattet«, erinnerte sich Claudia. »Eine derart zu Tränen rührende Unfähigkeit sei ihm davor und danach nicht untergekommen, so hat er sich ungefähr ausgedrückt. Aber er hat zu Alain an diesem Abend noch etwas sehr Schönes gesagt. *Die Streber vergisst man alle, die Früchtchen nie.* Das sagt ziemlich viel über seine pädagogischen Fähigkeiten aus, finde ich.«

»Der Mann hätte ein Denkmal verdient«, sagte Romy.

»Wir hatten es damals leichter als die Kinder heute«, sagte Markus.

»Quatsch«, sagte Claudia.

Romy schüttelte den Kopf. »Ich glaube, das ist nur der verklärte Blick desjenigen, der außer einer Sechs in Latein nie nennenswerte Schulprobleme hatte, oder? Aber wenn du wie ich die Ableitung von f(x) ums Verrecken nicht kapierst und in Chemie verständnislos an die Tafel starrst, als fände der Unterricht auf Rätoromanisch statt, dann sieht es schon anders aus. Was meinst du, was ich in den letzten Wochen jedes Schuljahres für einen Druck hatte? Es war immer derselbe Eiertanz, Jahr für Jahr! Kann ich Bio noch auf eine Vier drücken, damit ich nur zwei Fünfen im Zeugnis habe und nicht sitzen bleibe? Habe ich im Englischunterricht genug mitgequatscht, um auf die Drei zu kommen, die ich so dringend brauche, um Physik auszugleichen? Fasst das morsche Schrapnell da vorne meine renitenten Deutschbeiträge endlich mal als Mitarbeit auf oder wieder nur als Störung? Glaub mir, Markus, Druck hatten wir damals auch. Und nicht zu knapp.«

»Ich meine das anders«, sagte Markus. »Früher war alles entspannter. Jeder hat den Schulabschluss gemacht, der zu ihm passte. Hauptschulabschluss, Mittlere Reife, Abi, egal. Alle drei waren angesehen und hatten ihre Berechtigung. Es gab keine siebenundzwanzig Möglichkeiten, um sechs Ecken herum ein Abi zu bauen wie heute, sondern nur eine. Wer nicht richtig rechnen und schreiben konnte, war halt doof. Oder wurde Hilfsarbeiter auf dem Bau. Zumindest wurde er nicht mit irgendwelchen Diagnosen wie Dyskalkulie oder Legasthenie in die Therapiemühle geschickt und dort birnenweich gekocht. Das galt auch für den Zappler in der Klasse. Den hielt man halt aus, anstatt ihn mit Ritalin vollzustopfen. Aus dem Klassenzappler wurde später meistens ein selbstständiger Unternehmer, der problemlos auf zehn Hochzeiten gleichzeitig tanzen konnte, um seinen Laden am Laufen zu halten.«

»Oder es wurde nichts aus ihm oder ein Trunkenbold«, sagte Claudia. »Von dieser Sorte Elend gab es in unserer Kindheit auch genug.«

»Schon«, gab Markus zu. »Aber für diese Leute gab es die Post oder den städtischen Bauhof. Die hatten immer Jobs. Ich meine das jetzt gar nicht abfällig. Damals haben die staatlichen Betriebe ihre soziale Verantwortung noch ernst genommen. Die waren ein Regulativ. Klar, der Schorsch konnte nicht bis drei zählen, aber er war ein ausgezeichneter Straßenfeger und durfte das auch zeigen. Es gibt nichts Schlimmeres, als sich nicht gebraucht zu fühlen. Um damals überflüssig in der Gosse zu liegen, musstest du schon Quartalssäufer sein.«

»Was in Singen auch nicht weiter dramatisch war«, sagte Romy. »Der Badenser kriegt sprachlich ja jede Katastrophe klein. Von einem rund um die Uhr delirierenden Alkoholiker heißt es, *er blääterlet halt ä weng*. Und wer nach einem Schlaganfall nur noch wie Gemüse in den Seilen hängt, *hätt ä kleis Schlägle ghett*. Es wundert euch sicher nicht, dass ich das irgendwann nicht mehr ausgehalten habe und nach London geflüchtet bin.«

»Markus, du bist ein unverbesserliche Sozialromantiker«, sagte Claudia und stand auf. »Ich kümmere mich jetzt mal um Romys Kate Bush und gehe danach ins Bett. Ich bin total fertig.«

Ein Strahlen ging über Romys Gesicht, als sie die ersten Takte hörte. Sie wippte mit ihrem nackten Fuß dazu und summte leise mit. Was für ein wunderbarer Fleck Erde dieses Castellina doch war! Die Wolken, die sich nach Einbruch der Dunkelheit vor den Mond geschoben hatten, waren weitergezogen. Claudias Garten war in ein silbernes Licht getaucht. Ein warmer Wind raschelte leise in den Bäumen. Ein Otto – oder ein Tortellini – trottete über den Rasen und verschwand im Hof. Gebt mir zwei Tage, dann kann ich die auch voneinander unterscheiden, dachte Romy.

Sie war erst seit ein paar Stunden hier und hatte bereits das wohlige Gefühl, dass alle Romy-Systeme auf Null heruntergefahren waren. Das war ihr schon lange nicht mehr passiert. Beim Theater stand sie immer unter Strom. Vor der Premiere sowieso und nach der Premiere erst recht. Das war auch gut so. Aus der Ruhe konnte sie nichts schöpfen; im Chaos wurde sie kreativ. Aber auf die Dauer strengte dieses Leben einfach viel zu sehr an. Vielleicht war sie ja jetzt in einem Alter, wo sie nicht mehr ein Engagement an das andere hängen sollte, dachte sie. Vielleicht sollte sie zwischen zwei Produktionen ein halbes Jahr Pause in einem Paradies einbauen, damit aus ihr kein Nervenwrack wurde. Vielleicht sollte sie aus diesem kalten, windigen Hamburg einfach weg in die Wärme ziehen.

Vielleicht, vielleicht, vielleicht.

Aber Paradiespause klang gut. Paradiespause! Paradiespause! Claudia brauchte bestimmt ganz dringend eine Verkäuferin in ihrem neuen Laden, dachte Romy und betrachtete nachdenklich ihre gespreizten Zehen. Sie zog sie zusammen und spreizte sie wieder und zog sie zusammen und spreizte sie noch mal und dann fiel ihr ein, dass das ein ziemlich blöder Plan war. Sie sprach kein Wort Italienisch.

Er hatte den Mercedes in einer Bucht am Straßenrand geparkt. Es war dunkel. Der schwere Wagen verschwand beinahe vollständig in den wuchernden Büschen. Genau gegenüber lag ein Feldweg, der von Zypressen gesäumt war und zu einem Landgut hinauf führte.

Dunkelgrün war die Karre auch noch, dachte er. Besser hätte es gar nicht kommen können. Er war hier quasi unsichtbar. Er würde hier unten warten. Noch so einen Scheißschotterweg verkraftete er nicht. Wenn sich alles so herausstellte wie erhofft, dann musste er zurzeit da oben arbeiten, dieser Drecksgipser mit seinem dämlichen Köter. Womöglich wohnte er auch da. Das wäre natürlich optimal. Google hatte nur eine einzige Ölmühle in Castellina ausgeworfen. Dort wurde *Olio Enzo* hergestellt, von welcher Schwuchtel auch immer. Die Kartenfunktion der Suchmaschine war perfekt. Wenn sie jetzt noch anzeigen würde, ob die Straßen, die man befahren musste, in einem ordentlichen, gepflegten Zustand waren oder ob es sich nur um ein paar weitere italienische Katastrophen handelte, wäre alles bestens.

Diese Rumpelstraßen machten ihn fertig. Die Spaghettis kriegten auch nix gebacken in ihrem verkorksten Land. Woher auch! Die Mafia teerte, die Kirche gab ihren Segen dazu, und Berlusconi hielt seine Grinsefresse schützend über jeden Skandal. Da konnten sie ja gleich die faulen Araber zum Straßenbauen anstellen. Dann wären die wenigstens beschäftigt und würden den Deutschen nicht dauernd so mörderisch auf den Sack gehen mit ihren Moscheen und Kopftüchern.

Vielleicht streckte der beschissene Gipser ja mal seinen Kopf zum Bau hinaus. Dann wäre er wenigstens hundertprozentig sicher, dass er hier richtig war. Er musste einfach geduldig abwarten. Seine Zeit würde kommen. Sie war beim Prozess gegen den Gipser gekommen, und sie würde beim Prozess gegen diese beschissene Kanzlei kommen. Sie kam immer, seine Zeit. Wenigstens etwas, vorauf Verlass war.

Er hätte diesen klebrigen Apfelsaft nicht kaufen sollen. Morgen würde er sich eine Thermoskanne besorgen und sie in einer Bar mit Kaffee füllen lassen. Und etwas Vernünftiges zu essen würde er kaufen. Diese Zuckerscheiße aus der Bäckerei ging gar nicht. Aber ein ordentliches Wurstbrötchen bekam man hier ja auch nicht. Ungesalzenes Brot, trocken wie Staub und fad wie Pappe. Pfui Teufel! In Deutschland gab es über dreihundert Brotsorten, in Italien zwei. Oder drei? Egal. Der Deutsche baute den Mercedes, der Italiener den Fiat. Das sagte doch schon alles.

Was lief denn da zwischen den Bäumen herum? Da schau her! Den Köter kannte er doch! Wo der war, war dieser Gipser mit Sicherheit nicht weit. Vielleicht wurde er mit dem Wichser ja doch schneller fertig, als er gedacht hatte.

»*She sure got him on the wedding list!*«, sang Romy aus voller Kehle, dass es bis zu Renzos Bauernhof hinunterschallte. »*I'll got him on the wedding list! I'll got him and I will not miss.* Dumtidumtidumtidumm! Ich liebe diese Kate Bush. Schade, dass Claudia schon im Bett ist. Der hätte ich den Song gerne von Anfang bis Ende vorgesungen. Damit sie Bescheid weiß, was zwischen ihr und ihrem Carlo noch alles möglich ist. Der Carlo kommt auf ihre Hochzeitsliste, lingelingeling, und alle Glocken läuten. Das ist so süß.«

»Wie man's nimmt«, sagte Markus. »Das ist ein Song über ein Blutbad.«

»Wie meinst du das?«

»Eine schwangere Braut erschießt den Mörder ihres Bräutigams«, erzählte Markus völlig unbeeindruckt. »Den kann sie nämlich nicht mehr so richtig leiden, nachdem er ihren Mann vor ihren Augen am Traualtar erschossen hat. Sie jagt ihm ein paar Kugeln in den Kopf und den Bauch und bringt sich anschließend samt ungeborenem Kind selber um. Das ist wirklich süß.«

Romy streckte Markus die Zunge heraus.

»Ach, und der erschossene Bräutigam heißt übrigens Rudi«, fügte Markus hinzu. »Keine Ahnung, wie ein Rudi in einen englischen Song kommt, aber er ist drin. Sing es Claudia ruhig vor. Am besten jetzt gleich. Sie wird sich bestimmt freuen.«

»Vielleicht kann sie ja nicht so gut Englisch«, sagte Romy hoffnungsvoll. »Vielleicht gefällt ihr ja einfach nur die Melodie.«

»Ein bisschen Englisch kann sie bestimmt«, grinste Markus. »Zumindest reicht es, um zu verstehen, dass *bang-bang one in your belly* nicht gerade ein umwerfend komischer Heiratsantrag ist.«

»Das scheint mein Schicksal zu sein. Egal, wo ich bin, irgendwann kommt immer ein Depp daher und beraubt mich meiner unschuldigen Hoffnungen«, maulte Romy und setzte sich wieder zu Markus an den Tisch. Sie stützte den Kopf auf ihre Hand und klimperte mit den Augenlidern. »Du bist ein saumäßig unromantischer Schafskopf, Markus. Aber egal! Das Leben ist lang. Mach mein Glas noch ein letztes Mal voll und erzähle mir, wie es dir in der Zwischenzeit ergangen ist mit deiner anbetungswürdigen Sabine und euren drölfzehn Kindern.«

Markus lachte. Er teilte den Rest des *Rosso* auf ihre Gläser auf und stellte die Flasche beiseite.

»Wir haben nichts geplant«, begann er. »Kinder nicht, Karriere nicht, Haus nicht, gar nichts. Die Dinge sind einfach über uns hergefallen.«

»Das klingt schon mal gut«, sagte Romy.

Im Mondlicht trabte Otto schnuppernd zur Landstraße hinunter. Die Spur, die er verfolgte, roch vielversprechend. Irgendwo auf der anderen Seite musste eine läufige Hündin sein. Wahrscheinlich die Kleine, die in dem Garten am Ortseingang die Hühner bewachte. Otto drehte sich um. Die Tortellinis trödelten noch bei den Zypressen herum. Lahme Enten! Aber warten kam nicht infrage. Wenn sie etwas lernen wollten, sollten sie sich gefälligst beeilen.

Beiläufig nahm er wahr, wie ein Motor angelassen wurde und ein großes Auto leise auf die Straße rollte. Aber der Schlitten schien noch langsamer als die schnüffelnden Tortellinis zu sein. Bis der hier war, wäre Otto schon längst auf der anderen Straßenseite.

Erst als laut aufjaulende Reifen schwarze Striche auf den Asphalt radierten, hob Otto den Kopf. Er stand mitten auf der Landstraße und starrte wie hypnotisiert in die grellen Scheinwerfer dieses riesigen Ungetüms, das mit mörderischer Geschwindigkeit auf ihn zuschoss.

Von der Straße drang ein infernalisches Reifenquietschen in den Garten.

»Diese Italiener!«, sagte Romy. »Immer auf Zack! Immer volle Pulle. Was war das denn für ein Wahnsinniger?«

»Sind die Hunde hier?« Markus sah sich um.

»Nein«, sagte Romy.

»Scheiße«, sagte Markus. »Die Straße da unten ist nicht ungefährlich. Ich verstehe sowieso nicht, wieso die hier frei herumlaufen.«

»Warum nicht? Sollen sie an die Kette?«

»Ja. Nein. Keine Ahnung. Hast du ein Jaulen gehört?«

»Nein. Auch keinen dumpfen Bums.«

Sie lauschten in die Nacht. Die Grillen schliefen schon lange. Die

Blätter in den Bäumen raschelten nicht mehr. Die Fledermäuse flatterten lautlos ums Haus. Romy und Markus hörten nichts. Kein Jaulen, kein Fiepen, keine Hundepfoten auf dem Kies. Es war totenstill auf der Ölmühle.

BÄUME UMARMEN AUF DER SS42

Eine trunkene Liebesnacht mit dem wildesten Sex seit Monaten reichte offenbar nicht aus, um den Gott des Verkehrsinfarktes zu beruhigen. Die Brennerautobahn war auch am nächsten Morgen noch verstopft. Eine Ausweichempfehlung habe er leider nicht parat, teilte ein besorgniserregend vergnügter Radiosprecher mit, es habe ja keiner etwas davon, wenn die wunderbaren Südtiroler Landstraßen von Merano bis Trento ebenfalls blockiert seien, vor allem nicht die Bauern, man befinde sich immerhin in der Erntesaison, er rate allen Urlaubern, tapfer auf der Autobahn zu bleiben, man habe aller Wahrscheinlichkeit nur anderthalb bis zwei Stunden Verzögerung in Kauf zu nehmen, und was sei das schon angesichts der Vorfreude auf ein, zwei, wenn nicht sogar drei Wochen Ferien, alles werde gut.

»Bla, blu, bli – was nihimmt der für Tablleteten?«, sang Heike, die in der Dusche stand und sich die Haare trocken rubbelte. »Der soll nicht quatschen, sondern Musik machen. Ich hätte gern ein Schinkenbrötchen, Schatz. Haben wir zufällig auch Rührei bekommen?«

Sie waren spät aufgestanden und hatten sich das Frühstück aufs Zimmer kommen lassen. Es sei noch mitten in der Nacht, hatte Heike um halb acht geseufzt und sich in Alains Armbeuge gekuschelt, außerdem seien es von Bozen bis Castellina nur noch vierhundert Kilometer, da könne man sich ja wohl einen Trödelstart erlauben. Prompt waren sie wieder eingeschlafen. Jetzt war es halb elf.

»Die SS12 läuft parallel zur Brennerautobahn«, sagte Alain. Er versuchte, Brötchen, Butter und Schinken so umsichtig zu handhaben, dass die Landkarte nicht fettig wurde. »Eine Landstraße ist das. Bei Trento kommen wir wieder auf die Autobahn. Danach wird es bestimmt besser. Wenn sich erst einmal alle am Gardasee und in Verona verteilt haben, haben wir freie Bahn bis Florenz. Mist! Dein Brötchen liegt auf dem Teppich. Soll ich den Kaffee gleich dazugießen?«

Eine Stunde später saß das junge Glück schweigend in Alains altem Dreier-Cabrio und dachte, jeder für sich, an die letzte Nacht. Was war da bloß mit ihnen los gewesen? Während Heike grübelte, aus welcher versteckten Ecke ihres Bauches wohl diese unbändige Leidenschaft gekommen war, und Alain überlegte, warum zum Henker man so etwas Aufregendes nicht jede Woche haben konnte oder wenigstens jede zweite, erwischten sie prompt die falsche Ausfallstraße und verließen Bozen auf der SS42. Das fiel den beiden Träumern allerdings erst auf, als sie bei Ponte d'Adige die Etsch überquerten.

Der BMW hatte zweihundertfünfzigtausend Kilometer auf dem Tacho, den Original-Sechszylindermotor noch unter der Haube und ein mehrfach geflicktes Dach. Alain fand, dass ein modernes Navigationsgerät in so einem ehrwürdigen Relikt nichts verloren hatte. Ein Michelin-Kartensatz tue es auch. Den hatte die fluchende Heike jetzt auf dem Schoß.

»Mein Gott! So schnell hat einen die Realität wieder«, ächzte sie. Beim Lesen von Kleinstbuchstaben auf kurvigen Landstraßen wurde ihr immer schlecht. »Wenn wir uns in San Michele links halten, fahren wir am Kalterer See vorbei und kommen bei Ora wieder auf die SS12.«

»Kalterer See«, sinnierte Alain. »Als wir damals in der Untersekunda im Landschulheim waren, haben wir immer einen Rotwein getrunken, der *Kalterer See* hieß. Ein ganz fürchterlicher Schädelspalter war das. Aber wir hatten alle keine Kohle. Anderthalb Liter kosteten umgerechnet eine Mark sechzig. Billiger war ein Rausch in den Siebzigerjahren nicht zu kriegen.«

Heike erwiderte nichts. Sie faltete die Karte zusammen und atmete tief durch. Anschließend sah sie über ihre blasse Nasenspitze und konzentrierte sich auf einen gletscherbedeckten Berggipfel in weiter Ferne. Es wurde langsam besser.

Ich muss mich mehr pflegen, dachte Alain. Man gewöhnte sich so sehr aneinander im Laufe der Zeit. Es war ein schleichender Prozess. Irgendwann lief man herum wie der letzte Hänger, dachte er. Der Mann im versifften Feinripp, die Gattin mit ausgeleiertem XXL-Shirt über dem Hüftspeck. Am Wochenende war es am schlimmsten. Als hätte man vor dem Traualtar nicht nur das Treuegelübde abgelegt, sondern auch noch einen Trainingsanzugschwur. Dabei war es doch gerade die eigene Frau, für die man sich jeden Tag ein bisschen schick machen sollte. Für wen denn sonst? Für die möhrenmümmelnde Kollegin Böschemann mit den schiefen Zähnen und der missratenen Dauerwelle gewiss nicht. Als Heike und er gestern vor dem Abendessen durch die Bozener Gassen gebummelt waren, waren sie an vielen verlockend ausgeleuchteten Geschäften vorbeigekommen. In einem Schuhladen lagen völlig verrückte Herrenschuhe im Schaufenster. Schwarzweiße Al-Capone-Schuhe, daneben ein Paar violette Stiefeletten. Alain hatte gesagt, er würde solche Treter nicht einmal anziehen, wenn er Geld dafür bekäme. Heike hatte ihm prophezeit, in ein paar Jahren würde er als Rentner in Trekkingsandalen und weißen Socken enden. Falls dieser Fall eintrete, hatte sie hinzugefügt, lasse sie sich umgehend scheiden und eheliche einen italienischen Schuhhändler. Sie wolle ihren Lebensabend nicht mit einem merkwürdigen Kauz beschließen. Dafür sei die Zeit zu kurz und die Auswahl an schicken Schuhen zu groß.

Heike hatte recht, dachte er, während er das Auto durch San Michele steuerte. Sie hatte keinen alten Zausel an ihrer Seite verdient. Sobald er zu Hause war, würde er sich um sein Äußeres kümmern. Oder vielleicht ja schon in Florenz. Oder in Siena, je nachdem, was sich so ergab. Ein bisschen schickere Klamotten kaufen. Mit Farbe drin. Das ewige Grau und Blau in seinem Kleiderschrank war auf Dauer einfach öde. Nicht immer nur Jeans und Turnschuhe. Ein bisschen gewagtere Hemden, Schuhe und Hosen würde er anprobieren – das ganze Programm. Haare ganz kurz schneiden lassen? Vielleicht sogar das. Die Gefahr, nach seiner Rückkehr im Büro aufzufallen wie ein bunter Hund war natürlich groß. Es gab in Europa wohl keine größere Ansammlung geflochtener brauner Herrensandaletten als in bundesrepublikanischen Finanzämtern.

Hinter San Michele wurde die Straße immer kurviger.

»Das kann nicht sein, oder?«, rätselte Alain und spähte nach Wegweisern. »Hätten wir nicht irgendwo …? Kannst du noch mal nachsehen?«

»Mir war gerade wieder gut«, seufzte Heike und kramte im Handschuhfach nach der Straßenkarte. »Was sind das für Serpentinen hier? Waren wir etwa schon in Pianizza?«

»Ich glaube, ja.«

»Und Mendola?«

»Ich glaube nicht.«

»Herzilein, aber das Auto fährst du schon, oder?«

»Na ja, irgendwie sitzt du ja auch drin«, sagte Alain. »Und irgendwie auch wieder nicht.«

»Zum Umdrehen ist es jetzt jedenfalls zu spät.« Heike zog eine Schnute und fuhr mit dem Finger eine gelbe Linie auf der Karte entlang. »Dann machen wir halt einen kleinen Umweg über den Lago di San … Wie heißt der? … Von dieser kleinen Schrift wird mir schon wieder schwindelig … di Santa Giustina. Wir könnten dann hinter Mezzodingsda die SS12 nehmen oder meinetwegen auch die Autobahn. Aber wenn du wieder nicht aufpasst, fahre ich mit der Bahn weiter.«

»Ich gebe alles«, versprach Alain. »Aber so richtig bei der Sache bist du ja auch nicht, oder?«

»Ich denke an die Kinder«, sagte Heike. »Ich bin gerade überall und nirgends.«

Alain fuhr an den Straßenrand. Er stieg aus und klappte das Verdeck auf. Wenn die Straße noch kurviger und die Landkartenschrift noch winziger wurde, hatte Heike so wenigstens genügend frische Luft, damit ihr nicht ganz so übel wurde.

»Wir müssen die beiden loslassen«, sagte Heike nach einer Weile. Sie hielt die Hand in den Fahrtwind. »Ich weiß, du glaubst, dass das viel zu früh ist. Die Kinder sind ja erst sechzehn. Aber das stimmt nicht. Die beiden sind viel älter als sechzehn. Vor allem Jana. Aber Jakob auch. Wir müssen wegkommen von unseren Vorstellungen, was wichtig für ihre Zukunft ist und was nicht. Es gibt so viele Wege, und der beste ist immer noch der, den die Kinder selber gehen wollen.«

»Du erinnerst dich aber schon noch daran, was sie uns in den letzten zwei Jahren alles eingebrockt haben?«, fragte Alain. Er fuhr etwas zu schnell in eine Haarnadelkurve und musste bremsen. »Da waren ein paar Geschichten dabei, die alles andere als erwachsen waren. Ich weiß nicht, wie du darauf kommst, dass die beiden keine Führung mehr brauchen.«

»Das habe ich doch gar nicht gesagt«, erwiderte Heike. »Wir können loslassen und trotzdem führen. Führen kann auch bedeuten, bei der Orientierung zu helfen oder Ratschläge zu geben. Du willst aber nicht raten, sondern Vorschriften machen. Das funktioniert nicht mehr. Darauf kannst du Gift nehmen.«

»Woher willst du das wissen? Ich habe doch noch gar nicht richtig angefangen mit dem Vorschriftenmachen.«

»Ist auch egal jetzt«, sagte Heike. »Was ich damit sagen will: Ich werde meine Kinder nicht zu einem Zeitpunkt loslassen, den die Gesellschaft diktiert, weil alle das halt so machen! Was weiß ich – loslassen, wenn die Kinder aus dem Haus gehen oder achtzehn werden oder zum Studium aufbrechen oder schwanger werden und heiraten oder einen Beruf ergreifen oder was für Scheißkonventionen es sonst noch gibt. Das ist alles Bullshit! Den Zeitpunkt fürs Loslassen bestimmen die Kinder selbst, und das ist nun mal bei jedem anders. Manche Typen hocken noch mit siebenundvierzig bei Muttern auf dem Sofa und futtern Schokopudding.«

»Und wann soll das bei uns sein, bitte schön?!«

»Jetzt!«

»Jetzt?« Alain lachte spöttisch.

»Tu doch nicht so!« Heike wurde laut. »Du spürst doch auch, wie sie mit Gewalt die Krusten aufbrechen.«

Ein Traktor schlich mit einem gewaltigen dreiachsigen Ladewagen im Schlepptau durch die Serpentinen. Hinter ihm wirbelten Fasern von zerkleinerten Grünpflanzen durch die Luft und landeten im Cabrio. Alain fuhr über den Mittelstreifen. Vor dem Traktor befand sich noch die Erntemaschine, ein hellgrüner Maishäcksler. Zusammen war die Kolonne mindestens dreißig Meter lang. Überholen kam gar nicht in Frage. Ein Audi raste ihnen entgegen. Alain trat hart auf die Bremse, scherte wieder ein und schlich im Schneckentempo hinter dem Gespann her.

»Ich sag dir jetzt mal was!« Alain holte tief Luft. »In Wirklichkeit bin ich gar nicht besorgt, sondern hauptsächlich sauer. Wir reißen uns den Arsch für die Gören auf, und nichts funktioniert. Unsere Kinder sind alles andere als blöde. Die sitzen ihre Oberstufe und das Abi locker auf einer Backe ab, wenn sie sich nur endlich mal draufsetzen würden. Aber nein, sie nehmen sich nicht für fünf Pfennig zusammen, um dieses lächerliche bisschen Lernstoff durchzuziehen. Stattdessen wird hier ein Aufstand produziert und da ein

Lehrer beleidigt und dort ein Praktikum geschmissen. Die drehen, seit sie vierzehn sind, am Rad, und das Einzige, was dir einfällt, ist nach Alternativen zu suchen. Diese Privatschule in Wuppertal? Ich lach mich tot! Da hängen reiche, strunzdumme Bürschchen herum und schmeißen ihre iPhones aus dem Fenster. Der Direx wienert seinen Jaguar und kriegt ein neues Schwimmbad, wenn er den Fabrikantendepp trotz seiner zehn Fünfen versetzt. Da siehst du unsere Kinder? Ich gebe denen ein Vierteljahr, dann sprengen die den Chemiesaal, und wir zwei wären froh, sie hätten nur mit Dope gedealt.«

Das Gespann bog auf eine längere Gerade ein. Alain steuerte das Auto vorsichtig über den Mittelstreifen, um zu sehen, ob er überholen konnte. Zwei Autos kamen ihnen entgegen. Danach war die Straße frei.

»Oder diese Nachhilfeschule in Weißdergeierwo«, fuhr er grimmig fort. »Die letzte Station für gefallene Querulanten. Unterricht nur in prüfungsrelevanten Fächern, Einzelbetreuung bis zur externen Prüfung. Ich habe keine Ahnung, wovon du das bezahlen willst. Ich habe die Kohle jedenfalls nicht.«

Wütend schaltete er in den dritten Gang zurück und trat aufs Gas. Der alte BMW heulte auf und schoss am Ladewagen vorbei. Dann am Traktor. Auf Höhe des Maishäckslers merkte Alain, dass die nächste Kurve viel zu nah war. Er trat das Pedal trotzdem durch. Heike krallte sich am Haltegriff der Türverkleidung fest.

»Ich kotze dir gleich aufs Armaturenbrett«, fauchte sie.

Sie scherten vor der Erntemaschine ein. Die Reifen quietschten. Der BMW schlingerte durch die Kurve. Die nächste Serpentine war schon zu sehen. Alain legte auf dem kurzen geraden Stück dazwischen eine Vollbremsung hin und schoss mit halbwegs angemessenem Tempo durch die Kurve. Das war gerade noch mal gut gegangen, dachte er und rückte seine Sonnenbrille zurecht.

Heike atmete auf und ließ den Griff wieder los.

»Du merkst einfach nicht, dass du mit deiner dämlichen Abitur-fixierung alles nur noch schlimmer machst«, sagte sie.

»Können wir das vielleicht ein anderes Mal diskutieren?«, zischte Alain. »Diese Straße ist ein Albtraum. Ich muss aufpassen. Ich kann jetzt nicht streiten.«

Heike wurde immer wütender auf Alain. Es war wirklich un-glaublich, dass man sich nach einer Nacht wie der letzten derma-ßen in die Haare kriegen kann, dachte sie. Aber offensichtlich war das möglich. Wenn sie jetzt den Mund hielt, würde sie platzen.

»Wer redet von streiten? Ich gewiss nicht!«, entgegnete Heike scharf. »Du regst dich bei dem Thema doch immer so künstlich auf. Im Übrigen kenne ich genügend Abiturienten, die absolut gar nichts mit ihrem Abschluss anzufangen wissen. Als wäre das Leben zu Ende, wenn die Schule zu Ende ist. Diese Kinder sind übersatt, ha-ben alles gesehen und wissen nicht, was sie noch machen sollen. Das sind dann so Kandidaten für den Zwölfhunderteurotest, von dem ich dir erzählt habe. Oder nimm den Sohn von Guntram und Anneliese, der mit vierundzwanzig in seinem Kinderzimmer sitzt und dort World of Dingsbums daddelt, wenn er nicht in der Nase bohrt. Ich weiß von einem Einserabiturienten an unserer Schule, der sich völlig orientierungslos für drei Studiengänge gleichzeitig beworben hat: Psychologie, Geographie, Politikwissenschaft. Was will der später mal werden? Wie passt das zusammen? Ich kann dir sagen, da ist mir ein Schreinerlehrling, der weiß, was er will, tau-sendmal lieber.«

»Das sind doch alles Ausnahmen«, sagte Alain, während er wie besessen am Lenkrad kurbelte, um das Auto sicher durch die Haar-nadelkurven zu steuern. Die Serpentinen wurden immer enger. Sie mussten irgendwo kurz vor Mendola sein, überlegte er. Er fuhr schon wieder viel zu schnell. Das passierte ihm immer, wenn sie sich auf Autofahrten zankten.

»Eigentlich müsste das Erlebnis, dass die eigenen Kinder durchbrennen, weil sie es in der Enge nicht mehr aushalten, ausreichen, um die eigene Haltung zu überdenken«, sagte Heike unnachgiebig. »Aber das scheint dir ja echt am Arsch vorbeizugehen.«

»Das stimmt doch überhaupt nicht.«

»Was brauchst du denn noch, damit du endlich wach wirst, verdammt?«

»Ich bin wach, Heike. Sonst würde ich mir wohl nicht solche Sorgen machen.«

»Eben hast du noch gesagt, du machst dir keine Sorgen, sondern bist sauer.«

»Ach, halt endlich die Klappe! Mir ist das zu kompliziert.«

Wenn sie zu Hause gewesen wären, wäre Alain jetzt Türen knallend aus der Küche gestürmt und hätte sich nach oben verzogen. Er trat aufs Gas. Endlich ging es in dieser gottverlassenen Gegend mal fünfhundert Meter geradeaus.

»Ich halte aber meine Klappe nicht, nur damit du endlich Ruhe hast!«, rief Heike. »Dir sind die Kinder doch egal, oder? Hauptsache, die Konventionen werden eingehalten. In der Familie Mutscheler hat man Abitur. Weißt du was? Scheiß drauf!! Und was ist mit Romy? Die ist von der Schule geflogen. Macht die einen todtraurigen Eindruck? Gewiss nicht! Ich habe nicht umsonst Romy als Patentante für unsere Kinder ausgesucht. Damit die noch andere Impulse kriegen als dein staubtrockenes Bürokratengewinsel!!!«

»Mein WAS???«

Alain sah Heike kochend vor Wut an.

»PASS AUF!!!«, schrie Heike entsetzt.

Alain blickte wieder nach vorn. Die Gerade war zu Ende. Er hatte mindestens hundert auf dem Tacho! Brutal trat er auf die Bremse. Das Cabrio brach hinten aus. Sie schleuderten nach links über die Gegenfahrbahn und rutschten mit qualmenden Reifen auf einen Baum am Straßenrand zu. Der BMW krachte mit dem Heck gegen den Stamm, drehte sich um die eigene Achse, trudelte quer über die Straße, verlor an Geschwindigkeit und landete mit der Schnauze an einem anderen Baum.

Die Airbags knallten!

Aus der Baumkrone prasselte eine Handvoll unreifer grüner Apfelkügelchen auf die eingedrückte Motorhaube. Dann herrschte gespenstische Stille. Nur der heiße Motor tickte leise und gab weiße Wölkchen von sich.

Alain stemmte mit zitternden Händen die Fahrertür auf und stieg aus.

Er half Heike aus dem Auto. Sie hielt sich die Stirn und sagte nichts. Ihr blasses Gesicht schien nur noch aus großen, dunklen Augen zu bestehen. Sie starrte auf den Baum, der sie gerettet hatte.

Ein Südtiroler Apfelbaum?

Heike war schleierhaft, wie dieser solide, dicke, alte Apfelbaum ausgerechnet an diese Stelle kam, wo sonst nur dünne Fichten standen. Aber sie war heilfroh, dass er da war. Zehn Meter hinter dem Apfelbaum war die Böschung zu Ende. Der Hang fiel Hunderte von Metern beinahe senkrecht in die Tiefe. Als sie sich vorsichtig über den Rand beugten, sahen sie ganz weit unten ein kleines silbernes Flüsschen, dünn wie eine Schnur.

»Gott, ist das tief«, stammelte Alain.

»Was ist wirklich schlimm im Leben?«, flüsterte Heike tonlos. »Wenn wir beide da unten im Bach aufschlagen oder wenn dein Kind kein Abitur macht?«

Alain nahm Heike in die Arme. Plötzlich schluchzte sie laut auf. Als wäre ihr der Schreck jetzt erst in die Glieder gefahren. Tränen liefen über ihr Gesicht.

Eine Zeit lang standen sie da, blickten in den Abgrund und schwiegen. Dann zog Heike die Nase hoch und sah Alain in die Augen.

»Alain, können wir jetzt bitte ein Auto mieten, nach Castellina fahren, unsere Kinder drücken und einfach nur froh sein, dass wir alle gesund sind? Das Leben ist nicht kompliziert. Hörst du mir zu? Es ist nicht kompliziert!«

Jana saß auf den Stufen unter dem Denkmal des David. Sie betrachtete die Bilder von Jakobs Schattenläufen auf ihrem Handy. Der Piazzale Michelangelo hatte sich mit Menschen gefüllt, die eng beieinandersaßen und darauf warteten, dass die Nacht mit einem farbenprächtigen Spektakel über Florenz hereinbrach. Von Minute zu Minute wechselten die Farben des wolkenlosen Himmels. Erst hatte er hellorange gebrannt, und als die Sonne beinahe verschwunden war, kam schimmerndes Hellrot und von einer Sekunde auf die andere ein tiefes Blutorange dazu. Der Arno spiegelte die Farben wider. Er floss wie ein dunkelrotes Band durch die Stadt.

Jana winkte Jakob zu, der bei der Straßenkünstlerclique des Engländers saß. Dort ging es wie immer ausgelassen zu, weil jede Menge Bier und Dope im Spiel waren. Jakob stand auf und kam zu ihr hinüber.

»Ich weiß nicht, welches Bild wir Romy schicken sollen«, sagte Jana. »Die besten sind auf meiner Kamera. Aber von dort kriege ich sie nicht auf mein Handy.«

Jakob beugte sich über sie.

»Kann ich mal sehen?«, fragte er.

Jana wischte mit dem Zeigefinger durch das Bilderalbum. Jakob hinter einem schluffigen Ökovater mit Baby im Tragetuch. Jakob hinter einer stöckelnden Matrone. Jakob hinter zwei schnatternden Großmüttern. Jakob hinter einem missmutigen Dicken. Jakob hinter einer …

»Stop!«, sagte er. »Eins zurück. Genau das. Das mit dem Dicken nehmen wir. Das ist super.«

Auf dem Foto war ein unglaublich fetter Mann zu sehen, der spreizfüßig und vollkommen ahnungslos vor Jakob über die Piazza della Signoria watschelte. Jakob schob exakt denselben Kugelbauch vor sich her. Beide wischten sich synchron mit dem Handrücken den Schweiß von der Stirn. Es sah aus wie Wasserballett auf dem Trockenen.

»Das ist aber nicht ganz scharf«, sagte Jana kritisch.

»Wir sind hier nicht bei einem Nikon Contest, Schwester«, sagte Jakob. »Es ist nur ein Bild für die Tante. Außerdem war ich da richtig gut. Vor allem, weil ich den kleinen Jungen spontan dazu gebracht habe, mir ohne großes Geschrei seinen Fußball zu leihen.«

»Na gut«, lenkte Jana ein. »Das kommt vielleicht in die engere Auswahl.«

Jakob verdrehte die Augen. Einfach mal fünf gerade sein lassen, kam für seine pedantische Schwester partout nicht infrage.

»Möchtest du einen Schluck?« Er hielt ihr ein kleines Heineken hin. »Ist aber nicht mehr viel drin. Hast du Romy eigentlich wegen der Sache mit Grazia geantwortet?«

»Ja.«

»Lass mal lesen.«

Als Jana ihren kleinen Tagesbericht auch an diesem Nachmittag wie versprochen an Romy geschickt hatte, war eine Nachricht zurückgekommen, die die Zwillinge mit einem Schlag aus ihrem florentinischen Wolkenkuckucksheim herausgeholt hatte. Sie müsse ihnen einfach reinen Wein einschenken, hatte Romy in einer meterlangen SMS geschrieben. Grazia sei am Abend ihres Verschwindens zusammengeklappt und liege seither im Krankenhaus. Es sei ziemlich schlimm gewesen, alle hätten sich sehr erschrocken, Rudi sei immer noch total fertig. Aber es gehe ihr jetzt besser, und Rudi arbeite auch schon wieder. Grazia habe etwas mit dem Herzen. Sie sei operiert worden. Eigentlich habe sie, Romy, ihnen nichts davon erzählen wollen, aber irgendwie habe sie jetzt keinen Bock mehr auf

Schongang. Außerdem sei das Leben nun mal kein Ponyschlecken, und ein Zuckerhof sei es erst recht nicht, schönen Gruß, die Putentunte.

WARUM HAT UNS DENN KEINER GESCHRIEBEN??
WIR WÄREN SOFORT NACH HAUSE GEKOMMEN! JJ

RUDI HAT KEINE AHNUNG, DASS IHR NICHT
NACHTRAGEND SEID. DER DACHTE HALT, IHR SEID
NOCH SAUER, UND CLAUDIA WOLLTE NICHT,
DASS IHR EUCH SORGEN MACHT. GRUSS ROMY

WIR SIND DOCH KEINE KLEINEN KINDER MEHR!!!

ICH WEISS, JANA. INZWISCHEN SIND MARKUS UND
THOMAS DA. UND ICH! :O) UND EURE ELTERN SIND AUCH
UNTERWEGS. DAMIT HABE ICH ABER NICHTS ZU TUN.
SCHWÖRE! WIR KRIEGEN DEN LADEN SCHON GEBACKEN.
WAS IST MIT DEM VERSPROCHENEN BILD
VOM SCHATTENLAUFEN?

ICH SCHICK ES DIR HEUTE ABEND. WIR NEHMEN DEN ZUG
MORGEN UND KOMMEN HEIM UND HELFEN. JJ

»Unsere Eltern sind unterwegs?«, Jakob kratzte sich am Kopf. »Halleluja! Dann brennt da aber der Baum. Meinst du, sie kommen wegen Grazia und Rudi oder mal wieder nur wegen uns?«

»Keine Ahnung«, sagte Jana. »Ich freu mich auf Mama.«

»Claudia hat mich einen frustrierten Teenager genannt, der gepäppelt werden muss. Wie kommt Romy darauf, dass ich nicht nachtragend bin?«

»Weil du es nicht bist. Darum.«

»Stimmt«, lachte Jakob.

Jana beugte sich wieder über ihr Fotoalbum. Vielleicht nehme ich doch das mit dem Dicken, dachte sie. Das ist wirklich lustig.

Aus den Augenwinkeln bemerkte sie, wie ihnen aus der Clique des Engländers zugewunken wurde. Ein gut aussehender Typ stand auf und kam zu ihnen. Jana kannte sein Gesicht. Oder glaubte zumindest, dass sie es kannte. Der macht irgendwas mit Kreide auf dem Pflaster, dachte sie. Ganz sicher war sie sich nicht. Auf jeden Fall war er total süß, wie er so neben ihr stand mit seinen blitzenden Zähnen und einem Englisch, das genauso schlecht war wie ihres. Sie würden alle noch auf eine Fete gehen, sagte er und rang nach den richtigen Worten. Gar nicht weit von hier, in der Via di San Niccolò. Ob sie nicht Lust hätten mitzukommen. Er und sein Kumpel, er zeigte auf einen anderen Jungen in der Menge, gingen schon mal vor. Die anderen kämen gleich nach.

»Warum nicht?« Jakob war einverstanden.

Mittlerweile hatte das Blutorange am Himmel einem Blauschwarz Platz gemacht. Der ein oder andere Stern hatte sich hervorgetraut und blinkte am Himmel. Irgendwo auf dem Piazzale wurde leise gesungen. Die ersten standen auf und machten sich auf den Weg in das Nachtleben der Stadt. Die Zwillinge liefen mit den anderen den Hügel hinunter zum Arno. Der Kreidemann, von dem Jana immer noch nicht wusste, wie er hieß, kannte ein paar Abkürzungen, kleine Schleichwege zwischen den Bäumen, sodass sie nicht den langen Schleifen des Viale Giuseppe Poggi folgen mussten. Schließlich landeten sie im dichten Häusergewirr hinter der Via di San Niccolò. Sie überquerten muffig riechende Hinterhöfe. Der Kreidemann zeigte auf eine dunkle Toreinfahrt. Dahinter, gab er ihnen zu verstehen, liege der Viale, von da sei es dann gar nicht mehr weit.

Bis zum Viale kamen sie gar nicht.

An der düstersten Stelle drehte sich der Kreidemann abrupt um und schlug Jakob ohne Vorwarnung mit der Faust in den Magen.

Jakob stöhnte auf und krümmte sich zusammen. Der Kreidemann riss ihm den Brustbeutel vom Hals. Jana schnappte entsetzt nach Luft. Der Begleiter, der zwei Köpfe größer war als Jana, wandte sich ihr zu. Er streckte einfach nur die Hand aus und forderte breit grinsend Geld und Telefon. Jana und Jakob hatten keine Chance. Sie gaben den beiden, was sie in den Taschen hatte. Geld, Handys, Ausweise, alles.

Als der Kreidemann nach Janas kleinem Rucksack grapschte, rief sie wütend:

»Nein! Nicht meine Kamera!«

Für kein Geld der Welt hätte Jana ihre Kamera freiwillig hergegeben. Die wichtigsten Fotos ihres Lebens waren darauf. Über tausend Bilder, jedes einzelne unersetzlich. Der Kreidemann riss ungeduldig am Riemen des Rucksacks und brüllte etwas Unverständliches. Jakob, der sich von seinem Magenhieb einigermaßen erholt hatte, schoss auf ihn zu und kickte ihn mit aller Wucht in den Unterleib. Der Kreidemann sank aufheulend auf die Knie.

Jakob schrie, so laut er konnte. Wie von Sinnen trat er dem Kreidemann wieder und wieder auf die Hand, bis dieser stöhnend Janas Rucksack freigab. Jakob schleuderte den Rucksack wie einen Morgenstern über dem Kopf. In der Dunkelheit blitzte etwas Metallenes auf. Jana sah, wie der Freund des Kreidemanns ein langes Messer aus der Jacke zog und auf Jakob losging.

»Weg! Weg!!«, schrie sie panisch.

Jana riss Jakob mit sich fort. Sie stolperten aus der Toreinfahrt in die Via di San Niccolò und rannten um ihr Leben. Jakob drehte sich um, konnte aber nicht erkennen, ob sie verfolgt wurden oder nicht. Keuchend flüchteten sie durch die dunklen Straßen des Viertels und suchten verzweifelt die nächste Brücke über den Arno. In den Vierteln auf der anderen Seite des Flusses kannten sie sich besser aus. Vor ihnen tauchte der Ponte Vecchio auf. Gott sei Dank war die Hälfte der Straßenlaternen im Eimer, dachte Jakob, als sie geduckt über die Brücke hetzten. Sie stürzten sich in das Labyrinth der Gassen hinter den Uffizien.

Als sie das vage Gefühl hatten, dass keiner mehr hinter ihnen her war, wurden sie langsamer. Sie hatten beide große Angst davor anzuhalten.

Immer in Bewegung bleiben, dachte Jana. Und wenn es Stunden dauert. Die Arschlöcher dürfen uns niemals finden. Niemals! Der Schweiß lief ihr von der Stirn in die Augen. Sie wischte ihn mit dem Jackenärmel weg. Der Ärmel war schon ganz nass. Ihr Herz raste.

Jakob merkte, dass er immer noch Janas Hand hielt. Wir sehen wie ein Liebespärchen aus, dachte er und ließ erschrocken ihre Hand los.

Sie liefen und liefen und liefen, und irgendwann konnten sie nur noch gehen und irgendwann nur noch schleichen, während ihre müden Augen nach einem Unterschlupf Ausschau hielten, der ihnen wenigstens ein bisschen Ruhe versprach. Sie betraten leise den Innenhof eines alten Patrizierhauses und sanken hinter dem hölzernen Eingangsportal erschöpft in die Knie.

»O Mann! Was war das denn?!«, keuchte Jakob und hielt sich die Seite.

»Schöne Scheiße«, sagte Jana. »Was machen wir denn jetzt? Alles ist weg.«

Sie holte ihre Kamera aus dem Rucksack und begutachtete sie von allen Seiten. Es schien nichts kaputtgegangen zu sein.

»Keine Ahnung«, sagte Jakob. »Anrufen können wir nirgends.«

»Wir könnten zum Engländer gehen und ihn um Hilfe bitten«, überlegte Jana und korrigierte sich gleich wieder. »Vergiss es! Können wir nicht. Die beiden Typen kamen doch aus seiner Ecke. Die kennen sich bestimmt. Womöglich tauchen die bei dem Engländer in der Wohnung auf. Die würden uns total fertigmachen. Den einen hast du schlimm verprügelt.«

»Bist du sicher, dass die wirklich zum Engländer gehört haben?«, fragte Jakob. »Vielleicht haben die ja auch nur gesehen, dass ich eine Weile bei dem saß und Bier getrunken habe? Sie haben so getan, als würden sie ihn auch kennen, und haben sich einfach zur Clique gesetzt.«

»Wow!«, machte Jana. »Wenn das so wäre, wäre es ganz schön abgefuckt.«

»Ich weiß es nicht. Aber du hast recht. Beim Engländer sollten wir uns vorsichtshalber nicht mehr sehen lassen.«

»Wir müssen auf jeden Fall von der Straße runter. Wir sind sechzehn. Nach zwölf dürfen wir uns nicht mehr von der Polizei erwischen lassen.«

»In Italien sind sie nicht so streng wie in Deutschland.«

»Sind sie wohl«, sagte Jana.

»Dann gehen wir auf den Campingplatz.«

»Zurück über den Piazzale? Bist du bescheuert? Außerdem können wir den Zeltplatz nicht mehr bezahlen. Ich habe nur noch zwei Euro in der Tasche. Wenn überhaupt. Vielleicht wissen die ja auch, wo wir in den letzten Tagen übernachtet haben, und suchen uns schon.«

»Hast du denn jemandem erzählt, dass wir dort zelten?«

»Der Engländer hat uns den Platz doch empfohlen.«

»Stimmt. Das hatte ich vergessen. Und nun?«

Jakob fiel nichts mehr ein.

»Wie spät ist es denn?«, fragt Jana.

»Gleich zwei.«

»Lass uns bis Sonnenaufgang einfach hierbleiben.« Jana fischte einen dünnen Pullover aus ihrem Rucksack. »Das sind ja nur noch zwei oder drei Stunden. Wenn es hell wird, trampen wir nach Hause. Das kann doch nicht so schwer sein. Von Florenz nach Castellina ist es nicht so weit, oder?«

»Fünfzig Kilometer, hat Claudia mal gesagt.«

Jana versuchte vergeblich, es sich auf dem harten Pflaster gemütlich zu machen.

»Wir haben Romy das Bild nicht geschickt«, sagte sie nach einer Weile.

»Das ist nicht mein größtes Problem im Moment.«

»Kann es aber werden. Romy macht sich ja nicht so leicht wegen irgendwas Sorgen. Aber wenn, dann wirbelt sie wie eine Blöde.«

»Du meinst, ab morgen sucht uns jeder Polizist in Florenz?«

Jana zuckte mit den Schultern. Sie wollte das lieber nicht wissen.

Jakob zog sein Hemd aus.

»Kannst du mal gucken? Auf meinem Rücken ist irgendwas.«

»Angetrocknetes Blut«, sagte Jana. »Ein langer Kratzer. Die feige Sau hat dich tatsächlich mit dem Messer erwischt.«

Romy spazierte zwischen den schattigen Olivenbäumen zu Claudias Ölmühle hinauf. Endlich hatte sie einmal Zeit gefunden, sich die nähere Umgebung anzusehen. Es war wunderschön hier. Bis auf dieses große schwarze Dings, das ihr knurrend den Weg versperrt hatte. Dabei hatte Romy nur schnell Renzos Hof überqueren wollen, um den Weg abzukürzen. Angesichts der zwei Reihen schneeweißer Zähne hatte sie es sich anders überlegt und einen weiten Bogen um Renzos Anwesen gemacht. Sie war noch ganz außer Atem, als sie oben auf dem Hügel ankam. Rudi saß mit einem Becher Kaffee auf der Bank vor der Scheune und las versunken Zeitung. Erst als Romy vor ihm stand, sah er auf.

»Wo kommst du denn schon so früh her?«, fragte er und blinzelte in die Sonne.

»Kleiner Morgenspaziergang«, sagte Romy. Sie reckte sich wohlig. »Ich mache das gern. Bei mir zu Hause renne ich manchmal morgens um fünf schon um die Alster herum. Im Winter natürlich nicht. Der ist ja bei uns immer so ungemütlich. Wir haben so viel Graupel. Außerdem muss ich schlafen, wenn es dunkel ist. Aber im Frühling geht das ganz prima. Obwohl, hier bei euch macht es mehr Spaß. Mal abgesehen von diesem riesigen schwarzen Monster, das da unten im Hof lauert.«

»Das ist Pasta«, sagte Rudi. »Die Mutter der Brut.«

»Otto hat mit der ... mit diesem ... Untier?« Romy war fassungslos.

»Ja, genau mit der«, sagte Rudi. »Die beiden haben sich letztes Jahr kennengelernt, als sie gemeinsam einen von Renzos Wildschweinschinken gerissen haben. Hat mich über dreihundert Euro gekostet. Vom Schinken zum ungezügelten Sex ist es anscheinend nur ein kleiner Schritt.«

»Otto treibt es also gerne mit Handgranaten, bei denen der Stift schon gezogen wurde«, sagte Romy. »Irgendwie wundert mich bei euch gar nichts mehr. Sind die anderen auch schon wach?«

»Die frühstücken noch in der Küche«, sagte Rudi. »Hast du Otto denn gesehen, als du bei Renzo vorbeigegangen bist?«

»Nein. Der war da nicht.«

»Keiner hat Otto gesehen«, murmelte Rudi. »Ich frage mich ...«

Markus tauchte auf. Er ließ sich ächzend neben Rudi auf die Bank fallen.

»Lass uns anfangen, Meister«, sagte er. Er bohrte seinen Zeigefinger von hinten in Rudis Zeitung und drehte ihn hin und her wie ein nervender Dreijähriger. »Dann kriegen wir die Remise heute fertig. Wo hast du die *FAZ* her? Guten Morgen, Romy. Drinnen gibt's Kaffee. Wo ist Thomas? Was war das für ein Mordsgebell da unten?«

»Zu viele Fragen auf einmal«, sagte Romy. »Willst du dich nicht lieber wieder hinlegen, Markus?«

»Pausentag?«, strahlte Markus.

Rudi hatte die Ruhe weg. Er faltete die Zeitung zusammen.

»Unser Muslimnörgeli ist jetzt ein Tugendnörgeli geworden«, sagte er.

»Wovon redest du?«, wollte Romy wissen.

»Der Sarabims hat ein neues Buch geschrieben.«

»Zin!«, sagte Markus.

»Wie? Ziehen?«

»Sarrazin. Nicht Sarrabims.«

»Wie auch immer«, winkte Rudi ab. »Ich kann diese ausländischen Namen eh nicht behalten.«

»Du liest einen Artikel über Sarrazins neues Buch, und da steht der korrekte Name nicht drin?«, staunte Romy.

»Nein, der Mann ist mir nur gerade eingefallen. In der *FAZ* steht ein Bericht über diesen türkischen Katzenbuchautor, der sich tierisch darüber aufregt, dass in Deutschland ein, wie er sagt, irrer Kult um Schwule, Frauen und Ausländer getrieben wird. Irrer Frauenkult? Das ist mir bisher gar nicht aufgefallen. Euch? Ist aber auch nicht wichtig. Wenn du das Autorenfoto siehst, weißt du, dass der Knabe zu viel säuft. Jedenfalls hat mich das daran erinnert, dass Sabrabim sich seit Neuestem von der Tugend seiner Mitbürger terrorisiert fühlt. Hast du sein Buch gelesen?«

»Ja, quer«, sagte Romy, während sie einen besorgten Blick auf ihr Handydisplay warf. Immer noch keine Nachrichten von den Zwillingen. »Er ist halt ein alter Mann, der sich um Deutschland sorgt. Das ist legitim.«

»Unser Land braucht keine alten Männer, die Schiss vor der Zukunft haben«, sagte Rudi. »Wir ersticken hier im Wohlstand, und die kommen immer mit derselben weinerlichen Leier. Deutschland ist am Ende und das Leben ein Jammertal! Das sind doch alles Lappen.«

»Von der Sorte Männer gibt es viele.«

»Aber die anderen schreiben wenigstens keine Bücher. Kann er nicht einfach saufen? Oder in den Puff gehen? Das entspannt doch auch.«

Rudi drehte die Zeitung zu einer Wurst und knallte damit auf die Bank.

»Nur Puff? Keine Todesliste?«, fragte Markus.

»Ja, wieso?«

»Du wirst doch nicht etwa altersmilde werden?«

»Ein bisschen vielleicht«, sagte Rudi. »Außerdem mache ich mir langsam Sorgen um Otto. Hast du ihn gesehen?«

»Heute Morgen noch nicht«, sagte Markus.

»Komisch«, grübelte Rudi. »Die Tortellinis auch nicht?«

Markus schüttelte den Kopf.

»Wollen wir anfangen, meine Herren?« Thomas streckte den Kopf aus dem Küchenfenster und rieb sich unternehmungslustig die Hände. »Das Motto für die heutige Remisenbalkenaktion heißt: Besser auf neuen Wegen stolpern als in alten auf der Stelle treten. Will sagen, ich habe keine Ahnung, wie wir dieses dicke Ding da drüben verzapfen sollen, ohne uns alle Gräten dabei zu brechen.«

Von der Zypressenallee drang das Knirschen langsam fahrender Reifen zu ihnen hinüber. Rudi warf einen kurzen Blick in die Richtung. Die Touristen waren heute früh dran, dachte er. Ein roter Peugeot bog langsam auf den Hof.

»Das Auto kenne ich nicht«, sagte Thomas. »Wer ist das?«

Die Beifahrertür ging auf. Ein Mann stieg aus.

»Mein lieber doofer Bruder ist das«, strahlte Romy und lief zum Auto.

Alain stellte wieder einmal fest, dass nicht die kitschigen Hollywoodstreifen mit den merkwürdigsten Wendungen überraschten, sondern das Leben selbst. Da fuhr man mit etlichen Tagen Verspätung in einem gemieteten französischen Auto mitten in Italien auf den Hof einer Olivenölmühle und das Erste, was einem entgegenrannte, war die eigene bunte Schwester! Von der man gedacht hatte,

sie würde in Hamburg einem nackten Hamlet den Bauch mit Toten-
köpfen bemalen oder ein Albatroskostüm für die Nachmittagsvor-
stellung von Saint-Saëns' *Karneval der Tiere* schneidern.

Von so einem Schrecken musste man sich auch erst einmal er-
holen. Vor allem, wenn diese Schwester – wie üblich – bereits im
Anflug auf den brüderlichen Hals zu quatschen begann und nicht
mehr damit aufhörte, bis das Gepäck im Haus verstaut war. Wie
denn die Fahrt gewesen sei und wo der BMW geblieben wäre, hatte
sie wissen wollen und die Antwort gar nicht erst abgewartet, und
dass es den Kindern bestimmt gut gehe in Siena, sie seien ja praktisch erwachsen, und ob Heike beim Hochfahren vielleicht Otto
und die beiden Tortellinis gesehen habe, weil sich Rudi solche Sorgen mache im Moment, ausgerechnet jetzt, wo doch mit Grazia gerade mal wieder alles gut war, aber irgendwas sei ja immer, auf jeden Fall sei es schön, sie beide endlich da zu haben, sie sei übrigens
in Alain und Heikes Haus in Meerbusch eingebrochen, also den
Schlüssel unter die Matte zu legen sei ja so was von leichtsinnig, das
dürfe man heutzutage nicht mehr machen, und dann sei sie neben
einem langweiligen Arzt hierher geflogen, nachdem sie mit Claudia
telefoniert hatte, MIT CLAUDIA TELEFONIERT, Alain müsse sich
das mal vorstellen, von dieser Frau habe sie ja seit dreißig Jahren
weder etwas gehört noch etwas gesehen, jedenfalls sei es wunderbar hier, und wenn alle zusammen anpacken würden, wäre die Remise heute Abend endgültig repariert, und man könnte schon mal
ein bisschen feiern, der ganze Hof sei dann nämlich fertig für die
Eröffnung, na ja, fertig bis auf die berüchtigte demolierte Wand
hinter der Kasse, also die mit der komischen Farbe, da wo der
große Stein hineingerollt sei, die müsse Rudi nur noch verputzen, er
hoffe ja ein bisschen darauf, dass Jakob dann wieder da sei und helfen könne, man werde sehen – und dann hatte sie das erste Mal
Luft geholt.

So war es Alain zumindest vorgekommen.

Mittlerweile war es Abend. Markus hatte ihm ein eiskaltes Bier in die Hand gedrückt. Alain freute sich, seine Freunde um sich zu haben.

»So, so, ein Apfelbaum also«, sagte Rudi gerade.

»Gibt es dafür nicht Seminare?«, fragte Thomas.

»Wo man Bäume umarmen muss?«, sagte Markus. »Ja, die gibt's. Aber man umarmt da nur einen Baum, nicht gleich zwei. Und schon gar nicht mit dem Vorder- und mit dem Hinterteil eines Cabrios.«

»Vielleicht ist das ja besonders ausgewogen«, mutmaßte Thomas. »So Yin und Yang irgendwie.«

»Du bist auch so Yin und Yang irgendwie«, sagte Rudi.

»Wahrscheinlich wird Heike sich jetzt nie wieder mit dir streiten«, sagte Markus. »Du kannst sie doch nicht gleich gegen einen Baum fahren, nur weil sie anderer Meinung ist als du! Wenn man mit so einem wie dir unterwegs ist, muss man ja froh sein, wenn man den Tag überlebt.«

»Du suchst dir aus meiner Geschichte auch nur das raus, was dir gerade passt«, sagte Alain und lachte.

»Das hat Markus immer schon so gemacht«, sagte Thomas. »In einer stillen Stunde hat er mir mal gestanden, dass er als Zwölfjähriger die Bücher vom Simmel immer heimlich nach Stellen durchsucht hat. NACH STELLEN!«

»Das hat jeder von uns getan«, sagte Rudi.

»Ich nicht«, sagte Thomas. »Sex hat mich nie interessiert.«

»Deine Nase stößt bereits an die Tischkante, Pinocchio«, sagte Alain.

»Die Simmel standen im Regal immer versteckt in der zweiten Reihe«, sagte Rudi. »*Es muss nicht immer Kaviar sein* und *Lieb Vaterland magst ruhig sein* hatte damals jeder gute Haushalt. Die gab's sogar bei uns, obwohl keiner Bücher las.«

»In *Liebe ist nur ein Wort* waren aber mehr STELLEN«, sagte Thomas.

»Ha!«, riefen Markus und Alain gleichzeitig.

»Wusste ich's doch!«, triumphierte Rudi. »Wenn man Thomas unter Druck setzt, verquatscht er sich.«

»Ich gerate nicht unter Druck, nur weil mein Glas leer ist.«

»Leere Gläser sind Folter.«

»Wer ist dran mit Keller?«

»Ich war schon zwei Mal.«

»Da! Die Nase wieder!«

Romy saß etwas abseits von den Männern, nippte an einem Glas *Rosso* und war mit ihrem Handy beschäftigt. Sie hörte kaum, was gesprochen wurde. In Gedanken versunken wartete sie immer noch auf Janas Bild vom Schattenlauf ihres Bruders. Das war schon seit gestern Nachmittag fällig. Heute, beim Remisenreparieren, hatte sie den ganzen Tag über Nachrichten an die Zwillinge geschickt und keine Antwort erhalten. Wieder und wieder hatte sie verstohlen auf ihr Handy geblickt. Nichts! Es erschien nicht einmal das Doppelhäkchen, das anzeigte, dass ihre Nachrichten gelesen worden waren.

Romy biss sich auf die Lippen. Ihr war mittlerweile ganz schön mulmig. Jana war so zuverlässig, wenn es um Vereinbarungen ging. Sie machte vielleicht nicht alles mit, aber wenn sie sich einmal darauf eingelassen hatte, hielt sie sich auch daran. Romy hatte sich genau überlegt, ob sie Jana zwei Nachrichten pro Tag abverlangen sollte oder nicht. Romys innere Stimme hatte gesagt: *Tu das nicht! Wenn irgendetwas Unvorhergesehenes dazwischenkommt, machst du dir nur unnötig Sorgen.*

Sie hatte nicht darauf gehört.

Romy ärgerte sich über sich selber. Im Grunde war jetzt genau das passiert, was sie insgeheim befürchtet hatte: Panik wegen nichts. Janas Akku war vermutlich leer. Oder die Nachrichten hatten sich in irgendwelchen italienischen Mobilfunknetzen verheddert. Oder Jana hatte das Handy verlegt oder das Simsen vergessen, weil ein schöner Italiener ihr den Kopf verdreht hatte, irgendetwas Harmloses jedenfalls. Aber sie saß hier im Garten und sah die Zwillinge schon blutüberströmt in irgendeiner florentinischen Gosse liegen. Hätten sie letzte Woche nur sporadischen Kontakt vereinbart, wäre ihr das erspart geblieben.

Romy seufzte leise. Wenigstens ahnten die anderen nichts von ihrer Unruhe. Aber lange würde sie ihnen nichts mehr vormachen können. Dass sie sich immer noch täglich mit der Kollegin, die in Romys Abwesenheit nichts gebacken bekam, auseinandersetzen musste, glaubte ihr bald kein Mensch mehr.

Hinten beim Rhododendron trottete Otto über den Rasen.

Claudia lehnte am Küchentisch und betrachtete Heike, die gerade mit einem Stück Weißbrot den Soßentopf auskratzte, sich den Happen in den Mund stopfte und wohlig seufzend kaute. Das also war Alains Frau. Was für eine kleine, dralle, energische Person. Sie hatte gar nicht lange gebraucht, um zur Sache zu kommen. Irgendwann am Nachmittag war sie in Claudias Küche gestapft. Wenn sie zusammen das Abendessen kochten, hatte sie gemeint, seien hinterher wahrscheinlich alle Unklarheiten beseitigt. Davon gebe es mit Sicherheit einige. Immerhin habe ihr Mann letztes Jahr eine gute Woche bei Claudia verbracht. Das werfe Fragen auf, zumal sie beide, also Alain und Claudia, eine gemeinsame Vergangenheit hätten und Claudia zudem noch über eine dieser verflucht heiseren, sexy Frauenstimmen verfüge, auf die Alain schon immer gestanden hätte. Claudia hatte nur staunend am Zwiebelbrett gestanden und gedacht, im Tennis wäre dieser Aufschlag wahrscheinlich mit zweihundertdreißig Stundenkilometern gemessen worden.

Heike hatte sehr freundlich gesprochen, aber dabei so bestimmt gewirkt, dass Claudia, die auch nicht viel von Geheimniskrämerei hielt, gar nicht erst damit angefangen hatte, um den heißen Brei zu reden. Sie hatte ihr offen in die Augen gesehen und erzählt, was auf dem Klassentreffen und in der Woche danach zwischen Alain und ihr passiert war: nichts.

Dann hatten sie zusammen die *Bolognese* für das Abendessen gekocht, den Tisch gedeckt, die Remisenbrigade gerufen und die Männer so lange mit Pasta abgefüttert, bis diese ächzend in den Gartenstühlen hingen und nach Grappa wimmerten.

»Weißt du was?«, sagte Heike und stellte den blitzblank ausgeleckten Soßentopf in die Spülmaschine, dass es nur so schepperte. »So richtig gesorgt habe ich mich wegen dir und Alain die ganze Zeit nicht. Ich hatte nach dem Durcheinander im Schweigekloster genug mit mir selber zu tun. Eigentlich haben die Sorgen erst angefangen, als wir neulich telefoniert haben. So ein Grummeln war das. Ich habe deine Stimme gehört und *Hui* gedacht und plötzlich gemerkt, wie die ganze Sache vom letzten Jahr wieder hochkocht. Offenbar war eben doch nicht alles verdaut. Eigentlich habe ich ganz großes Vertrauen zu Alain. Er hat es noch kein einziges Mal missbraucht. Wir sind über zwanzig Jahre zusammen und nie fremdgegangen. Nur in letzter Zeit, da kriegen wir uns wegen der Kinder immer öfter in die Haare. Man ist sich des anderen nicht mehr sicher, wenn man streitet. Schon gar nicht, wenn die Auseinandersetzungen immer heftiger werden und so etwas Schlimmes passiert wie gestern.«

»Geht's dir eigentlich gut?«, fragte Claudia. »Ich meine körperlich. Nacken? Rücken? Schwindel?«

»Den Apfelbaum habe ich ganz gut weggesteckt. Vor dem letzten Bums waren wir ja Gott sei Dank nicht mehr so schnell. Aber allein der Gedanke daran, was für ein Loch hinter diesem Baum war … Da kriege ich jetzt noch weiche Knie. Machst du bitte noch mal voll?«

Sie hielt Claudia ihr leeres Weinglas hin.

»Männer am Steuer – Abenteuer!«, sagte Heike und trank einen Schluck. »Ehrlich, nicht mal Autofahren können sie. Fuhr Alain früher auch schon so? Du musst es wissen. Wir haben zu Hause so ein altes Ferienalbum. Da sind auch Fotos von dir und ihm und einem alten Käfer dabei. Wie alt wart ihr da? Zwanzig? Keine Ahnung, wie ich jetzt da drauf komme, aber meinem ersten Freund habe ich mal einen Jahreskalender gebastelt. Mit Bildern von ihm und mir drin, und jeden Monat gab es ein Geschenk. Im Januar, Februar waren das nur Kleinigkeiten. Ein Eis oder Spaghettikochen oder so. Logisch, Kino und das teure Zeug kamen erst im November und Dezember. Ich bin doch nicht blöd und verticke die teuren Goodies schon am Anfang, und im April macht er dann Schluss. Nein, nein, Kino gab's fürs Durchhalten bis Weihnachten.«

»Und? Hat er?«

»Durchgehalten? Nö.«

Romy hörte die zwei Frauen in der Küche lachen und blieb abrupt stehen. Eigentlich hatte sie vorgehabt, Heike und Claudia reinen Wein wegen der Zwillinge einzuschenken. Aber die beiden waren gerade in so guter Stimmung. Diese Nacht würde sie noch abwarten, beschloss Romy. Es fehlten doch nur ein Bild von Jakob und zwei Nachrichten von Jana. Das konnte doch mal vorkommen. Aber wenn morgen nichts passierte, würde sie wohl oder übel auspacken müssen. Die glaubten hier in Castellina ja alle noch, die Zwillinge zelteten in Siena und seien wohlauf. Stattdessen waren sie verschollen in Florenz! Du liebe Zeit, wenn Romy an die Reaktion ihres Bruders dachte, wurde ihr jetzt schon schlecht. Schöner Mist! Warum manövrierte sie sich immer in diese unmöglichen Situationen? Andere kamen doch auch unfallfrei durchs Leben.

Jetzt nur nichts anmerken lassen.

Romy holte tief Luft und betrat summend die Küche. Sie hole

den Knaben noch ein kaltes Bier, plapperte sie fröhlich, dann gehe sie ins Bett, sie sei todmüde nach diesem Balkentag, aber schön, dass die Remise jetzt fertig sei, eigentlich sei es ja nicht ihre Art, das Frollein Kellnerin zu spielen, aber die vier Weicheier da draußen hätten darum gebeten, weil sie so schwer verletzt seien, Rudi habe sogar *scheißeschwer verletzt* gesagt, das müsse man sich mal vorstellen, solche Memmen, unfassbar, Markus habe einen gequetschten Daumen, Rudi seit heute auch, die beiden könnten nur ganz schwer eine Bierflasche greifen und vier schon gar nicht, haben sie gesagt, Thomas habe einen kaputten Zeh, weswegen er kaum laufen könne, und Alain würde seit seinem schweren vierfachen Überschlag im Cabrio pausenlos über Schwankschwindel und Doppelschleudertrauma klagen – als ob! Der linke Vogel habe doch schon im zarten Alter von sieben Jahren perfekt Ziegenpeter simuliert, einfach indem er sich ein paar Tempos in die Backen steckte, und die Mama habe es prompt geglaubt.

Romy fischte vier beschlagene Bierflaschen aus dem Eisfach des Kühlschranks und drückte die Tür sorgfältig mit dem Po zu.

Eigentlich hätte sie den Faulpelzen da draußen den Marsch blasen sollen, fuhr sie unbekümmert fort, zum Beispiel hätte sie ihnen sagen sollen, dass sie sich ihre lädierten Daumen und Zehen in die Haare schmieren könnten, sie, Romy, sei nämlich noch viel schlimmer dran, sie bekomme spätestens übermorgen ihre Tage und sei schon jetzt dermaßen grantig, dass sie am liebsten die Flaschenhälse am Tisch abschlagen würde, anstatt mit dem Bieröffner die Kronkorken aufzuhebeln, sie sollten also lieber selber zum Kühlschrank schleichen, wenn sie nicht aus Glasscherben saufen wollten, aber so etwas Tolles falle ihr natürlich erst jetzt hier in der Küche ein und jetzt sei es zu spät für einen Einlauf und ... schlaft mal gut, ihr zwei!

Die Küchentür fiel hinter ihr zu.

»Meine Schwägerin«, sagte Heike. »Die ist wirklich Gold wert.«

»Ich verstehe nicht, wie aus einer Mutter zwei so unterschiedliche Menschen wie Romy und Alain schlüpfen können«, sagte Claudia. »Haben sie dieselben Väter?«

»Frag das mal meine Schwiegermutter, und lass dir dann von ihr die Ohren langziehen«, lachte Heike. »Wo waren wir gerade?«

»Dass du froh sein kannst, dass dein Kalendertyp damals nicht durchgehalten hat«, sagte Claudia. »Sonst hättest du Alain nicht kennengelernt. Der ist ein wahrer Heiliger.«

»Ein Heiliger? Wie kommst du darauf?«

»Als er letztes Jahr hier war, wandelte er neben mir her wie ein Mönch. Er hat mich kein einziges Mal angerührt. Dieser Mann liebt dich wie sonst keine. Das weißt du, oder?«

»Im Grunde schon«, sagte Heike und blinzelte etwas irritiert. »Aber im Alltag schimmert der Heiligenschein halt ziemlich matt und hat ein paar mächtig dicke Schrammen.«

»Das mag sein«, sagte Claudia. »Aber wenn's drauf ankommt, leuchtet er kilometerweit. Ich klaue den Jungs da draußen mal den Grappa. Bin gleich wieder da.«

Heike biss sich auf die Lippen. Es war eine merkwürdige Erfahrung, eine andere Frau so vertraut über Alain sprechen zu hören. Sie spürte, dass sie bis jetzt immer das Gefühl gehabt hatte, Alain gehöre ihr ganz allein. Immerhin hatte er zwanzig Jahre lang keine andere angesehen und berührt. In dieser langen Zeit wurde alles so selbstverständlich. Aber das war es gar nicht. Nichts war selbstverständlich. Gar nichts! Diese gemeinsamen zwanzig Jahre waren ein Geschenk, und Geschenke alles andere als selbstverständlich. Heute stand sie in dieser Küche einer Frau gegenüber, die ihren Mann schon länger kannte als sie. Die Alains Lippen lange vor ihr geküsst hatte und deren Hände überall da gewesen waren, wo auch Heikes Hände ihn gestreichelt hatten.

So jemanden darf man eigentlich gar nicht mögen, dachte Heike.

»Weißt du, was mich letzten Sommer wirklich gewurmt hat?«,

sagte Claudia, als sie wieder zurück war und zwei Grappagläschen bis an den Rand gefüllt hatte. »Alain hat mich vor ewigen Zeiten verlassen, weil ich ihm zu kompliziert war und zu anstrengend und zu unruhig und zu ausgeflippt und was weiß ich noch alles. Er wollte es unaufgeregter haben. Und was ist passiert? Seit zwanzig Jahren ist er mit einer Frau verheiratet, die noch viel abgedrehter und fordernder ist als ich. Er hat mir damals viel von dir erzählt, und ich dachte nur, Alain, du bequeme Socke, du hast genau die Richtige erwischt. Du brauchst doch das Feuer unterm Hintern wie andere die Luft zum Atmen. Wenn dir keine Dampf macht, geht's in deinem Leben gar nicht vorwärts.«

Sie drückte Heike einen Grappa in die Hand.

»Auf dich«, sagte sie. »Auf dich und auf alles, was dich antreibt.«

Aber ich mag sie, dachte Heike. Ich mag sie wirklich.

»Es ist nicht einfach, mit einem Bremser verheiratet zu sein, oder?«, fragte Claudia. »Enzo und ich haben uns immer gegenseitig nach vorne gepeitscht. Das war manchmal saumäßig anstrengend. Aber unsere Richtung war klar, und das Tempo irgendwie auch.«

»Ein Bremser ist doch genau das, was ich brauche«, sagte Heike. »Mein Problem ist, dass ich mich in Neues hineinstürze, ohne viel nachzudenken. Vor allem denke ich es nicht zu Ende. Ein spannender Anfang genügt mir. Ich lege los und wirble wie eine Wahnsinnige und ... dann dauert es auch gar nicht lange, und ich kriege Angst vor der eigenen Courage.« Heike schwenkte nachdenklich den kleinen Grapparest in ihrem Glas, bis er beinahe überschwappte. »Stell dir vor, du rennst mit einer Machete in den Dschungel und räumst fröhlich alles beiseite, bis die Bahn frei ist. Aber nach einem Kilometer Schneisenschlagen denkst du: *Ups, was mache ich hier eigentlich* und kriegst den ersten Anflug von Panik. Alain ist einer, der sich von meinen Machetenaktionen zwar nur widerwillig mitreißen lässt, aber wenn er sich erst einmal darauf eingelassen hat, steht er total stabil in der Spur und lässt sich auch durch meine heftigsten Zweifel nicht davon abbringen. Weißt du, was er sagt, wenn ich *Ups* denke? Er sagt: *Bleib mal kurz stehen, Schatz, ich muss hier erst mal teeren.* Schon habe ich das, was mir von Anfang an fehlte: die Sicherheit, den richtigen Weg für uns ausgesucht zu haben.«

»Der eine gibt Gas, der andere bremst, und das in einem Verhältnis, das keinen nervt?«, wandte Claudia ein. »Das glaube ich einfach nicht. Meist geht doch der Bremser dem Impulsgeber mit seiner Unentschlossenheit tierisch auf den Geist. Und der Bremser hat die Nase voll, weil er immer in neue Situationen gezwungen wird, obwohl er doch viel lieber auf dem Sofa Sportschau gucken möchte.«

»Es hat ja auch keiner behauptet, dass es einfach ist«, sagte Heike. »Wäre es ein total harmonisches Geben und Nehmen, wären wir nicht vor das Apfelbäumchen gefahren.«

Claudia betrachtete die Grappaflasche. Auf dem schmalen Etikett standen nur vier Wörter. Groß *Carlo* und darunter in klein Grappa Riserva 12. In ihrem Kopf drehten sich die Gedanken. Sie neigte dazu, Paare um ihr langes Zusammensein zu beneiden. Dabei vergaß sie so leicht, dass den Menschen diese Jahre nicht in den Schoß fielen, sondern mit sehr viel Mühe und manchmal auch Kampf verbunden waren. Dieser Carlo nahm sich sogar die Zeit, einen Grappa zwölf Jahre lang auszubauen. Wer weiß, wofür er sich sonst noch alles Zeit nahm. Für einen Spaziergang über die Hügel bestimmt. Sie würde ihn einfach fragen, wenn er das nächste Mal hier war. Spätestens bei der Ladeneröffnung. Da würde er mit Sicherheit kommen. Vielleicht sollte sie den entscheidenden Satz vor dem Spiegel üben. Als sie dreizehn war und diesen lächerlichen Harald Zumvogel gefragt hatte, ob er mit ihr gehen wolle, hatte das total gut funktioniert. Sie war so dermaßen lässig, so dermaßen filmstarcool und erfahren an ihn herangeschlendert und hatte ihm den einstudierten Satz vor den Kopf geknallt, dass Harald mit knallroter Birne vom Pausenhof geflüchtet und an diesem Tag nicht wieder in die Schule gekommen war.

Das ist doch mal interessant, dachte Claudia. Irgendwo in ihrem Hirn gab es also einen Kerker, in dem Harald Zumvogel vierzig Jahre aufbewahrt wurde, und einen Kerkermeister, der diesem Pickelkopf genau jetzt, während eines Grappagesprächs mit Heike, ganz kurzen Freigang gewährte.

Warum war so einer wie Carlo nicht verheiratet? Im fortgeschrittenen Alter befürchtete man ja immer die schlimmsten Macken, dachte Claudia. Andererseits wurde die Angelegenheit dadurch erst richtig spannend. An ihrem Gegenüber die Ecken und Kanten zu entdecken hatte Claudia schon immer große Freude bereitet. Nur doof durfte er nicht sein. Da nützte es auch nichts, wenn der Mann richtig gut aussah und trotz seiner fünfzig Jahre noch nicht aus dem Leim ging.

Was würde sie antworten, wenn Heike sie jetzt fragte, ob es einen Mann in ihrem Leben gab? Berechtigte sein dreimaliges Auffahren auf ihren Hof schon dazu, das Etikett *Mann in Claudias Leben* zu tragen? Was für ein Schwachsinnsgedanke! Dann wäre ja der Postbote …

Dieser Carlo-Grappa machte einen ganz wuschig im Kopf, dachte Claudia. Vermutlich destillierte Mister Sexyhexy gar keinen Trester, sondern Nashornpulver und Schlangenwurz. Deshalb war sie auch gerade dabei, sich in den Mann zu verlieben. Mit gesundem Menschenverstand war dieses geistesverwirrte Backfischgebrabbel kaum zu erklären.

»Zehn Jahre stille Witwe sind genug«, sagte Claudia aus heiterem Himmel. »Oder was meinst du?«

»Ich hätte nicht einmal drei gepackt«, sagte Heike.

»Es ist schön, dass ihr hier seid, du und Alain.«

»Ich glaube auch.« Heike sah Claudia mit entwaffnender Ehrlichkeit an. »Aber frag mich morgen früh noch mal. Dann weiß ich, ob ich das hier mag oder nicht.«

Es war wie im *Fass,* dachte Alain. Nur dass statt der Wirtin seine Schwester das Bier gebracht hatte und Rudi keines trank, weil er noch nach Siena zu Grazia fahren wollte. Und dass über ihren Köpfen keine verrauchte Eichenbalkendecke hing, sondern der toskanische Sternenhimmel, und sie vorhin kein Wienerzigeunermailänderalhambraschnitzel gegessen hatten, sondern *Spaghetti Bolognese.*

Na gut, dachte Alain, vielleicht war es ja doch nicht ganz so wie im *Fass.* Aber seine drei besten Freunde waren in Fahrt wie in alten Zeiten. Er lehnte sich zurück und ließ sie einfach machen. Es war Balsam für die Seele, wieder in ihrem Kreis zu sitzen und ihnen bei ihrem Gefrotzel zuzuhören.

»Wenn ich heute an der Hundeleine zuppele oder dem Otto ins Fell packe, dass es sich um drei Millimeter verschiebt, geht garantiert so ein unterbelichteter Heuler her und gründet eine Facebookgruppe gegen Gewalt in der Hundeerziehung«, polterte Rudi.

»Wir ticken in Deutschland nicht mehr richtig«, sagte Thomas. »Es gab sogar mal eine Protestgruppe, die hieß *NEIN zu VOX Herrchentausch!*«

»Hör mir bloß damit auf«, sagte Rudi. »Die haben Petitionen an den Sender geschrieben. Die Hunde seien schwer traumatisiert, wenn sie für ein paar Tage bei einem anderen Halter untergebracht würden. Ja, so ein blöder Schmarren!«

»Die haben halt noch nie Otto erlebt, wenn er eine Woche bei uns in Pension ist«, sagte Markus. »Ein Trauma sieht anders aus.«

»Jetzt rede das mal nicht schön«, sagte Thomas. »Wir haben uns alle große Sorgen gemacht, als er aus lauter Verzweiflung und

Trennungsangst eure veganen Schulbrote vom Tisch geklaut hat. So was ist tierschutzrelevant.«

»Einmal habe ich *Lana Vegana* nachts um halb drei in die Gruppe hineinröhren lassen, ob sie denn noch alle Nadeln am Baum hätten«, wetterte Rudi. »Damals bei Frauentausch habe keine Sau aufgemuckt, aber da ging es ja auch nur um Kinder! In was für einem Land leben wir eigentlich? Im Moment kannst du in Afrika an Ebola verrecken, im Nahen Osten von fusselbärtigen Wichsern geköpft werden oder vor Lampedusa jämmerlich ersaufen, und Deutschland kriegt seinen fetten Arsch nicht vom Sofa. Aber wenn in Rüsselsheim zwei durchdrehende Staffordshire Terrier von der Polizei erschossen werden, organisiert der Michel Mahnwachen von Rosenheim bis Kiel. Es ist doch zum Kotzen! Ich ziehe nach Italien.«

»Genau«, grinste Thomas. »Berlusconi und der Papst bieten ja so überhaupt gar keinen Anlass zum Ausflippen.«

»Aber immerhin hat die Mafia ihre eigenen Todeslisten«, sagte Markus. »Da könnte Rudi seine eigene einmotten und mal gepflegt entspannen.«

»Spätestens wenn er auf der Gemeinde seinen ersten Bauantrag stellt, geht er hoch wie das HB-Männchen«, sagte Thomas.

»Wie will Rudi einen Bauantrag stellen?«, fragte Markus. »Der spricht keine zehn Worte Italienisch.«

»Erinnert ihr euch noch daran, wie er uns letztes Jahr die italienischen Verkehrsdurchsagen übersetzt hat?« Thomas ahmte Rudis Stimme nach. »*Biep!* Zwischen San Quirico und Pienza liegt ein Dachdecker auf der Fahrbahn. *Biep!*«

»Wir geben also hiermit zu Protokoll, dass es mit Rudis Italienischkenntnissen immer noch nicht weit her ist«, näselte Markus amtlich. »Daran hat nicht einmal der ausdauernde, sündhaft enge Kontakt zu einer Einheimischen etwas geändert. Der teure Auslandsaufenthalt war für die Katz!«

»Und natürlich alles wieder auf Kosten der Steuerzahler«, sagte Thomas.

»Was labert ihr da für einen Scheiß?«, brummte Rudi.

»Rudi hat offensichtlich andere Talente. Im sprachlichen Bereich liegen sie jedenfalls nicht.«

»Aber immerhin hat er es schon über ein Jahr mit Grazia ausgehalten. Im zarten Alter von Fünfzigdingsbums endlich was Ernstes.«

»Seine bisherigen Beziehungen hatten einfach keine Tiefe.«

»Eine Granatensauerei! Ich muss mir von einem oberflächlichen Werbefuzzi ja wohl nicht sagen lassen, dass ich oberflächliche Beziehungen führe.«

»Wenn hier jemand oberflächlich arbeitet, dann ja wohl du mit deinem Wandputz.«

»*Grrappa, Rrosso, Pasta, Grrazia!* Mein Italienisch wird von Tag zu Tag besser, du Schlackwurst.«

»Wenn Rudi mit uns zur Schule gegangen wäre, wären Alain und ich nicht so furchtbar alleine gewesen mit unseren Sechsen«, sagte Markus. »Oder was meinst du, Alain? … Alain? Huhu! Jemand zu Hause?«

»Was?« Alain schreckte hoch.

»Du bist so still.«

»Nein, es ist nur …«

»Machst du dir Sorgen um die Kinder?«

»Quatsch, nein. Mir steckt der Unfall noch ein bisschen in den Knochen, und ich bin saumüde von der Reise.«

»Sei ehrlich.«

»Bin ich. Jana und Jakob kriegen das schon hin. Die sind mit ihren sechzehn erstaunlich selbstständig. Waren wir doch früher auch, oder? Außerdem waren die letzten Nachrichten von ihnen ziemlich beruhigend.«

»Fand ich auch«, stimmte Rudi ihm zu.

»Das mit dem Museum war natürlich gelogen«, sagte Alain.

»Aber die Nummer mit dem Salat haut hin. Ich schätze mal, Jana kriegt gerade wieder einen ihrer vegetarischen Anfälle und zwingt Jakob dazu, sich mit Karnickelfraß zufriedenzugeben. Das sind Phasen, da beißt Jakob gerne mal in eine extrafiese Wurst aus Massentierhaltung, nur um zu sehen, wie hoch die Palme ist, auf die er seine Schwester bringen kann. Nein, nein, die zwei machen das schon. Wir lassen sie ja nicht zum ersten Mal alleine laufen … He, da bist du ja endlich! Lange nicht gesehen!«

Otto war unbemerkt über die Wiese auf ihren Tisch zugetrabt und hatte seine Nase in Alains Oberschenkel gerammt. Alain kraulte ihn hinter dem Ohr. Rudi machte große Augen. Man sah ihm die Erleichterung an.

»Gott sei Dank«, seufzte er erleichtert. »Ich habe schon das Schlimmste befürchtet. Diese Scheißlandstraße da unten.«

»Täusche ich mich, oder hinkt er ein bisschen?«, fragte Thomas, als Otto um den Tisch lief und schnurstracks auf Rudis Schoß hüpfte.

»Ich kann es in der Dunkelheit nicht genau erkennen«, sagte Rudi und drückte seinen Chaoten fest an sich. Otto schleckte ihm einmal quer übers Gesicht und ringelte sich bei Rudi ein. »Aber wo immer er sich auch herumgetrieben hat, großen Schaden kann er nicht genommen haben. Außerdem ist er eine ganz harte Sau.«

In Oberkassel war Otto einmal aus dem fahrenden Sprinter gesprungen, als Rudi mit zwanzig Stundenkilometern durch das Viertel schlich und eine bestimmte Adresse suchte. Hinter einem Gartenzaun zeigte eine Katze Otto den Stinkefinger. Otto schoss wie eine Rakete aus dem offenen Fenster und landete auf einem Porschedach, einem Cabrio mit geschlossenem Stoffverdeck. Otto war von dem hunderttausend Euro teuren Trampolin hochgeschnellt wie ein Flummi, gegen die Hauswand gesegelt und am Putz entlang auf den Gehsteig hinuntergerutscht.

»Das sah irgendwie aus wie bei Tom und Jerry«, sagte Rudi.

»Aber er hat sich nur kurz geschüttelt und ist dann hinter der Katze her.«

»Richtig so!«, sagte Thomas. »Die war ja an allem schuld.«

»Es ist immer hilfreich, wenn man einen findet, dem man die eigene Doofheit in die Schuhe schieben kann«, sagte Rudi.

Er schob Otto vom Schoß und reckte sich. Es war kurz nach zehn. Der Chiantimond schien so hell, dass sie kein Licht auf der Terrasse brauchten.

»Da können die Tortellinis nicht weit sein«, sagte Rudi. »Ich gehe noch eine rauchen und guck mal, ob ich sie bei den Zypressen finde. Danach fahre ich zu Grazia. Schlaft gut, Jungs! Wir sehen uns morgen.«

Rudi steckte sich eine Zigarette an und verschwand in der Dunkelheit.

Er hatte den Mercedes wieder auf den versteckten Parkplatz an der Landstraße gestellt und stundenlang gewartet. Endlich tat sich etwas. Er spähte aus dem halb geöffneten Fenster. Oben zwischen den Zypressen sah er einen orangeroten Punkt aufglühen. Da rauchte einer!

Er hatte keine Ahnung, ob er das Drecksvieh gestern erwischt hatte oder nicht. Unwahrscheinlich war es nicht. Er hatte noch nie einen Hund aus dem Stand so einen Riesensatz machen sehen. Leider war er aus dem Scheinwerferkegel verschwunden. Aber ein bisschen gebumst hatte es ja. Vielleicht verreckte der Köter in einem Graben. Das wäre schön.

Bei der Aktion war er mit dem Mercedes auf das tief ausgewaschene Bankett gefahren. Den halben Spoiler hatte er sich bei der Aktion abgerissen. Er würde jede Wette eingehen, dass dieser Mercedes nicht mehr in Sindelfingen gebaut worden war oder in Untertürkheim, dachte er. Keine Wertarbeit mehr. Eine Scheißqualität war das! In einem Polackenwerk zusammengedengelt oder noch schlimmer.

Das Plastikteil hatte zerbrochen vorne unter der Stoßstange gehangen. Plastik! Früher waren Autos noch aus Metall und verchromt. Keinen Meter hatte er mehr fahren können nach dem Schaden. Er hatte alles, was lose war, heruntergerissen, das Kunststoffzeugs und das Kennzeichen gleich mit. Im Nachhinein betrachtet war das gar nicht mal so schlecht. Es machte es schwerer, das Auto zu identifizieren. Den Itakern war es bestimmt egal, ob das Nummernschild am Auto hing oder hinter der Windschutzscheibe lag. Hier fuhren ja noch Karren rum, die hatten das Kennzeichen mit Kreide aufgemalt.

Der glühende Punkt kam schwankend näher. Obwohl der Mond so hell schien, konnte er nicht erkennen, wer das war. Keine der Frauen jedenfalls. Das sah er am Gang. Einer der Typen musste das sein. Mittlerweile saßen sie zu viert da oben. Das machte es nicht einfacher. Offensichtlich lief Werauchimmer zur Landstraße hinunter. Er schien etwas zu suchen.

Da waren doch noch zwei andere Köter, die immer in der Gegend herumstreunten, dachte er. Für die wären doch ein paar Rasierklingenfrikadellen nicht schlecht. Oder Salamibrocken mit Nägeln drin. Nägel waren gut. Nägel töteten viel langsamer als Rattengift, und man konnte sie in jedem Supermarkt kaufen. Sogar bei den Mafiosi hier. Gleich morgen früh würde er einkaufen gehen.

Er konnte den leuchtenden Punkt nicht mehr sehen. Die Kippe war wohl ausgegangen. Die Gestalt blieb stehen. Sie war beinahe an der Landstraße angelangt.

Ein Feuerzeug erleuchtete das Gesicht.

Scheiße, Mann! Das war dieser Rudi.

Von den Tortellinis war weit und breit nichts zu sehen. Rudi pfiff auf zwei Fingern. Er lauschte in das Dunkel. Kein Rascheln war zu hören. Rechts und links der Zypressen war alles still.

Unten auf der Landstraße tauchten zwei Scheinwerfer auf. Seltsam, dachte Rudi. Wo kamen die auf einmal her? Dafür, dass das Auto auf einer Landstraße unterwegs war, fuhr es ziemlich langsam. Für italienische Verhältnisse sowieso.

Die Scheinwerfer bogen in die Zypressenallee ein und tauchten die Bäume in gleißendes Licht. Rudi hörte einen großen Motor blubbern. Das war ein Achtzylinder, dachte er.

Touristen, dachte Rudi, als der Wagen langsam die Straße hoch auf ihn zufuhr. Verirrte Touristen. Sie waren überall. Zu jeder Tages- und Nachtzeit. Er wollte gar nicht wissen, was die hier für Probleme hatten. Die sollten ihn doch einfach verschonen mit ihrem Käse. Außerdem war es eine Sauerei, ihn mit dem grellen Fernlicht zu blenden. Die hatten doch wohl gemerkt, dass hier jemand stand.

Rudi hielt die Hand vor Augen, um sich vor den Scheinwerfern zu schützen.

Das konnte doch nicht wahr sein?! Er würde ihn einfach so erwischen. Einfach so! Mitten in der Nacht. Kein Mensch war da. Keiner sah zu.

Zeugen? Null!

Einfach nur er im Auto und dieser beschissene Rudi auf der Straße und die offene Rechnung zwischen ihnen.

Er bekam schweißnasse Hände. Alles, wofür er in den letzten beiden Jahren so verbissen gekämpft hatte, war in die Hose gegangen. Kein juristisches Mittel hatte funktioniert, um aus dieser milden Strafe eine härtere zu machen. Recht und Gerechtigkeit waren zwei Paar Schuhe. Das hatte schon sein Professor während des Studiums immer gesagt. Aber es am eigenen Leib zu erleben war noch einmal etwas anderes. Bitter schmeckte das, ganz bitter!

Aber jetzt war sie plötzlich in Reichweite, die Gerechtigkeit. Einfach so aus der Dunkelheit aufgetaucht! Er konnte dieser Sau ein paar Knochen brechen und musste sich nicht einmal groß anstrengen.

Kurz das Gaspedal durchtreten, und das Thema war erledigt.

Stein für Stein krachte der Schotter unter den Reifen des schweren Wagens. Er war noch zehn Meter entfernt. Rudi konnte nicht erkennen, wer hinter dem Steuer saß. So langsam, wie die Karre daherschlich, hatte sich da aber einer mordsmäßig verfahren, dachte Rudi. Kein Wunder. Es leuchtete ja auch kein Navi im Auto. Hinter der Scheibe war alles schwarz.

Rudi winkte dem Fahrer zu. Die Scheinwerfer blendeten ihn immer noch. Plötzlich heulte der Achtzylinder auf. Der Wagen schoss auf Rudi zu. Was war denn das für ein Wahnsinniger!

Rudi rettete sich mit einem Satz über den schmalen Graben und sprang keuchend hinter einen dicken Zypressenstamm.

»DU DUMMES ARSCHLOCH!!!«, schrie er. »WAS MACHST DU DENN DA!?«

Der Mercedes hatte ihn knapp verfehlt. Er bremste scharf. Schotter spritzte nach allen Seiten. Rudi ging hinter seinem Baum in Deckung und griff nach einem Holzprügel, der auf der Wiese lag.

Er hörte, wie der Rückwärtsgang mit Gewalt eingelegt wurde. Das Getriebe protestierte kreischend. Die Rückfahrscheinwerfer tauchten die Zypressenallee in ein gespenstisches Licht. Die Bäume warfen bedrohliche Schatten. Der Motor fauchte. Schlingernd raste der schwere Wagen rückwärts. Rudi hielt den Atem an. Wenn der auf seiner Höhe anhielt und mehr als ein Typ ausstieg, war er geliefert. Was wollten die von ihm?

Der Wagen schoss an Rudi vorbei.

Ein ohrenbetäubendes Quietschen ertönte, als der Mercedes die Landstraße erreichte und seine Reifen auf Asphalt trafen. Dann gab der Fahrer Vollgas. Sekunden später war das Auto hinter der nächsten Kurve verschwunden.

PUTENTUNTENALARM

Die Mittagssonne sengte unbarmherzig auf den schwarzen Teer.
Die Luft flimmerte. Sie hatten Durst. Je weiter sie in den Süden kamen, desto mehr büßte Florenz von seinem Flair und seiner Faszi-
nation ein. Hier draußen war nur noch graue Vorstadt. Jana und
Jakob waren seit Stunden unterwegs.

Als es um kurz vor fünf hell geworden war, hatten sie all ihren
Mut zusammengenommen und waren aus dem Hauseingang geschlichen. Seitdem liefen sie sich auf der Via Senese die Füße wund.
Der einzige Passant, den sie sich zu fragen getraut hatten, hatte ihnen
auch nicht weiterhelfen können. Aber zumindest kannte er die Stra-
ßenecke, an der sich ein großer Stadtplan von Florenz befand. Dort
wurde ihnen schnell klar, dass sie vom Arno in südlicher Richtung
nach Bottai marschieren mussten, um das Autobahnkreuz zu erreichen, von dem die Schnellstraße nach Siena abging. Der Maßstab
in der rechten unteren Ecke der Karte war von den Berührungen
unzähliger Daumen- und Zeigefingernägel, die die Zweihundert-
meterspanne abgemessen hatten, völlig zerkratzt. Deshalb wussten
sie auch nicht, dass es auf der unendlich lang gezogenen Via Senese
über acht Kilometer bis Bottai waren. Manchmal war Ahnungslo-
sigkeit ein Segen.

Voller Hoffnung erreichten sie den Straßenknick, der vor einer
halben Stunde noch in weiter Ferne gelegen hatte. Nur um festzu-
stellen, dass es dahinter wieder nur endlos geradeaus ging. Jakob

trank vorsichtig einen Schluck aus der kleinen Wasserflasche, die sie sich am Morgen von Janas letztem Geld gekauft hatten, und wischte sich den Schweiß von der Stirn.

»Ich habe in der letzten Woche gar nicht gemerkt, wie heiß diese Stadt ist«, stöhnte er. Er reichte Jana die Flasche. »Viel ist nicht mehr drin.«

»Wenn die Bäume weg sind …«, sagte Jana und vergaß den Rest des Satzes. Ihre Füße schmerzten. Chucks waren tolle Schuhe, dachte sie. Aber die Sohlen waren eindeutig zu dünn für Städtewanderungen, bei denen man nicht genau wusste, wohin sie führten und wie endlos lange eine Ewigkeit tatsächlich dauern konnte. Und überhaupt: wandern! Dass sie so etwas freiwillig tat! Vom Wandern hatte sie mit sechs schon schlechte Laune bekommen, und in den letzten zehn Jahren war das nicht besser geworden. In Gegenden, wo es Autos, Straßenbahnen und Taxis gab, wanderten nur Bekloppte. Ja genau, dachte sie, Bekloppte wie wir.

»Wie geht's deinem Rücken?«, wollte sie von Jakob wissen.

»Der Kratzer spannt ein bisschen, wenn ich die Schulter bewege«, sagte Jakob. »Aber das ist nicht schlimm. Ich hab wohl ziemliches Glück gehabt, oder?«

Jana nickte. Bei dem Gedanken, was in der Toreinfahrt alles hätte passieren können, wurde ihr jetzt noch schlecht. Sie blickte durch die flirrende Luft über dem Asphalt. Weit hinten am Horizont machte die Via Senese den nächsten Knick. Vielleicht war sie da ja endlich zu Ende, verdammt! Auf der rechten Straßenseite lag ein Friedhof. Auch das noch.

»Und was für ein Glück du gehabt hast«, sagte sie.

Am Straßenrand parkte nachlässig ein Alfa Romeo. Die Fahrertür stand offen. Die Schlüssel steckten im Zündschloss. Jakob machte große Augen. Aus einem Garten in der Nähe erklang aufgeregtes Stimmengewirr. Weit und breit war kein Mensch zu sehen.

Jana schlug Jakob auf die Finger.

»Lass das bloß sein!«, fauchte sie. »Mit Papas BMW kannst du in der Kiesgrube fahren. Mit dem hier nicht! Außerdem will ich nicht von der Mafia umgebracht werden, nur weil du zu faul zum Laufen bist.«

»Spaßbremse!«

»Sei bloß still, Lurch!«

Die nächste sanfte Kurve der Via Senese, die nächste heftige Enttäuschung. Auf dem Schild stand immer noch nicht Bottai. Jana holte Luft und sah aus, als würde sie gleich platzen vor Wut.

»Galluzzo Certosa«, las Jakob vor. »Haben wir uns verlaufen?«

»Ich kann aber die Autobahn schon hören«, sagte Jana.

Sie liefen durch den Ort. Galluzzo Certosa war nicht sehr groß. Wenn Jana wütend war, bekam auch ihr Gang etwas Zorniges. Sie hüpfte bei jedem zweiten Schritt leicht in die Höhe. Der kurze Pferdeschwanz hüpfte mit. Jakob konnte sich das Lachen kaum verkneifen. Es sah zu komisch aus. Er begann, seine Schwester zu imitieren. Auf und ab, auf und ab. Jana war zu sauer und zu erschöpft, um Jakobs Schattenlauf zu bemerken. Erst als sie husten musste und prompt hinter sich ein Husten hörte, roch sie den Braten. Sie schoss herum wie eine Furie.

»Hör bloß auf mit dem Scheiß!«, schimpfte sie.

Jakob kam aus irgendeinem Grund plötzlich Claudia in den Sinn, die am ersten Abend, als es *Lasagne al porno* gab und alles noch gut war, über ihren Rasen gestakst war wie ein Storch. Er schaltete um und zuckte mit langen, grätschenden Schritten neben Jana her.

»Der Minister für seltsames Gehen auf dem Weg ins Ministerium!«, rief er.

Jana lachte nicht.

Stattdessen liefen ihr die Tränen über die Wangen.

»Ich will einfach nur bei den anderen in Castellina sein«, stieß sie hervor.

334

»Da sind wir bald«, sagte Jakob. Er hörte mit dem Unfug auf und legte seiner Schwester einen Arm um die Schulter.

Während sie langsam weiterliefen, plapperte er ununterbrochen auf sie ein und wies mit dramatischen Gesten hierhin und dorthin. Vielleicht half es ja, dachte er zwischendurch. Schließlich wäre es nicht das erste Mal, dass er sie mit seinem Quatsch dazu brachte, ihre Sorgen für einen Moment zu vergessen. »Bald sind wir da, ich schwöre! Guck mal, *Galluzzoblablabosa* ist schon zu Ende. Auf dem Schild steht's. Wir müssen jetzt nur noch an diesem Kloster vorbei. Wussten Sie eigentlich, dass darin lauter Nonnen wohnen, die schon mal persönlich mit Jesus *Phase 10* gespielt haben? Andere dürfen nämlich nicht rein. Also, wer mit dem Heiland nur *Monopoly* oder *Mensch ärgere dich nicht* gezockt hat, kann die Aufnahme vergessen. Der wird vielleicht verbrannt oder muss dem Papst in Rom den Pizzakäse reiben. Aber hier im Kloster wohnen? Auf gar keinen Fall! Die dürren Weinberge, die Sie hier ringsherum sehen, gehören den Nonnen. *Nonnenphase 10* heißt der Wein, den sie hier von dicken Mönchen keltern lassen, die sie im Keller gefangen halten, weil … weil … sie machen das völlig grundlos. Etwas Schlimmeres kann Ihnen als Mönch nicht passieren, wissen Sie? Siehst du den Straßennamen? Die Via Senese ist zu Ende. Wir haben es geschafft. Hier fängt die Via Cassia an. Jetzt sind es nur noch zweihundert Kilometer bis Bottai. Ich kann schon die Autobahn sehen, unter der wir durch müssen. Und den Kreisel. Wie geht's eigentlich weiter, wenn wir dort sind? Wartet dort Heisenbergs Wohnmobil auf uns?«

Jana wischte sich die Tränen aus den Augen. Sie musste lachen.

»Ich dachte, wir stellen uns an die Auffahrt zur Schnellstraße und trampen«, sagte sie und schniefte. »Mama und Papa haben immer erzählt, wie gut das damals geklappt hat. Die haben ganz Frankreich so bereist, als sie achtzehn waren.«

»Hoffentlich haben sie dir keinen Scheiß erzählt«, sagte Jakob. »Mit achtzehn waren die nämlich noch gar nicht zusammen.«

»Jeder für sich, du Pfosten!«, sagte Jana. »Das machte man in der Steinzeit so. Trampen, meine ich.«

»Wenigstens war das Rad schon erfunden«, grinste Jakob.

Sie liefen schweigend weiter. Kurz bevor sie den Kreisverkehr erreichten, den alle Autos passieren mussten, die an der Mautstelle Firenze-Impruneta die Autobahn verließen, um die Schnellstraße nach Siena zu nehmen, hielt Jana ihren Bruder am Ärmel zurück. Sie sah in sein braun gebranntes Gesicht. Es war ein bisschen staubig. Bis auf die glitzernden Stellen, wo ihm Schweißtropfen ungestört von der Stirn über den Hals unter das T-Shirt geronnen waren.

»Mal ganz ehrlich«, sagte sie. »Findest du, dass wir alte Eltern haben?«

Im Krankenhausgarten war der Teufel los. Jeder, der noch oder schon wieder laufen konnte, war mit seinen Verwandten unterwegs. Man spazierte zwischen blühenden Abelienbüschen über die schmalen Kieswege oder saß wild durcheinanderredend im Sonnenschein auf einer Bank und nahm eine klitzekleine Mahlzeit ein. In den meisten Fällen hatte der dazugehörige Picknickkorb Container-Ausmaße.

Ein Trüppchen Kinder sauste kreuz und quer über die Wege und kreischte vor Vergnügen. Väter schimpften, Mütter mahnten, wackelige Patienten bemühten sich, von der Bande nicht umgerannt zu werden. Es war ein warmer Sommertag mit einem strahlend blauen Himmel. Ein besseres Wetter, um gesund zu werden, gab es nicht, dachte Grazia.

Grazia hatte sich bei Rudi eingehakt. Langsam schlenderten sie zum Brunnen, der gegen die Hitze anplätscherte und vergeblich versuchte, frisch zu wirken. Grazia deutete auf eine hölzerne Bank am Wegrand.

»Muss ich mich gar nicht ausruhen heute«, sagte sie und strahlte

Rudi an. »Ich könnte weiter und weiter und weiter laufen. Ist das nicht schön? Mir geht es gut. Aber du siehst sehr müde aus, Rrrudi. Wollen wir uns auf die Bank setzen und wieder ein bisschen aus Spaß auf die Leute schimpfen wie die beiden alten Herren in der Muppet Show?«

Grazia setzte sich. Sie klopfte mit der Handfläche auf den freien Platz neben sich. »Willst du sitzen und Waldorf sein – oder lieber Statler?«, fragte sie.

»Keiner von beiden«, sagte Rudi. »Mir ist nicht danach.«

»Du bist sehr still heute«, sagte Grazia.

»Ich wäre gestern Nacht beinahe überfahren worden«, sagte Rudi. »Irgend so ein kranker Vollidiot hat mich bei Claudias Zypressen mit seinem Mercedes aufs Korn genommen. Keine Ahnung, warum. Ich kann es mir einfach nicht erklären. Das Auto kannte ich nicht. Es hatte kein Nummernschild. Zuerst dachte ich, es wäre ein Tourist, der sich im Dunkeln verfahren hat, und bin auf ihn zugegangen. Aber dann hat er plötzlich Gas gegeben.«

»Warum sollte einer so etwas tun? Dich überfahren?«

»Markus meinte hinterher, es könne gut sein, dass ich mal eine Antwort auf meine Ausraster kriege und das vielleicht einer ist, den ich früher mal beleidigt oder im Internet beschimpft habe«, sagte Rudi. »Er sagte, wenn man immer so rücksichtslos seine Meinung sagt wie ich, dürfe man sich nicht wundern, wenn mal etwas passiert.«

»Da hat er recht, dein Markus.«

»Möglicherweise«, gab Rudi zu. »Aber eigentlich kann das gar nicht sein! In Castellina kennt mich doch niemand, Grazia. Hier habe ich garantiert keinen beschimpft. Nicht mal den Lastwagenfahrer, der den Granitbrocken in Jakobs brombeerfarbene Wand geworfen hat. Dazu spreche ich viel zu schlecht Italienisch.«

»Ich werde dir auf gar keinen Fall schlimme Wörter beibringen«, sagte Grazia. Sie nahm Rudi in den Arm und seufzte. »Die ganze

Zeit hast du dir Sorgen um mich gemacht. Jetzt geht es mir wieder ganz gut. Und was ist los? Nun mache ich mir Sorgen um dich. Immer machen wir uns Sorgen um den anderen. Du um mich und ich um dich. Das soll nicht so sein.«

»Mir wird schon nichts passieren«, sagte Rudi.

»Das sagen Männer immer in diesen Filmen, wo etwas ganz Schlimmes passiert, nachdem sie das gesagt haben. Meistens werden sie kurze Zeit später geköpft oder gesprengt.«

Grazia beobachtete die Kinder, die sich gegenseitig durch den Krankenhausgarten jagten. Mittlerweile hatten ihnen die Eltern eine Rennstrecke zugewiesen, die patientenfrei war. Sie rannten um die Blumenbeete, über den holprigen Rasen, zwischen den Bäumen und Büschen hindurch und wieder rundherum um die Blumenbeete. Der Kleinste von allen fiel auf die Nase. Als er sah, dass seine Mutter ihn nicht beachtete, stand er auf und rannte weiter.

»Hast du gesehen?«, fragte sie Rudi. »Die Mama guckt nicht, da muss er auch nicht weinen.«

»Kann ich dich heute mitnehmen?«, fragte Rudi.

»Heute noch nicht«, sagte Grazia. »Ich habe noch eine Untersuchung. Die letzte. Aber morgen, Rrrudi. Morgen bin ich wieder bei euch.«

»Wir finden alle, du solltest eine Zeit lang auf der Ölmühle wohnen, Grazia. Ich will nicht, dass du alleine in Florenz in deiner Wohnung bist. Wenn du wieder umkippst und keiner ist da …« Rudi weigerte sich, den Gedanken zu Ende zu denken, geschweige denn, ihn laut auszusprechen.

»Kipp ich nicht«, sagte Grazia und streichelte Rudi über die Wange. »Ich hab doch jetzt einen Porsche einge … wie sagt man?«

»Eingepflanzt.«

»Eingepflanzt, genau.« Sie küsste Rudi und legte seine Hand auf ihre Brust. »Du kannst ihn bestimmt nicht fühlen. Er ist winzig.«

»Ich probier's trotzdem mal.«

Ein kleiner Junge rannte vorbei. Sein Blick blieb an Rudis Hand hängen. Er lief mit offenem Mund weiter, ohne den Kopf abzuwenden, stolperte über den steingesäumten Wegrand und kippte in einen Abelienbusch.

»Der schreit jetzt, obwohl die Mama nicht guckt«, stellte Grazia fest.

»Ich sag's doch, die haben dir Scheiße erzählt.«

Jakob kickte missmutig einen Kiesel in die Mitte des ausgestorbenen Kreisverkehrs. Weit und breit war kein Auto zu sehen. Alle halbe Stunde kam eines und fuhr einfach an ihnen vorbei. Jana saß im Gras und riss Halme aus.

»Von wegen Trampen hat immer geklappt«, sagte Jakob. »Wenn Mama und Papa damals in dem Tempo unterwegs waren, haben die drei Jahre von Deutschland bis an den Atlantik gebraucht. Damals waren die Autos auch noch langsamer. Das kommt ja noch dazu.«

»Was laberst du da!?«, sagte Jana. »Du tust ja gerade so, als ob unsere Eltern noch mit Kutschen gefahren sind. In Papas altem Autoquartett gab es sogar einen Fiat, der zweihundertsiebzig fahren konnte.«

»Ein Maserati war das.«

Die Zwillinge hatten den ganzen Nachmittag mit erfolglosem Trampen vertrödelt. Es war frustrierend. Nicht mehr lange, und es würde dunkel werden. Das einzig Gute an der Situation war, dass sie sich einigermaßen sicher waren, nicht verfolgt zu werden. Die beiden Arschlöcher von heute Nacht hatten offenbar keine Ahnung, wo sie waren.

»Wenn mal einer kommt, gibt er immer Vollgas, weil er gleich auf die Autobahn will«, sagte Jakob. »Die fahren auch alle so schnell aus der Mautstation raus. Das ist ein blöder Platz hier.«

»Du hast recht«, sagte Jana und sprang auf. »Wir gehen zur Landstraße rüber und versuchen es da. Da sind sie langsamer.«

Sie liefen über den Kreisel zur Landstraße, vorbei an einem schräg aufragenden Betonklotzdenkmal mit einer Figur, deren tieferer Sinn sich vermutlich nicht einmal den Einheimischen erschloss. Danach passierten sie einen heruntergekommenen, stillgelegten Rasthof, dessen Parkplatz offenbar als Schrottplatz diente. Es folgten einige Häuser im gleichen desolaten Zustand wie der Rasthof. Ein hässliches Umspannwerk. Das Ortsschild *Tavarnuzze*. Im Ort traf sich die Landstraße mit dem Flüsschen Greve, lief ein Stück an seinem Ufer entlang und verlor sich wieder zwischen den Häusern.

Die Straße wurde immer enger. Selbst wenn ein Auto gekommen wäre, hätte es nirgends anhalten können. An einer Essotankstelle zeigte ein Wegweiser nach *Greve in Chianti*.

»Das klingt doch gut«, meinte Jakob. »Ins Chianti müssen wir auf jeden Fall. Die Richtung stimmt.«

»Mir ist die Richtung völlig egal«, stöhnte Jana. »Ich will nur so schnell wie möglich aus dieser deprimierenden Schrottstadt raus.«

Sie marschierten mit müden Füßen auf dem Randstreifen der Via Cassia, die nach einigen weiteren Kurven unter der Autobahn hindurchführte. Ein paar hundert Meter weiter war Tavarnuzze zu Ende. Die Zwillinge stellten sich an eine Bushaltestelle, deren breite Bucht zum Abbiegen und Stehenbleiben geradezu einlud, und streckten die Daumen in die Sonne.

»Ich finde, wir machen das trotzdem gut«, sagte Jakob zwei Stunden später und ließ sich auf die Bank im Wartehäuschen fallen. »Auch wenn wir keinen Meter vom Fleck kommen.«

Jana balancierte in Zeitlupe über die staubigen Gehwegplatten. Sie achtete sorgfältig darauf, die Fugen nicht zu berühren. Sie erinnerte sich nicht, wann sie so etwas das letzte Mal getan hatte. Vielleicht, als sie acht war?

»Hast du noch Schiss, dass die uns finden?«, fragte sie Jakob.

»Nein«, sagte Jakob. »Die finden uns nicht mehr.«

»Wir fahren also nicht nach Castellina zurück, weil wir Angst haben?«

»Nein, wir fahren zurück, weil sie auf der Ölmühle Hilfe brauchen.«

»Gut«, nickte Jana und balancierte weiter.

»Wovor sollten wir denn jetzt noch Angst haben?« Jakob legte sich auf die Bank und benutzte Janas Rucksack als Kopfkissen. »Vor der Polizei? Wenn die kommt, springen wir ins Gebüsch. Wenn keines da ist, ist es auch nicht schlimm. Wenn die Polizei uns erwischt, sagen wir einfach, wir hätten einen Tagesausflug nach Florenz gemacht und uns auf dem Weg nach Hause verspätet. Das Schlimmste, was uns passieren kann, ist, dass sie uns festnehmen und nach Castellina fahren. Wenn ich mir überlege, wie wenig Autos hier pro Stunde vorbeikommen, wäre das gar nicht mal das Schlechteste.«

Jakob schloss die Augen und sang leise einen Refrain von Marteria.

»*Alle haben nen Job, ich hab' Langeweile! Keiner hat mehr Bock auf Kiffen, Saufen, Feiern.* Vielleicht sollten wir auf uns aufmerksam machen? Ich könnte so lange hinter einem Polizisten schattenlaufen, bis er uns verhaftet. Dann sitzen wir halt auf einer Polizeiwache. Na und? Haben wir doch schon alles hinter uns. Immerhin war es deine Idee, Schlüsselwörter zu googeln, nur um zu gucken, ob das Internet wirklich überprüft wird und irgendwann ein Sondereinsatzkommando durch die Tür bricht.«

»*Gang Drug Narcotics Cocaine Marijuana Heroin Border Mexico Cartel Southwest Juarez*«, rappte er. »Und danach noch zweihundertmal hintereinander *Dirty Bomb* googeln und *Schweinefleisch, Terror* und *Flughafen*. Wir sind schon auf Scheißideen gekommen, oder? Es war gar nicht mal so wild, als sie dann tatsächlich geklingelt haben. Der Kommissar war zumindest nicht sauer und hat gesagt, dass er dem Unfug halt nachgehen muss. Als die Scheune damals gebrannt hat und alle dachten, wir wären es gewesen, weil wir da drin geraucht hätten, fand ich es schlimmer. Wahrscheinlich, weil es so ungerecht war. Was weiß denn ich, warum das Ding abbrennt?! Wir waren ja nicht mal in der Nähe.«

»Wem erzählst du das alles?« Jana runzelte die Stirn. »Ich war dabei.«

»Da kommt wieder ein Bus«, sagte Jakob und kramte in seiner Hosentasche. »Ich habe vorher noch vier Euro vierzig gefunden. Wir könnten den Fahrer fragen, bis wohin er uns dafür fährt?«

Jana schüttelte den Kopf.

»Wir probieren es weiter«, sagte sie.

Der Bus hielt. Eine alte Frau stieg vorsichtig aus. Ein junger Mann sprang hinterher. Er nahm ihren Arm und führte sie auf die andere Straßenseite. Der Bus fuhr brummend an und verschwand hinter der nächsten Kurve.

»Ein bisschen mulmig ist mir schon«, sagte Jana. Sie hörte mit Hüpfen auf und setzte sich wieder zu ihrem Bruder auf die Bank. »Ich fühle mich, als hätte ich außer dir niemanden mehr. Wenn sonst was passiert ist, waren Mama und Papa zwar wütend und mies drauf, aber sie waren da. Jetzt ist gerade keiner mehr da, weil niemand weiß, was mit uns los ist und dass etwas schiefgegangen ist. Überleg dir doch nur mal, wenn Papa deine oder meine Nummer wählt und diese Typen gehen ran! Dann ist hier aber richtig Alarm.«

»Wir schaffen das schon«, sagte Jakob. Er stand auf und stellte sich wieder an die Straße. »Wir halten jetzt ein Auto an und fahren heim.«

Ein Lancia fuhr an ihnen vorbei. Die Bremslichter leuchteten auf.

»Siehst du«, strahlte Jakob. »Klappt!«

Der Lancia bremste kurz und heftig, bog scharf links in eine Seitenstraße ein und verschwand. Jakob seufzte.

»Jedenfalls finde ich es gut, dass im Moment keiner da ist«, sagte er. »Kein Erwachsener, kein Besserwisser. Nur wir. Es ist gut, wenn mal keiner dazwischenquatscht.«

Ein paar Autos fuhren die Straße entlang Richtung Ortsausgang. Keines hielt an. Aber wenigstens schienen jetzt mehr Leute unterwegs zu sein. Es war Feierabendzeit. Als der nächste Bus kam, sah Jakob seine Schwester fragend an. Sie schüttelte den Kopf und hielt den Autos bockig ihren Daumen entgegen. Erst als die Kirche im Ort halb neun schlug und laut Fahrplan der letzte Bus die Haltestelle erreichte, gab sie auf. Jakob hielt dem Fahrer die Hand mit seinen letzten Münzen hin. Der Fahrer gab ihnen zu verstehen, dass er sie bis zur Endstation mitnehmen könne. Die liege in Casciano, etwa zehn Kilometer von hier auf der Straße nach Siena.

Wenigstens stimmte die Richtung, dachte Jakob.

»San Casciano in Val di Pesa«, las er wenig später auf dem Ortsschild. »Wir kommen vielleicht rum.«

»Da drüben auf der Wiese ist eine Scheune«, sagte Jana. »Da setze ich mich rein und warte, bis es wieder hell wird. Ich laufe keinen Meter weiter.«

Unter dem tief heruntergezogenen Dach vor der Scheune lagen trockene Strohballen. Den ganzen Tag hatte die Sonne hineingeschienen. Sie waren warm. Sie waren weich. Sie rochen gut. Der Himmel über Casciano war fast so schön wie der Himmel über Florenz, dachte Jana, als sie es sich auf den Ballen bequem machten. Er machte nur leider nicht satt. Jakob sehnte sich nach der größten Pizza, die er sich vorstellen konnte. Ein Wagenrad, belegt mit allem, was die italienische Küche hergab. Außer Artischockenherzen natürlich. Artischocken waren das Horrorgemüse schlechthin.

Jakob sah seine Schwester an, die mit geschlossenen Augen

erschöpft zwischen den Strohballen lag. Hübsch war sie nicht. War sie nie gewesen. Sie sah so eigenwillig aus. Aber ihre Figur war toll. Dass ein echtes Biest darin steckte, konnte man aus der Entfernung ja nicht sehen.

»Du, Jana, hör mal!«, sagte Jakob. »Könnte es sein, dass Pärchentrampen um einiges besser funktioniert, wenn die Frau an der Straße steht und der Mann sich im Graben versteckt?«

Otto trabte den Weg zu Nachbar Renzos Hof hinunter. Von Weitem sah er Pasta, die Renzos Wildschweinschinkenschuppen bewachte. Hoffentlich hatte sie schon gefrühstückt und war wieder so gut gelaunt wie gestern. Das würde die Annäherung einfacher machen. Die beiden Tortellinis folgten Otto in gebührendem Abstand. Mittlerweile hatten sie sich angewöhnt, am späten Vormittag Claudias Hof zu verlassen. Bei den Ölmühlenzweibeinern konnte man nie wissen, was einem in der nächsten Sekunde blühte. Abends beim *Rosso* waren sie ja ganz in Ordnung, aber tagsüber? Heiliger Ochsenziemer! Irgendwo rastete immer ein Mensch aus. Man wusste im Voraus nie, wer wann und warum die Nerven verlor. Außerdem war extreme Vorsicht geboten, wenn diese zwei fluchenden Dilettanten Markus und Thomas an der Remise herumdengelten und nichts gebacken kriegten. Der Schrecken kündigte sich nicht an, er kam immer aus heiterem Himmel. Plötzlich schepperte ein Blecheimer vom Dach, oder eine Packung Nägel knallte aus luftiger Höhe auf die Remisenfliesen. Vorgestern war drüben beim Haupthaus ein Paket Dachziegel über den First gekippt und auf der anderen Dachseite hinuntergerutscht. Tortellini Zwei wäre beinahe erschlagen worden. Dieses Chaos hielt die stärkste Wildsau nicht aus. Da half nur kontrollierter Rückzug den Hügel hinunter.

Trotz alledem stand die Remise inzwischen wieder bombensicher im Hof, das Dach des Haupthauses war gedeckt, das zerbrochene Scheunentor hatte Form angenommen, und Claudias Hofladen war bis auf eine Wand vollständig renoviert und komplett eingerichtet. Sogar die Regale waren fast alle eingeräumt. Eine bemerkenswerte Leistung – vor allem, wenn man bedachte, dass Rudi so oft bei Grazia in Siena war, Markus beim Arbeiten zum Gotterbarmen falsch sang und Thomas sich jedes Mal wieder neu auf den Daumen drosch, sobald der Schmerz vom letzten Hieb nachgelassen hatte.

Heike sah den Hunden nach. Die drei waren schon niedlich, dachte sie. Sie goss sich einen Kaffee ein und füllte Claudias Becher, der neben ihr auf der Bank stand. Claudia, die kurz in die Küche gerannt war, um eine frische Packung Milch zu organisieren, setzte sich atemlos zu ihr.

»Bin wieder da!«, sagte sie. »Erzähl weiter. Ich glaub's ja nicht.«

»Was soll ich noch sagen?«, seufzte Heike. »Die Geschichte aus Schweden letztes Jahr kennst du jetzt. Die Sache mit dem kleinen Musiklehrer und der Klassenkonferenz auch. Ansonsten hätten wir noch Sachbeschädigung von Lehrerautos zu bieten, kleinere Supermarktdiebstähle und gefälschte Unterschriften unter Klassenarbeiten und Muttizetteln.«

»Was für Zettel?«

»Muttizettel. So heißen die Genehmigungen, die die Eltern unterschreiben müssen, damit Sechzehnjährige nach Mitternacht noch in den Clubs feiern dürfen. Jana kritzelt Alains Unterschrift perfekt aufs Blatt. Kaum zu unterscheiden. Was war noch? Ach ja, einmal gab es eine volltrunkene Festnahme in der Düsseldorfer Altstadt nach vierundzwanzig Uhr. Da war Jakob vierzehn. Der Scheunenbrand nach der ersten Zigarette war ihnen nicht nachzuweisen. In diesem Frühjahr hatten sie mal ein sturmfreies Wochenende. Danach waren in Alains BMW unerklärlicherweise fünfhundert Kilometer mehr auf dem Tacho.«

Markus, der eine Kiste mit *Olio Enzo*-Flaschen vom Lager in den Laden trug, musste grinsen, als er Heikes letzte Worte hörte. Als Alain ihnen damals am Stammtisch von der Eskapade erzählt hatte, hatte Markus nur mit der Schulter gezuckt und gemeint, Alain könne doch seinen Sohn wegen fünfhundert Kilometern nicht zur Schnecke machen. Bei ihnen seien es damals zweieinhalbtausend gewesen.

»Gott sei Dank haben sie nie harte Drogen genommen«, sagte Heike. »Nur Gras geraucht.«

»Woher weißt du das?«, fragte Heike.

»Weil Jana und Jakob Phasen hatten, wo sie nachts einen Wahnsinnskohldampf geschoben haben. Diese Fressorgien nach dem Kiffen, wo am anderen Tag der Kühlschrank halb leer ist, kennst du doch auch noch von früher, oder? Wer Heroin nimmt oder kokst, hat keinen Hunger. Wer sich besäuft, auch nicht. Dem ist eher schlecht. Aber wenn sich jemand nachts um zwei ein Müsli zubereitet und hinterher die offene Kakaodose kopfüber in den Vorratsschrank stellt, weil er nicht mehr weiß, wo oben und unten ist, dann lässt das auf guten schwarzen Afghanen schließen.«

Heike trank vorsichtig einen Schluck von ihrem heißen Kaffee und kicherte.

»Einmal haben sie um Mitternacht Spiegeleier mit Speck gebraten. Das war kurz vor Ostern in Alains Fastenphase! Mein Gott, in der Zeit hing dem armen Mann schon abends um sechs der Magen in den Kniekehlen. Als dieser verführerische Duft von der heißen Pfanne hoch ins Obergeschoss zog und Alain aus dem Tiefschlaf riss, hätte ich einen Wahnsinnigen neben mir liegen, das kann ich dir sagen. Alain ist in die Küche geschossen wie der Leibhaftige und hat die beiden rund gemacht.«

»Lass mich raten!«, sagte Claudia. »Sie haben ihn milde angelächelt.«

»Und gesagt, er soll mal chillen«, nickte Heike. »Was er dann auch tat. Er hat mit ihnen Spiegeleier und Speck gefuttert, bis er nicht mehr konnte.«

»Und viel Brot!«, sagte Alain. Er stellte ächzend eine Kiste Olivenöl ab und setzte sich darauf. »Geredet haben wir bis um halb drei morgens. Ich habe ihnen den ganzen Mist erzählt, den Markus und ich damals mit der Clique angestellt haben. Selbst getöpferte Chillums, Oregano in Portugal, LSD-Trips hinter dem Singener Krankenhaus mit den violetten Toten in der Pathologie. Das war eine sehr ehrliche Mitternachtsmahlzeit.«

»Wir sind immer ganz nah an ihnen dran gewesen«, sagte Heike. »Sie hatten immer das Gefühl, dass sie mit nichts ungeschoren davonkommen. Sie wussten, wir machen keine große Welle, aber wir kriegen alles raus.«

»Was ist daran gut?«, fragte Rudi.

Er und Markus hatten sich dazugesetzt. Sie waren mittlerweile auch reif für eine kleine Pause.

»Für die Kinder ist es lästig«, sagte Markus. »Auf der anderen Seite haben sie aber nie das Gefühl, alleine zu sein. Egal, was passiert und wie schlimm es ist, es sind immer zwei Große für sie da. Eltern dürfen sich nicht vor ihre Kinder stellen. Aber sie sollten immer hinter ihnen stehen.«

»Du bist ja ein Philosoph«, staunte Claudia.

»Siehst du. Und du hast gedacht, ich wäre nur ein begnadeter Handwerker«, grinste Markus.

»Als sie ein bisschen mehr gekifft haben, als sie sollten, fehlte immer mal wieder Geld im Portemonnaie«, erzählte Heike weiter. Sie wusste selbst nicht, woher sie diese Offenheit nahm. Irgendwie schien der Zeitpunkt richtig zu sein. »Das war total mies. Nicht wegen der paar Euro. Aber Diebstahl sät Misstrauen, weil drumherum so viel gelogen werden muss. Damals ging es uns allen nicht gut. Jana ist sogar abgehauen und mit dem Zug zu Romy gefahren. Wo ist Romy eigentlich? Ich habe sie den ganzen Morgen noch nicht gesehen. Na ja, eines Tages stand sogar die Kripo vor der Tür. Die Zwillinge hatten Bombenanleitungen gegoogelt, nur um auszuprobieren, ob ihre Computer vom Staat ausspioniert werden.«

»Seither wissen wir, dass es eine Liste mit ungefähr vierhundert Schlüsselwörtern gibt, bei denen irgendein Geheimdienstcomputer Alarm schlägt«, sagte Alain. »*Body Scanner, Power Failure, Power Outage, Black out, Brown out,* ganz komisches Zeug. Haben sie alles eingegeben. Wenn so etwas nicht im blank polierten, feinen Düsseldorf-Oberkassel passiert, sondern in einem versteckt am Stadtrand liegenden, etwas ranzig aussehenden Häuschen, dann kann es gut sein, dass es eines Tages an der Haustür klingelt.«

Heike hatte die Hände im Schoß und drehte ihre Kaffeetasse hin und her.

»Das wäre so weit alles«, sagte sie und atmete tief durch. Dann zog sie die Nase kraus. »Allerdings sind das nur die Dinge, von denen wir wissen.«

Alain sah sie liebevoll an. Sie hatte in letzter Zeit so müde Augen. Es ging eben doch nicht spurlos an ihnen vorüber, dachte er. Man hoffte es zwar, aber irgendwann blickte man in den Spiegel und stellte fest, dass sich der Kummer im Gesicht eingrub. Nicht jeder Kummer. Nicht der kleine und nicht der mittlere. Aber der größte allemal. Daraus wurden später diese kleinen Falten, an denen die Tränen so gerne entlangrannen.

»Du willst nicht wirklich eine Familie gründen, Rudi!«, sagte Markus und wackelte warnend mit seinem Zeigefinger. »Du weißt jetzt, was dir blüht, und ein gewarnter Rudi zählt doppelt.«

»Wer mit Otto zusammenlebt, den schockt so schnell nichts«, entgegnete Rudi.

»Dann geh mal mit der ganzen Familie ins 3-D-Kino, Mann«, sagte Markus. »Film elf Euro, iSense Zuschlag einsfuffzig, 3-D-Zuschlag einsfuffzig, Brille ein Euro. Wir waren zu sechst neunzig Euro los ohne Popcorn. Drei Teller mit Nachos kamen noch dazu und ein paar Colas. Das nennt sich Sparmenü und kostet neunsechzig pro Mahlzeit. Betonung liegt auf *Spar!* Insgesamt haben wir hundertzwanzig Euro fürs Kino hingelegt. Hallo? Fürs Kino! Das sind zweihundertvierzig Mark. Dafür hast du früher einen gebrauchten VW Käfer bekommen.«

»Welcher Film?«

»*Gravity.*«

»Wie war er?«

»Ging so. Ich mag's nicht, wenn Clooney vorzeitig stirbt.«

»ICH MUSS EUCH WAS SAGEN!«, platzte Romy dazwischen.

Sie hatte es nicht mehr ausgehalten. Den ganzen Morgen war sie durchs Haus geschlichen, als hätte es ihr die Petersilie verhagelt. Wieder und wieder hatte sie Nachrichten an Jana gesendet. Gegen Mittag fing sie sogar damit an, die Zwillinge abwechselnd anzurufen. Es kam keine Antwort. Es ging niemand ans Telefon. Romys Smartphone gab keinen Laut von sich. Kein WhatsApp-Bingbingbing, kein SMS-Hupen. Romy war nichts anderes übrig geblieben, als geistesabwesend an den Nägeln zu kauen und, so gut es ging, den Eindruck zu erwecken, als wäre alles in bester Ordnung mit ihr. Wieder einmal Theaterklimbim, hatte sie gemurmelt, wenn einer danach gefragt hatte. Die meiste Zeit war sie auf ihrem Zimmer geblieben. Als sie vom Fenster aus gesehen hatte, wie die anderen nach und nach bei Heike und Claudia hängen geblieben waren und die Runde immer fröhlicher wurde, fasste sie sich ein Herz. Jetzt oder nie, hatte sie gedacht und war kurzentschlossen die Treppen hinunter in den Hof gerannt.

»Was denn?«

Romy guckte in zehn fragende Augenpaare.

»Ich habe zu Jana und Jakob keinen Kontakt mehr«, stieß sie hervor.

»Wir auch nicht«, sagte Heike. »Das kommt schon mal vor.

Außerdem wissen wir ja, wo sie gerade Ferien machen, und können sie jederzeit abholen.«

»Also, ich meine, ich erreiche sie nicht, und sie melden sich nicht.«

»Die sind halt sparsam mit Nachrichten«, sagte Rudi. »Ich kenne das.«

»Ja, aber ich hatte ein Abkommen mit ihnen und ihr nicht«, sagte Romy. »Seit ich hier bin, haben wir uns jeden Tag kurz ausgetauscht, damit ich wusste, dass es ihnen gut geht. Im Moment weiß ich das aber nicht mehr und mache mir Sorgen. Eigentlich wollte ich fragen …« Sie biss sich auf die Lippen. »Also ich wollte fragen, ob … vielleicht könnte Claudia mit mir … Grazia würde sich natürlich besser auskennen, aber sie kann ja nicht … ich würde gerne mit einem von euch nach Florenz fahren und dort die typischen Stellen aufsuchen, wo Straßenkünstler normalerweise auftreten. Jakob macht da nämlich seine Schattenläufe und …«

»Wieso denn Florenz?«, unterbrach Rudi sie. »Ich denke, die sind auf dem Campingplatz in Siena?«

»Tja, ähm, also …nein.«

»Was?!«

Alain traten fast die Augen aus dem Kopf.

Plötzlich redeten alle durcheinander. Romy sank neben Claudia auf die Bank und ließ die Vorwürfe auf sich einprasseln. Sie wusste ja, dass sie einen Fehler gemacht hatte. Sie kannte die Argumente. Sie hatte sie selbst im Kopf gewälzt, jedes einzelne. Heike, Markus, Rudi, Claudia, Alain, wie sie da saßen, sie hatten alle recht, dachte sie. Natürlich war es falsch von ihr gewesen, natürlich war es ihnen gegenüber ein Vertrauensbruch. Aber es wäre auch Vertrauensbruch gewesen, hier auf der Mühle zu erzählen, wo Jana und Jakob tatsächlich waren und was sie wirklich in Florenz taten. Vertrauensbruch den Kindern gegenüber. In Romys Augen wäre das noch viel schlimmer gewesen.

Markus hatte gut reden. Was hieß denn, die Zwillinge hätten ja nicht zu erfahren brauchen, dass alle hier Bescheid wussten? Es ging Romy um die innere Haltung. Die musste wahrhaftig sein. Und ehrlich! Wenn Romy Jana versprach, zu den Zwillingen zu halten und erst einmal zu schweigen, dann würde sie das auch tun. Das war doch wohl Ehrensache unter Patenkindern und Patentanten!

Rudi klang auch ziemlich angefressen. Das war kein Wunder, dachte Romy. Es war gar nicht so lange her, da hatte sie zu ihm gesagt, er solle nicht so ein Panikhäschen sein, nur weil er ein paar Tage nichts von den Zwillingen gehört hatte. Man hatte gut reden, wenn man immer informiert war. Rudi war total sauer, dass Romy die letzten Tage alle in Sicherheit gewogen hatte und jetzt aus dem Nichts heraus so einen Alarm veranstaltete.

Einen Alarm, dachte sie. Einen Alarm! Der Mann hatte ja keine Ahnung, wie sich das anhörte, wenn eine Romy einen Alarm veranstaltete. Sie hatte die Sirene ja noch nicht einmal ausgepackt. Sie wollte doch nur, dass einer, der sich auskannte, mit ihr nach Florenz fuhr. Eine vorsichtige Anfrage war das gewesen, mehr nicht. Und hier flippten alle aus, als wäre sie mit dem Pensionsfonds auf die Bahamas durchgebrannt und hätte jeden Einzelnen um die Altersvorsorge betrogen.

»Schnatter! Schnatter! Schnatter!« Thomas stand in der offenen Scheunentür, die Hände in die Hüften gestemmt. »Was ist los, faules Pack! Nicht sitzen und labern! Das Ölregal ist noch längst nicht voll. Wo bleibt der Nachschub?«

Er betrachtete den aufgeregten Haufen, der sich rund um die geknickte Romy postiert hatte und auf sie einredete.

»Was ist denn los?«, wollte er wissen.

Alain und Markus setzten ihn kurz ins Bild. Falls sie erwartet hatten, dass Thomas ihre Empörung teilte, hatten sie sich gehörig getäuscht.

»Da rasten ja mal wieder die richtigen Zwei aus«, sagte Thomas. »Die beiden vorbildlichen Väter sollen sich mal bitte schön geschlossen halten. Wenn ich mich recht entsinne, wart ihr ungefähr in dem Alter auf eurer berühmten drogenverseuchten Interrailtour.«

»Ja, aber ...«, sagten Markus und Alain gleichzeitig.

»Wie oft habt ihr euch denn zu Hause gemeldet? Ein oder zwei Mal in vier Wochen? Und das ausgerechnet in dem Sommer, als in Tarragona ein Tanklaster auf einem Campingplatz explodierte und weiß der Geier wie viele Touristen in den Tod gerissen hat? Zweihundert? Zweihundertfünfzig? Alain, ich würde mal sagen, der Apfel fällt nicht weit vom Stamm.«

»Komm mir jetzt bloß nicht mit Apfelbäumen, Mann!«, sagte Alain. »Der in Südtirol hat mir gereicht.«

»Außerdem war das damals etwas ganz anderes«, protestierte Markus. »Damals gab es noch keine Handys. Da war die Erwartungshaltung bei den Eltern nicht so hoch wie heute.«

»Spätestens nachdem die Tarragona-Explosion im *Südkurier* auf Seite eins gestanden hat, war die Erwartungshaltung aber so was von hoch«, sagte Thomas trocken. »Erinnert ihr euch noch? Es gab damals an jeder Ecke so schmale Glaskästchen mit Telefonen drin. In ganz Europa gab es die. Aber ihr habt's halt vergessen vor lauter Oregano rauchen und langhaarig an der Costa Brava Abhängen.«

»Costa Dorada«, maulte Markus. »Wenn schon, denn schon.«

Thomas warf einen langen Blick in die Runde. Er hatte so einen ganz speziellen, Protest bereits im Keim erstickenden Blick. Den setzte er normalerweise nur bei hysterischen Jungkreativen ein, denen er im Meeting die Ideen abgeschossen hatte. Ganz offensichtlich funktionierte dieser Blick aber auch bei zeternden Fünfzigjährigen unter einer gleißenden Toskanasonne. Prima, dachte Thomas. So langsam schienen sie sich wieder zu beruhigen.

»Wieso macht ihr eigentlich auf einmal so einen Aufstand?«, fragte er. »Ich verstehe das nicht. Vor allem Romy verstehe ich nicht. Auf einmal sorgst du dich? Seit wann hast du denn nichts mehr von Jana und Jakob gehört?«

»Seit gestern.« Romys Stimme klang dünn. »Vorgestern Abend wollten sie noch ein Bild vom Schattenlaufen schicken. Das habe ich aber nicht erhalten. Gestern kamen dann zum ersten Mal gar keine Nachrichten mehr von ihnen. Sie wollten sich in den Zug setzen und zu uns kommen. Ich hatte ihnen von Grazia erzählt. Und heute Morgen haben sie auch noch nicht geschrieben. Wir haben eine Vereinbarung, dass sie sich zweimal am Tag bei mir melden. Morgens und abends. Das hat Jana immer getan. Sie ist in dieser Beziehung total zuverlässig. Deshalb zerbreche ich mir doch jetzt den Kopf und stelle mir alles Mögliche vor.«

»Anderthalb Tage sind keine Zeit«, beruhigte Thomas sie.

»Thomas hat recht«, fiel Markus ein. »Bestimmt ist nur der Akku leer. Auf den Bahnhöfen und im Zug können sie ihn ja nicht laden.«

»Beide Akkus gleichzeitig?«, zweifelte Romy.

»Warum nicht?«, sagte Thomas.

»Wenn das wirklich die leiblichen Kinder von Alain und Heike sind, dann sind beide Akkus nicht nur leer, sondern tiefenentladen«, frotzelte Markus. »Die Elternakkus sind nämlich auch immer leer. Letztes Jahr haben wir Alain zwei Wochen lang nicht erreicht, und Heike war drei Wochen offline.«

»Und was heißt das jetzt?«, fragte Romy und putzte sich die Nase.

»Wir warten noch bis morgen«, sagte Heike und nahm sie in den Arm. »Wenn sie bis dann nicht da sind, machen wir uns auf den Weg. Zwei von uns fahren nach Siena zum Bahnhof und zwei nach Florenz.«

»Gut, dann können wir ja jetzt weitermachen.« Thomas rieb

unternehmungslustig die Hände. »Zwei Regale noch, dann ist die Olivenölabteilung fertig, und wir machen eine Pulle auf.«

»Zur Feier des Tages ein Tässchen Olivenöl für jeden«, nickte Markus. »Ihr Werber wisst einfach, wie man feiert.«

Thomas holte aus, um dem flüchtenden Markus elegant in den Hintern zu treten, traf aber nur die Luft hinter ihm. Wenig später schleppten sie gemeinsam die letzten fünfundzwanzig Ölkisten vom Lager in den Laden. Romy half auch mit. Sie stellte fest, dass es in ihrem Kopf immer stiller wurde, je schwerer sie zu tragen hatte. Das war ein gutes Gefühl. Morgen würde sie Muskelkater in den Armen haben, dachte sie. Der erste Muskelkater ihres Lebens, über den sie sich freute.

Rudi hatte sich ausgeklinkt. Er war auf den Weg nach Siena, um Grazia endlich nach Hause zu holen.

Der Trecker ratterte mit Vollgas über die Landstraße nach Merca-tale. Vollgas hieß in diesem Fall fünfundzwanzig Stundenkilometer. Die Straße war eng. Es gab kaum Möglichkeiten zu überholen. Die italienischen Autofahrer nutzten das, um ausgiebig zu telefonieren. Den Touristen in ihren gemieteten Fiat Bravas war es auch recht. So bekamen sie mehr von der großartigen Landschaft mit.

Die Straße schlängelte sich zwischen silbergrün glitzernden Oli-venplantagen und strengen, wie mit dem Lineal gezogenen Wein-bergen hindurch. Mal ging es durch eine Senke, mal über einen Hügel. Die Sonne warf ein warmes Licht auf das Land, das in al-len Variationen von Grün schimmerte. Das Chianti entfaltete an diesem Vormittag seine ganze Pracht. Allerdings erschloss sich dieser Zauber nur Menschen, die einen besonderen Sinn dafür hat-ten – und älter als sechzig waren. Sechzehnjährigen, die versuch-ten, auf einem wackeligen Traktoranhänger das Gleichgewicht zu halten, ging das malerische Postkartentrara glatt am Arsch vorbei.

»Kannst du das nächste Mal vielleicht den kurzen Rock anziehen, damit ein Lamborghini hält?«, maulte Jakob.

»Immerhin kommen wir vom Fleck«, sagte Jana und biss herzhaft in eine Stulle. Sie hatte Hunger wie noch nie. Trotzdem hielt sie ihrem Bruder das Brot hin. »Auch mal beißen?«

Jakob griff zu. Das Brot war dick mit Butter, Pecorino und Salami belegt.

»Außerdem bezweifle ich, dass uns dein Lamborghini eines von seinen Pausenbroten abgegeben hätte«, sagte Jana. »Ich weiß gar nicht, ob Rennwagenfahrer so etwas wie Pausenbrot überhaupt kennen.«

Der fürsorgliche Bauer setzte sie mit einem Lächeln am Ortsausgang von Mercatale ab. Sie waren nicht ganz sicher, ob er wirklich lächelte. Zumindest sahen die Bewegungen, die sich in seinem verwitterten Gesicht abspielten, ganz danach aus. Er winkte und knatterte auf eines seiner Felder.

Jana stand keine fünf Minuten am Straßenrand, da hielt auch schon ein Lieferwagen. Das ging ja wie geschmiert, dachte sie. Im Auto roch es nach Farben. Sie saßen auf der Rückbank, eingequetscht zwischen Farbeimern und einem Karton mit alten Lappen. Jakob hielt den Kopf gebeugt, damit er nicht an die Leiter stieß, die von hinten ins Fahrerhaus ragte. Der Malermeister war auf dem Weg nach Passo dei Pecorai. Er reichte ihnen eine Straßenkarte nach hinten, damit sie sehen konnten, wohin sie fuhren. Pecorai lag etwas abseits von ihrem Weg. Wollte man dorthin, musste man mitten in der Wildnis von der großen Landstraße, die nach Siena führte, abbiegen. Jana überlegte gerade, ob sie dort nicht aussteigen sollten, da flüsterte ihr Jakob zu, er wolle sich lieber vom Malermeister nach Pecorai fahren lassen als an einer gottverlassenen Kreuzung im Niemandsland auf ein Auto warten zu müssen.

Außerdem kämen sie in Pecorai mit Sicherheit ganz schnell weg. Er fuhr mit seinem schmutzigen Zeigefinger über die bunten Linien auf der Karte.

»Kilometermäßig sieht es zwar nach einem ziemlichen Umweg aus«, sagte er leise. »Aber der Weg führt über Greve, was wiederum eine Menge Zeit einspart, weil der Ort so eine Sehenswürdigkeit ist. Von Greve nach Castellina fahren nämlich zwölftausend Touristen pro Tag. Da stehen wir keine Minute.«

Womit er gar nicht so falsch lag. Zumindest nicht, was den ersten Teil seiner Vorhersage anbetraf. In Passo dei Pecorai verbrachten die Zwillinge gerade mal eine Stunde im Schatten des Dorfplatzes, schon saßen sie im Auto eines Winzers und brausten in der Mittagshitze nach Greve. Dort herrschte tatsächlich ein buntes Touristentreiben mit allem, was dazu gehörte. Volle Parkplätze, verstopfte Straßen und jede Menge weiße Rentnerbeine in Shorts, Socken und Sandaletten.

»So, so«, sagte Jana, als acht endlose Stunden später die Sonne unterging und sie immer noch in Greve festsaßen. »Zwölftausend Touristen fahren nach Castellina! Am Arsch!«

Grazia sah schweigend zu, wie die Sonne hinter den Hügeln versank. Sie hatte die Ellbogen auf die Knie gestützt und den Kopf in die Hände gelegt. Die Olivenbäume verströmten ihren herben Duft. Ein paar Zikaden waren noch zu hören. Das Gras war warm. Sie spürte Rudi neben sich.

»Diese Welt ist sehr schön«, sagte sie. »Und ich bin sehr, sehr froh, dass ich noch da bin.«

Rudi legte den Kopf in den Nacken. Im Osten war der Himmel rabenschwarz. Dunkle Wolken ballten sich zusammen. Nicht mehr lange, und sie würden vom Wind über die Ölmühle geblasen werden. Dann würde es regnen. Mit aller Macht würde es in die knisternde Trockenheit gießen, und das ganze staubige Land würde sich darüber freuen.

Otto kam aus der Dunkelheit und legte sich neben Grazia ins Gras. Sie streichelte ihn sanft hinter den Ohren. Sie mochte sein struppiges Fell. Der Hund passte so gut zu Rudi. Rudi war auch struppig. Nicht auf dem Kopf. Innen drin. Darum hatte sie sich letztes Jahr so sehr in ihn verliebt. Nicht auf den ersten Moment. Aber auf den zweiten. Rudi war ein Mann, dem man sanft über die Seele streicheln wollte. Immer und immer wieder. Bis sein Atem ruhig wurde.

Die ersten Tropfen fielen. Hier einer und da einer. Zu wenige, als dass Grazia an einen Landregen glauben wollte. Zu viele, um noch die Zuversicht zu haben, mit trockener Haut davonzukommen. Grazia sah die glitzernden Regentropfen fallen und hörte, wie sie auf den Boden aufschlugen.

Einer.

Zwei.

Drei, vier, fünf.

Dann zwanzig. Dann tausend. Der Himmel öffnete seine Schleusen.

»Wir bleiben sitzen, Rudi, bitte«, sagte Grazia.

Sie spürte, wie das Wasser in ihr Haar fiel. Wie kühl es war, als es in dünnen Rinnsalen an ihrem Hals herablief, sich am Schlüsselbein teilte und über ihre Brust und den Rücken rann.

Sie lebte.

»Grazia?«

Rudis heisere Stimme drang durch das Prasseln. Sie sah es in seinen dunklen Augen. Sie wusste, dass er wie versprochen nachgedacht hatte. Sie wusste, was er gleich fragen würde und was sie antworten würde und dass sie ein bisschen Angst davor hatte.

»Ich finde es schön, dass es regnet«, sagte Rudi.

»Ich auch«, sagte Grazia.

»Wäre es beim Abendrot geblieben, würde ich mich nicht trauen.«

»Weiß ich.«

»Es wäre zu kitschig gewesen.«

»Ja.«

»Im Abendrot kann das jeder.«

»...«

»Aber so im Regen.«

»...«

»Ich habe mich noch nie bei jemandem so wohl und gut und richtig gefühlt wie bei dir. Ich will dieses Gefühl behalten. Bis ich hundertzwanzig bin! Willst du meine Frau werden, Grazia? Ich trage dich überallhin, und wir werden alles ein bisschen langsamer machen, als wir es vorhatten und ...«

»Ja«, sagte Grazia leise.

Sie freute sich so, dass es im Regen passiert war.

Verschlafen betrat Markus die Küche. Er konnte kaum aus den Augen sehen. Sein Kopf dröhnte. Gestern war es spät geworden. Alle waren zeitig ins Bett gegangen, nur Alain und er waren auf der Terrasse hängen geblieben. Alain war der Einzige, mit dem Markus über seine großen Kinder sprechen konnte. Wenn man sich mit Alain unterhielt, musste man nicht immer bei Adam und Eva anfangen. Rudi und Thomas war dieses Thema fremd. Sie gaben sich Mühe, aber es war nicht dasselbe. Bei Alain sagte man nur *Zickenterror in der Neunten* und er wusste Bescheid. Hatte es in Janas Klasse auch gegeben, und Alain war genauso genervt davon gewesen wie Markus jetzt. Danach hatte Alain *Studium ist heute das A und O* gesagt, und bei Markus war ein Film abgelaufen. Die Diskussion hatte er mit seinem Ältesten vor ein paar Jahren auch geführt. Der machte jetzt eine Lehre und war der zufriedenste Mensch auf Erden. Markus war sich nicht ganz darüber im Klaren, ob es an seiner Argumentation lag, dass Alain gegen drei Uhr morgens eingelenkt hatte. Vielleicht war auch der *Rosso* schuld. Aber das ließ sich ja leicht klären. Er würde das Abithema heute einfach noch einmal anschneiden, beschloss Markus. Dann würde er ja sehen, ob es Alain ernst damit war.

Markus blinzelte in das Sonnenlicht. Es duftete nach Kaffee. Romy saß fix und fertig angezogen am Küchentisch, die Hände um einen Kaffeebecher gelegt, und wippte nervös mit den Knien.

»Morgen«, sagte Markus. »Auch schon wach?«

»Seit vier«, sagte Romy.

»Schlaflos in Castellina«, sagte Markus. »Die neue Romantikkomödie mit Markus Hanks und Romy Ryan. Ab Donnerstag im Kino.«

Markus fing sich einen vernichtenden Blick von Romy ein.

»Tschuldigung«, sagte er. »Das war ein doofer Witz.«

»Das war gar kein Witz«, sagte Romy. »Noch nicht mal ein doofer. Ich halte es nicht mehr aus. Immer noch kein Mucks von den Kindern. Ich muss etwas unternehmen, sonst platze ich!«

Der letzte Satz war an Claudia gerichtet, die im Türrahmen aufgetaucht war.

»Wo kann man in Florenz am ehesten viel Geld mit Straßenkunst verdienen, Claudia?«, fuhr Romy fort. »Jakob hat jeden Tag Schattenlaufen vorgeführt. Der hat von den Einnahmen sogar den Campingplatz bezahlen können!«

»Sauber«, brummte Markus. »Der braucht garantiert kein Abi. Der kommt auch ohne prima durchs Leben.«

Claudia legte die Stirn in Falten.

»Auf der Piazza della Signoria ist immer viel los«, überlegte sie.

»Dann lass uns erst mal dort suchen und dann weitersehen«, sagte Romy.

»Aber warum sollten sie noch in Florenz sein?«, fragte Markus. »Sie haben dir doch geschrieben, dass sie sich in den Zug setzen und herfahren wollen.«

»Den beiden kommt schon mal was dazwischen«, sagte Claudia. »Auf der Herfahrt sind sie auch in Florenz aufgehalten worden, obwohl sie es gar nicht wollten. Sie sind zwei Tage zu spät hier angekommen. Ich finde auch, dass wir mal einen Blick nach Florenz werfen sollten.«

Romy sprang auf.

»Dann lass uns gleich fahren!«, rief sie begeistert. »Jetzt gleich. Grazia und Rudi können ja mit Alain und Heike nach Siena fahren und dort den Bahnhof abklappern. Sagst du ihnen das, Markus? Ich mach mir nur noch schnell ein Brot für unterwegs. Dann können wir los. Bist du eigentlich schon angezogen, Claudia? Ist das ein Sommerkleid oder ein Nachthemd? Ich meine ja nur. Weil es so weiß ist. Wir finden die Zwillinge schon. Ich bin ganz sicher. Damals zu unserer Zeit wäre das natürlich einfacher gewesen. Da hätte man einfach nur der Nase nach gehen müssen. Wir hatten alle Patschuli hinterm Ohr und haben gestunken wie die Mottenkugeln. Früher war alles besser. Na ja, nicht alles. Wenn ich an McDonalds denke. Da gab's nur drei Burger und eine Apfeltasche. Und heute? Eine ganze Wand voller Speisekarten und zum Frühstück noch einmal eine andere Wand. Und du und der Thomas, ihr bleibt am besten den Tag über hier, damit Jana und Jakob jemanden auf der Mühle antreffen, falls sie kommen. Könnte ja sein. Vielleicht sollten wir den Otto oder einen Tortellini mitnehmen? Wir hätten mal Rudi fragen sollten, ob das so richtige Spürhunde sind. Das wäre schon eine Mordshilfe, oder? Schläft der Rudi noch? Ich kann ihn ja schnell wecken, dann …«

»Sieh einer an«, sagte Markus. »Romy ist ganz die Alte.«

Während Claudia schnell duschte und sich anzog, machte Markus Romy klar, dass man Rudi und Grazia beruhigt ausschlafen lassen konnte. Otto sei alles, nur kein Bluthund. Eine Viertelstunde später sah er vom Fenster aus zu, wie die beiden Frauen vom Hof brausten. Den Kopfbewegungen nach zu urteilen redete Romy ohne Punkt und Komma auf Claudia ein.

Das würde sie problemlos bis Florenz durchhalten.

Morgens kam man wirklich besser vom Fleck als nachmittags, dachte Jana, als der kleine Pritschenwagen hielt und die Beifahrertür aufgeschubst wurde. Hinten lagen festgezurrte Marmorblöcke auf der Ladefläche; vorne saß Gianni, der Steinmetz. Ein kantiger Mittvierziger, der jahrelang in *Dusseledorfe* gearbeitet hatte und sich lautstark freute, dass er endlich mal wieder Deutsch sprechen konnte. Sie waren noch nicht ganz aus Greve hinaus, da kannten sie schon seine halbe Lebensgeschichte. Jakob klingelten die Ohren.

Eine halbe Stunde später ließ der Steinmetz die Zwillinge *garantierte nur fumpf kilometri* vor Castellina wieder frei und bog mit quietschenden Reifen nach links in Richtung Radda ab. Jana und Jakob beschlossen, den Rest zu Fuß zurückzulegen. Jakob war sich fast sicher, dass sie von hinten auf Claudias Ölmühle stoßen mussten, wenn sie querfeldein nördlich um Castellina herumliefen.

»Wehe, das stimmt nicht!«, drohte Jana, als sie nach nur zweihundert Metern bereits den dritten Weidezaun überwinden mussten und sie sich verzweifelt bemühte, sich ihre Lieblingsjeans nicht am Stacheldraht zu ruinieren. »Ich habe so langsam echt die Schnauze voll vom Wandern.«

»Warum sollte das nicht stimmen? Grazia hat uns doch erzählt, dass die Mühle nördlich an der Straße nach … Fiorablabla … liegt. Wir sind im Osten. Da unten ist Süden. Also müssen wir da lang.«

Er wedelte mit dem Zeigefinger in Richtung eines baufälligen Schuppens.

»Seit wann kennst du dich mit Himmelsrichtungen aus?«, fragte Jana.

»Seit jetzt«, sagte Jakob.

Jana seufzte. So eine Bemerkung machte nicht sehr zuversichtlich. Schon gar nicht bei fünfunddreißig Grad im Schatten. Den nächsten Einheimischen, den sie trafen, würde sie fragen. Außerdem hatte sie Durst.

»Ob sie schon repariert ist?«, fragte Jakob nach einer Weile.

»Wer? Was? Scheiße!« Jana zog fluchend das linke Bein aus einer Dornenhecke.

»Die Brombeerwand.«

»Vielleicht hat Rudi ja auf uns gewartet.«

»Die Farbe kriegen wir nicht wieder hin.«

»Otto muss nur in den Kalkeimer pinkeln.«

»Daran lag's doch gar nicht.«

»Weißt du's?«, sagte Jana. »Wir haben doch beide keine Ahnung von Chemie. Bisher hatten wir gerade mal eine einzige Chemie-Epoche, und in der hat Sunhild die Flasche mit der Buttersäure fallen lassen.«

»Auch ein Grund, warum ich die Waldorfschule so satthabe.«

»Zu wenig Chemie?«

»Nee, Mitschüler mit doofen Mittelalternamen.«

Sie ließen die Weidenzäune und Schafherden hinter sich und wanderten unterhalb der Weinberge weiter. Jakob sah sich um. Weit und breit war kein Mensch zu sehen. Er pflückte sich eine Handvoll Trauben direkt von der Rebe und biss hinein. Sie waren ein wenig sauer, löschten aber den Durst. Jana fand, dass der Gaumen davon pelzig wurde.

»Wie können auf einem so staubtrockenen Boden so saftige Früchte wachsen?«, murmelte Jakob.

»Keine Ahnung«, sagte Jana. »Vermutlich ist es ein Wunder. Deshalb glauben so viele Menschen hier an Gott. Es kommt ja auch Olivenöl aus dem Staub.«

»Iss schnell auf! Da vorne ist wer!«

Ein gutes Dutzend Landarbeiter war damit beschäftigt, mit Harken die Erde zwischen den Rebstöcken zu lockern. Jana sprach einen von ihnen an. Jakob hatte tatsächlich recht gehabt. Sie waren auf dem richtigen Weg. Der Landarbeiter kannte sogar Claudias Ölmühle. Er wies ihnen die Richtung. Einfach auf dem Wanderweg bleiben, zwei Landstraßen überqueren, dann sehe man einen Hügel mit Olivenbäumen. Den müsse man hinauf, dann wäre man da. Dreißig Minuten würde das vielleicht dauern oder fünfundvierzig, wenn man langsam lief.

»Das sah bei unserer Ankunft aber ganz anders aus«, sagte Jana ächzend, als sie anderthalb Stunden später Claudias Olivenhügel in der Ferne sahen. »Führte da nicht eine Baumallee hinauf? Und an einen Bauernhof kann ich mich auch nicht erinnern. Dreißig Minuten! Der Typ macht wohl Witze. Ich komme mir vor wie eine Schnecke.«

»Ich glaube, das ist der Hof von Renzo«, sagte Jakob. »Sieht so aus, als kämen wir von hinten.«

»Keine Ahnung. Auf der Seite war ich noch nie.«

»Lass uns lieber drum herumlaufen«, sagte Jakob. »Wenn das wirklich der Hof ist, dann wohnt da die bissige Alte von Otto.«

Wie auf Bestellung ertönte aus der Ferne ein heiseres Bellen. Sie machten einen großen Bogen um das Anwesen, schlugen sich durch mehrere Ginsterhecken, wateten durch einen Bach und standen schließlich schwer atmend am Fuß des Hügels. Es sah hier alles irgendwie gleich aus. Ein Hof war wie der andere, ein Olivenbaumhügel glich dem nächsten. Hofhunde hatten auch alle, und nicht einmal die konnte man auseinanderhalten. Jeder Hund hatte ein Organ, das einem das Blut in den Adern gefrieren ließ.

Jana sah Jakob an und zog eine Schnute. Sie hatte ernste Zweifel, ob das alles richtig war. Damit war es allerdings ganz schnell vorbei, als sie sah, wie Tortellini Zwei schwanzwedelnd den Hügel hinuntergaloppierte und sich vor Wiedersehensfreude beinahe überschlug.

Es war wahnsinnig heiß in diesem Zimmer. Er saß im Unterhemd an dem kleinen, wackeligen Schreibtisch und lutschte am Daumen. Geschnitten! So eine Scheiße! Diese Drecksklingen waren dermaßen scharf.

Klimaanlagen gab es wohl nur in den teuren Hotels, nicht in kleinen Pensionen am Arsch der Stadt. Diese Italiener! Wenigstens hatten sie unterm Schreibtisch einen kleinen Kühlschrank mit Minibar eingebaut. Auch wenn nix drin war außer Wasser und Weißwein.

Es war völlig unmöglich, hier in Siena anständige Frikadellen zu kriegen. Die verkauften hier nur so dämliche Fleischklopse. *Polpetta* oder wie der Kram hieß. Aber die waren zu klein. Viel zu klein! Da passten keine Rasierklingen rein. Er hatte etwas Breiteres gesucht. Extra in einer Metzgerei war er sogar gewesen. Aber das Einzige, was er gefunden hatte, waren Klopse, die so groß wie Golfbälle waren. Wenigstens waren sie ordentlich durchgebraten. Auch gut, dachte er. Musste er die Rasierklingen halt halbieren.

Er hatte einen kleinen Seitenschneider gekauft und knipste jede Rasierklinge in zwei Hälften. So langsam hatte er den Dreh raus. Einmal links ansetzen, knack, einmal rechts ansetzen, knick, dann klirrten zwei weitere Klingenhälften auf den kleinen Haufen auf dem Schreibtisch. Was die alles im Hundemagen anrichten würden. Wunderbar.

Morgen würde er ein paar Stündchen in Siena spazieren gehen, nahm er sich vor. Ein bisschen Urlaub konnte er sich hier ja auch gönnen, und so übel war die Stadt gar nicht mal. Gut, die Häuser standen traurig da. Baufälliger Kram, das meiste. Aber der Platz in der Stadtmitte mit dem Turm sah wirklich gut aus. Ab und zu stellten die Itaker doch etwas Vernünftiges auf die Beine.

Er würde die Fleischbrocken in einer dunklen Nacht auf dem Grundstück verteilen und sich dann endgültig vom Acker machen. Er hatte keine Lust auf eine direkte Konfrontation mit dem Arschloch. Der Gipser konnte total gewalttätig werden. Den kriegte man nur vor die Flinte, wenn man ihn überraschte. Hätte er in der Nacht auf dem Schotterweg nicht so schnell den Rückwärtsgang eingelegt, wäre er fast vom Gipser erwischt worden. Der war aus dem Graben herausgesprungen wie der Teufel und hatte schon die Hand nach der Mercedestür ausgestreckt!

Wenn er wieder in Düsseldorf war, würde er sich in Heerdt einfach mal auf die Lauer legen und gucken, ob der Typ noch einen Hund Gassi führte oder nicht. Wenn nicht, hatten die Rasierklingen ihren Job gemacht.

Er knipste die nächste Klinge in der Mitte durch.

Sogar das Geräusch war gemein.

Claudia setzte den Blinker und bog in die Zypressenallee ein. Seit Florenz hatte Romy keine zwei Worte gesprochen. Geknickt und ratlos saß sie auf dem Beifahrersitz. Nicht einmal zum Pläneschmieden reichte ihre Kraft mehr. Zu zweit hatten sie alle großen Plätze in Florenz abgesucht. Stundenlang. Vergeblich. Von Jana und Jakob keine Spur. Sogar oben auf dem Piazzale Michelangelo waren sie gewesen.

In der stillen Hoffnung, dass die anderen die Zwillinge noch vor Einbruch der Dunkelheit in Siena auftrieben, hatten sie sich um sechzehn Uhr wieder ins Auto gesetzt und auf den Weg nach Hause gemacht.

Claudia schaltete in den zweiten Gang und fuhr den holprigen Schotterweg zu ihrer Mühle hinauf. Auf halber Höhe entdeckte sie unter den Bäumen zwei Gestalten und einen Hund. Sie konnte nicht genau erkennen, wer es war. Rudi und Grazia? Die tiefstehende Sonne schien Claudia direkt in die Augen. Sie klappte die Sonnenblende herunter. Es wurde nicht besser.

Claudia stupste Romy mit dem Ellbogen in die Seite.

»He, guck mal dort drüben!«, sagte sie. »Sind sie das?«

Romy sah auf, blinzelte durch ihre Sonnenbrille – und strahlte.

»Klar sind sie das!«, rief sie und rutschte aufgeregt in ihrem Sitz hin und her. »Mensch, Gott sei Dank! Sie sind's tatsächlich. Habe ich es dir nicht gesagt, dass sie kommen? Hab' ich's dir nicht gesagt?!«

»Nein, hast du nicht.« Claudia schüttelte den Kopf. »Zumindest klang das gerade in Florenz noch anders.«

»Ach, papperlapapp! Vergiss, wie es klang! Jedenfalls habe ich es so gemeint.«

»Als du von der Kriminalpolizei sprachst? Und von Mädchenhandel und neapolitanischen Bordellen, in denen Minderjährige von der Mafia, Camorra und 'Ndrangheta gleichzeitig misshandelt und vergewaltigt werden?«

»Na ja, da habe ich mich wahrscheinlich ein bisschen verschlüsselt ausgedrückt. Kannst du ganz schnell anhalten?«

Claudia bremste.

»Dann lauf mal rüber, du verrücktes Patenhuhn«, sagte sie.

Romy riss die Autotür auf und rannte schnell wie der Wind über die Wiese zu den Olivenbäumen, barfuß, die Schuhe in der Hand. Die armen Kinder, dachte Claudia und lachte im Stillen. Die kriegten doch einen Schock, wenn so ein bunter Vogel aus heiterem Himmel auf sie herunterschoss.

Das Gegenteil war der Fall. Claudia sah, wie Jana Romy um den Hals fiel. Romy nahm Jakob in den Arm. Dann begann ihr zum Dutt gebundenes Haar mit den türkisorangen Schleifen wild auf und ab zu wippen. Ein sicheres Zeichen dafür, dass Romy wieder in alter Frische ohne Punkt und Komma redete.

Als es dämmerte und Heike und Alain die Mühle erreichten, saßen ihre Kinder und Romy immer noch unter dem Olivenbaum und unterhielten sich.

Als ob nie etwas gewesen wäre.

Wenn es nach Romy ging, war ja auch nichts gewesen.

DIE STUNDE DES HEUWENDERS

Rudi trat von der Wand zurück. Er stemmte die Hände in die Seiten und legte den Kopf schief. Das sah wirklich gelungen aus. Den warmen Brombeerton vom ersten Mal hatten die Zwillinge nicht mehr zustande gebracht. Otto hatte sich geweigert, in den Gipseimer zu pinkeln, und so war es ein helles Aubergine geworden. Claudia war trotzdem glücklich damit. Aubergine ging ein bisschen in die Richtung ihres geliebten Mauve. Auch Rudi konnte gut damit leben, seit Markus ihm beim Abendessen eine Extraportion *Melanzane alla parmigiana* serviert und ihm erzählt hatte, dass die Aubergine, auch wenn sie französisch klang, in die Toskana gehörte wie die weißen Bohnen und das alte Brot in die *Ribollita* und man in Italien schon seit dem fünfzehnten Jahrhundert mit Auberginen kochte.

Markus kam in letzter Zeit kaum aus der Küche heraus. Er hatte sich vorgenommen, Grazias und Claudias italienische Rezepte auszuprobieren, solange er noch da war. Wenn er sich überhaupt einmal dem Sonnenlicht aussetzte, trieb er sich auf irgendwelchen Märkten herum. Otto und die Tortellinis waren begeistert. Der Mann roch immer hervorragend nach Essen, und in der Küche hing seit Neuestem einer von Renzos monumentalen Wildschweinschinken. Das Messer steckte griffbereit im Fleisch. Man musste nur niedlich gucken, schon schnitt der barmherzige Markus einen Fetzen ab und schob ihn auf direktem Weg in ein sabberndes Hundemaul.

Rudi drehte die Musik leiser. Er hatte etwas getan, was er sonst nie tat. Er hatte die Wand halbiert. Die eine Hälfte hatte Jakob bearbeitet, die andere er. Die beiden Seiten waren kaum voneinander zu unterscheiden. Jakobs Seite schimmerte so seiden wie Rudis. Sie war genauso hart und glatt. Sie wies nur etwas weniger Glanz auf. Das war aber auch schon alles. So etwas ließ sich spielend ausgleichen. Der Junge besaß wirklich Talent.

»Hör mal«, sagte er.

Jakob legte den Polierstein beiseite und sah Rudi an.

»Ich habe da neulich einen Anruf bekommen, als ich bei Grazia am Krankenbett saß. So ein Anwalt aus Düsseldorf. Der möchte Tadelaktwände in seiner Kanzlei haben. Der Typ klang ein bisschen komisch, hat aber wohl ordentlich Kohle. Es ist ein sehr lukrativer Job für mich. Ich habe dem Mann versprochen, mich im Oktober zu melden, wenn ich wieder in Deutschland bin. Hättest du Lust, mir dabei zu helfen?«

»Als was?«, wollte Jakob wissen. »Einfach nur so oder als Praktikant? Oder würde ich bei dir in die Lehre gehen?«

»Ich würde dich sofort als Azubi nehmen.«

»Papa will aber, dass ich Abi mache.«

»Das kannst du hinterher immer noch. Es gibt heute tausend Möglichkeiten. Überleg's dir. Wir haben noch Zeit bis dahin. Ich kann dich gut gebrauchen. Sieh dir deine Wandhälfte an! Die ist annähernd perfekt. Du hast kräftige Arme. Beim Polieren der Oberflächen lässt dein Schwung nicht nach.«

»Das liegt an der Musik«, grinste Jakob.

»An meiner?«, freute sich Rudi.

»Quatsch! An meiner natürlich!«

»Ich glaube, es hackt«, sagte Rudi. »Dein *Kill Bill*-Soundtrack war das Grauen. Dann dieser Ghost-Song von Karen Sowieso. Das klang wie frisch verstorben. Und bei Gabin bin ich fast eingepennt. Warum hast du deinen iPod bloß hier vergessen? Ich hätte es gut gefunden, wenn sie den in Florenz auch geklaut hätten.«

»Eingepennt?« Jakob verdrehte die Augen. »›I'm Only Sleeping‹ von den Beatles war natürlich der ganz große Wachmacher heute Morgen! Oder dieses Chaos hier, das einfach nicht enden will …«

Er drehte den Lautstärkeregler von Rudis CD-Player auf. Alvin Lees Gitarre kreischte wieder durch die Scheune.

»Skoobly-Oobly-Doobly-Boobly-Woobly«, sang Jakob absichtlich falsch. »Das ist auch nicht gerade der Burner, oder? Vielleicht haben deine bisherigen Azubis ja wegen Ten Years After hingeschmissen. Oder wegen Armageddon! Armageddon gestern war die Hölle. Zu dem Sound gestaltet man keine Wände, sondern reißt sie mit der Spitzhacke ein!«

Rudi lachte. Das Musikgezanke hatte ihm gefehlt in der letzten Zeit. Außerdem war Jakob ein Mensch, der ihm großen Spaß bereitete. Einfach weil er aussprach, was er dachte.

»Du hast keine Ahnung von guter Musik«, sagte Rudi.

»Du auch nicht.«

»Nirvana mochten wir immerhin beide. Und wir waren uns einig, dass Patti Smiths Cover-Version von ›Smells Like Teen Spirit‹ der Hammer ist.«

»Das stimmt.«

»Dann ist das schon mal ein guter Anfang.«

Jakob brachte Ten Years After zum Verstummen. Er stöpselte seinen iPod ein.

»Ich habe noch etwas Schönes für dich«, sagte er, während er den Titel suchte. »Das wird dir gefallen. Den Refrain kannst du garantiert nach dem ersten Mal schon mitsingen.« Er tippte auf die Playtaste. »Hast du auch Durst? Ich hole uns mal kalte Limo von drüben.«

Jakob lief über den Hof.

Es herrschte das übliche Kommen und Gehen. Markus stellte Biertische und die dazugehörigen Bänke auf, die Thomas im Akkord aus Claudias Auto lud. Thomas hatte sich standhaft geweigert, die bescheuerten Dinger aufzubauen. Seine blauen Daumen hätten sich gerade mal halbwegs erholt, hatte er geschimpft, da werde er einen Teufel tun und komplizierte Klappmechanismen betätigen.

Alain kämpfte mit dem ersten von fünf Pavillons, die beim Eröffnungsfest den notwendigen Schatten spenden sollten. Er hatte das Gestänge komplett zusammengesteckt und versuchte gerade vergeblich, die Plane über den zwei Meter fünfzig hohen Giebel zu ziehen. Heike lehnte am Scheunentor und sah ihm kopfschüttelnd zu. Auf die Idee, erst bequem die Plane überzustülpen und dann die Standfüße mit den letzten vier Stangen zu verlängern, kam der Mann nicht. Es war immer dasselbe mit diesen Bürohengsten! Aber sie sagte lieber nichts. Alain hatte bereits seine senkrechte Gleich-flipp-ich-aus-Falte auf der Stirn. Da waren kluge Tipps so ziemlich das Letzte, was er hören wollte. Erst recht, wenn sie von einer Pavillonspezialistin kamen, mit der er seit zwanzig Jahren verheiratet war.

Jana war mit Grazia im Garten und pflückte frische Kräuter für Markus' ersten *Cacciucco,* einen toskanischen Fischeintopf, der schon seit Stunden auf dem Herd brodelte und der Legende nach aus fünf Sorten Fisch bestehen musste, weil im Namen fünf Mal der Buchstabe C vorkam.

Claudia saß auf der Terrasse und kaute Nägel. Nachdem sie zehn Dinge gleichzeitig angefangen und keines beendet hatte, war sie von Thomas kurzerhand aus dem Verkehr gezogen worden. Sie war nervös. Es war ihre erste Ladeneröffnung.

»Wir sind fertig«, sagte Jakob, als er mit dem eiskalten Limonadenkrug aus der Küche kam. »Du hast den schönsten Laden der Welt, Claudia. Ich glaube, sogar Rudi ist zufrieden.«

Claudia hielt kurz inne und lauschte.

»Ich glaube auch«, lachte sie.

Aus der Scheune drang ohrenbetäubender Rap und der wilde,

fröhliche Gesang eines glücklichen Rudi, dessen Welt von vorne bis hinten wieder in Ordnung zu sein schien: »Alle haben 'nen Job, ich hab Langeweile. Keiner hat mehr Bock auf Kiffen, Saufen, Feiern. So ist das hier im Block tagein tagaus. HALT MIR ZWEI FINGER AN DEN KOPF UND MACH PENG, PENG, PENG, PENG!«

Sie waren alle gekommen! Alle ohne Ausnahme. Die Gastronomen aus Castellina, die wissen wollten, welche Leckereien der neue *Olio Enzo*-Laden neben seinem berühmten Olivenöl noch auf Lager hatte. Die Ladenbesitzer, die sich ein Bild machten, ob Claudia eine bedrohliche Konkurrentin im Kampf um die Touristen-Euros war. Die ehrwürdigen Honoratioren des Ortes, die sich alle noch an den freundlichen Enzo erinnern konnten, der in einem Anfall geistiger Umnachtung – anders konnten sie sich diesen unitalienischen Vorgang nicht erklären – eine verschrobene Deutsche geheiratet hatte und vor zehn Jahren unter so dramatischen Umständen verstorben war. Dann einige Freundinnen aus Castellina und Umgebung, die Claudia im Laufe der Jahre kennen- und schätzengelernt hatten, weil sie ihnen immer Mut gemacht hatte, sich erst einmal um ihr eigenes Leben zu kümmern und dann erst um das ihrer Männer und Schwiegermütter. Grazias komplette Verwandtschaft einschließlich des humpelnden Onkels, der – wann immer sich die Gelegenheit bot – stolz auf einen Balken oder ein Stück Mauerwerk in der Scheunenwand deutete, bei deren Instandsetzung er von der Leiter gesegelt war. Toskanaurlauber, die auf der Fahrt von Poggibonsi nach Castellina an dem Schild hängen geblieben waren, das Thomas eigenhändig gezeichnet und an der Straße aufgestellt hatte. Er fühle sich wie ein fünfundzwanzigjähriger Grafikstudent mit Schwerpunkt Typografie, hatte er geschwärmt und sich von Claudia den Satz *»Olio Enzo – Das beste Olivenöl zwischen Tessin und Sizilien«*

übersetzen lassen. Werbung mit Superlativen sei natürlich auch in Italien verboten, hatte er den anderen erklärt, aber erstens wollte er so eine Unverschämtheit schon immer mal schreiben, und zweitens gelte auch in der Toskana der Merksatz *Wo kein Kläger, da kein Richter*. Claudias Hof war voller Menschen. Die Schlange der parkenden Autos zog sich vom Hof die Zypressenallee hinunter und noch ein gutes Stück die Landstraße entlang.

»Schau dir das an!«, freute sich Claudia und stupste Jana in die Seite. »Was für ein Trubel! Sogar Carlo ist da. Der will bestimmt gucken, ob seine Weine gut ankommen.«

Sie standen zusammen in der Küche und steckten Oliven, Tomaten und Büffelmozzarella auf kleine Holzspießchen. Jana legte die Spießchen sorgfältig auf eine mit Rucola ausgelegte Platte.

»Carlo hat jedenfalls sehr viel Wein mitgebracht«, sagte Jana. »Unter seinem Pavillon stehen eine Million Trinker.«

»Der macht mir hier alle noch besoffen«, sagte Claudia. »Drück die Daumen, dass die Carabinieri nicht an der Landstraße warten.«

»Du musst raus zu den Leuten«, sagte Jana. »Ich mach' das hier fertig.«

»Ich gehe ja schon«, sagte Claudia und steckte sich ein Stück Salami in den Mund. »Ich werde Grazia an der Kasse ablösen. Die kaufen mir am ersten Tag schon den Laden leer. Das ist prima. Ich brauche das Geld. Rudi ist nicht gerade der billigste Gipser unter der Sonne.«

Sie lief über den Hof zur Scheune. Für die fünfzig Meter brauchte sie eine halbe Stunde. Hier ein Handschlag, dort ein freundliches Wort. Der Bürgermeister dankte für den schönen Samstag und verabschiedete sich, am Arm die leicht schwankende Gattin. Nachbar Renzo schenkte an Carlos Tisch unter der Hand seinen berüchtigten, selbst gebrannten Grappa Diabolica aus, für den ihm kein Zollamt der Welt eine Lizenz erteilt hätte – aus purer Sorge, der amtliche Verkoster würde erblinden.

Markus stand mit einem Schälchen heißer Suppe im Hof und betrachtete den schmiedeeisernen Namenszug über dem Scheunentor. OLIO ENZO stand da in Claudias Handschrift. Die acht Buchstaben waren gestern Morgen auf den letzten Drücker eingetroffen.

»Das sieht klasse aus«, sagte er und zeigte mit dem Löffel in die Höhe. »Ich bin froh, dass du hart geblieben bist.«

Claudia lachte, als sie an das völlig chaotische Brainstorming gedacht hatte. Einen ganzen Abend lang hatten sie Namen für den neuen Laden gesammelt. Thomas hatte gesprüht wie ein Silvestervulkan. Leider war ein Entwurf dämlicher als der andere gewesen. Schließlich war alles beim Alten geblieben. Es war eben Tropfen für Tropfen Enzos Olivenöl und nichts anderes.

»*Claudiolio* war ja wohl der Oberhammer, oder?«, sagte sie. »Ich bin doch kein Blumenladen. Ich glaube, Thomas trinkt heimlich während der Arbeit.«

»Gladiolenlikör wahrscheinlich.«

»Oder Hyazinthenbrand. Das ganz harte Zeugs.«

»Ich freue mich für dich«, sagte Markus. »Die Eröffnung läuft total gut.«

Claudia löste eine erleichterte Grazia an der Ladenkasse ab, die nach eigenen Angaben hungerte wie ein Wolf und mit Rrrudi sofort die Suppe essen musste. Während Claudia die Einkaufskörbchen der Kunden ausräumte, die Waren in Tüten packte und die Geldscheine in die Kasse stopfte, entdeckte sie Jakob. Er saß ganz hinten im Laden und sah sich in aller Ruhe die Wände an.

Ein feiner Junge ist das, dachte sie. Und wie ruhig und besonnen er wirkte. In den Katastrophenerzählungen seiner Eltern hörte sich das alles ganz anders an. Vielleicht stimmt ja doch, was Markus neulich gesagt hatte. Sobald die Wilden etwas bekommen, was sie fasziniert, werden sie auf einmal stiller. Was wohl gerade in Jakobs Kopf vorging? Rudi hatte Claudia von seinem Angebot erzählt,

Jakob in die Lehre zu nehmen. Sie hatte keine Ahnung, ob es wirklich das Gelbe vom Ei war, beim chaotischen Rudi als Azubi zu arbeiten. Aber eines war sicher: Es würde Jakob aus einer Welt, in der er nur aneckte, herausreißen und in ein völlig neues Leben katapultieren. Eines, wo nicht jedes Wort auf der Goldwaage lag und man seine Wut und seinen Frust zusammen mit dicken Gipsbrocken an die Wand klatschen konnte.

Carlo kam mit zwei Weinkartons in den Laden. Er stellte sie neben die Theke und strahlte über das ganze Gesicht.

»In deinem Regal hast du viel zu wenig von meinem *Rosso*«, sagte er. »Also von dem richtig Guten, den wir aus Sangiovese- und Canaiolo-Trauben keltern. Das war bisher der Favorit draußen an meinem Tisch. Obwohl er so teuer ist. Ich lasse dir noch einige Kartons da. Wir rechnen später ab.«

Claudia musterte sein freundliches Gesicht. Er hatte viele kleine Fältchen um die Augen. Dafür fehlten sie an den Mundwinkeln. Da war keine einzige Kerbe, die sich senkrecht nach unten zog und für Missmut stand. Das waren gute Zeichen. Der Mann lachte gern.

»Musst du schon gehen?«, fragte sie.

»Bedauerlicherweise ja«, sagte er. »Mein Winzermeister fährt morgen in Urlaub. Es ist seine letzte Chance auf ein paar Tage Ruhe vor der Weinlese. Wir haben noch sehr viel zu bereden.«

»Schade«, sagte Claudia.

»Ja«, sagte Carlo.

Er sah ihr offen ins Gesicht.

»Es ist schön bei dir«, sagte er.

»Komm doch mal vorbei, wenn der Eröffnungstrubel sich gelegt hat.«

»Das mache ich sehr gern.«

»Oder vielleicht heute Abend noch, wenn alle weg sind?«

»Das werde ich kaum schaffen.«

Gleich fange ich an, verlegen an meinen Haaren zu drehen wie ein verknallter Teenager, dachte Claudia. Und wenn schon! Es war nur eine Einladung, mehr nicht. Wenn auch eine sehr herzliche.

»Meine Freunde und ich sitzen bestimmt noch lange beisammen heute«, sagte sie. »Überleg's dir! *La mia casa è la tua.*«

Es dämmerte. Die neugierigen Unbekannten waren fast alle weg, die lieben Bekannten noch da. Im Hof brannten Fackeln, an jeder Ecke eine und die größte in der Mitte. Claudia hatte Kerzen auf die Tische gestellt. Aus der Scheune drang leise Musik. Rudi lauschte eine Weile, bis er herausfand, was da lief.

»Hast du ›Echoes‹ aufgelegt?«, fragte er Thomas.

Thomas nickte. Ihm war mal wieder danach gewesen.

»Uns hat's ganz schön gebeutelt dieses Jahr, was?«, sagte Rudi zu niemand Bestimmtem. Er warf seinen Zigarettenstummel in den Feuerkorb, um den sie zu viert herumstanden. Mehr musste er gar nicht sagen. In jedem der vier Köpfe lief ein anderer Film ab. Thomas hatte seine Ehe in den Sand gesetzt, ausgerechnet wegen eines Jobs, aus dem er kurze Zeit später achtkantig geflogen war. Markus hatte Sabine zuliebe wieder einmal seine Selbstständigkeit begraben und sich damit abgefunden, bis zum Einzug ins Seniorenstift Hausmann zu bleiben. Grazia hatte verzweifelt um ihr Leben gerungen, während Rudi an ihrem Bett durch die Hölle gegangen war. Alain war einfach nur heilfroh, dass er hier bei seinen Freunden stand und nicht in einer Südtiroler Schlucht lag. Sie wollten gar keine Vergleiche anstellen, was nun schlimmer war und was nicht. Es traf jeden da, wo es ihn eben traf.

»Ich merke so langsam, wie fertig ich bin«, sagte Rudi. »Bis gestern war es noch eine einzige Schufterei hier auf der Mühle. Da hatte ich gar keine Zeit, über alles, was passiert ist, nachzudenken. Aber seit gestern komme ich zur Ruhe und … Scheiße, Mann, mir wird jetzt erst so richtig klar …« Er suchte nach den richtigen Worten und fand sie nicht. »… also wenn ich heute Abend irgendwann die Augen verdrehe und stumm nach hinten kippe, fände ich es ganz praktisch, wenn da einer von euch dreien stünde.«

»Das kann Markus machen«, sagte Alain und nahm eine Zigarette aus Rudis Schachtel. Die erste nach zehn Jahren Abstinenz. »Der ist im Moment der Stabilste. Meinereiner ist schon froh, wenn die Knie nicht mehr zittern. Ich werde jahrelang keine Äpfel mehr anrühren, das kann ich euch sagen.«

Alain hustete zum Gotterbarmen. Er hielt sich an der Tischkante fest. Ihm war schon vom ersten Zug schwindelig.

»Wir sind durch«, stellte Thomas fest.

»Mürbe.«

»Schlaff.«

»Wie zu lang gekochte Nudeln.«

»Ihr übertreibt!«

»Fühlst du dich etwa noch bissfest?«

»Das heißt *al dente!* Wir sind in Italien.«

»In Italien??? Warum sagt mir das keiner?«

»Du musst nicht alles wissen. Das belastet dich nur unnötig.«

»Wenigstens steht Otto da wie eine Eins.«

»Sag das nicht! Der ist am miesesten von uns allen dran.«

»Kastration?«

»Er weiß es noch nicht, aber er wird demnächst seinen Sohn verlieren.«

»Kommt Torte in die Wurst?«

»Nein, ich drücke ihn Jakob aufs Auge. Die zwei verstehen sich prima.«

»Lass das bloß Heike nicht hören!«

»Was kommt als Nächstes?«

»Der Weltuntergang, was denn sonst!«

»Jetzt reißt euch mal am Riemen!«, sagte Markus. »Immerhin haben wir in dem ganzen Chaos zusammengehalten wie siamesische Vierlinge. Wir haben einen kompletten Hofladen renoviert, eine Remise neu gebalkt, ein halbes Dach gedeckt, und das alles gar nicht mal schlecht.« Er holte Luft. »Außerdem ist Grazia wieder auf den Beinen. Deine Zwillinge sind da, Alain, und sie sind dir, nach allem, was ich heute gesehen habe, näher als sonst. Rudi hat ein dilettantisch ausgeführtes Attentat überlebt, und wir werden ihn aller Wahrscheinlichkeit nach in diesem Jahr verheiraten können. Romy hat die Ölmühle noch nicht abgebrannt, obwohl sie mit den Kerzen immer so schusselig ist. Und sollte Carlo heute Abend tatsächlich noch einmal auftauchen, spielt sich an diesem furchtbar romantischen Set noch eine erstklassige Lovestory ab. Ihr kennt den Spruch: Wenn dir das Leben …«

»Wenn du jetzt sagst, dass wir Limonade aus den Zitronen machen sollen, dann haue ich dir eine rein«, warnte Rudi. »Das ist weichgespülte Postkartenkacke. Richtig muss es lauten: Wenn dir das Leben in die Fresse haut, mach Blutwurst draus!«

»Otto würde diese Variante bestimmt gefallen«, sagte Thomas trocken.

»Aber in einem hat Markus recht«, sagte Alain.

»Ich weiß«, nickte Rudi und sah seine Freunde an. »Ohne euch hätte ich das alles niemals geschafft. Ich danke euch sehr dafür.«

»Dann wäre das ja geklärt«, grinste Markus. »Ich werde jetzt zu Renzo hinüberschleichen und versuchen, vier Gläschen seines mörderischen Grappas zu zapfen. Damit wir dieses heilige Wunder ordentlich begießen können.«

»Danach verwandeln wir Wasser in Wein.«

»Und teilen das Meer.«

»Und Rudi macht, dass Blinde wieder laufen können.«

»Und Raucher nicht mehr husten müssen.«

»Wieso fängst du auch nach zehn Jahren wieder mit dem Scheiß an, du Vollhorst.«

»Ich habe das im Griff.«

»Sagte Tarzan und verfehlte die Liane.«

Heike stand abseits der Pavillons im Schatten der Fackeln. Sie hatte die letzten beiden Mozzarellaspießchen ergattert. Gedankenverloren steckte sie sich eine Olive in den Mund. Ihr Blick ruhte auf ihrer Tochter. Jana stand auf der anderen Seite des Hofes. Romy war bei ihr. Jana knetete beiläufig das Wachs der Tischkerze, während sie Romy eine lange Geschichte zu erzählen schien.

Es ist nicht zu fassen, dachte Heike. Jana redete, gestikulierte, redete, lachte, redete – und Romy sprach tatsächlich kein einziges Wort! Sie hörte nur zu. Zwischendurch wackelte sie ein bisschen mit dem Dutt und trank einen Schluck Wein. Mehr tat sie nicht. Ein Phänomen. Gelegentlich hoben sich Romys Augenbrauen ungläubig. Dann nahm sie Anlauf, um etwas zu sagen, besann sich im letzten Moment anders und nickte nur stumm.

Wie vertraut die beiden wirkten. Heike freute sich.

Tortellini Zwei strich um Janas Beine, als wäre er eine Katze. Jana kraulte ihn hinter dem Ohr, während sie weitererzählte. Irgendwann tippte sie mit dem Zeigefinger an ihre Stirn. Romy lachte und gab Jana einen leichten Schubs. Beide Gläser auf dem Tisch schwappten über.

Nach einer Viertelstunde sprach Romy die ersten Worte. Sie machte eine Schnute dabei. Jetzt hat sie bestimmt *Putentunte* gesagt, dachte Heike.

Das Kerzenlicht flackerte über das Gesicht ihrer Tochter. Wie groß sie war, dachte Heike. Wie aufrecht sie stand. Wie unbeugsam sie wirkte. Was für ein wunderbarer, einzigartiger, ganz besonderer Mensch.

Es war keine Last, ihre Mutter zu sein.

Es war eine Ehre.

Als hätte Jana den letzten Gedanken gehört, drehte sie den Kopf zu Heike.

Ihre Blicke trafen sich.

»… und das Allerschlimmste ist, seit ich vierzig geworden bin, sehe ich nicht nur extrem schusselig aus, guck mich an, spätestens ab einundzwanzig Uhr löst sich meine Frisur komplett auf, und ich sehe aus wie ein zerzaustes Eichhörnchen, das im Walnusslager in einen explodierenden Fön gerannt ist, also wo war ich, ach so, ich sehe nicht nur schusselig aus, ich bin's auch, ich könnte dir ununterbrochen Geschichten erzählen, da würdest du glatt …«

Thomas hob die Hand und legte seine ganze *Chief of Brainstorming*-Autorität in das Zauberwort, mit dem er zu Agenturzeiten zuverlässig die Ergüsse wild gewordener Textpraktikantinnen abgewürgt hatte: »Hallihallo?!«

Romy hielt mitten im Satz inne. Ihr Mund blieb kurz offen stehen, dann klappte er zu. Die Frau hat wirklich wunderschöne Lippen, dachte Thomas. Aber er hatte ihr jetzt eine Viertelstunde am Stück zugehört und stand kurz vor einem Tinnitus. Sie konnten alle heilfroh sein, dass Alain nicht seiner durchgedrehten Schwester glich. Ihr Schnitzelmittwoch wäre ein einziger schnatternder Albtraum.

»Du musst etwas trinken, bevor du weiterredest«, sagte er und goss ihr ein großes Glas *San Pellegrino* ein. »Wusstest du nicht, dass man dehydriert, wenn man ununterbrochen Geschichten über seine Schusseligkeit erzählt, Frau Kostümdirektor? Das kann lebensgefährlich sein.«

»Ach was!«, winkte Romy großzügig ab. »Ich hab' das schon

öfter gemacht. Stundenlang mit wachsender Begeisterung. Vertrau mir, mir passiert schon nichts. Ich kann mich ja kurz fassen.«

»Kurz? Du??«

»Werd bloß nicht frech!« Romy ballte ihre kleine Faust und hieb auf seinen Oberarm. »Sonst knall' ich dir eine!«

»Contenance! Es sind Kinder anwesend.«

»Was bist du denn für ein Vogel? Nenn meine beiden Patenjugendlichen nie wieder Kinder! Im Übrigen werden die beiden eine sehr wertvolle Lektion für ihr Leben lernen, wenn sie mitkriegen, wie ihre Lieblingstante einen impertinenten Kerl aus den Schuhen haut.« Sie trank einen Schluck Wasser und leckte sich mit der Zunge über die Lippen. »Aber im Ernst, Thomasobaso. Du bist doch genauso durch den Wind wie ich, oder? Guck mal, dein Hemdzipfel hängt heraus, und deine abgelegte Feiertagskrawatte beult die Hosentasche aus. Das sind deutliche Schusselanzeichen. Ich wette, du hast auch schon mal Geld am Automaten gezogen und vor lauter Karte-im-Geldbeutel-Verstauen das Geld im Schlitz vergessen?«

»Ja, habe ich.« Thomas stopfte sein T-Shirt in den Hosenbund. »Fünfhundert Euro. Am Hauptbahnhof. Ich hatte nur drei Minuten. Den Zug habe ich dann trotzdem verpasst.«

»Siehst du!«, sagte Romy und sah ihn treuherzig an. »In Wirklichkeit sind wir zwei nämlich seelenverwandt.«

Romy drehte den Stiel des Weinglases zwischen ihren schlanken Fingern. Thomas legte seine Hände auf den Tisch. Zufällig berührten sie sich und fuhren verlegen wieder auseinander.

»Seelenverwandt?«, sagte er und lächelte sie an. »Das könnte gut sein. Hast du schon mal wie verrückt dein iPhone gesucht, während du mit deinem iPhone telefoniert hast?«

»Nein, noch nicht«, sagte Romy und sah ihn mit großen Augen an. »Das ist ja ein Megafail, Mann! Aber ich habe beim Milchreiskochen fünfundvierzig Minuten lang die Milch ohne ein einziges

Reiskorn erwärmt und mich gefragt, warum die Suppe nicht dick wird.«

»Gratuliere! Das toppt den iPhone-Fail um Längen«, nickte Thomas ernst. »Ich kaufe im Supermarkt schon mal zwei Flaschen Bier und lasse eine liegen. Neulich ist mir das sogar in meiner Bäckerei passiert. Eigentlich brauche ich gar keine zwei Brote. Aber das zweite kostet bei Kamps manchmal nur einen Euro, und da habe ich mir gedacht, warum nicht, Thomas, das ist ein echtes Schnäppchen, kauf dir noch ein zweites …«

»… und nimm's auf keinen Fall mit nach Hause.« Romy freute sich diebisch. Das kam ihr alles so bekannt vor. »Wenigstens hast du nur einen Euro versenkt. Ich vergesse in meinem Edeka grundsätzlich die Kaugummidöschen, weil sie immer unter die Kassenzettel am Ende des Bandes rollen.«

»*Wrigley Professional?*«

»Ja. Grapefruit.«

»Dreineunundzwanzig«, sagte Thomas.

»Ein Schweinegeld, oder?«, strahlte Romy. »Meine Kaugummidöschen werden mich eines Tages ruinieren.«

Romys helles Lachen drang bis in den letzten Winkel der Mühle.

Der helle Toskanamond tauchte den Hof der Olivenölmühle in silbernes Licht. Markus hatte auf seinen knurrenden Magen gehört und den Grill noch einmal entfacht. In Claudias Kühlschrank hatte er vier riesige Flanksteaks vom Rind entdeckt. Saftig, dünn, fein marmoriert. Ein Traum! Markus war begeistert. Die Dinger schmeckten von selbst. Man musste sie nur ein bisschen salzen und pfeffern.

Die letzten zwanzig Überlebenden schoben genauso einen Kohldampf wie er. Jeder von ihnen hatte sich darauf eingestellt, dass es eine lange Nacht werden würde. Das Ölmühlenfest im letzten Sommer hatte immerhin bis morgens um halb sieben gedauert. Wie auch immer, dachte Markus. Eine vernünftige Grundlage konnte auf gar keinen Fall schaden. So lange sie keinen Salat enthielt!

Alain ließ sich von Markus ein Stück Fleisch auf sein Brötchen legen und sah sich suchend nach der Barbecuesoße um. Romy stand am Nebentisch. Sie winkte mit der Flasche. Als Alain ihr sein Brötchen hinhielt, quetschte sie vorsichtig eine Portion der dunkelroten Soße auf das Fleisch.

»Ich hätte nicht gedacht, dass das gut geht«, sagte Alain und nickte anerkennend. »Früher hätte ich nach so einer Aktion ausgesehen wie ein angestochenes Ferkel. Du wirst besonnener im Alter. Oder hast du heimlich Drogen genommen?«

»So ist das, wenn man eine wilde Komponente in der Familie hat«, sagte Romy, ohne auf Alains Scherz einzugehen. »Manchmal gibt's halt Überraschungen.«

Und weil die Gelegenheit gerade so günstig war, wusch sie ihrem Bruder nach allen Regeln der Kunst den Kopf. Wieso eigentlich alle Eltern, die sie kannte, so dämlich seien, Zukunftspläne für ihre Kinder zu schmieden, fragte sie ihn schließlich.

»Beknackter geht es doch wirklich nicht, Alain!«, fuhr sie fort, ohne seine Antwort abzuwarten. »Woher wollen wir Erwachsenen denn wissen, was unsere Kinder in fünfzehn Jahren glücklich machen wird? Die müssen später in ihrem Leben Dinge leisten, von denen wir heute keine Ahnung haben! Vielleicht brauchen sie genau dafür ihre Aufmüpfigkeit, ihre Frechheit und ihre Unerschrockenheit, weil die Welt immer schlechter wird und wir in der Zukunft dringend auf Menschen angewiesen sind, die mit dem Fuß aufstampfen und *NEIN, ES REICHT* brüllen. Jasager und Duckmäuser haben wir doch schon genug. Sei froh, dass Jana und Jakob so sind, wie sie sind.«

»Ich versuche es ja, Romy«, sagte Alain. »Aber es ist nicht einfach, mit zwei Kindern zusammenzuleben, die derart aus dem Rahmen fallen.«

»Welcher Rahmen denn?«, fragte Romy. »Das ist doch dein Rahmen, den du ihnen hinstellst. Der Rahmen einer Gesellschaft, die uns sagt, wie wir uns zu benehmen haben. Aber Kinder wollen erst gar nicht hinein in diesen Rahmen. Und sie wollen schon gar nicht hineingezwungen werden. So einer wie Jakob hat tausend Antennen und Fühler in seine Umgebung gestreckt. Der kriegt alles mit, lässt sich von jeder Kleinigkeit ablenken, wegtragen, weiterziehen. Logisch passt das nicht in einen Schulrahmen, in dem man sechs Stunden totenstill auf seinem Arsch sitzen muss. Aber weißt du was? Pfeif auf den Totenunterricht! Womöglich wird dein Sohn später ein exzellenter Bademeister. Da braucht er jede einzelne seiner Antennen. Und seine Augen muss er auch überall haben. Wirklich überall! Sonst ertrinken nämlich die kleinen Kinder in seinem Hallenbad.«

»Das ist eine wunderbare Theorie, Romy«, sagte Alain. »Ich glaube sie dir ja auch gern. Heike und ich scheitern halt an diesen Alltäglichkeiten. Zum Beispiel, wenn dein abgelenkter Bademeister und seine pampige Nachtschwester nach zwölf Uhr noch Spiegeleier braten und du morgens eine Küche betrittst, die aussieht, als hätte eine Granate eingeschlagen.«

»Ich verstehe dich schon«, sagte Romy und nahm ihren Bruder in die Arme. »Ich bin ja auch nur zu Besuch und habe gut reden.«

Sie drückte ihn lange. Einen besseren Bruder gab es für sie nicht. Auch wenn er ein sturer Irrer war. Er war früher immer für sie da gewesen. Und heute war sie eben für ihn da. So einfach war das. Sie wuschelte ihm durchs Haar, bis es nach allen Seiten abstand, und sagte streng: »Trotzdem!«

Alain schob sich den Rest seines Flanksteakbrötchens in den Mund.

»Bademeister, soso«, sagte er und wischte sich ein bisschen Sauce vom Kinn. »Das wäre also deine Karriereempfehlung?«

»Na ja, vielleicht nicht gerade im Fußpilzsektor von Kleinkleckers-dorf«, gab Romy zu. »Aber in Malibu? Hallo? *Baywatch!* Brust-haar! Bräute!«

Alain lachte. Romy bekam gerade wieder die Kurve zu ihren üb-lichen Verrücktheiten. Er war erleichtert. Wenn seine quietschende, fröhliche Schwester ruhig und ernst wurde, wusste Alain, dass es ihr um wirklich wichtige Dinge ging. Das kam so selten vor, dass bei ihm jedes Mal der innere Alarm ansprang, wenn es wirk-lich passierte. Vielleicht konnte er gerade deswegen annehmen, was sie sagte. Sie hatte keine Kinder und doch mit so vielem recht, dachte er.

»Habe ich dir schon gesagt, wie dankbar ich dir bin, dass du nach Castellina gekommen bist?«

»Ja, hast du.«

»Du hilfst uns gerade sehr.«

»Es sind die Kinder meines Bruders. Es gibt im Moment nie-mand, der mir wichtiger wäre.« Romy sah sich um und senkte die Stimme etwas. »Schnucki, wo wir gerade so intim beieinander-stehen und uns liebe Sachen sagen. Ich wollte dich schon längst mal gefragt haben, ob … also, der Thomas, ich meine, der ist wirklich ein netter Typ … glaubst du, … denkst du … ob ich da mal …«

»Romy, bitte!« Alain verdrehte die Augen. »Mach ein einziges Mal im Leben eine Sache nicht noch komplizierter, als sie schon ist.«

In dem großen schmiedeeisernen Korb prasselten die Flammen. Die vier Männer standen um das Feuer. Keiner von ihnen verwandelte die Steilvorlage und witzelte über Obdachlose, die in der Bronx um ein brennendes Ölfass herumstehen. Es gab Klischees, die waren so abgedroschen, dass sie nicht einmal mehr für Kalauer taugten, dachte Thomas.

»Vor ein paar Wochen wurde mir im Hotel mein iPhone geklaut«, sagte er stattdessen. »Ihr erinnert euch.«

»Hat die Versicherung endlich Stellung genommen?«, fragte Markus.

»Ja«, sagte Thomas. »Gestern haben sie gemailt, dass sie nicht zahlen.«

»Hätte mich auch gewundert.«

»Sie sagen, ich hätte damals den Diebstahl innerhalb von vierundzwanzig Stunden der Polizei melden sollen.«

»Wieso hast du nicht?«

»Ich hab's doch erst nach drei Tagen bemerkt. Ich war so entspannt im Urlaub, dass ich sogar E-Mails und Internet vergessen habe. Das Handy lag fast die ganze Zeit in der Nachttischschublade.«

»Und jetzt?«, fragte Alain.

»Ich kann nichts machen«, Thomas zuckte mit den Schultern. »Steht alles im Kleingedruckten, das ich blind unterschrieben habe.«

»Noch eine Versicherung, die auf Rudis Todesliste kommt.«

»Die gibt's nicht mehr«, brummte Rudi.

»Was?«

»Die Todesliste gibt's nicht mehr«, wiederholte Rudi geduldig.

»Aber die war ein tragender Bestandteil deiner Persönlichkeit«, sagte Thomas. »Die kannst du nicht einfach so …«

»Doch, das kann ich«, sagte Rudi. »Ich muss mich endlich mal zusammennehmen. Nicht mehr so brutale Sachen denken und sagen. Ich bin über fünfzig und bald ein verheirateter Mann. Da kann man nicht mehr um sich schlagen wie ein pubertierender Hooligan.«

Er hob feierlich sein Glas.

»Ich werde heute im Kreise meiner getreuen Freunde *Lana Vegana* beerdigen«, verkündete er würdevoll.

Seine Freunde starrten Rudi mit offenen Mündern an, als warteten sie nur darauf, dass ein Heiligenschein über seinem Haupt erschien.

»Obwohl mir das im Moment wirklich schwerfällt«, sagte Rudi. Er kramte einen Zettel aus der Hosentasche. »Auf Amazon macht *Lana*-Baby einen richtig guten Job. In den Rezensionen von Pirinçcis *Deutschland von Sinnen* hat sie den Nazis immer mächtig auf die Fresse gegeben. Die Typen sind dumm wie Brot. Jeder einzelne. Gäbe es meine Todesliste noch, wäre sie rappelvoll mit dem braunen Gesocks.«

Rudi faltete den Zettel auseinander.

»Ich habe euch zur Feier des Tages die dämlichsten Sätze dieses Gesindels mitgebracht. Das soll die Trauerrede sein. Lauter Originale. Man glaubt es nicht, wenn man es nicht selbst gehört hat.« Er räusperte sich und deklamierte mit dramatischer Stimme vom Blatt. »Die Nazikeule kann und muss gepflegt und zähneknirschend in der Tasche bleiben! ... Die Stalinorgel der politisch Unkorrekten! ... Akif schreibt wie Sarrazin ohne Kinderlähmung! ... Unsere Gesellschaft, der pausenlosen Selbstbefruchtung geistloser Meinungsführer ausgeliefert, stirbt den siechenden Tod einer inzestuös degenerierten, geistig und moralisch entwaffneten, tumben breiigen Masse.«

»Hä???«, machte Thomas.

»Pass auf, jetzt kommt's!«, gluckste Rudi. »Das Buch ist eine absolute Zwickmühle für all die Denunzianten, die nur darauf warten, das Etikett SCHULD auf ihre Lämmer zu brennen.« Rudi musste sich beherrschen, um nicht schallend loszulachen. »Deutschland muss sich jetzt erheben und unser Land retten! ... Der Kaiser ist nackt, während die umerzogenen Lemminge mit dumpfem Blick und voller Furcht, sich den Zorn der PC-Wächter zuzuziehen, ehrfurchtsvoll Spalier stehen, und Pirnicci – da steht wirklich Pirnitschi! – sagt nicht nur, dass er nackt ist, sondern auch wie hässlich er mittlerweile ist und dass er starken Körpergeruch hat.«

»Wer hat Geruch? Der Pirnitschi?«, fragte Alain.

»Ich glaube, er meint den Kaiser«, sagte Thomas.

»Haben die einen an der Waffel?«, fragte Markus.

»Um bildhaft zu sprechen, hat der Autor dem moosgrünen 68er Flachspül-Klosett einen derben irreparablen Riss verpasst!«, dröhnte Rudi salbungsvoll. »TROTZ ODER GERADE WEGEN SEINES GEMÄCHTS HAT DER AUTOR MEHR DURCHBLICK ALS VIELE HIER!«

Markus und Thomas brachen fast zusammen.

Alain wischte sich die Lachtränen aus den Augen.

»Herr im Himmel!«, ächzte er. »Wer um Himmels willen schreibt denn öffentlich so einen Scheiß ins Internet?«

»Da hätten wir einen Schweizer, der allen, die nicht seiner Meinung sind, mit den Albanern droht«, grinste Rudi und zählte das weitere Personal an den Fingern ab. »Den spätpubertierenden Muslimhasser Martin, der nichts sehnlicher wünscht, als dass Beatrix von Storch das Mutterkreuz wieder einführt. Einen profilneurotischen Altenpfleger namens Apokalyptiker, der ständig auf seine Hoden aufmerksam macht und von allen anderen wissen will, ob sie auch welche haben. Außerdem den paranoiden Verschwörungstheoretiker Schwingenheuer, der glaubt, dass die Arier im Sternbild des Aldebaran wohnen und … ach, egal, es brechen neue Zeiten an. Euer Rudi ist jetzt Pazifist.«

Rudi knüllte den Zettel sorgfältig zu einer Kugel zusammen und warf sie schwungvoll ins Feuer. »Requiescat in pace, *Lana Vegana*«, sagte er.

Gemeinsam sahen sie zu, wie das Papier in Flammen aufging und verkohlte. Markus kratzte sich nachdenklich am Kopf.

»So langsam wird mir klar, warum es den Begriff rechtsintellektuell nicht gibt.«

Alain fand Jakob im Garten hinter dem Haus. Er lehnte bewegungslos an einem Olivenbaum und schaute ins Tal. Alain trat an seine Seite und hielt ein Steakbrötchen in sein Blickfeld.

»Möchtest du?«, fragte er.

Jakob nahm den Kopfhörer ab.

»Ja, danke«, sagte er.

»Könnte sein, dass dir gleich tonnenweise Soße über die Finger läuft«, informierte ihn Alain. »Romy war sehr großzügig.«

Jakob beugte sich weit nach vorne und biss vorsichtig ab.

»Stimmt«, sagte er mit vollem Mund. »Aber lecker.«

»Die diskutieren da drüben über Politik«, sagte Alain und deutete mit dem Daumen über seine Schulter. »Darauf habe ich keine Lust im Moment. Ich kenne das schon. Alle reden sich die Köpfe heiß und am Ende plädiert Rudi für einen Bombenabwurf. Obwohl er ja neuerdings nach eigenen Angaben Pazifist ist.«

Alain sah sich suchend nach einem Gartenstuhl um. Es war keiner da. Aber der abgesägte Baumstumpf tat es auch. Er hatte müde Beine.

»Und was machst du so?«, fragte er.

»Ich habe mir etwas Neues überlegt«, sagte Jakob und drückte seinem Vater die Kopfhörer in die Hand. »Das habe ich bei Claudias CDs gefunden. Hör mal!«

Jakob drückte eine Taste auf Claudias vorsintflutlichem Discman. Alain, der mit allem gerechnet hatte, nur nicht mit Klassik, hörte zu seiner Verblüffung pulsierenden Tangorhythmus. Ein zuckendes Akkordeon, ein klagendes Saxophon, es klang wie Gotan Project. Dafür hätte Jakob nicht tausend Kilometer durch Europa reisen müssen, dachte Alain. Eines dieser Tangoalben lag zu Hause neben der Anlage.

Mit einem Mal durchschnitt eine vibrierende Bassstimme die Musik wie ein Messer. Doch nicht Gotan Project, dachte Alain. Das Stück kannte er nicht, die tiefe, faszinierende Stimme schon. Sie gehörte Otto Sander.

Sein Blick ist vom Vorübergehn der Stäbe
so müd geworden, daß er nichts mehr hält.
Ihm ist, als ob es tausend Stäbe gäbe
und hinter tausend Stäben keine Welt.

»Das ist Rilke«, sagte Alain und drückte auf STOP.

»Ich dachte mir, dass du das kennst«, nickte Jakob.

»Es ist ein traumhaftes Gedicht«, sagte Alain. »Vor allem, wenn Otto Sander es spricht. Da läuft einem die Gänsehaut den Nacken rauf und runter.«

»Hast du die zweite Strophe schon gehört?«

»Nein, warte.«

Alain setzte den Kopfhörer wieder auf.

Der weiche Gang geschmeidig starker Schritte,
der sich im allerkleinsten Kreise dreht,
ist wie ein Tanz von Kraft um eine Mitte;
in der betäubt ein großer Wille steht.

Wie hatte ihn Rilke früher angeödet, dachte Alain. Markus war es genauso gegangen. Sie wären im Deutschunterricht fast die Decke hochgegangen vor Langeweile. Diese Abneigung hatte lange angehalten. Erst vor ein paar Jahren hatte Alain ganz zufällig einen schmalen Band mit Rilkegedichten in die Hand genommen und wie benommen Zeile für Zeile verschlungen. Wie konnte ein irdischer Mensch sich so himmlisch ausdrücken!

Jakobs Lippen bewegten sich.

»Was hast du gesagt?«, fragte Alain und hielt die Musik erneut an.

»Schattenlaufen«, wiederholte Jakob. »Schattenlaufen kann ich mittlerweile perfekt, Papa. In Florenz auf den Plätzen haben mir teilweise hundert Leute zugesehen. Jana hat sie an einem Tag mal gezählt. Und wie viele Scheine sie in ihrem Hut gesammelt hat! Es war unglaublich. Als Nächstes möchte ich eine neue Nummer einüben. Ich würde gerne die Scheibe können.«

»Was meinst du damit?«

»Kennst du die Bewegungen, die man macht, wenn man hinter Glas gefangen ist und nicht herauskommt?«

Jakob legte das Brot ins Gras und wischte sich die Hände an der Hose ab. Dann winkelte er seine Hände an und drückte gegen eine Scheibe, die nur in seiner Vorstellung existierte. Er ließ die Hände nach links wandern und nach rechts, er suchte oben und unten nach einer Öffnung, aber er kam einfach nicht hinüber auf Alains Seite. Wieder und wieder prallte sein Gesicht von dem imaginären Glas ab. Es sah so echt aus, dass Alain beinahe selber angefangen hätte, nach der Scheibe zu tasten.

»Als ich das Gedicht gefunden habe, ist mir eine Idee gekommen.« Jakobs Gesicht leuchtete im Mondschein, als er fortfuhr. »Ich finde nach langem Tasten irgendwann tatsächlich eine offene Stelle.« Seine Hand schoss plötzlich unerwartet nach vorne. »Die Zuschauer denken: Endlich! Jetzt hat er es geschafft. Aber die Hand kann sich nur ganz wenig nach links und nach rechts bewegen. Etwas stört. Jetzt begreifen sie, dass es kein Loch ist, durch das ich treten kann. Es sind nur zwei Gitterstäbe, zwischen denen die Hand steckt. Und daneben sind noch mehr und noch mehr. Jetzt geht die Suche wieder von vorne los. Nur nicht mit der Scheibe, sondern mit den Stäben. Das passt total gut zum Takt der Musik, die nach der dritten Strophe kommt. Mach noch mal an!«

Nur manchmal schiebt der Vorhang der Pupille
sich lautlos auf –. Dann geht ein Bild hinein,
geht durch der Glieder angespannte Stille –
und hört im Herzen auf zu sein.

Während Alain den letzten Worten von Otto Sander und der letzten Minute des Tangos lauschte, flatterte Jakobs Hand über eine lange Reihe imaginärer Stäbe, als würde er sie an einem Brückengeländer entlangziehen. Er umgriff das Eisen, versuchte, die Stäbe auseinanderzubiegen, zog sich daran hoch, sank hinunter. Schließlich presste er sein Gesicht dagegen. »Ich weiß nur noch nicht, wie ich es hinkriege, dass ich Kerben im Gesicht habe, wenn ich das mache. Vielleicht nehme ich doch die Hände dafür. Keine Ahnung! Ich muss das mal vor einem großen Spiegel üben, damit ich weiß, wie es aussieht. Eigentlich passt es aber nicht. Entweder die Hände sind auf der Suche nach den Stäben oder sie *sind* die Stäbe. Beides gleichzeitig können sie eigentlich nicht sein.«

Jakob hielt inne.

»Wahrscheinlich funktioniert's aber auch ohne Kerben«, überlegte er.

Er hob sein Brot auf und biss herzhaft hinein.

»Verstehst du, was ich meine?«, fragte er seinen Vater.

»Ja«, sagte Alain leise. »Ich verstehe dich sehr gut.«

Heike säbelte ein schmales Stück von dem knusprigen Flanksteak ab und steckte es sich mit Wonne in den Mund. Markus hat es einfach drauf, dachte sie. Warum er immer noch kein kleines Bistro aufgemacht hatte, war ihr schleierhaft. Die Düsseldorfer würden ihm von mittags bis abends das Zeug aus den Händen reißen. Zum Frühstück wahrscheinlich auch.

»Hast du heute Abend schon etwas gegessen, Schatz?«, fragte sie, während sie sich das letzte Eckstück sicherte.

»Ich habe im Moment keinen Hunger«, sagte Jana.

»Du trinkst aber Alkohol«, sagte Heike und zeigte auf die Flasche *Smirnoff Ice* in Janas Hand. »Da musst du unbedingt vorher ...«

»Mama!«

»Ist ja gut.« Heike hob abwehrend die Hände. »Ich nerve schon wieder. Kann ich dich trotzdem mal etwas fragen?«

»Was denn?«

»Als ihr Papa und mich bei der Konferenz rausgeschickt habt ...«

»Ja?«

»... also wir haben uns die ganze Zeit gefragt, wie ihr den Schulverweis abgebogen habt. Bis auf euren Erdkundelehrer machte die Versammlung einen ziemlich sauren Eindruck.«

»Die beiden Kunstlehrerinnen mochten uns auch. Eigentlich mussten wir gar nicht viel sagen. Jakob hat noch mal beteuert, dass er in Schweden gar nicht gedealt hat, sondern dass es nur eine kleine Menge Gras zum Selberrauchen war. Irgendwann wollte Erdkundemeier wissen, wer vom Kollegium eigentlich mit sechzehn nicht gekifft hat. Daraufhin ist die Stender ausgerastet. Aber nur ganz kurz. Erdkundemeier hat sie an ihre gemeinsame Zeit an der Wuppertaler Waldorfschule erinnert. Viel hat er nicht sagen können. Aber es gab da wohl mal eine ehemalige Schülerband, die ziemlichen Erfolg hatte, und die Stender war eines ihrer ausgeflipptesten Groupies. Kannst du dir das vorstellen?«

»Es fällt mir schwer«, grinste Heike. »Vor allem, weil die Band in den Siebzigern wirklich der Hammer war.«

»Die hatten so einen Dichternamen. Ich habe ihn vergessen.«

»Hoelderlin«, sagte Heike. »Damals hatte jeder, der auf Kunstrock stand, mindestens ein Album von denen. Rockbands, die auch Cello, Viola und Querflöte spielen konnten, gab es nicht so viele. Waldorfschüler halt! Die haben's immer schon draufgehabt. Aber dass ausgerechnet die Stender da im Tourbus die Beine breit gemacht hat, das fasse ich ...«

»MAMA!«

»Entschuldigung«, sagte Heike. »Das ist mir so rausgerutscht.«

»Auf jeden Fall war Jakob nach der Geschichte aus dem Gröbsten raus.« Jana zuckte mit den Achseln. »Und bei mir waren es wie immer die guten Noten.« Sie äffte die grelle Stimme ihrer Klassenlehrerin nach. »Es wäre wirklich schade um Sie und Ihre guten Leistungen, Jana, wenn wir Sie von der Schule verweisen müssten und ...blablabla ... Zukunft ... blablabla. Darum haben wir am Schluss nur eine Verwarnung bekommen und konnten gehen.« Jana trank aus und knallte die Flasche auf den Tisch. »Ich weiß aber nicht, ob Jakob nach den Ferien wieder da hinwill, Mama. Du kannst das Papa ja sagen. Dann weiß er es schon mal und ist vielleicht nicht so ein Arsch, wenn es rauskommt. Wo ist Jakob überhaupt?«

Sie sah sich um.

»Habt ihr Jakob gesehen?«, fragte sie Rudi und Grazia, die am Grill standen und sich die Hände wärmten. Die Nacht war kühl geworden.

»Der ist mit Alain hinten im Garten und macht Eurythmie«, sagte Rudi.

»Was???«

»Ich habe heimlich zugesehen. Sie haben mich nicht bemerkt. Eigentlich fand ich Eurythmie immer komisch. Wenn ihr mich zu euren Monatsfeiern in der ersten Klasse eingeladen habt, war ich immer total irritiert. Wegen der wallenden Klamotten und den seltsamen Bewegungen und so. Aber das da im Garten gerade hat mir richtig gut gefallen.«

»Das war garantiert keine Eurythmie!« Jana schenkte Rudi einen Blick, als zweifelte sie endgültig an seinem Verstand. »Vielleicht zeigt Jakob Papa seine neue Nummer. Ich geh mal rüber.«

Jana verschwand in der Dunkelheit.

An ihrer Stelle tauchten Romy, Claudia und eine zu drei Vierteln geleerte Flasche *Rosso* am Tisch auf. Es war schon fast zwei Uhr. Um diese Zeit war alles erlaubt. Selbst weinselige Erinnerungen.

»Erinnerst du dich noch an die streng riechende Il-Ilse aus der

B?«, fragte Claudia. »Also aus unserer B, meine ich, nicht aus deiner B.«

»Aber sicher, Liebelein«, sagte Romy. Sie hob den Zeigefinger und deklamierte leicht schwankend: »*Ilsebilse, keiner willse, kam der Koch und nahm sie doch.*«

Claudia schüttelte den Kopf.

»Falsch, gans falsch«, sagte sie. »Wir haben das immer anners gesungen. *Ilsebilse, keiner willse, nahm sie der Koch, kam sie doch.* So ging das.«

»Ihr wart drei Klassen höher und viel versauter«, stellte Romy fest.

»Da is ja mein Rudi!«, freute sich Claudia. »Mein Retter und s-seine Frau.«

Sie fiel Rudi und Grazia gleichzeitig um den Hals.

»Ich hab' deinem Mann heute noch gar nich *Danke* gesagt für all das, was er für mich getan hat, Grazia. Ohne ihn hätte hier gar nichts geklappt. GAAAR NICHTS! Du musst ihn in der Toskana festnageln und darfst ihn nie wieder laufen lassen.«

»Ist schwierig mit ihm«, sagte Grazia. »Ein genagelter Rrrudi hat schlechte Laune. Er muss immer viel laufen und viel Luft um sich haben.«

Rudi befreite sich lachend aus Claudias Umklammerung.

»Ich habe es gern getan!«, sagte er. »Aber vergiss meine vier linken Hände nicht! Ohne die wären wir heute noch längst nicht fertig.«

Rudi zeigte auf Markus und auf Thomas, der gerade versuchte, mit dem gesunden Daumen einen Korken in eine von Carlos mittelmäßigen *Rosso*-Flaschen zu drücken, weil er offensichtlich den Korkenzieher nicht mehr sachgemäß handhaben konnte.

»Wasiss?«, kam es von Markus. »Seid mal leise! Thomas muss sich konzentrieren. Und was den genagelten Rudi angeht ...«

»Du hast eindeutig zu viele schlechte Pornos gesehen«, ächzte Thomas. Eine kleine *Rosso*-Fontäne schoss aus der Flasche auf sein Hemd. Thomas leckte zufrieden seine Finger ab. »Ich hab's geschafft!«

»Es waren alle da heute!«, sagte Claudia mit weltumspannender Geste. Sie nahm Thomas den *Rosso* aus der Hand und trank direkt aus der Flasche. »Und jetzt sind sie alle weg. Alle weg! Nur wir Pastorentöchter sind übrig geblieben. Aber heute Nachmittag waren alle da. Bürgermeister, Apotheker, Ladenbesitzer, Touristen, die halbe Stadt. Alle da! Bis auf die komischen Weiber. Die sind nicht gekommen. Dasis schade! Das waren die kaufkäf-, die kaufkräftigsten von allen. Die hast du verscheucht, Rudi!« Sie tippte auf Rudis Brust. »Du und deine Hooliganhunde, diese verdammten Umsatzbremsen. Die jagen mir die lukrativste Kundschaft vom Hof. Ich hoffe, sie sind gut versichert.«

»Von wem sprichst du, um Himmels willen?«

»Na, von diesen Hundefrauen in den Wahnsinns … designer-out … outdoorklamotten. Rudi, erinnere dich! Die geführte Toskanahundewanderung neulich. Die Range Roverinnen und Cayenninnen! Mit den teuren Ridgebacks und Ridgebackinnen. Klingelt's jetzt? Mein Lieber, die stanken buchstäblich vor Geld. Jesus, Maria und Josef, was hätten die heute alles gekauft! Aber nach der Schlägerei war ja klar, dass die nie wiederkommen.«

»Dein Laden ist auch ohne die fast leer«, stellte Heike fest.

»Deine Zwillinge haben gesagt, das seien MILFS gewesen«, sagte Claudia.

»Wie bitte? *Mothers I'd like to fuck?* Woher kennen die solche Ausdrücke?«

»Außerdem waren das keine MILFS«, sagte Rudi. »Das waren GAGAS.«

»GAGAS?«

»Gut situierte Arztgattinnen aus Sylt.«

Ottos raues Bellen dröhnte durch die Nacht. Es kam ganz aus der Nähe. Drüben bei den Zypressen musste er sein. Das klang gar nicht nach einem typischen Maulwurf- oder Hasenalarm, dachte Rudi. Otto schien völlig außer sich zu sein. Ein zweiter Hund fiel knurrend ein, ein dritter fauchte. Offenbar waren auch die Tortellinis auf der Wiese bei den Bäumen. Dann ein Grollen, das einem das Blut in den Adern gefrieren ließ. Pasta. Sie klang wütend.

Sehr wütend!

Plötzlich schrie ein Mann aus voller Kehle.

Dabei war er so umsichtig gewesen. Sorgfältig hatte er sich in schwarze Hosen und einen schwarzen Rollkragenpullover gekleidet. Sogar eine schwarze Mütze hatte er aufgesetzt. Er wollte, so gut es ging, mit der Dunkelheit verschmelzen.

Er hatte die Pension erst weit nach Mitternacht verlassen. In aller Ruhe war er von Siena nach Castellina gefahren. Er hatte alle Zeit der Welt. Erst wenn alle Bewohner schon längst in den Betten lagen und die Hunde im Haus eingesperrt waren, wollte er die Fleischbrocken mit den Rasierklingen auf dem Grundstück verteilen. Würden die Köter am anderen Morgen rausgelassen, erlebten sie eine schöne Überraschung. Dann könnte dieses Arschloch von Rudi schon beim Frühstück der ersten Töle beim Verbluten zusehen.

Erst gegen zwei Uhr schlich er auf leisen Sohlen den Hügel hinauf. Im Hof flackerten noch Lichter. Er konnte es nicht genau erkennen. Es sah nach Fackeln aus oder nach einem offenen Feuer. Womöglich waren auch noch ein paar Leute wach. Um diese Zeit? Scheiße! Auch egal. Dann würde er die Klingenköder halt nicht so nah am Haus ablegen. Fanden die Drecksköter die Dinger eben später. Aufspüren würden sie sie auf jeden Fall. Spätestens nach einem Tag in der prallen Sonne würden die Fleischklopse bestialisch stinken und die Hunde anziehen wie die Fliegen.

Der Plan war sogar noch besser als der ursprüngliche, dachte er und kicherte leise. Nachmittags wäre er nämlich schon über alle Berge. Kein Mensch würde die Tat mit ihm in Verbindung bringen.

Nur der Mond schien viel zu hell. Er bewegte sich ganz vorsichtig im Schatten der Zypressen. Das weiche Gras dämpfte jeden seiner Schritte. Aber plötzlich war da hinter ihm dieses entsetzliche Knurren! Ein dumpfes Vibrieren, das ihm eiskalte Schauder den Rücken hinunterjagte. Ganz kurz blieb er wie eingefroren stehen. Dann schoss die Panik in seine Glieder. Er riss die Tüte mit dem Fleisch an seine Brust und wollte nur noch wegrennen.

Er hatte keine Chance!

Zu viert gingen sie auf ihn los.

Verfluchte Scheiße, tat das weh! Der eine von den Dreckskötern hing am Hosenbein, der zweite hatte sich in der Wade verbissen, der dritte kreiste um ihn herum. Er kam keinen Schritt vorwärts. Er hatte das Gefühl, dass ihm Blut in den Schuh lief. Er versuchte mit seinem freien Bein, die Hunde zu treten. Sie wichen ihm geschickt aus. Der größere von den dreien riss ein Stück Stoff aus der Hose und schnappte gleich wieder von Neuem zu. Der kleine hing in seinem Unterschenkel wie eine Zecke. Es tat so weh!

Aber das Allerschlimmste war diese riesige schwarze Satansbrut, die vor ihm stand und aussah, als wollte sie ihm gleich an die Kehle springen. Die anderen drei bellten oder knurrten wenigstens. Aber dieser Höllenhund war totenstill. Es war absolut beängstigend. Irgendwo hatte er gelesen, dass es Hunde, die beim Kämpfen lärmten, nicht ernst meinen. Auf Leben und Tod gehe es erst, wenn sie keinen Laut mehr von sich gaben. Wenn der Organismus keine Energie mehr auf Bellen und Knurren verschwendete, sondern sich nur noch aufs Überleben konzentrierte.

Verzweifelt drosch er mit der Faust auf eine Hundeschnauze. Davon gingen die Zähne erst recht nicht auseinander. Im Gegenteil. Die Sau biss noch fester zu. Tränen schossen ihm in die Augen. Wer ließ

denn solche Killerhunde frei herumlaufen? Die waren gemeingefähr-
lich. Er griff mit zitternder Hand nach einer Frikadelle in der Tüte.
Vielleicht ließen sie von ihm ab, wenn er ihnen Fleisch hinwarf.

Er schnitt sich in die Finger. Blut tropfte von seiner Hand.

Die Hunde interessierten sich nicht für seine Köder.

Der große Schwarze kam langsam näher.

Er knurrte immer noch nicht.

»Hilfe!«, schrie er endlich.

»HILFE!!! IST DENN HIER KEINER?!«

Rudi war als Erster bei den Zypressen. Er schnappte sich Otto und
pflückte ihn von den Hosen des Mannes. Als Tortellini Zwei aus den
Augenwinkeln bemerkte, dass Otto nicht mehr neben ihm kämpfte,
ließ er die blutige Wade los. Claudia riss Pasta im letzten Moment
am Halsband zurück. Grazia packte den empörten Tortellini Acht,
der immer noch wie ein Puma um die Arena herumschlich, am Kragen und klemmte ihn sich einfach unter den Arm.

Markus knipste den Handscheinwerfer an, den er im Vorbeilaufen aus seinem Bulli geholt hatte. Der gleißende Lichtstrahl fuhr
dem Mann direkt im Gesicht.

Rudi war sprachlos.

»Sie?!«, rief er ungläubig.

»Du blöde Sau!«, kreischte der Anwalt. »Das zahl ich dir heim!
Du sollst genauso verrecken wie deine Köter. Ich schlag dir die
Fresse ein!«

»Wieso?« Rudi war fassungslos. »Was machen Sie hier überhaupt? Und was ist in dieser Tüte?«

Rudi griff nach der Tüte. Er spürte einen stechenden Schmerz in
der Hand.

»Ich lass mich doch von dir nicht verarschen, du Dreckschwein!«

Der Mann war außer sich. »Du hast mir alles versaut! Dafür wirst du zahlen!«

»Aber das habe ich doch schon«, sagte Rudi, der erstaunt seine Hand betrachtete, aus der das Blut auf den Boden tropfte. »Immerhin habe ich wegen Ihrer Anzeige dreißig Sozialstunden ... Warten Sie mal! ... Waren Sie das, der mich neulich angerufen hat?«

Rudi verstummte. Sein Blick schweifte von seiner blutenden rechten Hand zu der Tüte mit den Rasierklingenfrikadellen in seiner Linken und von der Tüte direkt in die Augen des zornig brüllenden Mannes, der mit zerrissenen Hosen vor ihm stand und die Fäuste ballte.

»Du wolltest doch nicht etwa meine Hunde umbringen heute Nacht, oder?«, sagte Rudi leise. »Sag, dass du das nicht vorhattest.«

»Und ob ich das vorhatte!«, schrie der Anwalt und spuckte angewidert in Rudis Richtung. »Schau ihnen beim Verrecken zu und verreck dann selber!! Wärst du nicht so schnell gewesen, hätte ich dich neulich Nacht erwischt, du blöder Itakerficker, du! Zum Krüppel hätte ich dich ...«

Ohne noch ein Wort zu sagen, machte Rudi einen schnellen Schritt nach vorn und rammte seinem Widersacher den härtesten Teil des Schädels mitten ins Gesicht. Augenblicklich schoss dem Anwalt das Blut aus beiden Nasenlöchern.

Er ging aufheulend zu Boden.

»Hau ab!«, zischte Rudi. »Sonst lasse ich die Hunde los.«

Wimmernd kroch der Mann über den Rasen. Er richtete sich auf und versuchte mit ungelenken Bewegungen, sich das Blut aus dem Gesicht zu wischen. Er stöhnte vor Schmerz, als sein Handrücken die gebrochene Nase berührte.

»Gehen Sie jetzt besser!«, sagte Thomas ruhig. »Sie sollten ein Krankenhaus aufsuchen. Mit solchen Wunden ist nicht zu spaßen.«

»Ich verklage dich, du Sau!«, schrie der Anwalt, während er langsam den Hügel hinab zu seinem Auto hinkte. »Wegen schwerer

Körperverletzung verklage ich dich. Ich mache dich fertig und deine Köter gleich mit. Ich habe Zeugen! Ihr seid das, ihr dreckigen Arschlöcher! Ihr seid Zeugen! Ihr alle! Vorsätzliche schwere Körperverletzung, Hundebisse, ihr werdet es nicht wagen, vor Gericht wieder zu lügen. Ich …«

»Was für Hundebisse?«, fragte Heike.

Jana sah ihre Mutter erstaunt an.

»Ich sehe keine Hundebisse«, sagte Heike. »Seht ihr Hundebisse? Körperverletzung? Der Mann ist im Dunkeln über einen Heuwender gestolpert …« Sie deutete auf die Wiese, auf der weit und breit kein Heuwender zu sehen war. »… und hat sich an den Zinken sein Bein verletzt.«

»Bevor er mit dem Gesicht so unglücklich gegen die Deichsel schlug, dass die Nase brach«, sagte Alain.

»… und die Lippe anschwoll«, ergänzte Markus.

Unten an der Landstraße sprang ein schwerer Motor an. Scheinwerfer leuchteten auf. Die letzten unverständlich gebrüllten Worte drangen zu ihnen. Dann verschwand der Wagen in der Nacht.

Langsam gingen sie zur Mühle zurück.

»Was machte der arme Mann nur im Dunkeln auf einem fremden Grundstück?« Romy schüttelte den Kopf. »Das ist doch ein Wahnsinn in der heutigen Zeit.«

»In schwarrrze Hose!«, sagte Grazia.

»Der parkt da wirklich ungünstig, dieser Heuwender«, sagte Rudi.

»Wie oft habe ich Renzo schon gesagt, er soll seine landwirtschaftlichen Geräte nicht auf der Wiese stehen lassen«, schimpfte Claudia.

»Ein Leichtsinn, so was.«

»Noch dazu unbeleuchtet.«

»Mitten in der Nacht.«

»Stell dir vor, es stolpert jemand darüber!«

»So rostig wie der ist.«

»Was da für Verletzungen …«

»Eine Blutvergiftung …«

»Nicht auszudenken!«

Über den Hügeln des Chianti ging die Morgensonne auf. Sie gab sich allergrößte Mühe, die Nebelfetzen in den Tälern zu vertreiben. Es gelang ihr nicht sehr gut. Ein paar Wölkchen hatten es sich in den Baumwipfeln bequem gemacht und würden dort bis nach dem Frühstück bleiben. Die ersten Vögel zwitscherten. Das Gras war nass vom Tau. Irgendwo schlug eine Kirchenglocke, irgendwo krähte ein Hahn, irgendwo brummte ein kleines Auto.

In Claudias Garten waren alle Liegestühle belegt. Der Sonnenaufgang in Castellina war immer ganz großes Kino, dachte Thomas und blinzelte in den dunkelroten Ball. Schade, dass sie dieses Schauspiel viel zu selten miterlebt hatten. Bis spätabends auf dem Bau zu schuften und um sechs Uhr in der Frühe wieder aufzustehen, passte einfach nicht zusammen. Wenigstens war auf Markus Verlass. Der hielt mit letzter Kraft sein Smartphone in die Höhe und filmte die ganze Angelegenheit. Es würde ein sehr verwackelter Spielfilm werden, dachte Thomas. Hoffentlich unterlegte er ihn nicht mit Simon & Garfunkel.

Romy rumorte in der Küche.

Sie klapperte und sang.

Es roch nach Kaffee.

»Ein Hofcafé wäre noch schön«, murmelte Claudia schläfrig.

»Ein Hofcafé?«, brummte Rudi zurück. »Ich mach dir alles. Sogar in Mooooof. Ich habe ja jetzt Zeit.«

»Du hättest deinen Anwalt nicht hauen dürfen, Rrrudi. Jetzt möchte er bestimmt keine Wand mehr von dir.«

»Die wollte er noch nie. Er hat mich nur ausspioniert. Ich werde stattdessen mit Jakob zusammen ein Hofcafé in der Toskana verputzen. Wo ist er eigentlich?«

»Die Kinder schlafen schon«, sagte Alain und nahm dankbar den heißen Kaffee in Empfang, den Romy ihm mitgebracht hatte.

»Diesel auch?«

»Ja, den haben sie mitgenommen.«

Heike lachte leise. Es war völlig klar gewesen, dass Rudi in dieser Nacht noch seine Chance nutzen und Jakob und Jana den obdachlosen Tortellini Zwei aufs Auge drücken würde. Der Protest der Mutter war ungehört unter den toskanischen Sternen verklungen. Sie hatte auch nur ganz schwachen Widerstand geleistet.

»Tortellini Zwei? Niemals!«, hatte sie matt aufbegehrt. »Ein Abbild seines nichtsnutzigen Vaters und ein Wadenbeißer noch dazu, wie man seit heute Nacht weiß. Wagt es bloß nicht, ihn den Zwillingen mitzugeben!«

Eine beeindruckende Vorstellung elterlicher Durchsetzungsfähigkeit. Eine Stunde später hieß Tortellini Zwei bereits *Diesel* und schlief in Jakobs Bett.

Heike zog die Decke fester um die Schultern und kuschelte sich tief in Alains Arm. Ihre Gedanken flogen. Die schlimme Szene im Dunkeln unter den Zypressen war unwirklich weit weg. Sie kam ihr wie ein böser Traum vor. War das alles tatsächlich passiert? Wie erschrocken ihre Kinder gewesen waren. Weil Rudi gewalttätig wurde oder weil alle Erwachsenen in schönster Eintracht gelogen hatten? Eher das Letztere. Das würden Alain und sie noch lange zu hören kriegen. Jana war unerbittlich, wenn es um Wahrhaftigkeit ging. Es wäre zu schön, wenn Alain seinen Ehrgeiz, was Jakobs Abitur anbetraf, unter einem Olivenbaum begraben würde. Morgen vielleicht. Er brauchte nur noch einen ganz kleinen Schubs. Auch wenn es ihr so schwerfallen würde wie sonst nichts im Leben – sie würde Jakob hier bei Rudi in der Lehre lassen. Wenn es sein musste, drei ganze Jahre lang. Es würde ihm guttun.

Ihr auch? Heike hatte keine Ahnung. Auf einmal wäre ihr erstes Kind aus dem Haus. Nicht lange, und Jana würde folgen.

Eben noch waren die zwei so klein gewesen.

So klein.

Sie saßen schweigend im Garten und blickten ins Morgenrot.

»Schon wieder ist ein Sommer zu Ende«, sagte Heike.

Alle wussten ganz genau, was sie meinte.

ENDE

MOMENT! WAS HEISST HIER ALTERSMILDE?

Hallo, hier ist der Rudi noch mal kurz.

Wenn ich mir schon die Widmung unter den Nagel reiße, hat er gesagt, dann soll ich auch gefälligst das Nachwort schreiben. Außerdem sei es ja irgendwie auch hauptsächlich mein Buch und meine Geschichte.

Also gut! Was ist Fantasie und was Wirklichkeit?

Castellina und seine traumhafte Umgebung existieren wirklich. Claudia auch. Aber die Olivenölmühle nicht. Ich finde, das ist auch gut so. Wir sollten uns nicht nach wunderschönen Orten sehnen, sondern sie im Herzen tragen. Dann kann man sie überallhin mitnehmen. Noch besser wäre es, die Orte, an denen wir gerade sind, zu Traumorten zu machen. Manchmal reicht schon eine Kerze oder ein liebes Wort.

Die Männer sind auch Realität. Doch, doch, irgendwie schon. Gemeint sind wir alle, die wir vor Kurzem fünfzig geworden sind. Egal, wie wir heißen. Ich weiß, die Chance, dass sich ein Markus oder ein Thomas wiedererkennt, ist enorm. Damals hieß jeder zweite von uns so, wenn er nicht ein Michael oder ein Andreas war.

Bis auf die Rudis natürlich.

Die waren schon immer speziell.

Wie gesagt: Gemeint sind wir alle, die wir fünfzig geworden sind, immer noch kräftig strampeln und uns ein bisschen müde und mürbe fühlen nach dreißig Jahren Beruf, großgezogenen Kindern und Partnerschaften, die nicht immer federleicht waren. Das stete Ringen um die Liebe in Zeiten voller Windeln, schmaler Geldbeutel und *Der-Müll-muss-noch-raus*-Bitten ist eine ziemliche Herausforderung. Alltag ist selten romantisch. Sehen wir also zu, dass wir uns vom Leben nicht allzu weichkochen lassen und immer ein bisschen *al dente* bleiben.

Wer sich vor den ausländerfeindlichen Hasstiraden meines Stalkers ekelt – ich hoffe, seine Nase ist dreifach gebrochen –, dem muss ich leider sagen: Auch das ist keine Fantasie, sondern Realität. Diese Passagen wurden nahezu wörtlich aus den Diskussionsforen von Amazon abgeschrieben. Einfach ein paar Stunden in den Rezensionen der Bücher von Akif Pirinçci, Thilo Sarrazin und Heinz Buschkowsky stöbern, schon wird man fündig.

Natürlich können die drei genannten Autoren nichts für ihre Claqueure. Aber ich behaupte, dass sie ganz genau wissen, welche Ressentiments sie bedienen und mit welchen Feuern sie spielen. Mit Hetzen lässt sich heute in Deutschland gutes Geld verdienen. Schade! Unser Land braucht positives Denken und keine lamentierenden, alten Männer, die die Flinte ins Korn geworfen haben und nun glauben, sie müssten dies der ganzen Nation in Form eines Buches mitteilen.

Vielleicht begegnen wir ihnen ja mal, der Otto und ich.

Ich hoffe, dass sie dann schwarze Hosen tragen.

Jetzt wieder zum Angenehmen: Die Musik ist keine Fantasie. Die gibt es wirklich. Die Liste mit den Songs kommt gleich auf der nächsten Seite. Meine beiden Music Battles mit dem widerspenstigen Jakob sind darin verzeichnet und alle anderen Titel auch. Diesen Service kennt ihr ja aus unserem ersten Buch.

Falls ihr mein Pfefferdesaster aus dem sechsten Kapitel im Dunkeln nachbauen wollt: einfach *kochzivilisten.de* besuchen. Dort gibt es den wunderbar aromatischen *Pfeffer #1 Cuvée schwarz* und das kleine Höllenfeuer *Chili Sour.* Auf Wunsch in zwei völlig identisch aussehenden Gewürzmühlen. Es wäre also wirklich schwer, diese Nummer zu vergeigen.

Macht's gut.

Euer Rudi

JAKOBS UND RUDIS MUSIC BATTLES,

AUSSERDEM ROMYS LIEBLINGSLIED, ELF WEITERE KNALLER UND DER PANTHER

»Born to Be Wild«	Steppenwolf	*The Best of Steppenwolf*	03:29
»Poor Boy«	Stan Webb's Chicken Shack	*Stan ›The Man‹ Live*	12:44
»Echoes«	Pink Floyd	*Meddle*	23:32
»How You Like Me Now«	The Heavy	*The House That Dirt Built*	03:37
»Maggot Brain«	Funkadelic	*Maggot Brain*	10:21
»After Midnight«	J. J. Cale	*J. J. Cale Live*	03:07
»In Memory Of Elizabeth Reed«	The Allman Brothers Band	*The Allman Brothers Live at Fillmore East*	13:06
»Coming Down«	Dum Dum Girls	*Only In Dreams*	06:31
»Little Black Submarines«	The Black Keys	*El Camino*	04:11
»The Seed (2.0)«	The Roots	*Phrenology*	04:27
»Get Ready«	Rare Earth	*The Best of Rare Earth*	21:32

»Out of Time Man«	Mick Harvey	*Two of Diamonds*	02:57
»Didn't I«	Darondo	*Let My People Go*	03:29
»No Quarter«	Led Zeppelin	*The Song Remains the Same*	10:38
»Evil Woman«	Electric Light Orchestra	*Face the Music*	04:30
»Black Betty«	Spiderbait	*Tonight Alright*	03:25
»Poppies«	Patti Smith Group	*Radio Ethiopia*	07:06
»Hurt«	Johnny Cash	*The Legend of Johnny Cash*	03:39
»Private Life«	Pretenders	*Pretenders*	06:26
»Walk On By«	Isaac Hayes	*Hot Buttered Soul*	12:00
»Sex and Candy«	Marcy Playground	*Sex and Candy*	02:56
»Lazy«	Deep Purple	*Made in Japan*	10:27
»The Wedding List«	Kate Bush	*Never For Ever*	04:16
»About Her«	Malcolm McLaren	*Kill Bill Vol 1*	04:50
»The Ghost Who Walks«	Karen Elson	*The Ghost Who Walks*	03:02
»It's Gonna Be (feat. Jho Jenk)«	Gabin	*Mr. Freedom*	07:45
»I'm Only Sleeping«	The Beatles	*Revolver*	03:01
»Scoobly-Oobly-Doobob	I Can't Keep from Crying Sometimes«	Ten Years After	*Live at Fillmore East*	19:30
»Buzzard«	Armageddon	*Armageddon*	08:15

»Smells Like Teen Spirit«	Patti Smith	*Twelve*	06:31
»Kids (2 Finger an den Kopf)«	Marteria	*Zum Glück in die Zukunft II*	03:49
»Der Panther«	Otto Sander | Schönherz & Fleer	*Best of Rilke Project*	03:15

»Wenn ich ausgelernt habe, bin ich taub.«
»Scoobly-Oobly-Doobly-Boooooooohhh!«

Michael Frey Dodillet

Echte Kerle, tierische Liebe und große Gefühle

978-3-453-41064-0

Leseprobe unter **www.heyne.de**